ハヤカワ・ミステリ文庫

〈HM(104)-24〉

ナイト・ストーム

サラ・パレツキー

山本やよい訳

早川書房

7081

BREAKDOWN
by
Sara Paretsky

Translated by
Yayoi Yamamoto
First published 2012 in Japan by
HAYAKAWA PUBLISHING, INC.
This book is published in Japan by
arrangement with
DOMINICK ABEL LITERARY AGENCY, INC.
through THE ENGLISH AGENCY (JAPAN) LTD.

トム・オーウェンズ、ビル・タウナー、マイクル・フラッグ、そのほか、学問の大海原を航海するわたしに手を貸してくれた多くの司書の方々へ――わたしの母、メアリ・E・パレッツキーも含めて

「本を所有し愛する人は、賢明な人だ」

――ロジャー・デュヴォワジン

謝辞

ドクター・バーク夫妻（ナンシーとエド）がレイドン・アシュフォードの精神障害についてくわしく説明してくれた。また、州立精神病院の犯罪者病棟の運営に関する内部情報を入手しようとして、つてを求めていたわたしに、大いに協力してくれた。結局はわたし自身の想像力に頼ることにしたのだが。ルーエタール州立精神病院はまったくの架空の施設で、規則も、人事も、歴史も、予算も、建物も、すべてわたしの創作である。レイドン、ゼイヴィア、V・Iが呑まされる薬物を選ぶさいには、オールテュ・バウムガートが力になってくれた。

シカゴ大学ロースクールのマーク・ハイアマン教授は、V・Iを患者として精神病院に潜入させるのはとんでもない誤りだと、わたしを諭してくれた。罪に問われたものの、精神的欠陥により抗弁能力なしとみなされた人物に、弁護士が接触する場合、どのような法律と手順が必要かを説明してくれた。法律と正しい手順の解釈に関して誤りがあれば、それはすべてわたし一人の責任なので、どうか、ハイアマン教授やV・I・ウォーショースキーを責めないでいただきたい。

ジョナサン・パレッキーは、管財人、後見人、永続的委任状を持つ代行者のさまざまな義務について、くわしく説明してくれた。ここでもまた、誤りがあれば、すべてわたし一人の責任である。

ジョアンナ・クロッツは初期の原稿を読んで、参考になる意見を数多く出してくれた。スー・ライターはその後の原稿に目を通し、同じく力になってくれた。二人の友人の洞察と支援にお礼をいいたい。

タンピエ湖はシカゴの南西郊外に実在する湖だが、タンピエ・レイク・タウンシップは完全に架空の存在である。これと同じく、わたしはシカゴ警察のために、エリア・シックスという架空の区域をダウンタウンに創りだした。

シカゴの第十八管区で警邏隊長を務めるデイヴ・ケースにはとてもお世話になった。署のブリーフィングに同席させてもらい、彼とチームを組む警官のパトカーに同乗させてもらった。警官のみなさんは、市民に接するさいに模範的な忍耐と献身を示す人ばかりだった。V・Iがシカゴ警察の警官にすぐに喧嘩をふっかけるのは、彼女が癇癪持ちなのと、物語を進める必要から生じたことであり、わたし自身が警察で体験したことを反映しているのではない。

マールボロ音楽祭のスケジュールに勝手な変更を加え、コンサート・シーズンをレイバーデイまで延長させてもらった。ジェイク・ティボーが音楽家としてマールボロに招待されるというシチュエーションを提案してくれたラウラ・シャピロに感謝。来年はたぶん、わたし自身が行くことになるだろう。

ルイス・バゲットーは『ナイト・ストーム』の軸となる姉と弟の関係について、手短に説明してくれた。

リトアニアの首都ヴィリニュスは、第二次大戦前はユダヤ人の学問の中心地になっていて、当時は〝ヴィルナ〟と呼ばれていた。本書には両方の呼び名を登場させ、誰が話し手かによって使い分けることにした。

目次

ナイト・ストーム

登場人物

V・I・ウォーショースキー……………私立探偵
ペトラ……………………………………V・Iの従妹
カイラ・ドゥーデック…………………カーミラ・クラブのメンバー
ルーシー…………………………………カイラの妹
タイラー
ニーヤ　……………………………………カーミラ・クラブのメンバー
ソフィー・ドゥランゴ…………………ニーヤの母。上院議員候補
アリエル・ジッター……………………カーミラ・クラブのメンバー
シャイム・サランター…………………アリエルの祖父。大富豪
ジュリア…………………………………アリエルの母。マリーナ財団代表
ゲイブ・アイクス………………………サランター家の使用人
ダイアン・オヴェック…………………同家政婦
ソール・ジャンセン……………………同顧問弁護士
マイルズ・ヴフニク……………………私立探偵
サンドラ…………………………………ヴフニクの元妻
アイヴァ…………………………………ヴフニクの姉
エリック・ワックスマン………………ルーエタール州立病院の管理部長補佐
リリー・ハマーフィールド……………同ワックスマンの秘書
アルヴィナ・ノースレイク……………同ソーシャルワーク部門の責任者
タニア・メツガー………………………同ソーシャル・ワーカー
シャンタル………………………………同秘書
ヴァーノン・ミュリナー………………同警備部長
ライザ・カニンガム……………………同患者支援部長
ゼイヴィア・ジャーゲンズ……………同看護助手
ジャナ・シャトカ………………………ゼイヴィアの同居人
ディック・ヤーボロー…………………V・Iの元夫。弁護士
エロイーズ・ネイピア
ルイス・オーモンド　……………………ディックの同僚弁護士
レイドン・アシュフォード……………V・Iの旧友。弁護士
スーアル…………………………………レイドンの兄
フェイス…………………………………スーアルの妻
トリーナ…………………………………スーアルとフェイスの娘
ヘレン・ケンドリック…………………上院議員候補
ウェイド・ローラー……………………GENの人気スター
ハロルド・ウィークス…………………GENの報道部長
マリ・ライアスン………………………V・Iの友人。GENの記者。
ミスタ・コントレーラス………………V・Iの隣人
ジェイク・ティボー……………………同。音楽家
ロティ・ハーシェル……………………医師

1 墓場で深夜勤務

雨で通りが黒く光っていた。車のフロントウィンドーが雨の膜に覆われて視界はわずか数インチとなり、路面には水たまりができて不注意なドライバーを誘いこんでいた。この一カ月、シカゴの街は一時間あたりの雨量が三インチにも達する嵐に何度も見舞われていて、嵐が去ったあとは、大気が濡れたパーカのように重くよどんでいた。今夜の嵐もそうした夏の最悪の気象現象のひとつだった。

わたしが見当をつけた場所はすべて空振りに終わった。バス停、コーヒーショップ、さらには、安っぽいナイトクラブさえ。十二、三歳の少女のグループがそんなところに入れるはずはないのに。あきらめかけたそのとき、右手の墓地で光がまたたくのを目にした。道路脇に車を寄せて、窓をあけた。車の屋根を叩く雨音のなかに、甲高いおしゃべりの声と不安のまじった笑い声がきこえた。

わたしはレインジャケットのファスナーをあげ、墓地の門を探して通りを歩きはじめた。

門には南京錠がかかっていた。掲示板の説明によると、マウント・モリア墓地は永久閉鎖されたとのこと。侵入者は法律によって罰せられるが、墓参りをしたい場合は掲示板に出ている番号に電話するようにと書かれていた。

レヴィット通りをひきかえすと、やがて、途中のフェンスにわたしが通り抜けられるぐらいの隙間が見つかった。もぐりこんだが、少女たちの姿はすでになかった。

芝生と雑草が地面にはびこって、小道を消し、墓標を覆っていた。残った小道はぬかるみに変わり、わたしのランニング・シューズにからみついた。砂利がソックスのなかに入りこんだ。レインジャケットのフードから水がしみてきた。倒れた大理石の板につまずいて、どさっと尻もちをついてしまった。悪天候の唯一の利点は、尻もちをついた音と、思わず口から飛びだした悪態を、誰にもきかれずにすんだことだった。お気に入りのパーティドレスはレインジャケットの下でもう泥まみれだった。

地面に倒れているあいだに、右のほうで光が点滅しているのが見えた。携帯か懐中電灯の光だ。急に雨がやんだ。ふたたび少女たちの不安そうな笑い声がきこえたので、そちらへそろそろと進んだ。

近づいたとき、押し殺した叫びがきこえた。「見た？　ヴァンパイアよ――ここにいた。森に入ってくのが見えたわ」

「へーえ、そう？　あたしたちがあんたの言葉を信じるとでも思ってんの、タイラー？　あんた、まだ入会してもいないじゃない」

「あたしも見たわよ。カイラ、あんたも見たでしょ？　あたしの腕をつかんだじゃない」

「それ、カイラじゃないよ、バカ。つかんだのはアリエル。アリエルったら、あんたよりすごい悲鳴をあげてた」

「嘘よ。ヴァンパイアなんか怖くないもん。カーミラにもらったお守りがあるし」

「でも、どうして雨の最中にこんなことしなきゃいけないの？　カイラのアパートメントにいればよかったのに」新たな少女の声がした。

偉そうな声が答えた。「パワーを発揮するには、満月の下にいないとだめなの」

「けど、雨降りなのよ。月なんか見えない」こう言ったのは、ふたたびタイラー。ヴァンパイアを見たという子だ。

「前のときは家のなかでやろうとしたのよ。ところが、カイラの妹がそれ見てすごく怯えちゃって、ウィスコンシンまで届きそうな悲鳴をあげたの」

「それってカーミラからのサインだったような気がする」偉そうな声の少女がいった。「あたしたちも、本のなかの女の子に負けないぐらい勇気を出さなきゃ。その子たちが町のゲートを出たときみたいに。ほら――あたしたちも町のゲートを出たようなものよ――墓地の門をよじのぼったのが、街から離れた瞬間だったんだわ。それに、あの神殿みたいなやつ、カーミラのコテージに似てるでしょ」

　ヴァンパイアか。少女のグループがヴァンパイアを見るためにこっそり出かけたというのは、ある意味では、微笑ましいことだった。従妹のペトラから助けを求める緊急電話が入ったとき、わたしはてっきり少女たちがナイトクラブへ出かけたものと思いこんだ。

カイラ・ドゥーデックの幼い妹がおろおろして電話をかけてきたのだと、ペトラはいった。

「カイラ・ドゥーデック？」わたしはきょとんとしてくりかえした。

「知ってるでしょ、ヴィク」従妹は苛立たしげにいった。「カイラはあたしの読書クラブのひとつに入ってるの。ほら、マリーナ財団であたしが担当してる読書クラブ。カイラとルーシーのママはホテルのメイドをやってて、いつも夜勤なの。でね、ルーシーの話だと、お姉ちゃんの友達グループがいつも家にくるそうなんだけど、今夜は雨なのに、みんなが出かけてしまって、ルーシー一人が置き去りにされたんですって。この子、まだ七つなのよ、ヴィク。泣きわめいてて大変だから、この子だけ置いてあたしが捜しに出かけるわけにもいかないし。ヴィクにSOSの電話ばっかりかけるのはやめるって、前にいったけど、でも、カイラも友達もまだ十二か十三でしょ、子供たちだけで街のなかをほっつきまわらせるわけにはいかないわ」

わたしの従妹はシカゴにきて二年になるが、去年の冬にわたしの事務所で三週間だけ働いたのも数に入れるなら、その二年間に五つの職を転々とした。ごく最近、移民と難民を援助している組織、マリーナ財団で働くようになった。わたしの旧友、ロティ・ハーシェルがマリーナの理事会のメンバーになっていて、ペトラを推薦してくれたのだ。わが従妹の疲れを知らないエネルギーは財団がやっている若い子向けのプログラムにぴったりだった。わたしはペトラの仕事ぶりに感心していたが、夜間外出禁止令を破る子供たちが相手となると、ペトラ一人で対処しきれるものではない。

わたしはマリ・ライアスンと一緒に、ものすごくうっとうしいイベントに顔を出している最中だったので、出ていく口実ができたのは大歓迎だった——もちろん、真っ赤なパーティドレスで泥だらけの地面に倒れるまでの話だったが。車のなかでハイヒールからランニング・シューズにはきかえ、防水加工のレインジャケットも持参していたが、着替えの用意まではしていなかった。今夜、ブラックタイのパーティから黒《ブラック》い泥へ移ることになるなんて、予想もしなかった。

少女たちの声に耳を傾けているあいだに風が出てきた。糸のようにたなびく雲のあいだから満月が輝きを放ちはじめ、剪定されていない茂みや墓石の形がくっきりと見えてきた。大きな建造物に邪魔されて、少女たちの姿がよく見えなかった。少女の一人が〝神殿みたいなやつ〟と表現したものだ。何本もの柱が丸屋根を支えていて、中央の板石の上に人間を写実的に模した黒い姿が横たわっていた。建造物のあちこちの大理石が欠けていて、まるで巨人が気の向くままに板石をかじったみたいに見えた。

そのへりを通って正面へまわると、空地のようなところにいる少女たちの姿が見えた。少なくともそこだけは、墓地の小道の大部分を覆っている伸び放題の茂みに侵食されていなかった。コンクリートで縁どられているが、それが崩れて、鉄筋がむきだしになっている。周囲の墓石は酔っぱらいみたいな角度で傾いている。

少女たちはすでに口論をやめていた。ボトルに入った何かをまわし飲みして、はしゃいだ笑い声をあげていた。酔っぱらっているのか、それとも、こんなふうにふるまうべきだと思っているだけなのか、わたしにはわからないが、その騒ぎっぷりに眉をひそめたくなった。

全部で七人いた。何人かは携帯で動画を撮りあっていた。明日になったら、友達や知人がフェイスブックでこの子たちのおふざけに賞賛の目を向けることだろう。

「そろそろ始めたほうがいいわね」そういったのは、偉そうな声をした子だった。月の光を浴びた姿は妖精に似ていて、まるで彼女自身が妖精の国からやってきたかのようだった。ほかの子たちより背が低く、シルエットのてっぺんに、カールした黒っぽい髪がモップみたいにのっていた。

「携帯を出して、準備して、一、二の三でスタートよ」少女がカウントを始め、〝三〟で全員がミュージックのボタンを押し、金属的な音でラップコンサートのようなものが始まった。

「タイラー、真ん中に立って」こういったのは、グループでいちばん背の高い少女だった。

「ほかのみんなは輪になって手をつないで。満月が出てるあいだに、パワーを感じとるのよ」

「そう、カイラのママが仕事から帰ってきて、あたしたちみんながつかまっちゃう前に」ほかの誰かが横からいった。

わたし自身も少女たちをつかまえるつもりでいたが、儀式に興味を覚え、あと二、三分やらせておくことにした。

「目を閉じて」いちばん背の高い少女がいった。「携帯をしまって手をつないで。タイラー、準備はいい？」

「え、ええ、ニーヤ」タイラーが蚊の鳴くような声で答えた。

いちばん背の高い子と低い子がこの場をとりしきっていた。おたがいに向かって頭を下げ、つぎに背の高い子が歌うような調子でいった。「カーミラ、アリエルの手が正しく導かれるよう、彼女に祝福を、そして、儀式が正しくおこなわれるよう、わたしに助けをお与えください。アーメン」

「アーメン！」あとの少女たちも、教会にいるときのように厳粛な声を出そうとしたが、そのなかの二人が興奮しすぎてくすくす笑いだした。

背の高い子がポケットから何かをとりだした。あまりに小さいため、いったい何なのかわたしにはわからなかったが、とにかく、その子がふたたびお辞儀をして、それをアリエルに渡した。アリエルはタイラーの手をとると、空地の真ん中へ連れていき、二人でひざまずいた。あとの五人がまわりに集まって輪になったため、わたしのところからは二人が見えなくなった。

背の高い子が詠唱を始め、残りの少女たちも加わった。「満月の下で、われら、カーミラを呼ぶ。カーミラ、われらに力を授けたまえ。そして、あなたの力をわれらがタイラーに送ることを許したまえ！　カーミラ、われらに知恵を授けたまえ。そして、あなたの知恵をわれらがタイラーに送ることを許したまえ。カーミラ、われらに永遠の命を授けたまえ。そして、われらがそれをタイラーと分けあうことを許したまえ！」

タイラーが悲鳴をあげた。わたしは少女の輪のなかに飛びこみ、妖精のような子をタイラーからひきはなした。

突然のわたしの出現に、少女たち全員がパニックをおこした。悲鳴をあげてわたしからあとずさり、手を握りあって、空地の端に怯えた様子でひとかたまりになった。輪の真ん中で生贄《いけにえ》の役をやらされていたタイラーだけはべつで、「大嫌い。あんたたちのことも、くだらないクラブのことも、大嫌い。これから五年間、口利いてくれなくたっていいもん」と叫んでいた。仲間から離れて、ミニチュア版の神殿のゆるやかな石段を駆けのぼった。

「いったい何してるの？」わたしはきいた。

「あなた、誰？」背の高い少女があえいだ。声が震えていたが、勇敢な子で、前に出てきてわたしを見た。

「探偵よ。それから、ついでにいっておくと、ペトラ・ウォーショースキーの従姉。ペトラから電話があって、あなたたちを見つけてほしいって頼まれたの。夜間外出は禁じられてるのに、全員、規則を破ったわね。パーティをおひらきにする時間よ。わたしがみんなを家まで送っていくわ」

アメリカの多くの都市と同じく、シカゴも十七歳以下の子の夜間外出を条例で禁じている。キャーキャー騒ぐ十二歳の少女のグループともなれば、警察の注意をひくことだろう。リーダー格の子たちにとっては、それも悪くなさそうだが、移民の少女たちの場合は家族が不法滞在者の可能性もあるので、あまりいいことではない。

ペトラの名前が少女たちを安心させた。おたがいの手を放し、肩の力を抜いた。

アリエルがいった。「パーティじゃないわ。真剣なのよ」

「真剣なのはわかってる。お友達のタイラーはすごくいやだったみたいね」

「痛いんだってことは、あたしたちが前に注意したのに、あの子、とにかくやりたがったの」アリエルがいった。「ほかの子がみんなやったしね。あたしとニーヤも含めて。まず、二人でおたがいにやったの。だから、べつにタイラーをいじめたわけじゃないのよ！」

背の高い少女が——たぶん、この子がニーヤだろう——同意のしるしにうなずいた。「やってほしいって、タイラーが頼むから——」

ニーヤの説明が終わらないうちに、またしてもタイラーが悲鳴をあげた。背筋も凍えそうな恐怖の悲鳴に全員が黙りこみ（アリエルとニーヤまでも）、わたしのまわりに集まった。わたしは神殿に駆けもどって、ゆるやかな石段のてっぺんにいるタイラーのそばまで行った。タイラーは恐怖に震えながら、口をパクパクさせていた。身じろぎもせず、板石の上の人影を指さすだけだった。

さっき神殿をちらっとのぞいたときは、彫像だとしか思わなかったのだが、それはなんと、人間の男性だった。両腕を左右に大きく広げ、脚を閉じ、磔刑をパロディにしたような姿で石の上に横たわっていた。わたしの携帯の弱い光を受けて、胸から何か突きでているのが見えた。

わたしはタイラーと人影のあいだに割って入り、首の脈を診るために膝を突いた。男の肌は冷たく、首筋の脈は止まっていたが、ウィンドブレーカーの下に用心深く手を差しこむと、流れたばかりの血でじっとり濡れているのが感じられた。わたしたちがここにきたのは男性が死亡した直後だったにちがいない。

わたしは膝を突いたまま、胸に刺さったものをじっと観察した。くわしいことはわからないが、金属製の棒のような感じで、長さはたぶん一フィートほどだろう。背後でタイラーがすすり泣きを始めるのがきこえた。わたしは立ちあがり、石段の下まで彼女を連れていった。タイラーはひどく震えていて、わたしに夢中でしがみついてきた。

男性は無残な死にざまだったが、わたしは何年も暴力とつきあってきた経験から、自分の感情を封じこめ、冷静で無味乾燥な外見を保つことができるようになっていた。十二歳の子にこんな経験は必要ないし、わたしのような外見を身につけることがあってはならない。

あとの少女は石段の下でひとかたまりになっていた。「何があったの？」「あそこに何があるの？」

わたしは「あのお墓に死人がいるのよ」といいかけたが、なんだか滑稽な気がした。「あそこで男の人が殺されたの。それも、そんなに前のことじゃないわ。警察を呼ばなきゃ。あなたたちが警察の捜査に巻きこまれないようにしなくては。少なくとも、みんなが家に帰って、今夜ここで何をしてたかをご両親に正直に話すまで。ただし、みんなを逃がしてあげる前に、少しだけ質問に答えてちょうだい。儀式を始めるちょっと前に、誰かの姿が見えたそうだけど。ヴァンパイアが近くにいたって叫んだの、タイラーだったわね？」

少女たちはいっせいに息を呑み、空地の向こうの鬱蒼《うっそう》たる茂みにちらっと目を向けた。

「じゃ、ヴァンパイアを見たっていうのはほんとだったのね。まだ入会してもいないのに？」これまで一度も発言していなかった少女の一人がいった。

「ううん、この子が見たのはヴァンパイアじゃないわ。人間よ」わたしはタイラーの肩を押して下がらせ、彼女の目をのぞきこんだ。「あそこに倒れてた男性と同じ人だった？」

「なんであんなこといったのか、わかんない。ヴァンパイアを見ただなんて。あたし、誰も見てない」タイラーは小声でいった。

「ほかのみんなはどう？　ここに着いたとき、茂みに誰かがいるのを見なかった？」

全員が押し黙ったまま、わたしを見つめた。ようやく、ニーヤがいった。「タイラーは儀式のことですごく興奮してたから、たぶん、何かを見たって思いこんだんだわ」

東の空で稲妻が光り、ふたたび分厚い雲が月にかかりはじめた。母なる自然が今夜の仕事をまだ終えていないという警告だ。暴風雨のなかに立ってこの子たちと口論するのはごめんこうむりたい。警察に殺人を通報しなくては。わたしは少女たちに、いまからみんなをいつも集まっているアパートメントに送り届け、わたしが警察に話をするあいだは、従妹のペトラにみんなの面倒をみてもらうことにする、といってきかせた。

「そこからおうちの人に電話するのはかまわないけど、誰が迎えにきてくれるかをペトラのほうで確認するまで、誰も家に帰っちゃだめよ」

アリエルが反論しようとしたが、わたしは黙らせた。「今後の指揮をとるのはあなたじゃないわ。わたしよ。あなたがご両親か後見人以外の人とドゥーデックのアパートメントを出ていこうとしたら、わたしが戻るまで、ペトラに押さえつけててもらいますからね」

「うちにみんなを泊めるなんて無理よ」淡い色の髪を長く伸ばした少女が初めて口を利いた。「寝室が三つしかないもん」

「あなたがカイラ・ドゥーデックね？　ルーシーのお姉さん？　あなたのお友達がひと晩じゅう逆立ちすることになっても、みんなが大人の付き添いなしで勝手にアパートメントを出ていかないかぎり、わたしは気にしないわ。さ、行きましょう」

「けど、うちのママが——」カイラがいいかけた。

「これは教育と呼ばれるものよ」わたしはいった。「あなたたち七人全員が学習していることなの。何かをやれば、その結果がふりかかるということを」

わたしは少女たちを集めて、不格好ながらもひとつにまとめ、レヴィット通りのほうへ強引に歩かせた。通りに近づいたとき、フェンスの向こう側で青いライトが光った。誰かがタイラーの悲鳴をききつけて、警察に電話したにちがいない。

「レヴィット通りに警察がきたわ」わたしはいった。「あなたたちが警察から事情をきかれる前に、みんなをご両親のところに送り届けなくては。いまからまわれ右をして、墓地の裏から通りへ出る道を見つけることにするわ。懐中電灯をつけたくないから、歩くのが大変だと思うけど、ひとかたまりになって、わたしのすぐうしろをついてきて」

わたしはうしろを向き、チームの面々が——これをチームと呼べるならだが——そろっていることを確認してから、空地のほうへ戻り、神殿を通りすぎ、イバラの茂みに入っていった。

タイラーがわたしの手にすがりついてきた。おかげで、小道からそれずに歩いていくのが大変だったが、彼女の手をふりほどくことはかわいそうでできなかった。背後で拡声器の声が響いた。〝こちらはシカゴ警察。動くな。そこにいるのはわかっている〞警官隊が墓地に入りはじめるのと同時に、サーチライトの光が見えた。タイラーがわたしの手にさらに強くすがりつき、少女の一人が恐怖のあまりべそをかいた。稲光がひどくなり、雲のあいだで雷が不機嫌なドラム奏者のようにゴロゴロ鳴りはじめた。

「大丈夫よ」雷鳴に紛れて、わたしはそっといいきかせた。「向こうは当てずっぽうでいってるだけ。わたしたちがここにいることも、じつは気づいてないの。大事なのは、なるべく音を立てないようにすること」

東へ向かって歩くあいだに、少女たちもわたしも何回か大理石の破片につまずいた。ふたたび雨になり、汚れた大きな雨粒が木の枝を伝って垂れ、わたしたちの首筋を濡らした。墓地の東側の端を示す塀にたどり着いたところで、本格的な嵐になった。

雨が叩きつけるようにふるなかで、わたしは妖精アリエルのほうを向いた。「いまからあなたを塀のてっぺんへ押しあげる。向こうをのぞいて、通りをうろついてる警官がいなかったら、塀をまたいで飛びおりて。それから、全員にいっておきます。カイラ・ドゥーデックのアパートメントへ行って、そこでじっとしてなさい。わたしもできるだけ早く合流するつもりだけど、まず、警察に話をしなきゃいけないの。それから、このまま黙って逃げられるなんて、ぜったい思わないこと。ペトラから全員の名前をききだして、明日、みんなの親御さんに話をしますからね」

ニーヤが文句をいおうとしたが、アリエルに止められた。「うちのママがちゃんとしてくれるわ。こんな人と議論してもだめ」

わたしはきこえなかったふりをすることに決め、アリエルのために両手で踏み台を作った。アリエルは軽々と飛びあがって塀のてっぺんに手をかけ、身を乗りだしてあたりを見まわしてから、〝大丈夫〟のサインをよこした。わたしはほかの子たちにも手を貸して、塀を乗り越えさせた。そばに残るといったタイラーにも。

「さっきの輪の真ん中で何があったかなんて、いまはどうでもいいの」わたしはタイラーにいってきかせた。「警察の事情聴取を受けるより、アリエルやほかの子と一緒にいるほうがずっと楽なのよ。外出禁止の時間帯になぜ外へ出てたの？　殺された男と知りあいなの？　あなたとあなたの友達が男の胸に杭を打ちこんだの？」

タイラーは息を呑んだ。「あたしたちが殺したんじゃない。みんな、男があそこにいることも知らなかったわ！」

「警察はたぶん、いまのような質問をすると思うの。しかも、あなたの返事なんて信じてくれない。ひと晩じゅう、あなたに質問をつづけるでしょうね。向こうのききたがってることをあなたが口にするまで。だから、この塀を乗り越えなさい」

タイラーはみじめな顔でうなずくと、わたしの手を借りて塀によじのぼった。わたしは一分ほどじっと待ったが、塀の向こうで誰かが少女たちを追いかけるような気配はなかった。わたしはその場に立ち、レインジャケットのフードに雨がしみこんでくるなかで、少女たちのことを考えた。タイラーとその友達は十二歳から十三歳。しかし、こんな幼い年齢の少女でも、男を誘って仰向けに寝かせ、腕を広げさせ、心臓に杭を突き刺すまでおとなしく待たせておくぐらいのことはできるだろうと推測するのに、たいした想像力は必要なかった。

もっとも、この少女たちが神殿で男性を殺したなどと、わたしが本気で信じているわけではない。儀式に夢中になっていた場所から目と鼻の先で暴力沙汰がおきていたことに、少女たちが気づいていなかった可能性のほうが、はるかに大きい。でも、タイラーはなぜ、その前に誰かを見たことを認めようとしないのだろう？　ヴァンパイアを見たと叫んだのに――もしかしたら、あとで考えてみて、その人物の正体に気づき、その男が、もしくは女が誰なのかを、周囲に知られてはまずいと思ったのかもしれない。

少女たちと徹底的に話しあわなくてはならないだろう。考えただけで疲れる。もしくは、少女たちを警察に突きださなくてはならないかも。それは冷酷だ。だが、その前に、わたし自身が警察に話をしなくては。警官の前に出ていくのは大きなリスクだが、出ていかなければ、リスクはさらに大きくなる。向きを変え、ふたたび西へ向かって歩きはじめた。

2　真夜中のサバナ

ドゥーデックのアパートメントで少女たちに合流できたのは、数時間後のことだった。警官隊がわたしを犯行現場へ案内させ、そのまま解放してくれるなどと考えるほど、わたしも甘くはなかったが、予想以上に長くひきとめられる結果となった。

下草を分けて小道をひきかえし、レヴィット通りに面した側まで戻ったときには、レインジャケットのなかまで雨がしみこみ、ずぶ濡れになっていた。真っ赤なドレスは柔らかな絹で仕立ててある。今夜の虐待に耐えて生き延びてくれるよう、心の底から願った。

墓地に入るときに使ったフェンスの隙間からすべりでて、レヴィット通りを歩き、警官隊のところまで行った。パトカーが四台止まっていて、ライトがまばゆく光っているため、通りの向かいのアパートメントに住む人々がカーテンの隙間からこちらを見ているのがわかるほどだった。警官の大部分はすでに墓地に入っていた。わたしは通りを監視するために残っていた警官に、墓のひとつに死体があると告げた。

「それほどショックを受けることでもないね」警官はそういって薄笑いを浮かべた。「ここは墓地だ」

「そうね」わたしは苦笑した。「他殺死体よ。仲間の警官に連絡して、そう伝えてくれない？　その人たちが戻ってきたら、わたしが現場に案内するから」

警官はわたしに、パトカーのバックシートにすわって、アンスティー部長刑事が話をしにくるまで待ってほしいと頼んだ――実質的には、命令だった。二分ほどで部長刑事がやってきて、わたしの話をきくために彼の車へ連れていった。

「チームの人に電話して、わたしを待つようにいってくれません？　わたしが一緒に行くほうが、ずっと楽だと思うの」わたしは言った。「被害者の倒れてる場所を知ってるから」

「みんな、一人前の警官なんだ。墓ぐらい、自力で見つけられるさ。閉鎖された墓地で嵐の夜に何をしてたのか、もう一度説明してもらおう」

わたしは話をくりかえした。「家に帰る途中、墓地のなかで誰かが悲鳴をあげるのがきこえたような気がしたの。墓地に入りこみ、悲鳴のするほうへ歩いていったんだけど、大理石の破片につまずいてぬかるみに転倒。おきあがったときには、悲鳴はすでにやんでたわ。あたりを調べてみたら、人が死んでたの。ただ、犯人はわたしに見られる前に逃げてしまった」

アンスティーは鼻を鳴らした。「嵐の最中に、閉鎖された墓地に女が一人で入ってったなんて話を、おれが信じると本気で思ってるのかい？　なんで九一一に電話しなかったんだ？」

「土曜の夜になるとこの地区の警察がどんなに忙しいか、よく知ってるから――うちの父が十二管区の署に勤務してたの」

「あんた、男にひどいことを言われたんだろ？　あるいは、ドラッグの取引がこじれたとか？」

「わたしは自分が十五じゃなくて五十だってことを一瞬忘れてしまった、サウス・サイドのストリート・ファイターにすぎません」血流がよくなることを願って、自分の腕をさすった。「こんな嫌みなことをいわれるってわかってたら、九一一に匿名で電話したほうがよかったわね。でも、死体を見つけるのを手伝ってあげれば、警察も助かるだろうと思ったの」

アンスティーは署に電話を入れて、わたしに関するデータを手に入れた。シカゴ警察のファイルには、私立探偵、事件解決の手腕にかけても、警察を怒らせる点にかけても実績あり、と記されていた。わたしとしては、どちらの意見にも反論できない。そのファイルにはどうやら、ボビー・マロリーという警部が個人的な友人であることも記されていたようだ。そして、わたしの父が本当に警官であったことも。

アンスティーが渋い顔でそれをわたしに伝えた。つまり、わたしのことを犯罪者ではなく、一人の人間として扱わなくてはならないわけだ。質問ににじむ敵意は薄れたものの、その声には依然として、警棒をわたしの頭蓋骨に叩きつけてやりたいという思いが感じられた。

犯行現場をうろつく者は犯人である可能性が高い。警官がそう考えるだろうということは、わたしにもわかっていた。しかし、犯罪を通報しなかったなら、現場にわたしの指紋がひとつでも残っていた場合、警察はすぐさまわたしを見つけだし、州のほうへわたしの探偵許可証の一時停止を要求することになったはずだ。

ここらで攻勢に出ようと決心した。「こんな夜に、どうしてここに出向いてきたの、部長刑事さん。マウント・モリア墓地はおたくのチームのパトロール担当区域に入ってるの？」

「そのとおり。おれたちゃ、死人のそばを車でまわるのが好きなんだ。平和と静けさが待ってくれてると思うと、癒されるからな。退職して平和に暮らすってのは無理だとしても」

「誰かが電話してきたのね。なぜ？　死体が見つかることを望んだ誰か？　それとも、わたしが墓地を走りまわる足音をきいたのかしら」

アンスティーは黙りこんだまま、暗いパトカーのなかでわたしの表情を探った。「マロリー警部に電話して、そっちから話がひきだせないかやってみてくれ。おれの口から話すつもりはない」

そのあと、アンスティーは彼のパソコンに向かい、さまざまな事件報告のチェックを始めた。わたしのほうから陽気な会話を始めたところ、無視されたので、車をおりようとしたが、うしろのドアがロックされていた。捜査チームから死体発見の電話が入るまで、わたしはパトカーに閉じこめられたままだった。

「よし。あんたの出番だ、ウォーショースキー。おれを捜査チームのところへ案内してくれ」

アンスティーはうしろのドアのロックをはずし、わたしをひきずりだした。チームの連中がボルトカッターを使ってすでに正門の鎖をはずしていたので、フェンスの穴からもぐりこむことだけはしなくてすんだ。

警察のスポットライトが墓地のなかを明るく照らしているおかげで、砂利敷きの小道の残骸を楽にたどることができた。ふたたび雨があがっていて、アンスティーとわたしは苦もなく犯行現場にたどり着いた。

ライトに照らされて、小さな神殿は映画のセットの一部みたいに見えた。たとえば、〈真夜中のサバナ〉みたいなのとか。凝ったデザインの墓で、イタリアの聖堂に似た感じだった。柱に支えられた丸屋根は、彫刻の装飾帯に縁どられていた。柱や、墓につづくゆるやかな石段と同じく、丸屋根も装飾帯もひびだらけで、苔に覆われていた。墓に刻まれた家名はサロマン。一族の死者を埋葬するのに莫大な金をかけたが、いまでは、死者を弔う者も、墓の手入れをする者も、さらには墓地そのものを維持する者もいなくなってしまった。

ライトのおかげで、少女たちが儀式をやっていた場所も見やすくなっていた。よく見ると、そこは空地ではなく、墓石を垂直に立てるかわりに地面に平らに埋めこんである場所だった。片側にアルコールを含んだ発泡性飲料のボトルがころがっていたので、あの子たちがまわし飲みしていたのがこのボトルでなければいいがと思った。警察に教えるのはやめておいた。墓地には酔っぱらいがけっこう入りこむ。ほかに場所のない者が墓地で愛の行為に励むこともある。空き瓶がころがっているのは、墓地ではありふれた光景だ。

アンスティー部長刑事がわたしをひきずって石段をのぼり、死んだ男を見るようにいった。

「この男がここで悲鳴をあげてたことを、おれに信じさせようっていうのかい？　ぬかるみのなかをひきずられた仕返しに、こいつの胸に杭を突き刺してやったのかい？」

わたしは愚弄の言葉には返事をせず、男性をじっと見おろした。四十歳ぐらい、白人、黒っぽい豊かな髪は両脇に白髪が出はじめている。

意外だったのは、男性の安らかな表情だった。無残な殺され方をすれば、衝撃、怒りなど、なんらかの感情が顔に残るものと思っていたが。中世の人々は、死んだ者の目に殺人犯の姿が焼きつけられると信じていた。わたしもそのようなことを期待していたのかもしれない。しかし、この男性は昼寝をしようとして、ちょっと横になったみたいに見える。

自分がミスをしたのではないかと心配になり、ふたたび男性の首に手をあててみた。湿った皮膚は、一時間前にわたしが発見したときよりも冷たくなり、こわばっていた。

「死亡してることは確認ずみだ」パトロール警官の一人がいった。

出血多量で皮膚が蠟のように黄ばんでいるため、死人というよりマネキン人形みたいに見えた。ウィンドブレーカーの下から流れだし、床にたまっている血でさえ、現実のものとは思えなかった。

「おとなしく横になったまま殺されるなんてありえない」わたしはいった。「でも、見た感じはまさにそれだわ。出血の量がすごいから、杭を突き刺されたときは生きてたはずだけど――クスリでも呑まされてた？　誰かがここまで運んできたの？」

「よし、捜査や解剖をどう進めるかであんたの指示が必要になったときは、こっちからまた連絡する」アンスティー部長刑事がいった。「その前にまず、ほんとはここで何をしてたのか、いくつか質問に答えてもらいたい。この哀れな野郎のことは何も知らないなんていうんじゃないぞ」

わたしは黙っていた。

「どうなんだ?」アンスティーが催促した。

「何もいえないわ。この哀れな野郎のことは何も知らないという返事なんか、ききたくないでしょうけど、わたしにはそれしかいえないの」

アンスティーはチームの面々に、鑑識が到着するまで現場を保存しておくよう命じた。腹を割った話しあいをするために、わたしを署まで連れていった。わたしが寒さに震え、くしゃみをし、泥汚れのついたパーティドレスに落胆の目を向けながらうずくまっているあいだに、誰かから、被害者の身元を知らせる電話が入った。マイルズ・ヴフニク、それが生前の名前。そして、わたしと同じく調査員だった。彼とは面識がないというわたしの言葉を、アンスティーは信じようとしなかった。

「部長刑事さん、イリノイ州だけで、何百人もの、いえ、何千人もの調査員がいるのよ。その大部分は探偵じゃないわ。法律事務所の依頼で調査をするか、警備会社で働く人たちなの」

アンスティーはわたしの返事を無視して、ヴフニクがわたしの依頼人の一人を強引に奪いとろうとし、わたしがそれを阻止するために彼を殺した、というシナリオを作りはじめた。

わたしは目をむいた。「最初はわたしたちのことを、仲間割れした麻薬の密売人か、喧嘩をした恋人どうしに仕立て上げようとした。今度は、とりあえずわたしの職業を尊重してくれてはいるけど、あなたの説はあいかわらず事実から百万マイルも離れてる」

わたしはふたたびくしゃみをした。「エアコンが強すぎるわよ。市の予算を節約し、地球の資源を節約するために、もう少し弱くなさい。凍えそう。これ以上質問がないのなら、帰らせてもらうわ」

アンスティーも止めようとはしなかった。たぶん、本当はわたしを疑ってなどいなかったのだろう。事件が簡単に解決することを願っていただけで、わたしがそのための手ごろな犯人候補だったのだろう。

車のところまで送ろうといってくれる者は一人もいなかったが、尾行もつかなかったので、わたしはそのままドゥーデックのアパートメントまで歩いた。

3　寝る前のお話

ドゥーデックの住まいの呼び鈴を鳴らすと、ペトラが出てきて、建物のなかに入れてくれた。わたしは少女たちに墓地の塀を乗り越えさせたすぐあとで、ペトラに電話をかけ、もうじき子供が七人押しかけるからと警告し、迎えの人間の身元を確認するまで少女たちを部屋から出さないよう命じておいたのだ。

「ヴィク！　きてくれてよかった。姿を見せたのはタイラーだけ。あ、カイラのほかにって意味よ。あとの子はどうなったの？　ほかの子が刑務所に放りこまれてもかまわないってカイラはいってるけど、みんな、どこへ行ったのかしら」

「知らない」わたしの目は困惑で大きくなった。「メールを送ってみた？」

「返事がないの。それはそうと、誰が墓地に集まってたのか、よくわかんないのよ――アリエル・ジッターが行ってたのはたしかね。アリエルがいれば、ニーヤも一緒だったと思うけど、あと三人の名前がわかんない。タイラーは泣きじゃくって、パパに殴られるっていうだけだし、そうすると、あんたにはとにかくパパがいるじゃないってカイラがいいだして、二人で喧嘩を始めるのよね」

わたしはしばらく目を閉じ、目をあけたときには夢からさめて自宅のベッドに寝ていますようにと願った。残念ながら、あたりを見まわすと、そこは依然として照明の薄暗い玄関ホールで、眼球がシクシク痛んでいた。わが七人のこびとたち——エイキー(痛い)、スクラッチー(かゆい)、クランキー(怒りっぽい)、クラビー(へそ曲がり)、グリム(不機嫌)、トラキュレント(好戦的)、ベリコース(喧嘩っぱやい)。

「夜間外出禁止令に違反した子は補導されるから、わたしはあの子たちのためにそれを回避しようとしたの。もちろん、今夜の冒険のことをまず家族に話せるよう、チャンスを作るつもりだったしね」わたしは従妹のあとから階段をのぼりながら説明した。「あの子たち、仲良く一緒にいてくれるかしら。それなら、通りで警察につかまっても安心なんだけど」

階段のてっぺんにある部屋のドアがひらいた。男が首を突きだして、声を小さくしろ、みんな寝ようとしてるんだから、と文句をいった。わたしはいまこの瞬間に寝ようとしている人々に嫉妬を感じたが、すまなさそうな笑みを浮かべ、ペトラについて忍び足で廊下の奥まで行った。ペトラがドゥーデック家の住まいのドアを押しひらいた。

幅の狭いカウチのそばに、黄色い花柄の寝間着を着た少女が立ち、泣いていた。この子がたぶんルーシーだろう。この子がペトラに電話をし、わたしが忙しい夜をすごすことになったのだ。ルーシーの横には、妹に目を向けようともせず、いや、誰にも目を向けずに、カイラ・ドゥーデックが立っていた。わたしが墓地で目にした、金髪を長く伸ばした子だ。

入会儀式を受けるはずだったタイラーが、部屋の向こうに置かれた小さなテーブルの前にすわっていた。このテーブルはデスクを兼ねているようで、夕食の残りのほかに本とパソコンがのっていた。どちらの少女も濡れた服を脱いで、乾いた短パンとTシャツに着替えていた。タイラーはギクッとした顔でひらいたドアを見たが、カイラのほうは、ペトラとわたしが入っていっても顔もあげなかった。

カウチと、テーブルと、ビニールをかぶせた椅子四脚で、部屋はほぼ埋まっていた。カウチと向かいあったウォールユニットには小さめのテレビが置かれ、四段か五段は本棚になっていた。カウチの上のほうに飾られた聖母マリアの絵と、テーブルの背後の壁にかかった十字架像とが、ドゥーデック家のアートコレクションのすべてだった。

狭い部屋だった。狭すぎるため、少女二人のあいだの緊張がもろに伝わってきた。ペトラが二人には目もくれず、まっすぐルーシーのところへ行くと、ルーシーはわが従妹の脚にしがみついた。それでようやく安心できたのか、泣きやんで、夜のわが家に今度はどんな新しいドラマが持ちこまれたのだろうと、わたしをじっと見た。

わたしはテーブルの椅子をひいて、タイラーとカイラのあいだに置いた。「オーケイ、お嬢さんたち。話を始める時間よ。今夜はいったい何があったの？」

「べつに何も」カイラが小さく答えた。

「雷雨のなかでわざわざ墓地に集まったくせに、〝べつに何も〟はないでしょ。あなたたち、カーミラのカルトの入会儀式を――」

「カーミラのカルト？」ペトラが叫んだ。「ちょっと、みんな、何やってたの？　読書クラブではそんな活動してないわよ」

「あたしたちが勝手にやってるの。っていうか、ヴァイナ・フィールズの高慢ちきな子たちが勝手にやってるだけ」カイラがいった。

「高慢ちきじゃないわ」タイラーがいった。「うちの家族があたしをあの学校に入れたからって、そんなの、あたしの責任じゃないもん」

ヴァイナ・フィールズというのは私立校のひとつで、外交官や芸能人の子供たちや、シカゴの大富豪の子弟がここに通っている。親は人生という競争の場でわが子を早くから優位に立たせようとして、住宅を新築するのと同じぐらいの大金を注ぎこんでいる。

「読書クラブのメンバーでもないくせに、でかい顔して割りこんできたじゃない！」カイラがいった。

「そんな言い方、あんまりだわ。パパが許してくれれば、あたしだってメンバーになってたわよ。けど、許してくれないし、今週末はパパが街を留守にしてるから、やっと、アリエルのとこに泊まってもいいって許可が出たのよ」タイラーはムッとした口調でいった。

「でも、じっさいには、カイラのところにやってきた」わたしはいった。

タイラーは爪の甘皮をむしりはじめた。わたしはここで初めて、彼女の指先が赤むけになっているのに気づいた。

「そうよ。この人、大きなお姉ちゃんたちと一緒にここにきて、そのあとでカイラがみんなと出かけちゃったの。あたしのお守りをするはずだったのに。あたし、一人ぼっちにされて怖かった。ママにいいつけてやる！」ルーシーの怒りに満ちた甲高い声に、わたしたち全員がビクッとした。いままでひっそりと立っているだけだったのだ。

「まあまあ、落ち着いて、いい子だから。午前二時になるのに、まだ寝ないの？　ウサちゃんみたいにベッドに飛んでもどらないと、あたしがママにいいつけるわよ！」ペトラがきっぱりといった。

ルーシーはわたしの従妹に目を向け、本気かどうかを探ろうとした。ペトラが彼女を抱きあげて、部屋から連れだした。妹が四人もいるから、小さい子の扱いには慣れているのだろう。トイレで水が流され、ペトラが陽気にしゃべり、ルーシーがクスクス笑うのがきこえてきた。しばらくして、ペトラがわたしたちのところに戻ってきた。

「あたしが部屋を出る前に、あの子、眠りこんでたわ。小さな子には刺激の強すぎる夜だったわね」

「わたしたち全員にとっても、刺激の強すぎる夜だったわ」わたしはうなずいた。「でも、そろそろほんとの話をしてもらわなきゃ。急いでね。カイラのママが帰ってくる前に。単純なことから始めましょう――今夜、あそこに集まってた子の名前と電話番号」

カイラとタイラーは視線をかわし、肩をすくめた。わたしは従妹を見た。「アリエルとニーヤはわかってる。タイラーとカイラもわかってる。あとの三人は誰なの？」

「ルーシーの話だと、ベアータ・ミツワがここにきてたそうよ。ここにいるカイラと同じく、マリーナ財団の世話になってる女の子の一人」ペトラがいった。

「じゃ、タイラーとほかの子たちはマリーナと無関係なの？」わたしはきいた。

「ヴァイナ・フィールズの子たちよ。去年の冬にあたしが話したでしょ、ヴィク。うちのボスが、マリーナの女の子とヴァイナ・フィールズの子をペアにするという実験的プログラムを始めたの。ヴァイナ・フィールズの生徒はこれに参加すると地域奉仕活動の点数がもらえることになってて、マリーナの子たちのお姉さん的存在になるというのがプログラムの狙いなの」

「へーえ、それで、偉そうな顔をして、みんなを墓地へ連れてくわけ？　いいお姉さんだこと！」

ペトラはいらだたしげなしぐさを見せたが、カイラが爆笑した。

「学校が休みになっても、読書クラブの活動をつづけてるの？」わたしはきいた。

「読書クラブは年間を通じてやってるから、読解力が学年のレベルより劣ってる子は、ほかの子に追いつくために夏休みを利用できるわけなの」ペトラが説明した。

「成果はあがってる？」

「うちのグループはバッチリよ。だって、『カーミラ』のシリーズを読んでるから。こういう本だと、子供たちはもう夢中なの！　ヴィクがこの本のことを耳にしてないなんて信じられない」

「わたしは金融機関のヴァンパイアたちの話を読むほうに、ずいぶん時間をとられてるから。わたしが対処できる刺激はその程度のものよ。さて、この件を片づけてしまいましょう。今夜、墓地で何があったのか、わたしに話してちょうだい。タイラー、アリエルと一緒に輪の真ん中にいたとき、何があったの？」

タイラーは無表情にわたしを見た。「べつに何も」

「みんなのことも、くだらないクラブのことも、大嫌い、みんなにどういわれようとかまわない、あなた、そういったわね。なんなの？　フェイスブックに臆病者とでも書かれるわけ？　それを気にしてるの？」

「かもね」タイラーはまたしても甘皮をむしりはじめた。

「カーミラの入会儀式は読書クラブの活動には含まれてないって、あなた、いったわね」わたしは従妹にいった。「どういうものなのか知ってる？　あるいは、悲鳴をあげた者に少女たちがどんな報復をするのか」

ペトラの変わりやすい顔には、何も知りませんという表情が貼りついていた。「カーミラ・クラブというのが全国にたくさんできてて、申し込みをすると、会員証か何かがもらえるみたい。あたしが知ってるのはそれだけよ。友達とあたしがカーミラの本に夢中になったころは、シリーズはまだ一冊か二冊しか出てなかったわ。カーミラ・クラブやキャラクターグッズはそのあとで登場したのよ」

「ねえ、カーミラってヴァンパイアなの？」わたしが考えていたのは、ヴァンパイアを見たという叫びだった。叫んだのはタイラー？

「やだ、ちがうわ。カーミラは変身できるの――大ガラスに！　ヴィク、あたしの従姉がこんなに無学だなんて恥ずかしい！」

「あの子たちはタイラーの入会儀式をやっていた」わたしはさらにつづけた。「痛い思いをするって、みんなが警告したけど、それでもタイラーは最後までやりたがった。あの子たち、カラスのまねをしたの？　アリエルがあなたの目玉をつっついたの？」

タイラーは不安そうにクスクス笑いを洩らしたが、カイラが横からいった。「ちがうわ。アリエルとニーヤが突き刺して――」

「いっちゃだめ。何もいわないって誓いを立てたんだから」タイラーが叫んだ。

「アリエルとニーヤが勝手に決めたことだわ。しかも、あの子たち、今夜ここに戻ってもこなかった。あんたたちヴァイナ・フィールズの子には、あたし、もううんざり。ベアータとあたしの友達になりたいみたいな顔して、けど、ほんとのことというと、あんたたちがここにくるのは、うちのママが夜働いてるのを知ってるからだわ。こっそり出かけてきて、大人の耳を気にせずにおしゃべりできるから。あんたなんて、読書クラブのメンバーでもないのよ。あんたに会ったの、あたし、今夜が初めてなんだから、この家で何をいっていいか、いっちゃいけないか、いちいち指図するのはやめてよ！」

「あたしに文句いわないで！」タイラーはいいかえした。「みんなの話だと、あんたが妹のお守りをしなきゃいけないから、この家で集まろうっていったそうじゃないの」

「みんながここに集まることは二度とないから、そんなことでぐちぐちいうのはやめなさい」わたしはいった。「でも、ほんの好奇心から質問するんだけど、カイラ、どうしてこのグループに入ったの？」

「ほんとかどうかわかんないけど」カイラは小声で答えた。「本に出てくるジラルダみたいに、あたしたちも変身できるようになるんじゃないかと思ったの。思いついたのはアリエルだけどね。ジラルダは大ガラスに変身できるのよ。だから、あの、魔法で霊を呼びだすのは悪いことだってわかってるけど、あたしも大ガラスになれたら、ポーランドのタルヌフまで飛んでいけると思ったの。あそこに住んでたときに、タータが――パパが出てったの。だから――」

カイラは頰を鈍いピンクに染め、話すのをやめた。

「アリエルとニーヤがあなたにどんなことをしたのか、話してくれると助かるんだけどな」わたしはいった。「怒らないから。どうしても知りたいの」

「アリエルとニーヤはね、おたがいのてのひらに太い縫い針を突き刺したの」小さな声でカイラはいった。あまりにも早口なので、理解するのが大変だった。「それから、おたがいの血をなめて、それから、あたしとほかの子たちに針を刺して、みんなでおたがいの手に唇をつけたの」

「オエ、気持ち悪い！　なんで話してくれなかったの？」ペトラの口が嫌悪にゆがんだ。

「そしたら、どの本にもそんな場面はひとつもないって、みんなに教えてあげられたのに。ヴィク、信じてちょうだい。ヴァンパイアになろうとか、変身しようなんて話は、あたし、一言もしてない。ドラキュラとヴァンパイアのことは誰だって知ってるけど、おたがいの血をなめる話なんて、読書クラブでは出たこともないわ」

わたしはかすかな笑みを浮かべた。「想像力のなせるわざね。あなた、自分がみんなの想像力を解き放ったことを誇りにすべきだわ」カイラに視線を戻した。「その儀式をやってたときに、ルーシーに見られたの？　だから、今度は墓地へ出かけることにしたの？」

カイラはうなずいた。「先月はアリエルもニーヤもこられなかったけど、その前の満月のときに、ええと、五月だったけど、ルーシーに声をきかれちゃったの。ジェシーが針を刺されたときにちょっと悲鳴をあげて、それでルーシーが見にきて、ちょうどそのとき、みんながあたしに針を刺してたものだから、あの子、キャーッてすごい声をあげたの。アリエルも、ジェシーも、ほかの子も逃げちゃった。でね、つぎの朝、ごはんのときにルーシーが母さんに告げ口したの。あたし、友達が何人か宿題やりにきて、みんなで応急手当の練習をしただけで、ルーシーにはその場面が理解できなかったんだって答えておいた。けど、今夜は、タイラーとアリエルとニーヤが外へ出ることにしようって決めたの。ルーシーにまた見られるといけないから」

「ここで待ちあわせたの？」わたしはきいた。「アリエルとニーヤとほかの子たち」

カイラはうなずいた。「静かにするように、みんなにいったんだけど、たぶんルーシーが目をさまして、あたしたちが出てくのを見たのね。あの子、ペトラの電話番号を知ってたから——だって、母さんのためにメモした番号が冷蔵庫に貼ってあるし——ペトラに電話したんだわ」

「みんながここにくるのを、その子たちの母親がよくも許したものね」わたしは不思議に思った。

カイラは肩をすくめた。「たぶん、貧乏でバカな移民の一家に善行を施すために出かけるとかなんとかいったんでしょ」

「そんなんじゃないわ！」タイラーが叫んだ。「アリエルがみんなにいったの——アリエルのとこでお泊まり会をするって、家の人にいうようにって。ただし、アリエルはお母さんに、ニーヤのとこへ行くっていったの。でね、学校のそばにあるノース・アヴェニューのバス停で待ちあわせて、バスでここにきたの」

わたしは目をこすった。その場面が頭に浮かんできた。わたし自身の子供時代、屋根裏部屋のベッドで寝ていると母に思いこませておいて、従兄のブーム＝ブームと一緒に悪さをしたことを思いだしたおかげで、じつにあざやかに想像できた。

「七人そろって墓地へ出かけ、そのあとでタイラーがヴァンパイアを見たのね」

「見てないわよ」タイラーはいった。

「そうね。あなたが見たのは、ほんとは人間だもの」わたしは同意した。「男性？　それとも、女性？」

「知らない。目の端にちらっと見えただけで、ただの影みたいだった。おまわりさんにはいえない。いえば、パパにいいつけられるもん」苦悶でタイラーの声がうわずった。

わたしはタイラーの家庭状況が心配になった。父親はありふれた頑固おやじなのだろうか。

それとも、じっさいに暴力をふるうのだろうか。その点の確認はペトラにまかせることにして、いまは墓地で何があったかにわたしの注意を集中した。

「でね、死んだ人なんだけど――誰だった？」

「知らない。あたしが殺したみたいな言い方するのやめてよ。会ったこともない男なんだから」

わたしはテレビの上の時計に目をやった。もうじき三時。殺された探偵マイルズ・ヴフニクについて、タイラーかカイラが何かを知っているとしても、わたしの脳がうまく機能していないため、二人から巧みに答えをひきだすための質問を思いつくことができなかった。とにかく、アリエルとニーヤがグループのリーダー格で、場所選びもこの二人がやっている。しかし、カーミラの読書クラブのメンバーに殺人を命じることができるほどの力を持っているだろうか。

「あなたたちと別れるときに、アリエルとほかの子たちはなんていってた？」わたしは少女たちに尋ねた。

「ジェシー・モーゲンスターンって子がいるんだけど、その子のパパが、えっと、政治家とかにお金をたくさん渡してるんだって。そのパパが市長の下で働いてる誰かに頼んで、警察のほうをなんとかしてくれるだろうって、ジェシーがいってた」カイラはいった。「けど、あたしとベアータは警察に話なんかできない。母さんたちが強制送還されちゃうもん。だから、ベアータは自分の家に帰ったの。家はここから二ブロックほどのとこよ。ベアータのママとうちの母さん、同じホテルで働いてるの」

「今夜はここまでにしましょう」わたしは立ちあがった。「タイラー、あなたのご両親はほんとに街を留守にしてるの？　あなた、今夜はどこに泊まるつもりだったの？」

「アリエルのとこか――ニーヤのとこでもいいと思ったんだけど――あの子たちが逃げちゃう前に頼んだら、二人とも――二人とも意地悪で、あたしのこと臆病な泣き虫だっていって、あたしとは二度と口きかない、ヴァイナ・フィールズのみんなにいって仲間はずれにしてやる――そういったの」涙がタイラーの頰を伝った。

「うちには泊まれないよ」カイラが冷たくいった。「あたしとルーシーが同じ部屋に寝てて、母さんがベッドを使ってる。それでおしまい」

「あたしのとこへ連れてくわ」ペトラがいった。「お父さんたちは明日戻ってくるの、タイラー？　午後からあなたを家まで送って、あなたが読書クラブのメンバーと一緒だったってご両親にいってあげる」

わたしは従妹に感謝の投げキスを送った。二人が出ていく前に、そばまで行き、アリエルに針を刺されたタイラーの手のひらを調べてみた。小さな刺し傷があり、乾いた血に薄く覆われていた。家に着いたらオキシフルで消毒するよう、ペトラにいっておいた。

「腫れてくるか、皮膚に赤い斑点が浮いてくるようなら、すぐお医者さんへ行かなきゃだめよ」わたしはタイラーに警告した。「パパの前ではどんな嘘をでっちあげてもかまわないけど、あなたたち、おたがいの手に針を刺すなんて、自分から疫病を招いてるようなものよ」

　ペトラがタイラーに腕をまわし、彼女をやさしく促して夜の通りへ出ていった。わたしはあとに残り、カイラが妹と二人で使っている部屋のベッドに彼女を寝かせることにした。二つのベッドのあいだにポーランドの地図がかかっていて、南東のタルヌフが赤丸で囲んであった。

　ルーシーのベッドの横の壁は馬の写真に覆われていた。ルーシーはあらゆるサイズと色をしたおもちゃの馬に囲まれて眠っていた。カイラは自分のベッドの横に、ブーディカ・ジョーンズ作『カーミラ／夜の女王』の表紙で作ったポスターを貼っていた。少女の身体から大ガラスが姿をあらわし、背後には、茶色と緑がねばねばと広がったなかに、イノシシの牙と赤くぎらつく目がかすかに見える。

　カイラが着替えをするあいだ、わたしは寝室の外で待った。壁にもたれてうとうとしていたら、苦悩の叫びがきこえた。

「今度は何なの？」わたしは疲労困憊《こんぱい》で、新たな危機に対処する気力がなかった。

「あたしの携帯」カイラがべそをかいた。「きっと墓地で落としたんだわ。母さんにめちゃめちゃ怒られる。買いなおすお金なんて――」

「明日、もう一度墓地へ行って捜してあげる」わたしはあわてて約束した。「いまはくよくよするのをやめて、とにかく寝てちょうだい。お母さんが帰ってくるまでわたしがそばについてなくても、ほんとに大丈夫？」

「いつも妹と二人きりだもん」カイラは鼻をグスンといわせながら、狭いベッドにもぐりこんだ。「あたしの携帯、捜しにいくって約束してくれる？　出てくとき、玄関ドアをちゃんとロックしてってくれる？　ドアの横のフックに鍵がかかってるから、外からロックして、鍵をドアの下から押しこんどいてくれる？」

わたしはカイラにシーツをかけてやったが、ベッドカバーは足のほうで折り返したままにしておいた。ウィンドファンが弱々しく役目を果たしているが、部屋のなかは暑い。ルーシーは泣きわめいて疲れはてたのか、姉に新たな危機がふりかかったのも知らずに眠っていた。

わたしは出ていくときに、鍵はフックにかけたままにしておき、ピッキング用のツールを使ってデッドボルトをかけていった。雨はすでにやんでいたが、月が沈みはじめていて、通りは暗かった。自分の車のほうへゆっくり戻りながら、男性が殺害されたまさにその場所に少女たちが集まったのはなぜだろうと、ふたたび不思議に思った。それも単純な殺しではなく、杭が心臓を貫いていて、まるで犯人が男のことをヴァンパイアだと思いこんでいたかのようだ。少女たちが変身する能力を身につけようと望んでいた場所で発生したヴァンパイア殺し。偶然の出来事として片づけてしまうのは、相当に無理がある。

4　お守り――もしくは何か

　シカゴ・アヴェニューを歩いていくと、バーから出てきたカップルが、コーヒーでも飲むようにとわたしに一ドルよこした。お金を渡されて、自分がどんなにひどい格好かということに気づいた――ランニング・シューズと泥だらけのドレスでは、ホームレスを絵に描いたようなものだ。

　夜が始まったばかりのとき、わたしはリムジンを乗りまわす人種のような、もしくは、少なくともヴァルハラ・ホテルの大舞踏室の常連みたいな顔をしていた。そのホテルへ向かっていたのだった。もともと、けばけばしい大規模なイベントが苦手だが、ヴァルハラに出入りするのはけばけばしい連中と決まっている。とくに苦手なのは、わたしが軽蔑している人々の人生と仕事を祝うイベントで、今夜はウェイド・ローラーがその主役だった。

　あなたがローラーを知らないとすれば、それはたぶん、二十年も前に廃刊になった《シカゴ・デイリー・ニューズ》のマイクロフィルムからニュースを仕入れているせいだろう。地元出身の男が〝成功した〟という言い方では、まだまだ不充分だ。地元出身の男が全国区のスーパースターになったというほうがぴったりだ。

わたしは彼の番組をぜったい見ない主義だが、シカゴに住んでいるかぎり、ローラーの顔を知らずにいることはできない。バスの車体や、広告板や、《ヘラルド・スター》のうしろに顔が出ている。GEN（グローバル・エンターテインメント・ネットワーク）では、一番人気を誇るケーブルテレビのニュース番組の司会にローラーを起用しているので、ケネディ高速沿いの広告板にしばしば彼の顔が登場する。

ローラーのトレードマークは、喉もとのボタンをはずした青いチェックのワークシャツ。彼が労働者階級の人間で、無気力なリベラル派ジャーナリストのスーツとネクタイを軽蔑していることを示している。豊かな黒髪は、生放送のあいだ、ほどほどに乱してある。〝アメリカは危機のなかにある。わたしは髪を梳かす暇などない!〟というポーズ。

今宵の祝賀イベントでは、チェックのシャツにディナージャケットという調和に欠ける装いだった。ジャケットは現代風のデザインで、前身頃に正方形のポケットが縫いつけてある。襟には宝石をちりばめたアメリカ国旗。国旗のてっぺんにしゃれたデザインの小さなトウモロコシの穂がのぞいている。ダイヤもルビーも買えるが、心は基本的に中西部の田舎者のまだ、と主張するかのように。

ローラーは《アス》や《ピープル》にしょっちゅう名前と顔が出ている有名スターの一人を連れて、パーティ会場をまわっていた。わたしの真っ赤なイブニングドレスは背中が大きくあいたロング丈だが、エポキシ樹脂で顔に笑みを貼りつけたようなスターの姿を見て、厚着をしすぎたような気分にさせられた。わたしとマリ・ライアスンが一緒に立っているところにローラーが近づいてきたとき、わたしは胸もとから乳房がこぼれでるのをスターがどうやって防いでいるかを、こっそりたしかめようとした。なにしろ、ドレスの前あきがウェストまでつづいている。これもきっとエポキシ樹脂ね――ローラーと握手せずにすむよう、右手にグラス、左手に料理の皿を持ったまま、わたしはそう結論した。

「やあ、ライアスン。きてくれてありがとう」ローラーの目がわたしたちの背後を探り、注意を向ける価値がもっとありそうな人々を見つけようとした。

「欠席するわけがない」マリは必要もない誠意をこめていった。

ローラーは得意げな笑みを浮かべた。「で、こちらの魅力的な人は？」

「V・I・ウォーショースキーです」わたしはいった。

「お目にかかるのは初めてだね。よそからきた人？」

「生まれも育ちもここよ。鋼鉄《スティール》の街。あなたは？」

「〝盗人《スティール》の街〟とはなんだね？　シカゴのモットー？」

「冴えてるわね、ミスタ・ローラー。あなたがどんなに頭のいい人か、あなたに会えてどんなにわくわくしたか、わたしのブログに書くことにするわ」

わたしは物憂げな声を保ち、マリのためを思って不快感を声に出すまいとした。それでも、ローラーは唇をこわばらせ、目を細くした。スターの肘に手を添えてよそへ連れていこうとしたが、スターはその場から動かなかった。もしかしたら、わたしと同じく、彼女もローラーが嫌いなのかもしれない。もしかしたら、こうしたパーティの場で彼と一緒に姿を見せるというのは、彼女の広報担当者のアイディアだったのかもしれない。

「あなた、GENの方？」スターがきいた。

「私立探偵よ」わたしは答えた。「数多くの事件をマリ・ライアスンと一緒に追ってきたの」

ローラーにじっと見られて、わたしはこの男の肋骨をばらばらに砕いてやりたくなった。

「この女性に助手をやらせてるのかね、ライアスン？　テレビ局はなぜ、きみにナイスバディの女を与え、わたしにはシカゴでいちばん醜い男をよこしたんだろう？」

「人の外見と結果は一致するものなんでしょうね」わたしはいった。

ローラーが顔をしかめた。うわべの魅力が消え失せ、強烈な怒りがあらわになった。「どういう意味だ？」

マリから乱暴に腕を突かれて、グラスのワインがこぼれた。不運な出来事に全員が叫びをあげ、スターはローラーに連れられてこの場を離れた。

「なんであんなことをいわずにいられないんだよ？」マリが詰問した。

「ほんの冗談だったのよ、マリ。ローラーが聖なる存在で、彼の嘲弄に口答えすることは許されないなんて、わたし、知らなかったの。ローラーを見つけだして謝ったほうが、あなたのキャリアにプラスになる？」

「いや、いや、いらん！　きみの謝罪には、目の黒あざと、おれのキャリアを本格的に終わらせる言葉が含まれかねん」

「ところで、あのピンバッジだけど——あの人、自分の服のひとつひとつにあれをくっつけてるの？」わたしはムッとしながらきいた。「トウモロコシの穂って、どういう意味よ？アメリカでいちばんの田舎っぺだってことを強調してるわけ？」

「選挙シーズンが始まってから、きみ、どこにいたんだ、ヴィク？　あれはヘレン・ケンドリックのトレードマークだよ。合衆国の国旗に、アメリカの心臓部の産物であるトウモロコシを添えたもの。バイオエタノールが亭主の一族の富において大きなウェートを占めている。それは知ってるだろ？　そして、ローラーは彼女の熱烈な支持者なんだ」

ヘレン・ケンドリックは上院議員に立候補している。アメリカが偉大な国だったのは、リンカーンが奴隷解放宣言に署名する前日までだったという考えの持ち主なので、ローラーが彼女の選挙運動を応援していても驚くにはあたらない。

メディアや芸能界のセレブがほかにも何人か通りすぎていった。わたしがブログをやっていれば、キャリアアップのためにボトックス注射を新たに受け、顔を塗りたくり、クロエかヴェラ・ウォンのドレスで登場する必要がある、と思っている有名人が何人ぐらいいるのかを書き記したことだろう。GENのリアリティー番組〈オール・アメリカン・ヒーロー〉に出ているスターを目にしても、わたしはべつに興味もなかった。愕然としたのは、上院議員や、さらには最高裁判所の判事までが、見たり見られたりするためにワシントンから飛んできていることだった。ローラーの声がアメリカの政界にどれほど影響力を持っているかを、如実に示すものといっていいだろう。

数分後、GENの報道部長、ハロルド・ウィークスが通りかかった。わたしは彼のことを池の底のヘドロだと思っているが、それでも笑顔を見せ、寡黙な態度で通し、胸の谷間を黙ってのぞかせてやった。

「いい仕事をつづけてくれよ、ライアスン！〈シカゴ・ビート〉はグローバル・ワンで働くわれわれにとって大切な番組だからな」

それをきいて、わたしは目をむかずにいられなかった。シカゴに登場したニューヨークのトランプタワー以来の醜いガラスと鉄のかたまりに、ご大層な名前をつけたものだ。

「光栄です、ハロルド」マリはいった。大仰なその口調にこっちはうんざりさせられた。

「ここにいるヴィクを紹介させてください。V・I・ウォーショースキー。シカゴでもっとも腕のいい犯罪調査員の一人です」

ウィークスの眉が跳ねあがった。「ここで殺人がおきそうですかな？」

「いいえ」わたしは答えた。「ありふれた汚職と腐敗だけ。とくに何もありません」

「ぼくが書いた記事の多くは、V・Iが調査を手がけたものなんです」マリがあわてていった。「たとえば、この冬に暴かれた、戦争で暴利をむさぼっていた企業の事件などもそうです」

ウィークスは顔をしかめた。「きみが大スクープをものにしたと思っているのは、わたしも知っているが、ライアスン、戦争が暴利をむさぼるチャンスをもたらすというのは、どの時代においても真理なんだよ」

わたしは思いきりうれしそうに微笑してみせた。権力者の前に出て有頂天になっている愚かな女というイメージ。「暴利をむさぼるチャンスを狙っている者にとっては、たぶんそうでしょうね。その他の人々は頭を吹き飛ばされるチャンスをつかむだけだわ」

一瞬、気まずい沈黙が広がり、やがてウィークスが笑いだした。赤い絹のドレスをまとった笑顔の女。大目に見てやるとしよう。

マリは頑固に話をつづけた。「ぼくが取材中のシリーズのことはご存じですよね。〈中西部の心の闇〉。心を病んだ人々を、街の通りから州立病院の犯罪者病棟まで、さまざまな場所で取材しているんです。ヴィクなら、このシリーズをさらに深みのあるものにしてくれるでしょう」

ウィークスはマリの腕を軽く叩いた。「心にとめておくよ、ライアスン。きみの友達が調査の経験を積んでいるのなら、うちからも仕事をまわせるかもしれない」

数分前のローラーと同じく、ウィークスの目も生気をなくしていた。マリとその友達の話し相手になるのは、彼にとって煉獄のようなものだろう。ウィークスを責める気にはなれない。おたがいさまだ。

ウィスコンシンの州知事がやってきて、ウィークスの腕を叩いた。報道の王さまは歩き去った。

「マリ、このホラーショーに招待してくれた理由はそれなの？　心を病んだ犯罪者をテーマにした記事を書くために、わたしに手伝いをさせようっていうの？　そういう下心があることをどうして黙ってたの？」

「ここにくることからして、きみ、さんざん渋っただろ。とてもじゃないが、そこまで話せる状態じゃなかった」マリは反論してきた。

それは事実だ。先週マリから電話があって、GENの人気スターであるローラーの番組十周年を祝う今夜のパーティに同伴者として出てほしいと頼まれたとき、わたしは即座にことわった。

「わたし、ウェイド・ローラーが大嫌いなの。彼の政治信条が嫌い。粘っこい声が嫌い。そして、労働者階級の男のふりをしているのが嫌い。ケネディ高速を走ってるとき、あの嘘っぽいワークシャツを目にするたびに、吐きたくなるわ。子供のころ、実家の芝生を刈ってくれた近所の人にお金を払ったのが、あの男のやった重労働にいちばん近いものでしょうね」

「はずれ。ローラーは荒廃した家庭で育ったんだ。カメラの前で泣くのを見たことがある。父親が出ていって、ローラーと姉は自力で生きるしかなかったそうだ。あの男は成功で傲慢になっただけではない。復讐心に燃えるようにもなった。おれの仕事も安泰じゃないから、テレビ界で金の卵を産みつづけるガチョウを侮辱するわけにはいかないんだ。それに、一人でパーティに行くのもいやだし」

「公の場で会うたびにあなたが見せびらかしてた、金髪の二十代の子たちはどうしたの？」

ぴしっといってやった。

「焼きもち？」

「あきれてるのよ。年齢にふさわしいふるまいをしたら?」

「だから今回はそうしようとしてるのに、きみは協力してくれない。きみの力でおれのリハビリをやって、年齢がばれるのを恐れないベビーブーム世代の人間に戻してくれよ」マリはわたしを丸めこもうとした。

「あなたのリハビリをやるとしたら、マリ、〝白人の犯罪/黒人の受刑者〟でピューリッツァー賞をとったジャーナリストに、あなたを戻すためよ」

この言葉が口から出たとたん、わたしは撤回したくなった。マリは、黒人が多く住むサウス・サイドとウェスト・サイドでコカインやメタンフェタミンを買っても、ドラッグ売買の罪に問われることがほとんどない白人の若者たちをテーマに、《ヘラルド・スター》ですばらしい連載をやったことがある。ドラッグ売買の現場で出会った四人の若者(黒人二人、白人二人)を一年間にわたって追跡した。一年後、白人二人はハヴァーフォードとプリンストンの大学に入るため、東海岸へ向かって旅立った。黒人の一人は麻薬所持の罪で懲役十五年をいいわたされていた。もう一人は死亡していた。

マリがピューリッツァー賞を受賞した一年後、〈グローバル・エンターテインメント・ネットワーク〉が《ヘラルド・スター》とその他いくつかの新聞社を買収した。ハロルド・ウィークスがケーブルテレビへの進出を視野に入れてハリウッドの小さな映画会社を買収し、ロサンゼルスの端のほうにあったその会社をシカゴのワッカー・ドライブへ移転させ、〈グローバル〉の傘下に入った新聞社の記者たちを解雇し、そして、ウェイド・ローラーを雇い入れて、〈ウェイドの世界〉という覚えやすい名前をつけた番組で噂とあてこすりと真っ赤な嘘の数々を広めさせている。

〈ウェイドの世界〉では、オバマ大統領が警察に命じて登校途中の子供たちから聖書をとりあげさせたなどと吹聴している。ウェイドは大統領の市民権に疑いをさしはさむ団体のメンバーになっている。

マリの新しい雇い主が印刷物より映像のほうを好んでいるのは、マリの責任ではない。クビにならないためにあがいているのも、彼の責任ではない。だから、わたしのほうも、彼が週に一度、GENのテレビ番組でアンカーを務めているのを非難する気はない。〈シカゴ・ビート〉というその番組で、マリは政治から芸術まであらゆるリポートをしているが、大部分はセンセーショナルな犯罪のリポートで占められている。視聴率が稼げるからだ。

GENの上層部はみんな〈シカゴ・ビート〉がお気に入りだと、ハロルド・ウィークスが心をこめて保証してくれたにもかかわらず、マリの番組はイリノイ州とインディアナ州で週に一回放映されるだけだ。ウィスコンシン州とミシガン州の系列局でときたま流れることもあるが。一方、〈ウェイドの世界〉のほうは、アメリカじゅうの都市と村と農場で日に四回ずつ放映されている。

マリのキャリアが本人のいうように風前の灯だとは、わたしは信じていないが、彼が不愉快きわまる環境で仕事をしていることはたしかだった。ローラーはGENの仕事だけで年間二千万ドル稼いでいるという。スポンサー契約の金額はたぶんその三倍になるだろう。GE

Nのケーブルテレビに出ているその他のスターの年収は七桁。最高経営執行者が活字メディアを〝装飾写本の時代へ時計を逆行させるもの〟として切り捨てている環境では、マリもいくら稼いだところで不安に思わざるをえないだろう。

マリの痛いところをついてしまったことが、わたしは恥ずかしくなった。ヴァルハラでひらかれるローラーのパーティにつきあうといってしまった。そして、パーティ会場に足を踏み入れたとたん、それを後悔した。ヴァルハラの舞踏室でウィークスに紹介されたあとは怒り狂った。

「あなたのボスに紹介する前に、取材の手助けをしてほしいって、わたしにひと言いっといてくれればよかったのに。そしたら、わたし、知的なイメージで会話に参加できたはずよ。ところが、あなたのガールフレンドだと思われてしまった」

マリはおどおどした表情になった。「きみにどう切りだせばいいのかわからなかったんだ。ウィークスがいきなりあらわれたもんだから、彼の前でもう一度その件を出したくなった。一回目の原稿は、きみに見せただろ。ホームレスになったイラクとアフガンの帰還兵を取材したやつ」

「ええ、ええ、見たわ。すばらしい出来だった。ただ、あれがシリーズの一回目になるなんて知らなかった」

「それがだめなんだ」マリは憤慨していた。「シリーズの企画はすでに進めていた——心神喪失により無罪判決を受けた殺人犯を取材するため、州立精神病院のひとつに出かけ、精神病を患うホームレスに対する医療行為の大部分を担当する看護師たちを取材し、九回分の放映の準備を整えた。番組のプロデューサーの承認も得た。ところが、帰還兵の分を放映した直後に、ウェイド・ローラーが横槍を入れてきて、テーマが陳腐だし予算を食いすぎるといったため、ウィークスのやつ、シリーズを中止にしてしまった」

「ローラーじゃなくてあなたの言葉に耳を貸すようにって、わたしからウィークスに頼みこんだところで、やるだけ無駄だわ」わたしは断言した。

「まあな。だが、心神喪失を理由に無罪となった人々をテーマにしたものなら、犯罪の証拠に関するエキスパートとして、きみにも番組作りに参加してもらえるんじゃないかと期待してたんだ。単発もので放映してもらえないかと、もう一度売りこんでみた。ルーエタールからエルジンに二十年以上入れられてる患者五人のリストを作ったのに、ローラーはあいかわらず反対してるし、おれはウィークスと二人だけになるチャンスがない。ウィークスがきみを見れば、ひょっとすると――」

「金髪の二十代ではないけど、きらめくグレイの目としみひとつない肌に、彼が心を奪われるとでも思ったの?」

マリは顔をしかめた。「きみは物事に最悪の光をあてるのが得意だね。だが、まあ、そんなとこかな」

舞踏室の騒音が危険なデシベルレベルを超えたそのとき、ペトラから電話が入り、助けを求めてきた。わたしは依頼人がトラブルに陥ったとマリに告げ、くわしい話をするのは拒んで、その場を離れた。ヴァルハラ・ホテルの駐車場係がわたしの車を持ってくるのに、たっぷり十五分かかった。わたしがマウント・モリア墓地に着いたときには、少女たちはすでに儀式にとりかかっていた。

5　刺激的なニュース――それとも悪意？

家に帰り着き、裏階段をのぼった。そうすれば、ジェイク・ティボーの部屋に明かりがついているかどうかがわかる。ジェイクは二年前にわたしの住まいの向かいに越してきたコントラバス奏者で、自由時間の多くをわたしと一緒にすごしている。彼の友人たちが街の北西部にある小さなステージで演奏しているので、ジェイクもまだおきているのではないかと、ちょっと期待していた。音楽家の生活時間帯は探偵以上に変則的だ。しかしながら、彼の部屋は暗かった。建物全体が真っ暗で、例外は、赤ちゃんが生まれたばかりで夜中もおきていなくてはならないソン一家のところだけだった。

わたしはホッとしてベッドにもぐりこんだ。ヴァンパイアと大ガラスが夢に出てきたが、十一時少しすぎに電話で叩きおこされるまでぐっすり眠った。ジェイクからの電話だと思い、できるだけ明るい声で「もしもし」といった。

「ウォーショースキー、ゆうべは何があったんだ？」

「マリ・ライアスン」わたしは目をさまそうとした。「すばらしい質問だわ。どうしてゆうべ、ウェイドのパーティにわけもわからずひっぱっていかれたのか、わたし、いまだに理解できないのよ。ローラーにじかに手を触れずにすんでよかった。でも、あの男の二酸化炭素を少し吸っただけで、もう倒れそうだった」

「おれがなんの話をしてるか、よくわかってるくせに。なんで自分だけ犯罪現場へ飛んでって、おれには何もいわなかったんだ？　けさ、報告が入ったとき、おれは報道部長の前でとんだバカ面をさらすことになったんだぞ」

「マリ——あそこを出たときは、犯罪現場へ行くことになるなんて知らなかったのよ」

「そして、マウント・モリア墓地に着いたときも、おれに電話しようとは思わなかったわけかい？　おれがどんなに特ダネを必要としてるか知ってるくせに、冷たく見捨てたんだな。ボスと顔を合わせるのがどんなに大変か、きみにも話しただろ。なのに、ヴァンパイアの死体がヴァイナ・フィールズだけでなく、〈クローフォード＝ミード〉とも関係してることを、朝のミーティングで知らされたんだぞ」

わたしはあわてておきあがった。マリはこの爆弾をわざと落としたのだ。ヴァイナ・フィールズの名前が出たのは簡単に理解できる。カイラの話だと、グループのメンバーの一人でジェシーなんとかという子の両親が市長にコネを持っているらしい。両親はきっと、日曜の朝いちばんに市長の側近に電話をかけ、その男性（もしくは女性）を通じて警察の捜査に口をはさんだのだろう。そうなれば、街じゅうに噂が広がるに決まっている。

でも、〈クローフォード＝ミード〉のほうは？　シカゴには、州の政界や財界の大物たちのために仕事をしている特大サイズの法律事務所がいくつかある。わたしは、墓地のぬかるみのなかを這いまわっていないときには、金融犯罪の調査を専門にしているので、その関係から、法廷でほとんどの大手事務所のメンバーと顔を合わせているが、わたしがソックスとセックスの好みまで知っているのは、〈クローフォード＝ミード〉のマネージング・パートナーただ一人。いや、〝知っていた〟というべきか。かつて結婚していたころに。

リチャード・ヤーボローは悪い人間ではなかった。ただ、権力とお金を求めるあまり、彼とゴールのあいだに立ちはだかるすべてのものを犠牲にしたがる男だった。たとえば、わたしのキャリアや、わたしの感情や、かわいい子猫などを。といっても、二十年も前のことなので、いまも苦々しく思っているわけではない。

「どういう関係なの？」わたしは遠慮がちに尋ねた。

「きみが情報提供をしてくれないなら、おれもする義務はない」

「マリ、こっちは疲れてクタクタでゲームをする元気もないのよ。夜中の三時すぎまで反抗的な女生徒たちの相手をしてたの。ところで、わたしが関わってることがどうしてわかったの？」

「こういうことは自然に洩れるんだよ、ウォーショースキー。それぐらい知ってるだろ。十三管区に友達がいてね、心臓に杭を突き立てられた死体なら話題性充分で、ニュースでとりあげる価値ありと考えた。もちろん、きみの名前を出してきたのも彼女さ。おれときみが友達だってのを知ってるから。もっとも、友達なら墓地からおれに電話をくれただろうけど。けさなんか、おれはローラーの悪意に満ちた当てこすりに耳を傾けなきゃいけなかったんだぜ。きみの脚はすばらしい、その脚で出かけていって、おれのためにニュースをこしらえてきたんだから、といわれたよ。もちろん、おれはすべて知ってるふりをしたし、少なくとも十三管区のほうから情報が入ってはいたけどさ、おれの話をきけ。ちゃんときくんだぞ、V・I・ウォーショースキー。きみのおかげで、おれがまたしてもバカ面をさらすことになったら、きみのつかんできたネタをこっちで活字にするのは今後いっさいおことわりだ。たとえ、大統領がクリプトン星の生まれだという証拠をきみが発見したとしても」

「いいこと、マリ、金切り声をあげる十代の子たちを連れてぬかるみをとぼとぼ歩いてたら、友達に携帯メールしようなんて気になれるわけないわ。でも、もちろん、ベビーシッターの仕事をかわってくれる気があなたにあるってわかってれば、一も二もなくあなたに電話しただろうけど」

　マリは激怒していて、どうしても機嫌が直らなかった。「きみがあのときおれと一緒にいなけりゃ、ここまでひどいことにはならなかったんだぞ。ローラーはぼんくらだが、ウィークスのほうはバカじゃない。2＋2の計算が即座にできるやつだ」

「ごめん」わたしは仕方なく謝った。

　じつをいうと、マリに感づかれては困ると思ったのだ。従妹のことと、読書クラブに参加している移民の少女たちのことが心配だった。国内の不法滞在者のことをローラーやウィークスが罵倒していることを考え、カイラと母親をGENの詮索から守らなくてはと思った。かつては、マリの全身にシロップを塗りたくって火アリの巣に送りこんでも、ぜったい口を割る心配のない時期もあった。だが、いまは、ボスにいい印象を与えようとして必死の彼を見ているので、あまり信用する気になれない。

「もちろん、埋めあわせをしてくれてもいいけどな」

「は？」

「ヤーボローに会わせてくれ」

「マリ、ディックとわたしは二十年も前に離婚して、しかも、円満な別れ方ではなかったのよ。わたしに口を利いてくれるかどうかも怪しいのに、新聞記者が相手となったら、会うわけないじゃない」わたしはベッドの端に腰をおろし、ストレッチの効果を高めるために爪先を曲げて、レッグリフトを何回かやった。「ヴフニクは〈クローフォード＝ミード〉のために何をしてたの？」

「おれに打ち明ける前に死んじまった。わかってるのは、ヤーボローんとこの仕事を請けてたってことだけ」

「その他千三百人ほどの人と同じようにね。ディックはたぶん、ヴフニクの名前なんて知らないと思う」わたしはスピーカーホンに切り替えて、肩をほぐすストレッチを始めた。「今日の午後、もう一度墓地へ行ってみるわ。ヴフニクが殺されたお墓を見たかったら、喜んで案内するわよ」

「けさ、いちばんにカメラマンを行かせた。それから、テレビ取材班も。ところで、ヘレン・ケンドリックが彼女のやってる〈サンデー・バリュー〉って番組で、聖書を読む権利をアメリカ人から奪おうとしている女が、自分の娘を墓場でサタンを崇拝するような子に育てあげたとかなんとか、熱弁をふるってたぜ」

わたしはストレッチを中断した。「マリ、あなたのせいか、わたしのせいか知らないけど、話がさっぱりわからない。ヘレン・ケンドリックがわたしを攻撃していいたいの？

あの人、ペトラのことをわたしの娘だと思ってるのかしら。ついでにいわせてもらうと、その誤解にはあらゆる点でつくづくうんざりだわ」

「ほんとに知らないのかい？」

「何を？」

「ゆうべ墓地に集まった少女のなかに、ニーヤ・ドゥランゴがいた」マリの口調ときたら、帽子からウサギをとりだして、観客と一緒に自分も驚いてみせる奇術師のようだった。

「ニーヤ・ドゥランゴ」わたしはぼんやりくりかえした。「どこかできいたような名前だけど――あっ！　ソフィー・ドゥランゴの子供？」

「正解の賞品として、キューピー人形を進呈します。ゆうべ、ドゥランゴの子供が一緒にいたことをほんとに知らなかったって、きみ、ブーム＝ブームのジャージーにかけて誓えるかい？」

「マリ、わたし、十分前にはぐっすり寝てたのよ。いっぺんにいわれても、対処しきれないわ――ヴフニクとディック・ヤーボロー、ソフィー・ドゥランゴの娘、ヘレン・ケンドリックの金切り声、サタン、バイブル排除――まずコーヒーを飲まないと、頭のなかがぐちゃぐちゃ。トイレも行ってこなきゃ。あとでかけなおす」

わたしは電話を切った。少なくとも、すでにはっきり目がさめていたが、マリの電話の内容を理解するのはひと苦労だった。娘があんな冒険に加わるのを許すなんて、ソフィー・ドゥランゴも何を考えてるの？　いや、そんな疑問を持つのはフェアではない。ニーヤ・ドゥランゴは友達のアリエルのところに泊まると嘘をついて家を出たのだ。

ドゥランゴはイリノイ大学の学長だ。また、合衆国上院議員に立候補している。そして、ヘレン・ケンドリックの対立候補である。ケンドリックのほうは、アメリカ国旗にトウモロコシの穂を添えた図柄をトレードマークにしている女性。三年前まで、夫の一族の莫大な富に関係した事柄をのぞけば、その名前はまったく知られていなかった。そのあと、ケンドリックは自然科学系の講座内容のことでドゥランゴとイリノイ大学を訴えた——新入生が進化生物学のかわりに創世記〝学〟をとることをドゥランゴが禁止したというので。

「わが校では、十二世紀ではなく二十一世紀の世界で若い人々が生きていけるよう、カリキュラムを組んでおります」とドゥランゴがいったため、公立校で創造説を教えるべきだと信じているケンドリックが訴訟をおこした。裁判によって、ケンドリックは全国的に注目を浴び、支援を寄せられるようになり、GENのケーブル放送で全国ネットされているニュース番組に出演するようになった（ローラーや、ケンドリックや、その他のコメンテーターが激しい口調で意見を述べるのを人々が見ているあいだ、テレビ画面のてっぺんに〝GENのニュースこそ本物、代用品ではだめ！〟という文字が流れていく）。

裁判のあいだ、ケンドリックの支援者が法廷を埋め、ドゥランゴが廊下を歩いていくときにはゴリラのマスクを高々と掲げた。ドゥランゴはアフリカ系アメリカ人なので、「サルは動物園に戻れ」というシュプレヒコールは、わたしたちの一部から見ると、いささか人種差別的な色合いを帯びている。

ドゥランゴの娘がマウント・モリア墓地にいたことを、ヘレン・ケンドリックは日曜朝のニュース番組に間に合う時間にどうやって知ったのだろう？　読書クラブに入っている少女の一人の両親が、ふだんから飼い慣らしてある市長の側近のところへ行ったとすると、その子がカーミラの読書クラブのメンバー全員の名前を親に話していたのかもしれない。だが、それにしても、ヘレン・ケンドリックとウェイド・ローラーのところまでずいぶん迅速に情報が伝わったものだ。十三管区の警官たちが知っていたはずはない。わたしだってゆうべは知らなかったのだから。

もちろん、〈グローバル・エンターテインメント〉はたぶん、アメリカ全土の警察と市庁舎に多数の情報源を持っているだろう。中道派や左寄りの有名人に関して厄介な噂を広めるのがGENの使命だ。ときには、番組でリポートされたことが真実の場合すらある。シャワーを浴びて朝食をすませたら、ネットでヘレン・ケンドリックの番組の再放送を見ることにしよう。

6　いたるところでリーク

　結局のところ、ケンドリックの番組を見る時間はおろか、マリに折り返し電話をする時間もとれなかった。なにしろ、シャワーを浴び、やっとエスプレッソをいれたところに、アンスティー部長刑事がエリザベス・ミルコヴァを連れてやってきたのだ。ミルコヴァとは、この冬の殺人事件で顔を合わせているが、そのときの彼女はテリー・フィンチレー警部補が率いるエリア・シックスの捜査班に所属していた。

「ミルコヴァ巡査！　テリーがこの事件の担当になったの？　それとも、あなたが昇進してよそへ移ったの？」

「フィンチレー警部補から、今日の午後は手が離せないのでアンスティー部長刑事についていくよう命じられたんです」ミルコヴァは黒っぽい髪をショートにしていて、それを神経質にいじり、二、三分おきに耳にかけている。わたしがフィンチレーは元気かと心のこもった質問をすると、彼女の手が反射的に顔の両側へ伸びた。

　アンスティーが腰に手をあてて、わたしをにらみつけた。「フィンチレーが警告してくれたが、あんた、一人舞台をやってるつもりでいるそうだな。だが、おれは観客じゃない。ゆうべ、おれに嘘をついただろ」

ウィットに富んだ口答えのセリフが見つからなかったので、エスプレッソを飲むだけにしておいた。

「マウント・モリア墓地から悲鳴がきこえたって話はでたらめだってことぐらい、わかってるんだぞ。ほんとのことを話すまで、ゆうべのうちに留置場へ放りこんどくんだった。かわりに、非番のおれが警邏隊長から呼びだしを食らって、話をきかされることになった」

わたしはこの男をマリにひきあわせてやろうかと思った。わたしのせいでボスの機嫌を損ねてしまったと思っている男が二人。一緒に酔っぱらって、わたしの悪口を並べたてればいい。

「お気の毒」かわりに、わたしは同情の言葉をかけた。「わたしも日曜日に仕事をするのは好きじゃないけど、おたがい、そういう運命ね」

アンスティーが目を細め、ひどく険悪な表情になったので、わたしは取調室にこの男と二人きりでなくてよかったと思った。彼はしばしわたしをにらみつけ、火に油を注ぐ様子のないことが確認できるまで待ってから、ふたたび熱弁をふるいはじめた。

「うちの息子がソフトボールの試合に出るんで、バー・オーク・ウッドまで連れてく予定だったが、あんたのおかげで、わが子とすごせるわずかな日がつぶれてしまった」

弁解は禁物。謝罪も禁物。少なくとも、怒れる警官を前にしたときは。わたしは両手を広げ、なだめるようなしぐさを見せたが、何もいわなかった。なんの不都合もなかった。アンステイーが二人分しゃべっていたからだ。いや、ミルコヴァ巡査が窓辺に無言で立っていたから、三人分かもしれない。

少女たちがゆうべ墓地で何をしていたかについて、警察がどこから情報を仕入れたのかよくわからないが、命令系統のなかを伝わるあいだに、もとの形がわからなくなるほど歪曲されていた。アンスティーは苦情の大部分を胸から吐きだしたあとで、わたしに向かって、十二歳と十三歳の少女のグループを閉鎖された墓地に連れていってサタンの儀式をやらせたのはなぜか、と詰問した。

「とんでもないいいがかりだわ、部長刑事さん。弁護士に電話するから、そちらと話してちょうだい。わたしは黙秘する権利を行使します」

「逮捕されたわけじゃないぞ。まだ」

「黙秘する権利はつねにあるのよ」

わたしたちがいるのは、わが家の居間だった。わたしはラジオをつけると、手と膝を床に突き、体幹トレーニングを始めた。

ステレオ装置が揺れるぐらい強烈な勢いで、アンスティーがスイッチを切った。「無駄なことはよせ、ウォーショースキー」

わたしは返事をしなかった。黙秘権に関する最高裁の最近の裁定により、事情聴取のあいだに何かひと言でも口に出せば、黙秘権を放棄したものとみなされるようになったのだ。ごろっと仰向けになって腹筋運動を始めた。爪先のネイルポリッシュがはげているのが見えた。

そろそろ塗りなおさなくては。

アンスティーがしゃがみこみ、わたしに顔を近づけた。「どういう理由で少女たちを墓地へ連れてったんだ?」

わたしは目を閉じ、お尻を床から浮かせた。アンスティーの息が顔にかかるのを感じた。三十まで数えるあいだその姿勢を保っておくには、大きな意志の力が必要だった。そのあとで身体をすべらせて彼の息から逃れ、上半身をおこし、わたしの携帯に手を伸ばした。

弁護士の番号を押そうとしたそのとき、共同で飼っている二匹の犬を連れて階下の隣人がやってきた。ミッチとペピーはわたしに会えて大喜びで、アンスティー部長刑事に向かって大声で吠え立てた。ミッチはミルコヴァ巡査に飛びつこうとした。

わたしは立ちあがり、ミッチを無理やりすわらせた。「この人たちは友達じゃないのよ。それに、たとえ友達だとしても、人に飛びついたりしちゃだめ」

ミッチはわたしに向かってニッと笑ったが、ゆっくりすわった。わたしに命じられたからではなく、自分がすわりたいからすわるのだ、ということを示すために。

ミスタ・コントレーラスが警官たちを見た。「お客さんだとは知らなかったよ、嬢ちゃん。だが、ゆうべ、ヴァンパイアの一団と一緒にどっかの墓地におったというのは、どういうことだね? わしゃ、たったいま、ルーシーからの電話を切ったとこで、ルーシーの話だと、テレビやネットで大々的に報道されてるそうじゃないか! あんたが悪魔崇拝者になったとルーシーがいっておる。もちろん、そんなのはクソのかたまりだが——あ、汚い言葉を使ってごめんよ――あんたが墓地で死体を見つけて、わしがそれをルーシーからきかされるってのは、どういうことなんだ？」

ルーシーというのはミスタ・コントレーラスの娘。息つく暇もなくしゃべりつづける彼の遺伝子を受け継いでいるが、ぶっきらぼうながらも可愛げのある性格は遺伝しなかったようで、二人の息子が小学生だったときに夫が出ていったのはそれが原因かもしれない。

「わたしに関することをボスから知らされたといって文句をつけてきたのは、この三十分間であなたが三人目よ」わたしはぼやいた。「まず、マリがカッカしながら不機嫌な電話をよこしてわたしを叩きおこし、つぎに、この二人が押しかけてきて、今度はあなた。勘弁してよ！　ここにいるアンスティー部長刑事なんて――」わたしは彼のいるほうへ軽く手をふってみせた。「わたしが少女たちを墓地へ連れてったと思いこんでるのよ。この人も、ミルコヴァ巡査も、事実に耳を貸す気はないようだけど、大好きな友人であり、隣人でもあるあなたには、正直に話すことにするわ。わたしのところにSOSの電話が入ったの。夜間外出が禁止されてる時間帯に、何人かの少女が外出したといって。捜しに出かけたところ、ウクライナ・ビレッジにある閉鎖された墓地にその子たちがいた。

あなたやわたしがあの年ごろにやったのと同じようなことをやってたわ。つまり、分別より熱意が先走ってしまうの。満月のもとで踊らなきゃって思いこんでて、雷雨にみまわれても中止しようとはしなかった。不運なことに、少女たちが集まった場所は殺人犯が選んだのと同じ場所だった。わたしは、少女たちの口から親に話をするチャンスができるまで、みんなを警察の手から守っておこうとしたため、家に帰り着いたときには午前三時をすぎていた。だから、あなたに説明する暇がなかったの。それに、朝ごはんもまだだったし。フレンチ・トーストか何か、お宅に残ってない？」

「なんでおれに話してくれなかったんだ？」アンスティーがきつい調子できいた。

「だって、あなたの最初の質問がまちがってたから」わたしは冷たく答えた。「少女のなかの誰かが、もしくは、その親が、わたしに連れられてみんなで墓地へ行ったんだと主張してるのなら、とんでもない嘘つきだわ」

「誰が墓地であんたと一緒にいたんだ？」アンスティーがいった。

わたしは首をふった。「言い方がまちがってる。わたしが墓地で誰を見つけたのかって質問したほうがいいわ」

「ふざけんじゃない、ウォーショースキー」アンスティーの声がうなり声に近くなった。

「部長刑事さん、わたしに劣らずよくご存じでしょうけど、法廷では言葉の解釈が裁判を左右するのよ。わたしが未成年者のグループを非行に走らせたかのような印象を与える質問はしないでほしいと、こちらから要求するのは当然のことだわ」

「モーゲンスターン夫妻の話では、ペトラ・ウォーショースキーが少女たちと一緒だったとか」ミルコヴァ巡査が初めて口をひらいた。

「やだ、おまわりさん、それも誤解を招く言い方ね」

「ペトラ・ウォーショースキーから話をきく必要があります」

「ペトラをいじめる気なら、おことわりだ。ここにいるヴィクの意見をきいただろ。証拠も理由もないことで、人を非難してまわるわけにはいかんのだぞ。墓地で死体が見つかったもんだから、あんたら、簡単に解決しようとして、誰かに罪をなすりつけるつもりでいるようだが、ふん、うちのギャルたちになすりつけることは許さんからな。どっかの男が胸を刺されたのなら、ナイフを使うやつを探しにいくがいい。データベースがあるだろ。脳みそもあるだろ。そういうのを使うがいい。嫌がらせなんぞやめて――」

「嫌がらせはしていない」アンスティーがいった。頬に血の色がのぼっていた。「だがな、ここにいるあんたの〝ギャル〟が、ゆうべ、おれに嘘をついたんだ。おれには真実を知る権利がある」

「そうよ、部長刑事さん。だから、ほんとのことを話してあげたでしょ。ほかに何か？」

「〝満月のもとで踊るために〟集まった少女のほぼ全員の名前がわかった」アンスティーは最初の部分を皮肉っぽく強調した。

ノートをひらき、名前をつぎつぎと読みあげた。すべての少女の名前をつかんでいたが、タイラーの名字と、カイラとベアータというポーランド系の二人の名字はわかっていないようだった。

「それから、アリエル・ジッターとニーヤ・ドゥランゴもその場にいたが、勝手に家に帰ってしまったようだ。あんたが手を貸したのかね？」

「部長刑事さん、ゆうべ、殺人事件がおきた場所にドクター・ドゥランゴの娘がいたことを、誰がヘレン・ケンドリックに教えたの？　わたし、ケンドリックの番組は見てないけど、ついさっき新聞記者から電話があって、それを知ったばかりなの。彼女の番組は十時に生放送なのよ。その時刻には、わたしはゆうべ墓地で見つけた子たちの名前なんて知らなかったわ。ケンドリックはどこから名前を手に入れたの？」

「ジャーナリストがどこから情報を得るのか、おれは知らん。おれにわかってるのは、捜査を秘密にしようとするのは、象をコンバーティブルの車内に隠そうとするようなもんだってことだけだ」

「ケンドリックはあなたからニーヤ・ドゥランゴの名前をきいたんじゃないの？」

アンスティーの頬にふたたび赤い斑点が浮いたが、癇癪《かんしゃく》をおこすのは抑えこんだ。「いまのはきかなかったことにしておこう。だが、名前をいくつか教えてもらいたい――ベアータ、カイラ、タイラーの名字を」

「お役に立てるなら、ぜひそうしたいけど、さっきからいってるように、少女たちのことは何も知りません」

アンスティーはわたしのピアノの蓋を乱暴に叩いた。「ふざけんな、ウォーショースキー、嘘はやめて――」

ミッチがうなりながら立ちあがった。わたしはミッチの首輪をつかんだが、ミスタ・コントレーラスまで止めることはできなかった。「悪態をつく必要はないぞ、お若いの。気がついとらんといかんから、いっておくが、あんたの前にはレディが二人いる。一人が警官で、もう一人が探偵だからといって、言葉に気をつけなくていいってことにはならん」

激怒と驚愕が入りまじったアンスティーの表情を見て、わたしは思わず吹きだした。むせてしまい、身体を二つ折りにしたおかげで、アンスティーに顔を見られずにすんだ。

アンスティーは唖然としていたが、けっしてバカではない。まだ話は終わっていない、ペトラとの話がすんだらもう一度訪ねてくる、街を離れる計画は立てないほうがいい、とわたしにいった。ミルコヴァを連れ、階段に荒々しい足音を響かせて帰っていった。

二人がいなくなったとたん、ミスタ・コントレーラスが「あんた、今度はピーウィーをどんなトラブルにひきずりこんだんだ?」となじりはじめた。

わたしは老人に両腕をまわした。「わたしを責めないで、ダーリン、ゆうべは遅かったし、心配ごとを山ほど抱えてたんだから。それに、ひきずりこんだのはあっちよ」わたしはゆうべの騒ぎの未編集バージョンを彼に語った。

老人はわたしを誤解していたことを認めはしなかったものの、ようやく、危機のときに頼れるわたしという人間がいてペトラは運がいいといった。そして、朝食を作ってくれることになった。

ミスタ・コントレーラスが彼のところに戻り、暑い台所でいそいそと動きまわってフレンチ・トーストをこしらえているあいだに、わたしはペトラに電話して、警察が彼女と話をしたがっていると警告した。

「今日、マリーナのボスに電話しておきなさい……ええ、日曜なのはわかってる。でも、この電話を切ったら、すぐそっちへかけるのよ。ボスがぜったい許してくれない犯罪がひとつあるわ。それはスタッフから悪い知らせをきかされるのをあとまわしにされること。いまのところ、マリーナの二人の少女の身元は、まだ誰も突き止めていない。誰かにきかれても、ベアータとカイラの名字を教えちゃだめよ。あの子たちの母親が入国審査の点で問題を抱えてるとしたら、名字がばれた場合、窮地に立たされる危険があるから。たぶん、あなたのボスが財団の弁護士を呼んで、あなたが警察の事情聴取を受けるときに同席させてくれると思う。無防備なままで尋問されるのはまずいから」

「やだ、ヴィク、なんかぞっとする」ペトラの声は暗かった。

「どうすればいいか、一緒に考えましょ、ベイビー。あとの子が無事に帰宅したかどうか知ってる？　わたし、さっきおきたばかりで、いままで警察がきてたから、どこにも電話してないの」

ペトラは少女たちから携帯メールを受けとっていたが、どの親ともまだ話をしていないという。「あのね、あたしの携帯には、あの子たちの携帯番号しか入ってないの。母親の番号はオフィスへ行かないとわかんないけど、ボスのほうから親に電話してもらったほうがいい？」

明日になれば、どの親も財団に電話をよこし、わが子の安全についてわめきたてることだろう。そこまでいってペトラの恐怖をさらに煽り立てるのはいやだったので、できるだけ早くボスに電話するようにというアドバイスをくりかえすだけにしておいた。「今日じゅうにね、ペトラ。ところで、タイラーはどこにいるの？」

「十分ほど前に、家に送り届けたとこ。でもね、父親がすごくいやなやつだった。あたし、両親にいったの――読書クラブの子たちを送り迎えしてるから、タイラーを家まで送らせてもらった、入会してもらえるとうれしい、って。そしたら、タイラーと母親は甲高い声で、『そうね、パパがいい考えだといってくれれば』ですって。父親があの二人とあたしに向けた視線には、思わずぞっとさせられたわ。どこから見ても爬虫類」

わたしはペトラとの電話を終え、朝食をすませてから、墓地へ出かけた。ミスタ・コントレーラスと二匹の犬も、カイラ・ドゥーデックの電話を捜すために一緒にきてくれた。門のところに警察のテープが張ってあり、近くにパトカーが止まっていたが、レヴィット通りを歩いていくと、監視の目の届かなくなったあたりで、フェンスに大きな隙間のできているところが見つかり、ミスタ・コントレーラスも這わずに墓地へもぐりこむことができた。

ヴフニクが倒れていた板石は、鑑識が現場を再度調べようと決めた場合に備えて、証拠保全のために防水布で覆われていたが、あたりに警官の姿はなかった。少女たちが踊っていた場所の付近を調べたが、携帯は見つからなかった。もちろん、カイラがここで落としたとすると、鑑識の連中が拾っていった可能性ありだが、それならアンスティー部長刑事が電話会社からカイラの名字をききだしているはずだ。

少女たちを連れて塀まで歩いたときの小道を、もう一度たどってみることにした。サンダルの片方を脱いで、ミッチの鼻先に突きつけた。「匂いを見つけて、ボク。匂いを見つけて」

ミッチは伸び放題の茂みのなかへうれしそうに飛びこんでいった。ウサギか蛇を追っかけるつもりだろう――わたしの匂いを追う気はなさそうだ――そのあとにペピーがつづいた。しかしながら、ゆうべのルートを見つけるのにブラッドハウンド犬を使う必要はなかった。紛失したシュシュ、投げ捨てられた水のペットボトル、さらにはレインジャケットなどが落ちている道を進んだ。鑑識は現場からさほど遠くまで調べてはいなかった。ようやく塀にたどり着いたが、携帯は結局見つからなかったので、崩れたレンガの塀によじのぼり、向こう側へ飛びおりた。ミスタ・コントレーラスがガンガン文句をいった。自分はあとにつづけないからだ。

ハミルトン・アヴェニューを歩いて、通りの端まで行ってみたが、電話はどこにもなかった。

7　こんな友達ならいらない

家に帰る途中で、ドゥーデックの家に寄ってみることにした。ミスタ・コントレーラスは犬と一緒に車に残って、ホワイトソックスのラジオ中継に耳を傾け、わたしのほうはルーシーとカイラの母親を相手に、ストレスに満ちた三十分をすごした。こちらはポーランド語ができないので、ゆうべ何があったかを説明するには、少女たちの通訳の力に頼るしかなかった。真実が伝わっていると確信できた理由はただひとつ、ルーシーとカイラがくりひろげる口喧嘩だった。カイラは話に脚色を加えようとするのだが、ルーシーが許そうとしない。

携帯が見つからなかったことを、わたしからカイラにいわなくてはならなかった。ここから母と娘のあいだで激しい言葉の応酬が始まり、ついにはカイラが足音も荒く部屋を飛びだしてしまった。わたしもそのあとほどなく、ミズ・ドゥーデックの移民としての立場がどの程度深刻なのかを探りだせないまま、部屋をあとにした。一応、わたしの名刺をミズ・ドゥーデックに渡しておいた。もっとも、言語の壁があるので、この名刺を使ってくれるとは思えなかったが。

「ここで八年も暮らしていながら、なんで英語がぜんぜんしゃべれんのだ？」母親とのやりとりの様子を報告すると、ミスタ・コントレーラスはいった。

「知らない。子供たちが通訳してくれるし、母親のまわりはポーランド語しかできない人ばかりみたい。お金をためて、いずれはポーランドに帰りたいんでしょうね。うちの母も結局、英語はうまくならなかった。わたしと話すときはいつもイタリア語だった。心のどこかに、イタリアに帰って歌いたいという夢があったんだと思う」

工場から飛んでくる汚れがあらゆるものを覆い、芸術や音楽に情熱を示す者がまわりに誰もいないまま、サウス・シカゴで暮らすガブリエラにとって、ピティリアーノに錦を飾りたいという夢だけが心の支えだったのかもしれない。

「うちの家族は家でも英語をしゃべっとったぞ」ミスタ・コントレーラスが徹底的に議論してやろうという口調になったが、そこでふと黙りこみ、意外そうな声でつけくわえた。「考えてみたら、そうするしかなかったんだな。おふくろはメッシナの人間、おやじはナポリ、どっちも相手の方言が理解できなかった。どっちのイタリア語が本物かをめぐって二人が喧嘩する様子をきいとると、まるでアンツィオの戦いのようだった」

家に帰ると、留守電のライトが点滅していた。最近は固定電話にかけてくる人がほとんどいないので、ライトがしきりに点滅しているのを見ると妙な気がした。

最初のメッセージはジュリア・サランターという人物からだった。「今日のうちにぜひ話がしたいので、このメッセージをおききになったら、すぐにお電話ください」

わたしの応答サービスのほうからも、その人物がオフィスに電話をよこして同じメッセージを残したという連絡が、携帯メールで入っていた。今日の午後は時間がなくて、まだメールチェックをしていなかったのだ。

ジュリアという人のことは知らないが、名字のほうはもちろん知っている。サランター家はシカゴの権力者だ。あなたの両手両足の指を総動員しても資産額のゼロを数えるには足りないというほどの、莫大な富を所有している。シャイム・サランターのことはロティから少しだけきいている。彼がマリーナ財団を創設したからだ。うわの空できいていたが、たしか、サランターは十代のときにバルト諸国のひとつからアメリカに渡ってきて、屑鉄だか、不用品だか、なんだかで財産を築き、ほかの移民たちの力になるために財団を創設したとのことだった。

一族のことをネットでざっと調べてみた。ジュリアはシャイムの娘。マリーナ財団の代表を務めている。息子のマイクルは貿易会社の経営を手伝っている。ジュリアはたぶん、ゆうべの騒ぎのせいで財団が責任を負わされたり、注目を浴びたりすることに関して、話をしたいのだろう。

そのあとにつづく五件のメッセージはすべて同じ人物の声で、甲高くて、明るくて、横柄なその声が一件ごとに激しさを増していった。「ヴィクトリア！　いるの？　電話に出て！　話があるの！」

「ヴィクトリア、緊急なの。頼れるのはあなただけ！　どうしてもあなたに会わなきゃ！　わたし、すごく危険な状況なの。電話をくれたら、すぐそっちへ飛んでいく」

「ヴィクトリア、じらさないで。誰なのかわかってるでしょ。こっちの名前はいえないけど、これ、ゲームじゃないのよ。電話をちょうだい。早く。あいつらに狙われてなかったら、こんなこと頼んだりしないわ」

わたしは横隔膜のあたりにずっしりと重いものを感じた。誰が電話してきたのか、よくわかっていた。かつては、レイドン・アシュフォードから電話があれば、最初の呼出音で受話器をとったものだった。メッセージをきけば、即座にこちらから電話したものだった。

二つも名字を持つ人物に出会ったのは、レイドン・アシュフォードが初めてだった（レイドンというのはもともと名字で個人名としてつかわれるのはめずらしい）。二人ともミシガン湖のほとりで大きくなった。ちがうのは、彼女の一家が十八部屋もある屋敷に住み、屋敷の裏手には長さ三百ヤードのプライベート・ビーチがあるのに対して、ウォーショースキー家の五部屋のバンガローは、一世紀の歴史を持つシアン化物入りのゴミ埋立地によって湖から隔てられているという点だった。

　ロースクールに通っていたころは、電話でレイドンの声をきくだけで、彼女が象徴しているように思える魅力と刺激が伝わってきたものだった。彼女がトラブルを象徴するようになったのは、もっとあとになってからだった——人に緊急呼びだしをかけておいて、自分はその場所にあらわれない。嵐のように一人でしゃべりつづけ、最初のうちは筋が通っていても、最後はわけのわからない泥沼になってしまう。そして、救急救命室への搬送が歳月とともに頻繁《ひんぱん》になっていった。

　民事訴訟の研究グループで初めてレイドンと顔を合わせたとき、名家の出で、ウェルズリー・カレッジを卒業したときに父親からプレゼントされたオースティン・ヒーリーを乗りまわす彼女を、わたしは軽蔑していた。お伽話のお姫さまのような外見で、髪は黄金を紡いだよう、歩く姿はバレリーナが軽やかに舞っているみたいだった。わたしのほうはバレリーナではなく、ストリート・ファイター、シカゴにある鋼鉄の街の工場とエスニック戦争から生まれた人間だった。

それでも、わたしたちは仲よくなって、政治集会に一緒に出かけ、ロースクールで同じ研究グループに入り、ときには、わたしが一家の休暇に加わることもあった。肺気腫で呼吸困難に陥った父を救急救命室へ運んでから学校へ出かけた日の午後は、レイドンがわたしを腕に抱いてくれた。わたしのことを〝ヴィク〟ではなく〝ヴィクトリア〟と呼びつづけた。帝王のごときわたしの態度にはそのほうがふさわしい、という理由から。

ディック・ヤーボローとの結婚が決まったとき、レイドンはわたしを思いとどまらせようとした。「わたし、ああいうタイプをよく知ってるのよ、ヴィクトリア。似たような男性が周囲にいるなかで育ったんだもの。彼が強い女性との結婚を望むのは、相手を地面に押さえこんで、生命力を奪い去りたいという、それだけの理由からなのよ」わたしが離婚することをレイドンに電話で告げた日は、シャンパン一ケースとバラの花一ダースをプレゼントしてくれた。

レイドンが最高裁のブレナン判事のもとで事務官をすることに決まったとき、祝杯をあげるのを手伝ったのはわたしだった——レイドンの家族は彼女を裏切り者とみなし、ブレナンのことを危険な破壊活動分子とみなしていた。

そして、初めてレイドンを病院へ運んだのも、彼女の両親ではなく、このわたしだった。司法試験の一週間前に、レイドンは、娘が弁護士になるのを阻止しようとして父親がヒットマンを送りこんでくると信じるようになった。父親はもともと、彼女がロースクールで学ぶことに反対だった。気の強い女や、男の仕事をやろうとする女が嫌いで、アシュフォード家の夕食の席で父親とわたしが衝突したことも何度かあった。

レイドンがヒットマンの話を始めたとき、わたしは冗談だと思った。つぎに、睡眠不足のせいだろうと思った。ロースクールの図書館で書庫の隅にうずくまっているレイドンを見たあとでようやく、彼女に助けが必要なことを悟った。

そのときは回復も速くて、司法試験のつぎのシーズンにはみごとな成績で合格した。つぎにおかしくなったのはシカゴに戻ってきてからだった。大手の法律事務所で出世コースを走っていたのだが、彼女の出す郵便物を司法省が監視しているといって、すべての報告書をじかに届けにいくようになった。そのあと、入院期間が徐々に長くなり、入院と入院のあいだの期間が短くなっていった。

わたしはレイドンの宇宙についていくスタミナを失った。裏切り者になったような気がしつつ、彼女に折り返し電話をするのをやめてしまった。彼女と最後に話をしてから一年以上たっていて、この午後、半狂乱のメッセージに耳を傾けながら、ふたたび彼女の相手をするだけの心の準備はまだできていないと思った。

かわりに、ジュリア・サランターに電話をした。

「ミズ・ウォーショースキー、今日、お話ししたいんだけど」

「いいですよ。いまなら二、三分あいてます」

「うちにきていただくほうがいいと思うの」

「マリーナ財団のことを心配してらっしゃるのなら、わたしにはアドバイスは無理です。それに、明日までお待ちになってもかまわないと思いますけど。わたしのスケジュールに空きがあるのは――」

「あなた、マリーナの読書クラブを担当しているペトラ・ウォーショースキーのご親戚だそうね。ゆうべ、子供たちが何をしていたのか、ぜひ話を伺いたいの」彼女はシラー通りの住所を告げると、忙しいからとわたしが空しく抵抗する途中で電話を切ってしまった。

わたしは腕時計に目をやった。四時十分前。六時半にはジェイクと二人でロティのところへ行く約束なので、彼の車で出かけるのに間に合うよう帰宅したかった。金と権力に恵まれた連中が、自分たちが「ジャンプ」といえば、われわれのほうは敬礼して「はい、承知しました！」と答えるものと思いこんでいるのには、うんざりだ。しかし、ジュリア・サランターがペトラの名前を出したのが、わたしは気になった。少女たちの課外活動の責任をわたしの従妹になすりつける気でいるのなら、こちらはこの街のあらゆる法律事務所を雇ってでもペトラを守らなくてはならない。それでも、たぶん成功しないだろう。となると、やはり、敬礼して「はい、承知しました」と答え、ベルモント・アヴェニューとシェフィールド・アヴェニューの角まで歩いて、高架鉄道に乗るしかないわけだ。

8　母親らしいアドバイス

ジュリア・サランターが住んでいるシラー通りは、東側にシカゴでもっとも人気の高いビーチが広がり、西側には街でいちばんホットなバーが軒を連ねている。蒸し暑い七月の日曜日の午後四時半、ビーチからバーへ、あるいは、バーからビーチへ向かう日焼けした若者たちで歩道はぎっしり混みあっていた。わたしが車できていたら、駐車場所はぜったい見つからなかっただろう。クラーク通りも、ディヴィジョン通りも、車どうしのバンパーがくっつきそうな渋滞だった。

わたしは携帯メール中の人々、清涼飲料を手にした人々、バケツを逆さまにして叩いている若者、マンゴー売り、アイスクリーム販売車のあいだを強引に縫って進んでいった。ボリュームを最大にあげたカーステレオが歩道を震わせていて、警笛と、バケツを叩く音と、金切り声の群集のあいだを歩くうちに、わたしの住まいがあるリグレー球場近くの通りが田園のオアシスのように思えてきた。

サランターの屋敷はよく茂った常緑樹の生垣に囲まれ、錬鉄のフェンスのところからなかに入れるようになっていて、優美な渦巻き形の装飾のあいだに防犯カメラが隠されていた。

正面の門に埋め込み式になっている電話で連絡を入れた。相手が出るのを待つあいだに、生垣のあいだに突っこまれた空き瓶や食べものの袋のすてきなコレクションに目を向けた。

　門からなかに入ると、男性の使用人が丁重に出迎えてくれたが、ジュリア・サランターが出てくるまで玄関ドアの外で待たされた。

　ジュリア・サランターは小柄な女性で、黒っぽいカーリーヘアをとても短くカットしていた。たぶん、おてんば娘のような魅力を備えた人なのだろうが、この午後は、緊張で顔の皮膚がこわばっていた。わたしの私立探偵の許可証に目を向け、つぎにわたしを見てから玄関に招き入れたが、ようやく笑顔になったのは、ロティ・ハーシェルと知りあいであることをわたしが告げたあとだった。

「電話でお話しするより、直接お目にかかりたかったのよ。ゆうべのことをできるだけ内密にしてくださるようお願いしようと思って。それと、いったい何があったのか、子供たちが説明したのよりくわしいことを知りたいと、わたしが——ソフィー・ドゥランゴとわたしが——思ってるの」

　わたしはゴールド・コーストにくる道々、ジュリアとどんな会話をかわすことになるかを想像していた。彼女の傲慢さと、わたしの怒りで始まるシナリオを考えていた。ジュリアの言葉があまりに意外だったので、支離滅裂な返事をつぶやくことしかできなかった。向こうはそれを、わたしの感情を害したせいだと思いこんだが、わたしは彼女の詫びの言葉をさえぎった。

「ミズ・サランター、犯罪の隠蔽を、もしくは、依頼人の利益に反する行為をわたしに要求なさらないかぎり、わたしの口の堅さを信用してくださって大丈夫ですが、本当のところ、お話しできることはほとんどないんです」

「一緒に奥へきてちょうだい。そこなら楽に話ができますから。とにかく、物理的には楽よ」彼女の口がゆがんで苦い笑みを浮かべた。「それから、わたしは来客よりも自宅の床のほうを大切にしたがる困った女の一人なの。お客さまには靴を脱いでくださるようお願いしてるのよ」

彼女は屑鉄を溶接して作られたベンチのようなものを示した。「父が最初に所有した屑鉄置場から持ってきたものよ。アメリカで成功への道を歩むきっかけとなった自動車部品に、父は感傷的な愛着を抱いてるの」

わたしがサンダルのバックルをはずすあいだに、さきほどの使用人が玄関ドアを閉めた。たちまち、通りの騒音が消えた。立ちあがると、玄関ホールの大理石が爪先にひんやりと心地よく感じられた。パラダイスで裸足になることがわかっていたら、墓地をうろつきまわったせいで靴に劣らず汚れてしまった足を洗っておいたのに。はげかけたネイルポリッシュも落としておけばよかったかも。

使用人――四十歳ぐらいの、背の高い、頭のはげた男性――が、何か手伝う必要はないかとジュリアに尋ねた。彼がジュリアをファーストネームで呼んだことに、わたしは興味を覚えた。

「いえ、大丈夫よ、ゲイブ。どんなふうに話を進めるかは、ソフィーとわたしですでに考えてあるから」

屋敷の女主人はわたしを案内して、スケートリンクに使うこともできそうなほど磨きこまれた板張りの廊下を歩いていった。わたしが小走りでついていくと、汗ばんだ足が床とギシギシこすれあった。何点かの絵画、屑鉄をねじって制作したと思われる彫刻二点、金属のメッシュで仕立てたドレスのそばを通りすぎたが、ジュリアの歩調が速すぎるため、せっかくの芸術作品も高速列車の窓から見るみたいに、ちらっと目に入っただけだった。

通されたのは、小さな部屋だった。光り輝く廊下とちがって、ここには生活の匂いがあった。低い籐のテーブルに新聞が広げられ、べつのテーブルには食べかけのサンドイッチの皿が置いてあり、床にはクッションが散らばっていて、人々が分厚い絨毯に寝そべって本を読むなり、夢を見るなり、そのときどきにやりたいことができるようになっていた。

散らかってはいるが、居心地がよさそうで、丸くなって安心していられる巣のような雰囲気があった。そして、白い柳細工のカウチに丸くなっていたのは、くしゃくしゃのカーリーヘアのわんぱく娘だった。午後の光にあふれた部屋で見ると、ジュリア・サランターに驚くほどよく似ている。

わたしは足を止めてその子を凝視した。「アリエル・ジッター。ここで何してるの？」

「ここはあたしの家よ。誰なの？　何しにきたの？」

ゆうべ、みんなの先頭に立って呪文を唱えていた背の高い少女が、アリエルのそばのスッールにすわっていた。中指を自分の膝に軽く叩きつけていた。

「それから、ニーヤ・ドゥランゴね。ゆうべ、墓地を出たあと二人でどこへ行ったの？」

「じゃ、友達のジェシーが両親に話したことはほんとだったのね。けさ、あちらの父親から電話があったときも、わたしは信じなかったんだけど」わたしの目に入っていなかった女性が、カウチのうしろの窓辺でいった。「ニーヤ、アリエル、説明してほしいことがどっさりあるわ」

上院議員に立候補しているその女性は、背が高く、ほっそりしていて、髪をうなじでまとめてシニョンに結い、それが口のまわりのきびしい線をさらに強調していた。

ニーヤとアリエルがほぼ同時にいった。「この子がいいだしたのよ！」

「二人で責任のなすりあいなんて、街のちんぴらみたい。レジに手を突っこんだところを見つかった二人の不良みたいないいわけをきかされて、恥ずかしいわ」

こういったのはソフィー・ドゥランゴだった。ジュリア・サランターがあとをつづけた。

「あなたたち二人と友達の誰にどれだけ責任があるかってことには、ママは興味がないの。嘘をついてどんな得があると思ったのか、きかせてちょうだい。ソフィーおばさまも、ママも、あなたたちを信頼してるのよ。二人とももう充分に大人になって、わたしたち全員がガラス張りの人生を送ってることを理解してるはずだって、ずっと信じてきたから。公の場で責任ある行動をとってくれるって信じてるの。ゆうべの二人の話は嘘だったとわかって、残念でならないわ。おまけに、ソフィーおばさまの競争相手に攻撃のチャンスを与えることになってしまった」

「けど、ママ、選挙運動を妨害しようなんて気はなかったのよ」ニーヤがいった。「ただ——カーミラが、すっごくクールなの！　でね、考えたの——期待したの——ほんとだったらいいのにって。呪文とか、満月とかで、カーミラとひとつになれたような気がした！」

「あなたたち、大ガラスに変身できると思ったの？」ソフィー・ドゥランゴは呆気にとられて、二の句が継げない様子だった。

「テレビでおじいちゃまのことをなんていってるか、あたし、知ってるもん」アリエルがいった。「だから、そいつらの目玉を突っついてやりたいの！」

ジュリアはカウチに娘と並んですわった。「ダーリン、おじいちゃまとソフィーおばさまにあの連中がどれだけひどい憎悪をぶつけているかは、わたしたちみんなが承知してるわ。無視するしかない、そんなことはおきてないようなふりをするしかないって決めたでしょ。でも、ゆうべの騒ぎで事態が悪化することになるのよ。ヘレン・ケンドリックがどこからニーヤの名前を手に入れたのか、わたしにはわからないけど——ジェシー・モーゲンスターンかほかの誰かがしゃべったのかもしれないし、フェイスブックに投稿したのかもしれないわね——とにかく、ケンドリックがすでにけさの番組でソフィーおばさまを攻撃している。ウェイド・ローラーがあなたのおじいちゃまへの攻撃を開始する前に、本当のことを話してちょうだい」

「ちょっと話を戻してもいいですか」わたしはいった。「誰のことをいってるのか、よくわからないから。ジェシー・モーゲンスターン――これはゆうべ墓地で一緒だった女の子の一人ね？」

二人の少女は用心深くうなずいた。わたしの質問がさらに不利な事態を招くのでは、と不安に思っている様子だった。

「ジェシーのお父さんっていうのが、政治家にお金を渡してる人？」わたしは尋ねた。早朝の会話のなかでそういったのは、タイラーだったか。いや、もしかしたら、カイラだったかも。

「ええ、そうよ」ジュリア・サランターがいらだたしげにわたしの言葉をさえぎった。「ヘッジファンド・マネージャーで、政治の世界に首を突っこみたがってるの。ジェシーはアリエルやニーヤと同じく、ヴァイナ・フィールズの生徒よ。両親は広報のスペシャリストを雇って、ジェシーの事情聴取に同席する顧問弁護士にアドバイスをさせたみたいだけど、アリとニーヤがジェシーと一緒だったことはスペシャリストにも弁護士にも内緒にしてあるって、両親がわたしに断言したわ。でも、サム・モーゲンスターンが成功してるのは、情報を――い、いえ、気にしないで」

ジュリアはソフィー・ドゥランゴに向かって苦々しい声でつけくわえた。「ローラーの番組のヘッドライインが目に見えるようだわ。〝ナチ支持者の孫娘がクリスチャンの血を吸う。こんな男をアドバイザーとする候補者が次期上院議員になってもいいのですか〟」

ドゥランゴは渋い顔になった。「あいつらがシャイムに残忍な攻撃をかけてくるとわかってたら、選挙運動への協力をシャイムに頼むのはやめておいたのに。ミズ・ウォーショースキー、ゆうべの冒険のことをケンドリック陣営にリークしたのは、まさかあなたじゃないでしょうね？」

「ドクター・ドゥランゴ、わたしはお嬢さんのグループに入ってる残りの子たちの面倒をみるだけで手一杯で、選挙運動に関わってる暇なんかありませんでした」

「偉そうな態度はやめてちょうだい、ミズ・ウォーショースキー。あなたがどんな人か、わたしたちは知らないんだから、何をやりそうか、やりそうでないかなんて、わかるわけないでしょ」ジュリア・サランターがいった。「ダメージがひどくなる前に、ダメージ・コントロールをする必要があるの。ゆうべニーヤがマウント・モリア墓地にいたことを誰かがヘレン・ケンドリックに教えたけど、シャイムと結びつけるところまではいかなかった。アリエルも墓地にいたことを知らなかったのか、もしくは、アリエルがシャイムの孫だってことに気づかなかったのか。ジッターというのは、この子の父親の名字なの」

「わたしも知りませんでした」わたしはいった。「シャイムは――い、いえ、ミスタ・サランターは――ドクター・ドゥランゴの選挙運動に関わってるんですか」

「うちの財務委員会の委員長をやってもらってるの」ドゥランゴがいった。「ゆうべ何をご覧になったのか、話していただけない？」

「ミズ・サランターが電話でわたしの従妹のことをおっしゃいました」わたしはいった。

「従妹はあなたと、あるいは警察と、あるいはその両方と揉めることになるんじゃないかと怯えています。そして、わたしはもちろん、ゆうべの出来事が従妹の責任になっては困ると思っています。従妹はグループの少女たち世話を全力でやっていましたが、その子たちに命令する権限はなかったのです」

ジュリアはうなずいた。厳格な表情だった。「それはわかってるわ。何があったのか、とにかく話してちょうだい」

わたしは一部始終を語った。ルーシー、カイラ、満月、少女たちに偶然出会ったこと、ヴフニクの死体を見つけたこと、わたしが警察を食い止めておくあいだ、少女たちをドゥーデックの家で待たせておこうとしたこと。「家を出るときにみんなが家族にどんな嘘をついたのか、おたがいの身体に本当に針を突き刺したかどうかに関しては――お嬢さんたちに尋ねてもらうしかありません。ところで、墓地を出たあと、ニーヤとアリエルはどこへ行ったんでしょう？　ペトラが何度も携帯メールで連絡したのに、返事がなかったんです」

「わたしの家に戻ってきたの」ドゥランゴが答えた。「二人とも、ゆうべはわたしが選挙イベントで州の南のほうへ出かけて留守なのを知ってたから、嘘をついて、ずっと家にいたってわたしに信じこませようとしたのね。シカゴから電話が入り、ケンドリックのけさの非難に対するコメントを求められるまで、わたしは何も知らなかった。不愉快だったわ」

ニーヤとアリエルが足もとに視線を落とした。

「針だの、血を吸うだのって、どういうこと？」ジュリアがきいた。

「あたしたちの儀式だったの」友達のほうをちらっと見たあと、消え入りそうな声でアリエルが答えた。「タイラーってほんとに泣き虫。あんな子、仲間に入れなきゃよかった。そしたら、こんなことには――」

「さっきもいったでしょ。ほかの人間に責任をなすりつけるのはやめなさい！」ドゥランゴの声は鞭のようだった。

「ほかにも問題があります」わたしは母親たちにいった。「少女たちの近くで殺人事件がおきました。タイラーが泣き虫だったおかげで、わたしたちが死体を発見することになったのです。しかし、少女たちが目当ての場所に着いたとき、犯人はまだ現場にいたものと思われます。誰かがヴァンパイアを見たといっていました。犯人の姿をちらっと目にしたんじゃないかしら。アリエルとニーヤは警察から事情をきかれることになるでしょう。一刻も早くすませてしまったほうが、ダメージをコントロールするのも楽になるはずです」

「犯人を見たのはどの子？」ジュリアがきいた。

「誰も見てないわよ」アリエルがいった。「タイラーがヴァンパイアを見たって思いこんでたけど、見るはずないわ。入会儀式もすんでなかったのに」

このことが癪にさわったのか、アリエルはこぶしを固め、クッションに叩きつけた。子供時代と大人の入口のあいだで綱渡りをしている時期だ。ポーランドに住む父親のところへ飛んでいきたいと願うカイラと同じく、アリエルとニーヤもいまなお、魔法が現実になるよう願っている。

「タイラー？」ジュリアがいった。「マリーナの読書クラブにそんな名前の子はいなかったわね」

「入ってないもん。ヴァイナ・フィールズには、カーミラ・クラブに入りたがってる子がたくさんいるの。ジェシーとタイラーがとくに熱心だった。しつこくせがまれて、ジェシーの入会は認めたけど、そのあと――タイラーには、痛いからねっていったの。けど、あの子、本気にしてなかったんだと思う」

「もしくは、仲間にしてほしいから、我慢するつもりだったのかも――もっとも、まさかてのひらに針を刺されるなんて、誰も予想してなかっただろうけど」わたしはいった。「タイラーは針を刺されたあと、あなたのそばから逃げだすときに、『これから五年間、口を利いてくれなくたって、あたしは平気よ』っていったわね。あれ、どういう意味？」

アリエルは赤くなったが、何も答えなかった。

「仲間はずれにするって、あの子を脅したの？」母親が問いつめた。

「そんなんじゃないわ」アリエルは口ごもりながら答えた。「誓いなの。入会儀式を受ける前に、カーミラの秘密を洩らさないことを誓わなきゃいけないの。もし洩らしたら、学校を卒業するまで、グループの仲間から口を利いてもらえなくなるの」

アリエルは母親の愕然とした顔を見た。「ママ！　クラブの秘密を守ろうと思ったら、そうするしかないのよ！」

「どうやって儀式のやり方を決めたの？」会話が母と娘のバトルに変わる前に、わたしは質問した。

「おたがいを噛もうとしたんだけど、それってすごく大変でしょ。特別に鋭いヴァンパイアの牙が必要で、牙がないと、皮膚を歯ではさむだけで終わっちゃう。でね、えっと、ほら、ソフィーおばさまがいつもニードルポイント刺繍をやってるから、おばさまの針を借りて実験的にやってみたの」

「おたがいの皮膚を刺したの？」ジュリアがきいた。

「もちろんよ、ジュリアおばさま」ニーヤがいった。「まず二人でやらなきゃ。どういうものなのか、自分たちで試しておかないと、ほかの子にやりなさいっていえないもの」

母親二人はまたしても顔を見あわせた。無言で意思の疎通がおこなわれたらしく、両方がうなずき、ジュリアがいった。

「ヴァイナ・フィールズのカーミラ・クラブは今後、あなたたち抜きでやってもらいます。アリエル、あなたとニーヤは今後二週間、会うことも、携帯メールも禁止よ」

二人の少女は金切り声で抵抗し、永遠にいい子になることを約束した。ジュリアは声をはりあげた。「やってほしい仕事がどっさりあるわ。財団のほうでも、選挙運動のほうでも。それをあなたたちの奉仕活動になさい。今夜、おじいちゃまの顧問弁護士を呼んで、あなたたちが警察に話をするときのために準備をしてもらうわ。話をするのは明日の朝の予定よ。こちらで手配できればね」

ドクター・ドゥランゴがわたしのほうを向いた。「あなたのいる前で、わたしたちはきわめて率直に話をしました、ミズ・ウォーショースキー。あなたの思慮分別をあてにしていいものかどうか知りたいんだけど」

「ええ、大丈夫、よけいなことはぜったいいいません」わたしはいらいらしながら答えた。「ただ、今回の件をあまり真剣に受け止めてらっしゃらないようですね。ゆうべ、男性が殺された。映画で見るヴァンパイア退治のように、心臓に杭を打たれたのです。どういうわけで、お嬢さんたちが踊りまわっていた場所にその男性も居あわせたのでしょう？　男のことをご存じですか」

ジュリアは顔を紅潮させた。「もちろん、人が殺されたことは気の毒だと思うわ。顔見知りの男性かどうかとなると――なんて名前でしたっけ？」

「マイルズ・ヴフニク」わたしはこわばった声で答えた。「みなさん、イリノイ州の政界では、たぶん良心的な方々なんでしょうけど、男性が殺されたときにダメージ・コントロールのことばかり考えてらっしゃるのが、わたしにはどうも納得できません」

「わかってらっしゃらないようね」ジュリアがいった。「うちの父はつねに攻撃にさらされてるのよ。ドクター・ドゥランゴも同じ。娘たちがやったことは軽率だったけど、家庭内でそれに対処する贅沢は、わたしたちには許されないことなの。娘たちの行動は世間の目にさらされるだけじゃなくて、メディアによる無慈悲な攻撃マシンの一部として利用されることになる。だから、ダメージ・コントロールに躍起にやってることを謝罪するつもりはありません」

わたしはジュリアの言葉にうわの空でうなずきを返した。アリエルに注意を奪われていたからだ。ヴフニクの名前が出たとたん、アリエルの目が丸くなったのだ。

「ヴフニクを知ってたの？」わたしはきいた。

「まさか！」アリエルは叫んだ。

「電話で話をしたことはなかった？」わたしは食い下がった。

「そんな男は知らないって娘がいってるのよ。嘘じゃないかとほのめかすなんて、あなた、ずいぶん失礼な方ね」ジュリア・サランターがいった。

「ランプの精だったのかも」ニーヤがいった。

アリエルと二人でクスクス笑いあったが、母親たちの怒りの形相に気づいて、あわてて笑いをひっこめた。「つ、つまりね、煙とか、瓶とか、そういうもののなかから出てきたのかもしれないって意味でいったの」

「笑いごとじゃないわ」ソフィー・ドゥランゴがいった。

わたしはアリエルを見た。「死体に出くわしたのに、ニュースで見てみようって気にならなかったの？　テレビにしろ、ネットにしろ、一日じゅう、マイルズ・ヴフニクがあらゆるニュースのトップにきてたのよ」

「くだらないニュースは見ないことにしてるの。ニュースなんか大嫌い。いつだって、おじいちゃまとソフィーおばさまが攻撃されてるもん。それに、とにかく、おじいちゃまを守ってあげたかったし」

ジュリアが困惑でまばたきをした。「どうしてニュースをボイコットするのが、おじいちゃまのためになるの？」

アリエルはわたしに警戒の目を向けたまま、唇を噛んだ。ヴフニクと何か関わりを持っている。わたしは確信した。

「お嬢さんたちがやっていた儀式と共通するやり方でヴフニクが刺し殺されたことが、わたしは気にかかってならないんです」と、ゆっくりいった。「まるで、読書クラブの子たちが何をする予定かを犯人が知っていて、それを世間に宣伝しようとしたみたい。どうしてそんなことになったと思う、アリエル？」

「きのう、あなたたちが墓地へ行くことを知ってたのは誰と誰？」ソフィー・ドゥランゴがきいた。

「あたしとアリエル」ニーヤが母親に答えた。「ジェシー、ノーラン。タイラーにはいわなかった。だって、儀式がまだすんでなかったから」

「カイラとベアータは？」わたしはきいた。

ニーヤとアリエルが首を横にふった。

「その二人は入会儀式がすんでると思ってたけど」わたしは食い下がった。

「すんでるよ。けど、ほんとの友達じゃないし」

「なるほど。移民の子だし、ママたちはトイレ掃除で生活費を稼いでるもんね。ほんとの友達になるのはむずかしいわね」

「そんな言い方はないでしょ」ジュリアがいった。「移民の人々がどんなに苦労してるか、アリエルはほとんどの少女よりよく知ってるわ」

「ミズ・サランター、貧しい移民としてこの国にやってきた親や祖父母を持つ少女はたくさんいます。わたしを含めて、ほとんどの少女の親や祖父母は運と意欲に欠けていたため、あなたのお父さんのように孫に贅沢三昧をさせることができなかったのです」

「わたしの父が成功したことで、この子を攻撃するのはやめてちょうだい！」ジュリアがぴしっといった。「いまだって、うちの一家はGENで毎日のように叩かれてるのよ」

「どちらかというと、わたし、羨んでるんですけど。GENのコメンテーターたちもたぶんそうだと思います。でも、あなたのお父さんの成功によって、夜勤でホテルの部屋を掃除する女性とアリエルとのあいだに壁ができているのは事実です」

ドゥランゴが話題を変えた。「あなた、探偵さんでしょ。誰がケンドリックに情報をリークしたのか、突き止められない？」

わたしは首を横にふった。「あの少女たちは誰にでも携帯メールを送ってます。沈黙の誓いを立てたのは事実かもしれないけど、ゆうべだって、携帯でおたがいの動画を撮ってました。誰かがそれをフェイスブックに掲載したか、メールで友達に送るかしたんでしょう。選挙運動の妨害を企んでいる者がいれば、それを見つけてケンドリックに送ることぐらいわけもないことです。ほかに何か？」わたしは向きを変えて部屋を出た。

ジュリアが廊下まで追ってきた。「いまの会話はあなたの胸にしまっておいてくださる？」

「ええ、もちろん。ドクター・ドゥランゴが世間から受ける苦しみを、これ以上ふやしたくありませんもの。でも、ふやそうと望む者もいるはずです。リークした人間を突き止めるのは無理だと思いますけど、誰かがケンドリックに早々と情報を送ったのはたしかです——ケンドリックは警察より早くニーヤの名前を知ってましたから。だって、警察が知ったのは、けさ、親の一人が娘をエリア・シックスの署へ連れていったあとですからね。それと、殺しの方法ですけど、心臓に鉄筋を突き刺すという残虐なものでした。犯人が逮捕されるまでお嬢さんたちの外出を禁止するのが、利口なやり方だと思います」

ジュリアがわたしを凝視した。「誰かがアリエルに危害を加えるかもしれないっていうの？」

「わかりません」わたしは彼女の父親の屑鉄で作られた記念のベンチに腰をおろして、サンダルをはいた。「そうならないよう願っていますが、あなたのほうで警備スタッフを手配できるなら、わたしだったらお嬢さんから目を離さないでしょうね。ニーヤからも。この殺人の陰には、醜悪な心が潜んでいます」

高架鉄道で北に帰るあいだ、心労でこわばってやつれたジュリア・サランターの顔がわたしの頭から離れなかった。

9 ケーブル・ニュース

ロティのところの夕食の席では、音楽が話題の中心となった。いや、もっと正確にいうなら、音楽界の有名人たちのことが。ジェイクは二、三日後にヴァーモント州へ出発することになっている。マールボロ音楽祭に講師役の音楽家として招待されたから。わたしは音楽祭の最終週に現地へ出向き、ジェイクとすごそうと思っている。本物のバカンス――マールボロから車でカナダへ向かい、ローレンシア山脈をハイキングする予定。

ロティとマックスは八月にマールボロへ出かける計画を立てている。ロンドンに住む音楽家の旧友たちが講師としてやってきて、名誉毀損に関する法律は嬉々として無視しながら、ジェイクと一緒に、指揮者と演奏家を切り刻むことになっている。

コーヒーを手にしてみんながバルコニーの椅子にすわったところで、ようやく、ロティが墓地の死体のことを持ちだした。マリーナ財団にどんな影響があるかを心配しているのだ。

わたしはドゥランゴとサランターに会ったことを話した。少なくとも、二人のプライバシーを侵害しない範囲で。少女たちが満月の儀式をやっていたことは、すでに世間に知られている。

マックスの唇が怒りでこわばっていた。「マリーナは長年のあいだ攻撃にさらされてきた。今回の件で火に油をそそぐことになり、収拾がつかなくなるだろう」

「なぜです？」ジェイクがきいた。

「国のあちこちに広がっているヒステリックな反移民感情のせいだよ」マックスは説明した。「あの財団の使命が移民と難民を守ることにあるのは知っているね？　だから、ロティとわしは理事会に名を連ねているし、〈グローバル・エンターテインメント〉がシャイムばかりか財団にまで攻撃を仕掛けるのを、たぶん、きみよりくわしく追っていると思う。連中はシャイムのことを反米主義者だとか、アメリカを破壊しようとしているとかいって非難し、マリーナがその証拠だと指摘している。マリーナというのは古いイディッシュ語で、ゲットーのなかの隠れ場所を意味しているため、ローラーのような連中がそれに飛びつくんだ――サランターがこの名前を選んだのは、よその国の者を不法に入国させているからだといって。サランターが財団をテロリストの訓練キャンプとして運営することで、アメリカを嘲笑しているというんだ」

「そうなのよ」ロティは身震いした。「ペトラの読書クラブに入ってる少女たちがヴァンパイアの儀式をやってたことを、ウェイド・ローラーが知ったらなんていうか、想像するのも耐えられない」

「ジュリア・サランターは、ローラーが彼女の父親に〝クリスチャンの血を吸うナチ〟という非難を浴びせるだろうといってたわ」わたしはいった。「でも、わたし、サランター家はユダヤ人だと思ってた」

「そうよ」ロティの口が真一文字に結ばれた。「卑劣なのよね。シャイムに対する連中の攻撃ときたら。一九四一年にヴィルナのゲットーでおきたヨム・キップールの虐殺のとき、シャイムはかろうじて助かったの。その日、家族はみんな殺されてしまったけど、シャイムはどうにか逃げだして、その後四年間、路上生活をしながら生き延びたそうよ。ローラーはそれを歪曲して、十三歳の少年が父親と母親を売って自分だけ助かったんだといってるの」

「話にならない」ジェイクが嘆いた。「サランターはなぜ訴訟をおこさないんです？」

「ローラーと〈グローバル〉が広めてる嘘に世間がなおさら注目するだけだと、シャイムはいうんだ」マックスはいった。「わしが思うに、やつらに好き勝手なことをいわせておくのはまちがいだ――ゲッベルスのまねをさせるようなものだ。途方もない嘘をつきつづければ、民衆はそれを信じるようになる」

「GENでやってる選挙運動の報道って、わたし、あまり見たことがないのよ」わたしはいった。「ケンドリックを支持してることは知ってるけど、彼女、創世記に書かれていることを事実だとする特殊創造説を公立校で教えるべきだといったり、中絶をおこなった女性を服役させようと提案したり、社会保障と低所得者向けの医療扶助制度の撤廃を望んだりしてて、保守派のなかでもかなりエキセントリックなタイプだから、彼女の意見をまともにとる人はいないと思ってた。でも、〈グローバル〉がサランターを悪の枢軸の中心とみなしているのなら――」

「ええ。危険で、不快で、悪質だわ。アメリカでそんな意見を耳にしようとは思わなかった――」ロティは途中で黙りこんだ。

ロティの祖父は一九三九年の夏、〈キンダートランスポート〉という子供のための救援活動によって、ロティとその弟をウィーンからロンドンへ送りだした。イングランドの移民法のもとでは成人の移住が受け入れられなかったため、祖父母も、両親も、叔母たちも、そして、わが子を西のほうへ逃がすための金もコネもない親のもとにいた従兄弟《いとこ》たちも、全員が死の収容所で最期を迎えることとなった。

ロティも、そして、同じく〈キンダートランスポート〉でプラハからロンドンに逃げてきたマックスも、中欧で育ち、ラジオ放送や学校でユダヤ人に対する憎悪の言葉をきかされながら大きくなった。それと同じ嘘がアメリカでふたたび叫ばれるのを耳にするのが、二人にとってどれだけ苦痛なことか、わたしには想像するしかない。

ジェイクは同情をこめてロティの肩に手をかけ、それから室内に戻った。ピアノの前にすわり、バッハの〈マタイ受難曲〉から〈憐れみ給え、わが神よ〉を静かに弾くのがきこえてきた。その旋律をジェイクが即興で変奏するのをききながら、わたしたちは暗いバルコニーに長いあいだ腰をおろして、暗い湖面に月光がきらめくのをみつめていた。ジェイクはコントラバスの奏者だが、ピアノも弾ける。ピアノというのは二百三十本の弦がついたコントラバスにすぎない、といっている。

しばらくしてから、わたしは彼のところへ行き、横にすわった。彼が右腕でわたしを抱いた。左手で和音を弾き、アリアの旋律をコーチしてくれた。

ラシーヌ・アヴェニューのアパートメントに戻ると、ジェイクはわたしのところにきた。二人でひねくれた衝動に駆られて、ウェイド・ローラーの番組をやっているかどうか見てみようと思い、テレビをつけた。GENではこの番組を日に四回ずつ流しているので、十時の放送を見ることができた。

わたしは母がイタリアから運んできたワイングラスと、黒ラベルのボトルをとってきた。神経を静めるために何か必要になると思ったのだ。番組にふさわしいテーマ音楽とロゴとコマーシャルのあとでカメラが移動して、いかめしい表情のウェイド・ローラーを映しだした。アームチェアにすわっていて、横には、本と新聞がどっさりのっている小さなテーブルがあった。

ローラーは例によって青いチェックのシャツ姿、豊かな髪は巧みに乱してあった。ゆうべのパーティで会ったときは、彼の目が鮮やかなブルーであることを意識しなかったが、目の色をひきたてるためにカメラの前で青いシャツを着ているのだと、いま気がついた。番組の最初のほうでは、椅子にゆったりもたれていたが、放送が進むにつれて、緊迫した表情で椅子の端まで身を乗りだし、興奮したクサリヘビのごとく頭をあげて視聴者のほうへ突きだした。

「わが同胞たるアメリカのみなさん」合衆国大統領のような口調で、ローラーは語りはじめた。「わが同志のみなさん、兄弟姉妹のみなさん、みなさんは自由を求めるわたしの情熱を共有し、わたしの不安を共有しておられます。その不安とは、ファシストや、共産主義者や、さらには、わが国の憲法に庇護されて身を隠しているテロリストの行動を、われわれが黙認し――」ローラーはここで言葉を切り、黄ばんだ羊皮紙をカメラの前でふってみせた。「テロリストどもがわれわれの貴重な自由をトイレに投げこみ、メキシコまで流すのを黙認しているのではないか、ということです」

ローラーは水をひと口飲んだ。激しい感情に揺さぶられ、心を落ち着けようと必死になっているというところか。

そうしたテロリストの一人について、前にもお話ししたことがありましたね。その人物はここシカゴで、図々しく、大胆に活動しています。生まれた国において、両親にも、兄弟にも、友達にも必要とされなかったのと同じく、アメリカにも、アメリカ人にも必要とされない人物です。そうです。ここで申しあげているのは、シェイム・サランターのことです。

〝シャイム〟という名前は、〝時間《タイム》〟や〝韻《ライム》〟と同じ韻を踏んで発音すべきなのに、ローラーはわざと発音をゆがめて、〝恥《シェイム》〟という響きを持たせていた。

シェイム・サランターはユダヤ法のもとで、十三歳のときに成人となりました。おや、いま、テロリストの支持者から卑劣なメールが届きました。名前の発音がまちがっているという指摘です。しかし、わたしはアメリカ人ですし、ひとつの言語しか、つまり、アメリカ英語しか知りません。

さて、話を外国の地に戻しまして、新たに誕生したこの若者シェイムが最初にやったのは、両親を始末することでした。そう、シェイムは両親をナチの侵略者に売り渡したのです。そこで、ナチは彼の命を助けました。本当は奪っておくべき命だったのでしょうが、ナチが助けてやったばかりに、シェイムはヴィリニュスの街角で冷酷な商売をすることとなりました。絶望に陥った人々の装身具を売買し、財産を築きはじめたのです。

ローラーが一冊の本をひらくと、カメラがパンして、コートにダビデの星をつけ、荒廃した街の広場に立つ、やつれたユダヤ人たちの写真を映しだした。この写真がいつどこで撮られたのかを知るすべはなかった。

戦後のヨーロッパの混乱を便利な隠れ蓑にして、シェイム・サランターは難民を装い、アメリカに渡ってきました。彼のような冷酷な共産主義者は資本主義のシステムからうまい汁を吸う方法を心得ています。リトアニアでは貧しい人々のなけなしの財産を商売道具にしていました。ここアメリカでも同じ商売を始めましたが、やがて、大金が手に入る場所はまやかしのマーケットであることに気づきました。株式、債券、オプション取引といった、複雑すぎて、あなたやわたしのような人間には理解できない世界です。シェイムはわたしたちが蓄えた金をとりあげ、それを巨万の富に変えました。そして、いま、その富をトロイの木馬として使っているのです。彼は財団を持っています。その名はマリーナ財団（画面の背景にマリーナのビル。正面ドアから大きな木馬があらわれて、ヴァン・ビューレン通りへ出ていく光景が映しだされた）。

マリーナは難民と移民の〝権利〟（ローラーは自分の指で宙に引用符を描いた）を擁護しようとしています。これがテロリストをアメリカにこっそりひきいれるための隠れ蓑でなくて、なんだというのです？　彼自身もこの国にこっそり入りこんだのですよ。あなたたちの権利はどうなるんです？

そして、ゆうべ、一人のアメリカ市民が、地道に生活費を稼ごうとしていた勤勉なアメリカ人が、閉鎖されたユダヤ人墓地で無残に殺されました。

マウント・モリア墓地のおなじみの映像が画面に登場した。ヴフニクの死体が発見された神殿も映っていた。番組のカメラマンが、ダビデの星のついたユダヤ人の墓石のいくつかをクローズアップで撮影していた。

さて、墓地の真ん中に誰がいたと思います？　殺された男の血がまだ冷たくなってもいないのに、そのまわりで踊っていたのですよ。なんと、シェイム・サランターのかわいい、かわいい孫娘が。そして、一緒にいたのは誰でしょう？　ソフィー・ドゥラン＝グーの娘です。ドゥラン＝グーは動物園《ズー》にいるサルの子孫で、イリノイ州の正直な善人たちの代表者としてワシントンへ行く必要があると思っている人物であります。

　そして、二人の少女と一緒に踊っていたのは誰でしょう？　あなたたちのようなまともなアメリカ人から仕事をとりあげるために、シェイムとマリーナ財団がずうずうしくもアメリカに密入国させた、不法滞在の外国人の子供たちです。そろそろ、シェイムにいってやりましょう。国に帰れ、テロリストの友人たちを一緒に連れていけ、ドゥラン＝グーをズーに戻せ、と！

　そして、リベラル派のみなさん、わたしに中傷と侮辱を投げつける前に、どうか思いだしてください。ディベートの場にサルどもを連れてきたのはドゥラン＝グーなのですよ。彼女は、自分はサルの子孫であり、あなたやわたしのように神の姿に似せて創られたのではないと思っています。これが人種差別というのなら、わたしはアメリカ合衆国が言論の自由を保証された国であるという考えを、完全に捨て去ることにします。〝ハイル・ドゥラン＝グー、ハイル・オバマ、ハイル・ヒトラー〟と叫びながら、われわれの手で合衆国を破滅へ導くことにします。

　暴言が終わりに近づくころには、きつく嚙みすぎたわたしの唇から、血がにじんでいた。ジェイクも激怒していた。「ひどすぎる！　最低だ！　よくも咎められずにすんでるものだ」

「わたしたちが咎めようとしないからよ！」わたしは自分たち二人のためにウィスキーをたっぷりついだ。手がひどく震えていた。「あなたのいうとおりだと思うわ。サランターはローラーを訴えるべきよ。でないと、ああいう嘘で人々の頭がいっぱいになってしまうもの」

「多少の真実が含まれてるなんてことはないだろうね？」ジェイクがいった。

「火のないところに煙は立たない？ ヴィルナのゲットーに閉じこめられてた子供がナチと取引をして、自分の自由とひきかえに両親を殺させたなんて、本気で思ってるの？」わたしの顔が真っ赤に染まった。

「死神みたいな目で見るなよ、V・I！ 思うわけないだろ。だけど、サランターも何か醜悪な秘密を抱えてるんでなきゃ、ローラーと対決したっていいじゃないか」

「理性を信頼しすぎてるのかも。もしくは、アメリカ人はみんな人格者だからサランターの言葉にだまされるわけはないと信じてるのかも。よくわからないけどね」わたしはいらいらしながら部屋のなかを歩きまわった。「わたしがゆうべ会った少女たちは――サランターの孫娘もその一人だけど――サランターが交戦地帯で一人ぼっちで生きてたころと同じ年齢なの。子供から大人の女へ変わっていく途中ね。自分のことは自分でできる年齢になったけど、まともな判断力は備えていない。もし、サランターが――その年ごろの子供が――生き延びるために問題行動をとったとしたら――」

わたしは不意に黙りこんだ。サランターがやった可能性のある恐ろしい事柄が心に浮かんだからだ。さらにいうなら、彼の孫娘もやっているかもしれない。アリエルと友人たちがマイルズ・ヴフニクに出くわし、彼を殺したとしても、若さが殺人の言いわけになるとはわたしには思えない。サランターがナチに占領されたリトアニアで何か恐ろしいことをしたとすると、占領がその行為の言いわけになるだろうか？

「でも、ローラーはサランターの孫娘が墓地にいたことを、どこからきいたのかしら。それから、移民の少女二人のことも」わたしはいった。「今日の午後、わたしがドゥランゴとジュリア・サランターに会ったときは——」

その途中でわたしの電話が鳴りだした。かけてきたのがジュリア・サランターだとわかっても、わたしは驚かなかった。

「ドクター・ドゥランゴとわたしは、あなたを信用して——」

「いきなり非難をぶつけてくるのはやめてください」わたしはジュリアの言葉をさえぎった。

「信頼を裏切ってはおりません。わたしもいま、ローラーの番組を見ていたところです——胸が悪くなりそう。狼狽《ろうばい》してらっしゃるのを非難する気はありませんが、ローラーに情報をリークしたのはわたしではありません」

「じゃ、誰なの？」サランターが詰問した。

「知りません。今日の午後も申しあげたように、突き止めるのは不可能に近いと思います。ローラーは人を使って、ブログや、フェイスブックや、警察の報告書を調べさせ、彼の真っ赤な嘘を補強するためのスキャンダルを、どんな些細なものでもいいから探してるんです。

やっぱり、名誉毀損でお父さんがローラーを訴えるべきだと思うけど、あなたのために問題を解決することは、わたしにはできません」

「父には訴訟をおこす気はないわ。わが家の歴史をこれ以上つつきまわされるのは、もうたくさん！」

「じゃ、解決できない問題を抱えこむことになりますよ」わたしは冷淡にいった。「いまの時代、ネットで誰かがいったことに歯止めをかけるのはもう無理ですもの。非難中傷をやめさせたいなら、あなたの側からもネガティブ・キャンペーンを始めればいいんじゃないかしら」

「こちらには隠すべきことも、証明すべきこともないのよ。でも、顧問弁護士と広報担当者に話をした結果、いちばんいいのは何があったかをオープンにすることだという点で、全員の意見が一致したわ。広報担当のほうで手配をして、明日、娘たちをテレビに出すことにしました。〈レイチェル・ライル・ショー〉に。ほんとは、そんなことしたくないのよ。シャイムは猛反対。わが家の暮らしを人目にさらさないように、つねに努力してきたのに。でも、レイチェルなら好意的なインタビューをしてくれるだろうし、ソフィーのために選挙運動へのダメージを最小限に抑えなきゃいけないの」

「あらあら、ダメージ・コントロールのことばっかり！」それをきいてジュリアが文句をいいかけたので、わたしは彼女をさえぎった。「ええ、そうしたい気持ちはわかります。でも、わたしは少女たちがマイルズ・ヴフニクについて何を知っているのかというほうに興味があるんです」

「なぜ？」ジュリアは鋭くきいた。「まさか、あの子たちが殺人に関わってるなんていう気じゃないでしょうね」

「いえ。でも、何か知ってるはずです。ヴフニクについて。もしくは、殺人の状況について。マウント・モリア墓地へ行くことを、少女たちの誰かがヴフニクに教えたのでなければ、彼と犯人は少女たちがそこにいることをどうやって知ったんでしょう？」

「あなたがさっきいったばかりじゃない」ジュリアが食ってかかった。「どこからリークしたかを突き止めるのは無理。娘たちが携帯メールをしたか、あるいは、一人が誰かにしゃべって、その子がまた誰かにしゃべったのかも。でも、うちの娘がわたしに隠れて三流の探偵と話をしたんじゃないか、なんていわないでちょうだい。サランター家だって喜んで法的手段に訴える場合があるっていうのを、あなたも知ることになるわ」

「小物はつぶす、大物は残しておいて好きにさせるって意味？」わたしはいいかえさずにいられなかったが、ジュリアが電話を切ってしまったことは、意外だとは思わなかった。

10　いつものように政治の駆け引き？

わたしがジュリアと話しているあいだ、ジェイクは《アトランティック》の古い号を持ってキッチンへ行っていた。わたしの渋い顔を見て、雑誌を置いたが、何もいわず、そのまま立ちあがるとわたしを寝室へ連れていった。

わたしたちの愛の行為は激しく、狂おしいといってもいいほどで、自分たちの肉体を使って、心に侵入してきた悪魔を抑えつけようとしているかのようだった。二人とも熟睡できなかった。わたしはついに五時半に目をさまし、こっそりベッドを抜けだそうとしたが、ジェイクもすでにおきていた。キッチンで一緒にエスプレッソを飲んだが、わたしが二匹の犬を連れてビーチへ出かけるときに、ジェイクは彼の住まいに戻っていった。

きのうの爽やかな晴天は一日だけの奇跡だった。犬とわたしがビーチをあとにして家路についたときはまだ七時にもなっていなかったが、湖の上にのぼった太陽は早くも目に痛いほどまぶしくて、空気は深皿によそったオートミールのようにどろりと粘っていた。

アパートメントに着くと電話が鳴っていたが、ドアをあけたときには切れていた。発信者番号を見ると、またしても非通知だった。子機をキッチンへ持っていき、犬に餌をやり、自分のためにマンゴーを刻んだ。ヨーグルトの皿にマンゴーを入れていたとき、ふたたび電話が鳴りだした。新聞社の誰かか、サランターとドゥランゴ関係の誰かだろうと思った。レイドンのことを忘れていた。

「ヴィクトリア！　よかった。あなたが外国へ行ってしまったか、それとも、わたしを嫌ってるのかと思いはじめてたの。嫌われたのなら、耐えられない。あなたにもう愛されてないとわかったら、わたし、かつてはシアーズと呼ばれていたタワーのてっぺんに記録的なスピードで駆けあがるでしょうね。あなたが必要なの、かわいい狩りの女神。連中が誰かを使ってわたしを狙ってるの。知ってしまったの。あの男のイタチみたいな顔を見たときにわかったの。あいつら、今度はわたしを追いかけてきて、殺そうとしてるんだわ」

「レイ――」

「名前は呼ばないで。電話ではだめ。しつこくつきまとわれる感じって、わかるでしょ。あとをつけられてるの。あなたの助けが必要なの。あなたはとっても賢い狩りの女神だから、連中がどんなふうに考えるかを見抜いて、どうすればいいか、わたしに教えることができるはずよ」

「ねえ、落ち着いて。何があったのか話して」

「電話ではだめ、イフィゲネイア、ダーリン、ややこしすぎて電話では話せないわ。最近では、誰が同じ部屋にいるかっていう単純なことじゃないもの。誰が盗聴器やGPS装置で監視してるかわからない。昔から二人が気に入ってた待ちあわせ場所へ行ってちょうだい。わたし、四十分でそちらへ行けるから。いえ、車をとりもどせれば三十分で着けるわ。きのう、修理工場へ持って行ったの。ただ、今日の午前中にならないと修理にとりかかれないっていわれたけど、単なるオイル洩れだから、修理は簡単なの。代車はあるのよ。でも、書類にサインしなきゃいけないし、あなたならわかってくれると思うけど、何かの書類に名前を書いたとたん、セールスの電話がじゃんじゃんかかってくるし、もちろん、アンクル・サムと実の兄にも追いまわされてて――」

「レイドン、今日はミーティングがいくつも入ってて、キャンセルするわけには――」

レイドンはまたしてもわたしの言葉をさえぎり、わたしが彼女の名前を呼んだことをヒステリックになじった。わたしは謝って、夕方会おうと提案した。

「いますぐあなたが必要なの。あなたにもわたしが必要よ。あなたにとって大きな仕事になるかもしれない。ホットなの。すごくホット。シカゴの七月の真昼の太陽よりホット。すごくホットな写真撮影。現像に出さなきゃ。でも、すぐ飛んできてね！」

「レイドン、お願い、無理よ――」

「あなたがわたしを必要としたときに、わたしが背を向けたことがあった？」レイドンはわめいた。「ディック・ヤーボローを置いて家を飛びだしてきたとき、うちに泊めてあげたでしょ？　探偵仕事を始めたときは、うちの会社に頼んで仕事をまわしてあげたでしょ？　あなただって同じようにしてくれてもいいじゃない。誰かの命を救うのが簡単なことじゃないのはわかってる。でも、わたしだったら、あなたに頼まれれば、心臓がひとつ鼓動を打つあいだに、ううん、半分打つあいだに、半秒のあいだに、あなたのもとに駆けつけるわ。いまのあなたみたいにだらだら待たせるようなことはしない」

機関銃のようなレイドンのおしゃべりをきかされて、こっちは頭がこっぱみじんになりそうだった。「わたし、出かけなきゃ。どんな問題を抱えてるのか、簡単に話してくれない？」

「電話じゃだめだっていったでしょ、ダーリン、ややこしすぎるの。ゴルディアスの結び目みたいに厄介だから、電話じゃ説明しきれないわ」

ゴルディアス。これは二人が若かったころにレイドンが使っていた暗号で、電話している部屋に誰かがいることをわたしに伝えるための言葉だった。個人的で厄介なことだから、父親やルームメイトにはきかれたくないという意味。

「じゃ、五時半に待ちあわせましょう。場所だけ教えて」

レイドンは二人のお気に入りの場所で待つとくりかえしただけで、住所は教えてくれなかった。盗聴をひどく恐れている様子だった。「覚えてるはずよ、かわいい狩りの女神。ほら、昔よく行ってた場所よ。男たちの詮索好きな目から遠く離れた場所。五時半にそこにきて」

「男たちの詮索好きな目から遠く離れた場所？　ロースクールの女性トイレのこと？」

「冗談はやめて、ヴィクトリア。ほらほら、固いことといわないの。どこだかわかってるでしょ。じゃ、あとで――」

わたしは電話を切った。レイドンが謎めいた歌うような話し方をすることを、すっかり忘れていた。二重の、いや、ときには三重の意味を持つ才気あふれる話し方が、初めて出会ったころの彼女をいっそう魅力的に見せていたものだった。家では、父はのんびりした口調だし、母は英語がなかなか出てこないので、こんなに華々しい言葉の花火は目にしたことがなかった。しかし、あとになると、レイドンの口調から才気が消え、芯のところにむずかしい謎かけだけが残されるようになった。

彼女がわたしを〝かわいい狩りの女神〟と呼ぶのも、そのせいだった。わたしのミドルネームのイフィゲネイアはギリシャ神話の狩りの女神アルテミスに庇護された人物であることを、レイドンは知っていた。わたしが私立探偵になったとき、今度はわたし自身が狩りの女神になったことをしゃれたジョークだと考えて、午前三時まで寝かせてくれず、母がわたしにこの名前をつけた理由について延々と論じつづけた。この名前が選ばれたことが、わたしのキャリア選びに無意識の影響をおよぼしたのだと、レイドンは確信していて、話はやがて、フランスの精神分析者ラカンの無意識論というような、わたしには理解不能の方面へそれていった。(「ヴィクトリア・イフィゲネイア、これこそ、あなたの前意識であるイタリア人の心のなかに、ギリシャ神話の概念が吸収されたことを示す証拠だわ。長年のあいだ、前意識のなかにそれが潜んでたのよ！」)

わたしたちのお気に入りの場所。男たちの詮索好きな目から遠く離れた場所。いらいらさせられるレイドンの謎かけの典型だ。どこのことをいっているのかわからないのに、わたしは暗号を解明しなくてはならない。待ちあわせ場所にたどり着けなくて、そのせいでレイドンが錯乱してしまったら、それはわたしの責任ということになる。

エスプレッソのポットを乱暴に置いたため、コーヒーが飛び散って調理台とわたしの身体にかかってしまった。幸い、まだTシャツとカットオフジーンズのままだった。スポンジでカウンターを拭いてから、仕事用の着替えをしにいき、暑い日なのでノースリーブにしようと決めた。今日は依頼人に会う予定だから、サンドレスはだめ。黒い大きなボタンがついている、かっちりしたデザインの、金色のコットンのワンピースにした。ジョゼフ・パレッキがわたしのために縫ってくれたもの。パレッキはわたしの両親の古い友達で、母のコンサート用のドレスも彼が仕立ててくれた。

現在八十三歳で、仕立ての仕事はもうほとんどしていないが、ガブリエラに恋心を抱いていた人なので、わたしの服だけは喜んで縫ってくれる。わたしが母に似ているからだ。「ただ、あんたのほうがずっと大きいね、ヴィクトリア。いやいや、侮辱するつもりはないんだよ。お母さんは小柄な人だった。だが、その声は――エベレスト山のように大きかった。あんたのほうは、あの山みたいに背が高いのに、声が小さい。母なる自然にはユーモアのセンスがあるんだね」

着替えのあいだに、レイチェル・ライルがシャイム・サランターの孫娘にインタビューするのを見ようと思い、12チャンネルをつけた。

「今日はこのスタジオに、アメリカでもっとも注目を集めている二人の女性をお招きしました。イリノイ大学学長であり、イリノイ州上院議員に立候補なさっている、ドクター・ソフィー・ドゥランゴ。そして、マリーナ財団の理事長をお務めのジュリア・サランター。お二人は、今日、お嬢さんたちをスタジオにお連れくださいました。ドクター・ドゥランゴの対立候補であるヘレン・ケンドリックのところで、お嬢さんたちのような肌の色艶を生みだす化粧水を販売することになったら、いくら高くても、ぜひ買いたいものです！」

この最後のコメントは、ケンドリック家の財産の大部分を築きあげたのがスキンケア製品とドラッグストアのチェーンであることに、軽く触れたものだった。

カウチに並んですわっているニーヤ・ドゥランゴとアリエル・ジッターに、カメラが近づいた。ライルはカウチの端に腰を下ろしてカメラに横顔を向け、少女二人に視線が向くようにしている。少女たちはピンクのサンドレス姿で、その装いが二人を若々しく、可憐に、無邪気に見せている。

母親二人はカウチの左右に置かれたアームチェアから娘たちを見守っていた。その光景はまるで、ヴィクトリア時代の芝居のワンシーンのようだ。品のいい夏のスーツを着て、髪を丹念にセットした、子供の身を案じる愛情豊かな母親たち。ステージのセットからは、つぎのような主張がきこえてきそうだ。〝わたしたちは紅茶を飲み、いい仕事をしています。昔ふうの家族の価値を大切に思っています。巨大な組織の運営に携わってはいますが、心の底では、自分の娘と家庭ですごしたり、チョコチップクッキーを焼いたりすることに憧れている、ただの女にすぎません〟

ライルは『カーミラ』のシリーズへの熱中ぶりについて、二人の少女にインタビューをし、シリーズに登場する少女たちが出会う冒険を自分もやってみたいと思うかどうか、という質問をした。

「子供はみんな、冒険に憧れてるわ。怖いことでなければね」ニーヤがまじめな口調で答えた。「あたしたち、墓地に入るのって冒険だと思ったの。『カーミラ』のシリーズにちょっと似てるけど、どっちかというと、ハックルベリー・フィンみたいな感じね。ほら、トム・ソーヤーと二人で墓地に入ってく場面があるでしょ」

この喩えはたぶん、広報担当者の冴えない案だろう。少女たちをいかにもアメリカ人の子供らしく見せるための策。しかし、この年齢の子供が自力でそんなことを思いつくなんて、誰も信じるわけがない。もしわたしがレイチェル・ライルなら、ニーヤがいつトム・ソーヤーを読んだのかという方向へ話を持っていくだろう。

「ところが、すごく怖いことになっちゃったの」横からアリエルがいった。「あたしたちがカーミラ・クラブの集まりをやってた場所で、男の人が殺されたの。グループのリーダーをしてるペトラが彼女の従姉に頼んで、あたしたちを捜してくれて、ラッキーだった。従姉って人は探偵でね、みんなが無事に家まで帰るのに手を貸してくれたのよ」

友達も取り巻きの連中も見捨ててさっさと家に帰ってしまったことには、ひとことも触れていない。それから、母親たちに嘘をついて、夜のあいだ、犬を外に出す程度のわずかな時間すら外には出ていない、といいはる気でいたことにも。

母親二人が、ペトラとわたしに感謝しているが、行動には結果が伴うことをニーヤとアリエルに理解させる必要があるといった。「アメリカ全土の少女と同じく、うちの子たちもカーミラ熱に浮かされています。それでも、カーミラ・クラブに入っている学校の友達と会うためにに家をこっそり抜けだすのは悪いことだとわかってくれて、目下、二週間の外出禁止をいいわたしてあります」

「ママたちがあたしたちの電話に入ってるおたがいの番号をブロックしちゃったのよ」ニーヤは口をとがらせた。「だから、メールもできないの」

わたしはこの茶番を最後まで見た。ヴァンパイアのことも、母親に嘘をついたことも、おたがいの手に針を刺したことも、いっさい出てこなかった。カメラが芝居じみた光景から遠ざかったところで、チャンネルをあれこれ替えてみた。

どのチャンネルでも、今回の事件が大々的に報じられていた。すでに多くのチャンネルで、わたしがいま見たばかりのインタビューの録画映像を流していた。マイルズ・ヴフニクが生きていようが、死んでいようが、関心を寄せている者はどこにもいないようだ。ただ、どのチャンネルでも、ゴシックめいた殺人の舞台をとりあげ、彼が殺された墓所にある崩れた柱などを映しだしていた。

大部分のコメンテーターの意見は、ヴフニクの殺害現場にニーヤ・ドゥランゴがいたせいで母親の上院議員への道が絶たれることになりはしないか、という点に集中していた。「いまは七月です」ある尊大なコメンテーターが尊大にコメントした。「シカゴの人々は短い記憶力と、政治家の不品行に対する寛大な忍耐力を備えています。十一月には忘れ去っているでしょう」

「シカゴの腐敗を端的に示すものです」というのが、〈グローバル・エンターテインメント〉のコメントだった。色彩のバランスがとれた朝のニュースチーム――金髪に染めた女性と、浅黒いアフリカ系アメリカ人の男性――が、ドゥランゴが墓地での娘の夜遊びを黙認していても、シングルマザーのだらしないモラルからすれば驚くにはあたらない、イリノイ州はこういうだらしない人間をもっと必要としているのだろうか、と述べていた。

「ソフィー・ドゥランゴが聖書を敵視しているのは周知の事実です」ニュースチームの女性が語った。「その結果、ソフィーの娘は墓地でヴァンパイアだか、鳥だか、何だかを崇拝する危険なカルトに入ってしまいました。この件が表沙汰になった以上、ソフィーが投票日までに打撃から回復するのは無理でしょう」

〈グローバル・モーニング・ショー〉(番組のキャッチコピーは〝あなたのキッチンにお邪魔して地球をまわします〟)では、ヘレン・ケンドリックをスタジオに招いて、コメントするチャンスを与えていた。わたしがヘレンの私生活に関して知っているのは、エタノール・プラントや国際的ドラッグストア・チェーンを所有する一族の男性を見つけて、玉の輿に乗ったということだけだ。ネットでスキンケア部門を担当するようになり、これを国際的な宝の山に育てあげた。お肌にケン＝ケア、髪にケン＝ヘア、政治にケン＝スケア(恐怖)というわけだ。

テレビ画面に映しだされるヘレンの姿は、ケンドリックの製品のすばらしさを保証するものだった。肌は健康に光り輝き、髪は自然な金色のきらめきを放っている。といっても、喉もとできらめく宝石をちりばめた十字架と同じく、たぶん本物ではないだろう。宝石が本物なら、ペンダントの値段はおそらく、わたしが子供時代をすごした地区の一年分の家賃に相当するだろう。この地区では、東欧出身の人々が住む界隈でのケンドリックの支持率がきわめて高い。

ケンドリックが話しはじめたとたん、エリート主義のボイストレーナーを雇った経験のないことがはっきりわかった。そういう連中なら、生粋のシカゴ人の特徴である耳ざわりな鼻音を弱めることに力を入れただろう。

「自分の祖父がサルだったと思っている人なら、娘が墓地で動物を崇拝したところで、気にもしないでしょう。わが子の行動にソフィー・ドゥランゴが無頓着で、無邪気な悪ふざけだといっているのが、わたしには信じられません。ニーヤ・ドゥランゴは夜間外出が禁止されている時刻に外出し、墓地へ行き、カルトの儀式をおこない、そのあいだじゅう、すぐ近くには殺された男性がいたのですよ。

わたしは五人の子供を育て、みんなが無事に大人になるのを見届けたのちに、公人として働くようになりましたが、ソフィー・ドゥラン＝グーのほうは、彼女が自分の祖先とみなしているサルたちと同じく、十代の娘を都会のジャングルに放つのがいいことだと信じているのです」

ケンドリックは芝居がかった態度で沈黙した。「マイルズ・ヴフニクとは何者だったのか。

そして、ソフィー・ドゥランゴはなぜヴフニクのことを話したがらないのか。愛人だったのでしょうか。娘が墓地にいたのは、ソフィーが愛人と密会するさいに、娘を一緒に連れていったからでしょうか。イリノイ州の有権者には、これらの質問に対する答えを知る権利があります」

耳ざわりな声が延々とつづくなかで、憎悪に満ちた言葉がつぎからつぎへと飛びだした。わたしは身動きもできず、テレビを消す気力をふるいおこすこともできなかった。ニーヤからヴフニクの死へ、そして、ヴフニクがソフィー・ドゥランゴの愛人だったという主張への飛躍は流れるようにおこなわれたが、事実や論理は完全に無視されていた。こんな途方もない主張に対して、ドゥランゴにどんな逆襲ができるだろう？

ようやくコマーシャルの時間になった。デイジーの咲く野原でジャンプしながら、尿洩れを防ぐ薬の服用によって得られた自由を絶賛している女性たちの姿は、ケンドリックの猛攻撃と陽気な対照をなしているように思われた。この薬がケンドリック製薬で最大の利益をあげている可能性は大いにあるが、踊りまわる女性たちを目にしたおかげで、ケンドリックの声の呪縛が解け、わたしはテレビを消して着替えを再開することができた。

11　こっちに暴徒、あっちにも暴徒

口紅を塗り、アイラインをひいていたとき、電話が鳴りだした。レイドンがまたかけてきたのかと思って、応答サービスに切り替わるまで放っておいた。その結果わかったのは、わたし自身も突如として有名人になったということだった。ナショナル・パブリック・ラジオとCBSの地元系列局の両方が、わたしが墓地で何を目撃したかについて話をききたいといってきた。

わたしがようやくドアを出ようとしたときにかかってきた三つめの電話は、マックス・ラーヴェンタールからだった。「ヴィクトリア、事務所のほうへかけることにする。シャイム・サランターがきみと話をしたがってるんで、仲介役をひきうけたんだ」

あまりの驚きに、部屋に戻って受話器をとったが、電話はすでに切れていた。とにかく、遅くなってしまった。猛スピードで車を走らせて事務所まで行き、車を置いてから、高架鉄道でループへ向かった。

わが探偵稼業の大きな支えとなっている依頼人たちとのミーティングやテレビ会議の合間に、マックスに電話を入れた。サランターがわたしと話をしたがっている理由については、マックスも知らなかった。もっとも、マックスもわたしも、孫娘の夜間外出とヴフニクの死に関係した話にちがいないと、当然のように思っていたが。

「シャイムがわしに電話をよこしたのは、マリーナの理事会でつきあいがあるからだ。さほど親しい間柄ではない。あれは誰とも親しいつきあいをしない男だ。ただし、当然ながら、ベス・イスラエルで寄付金集めをするときには、わしはシャイムを候補にしている。今日、ランチのときに、きみに会いたいそうだ」

「今日は無理だわ。仕事が詰まってて、夕方の――」〝五時まではだめ〟といいかけたが、そこでレイドンとのややこしい会話を思いだした。昔のお気に入りの場所を首尾よく思いだすことができたら、五時半にそこへ行っていなくてはならない。「今夜の七時以降なら空いてるって伝えてちょうだい。それから、わたしの携帯番号も伝えて。あなたが使い走りをする必要はないわ」

この日はどのミーティングに出ても、少女たちと、殺されたマイルズ・ヴフニクのことで、人々から露骨な興味を向けられた。こうした覗き見趣味を、わたしはとくにいやだとは思わない――結局、誰もみな人間だ。血と脳みそが床一面に飛び散っていれば、ほとんどの者が野次馬根性を発揮して見物しようとする。わたしを悩ませたのは、ヘレン・ケンドリックのコメントを真に受けたわが依頼人たちの数を知ったことだった。

ケンドリックのけさの熱弁は、三十秒もしないうちにあらゆる人のスマートホンに登場していた。弁護士や管理職の連中は、当然ながら、ニュースフィードを利用している。そして、その多くが、ケンドリックの提起した疑問をもっともなことだと思っていた。

「ソフィー・ドゥランゴはなぜ墓地へ行ったんだね？」ある企業の警備部長に質問された。

「行ってません」わたしは反論した。「土曜の夜はイリノイ州の南のほうにいて、ジャクソンヴィルとルードハウスで上院議員の選挙運動をやってたのよ。きのうの《ヘラルド・スター》に記事が出てました。帰宅したのは日曜日」

「ドゥランゴがきみにそう思わせたがってるだけさ」警備部長はだまされやすいわたしを憐れんでいる口調だった。スマートホンの画面をスクロールした。「ジャクソンヴィル――セントルイスの近くだな。シャイム・サランターのプライベート・ジェットに飛び乗って、こっちにきて墓地で男を殺し、彼女がいなくなったことに誰一人気づいてないうちにジャクソンヴィルに戻ることもできたはずだ」

「サランターのプライベート・ジェット？　ドゥランゴが墓地に？　でたらめもいいとこだわ！　もし、わたしがおたくの幹部の一人に、想像ばかりででっちあげた報告書を提出したら、すぐさまクビでしょうね」

「ケンドリックがそういってるだけではない」警備部長は反論した。「ウェイド・ローラーも正午のポッドキャストでそういってたぞ。リンクをきみにメールしよう。ミーティングが終わってから、きいてみてくれ」

「ええ、そうするわ」わたしがこれ以上何かいえば、期日内に請求書の支払いをしてくれるのが取り柄の依頼人を失うことになる。「じゃ、わたしたちがくわしく知ってる分野の話に入ることにしましょう」

わたしの一日はこのようなやりとりのくりかえしだった。公正を期すためにいっておくと、ほかの依頼人の多くはGENのコメンテーターたちのことを、わたしと同じように不快に思っていた。

途中で、サランターの個人アシスタントから電話が入った。「サランター氏は超多忙で、明日の朝にはサン・パウロへ発つ予定になっています」と、わたしに強引に迫り、早めの時刻にサランターと会うことを承知させようとしたが、わたしはサランター氏にもほかのみんなと同じように列に並んで待ってもらうしかない、と答えた。向こうはしぶしぶ折れて、サランター氏がエルム通りのパルテール・クラブで七時にわたしを待っていると告げた。

四時前に、すべてのミーティングをどうにか終わらせることができた。北行きの高架鉄道に乗りこみ、レイドン捜しに追われる前にメモをパソコンに打ちこむ時間ができたことを喜んでいたとき、従妹から携帯メールが入った。

〝ヘルプ、攻撃、きて、@デスP&ヴァンBの角〟

デス・プレインズ通りとヴァン・ビューレン通りの角。マリーナ・ビルのあるところだ。あのビルが攻撃されているのなら、警察がすでに知ってるかもしれない。わたしは返信した。

〝すぐ行く、十分。警察に電話!〟

ループの駅はすべて通りすぎたあとだった。ディヴィジョン通りでおり、下の道路の渋滞を見て、タクシーは役に立たないと判断し、つぎに入ってきた南行きの電車に飛び乗った。

電車は時速三マイルで走っているかのようで、駅に着くたびに、誰かが出産できるぐらい長い時間停車し、運転手がマニキュアをしたり、恋人にメールを送ったりするあいだに、這うようなスピードで街の中心部に入っていった。わたしはドアのそばに陣どっていた。そうすれば、前を走る電車がスピードアップして、線路が空くかのように。携帯でニュースフィードをスクロールしたが、ループの暴力沙汰を報じるニュースは見つからなかった。

ようやく、イリノイ大学駅に着いた。ドレッシーなサンダルでホームを走り、階段をのぼり、息を切らして「ちょっと失礼」といいながら、のろのろ歩きの通勤客を強引に押しのけて進み、ぶつかった人々から悪態を浴びせられた。

通りに出たとたん、パトカーが姿を見せはじめているのを目にした。そちらに視線を奪われた人々のせいで車が渋滞し、狂ったように警笛が鳴り響いていた。高速道路にかかった陸橋の上で、エンジンがオーバーヒートした車が立ち往生し、パトカーが渋滞のなかをなんとか進もうとして、しきりに警笛を鳴らしていた。

車の騒音のなかに、マリーナ・ビルの近くの群集からあがる叫びがきこえた。わたしは警笛も、ビルにどうにか近づくことのできた警官のどなり声も無視して、渋滞した車のあいだを縫いながら精一杯のスピードで進んだ。

四十人か五十人ほどが財団の入口あたりを行進していた。〝ナチはイリノイから出ていけ！〟、〝不法入国者、泳いで国に帰れ！〟、〝サランターを死の収容所に入れろ〟という食欲をそそるスローガンがプラカードに書かれていた。

わたしは彼らを押しのけて従妹を捜しにいこうとした。ちりちりパーマの女性が行く手を阻んだ。「ナチのとこで仕事してるの？」

「あなたのほうは、そもそも仕事をしてるの？」わたしはどなった。

プラカードの下をくぐり抜けたが、ビルの入口近くでデモ参加者の一団が腕を組みあっていた。ロビーのドアの内側に人々がかたまっているのが見えたが、近くに寄れないため、従妹がいるかどうかは確認できなかった。

さらに多くの警官が到着した。ホイッスルがシュプレヒコールと競いあい、ドアをブロックしている一団をパトロール警官二人が強引に追い払いはじめた。わたしがビルに入ろうとしても警官が許可してくれなかったが、すぐ近くまで行けたので、暴徒が卵やトマトを、さらには、ペイント弾までもビルの正面に向かって投げつけるのを目にした。

携帯をとりだしてペトラにメールしていると、警官から立ち去るようにいわれた。

「わたしはあのろくでもない連中の仲間じゃないわ。攻撃されてる側の人間を捜してるとこなの」

警官はこちらのいうことにはまったく関心を示さず、立ち去るか、逮捕されるか、どちらかを選べとわたしにいった。警官が暴徒鎮圧モードに入ったときは、話しあいは不可能だ。

地元局のWGNとGENが早くも現場に取材班を送りこんできていた。わたしが通りに戻ったとき、FOXとNBCの両方が飛んできた。顔見知りのGENの女性カメラマンが目に入ったので、彼女にくっついて群集のなかを進もうかと思ったが、携帯を使ってペトラの居場所を突き止めたほうがいいと判断した。

ペトラから入っていた新たなメールは一通だけ。わたしが電車に乗っていたあいだのことだ。〝ヴィク、どこ？　女の子たちが怯えてる、あたしも〟

わたしもよ、かわいい従妹。暴徒に襲われて電話も使えない状況でないことを祈りつつ、ペトラにメールをした。ビルの周囲をまわり、駐車場をのぞき、横丁も調べてみることにした。心配で完全におかしくなってしまう前に、電話がわたしに向かってさえずった。ペトラからだった。二ブロック先のコーヒーバーにいるという。

そこに着いたときには、わたしの神経と同じく、ストッキングもズタズタになっていた。ペトラは外のテーブル席にいて、カイラ・ドゥーデック、アリエル・ジッターも一緒だった。二人はプラスチックの椅子が許すかぎりぴったりとペトラにくっついていた。髪とTシャツに卵の殻がついていて、アリエルの顔の左半分には赤いペンキが飛び散っていた。

「ヴィク！」従妹が勢いよく立ちあがり、顔に浮かんでいた緊張がほぐれた。「よかった。とんでもない午後だったわ。本屋さんへ出かけて、帰ってくる途中で暴徒に襲われたの。高速道路のところまで追っかけられて、ペンキやゴミをぶつけられた。カイラが橋から突き落とされるんじゃないかと思ったけど、ようやく逃げだせたの」

わたしは腰をおろし、カイラとアリエルの手をとった。「恐ろしい午後だったわね。何も飲んでないの？」

「お店の人がなかに入れてくれないの」アリエルの顔は恐怖にひきつっていた。「このいやらしいペンキを洗い流したいのに、お店の人ったら、ホームレスか何かを相手にするみたいな態度なのよ。けど、マリーナに置いてあるペトラの車まで戻るのも怖いしね。ママに電話とかメールとかしたんだけど、通じない。ビルに閉じこめられて、怪我でもしてるんじゃないかって心配」

「すでに警察がきてるわ」わたしはいった。「ビルには誰も入れないけど、おじいさんかアシスタントの人に電話してみたら？　たぶん、ママにメッセージを伝えてもらう方法があるはずよ」

アリエルは携帯をとりだし、わたしが先ほど話をしたアシスタントに電話をした。どうやら、そのアシスタントがシャイムに電話をまわしてくれたようだ。「おじいちゃま？　いまどこ？　ママがどこにいるか知ってる？　財団で何がおきてるか知ってる？……ううん、あたしとカイラ。読書クラブに顔出したのは、あたしたち二人だけなの。あとの子は、親からあたしたちが病原菌か何か持ってるみたいな言い方されて。それから、ニーヤはソフィーおばさまが選挙運動で南へ行くから、一緒に連れていかれた……うん……わかんない、きいてみる……オーケイ」

携帯を顔のそばに置いたまま、アリエルはわたしにいった。「ママは無事だった。弁護士さんたちとミーティングの最中で、電話に出られないんだって。おじいちゃまから、カイラを連れてシラー通りへ行くようにいわれた。あんたもくる気があるんだったらね、カイラ。あんたのママがオーケイしてくれたら」

「シラー通り？」カイラがいった。「あたしの住んでるとこ。一緒にうちにきて、汚れを洗い流して、さっぱりしたら、うちの使用人のゲイブがあんたの家まで車で送ってくれるわ」

カイラは首をふった。「早く家に帰らなきゃ。母さんが仕事に行くから、あたし、ルーシーのお守りをしないと」

「わたしの事務所へ行けばいいわ」わたしは宣言した。「ここから十分で行けるから。シャワーも、冷たい飲みものも、すべてそろってる。そのあと、ペトラにカイラを家まで送ってもらって、わたしはアリエルを送り届ける」

ヴァン・ビューレン通りの騒ぎからけっこう離れた場所なので、タクシーは簡単に拾えた。わたしは三人組をシートに押しこんだ。運転手に文句をいわれたけれど――車内に血をつけられちゃ困るんだ。先に金を払ってほしいね。

「ぐずぐずいわないの」わたしはいった。「みっともないし、チップが減るわよ」

運転手は仕返しのつもりか、思いきり乱暴にタクシーを走らせ、急なアクセルとブレーキをくりかえしたので、わたしは船酔いみたいな状態になってきた。事務所に着いたところで、メーターどおりの金額をきっちり払った。

「ぐずぐずいうのに加えて無謀運転だなんて、まちがってるわ。生活費を稼ぐ助けにはならないわよ」

運転手はタイヤを猛烈にきしらせて走り去った。わたしたちのやりとりをきいて、少女二人がクスクス笑い、ほんの一瞬、軽い雰囲気になった。

事務所のある倉庫をわたしと共同で借りている有名彫刻家、テッサ・レイノルズが製図台に向かっていた。少女がどんな目にあったかを知ると、すぐさま、ペンキや卵の殻を洗い流すのを手伝ってくれた。わたしと二人で古いTシャツと短パンをひっぱりだし、おかげで三人に清潔な衣類が行き渡った。

わたしは壁にかかったテッサの時計に目をやり、苛立ちのあまり舌打ちをした。レイドンとの約束の時間に遅れてしまう。彼女が待っていてくれるかどうかわからない。待ちあわせ場所がまだわからないのだから、なおさら心配だ。アリエルだけをタクシーに乗せて送りだそうかとも思ったが、午後から悲惨な体験をしたばかりなのに、一人にするのはあんまりだ。それに、アリエルと二人だけで話したいこともあった。

三人組を連れて外に出て、ペトラとカイラのためにタクシーを止めた。「ピーティ、カイラをアパートメントに無事に送り届けたら、あなたはサルおじさんのところへ行ってってくれない？　飲みものでもなんでも、あなたのほしいものを喜んで出してくれるわよ。わたしはアリエルを家まで送ってから、急いでシカゴ大学へ行かなきゃならないの。いまから女友達に会う約束なんだけど、こっちが遅刻しても長いこと待っててくれる人じゃないのよね」

ペトラはわたしを抱きしめた。「ヴィク、あたしを助けに飛んでくるのにうんざりしてるのはわかってる。でも、すごく感謝してる」

「今日は自分の力でトラブルから抜けだしたじゃない、かわいい従妹。あんなふうに暴徒に襲われるなんて、すごく怖かったでしょうね。冷静に考えて行動したんだもの、上出来よ」

ペトラは渋い顔をした。「考えたんじゃないわ。ウサギみたいに跳ねまわってただけ。でも、とにかく、あたしたちの守護天使になってくれてありがとう」

わたしはペトラの頬にキスをし、肩を軽く叩いてから、そっと離れた。守護天使——わたしが憧れる役割ではない。シカゴ大学のキャンパスにある神学部の図書室。梁材に彫刻された天使たちが閲覧者の頭上を舞っている。レイドン・アシュフォードとわたしが勉強するために待ちあわせたのがその部屋だった。司書が閉館しようとしてわたしたちを廊下へ追いだすまで、勉強をつづけたものだ。

神学部の図書室なら、男たちの詮索好きな目から遠く離れている。いや、男たちの目というより、競争心が強くて苦悩につきまとわれた法学部の学生たちの目から遠く離れている。

アリエルをわたしの車に押しこみ、猛スピードで街を横断してシラー通りへ向かったが、彼女にあれこれ質問しようという努力のほうは成果がなかった。わたしは疲れ、アリエルは怯え、とにかくわたしの心の半分はレイドンに向いていた。

「あなた、マイルズ・ヴフニクに会ったことがあるんでしょ？」アリエルのほうをちらっと見て、わたしはいった。

「それが知りたくて、あたしを送ってくれることにしたの？　おじいちゃまに不利な情報をあたしからひきだすために？」

「わたしはあなたの家族の側に立ってるのよ、アリエル。でも、日曜の午後、ヴフニクの名前が出たときに、あなたは困惑を隠しきれなかった。ニーヤはあなたをかばおうとした。そんな男には会ったこともないといった。でも、あなたたちのどちらかがヴフニクと話をしてるはずだわ。どう?」

アリエルは腕組みをし、石のように前方を見つめていた。

「ニーヤはどうして、ランプの精だったのかもなんて冗談をいったの?」わたしはきいた。

「おろして!」アリエルがわめいた。「タクシーで帰る」

「日曜の夜は一人で帰らせてあげたけど、今日はだめよ。あまりに若くて傷つきやすいから、いまは一人で街をほっつきまわらせるわけにいかないの。ゲイブが屋敷の玄関をあけてくれるまで、わたしのそばにいてちょうだい」

それが会話の終わりだった。わたしは思いつくかぎりの方法でアプローチしてみたが、ついに敗北を認めるしかなくなった。アリエルの屋敷の前に二重駐車して、二人で門をくぐり、ゲイブが彼女を邸内に入れるまで見守ってから、レイク・ショア・ドライブに入ってアクセルを踏みこんだ。遅刻してひとつだけよかったのは、神学部に近いユニヴァーシティ・アヴェニューに駐車スペースが見つかったことだった。

12　聖堂の殺人

「レイドン？　レイドン、いるのなら出てきて！　わたしよ。ヴィクよ。出てきて話をしましょ」

わたしは神学部の古い図書室のドアのところに立っていた。縦仕切りのある幅の狭い窓にツタがびっしりからみついているため、室内は暗く、何も見えなかった。壁に手を這わせて照明のスイッチを探ってみたが、結局、ブリーフケースから小型の懐中電灯をとりださなくてはならなかった。

それで室内を照らして、スイッチはどこか、レイドンのいる気配はないかと、見まわした。彼女の名前を何度も呼んだが、ようやく照明をつけたときも、彼女の姿はどこにもなかった。

昔の図書室も姿を消していた。天使たちはいまも頭上を舞っていて、ここがその部屋であることはたしかだったが、図書室のテーブルはなくなり、聖書を研究するための古い文献もなくなっていた。レイドンが書架のあいだに隠れているのではないかと思っていたが――いや、期待していたが――書架も消えていた。壁の漆喰は塗りなおされ、真っ白になっていた。まるで映画の一場面のようだった。悪党どもがヒロインにクスリを打ち、彼女が目をさましたときに、田舎にある怪しい家を彼女の自宅だと思いこませようとする、という場面。わたしは異様な興奮状態でここにあらわれるレイドンを想像した。尾行されているという恐怖から、レイドンは電話で名前を名乗ろうとしなかったし、しかも番号を非通知にしていたため、こちらから電話することもできなかった。もし、この殺菌消毒されたような空っぽの部屋に彼女がやってきたら、おそらく、わたしに見捨てられたと思うだろう。

わたしの心の隅に、あまり思いだしたくないことだが、二十五年前に彼女を見つけたときの光景が刻まれていた。レイドンは台所のテーブルの下にもぐりこみ、自分の身体を抱きしめて前後に身体を揺らしながら、声もなく泣いていた。三晩も寝ていないといった。わたしは彼女を捜しつづけていた――模擬裁判で一緒に弁護を担当することになり、レイドンが何百ページも書き散らしたものをわたしの手で凝縮して、判事に提出できるひとつの書類にまとめようとしているところだった。ようやく彼女のアパートメントに入りこみ、見つけだすことができた。

図書室でわたしに会えなかったら、レイドンはどこへ行く可能性があるかを考えてみた。冷静に考える余裕が彼女にあれば、たぶん、地下のコーヒーショップへ行っているだろう。わたしたちの勉強会はしばしばそこでスタートしていた。地下なら、レイドンも安心していられるかもしれない。

地下へおりるついでに、各フロアの部屋を残らずのぞいてみた。自習室、教室、がらくた置場。ドアの陰やデスクの下まで見てみたが、見つかったのは空っぽのコーヒーカップとポテトチップスの袋ぐらいだった。

　四階の部屋のひとつに、初期の聖人たちの人生を描いた象牙色の細密画が額に入れて飾ってあった。とても古いもののようで、昔の神学部の教授がどこかの洞窟で見つけだし、ここにかけたまま忘れてしまい、あと千年か二千年はこのまま放っておかれるみたいに見えた。eBayのオークションにかけたらいくらになるだろうと、漠然と考えたが、最近のわたしは責任感あふれる善良な市民になり、アリエルやカイラの年齢だったころのブーム＝ブームやわたし自身のような不良ではなくなっている。細密画をその場に残し、階段へ向かった。

　ヒールの高いサンダルが石の階段にカタカタとうるさく音を立て、吹き抜けに大きなこだまを響かせた。ペトラと少女たちを追って駆けずりまわっていたため、ぐったり疲れていたし、足が疼いていた。卑怯にも、レイドンがあきらめて家に帰ってくれたことを願った。それなら、トールグラスについでミントとライムを添えた発泡性の冷たい飲みものと、冷水を入れたバケツにわたしの足を浸けるひとときを想像してもいいわけだ。

　三階の踊り場で足を止めて、レイドンの名前を呼んでみた。身をかがめて階段の下をのぞいたが、セミナールームまでは調べなかった。二階でふたたび彼女の名前を叫んだ。廊下の突き当たりのドアがひらいて女性が顔を出したのでびっくりした。

「誰かをお捜しなの？」

　この人がレイドンのはずはないわね――とっさに思った。赤みがかった金髪のほっそりした空気の精が、ずんぐり体型で白髪まじりの大地の女神に変身したのでなければ。

わたしは女性の邪魔をしたことを詫びた。「建物のなかに誰もいないと思ったものですから。わたし、以前ここの学生だった者で、昔の友達と会う約束をしてるんです」

女性はわたしを上から下までながめまわし、信用していいものかどうか判断しようとした。

「お友達って、ちょっと神経質な感じの人？」

「かなり神経質です。姿をごらんになりました？　ほっそりしてて、金髪で、わたしよりちょっと背の低い人。そうそう、わたしはV・I・ウォーショースキー。その人、ウォーショースキーって名前を呼んだりしてませんでした？」

「階段にすわりこんで泣いてたわ。誰かが死んだのかと思ったけど、きいてみたら、昔の図書室の閲覧室のことで泣いてたの。あそこが会議室に変わってしまったのが大きなショックだったみたい。改装は何年も前のことなんだけど、あの人、動揺がひどくて、それもろくに耳に入らなかったようね。わたしが神学部の副部長だと名乗ると、大仏を破壊したタリバンよりもひどい、美しい図書室を会議センターに改装するなんて異教徒と俗物にしかできないことだとわめきはじめたわ。あなた、あの人のケースワーカー？　ちがう？」

「ただの古い友達です」わたしはがっくりして、くりかえした。「コーヒーショップのほうへ行ってないか、見てきます」

「夏は四時に閉店よ。チャペルを調べてみたらどうかしら。ボンド・チャペルか、ロックフェラー・チャペル。天使の舞ってるところが、キャンパスのなかでほかにないかってきかれたから、その二カ所を教えたの」女性はためらった。「キャンパスの警備員を呼んだほうがいいかしらって、かなり迷ったのよ。そのほうがいいとお思いなら、いまでも呼べますけど——ねえ、あの人、自傷行為に走る危険はないかしら」

わたしは口をすぼめた——レイドンがどんな行動に出るのか、わたしにはわからない。

「しばらく顔を合わせていなかったので、最近の彼女がどの程度不安定だったのかわからないんです。どちらのチャペルにもいなかったら、わたしの判断で警官を呼ぶことにします」

残りの階段を駆けおりて、神学部の校舎とチャペルを結ぶ柱廊を小走りで通り抜けた。ボンド・チャペルもやはり暗くて、幅の狭いステンドグラスの窓から差しこむ光の破片が壁にきらめいていた。ひとつしかない通路を歩いて祭壇まで行き、懐中電灯で聖餐台の下や祭壇の隅々を照らしだした。そこで見つかったのは、信者席のひとつで眠っていたホームレスだけだった。懐中電灯でホームレスの男は目をさましてしまった。小さく悪態をつきながら、警戒の表情であとずさった。

わたしはボンド・チャペルをあとにして、疼く足で五十九丁目へ急ぎ、学長の家を通りすぎ、ロックフェラー・チャペルまで行った。鐘楼があたり一帯を威圧している。ほぼ二十階分の高さがあり、階段の吹き抜けが施錠されているのかどうか、わたしにはわからなかった。

重い扉のひとつをあけて、静寂と黄昏《たそがれ》の光のなかに入っていった。身廊の入口のところに立ったわたしは、無意識のうちに両腕で自分の胸を抱いていた。石材がとても冷たく、とても不吉に見えたので、外の暑さにもかかわらず、寒気を覚えた。

チャペルの建物は聖堂並みの大きさだった。アーチ形のステンドグラスの窓からは日没の光があまり入ってこないし、丸天井からさがったランプはずいぶん高いところにあるので、スイッチが入っていてもいなくても変わりがなかった。

すすり泣きでも、笑い声でもいいから、何か音がしないかと耳を澄ませたが、何もきこえなかった。「レイドン！　レイドン？」

わたしの声が四方の壁にぶつかり、嘲笑うようなこだまとなって返ってきた。内陣のほうへ向かって身廊を歩きはじめると、サンダルが太鼓の連打のような響きを立てた。大きすぎる。うるさすぎる。レイドンがここにいれば、わたしの立てる音をきいているはずだが、見捨てられたように感じて沈みこんでいるのなら、返事ができないのかもしれない。台所のテーブルの下にうずくまったレイドン――その姿が何度も頭に浮かんできた。ブリーフケースからふたたび小型の懐中電灯をひっぱりだして、信者席の下を照らしながら捜した。

内陣の石段近くにうつぶせに倒れている彼女を見つけた。赤みがかった金色の髪が懐中電灯の光を受けてきらめいた。そばに膝を突いて、彼女の額にかかった髪をそっとどけた。

「レイドン、遅くなってごめん。待つのがつらすぎた？　わたしを待つあいだ、ジム・ビームを飲んでればなんとか耐えられると思ったの？」

言葉とは裏腹に、やさしい声で語りかけた。愛情あふれる甘い声で。すでに悪魔に襲われているレイドンに、さらにわたしの非難をぶつけるのがどんなに酷なことかを、わたしは遠い昔に学んでいた。

彼女の身体の下に腕をさしいれて仰向かせた。単に酔いつぶれているのではないことに気づいたのは、そのときだった。レイドンの左腕がわたしにぶつかったが、人間とは思えない角度にねじれていた。たぶん、内陣の石段につまずき、倒れた拍子に頭を打って気を失ったのだろう。脈がありますようにと祈りつつ、彼女の首に指をあててみた。脈が感じられることを願ったが、わたしの手が冷たくなり、震えていたため、何も感じられなかった。

「バカ《フォッサ》！　バカ《イディオータ》！」小声で自分を叱った。「おろおろしないで。救急車を呼ぶのよ。いますぐ。急いで」

レイドンの身体の下からできるだけそっと腕を抜いて、九一一に電話した。「チャペルのなかです」必死に冷静さを保ちながら、わたしはいった。

通信指令官が詳細をききとってから、倒れている人を動かさないように、できれば温かくしておくように、とわたしにいった。わたしは内陣のなかを走りまわって、祭壇布でも、捨ててあるセーターでも、なんでもいいからレイドンをくるむためのものがないかと探した。オルガンの演奏台の背後に置かれた箱に、ヨガマットと毛布が何枚も入っていたので、毛布を一枚つかんだ。

救急車が到着したのは一時間後、いや、もしかしたら、わずか一分後だったかもしれない。危急のときは、助けを待つ時間が永遠のように感じられる。正面扉のひらく音を耳にして、わたしは立ちあがり、大声で叫びながら懐中電灯を合図の火のようにふりまわした。

救急救命士二名――男性と女性一人ずつ――が身廊を小走りでやってきた。携帯式のストレッチャーと首を固定するための装具を運んでいた。業務用懐中電灯を持ってきていて、自分たちの手もとがよく見えるように、レイドンのすぐそばに置いた。

男性のほうが膝を突き、レイドンの首の固定にとりかかりながら、いったい何があったのかと尋ねた。

「わかりません」わたしは答えた。「見つけたときは、すでにこの状態だったの。内陣の石段につまずいたんだと思った」

男性は首を横にふった。「警察からくわしい話があると思うが、腕の骨折を探った感じでは、つまずいて転倒したのではなさそうだ」レイドンの脇腹をそっと探った。「肋骨も折れている」

男性とパートナーの女性はレイドンの身体をすべらせてストレッチャーに乗せ、流れるようなすばやい動作で立ちあがった。

「警察を待つ余裕はありません」女性がいった。「警察への説明はあなたのほうからお願いします。一命をとりとめる可能性が、わずかですけど――」

石の床に響くストレッチャーの車輪の音に、女性の言葉がかき消された。わたしはあとについて救急車まで行き、車内に運びこまれるレイドンにキスをした。わずかな可能性でも、まったく可能性がないよりましだ。

チャペルのなかに戻ったわたしは、最前列の信者席に横になって警察を待った。ペトラのメールを受けとったあと、何時間も走りつづけてきた。もう動けない。考えをまとめることもできない。警察が早くきてくれないと、ここで雨露をしのぐホームレスたちと一緒に眠りに落ちてしまいそうだ。

上のほうに、小さなバルコニーにめぐらされた手すりが見えた。大人数の集まりのときに、信者席だけでは収容しきれない参加者があそこにすわるのだろう。レイドンの負傷が高い場所からの転落によるものなら、あそこから落ちたのではないだろうか。

わたしは無理やりおきあがった。石のように重い脚でオルガンの演奏台のうしろにまわり、バルコニーへつづく階段まで行った。手すりはわたしの腿ぐらいの高さしかない。レイドンが極度の興奮状態であそこに立ったとすれば、転落の可能性は充分に考えられる。

ハンドバッグはどこへ落ちたのだろうと思い、あたりを見まわした。レイドンはいつもエルメスのバッグを持っていた。つねにハンドバッグを持ち、しかもほとんどがエルメスだったのは、彼女の保守的な育ちを示す奇妙な痕跡のひとつだった。もっとも、たまに冒険をしてシャネルの領域へ入りこむこともあったが。転落したとき、たぶん、バッグを腕にかけていたはずだ。転落のさいの物理現象を、つまり、弧の形を想像し、どこにバッグが落ちるかを考えてみた。

午後から無理を重ねてきたため、爪先がこむらがえりをおこしていた。足をさすろうと思って身をかがめた拍子に、信者席の下に紙片が一枚落ちているのが見えた。黒インクで太い字が書かれていた。

ひっぱりだしてみると、レイドンの丸みを帯びた文字で走り書きされたものだった。彼女がハイ状態になったときのしるしだ。〝棺台に横たわっているのを見てきました〟と何度も書いてある。

紙片をわたしのブリーフケースに突っこんだとき、バルコニーの真下にあるドアがひらいた。警察かもしれないと思い、急いで階段をおりたが、入ってきたのは三人の観光客だった。女性二人、男性一人。

三人は狼狽してこちらを見た。無理もない——こっちは素足で、よれよれの格好なのだから。

「お芝居のリハーサル中？」女性の一人が尋ねた。

「現実の人生です。遺憾ながら」

「あなたの悲鳴がきこえたような気がしたの」もう一人の女性がいった。「さっき、オルガンを見にきたときに」

「チャペルのなかにいらしたの？　何か見ませんでした？」わたしが焦って前に出ると、三人は警戒してあとずさった。

「何も見てない」男性がいった。「あんたの声がきこえたんで、出直してこようと決めたんだ」

「みなさんがきいたのはわたしの声じゃないわ。わたしの友人が——彼女を見ませんでした？——転落したんです——警察がこっちに向かってるとこ——見聞きなさったことが何かあったら——」

「警察？」男性がいった。「いや、警察に話すことは何もない」

彼がドイツ語で女性たちに何かいうと、女性たちはうなずいた。「警察がくるまで待つわけにはいかないわ。飛行機に乗り遅れるかもしれないし、どんな目にあわされるかわかったもんじゃない。下手をすれば、牢屋に放りこまれるかも」

「でも、何があったのか目撃されたのなら――」

「いいえ、何も見てません」もう一人の女性がいった。「ここのオルガンが有名だから、じっくり見てみたかったの。うちの夫もオルガン奏者なのよ。あら、もう時間がない。お友達のことはお気の毒だけど、そろそろ行かなきゃ」

わたしは苛立ちで絶叫しそうだった。

「お願い――」

二人の女性が男性の腕をつかみ、西側の扉のほうへあわてて戻っていった。わたしはあとを追いかけて、男性のシャツのポケットにわたしの名刺を一枚押しこんだ。「友人が口にした言葉を何か思いだされたら、電話をください」

13　ロングピッチ

　警察が到着したので、わたしは自分が知っているわずかなことを話した――レイドンとの待ちあわせに遅刻し、内陣の石段のところでうつ伏せに倒れている彼女を発見したこと。鑑識の技師たちが姿を見せて、あちこちを写真に撮り、バルコニーを調べ、角度とタンジェントについて少しメモしていた。

「親しい友達だったんですか」警官の一人がきいた。

　親しかった時期もあるが、最近はそうでもなかった。「一年ほど会っていなかったわ」わたしは答えた。

「どんな心理状態だったかわかりますか。自殺傾向はありましたか」

「けさ、わたしに電話をよこしたときは、何かをひどく警戒していて、かなりの興奮状態でした」

　チャペルの入口のほうが騒がしくなった。わたしたち全員が拝廊《ナルテックス》のほうを向いて目を凝らすと、二、三秒後に、上等な仕立てのサマースーツを着た男性が身廊を駆けてきた。

「スーアル！」レイドンの兄の姿を見て、わたしはびっくりした。

「ヴィクトリア・ウォーショースキー？　予測しておくべきだった！」

「何を？」警官とわたしがほぼ同時にいった。

「妹がわたしの車を盗んだんだ。このロックフェラーに逃げこんだという連絡を受けた。そちらは警察の人？　わたしの通報に応えてきてくれたのかね？」

「ちがうわ、スーアル」わたしはきっぱりといった。「妹さんが瀕死の重傷を負ったから、警察が駆けつけてきたの。あなたの車のことはほとんど問題になってないようよ」

「えっ？　木に激突でもしたのか。妹は十日前に退院したばかりなんだ。ひきつづき入院させておくべきだと、わたしが必死に警告したにもかかわらず、家に帰されたんだが、以後、妹が一度でもリスペリドンを呑んでいたなら、それこそ驚きだ。きのう、妹からフェイスに電話があったが、いったい何をいってるのか、フェイスにはさっぱり理解できなかった。スパイがどうのこうのと世迷言を並べたてて、そのあと、わたしのことをさんざんこきおろした！　フェイスもかわいそうに、ひどく困惑して、とうとう電話を切ってしまった！」

　フェイスというのはスーアルの辛抱強い妻のことだ。

「あなたの車を盗んだというのですか」警官はもつれた糸のようなスーアルの話のなかから、どうにか理解できる情報をひきだそうとした。

「たぶん、ここにいるウォーショースキーにそそのかされたんだろう。二人はロースクールで知りあって以来、わが一族の人生をみじめにするために生きてきた。わたしの車を盗むよう、レイドンをそそのかしたのかね？　それとも、わたしを怒らせるのにうってつけの方法だと、遠まわしにいったのかね?」

「あなたの車を盗む? あなたったら、ワイヤを直結させて盗むことができるような、そんなちゃちな車に乗ってるの?」わたしは動揺して、とっさに頭に浮かんだことを口にした――たぶん、ブーム=ブームと一緒に叔父の古いビュイックを盗んだときのワイヤを直結させるという手口を、わたしからレイドンに説明したことがあったのだろう。レイドンは膨大な量の詩を記憶できる人だ。何年も前にわたしからくわしい説明をきいたとき、筒形コイルやイグニッションのこまかい描写を記憶に刻みつけたのだろう。

「ワイヤを直結させてわたしのBMWを盗むだと? 何をいってるんだ? レイドンはうちの会社の駐車場に入りこんでBMWに勝手に乗りこみ、図々しくも、わたしから車を使う許可をもらっていると駐車場の係員にいったんだ。係員もバカなやつで、わたしに確認をとろうともしなかった」

「すると、あなたの――妹さん?――が車を借りていったわけですね」警官が言った。「病院からの連絡によると、ミズ・アシュフォードの怪我が治っても運転は当分できないそうです。なので、車の件はこのままにしておきましょう」

わたしは警官の背中を叩いて「偉いっ!」と叫びたい衝動をこらえた。スーアルはおもしろくなさそうな顔だった。

「車のキーも妹が持っている。きみ、預かってないかね、ウォーショースキー」

「ここに着いたのが遅すぎて、レイドンとは話をしてないのよ。ハンドバッグがどこへいったのか、首をかしげてたの。レイドンがメモに使ってた紙片を見つけたわ。棺台に横たわったのを見たとか書いてあった」

「やれやれ、あの棺台のたわごとか！」スーアルが声をとがらせた。「妹がきのう、フェイスに並べた世迷言のなかに、それも入ってた。棺台に横たわった男を見たとかなんとかいいつづけて、それから質問をした。いや、くりかえすのはやめておこう。体裁が悪すぎる」

「誰を見たのかしら」

「ふん、脱線したときのレイドンをきみも知ってるだろう。誰だかわかるものか。すべてたわごとさ。レイドンのやつ、くだらんことを並べ立てて、フェイスを嘲るのが好きなんだよ。〝罪人《つみびと》たちに一度《ひとたび》伝えられた信仰《フェイス》〟などといってね。どういう意味だか、さっぱりわからんが！　レイドンはわたしの妻にしょっちゅうそういっていて、きのうは、棺台がどうのというたわごとが加わった」

「あなた、もっと早い時間にここにこなかったでしょうね、スーアル？」わたしはきいた。

「レイドンがバルコニーでわめいてるのを耳にした人がいるのよ。誰が一緒だったのか、その人にはわからないそうだけど」誰かが一緒だったのならね――わたしは心でひそかにつけくわえた。遺憾ながら、レイドンが一人で勝手にわめいていた可能性も大いにある。

車の件はこのままにしておこうといった警官が現場を調べる手を止めて、スーアルをじっと見た。「早い時間にここにこられたんですか」

「三十分前まで、ループのわたしのオフィスにいた。フォート・ディアボーン信託の重役やわが社の顧問弁護士の一人も含めて、十人以上の証人がいる。わが社では債券発行の引受業務をしていて、厄介者の妹に愚かなまねをされたり、わたしの仕事を邪魔されたりしては迷惑なんだ」

「明日まで命が持つかどうかわからないんですよ」警官はいった。「少しは妹さんのことを考えてあげてください」

鑑識の技師の一人がゆっくりとやってきた。「錠剤の小瓶がいくつか見つかりました。リスペリドンと、ビタミン剤が何種類か。念のため、証拠品袋に入れてタグをつけておきます。どなたが責任者ですか。預かり証にサインをもらいたいんですが」

「レイドンの委任状はあなたが持ってるの?」わたしはスーアルにきいた。

「フェイスが――妻が――持っている。車のキーは見つかったかね?」

「いえ。しかし、そのうち見つかるでしょう。こんなに広い場所ですからね、ものを見つけるのは容易なことじゃないんです」

スーアルはわたしのほうを向いた。「妹はどこの病院へ運ばれたんだ?」

わたしは肩をすくめた。「知らない――このすぐそばの病院かしら。でも、そこ、外傷センターがないし。電話で問いあわせてみたら?」

警官たちがかわりにやってくれた。レイドンが搬送されたのは大学のキャンパス内にあるミッチェル病院だった。脳の損傷を処置するための手術に入っているという。スーアルが病院に寄って財政状況に関する情報を渡せば、病院側も助かるとのことだった。

「ここに妹の財布はないのかね？」スーアルがいった。「リンクカード（イリノイ州発行の、低所得層の食料購入を補助するためのカード）が入ってるんだが」

「レイドンは公的な援助を受けてるの？」わたしは驚きのあまり、口をぽかんとあけた。

「たしか、信託基金があるはずでは――？」

「ある」スーアルはわたしの言葉をさえぎった。「だが、妹には医療保険が必要だし、身障者の認定を受けている」

わたしは背中で両手をきつく握りあわせた。「ねえ、スーアル、病院に顔を出してそうした件を片づけてくるのが、すごくいい考えだと思うわ。だって、わたし、あなたの鼻と腕をへし折ってやりたくてうずうずしてるもの。ついでに、そのほかの部分も。今夜じゅうにBMWを見つけだして、それでノース・ショアの家に帰りたいのなら、五体満足でいなきゃだめでしょ」

スーアルは文句をいい、警官にわたしの脅迫文句をメモさせようとしたが、警察もわたしと同じぐらい頭にきていた。いや、それ以上かもしれない。年収が五、六万ドルぐらいでも、わたしの知っている警官たち――子供のころ、わたしのまわりにいた警官たち――は苦労しながら家族を養っている。金のある男が実の妹を切り捨てるというやり方に、ここにいる男たちは反感を覚えていることだろう。スーアルをさっさと追い払った。数分後、警官たちもひきあげることになり、家に帰って〝ダンナ〟と強い酒でも飲むといい、とわたしにアドバイスして去っていった。

鑑識の技師たちはもうしばらくあとに残った。写真撮影と現場検証が終わったのをきっかけに、わたしも帰ろうとして立ちあがったが、足が前に出なかった。

内陣の石段に崩れるようにすわりこみ、片手で頭を抱えた。依頼人とのミーティングのあと、ペトラを追いかけ、レイドンを捜してキャンパスを駆けまわるといった具合に、一日じゅう、あたふたと走ってばかりで、自分が何をしているかをじっくり考える暇もなかった。一瞬でもいいから、足を止めて考えていたら、まったくちがうやり方ができただろう。レイドンのおしゃべりにわたしが辟易《へきえき》させられたとしても、レイドンの身は無事だっただろう。

わたしは学生のころ、チャペルの聖歌隊に入っていた。レイドンが礼拝にきたことは一度もなかった。教会を軽蔑していた。しかし、聖歌隊の練習は喜んで聴きにきていた。（「日曜がくるたびに、朝食のあとは、神さまみたいにいばってる父親とすごさなきゃいけなかったし、お昼がすむと、〝こら、父親のいうことはきくものだ〟っていわれてばかりだった。お皿の外側は顔が映るほど磨いてあるのに、内側は汚物と泥でいっぱい。うちの父って、そういう人だったのよね」）

わたしは無意識のうちに、詩篇三十九章につけられた旋律のアルトのパートを歌っていた。レイドンがとくに好きだった曲だ。

「ストラヴィンスキーですね」石段にすわりこんだわたしのそばに、気づかないうちに一人の男性がきていた。「〝教えてください、主よ、わたしの行く末を、わたしの生涯はどれ程のものか〟――心をかき乱す詩句だと、ずっと思っていました。そんなことを知りたいと思いますか」

もし、レイドンの人生の行く末がどうなるかを――手すりから転落することを――二十五年前に知っていたら、わたしはどうしただろう？　たぶん、その結末を変えるために必死になっただろうが、それでもやはり、わたしが彼女から離れる日がきたことだろう。レイドンの抱える問題は厄介すぎて、わたしの手に負えることではなかったから。

わたしは人に心のなかを打ち明けたがるほうではないし、暗くなりつつあるチャペルで見知らぬ人間が相手となれば、なおさら無理なはずだが、疲れがひどくて、いつもの自制心が働かなかった。そうした思いを声に出していた。

「『イーリアス』を読んでいるようなものですね」わたしの話し相手はいった。「本のなかに入りこんで、アキレウスの足全体を川の水に浸けるようにと母親に教えたくなる。危険が見えるから回避させたいのだが、こちらには何もできない。ときとして、この世の出来事には悲劇的な勢いがつき、止めようとしても止められなくなってしまうものです。

申し遅れましたが、わたしはヘンリー・ノーブ、チャペルの首席司祭です。警察から電話があり、あなたのお友達のことで連絡を受けましたが、ノース・サイドで会議中だったため、帰りがこんなに遅くなってしまいました」

「わたしは探偵です。ほんとは、事件を前にしてこんなに無気力になる人間ではないんですけど。学校のころによく遊んだテザーボールのような状態になってしまって……。何度も何度も打たれて、ポールのまわりをめまぐるしく飛びつづけるだけで、考えることもできない！」

「口論の最後のほうをききましたよ――レイドン、お友達の名前はたしかそうでしたね？――あなたとレイドンのお兄さんとの口論」ノーブはいった。「危機に直面すると、人は奇妙な行動に走るものですが、家族がいつもあのような態度をとっていたのなら、あなたのようなお友達がいたことが、彼女にとっては幸せだったと思います」

わたしは薄暗いチャペルのなかで首を横にふった。最近は友達らしいことを何もしていなかった。

「レイドンは驚異的な記憶力の持ち主なんです。ロースクールの学生だったころは、引例や事件ファイルをどのページで目にしたかまで記憶していたものです。人と議論を始めれば、とくにお兄さんが相手だったりすると、詩や、判例や、その他さまざまなものを、記憶のなかからつぎつぎとひっぱりだしてくるんです。

わたしはつねに彼女の味方でしたが、お兄さんがカリカリするのを責める気にはなれませんでした。たとえば、お兄さんの奥さんはフェイスという名前なんですが、レイドンは彼女のこと）をいつも、〝罪人《つみびと》たちに一度《ひとたび》伝えられた信仰《フェイス》〟と呼んでいました。罪人というのは、スーアルと両親のこと。あの夫婦はスーアルの母親と同居してるんです」

ノーブは低くクスッと笑った。「ああ、なるほど、十六世紀と十七世紀の宗教改革者が好んで使った言葉ですね。彼らは〝聖なる者たちに一度伝えられた信仰〟をとりもどそうとしていたのです。ええ、お友達が癇にさわるタイプだったというのもわかります。才気煥発だが、癇にさわる人だった」

「スーアルの話だと、この二、三日、レイドンは棺台のことばかりいっていたそうです。躁状態のときは、何かを書かずにいられなくなるみたいで、ここのバルコニーでわたしが見つけた紙片にも、その言葉がくりかえし書いてありました」わたしはポケットからしわくちゃの紙片をひっぱりだした。〝棺台に横たわっているのを見てきました〟

ノーブは目を細めてそれを見た。「『若い芸術家の肖像』ですね。大人たちがパーネルの死のことを話しているのを、子供のころのスティーヴン・ディーダラスが耳にする場面だ」申しわけなさそうな口調だった。無知が露呈してしまったことで、わたしがばつの悪い思いをしたのではないかと気にかけている様子だった。

「レイドンとわたしの相違点のひとつは」わたしは無理に微笑してみせた。「大学のころ、二人ともジョイスを読みましたが、ジョイスの言葉が彼女の頭に刻みつけられるのに対して、わたしの頭には刻みつけられなかったことです」

「ここの聖餐台に誰かが横たわっているのを見たとは考えられませんか」ノーブがきいた。

「お友達に幻覚症状があったのでは？」

わたしは首をふった。「わかりません。わたしがここに着いたときには、レイドンはすでに床に倒れていました。彼女のお気に入りの言葉を使うなら、ゴルディアスの結び目のようにきわめて厄介です」

ブリーフケースのなかで携帯が鳴った。ひっぱりだすと――シャイム・サランターの個人アシスタントからの電話だった。ミスタ・サランターがお待ちです。いえ、もっと都合のいい時間に変更するつもりはありません。都合がいいのはいまだけです。明朝、ブラジルへ発つ予定ですので。

「ああ、まずい！」わたしは立ちあがった。「世界で二十一番目にリッチな人物とディナーの約束だったんです。これもまた、頭に刻みつけられていなかったわけね」

ノーブはわたしのそばに立った。「二十一番目にリッチな人物？ そんなふうに上から数えていくというのも、ずいぶん奇妙なことですね。世界で二十一番目に貧しい人物が誰なのか、リッチな人々は知っているのでしょうか」

「今日の午後、ミーティングの合間に《フォーブス》のリストを見てみました。富裕層のトップ五十人のうち、女性は五人です。貧困層のトップ五十人がどこに住んでいるかを《フォーブス》のほうで調べられるかどうかはわかりませんが、おそらく、全員が女性でしょうね」

「お友達のために祈ることにしましょう。そのかわり、二十一番目の人に慈善の精神があるなら、このチャペルではつねに、十億ドルでも二十億ドルでも歓迎しますと伝えてください」

ノーブはブロンズ色の革のハンドバッグをさしだした。特徴ある〝H〟の文字が革に刻印されている。「説教壇のうしろにこれが落ちていて、近くにころがっていた錠剤の瓶にミズ・アシュフォードの名前が書いてありました。彼女のものと思われる何枚かの紙と車のキーをバッグに入れておきましたが、何か紛失していたら、わたしにご連絡ください。うちの清掃スタッフは、みなさんがチャペルにうっかり落としていくさまざまな品を見つけるのがとても上手ですから」

わたしはバッグを受けとったが、ノーブの背後に目をやり、内陣の右側に小さくそびえる台を指さした。「あれのことをおっしゃってるの？――あのうしろに？」

「あれが説教壇です、ええ。何か問題でも？」

「転落した場所から考えると、レイドンは西側のバルコニーにのぼっていたはずです。バッグを持っていたのなら、バッグが勝手に内陣の石段をのぼり、彼女から三十フィートほど遠ざかったことになります」

「躁鬱病を患っていて、躁の時期にあったのなら、たぶん、バルコニーから放り投げたのでしょう」ノーブの声は遠慮がちだった。

わたしはバルコニーへつづく階段のところに戻った。「照明をつけてくれます？」階段をのぼりながら叫んだ。

首席司祭が照明のスイッチをつけるまで、階段のてっぺんで待ち、それから手すりまで行った。

「オーケイ。わたしはここにいます。わけのわからない興奮状態だとしましょう。バッグを投げます」

腕をふりかぶり、できるだけ遠くへバッグを放り投げた。内陣の中央に落ちた。ノーブがバッグを見つけたといっている場所から、たっぷり十五フィートから二十フィートほど離れている。投げたときの勢いで前のめりになった。レイドンのような転落の運命を回避するために、手すりをつかまなくてはならなかった。

「バッグを投げた拍子に転落した可能性のあることはわかりました」わたしは譲歩した。「でも、彼女の腕はわたしほど強くないんです。ハンドバッグをここから説教壇のうしろへ投げるには、アメフトの名選手のジョニー・ユナイタスあたりじゃないと無理ですね。ほかの誰かがそこに捨てたんだわ。でも、誰が？」

14 アルマニャックを飲みすぎた

シャイム・サランターに指定された場所に着いたときは、八時近くになっていた。太陽が地平線に沈もうとしていて、夏の黄昏どきによくあるように、恋人の抱擁にも似た静かな暖かさが大気中にあふれていた。わたしはタクシーの乗り降りに使われているスペースに車を置き、しばらくその場に立ったまま、一日の終わりのメッセージをさえずる小鳥たちに耳を傾け、クラブの石段のまわりに植えられた花々の濃厚な香りを吸いこんだ。

パルテール・クラブは古い灰色の石造りの地味なビルのなかにあった。場所はエルム通りをレイク・ショア・ドライブから少し入ったあたり。シラー通りにあるサランターの屋敷から歩いてすぐのところだ。わたしがようやく元気をふるいおこして石段をのぼり、正面玄関まで行くと、呼鈴のそばにフレームつきの掲示板がかかっていた。このクラブは一八九五年に〝装飾園芸に興味を持つ紳士淑女〟のために創立されたとのこと。女人禁制のクラブでなくてよかった。北へ向かって車を走らせるあいだ、わたしは聖堂のバルコニーの下に広がる花壇《パルテール》を思い浮かべていた。

案内係が玄関に出てきて、わたしの車のキーを受けとり、そのあいだに、わたしの祖母といってもいいような腰の曲がった老齢の女性が女性用ラウンジへ案内し、〝さっぱりする〟ようにといってくれた。ワンピースの右側についた血が乾いて茶色くごわごわになり、ロールシャッハテストの模様みたいに見えるのをどうにかしろ、という意味の婉曲表現だ。姿見の前に立って、思わずたじろいだ。髪を見ると、ジェリーに電流を通されたあとのトムの毛みたいだった。オリーブ色の肌は疲労と汗がまざりあって、土気色を帯びていた。

血に関しては、ワンピースを脱いで案内係に渡さないかぎり、今夜はどうにもできない。足の汚れだけ拭きとった。ヒールの高いサンダルで走りまわったため、足の裏と小指の周囲に水ぶくれができていたが、ラウンジの化粧品のカウンターに、櫛やデオドラントやマウスウォッシュと並んでバンドエイドも置いてあった。足にバンドエイドを貼り、胸の谷間から上はどうにか見られる格好になったところで、老女に案内されて二階にあがると、メンバー用のダイニング・ルームでシャイム・サランターがわたしを待っていた。

装飾園芸の愛好家たちがボンサイや鑑賞用の灌木などを階段の吹き抜けに並べていた。さきほどの女性用ラウンジには、甘い香りの花をつけた木まで置いてあった。

案内役の老女がわたしをウェイターにひきわたし、ウェイターがシャイム・サランターのところへ連れていってくれた。わたしがそばまで行くと、億万長者は軽く腰を浮かせたが、わたしをバーへ案内してこちらの電話が終わるまで待ってもらうようにと、ウェイターに命じた。

わたしはアルマニャックを頼み、グラスを手に室内を歩きまわって、絵画を鑑賞した。大部分が植物画だったが、ラザール・セガールの表現主義のすばらしい作品も何点かあった。わたしが絵画鑑賞を終えても、サランターはまだ電話中だった。

空いたテーブルへ行き、ブリーフケースからレイドンのエルメスのバッグをとりだした。財布が入っていた。それから、運転免許証、リンクカード、現金で四十ドルほど。クレジットカードはなし。思慮深い予防措置といえるだろう。もっとも、ハリケーンのようなショッピング熱が彼女の躁鬱病の症状に含まれたことは一度もなかったが。ドクター・ノーブは説教壇のうしろに散らばっていたひと握りの紙も入れておいてくれた。レイドンが執拗に追っていたニュース記事の数々――ドイツで大腸菌による食中毒が爆発的流行という記事が一枚、ひき逃げ事故で死亡した女性の記事が一枚、フクシマの原発の記事が三枚、そして、脳の機能を向上させる食生活の記事が二枚。レイドンはそのすべてに何やらぎっしり書きこんでいた。狩りの女神と棺台についての言葉がほとんどだった。

ドクター・ノーブは鑑識チームが見落とした錠剤を何錠か見つけていた。また、祭壇の下にあったスーアルのBMWのキーも見つけてくれたが、レイドン個人の鍵束はどこにもなかった。たぶん、グループホームで暮らしていて、ブザーを押せば管理人か誰かが入れてくれていたのだろう。レイドンの運転免許証に書かれた住所をチェックした。シェリダン・ロード。ロヨラ大学のキャンパスの近くだ。iＰａdをとりだして、その建物を見つけた。高層ビルで、コンドミニアムと賃貸物件がまざっているように見えた。

ビルを管理している不動産会社のリンクをクリックしていたとき、携帯が鳴りだした。非通知。レイドンのことが頭に浮かんだが、きこえてきたのは男性の声だった。ひどく小さな声なので、ききとるのがひと苦労だった。

「今日の午後、チャペルで誰かがあなたの友達と一緒にいた」

「どなた?」わたしはきいた。

「申し訳ないが、アメリカの警察沙汰に巻きこまれたくないんだ。それに、何も見てない。叫び声をきいただけだ。男と女がいて、ほとんど女がしゃべってた。感情がたかぶってるようで、部外者が話についていくのは無理だった。しかも英語が早口だから、わたしたちにはききとれなくて、それでチャペルを出ることにした。わたしに話せるのはそれだけだ」

背後で女性の声がして、飛行機のドアが閉まったので携帯の電源はすべて切るようにと、とがった声で彼に告げた。電話が切れた。わたしはバーに並んだボトルを見つめた。じっと見ていたため、おかわりがほしいのかとバーテンダーに思われた。わたしは首をふった。

レイドンが男性と口論していた。わめきちらしていただけかもしれない。相手は恋人か、ひょっとすると彼女の兄か。もっとも、わたしにはそうは思えないが。スーアルのあの怒りようなら、レイドンを手すりから投げ落とすぐらいのことはしかねないが、車のキーを返せといっていた。もっと早い時間にレイドンを見つけて口論したのなら、そのときにBMWのキーをとりもどしているはずだ。

シャイム・サランターがそばにきて、わたしを待たせたことを詫びた。億万長者の謝罪!わくわくする。待った甲斐があった!

「アシスタントからきいたのだが、今日の午後、悲劇的な事件に巻きこまれたそうだね」サランターはいった。「強引に呼びつけてしまって申しわけない。だが、明朝ブラジルへ発つことになっていて、その前にぜひきみと話をしておきたかった」

サランターはわたしの肘をとり、テーブルのほうへ案内した。サランターは小柄な男だ。はげた頭のてっぺんがわたしの耳にやっと届くぐらい。声はおだやかだが、声にも動作にも貫禄がある。席につくとすぐに、ウェイターがメニューをさしだした。サランターは見もせずに、ウェイターに向かってうなずき、ウェイターのほうもうなずきを返した。いつものやつを頼む？　客の料理に猫いらずを入れてくれ？

暑くてじめじめした一日だったが、わたしはこってりした重いものを食べたい気分だった。ステーキ、マッシュポテト、ブロッコリーのチーズソース添え。

「わたしは女性がもりもり食べるのを見るのが好きだ」サランターはそういってわたしを驚かせた。「最近はろくに食べない女が多いからな。うちの娘まで、ダイエットが必要だと思いこんでおる。わたしは年のせいで、低コレステロールの特別メニューにしなきゃならんが、そうでなければ、きみと喜びを分かちあいたいものだ」

彼の顔は茶色くて、しわが刻まれていて、古くなってひびの入った革装丁の本のようだった。わずかに残った髪は白くなっているが、眉は黒いままだ。眉の線が額にくっきりと目立っていて、まるで誰かが本の表紙にマジックマーカーで線をひいたかのようだった。太い眉のせいで、彼がどんな口調で何をいっているかに注意を向けるのが困難だった。もしかすると、相手を動揺させるために眉を染めているのかもしれない。

「今日の午後、マリーナ財団へ行きました」わたしはいった。「わたしの従妹が財団で読書クラブのひとつを担当していて、そこにあなたのお孫さんも入っています。根性のある子で、ほかの子は親に止められて大部分が顔を出さなかったのに、クラブの集まりにやってきて、そこで、わたしの従妹ともう一人の女の子とともに暴徒の襲撃を受けたんです」

「なるほど、物騒なことだ。わたしは娘と話をし、警察とも話をした。この話題は二人だけになるまで待つとしよう」

ウェイターが料理を運んでくるまで、サランターはとりとめもなく雑談をつづけた。パルテール・クラブの歴史について。観賞用の植物栽培に対する彼自身の関心について――「デスクワークの多い者にぴったりの趣味だ。東京やロンドンのマーケットがひらくのを待つあいだに、剪定ができる」――そして、わたしが鑑賞したセガールの絵について。サランターの英語は非の打ちどころがなかったが、東欧のアクセントの名残りがわずかに感じられた。

「わたしの祖父がセガールの一家と知りあいだった。ヴィルナのゲットーで近所どうしだったのだ。祖父が一九二〇年代にセガールの絵画を数点購入したのは、感傷的な思いからだった。表現主義のことを、がらくただと思っていた人だからね。じつをいうと、ヒトラーもそうだった。ラザール・セガール自身は二〇年代よりずっと以前にリトアニアを離れていて、ユダヤ教の正統派では、いい厄介払いができたと思っていた。

もちろん、戦争が始まったとたん、祖父が持っていた絵はすべて没収された。十億ドルの価値があったのに。わたしは一点をのぞいて、彼の作品をすべて買い戻すことができた。それらは自宅に飾ってあるが、ここにある二点はとくにすばらしいので、食事をしながらながめるのが好きなのだ」

超リッチな人物が自分の富についてこうも率直に、無造作に語るのをきいていると、落ち着かない気分にさせられた。ウェイターが料理を運んできた――サーモンの冷製はサランター、ステーキはわたし。ステーキを見たとたん、食欲が失せてしまった。皿ににじみでている血が、チャペルの床ににじみでていたレイドンの血に不気味なほど似ていたからだ。

食の進まないわたしを見ても、サランターは何もコメントしなかった。話しあいの要点に入ろうとしていた。「きみがヴフニク殺しに巻きこまれた経緯を娘が説明してくれたが、きみがどう対処するつもりでいるかについては、娘は何もいえなかった」

「ええ、お嬢さんとその議論はしていませんから」

太くて黒い眉が寄せられたが、サランターは忍耐強いところを誇張して尋ねた。「どう対処するつもりだね？」

「わたしにできることはほとんどありません、ミスタ・サランター。わたしが何をしようと、ヴフニクが生き返るわけではないし」

「これは真剣な話なのだよ、お嬢さん。そういう軽薄さはこの場にそぐわない」

「ミスタ・サランター、あなたの提案でこうしてお目にかかることになりました。何をお望みなのか、わたしにはわかりませんが、暴徒に襲撃されたお孫さんを午後から助けだしたり、親しい友人が瀕死の重傷を負っているのを見つけたりして、今日はとても長い一日でした。いまも服に友人の血がついたままなので、早く家に帰ってお風呂に入りたいと思っています。何がお望みなのか、できるだけ率直におっしゃってください。そうしたら、わたしも軽薄な言動を慎むことにします」

「きみはヴフニク殺しを調査しているのかね？」

わたしは一瞬、光り輝く幻想を抱いた。世界で二十一番目にリッチな男性が雇ってくれるかも。「わたしに調査をしろと？」

「この件は放っておいてもらいたい」

「放っておく？」わたしの声が半オクターブ高くなった。「ヴフニク殺しの結果として、今日、あなたの財団が襲撃されたというのに？」

サランターは首をふった。「財団が襲撃されたのは、移民を排斥しようとするこの国のヒステリックな感情のせいだ。男が殺されたせいではない」

「でも、少なくとも二人のコメンテーター――ウェイド・ローラーとヘレン・ケンドリックのことですが――お孫さんが殺人現場に居合わせたという事実をもとに、とんでもないコメントをしています。ソフィー・ドゥランゴはヴフニクの愛人だったといって、二人が非難したため、ソフィーが犯人だというデマがネットを駆けめぐっています」

「だったら、なおさら放っておくべきだ」サランターは声をとがらせた。「事件を探れば探るほど、デマを餌にするハエどもが騒ぎ立てるだけだ。知らん顔をしていれば、そのうち自然と収まっていく」

「お言葉ですが、ミスタ・サランター、ヨーロッパにおけるユダヤ人の歴史を見たとき、あなたにそう信じさせてくれるものが何かありますか」

「アメリカ人はヒトラーとスターリンを政治的な侮辱の手段として自由に使いすぎている。当時の状況をろくに理解してもいないくせに。わたしや、ソフィーや、わたしの財団を罵倒する連中は、ほんのひと握りにすぎない。この国に住むほとんどの人は慎みがあり、憎悪に駆られて行動するようなことはない」

わたしは、リンチがおこなわれ、中絶医が殺され、イスラム教徒やゲイが襲撃されていることを考えたが、疲れがひどくて議論を始める元気がなかった。サランターはじつのところ、ヴフニクの死によって何が明るみに出るのを恐れているのだろう？　それを突き止めるには、わたしのなかにわずかに残っている知力が必要だ。

「マイルズ・ヴフニクはあなたのために働いていたのですか」

「いいや、ミズ・ウォーショースキー。わたしが情報を必要とするときは、ヴフニクなどという男よりもっと洗練された調査員を使うことにしている。この件を放っておくようきみに頼んでいるのは、池の浮きかすをかきまわすスプーンにさらに多くの手が添えられるのを防ぐためだ」

「警察にも同じことを頼むおつもりですか」わたしはウェイターに合図をした。コーヒーが必要だった。大きなショックを受けたあとで空きっ腹にアルマニャックを流しこむなんて、サランターのような相手に会う場合の最高の方法とはいえそうもない。

「警察はヴフニク殺しの犯人を見つけるのが自分たちの義務であることを心得ている」

わたしはこの言葉の意味を解剖しようとした。レイドンなら、逆立ちしたままでやってのけるだろう。議論を解剖することにかけて、レイドンぐらい熟練の技を発揮できる者はほかにいない。

わたしは声に出して問題を検討してみた。「殺人犯を見つける。それで一件落着。捜査を一定の範囲に限定するよう、警察にお頼みになったのかしら。そうね、お孫さんがヴァンパイアごっこをしていたのと、ヴフニクが心臓に杭を刺されたのが、偶然だったことを立証するとか？」

サランターは礼儀正しくうなずいた。愛想のいい態度からすると、わたしの推測は見当はずれだったようだ。

「わたしにはお孫さんを傷つける気などありません」わたしはいった。「アリエルがヴフニクを殺したなんて、まさか、思ってらっしゃらないでしょうね？」

サランターの上唇が嫌悪にゆがんだ。「当然だ。それがきみの時間のすごし方かね？　汚らわしい意見を口にすることが？」

わたしは微笑した。相手が立腹すれば、こっちが優位に立てる。「わたしにはとうていなれないような優秀な探偵がいっていました——ありえないことを排除するのが調査の第一歩だと。アリエルとニーヤみたいに冒険好きな二人の少女が、どうやって大人の男性を仰向けにおとなしく寝かせたかを想像するのは、汚らわしいことかもしれませんが、ありえないことではありません。それとも、あなたのお嬢さんがアリエルを守るためにヴフニクを殺したと思われますか」

「それもありえないことではない」サランターは落ち着きをとりもどしていた。いちかばちかのポーカーを長年やってきた賜物だ。

「そして、あなたご自身がヴフニクを殺した可能性もあります」

サランターはうなずいた。「わたしの娘や孫娘より可能性は高いな、もちろん。そのヴフニクという男はなぜ殺されたと思う？」

「わかりません。手がけていた仕事のせい？　彼の浮気に奥さんが激怒したから？　あなたのお孫さんを尾行していて、たまたま強盗に襲われた？」

「浮気していたのかね？」サランターはいささか熱心すぎる口調で尋ねた。

「ヴフニクがゲイだったのか、ストレートだったのか、結婚していたのか、離婚していたのか、同棲相手がいたのか、わたしは知りません。可能性を並べているだけです。あなたこそ、ヴフニクがなぜ殺されたと思います？　あなたの一家が原因かしら」

「きみと同じく、さっぱりわからん。きみが挙げた可能性のうち、警察が追うと思われるものはいくつある？」

「全部です。捜査の指揮にあたっている刑事は、警察でもっとも有能な捜査員の一人です」

「では、その刑事の手に事件を委ねることだ」

「何が明るみに出るのを恐れてらっしゃるんです、ミスタ・サランター？」

「家族がこれ以上迷惑をこうむるのを防ぎたいだけだ」

ウェイターがわたしのコーヒーを運んできた。苦くて、カラメルっぽい味がした。加熱コイルにのせっぱなしだったのだろう。「きのう、わたしのせいで不愉快な思いをしたと、お嬢さんがおっしゃってませんでした？　お嬢さんのほうがわたしを呼びつけたんですけどね。今日のあなたと同じように。はっきり申しあげて、わたし、サランター一家のおかげでかなり迷惑をこうむっているような気がしてきました」

太くて黒い眉が吊りあがり、疑わしげな線を描いた。「きみが捜査をそのきわめて優秀な刑事たちの手に委ねるなら、わたしもこれ以上きみに迷惑をかけないことを約束しよう」

わたしはふたたび、レイドンの流儀で考えてみようとした。鑑識の技師と、一万三千人あまりの捜査員と、法医学研究所と、法の権力を備えた警察にできないことで、わたしにやれることが何かあるだろうか。

フィンチレー刑事は鋭い勘を備えた捜査員というだけでなく、腐敗に屈することがない。だが、同時に、犯すべからざる命令系統を持つ軍隊式組織の一員でもある。サランターと、そして、ペトラの読書クラブに入っている少女の親の何人かは、市長にコネを持っている。市長から警察本部長を通じて、サランターをそっとしておくように、ヴフニク殺しの捜査を棚上げにするようにと命じられれば、フィンチレーは従うしかない。

しかし、わたしだったら、質問したければする。脅されても、命令されても、命を狙われても屈服しないことで知られているから、誰かがサランターにそれを告げたのかもしれない。〝棺台に横たわっているのを見てきました〟――レイドンはこう走り書きをした。マイルズ・ヴフニクのことをいっていたのだろうか。土曜の晩に彼女がマウント・モリア墓地にいたということはありえない。躁状態の彼女には、自分の存在を秘密にしておくのは無理だったはず。ならば、新聞かテレビでヴフニクの写真を見たのかも。でも、なぜレイドンが気にするの？　〝ホットな〟何かをつかんだといっていた。ヴフニクに関して、レイドンは何を知っていたのだろう？

それから、ドイツ人のオルガン奏者が、今日の午後レイドンが男と口論しているのをきいている。もしかしたら、ヴフニク殺しの犯人を示す手がかりをレイドンが手に入れたため、犯人と目されるその人物がバルコニーからチャペルの床へ彼女を突き落としたのかもしれない。

わたしは皿の上で凝固した血を、見るともなく見つめていた。わたしにはレイドンに対する義務がある。そして、従妹と読書クラブに対する義務もある。億万長者の意見には賛成できない。今日の午後、財団が暴徒に襲撃されたのは、ヴフニク殺しのセンセーショナルな報道と関係しているはずだ。

「あいにくですが、ミスタ・サランター、わたしは今日の早い時刻に、マイルズ・ヴフニクの行動を調べる仕事をひきうけてしまいました。そのことと、今日お目にかかったことのあいだには、べつに何も――」

「誰に雇われた？」

わたしは首を横にふった。「わたしが依頼人の秘密を尊重しなかったら、ほどなく、依頼人が一人もいなくなってしまうでしょう」

「誰が依頼人にせよ、仕事を請けたのが今日の午後だったのなら、とりかかる時間はなかったはずだ。調査をしないでくれるなら、きみがその人物に請求する金額の二倍をわたしから払うことにしよう」

わたしは思わず口もとをほころばせた。なぜって、ゼロの二倍はゼロだから。しかし、やはり困惑させられた。「そういう仕事のやり方はしておりません。調査をやめることはめったにありませんし、やめるとしたら、成果が望めない場合か、依頼人がわたしに嘘をついていた場合だけです。自分の探偵仕事を競売にかけるようなまねはしません」

サランターは両手を握りあわせ、左右の人差し指の先端を唇につけていた。この格好が考えごとをする助けになっているようだ。もしくは、少なくとも、頭に浮かんだことを口走ってしまうのを防いでくれているはずだ。

「きみを雇うから、きみのほうで突き止めたことを公にする前に、まずわたしに報告してもらいたい」ようやく、サランターがいった。

「あなたの伝記には、ヴィルナの街角で貧しい少年として人生をスタートしたと書いてあります。ほしいものはかならず手に入ると、つねに信じていらしたたわけではないと思いますが」

「わたしの伝記を読んだのなら、生き延びるために冷酷にならざるをえなかったことも、ご存じのはずだ」サランターの声はあいかわらずおだやかだったが、脅しが含まれていることは明らかだった。

「あなたはヴフニクを雇ったのではなく、彼があなたの身辺を調査していることを知っていた」わたしはゆっくりといった。「あなたにとって不利な何かを、もしくは、あなたのお嬢さんかドクター・ドゥランゴにとって不利な何かを、ヴフニクが探りだしたのだと、あなたは思っている。ウェイド・ローラーから彼の番組でいくら誹謗中傷されても、あなたがローラーに対して訴訟をおこそうとしないのも、それが理由ですか」

「ウェイド・ローラーはうるさい蚊のようなものだ。左派の連中はやつのことを深刻に考えすぎている。わたしがローラーを訴えないのは、もう八十歳をすぎたからだ。残されたエネルギーは、法廷よりもっと魅力的なところにつぎこみたい」

「そんなふうに考えてらっしゃるなら、わたしをディナーに呼ぶことも、一時間半も待つこともなさらなかったはずです。どういう相手なら、あなたが待つ気になるのか、わたしにはわかりませんが、こんな私立探偵が相手の場合は、こちらがたとえ三十秒でも遅刻すれば、席を立ってここから出ていってしまわれることでしょう。ただし、リオ行きの荷造りをするより、この事件の調査を叩きつぶしたい気持ちのほうが強ければ、話はべつですが。そう、何かがあなたの心に重くのしかかっている。当然、お孫さんのことでしょうね。アリエルがヴフニクに会ったか、もしくは、少なくとも電話で話をしたのはまちがいないと、わたしは見ていますが、あの子は何も話そうとしません」

「きみが誰のために働くかは、そっちで好きなように決めればいいが、孫娘と話をすることはわたしが許さん」

言葉は鋭かったが、動作のなかの何かが、たとえばナイフとフォークをしきりと動かすさまが、彼の内心の不安をあらわしていた――アリエルが何をやったのかと心配している？ それとも、アリエルの身に何がおきるのかと心配している？

わたしが返事をしないものだから、サランターはさらにつづけた。「ときおり、きみの身辺を調査して、孫に近づいていないかどうか確認させてもらう」

「あなたのところのきわめて優秀な調査員のチームを使って？」わたしは立ちあがった。「ベルベットとセーブルの毛皮を垂らして、世間の目からどんな秘密を隠そうとしてらっしゃるのか知りませんけど、ソフィー・ドゥランゴに関することではないよう願っています。わたし、あの人が好きなんです。あの人が上院議員になった姿を見たい。でも、何か不名誉なことが表沙汰になったら、実現しなくなってしまう。アルマニャックをごちそうさまでした」

15 ハード・デイズ・デイ

疲労困憊だったし、ワンピースに血がついていたけれど、家に帰る途中でロティのところに寄った。マックスがきていた。バルコニーで二人と一緒に腰をおろし、ロティがいれてくれた濃厚なウィンナ・コーヒーを飲むと、たちまち元気になれた。

「園芸好きの富裕層が会員になってるプライベート・クラブで、どうしておいしいコーヒーを出してくれないのかしら。コーヒーが灌木で、実を収穫するには丹念な世話が必要だってことが、あの人たちにはわからないの？」わたしはぼやいた。

マックスが笑ったが、ロティはわたしの言葉をそっけなく無視して、サランターと会ったときのことを報告するよう求めた。

「わたしたちのやりとりのせいで、シャイム・サランター病棟への寄付金が、あるいは、サランターの約束した何かが、パアになったりしなければいいけど。サランターはマイルズ・ヴフニクの死を調査させないために、わたしを雇おうとしたのよ」わたしは謎めいたやりとりをざっと話した。「でも、あいにく、わたしはどうしても調査をつづけるつもりなの。ヴフニクの死そのものじゃなくて、死ぬ前にどんな事件を扱ってたかを。わたしが地雷を踏む前にサランターに関して知っておくべきことが何かあるかしら」

「いいや」マックスがゆっくりといった。「あの男の過去については、わしもほとんど知らんのだ。くわしいことを知ってる者がいるかどうかもわからん。サランターがシカゴにやってきたのは一九五〇年ごろだが、初めて顔を合わせたのは、わしがベス・イスラエルの理事長になり、寄付してくれそうな人物に目星をつけるようになったあとのことだった。そっけない応対だったんで、マリーナ財団の理事長になってほしいとサランターから頼まれたときは驚いたね」

「彼の過去、それは彼の問題でしょ」ロティがきっぱりといった。

ロティも彼女自身の戦時中の秘密を何十年も隠しつづけてきた。できれば明るみに出したくなかったことだろう。しかし、過去と向きあわざるをえなくなり、渋々ながら秘密の一部を表沙汰にし、折りあいをつけることになった。サランターにも同じことがおきるのではないだろうか。

「彼の過去は彼の問題よ」わたしは同意した。「ただね、その過去がマイルズ・ヴフニクの死を招いたとすると、話はちがってくるわ。ヴフニクはサランターのことを調べていた。というか、サランターがそうだと思いこんでる。サランターが世間に知られるのを怖がってることって、いったい何かしら」

マックスにもロティにもさっぱりわからなかったが、たった一人の孫娘アリエルを守るためならどんな苦労も厭わないだろうという点で、二人の意見は一致した。また、マリーナ財団もサランターにとって大切なものだ。

「ただね、いくら大切でも、暴徒に財団を襲撃させた陰険な連中と闘う気はないみたい。わたしの従妹と、従妹が預かってるもう一人の子に加えて、サランターの実の孫娘まで襲撃されたのに」

マックスとロティは襲撃事件のことをニュースで見ていたが、ペトラとアリエルが襲われたことまでは知らなかった。わたしは何があったかを説明し、事件を追わないようにとサランターからしつこくいわれたことを話した。「アリエルがいることを暴徒はたぶん知らなかったんだと思う。知ってたら、もっと激しい攻撃になってたでしょうから。じっさいには、アリエルともう一人の少女は卵とペイント弾をぶつけられた程度だった。ペトラもそう。でも、あの子たちが襲撃のショックから立ち直るのは大変でしょうね」

「民間の警備会社に頼んで、読書クラブの子供たちの警備にあたってもらったほうがよさそうだ」マックスがいった。「少なくとも、今回の騒ぎが静まるまで」

「ペトラがいってたけど、読書クラブのグループは七つもあるそうよ。子供の数にして——ええと——百人ぐらい？　それだけの子を警備してもらうのは、財政的にかなりの負担ね」わたしはいった。「蛇の頭を切り落とすほうがいいと思うけどな」

その点をあれこれ検討したが、結論は出なかった。

「サランターはヴィルナの出身よね」わたしはいった。「でも、名前の響きはポーランドかロシアって感じ」

「ウォーショースキーのように？」マックスが暗いなかで軽く笑った。「東欧の名字というのは、出身国を見分けるのがむずかしい。ユダヤ系はとくに。だが、ヴフニクはユダヤ系ではなさそうだ。〝弓の射手〟という意味なんだ。どんなふうに殺されたかを考えると、皮肉なものだな。胸に矢が刺さったようなものだから。きみ、ヴフニクとサランターがヨーロッパ時代の知りあいではなかったかと考えているのかね？」

「ヴフニクの父親か祖父がね」わたしは正直に答えた。「ヴフニク自身はまだ四十ぐらいだから」

「可能性はある」マックスは低くつぶやいた。「どんな可能性だってある。ただ、サランターは前を向いて進んでいく男だ。うしろをふり返るタイプではない。過去の悲しみに浸っていたんじゃ、あれだけの財産は築けない。ウェイド・ローラーの攻撃を無視しているあの様子を見てごらん。私立探偵が汲みあげてくる汚水に対して、サランターが〝公表したけりゃ勝手にしろ〟という以外の反応を示したら、それこそ驚きだ」

「このわたしが汚水を汲みあげてるって意味じゃないわよね？」わたしはいった。

マックスは伝説的な礼儀正しさを備えた人なので、困惑の表情になった。謝ったが、こうつけくわえた。「わしが心配してるのは、サランターが苦痛を感じるような何かをきみが見つけだすんじゃないかってことなんだ。あの男が傷つくのは見たくない。金持ちだから一般人より尊敬されて当然だ、などといっているのではない。ただ、ロティやわしと同じく、あの男も子供時代を失ってこっちにやってきた。わしらと同じく難民として」

ロティが沈んだ表情でうなずいた。だが、サランターやマックス自身と同じく、ロティも前を見て生きている。いまの場合は、明日の早朝の手術を。わたしを追い払うことにするといった。

わたしは立ちあがったが、帰る前に、レイドンの容体を問いあわせてもらえないかと頼んだ。マックスとわたしがコーヒーカップをキッチンへ運ぶあいだに、ロティは書斎へ行き、シカゴ大学付属病院の人脈を駆使してくれた。

首をふりながらキッチンに入ってきた。「お友達は手術を終えたけど、今後に関しては判断がむずかしいそうよ。目下、薬で眠らせている状態。いい知らせは、人工呼吸器を使う必要がないこと。悪い知らせは、脳にひどい損傷を受けていること。石の床に頭をぶつけたんでしょうね。家族が延命治療は望まないといっている。バルコニーから飛びおりたのは、人生を終わらせることを本人が望んでいる証拠だと主張して。お友達が延命治療拒否の同意書を用意してたかどうか、あなた、知らない？」

「ここ十年ほどは、そういう簡潔な考え方をしなくなってた人だけど、今日の午後自殺するつもりでいたとは思えない。転落したのなら、それは事故だろうし、突き落とされた可能性もあると思うの」

「突き落とされた？」マックスがいった。「何を根拠にそのようなことを？」

「ドイツの観光客が何人か、チャペルに入ってるの。彼女が男とどなりあってるのを耳にして、他人の喧嘩に巻きこまれては大変と、あわてて出ていったそうよ。それから、彼女のハンドバッグの問題もあるわ」わたしはチャペルの首席司祭がどこでレイドンのバッグを見つけたかということと、そんな遠くまで放り投げるのはぜったい無理だという結論に達したことを説明した。

「バルコニーへのぼる前に落としたのかもしれない」ロティが反論した。

「ええ、それも充分に考えられる。どんなことでも考えられるわ。レイドンに関してはとくに」わたしは同意した。

ロティがそこで初めてわたしのワンピースに目をとめ、困惑に目を丸くした。「ヴィクトリア――事故現場からここに直接やってきたなんて知らなかった。血だらけじゃない。シャイム・サランターがあなたに否定的な反応を示したのも不思議はないわ。家に帰って、着替えをして、熱いお風呂に入りなさい。でも、アルコールはもうだめよ。わかった?」

ロティは一瞬、わたしをきつく抱きしめ、それから、そっと玄関の外へ押しだした。マックスがエレベーターで一緒に下におり、車のところまで送ってくれた。

古風な礼儀正しさを発揮して、わたしのために車のドアを支え、〝汚水〟発言のことをふたたび詫びた。「きみはストレスだらけの一日をすごしてきた。きみの職業を侮辱して、よけいなストレスを与えるようなまねはすべきでなかった。貧しい者、困っている者のために、きみが力を尽くしていることは知っている。だが、金持ちもときにはケアが必要だってことをわかってほしい」

わたしは疲れて議論する元気もなく、それに、とにかくマックスの思いやりがとてもうれしかった。だが、車で走り去りながら、人がよくやるように、頭のなかで彼と議論を始めた。〝サランターは、自分には捜査の範囲を限定するよう警察に命じる力があるって、遠まわしにほのめかしたのよ。露骨にわたしを脅迫したわけじゃないけど、しなかったとはいえないわ〟

家に帰り着くと、ペトラがまだミスタ・コントレーラスのところにいた。わたしは美しい金色のワンピースをクリーニング屋へ持っていく袋に入れた。もっとも、シカゴじゅうのドライクリーニング液をふりかけても、この小さなワンピースのいやな臭いを消せるかどうか、わたしにはわからないが。このワンピースといい、真紅のパーティドレスといい、サランター家と関わりあったせいで、わたしの衣類には早くも深刻な被害がおよんでいる。シャワーを浴びてシャンプーしたあと、ベッドをあきらめて従妹と話をするためにふたたび階下へ行くには、意志の力を総動員する必要があった。

ミスタ・コントレーラスとペトラは、彼女の体験に不安と恐怖を覚える段階をとっくに通りすぎて、どうやって仕返しするかを考えはじめ、グリルで焼いたバーガーを食べながらその話で盛りあがっていた。二人は裏のポーチに腰をおろし、わが隣人は忌まわしき自家製グラッパを、わが従妹はビールを飲んでいた。

ペトラがいうには、ボスから電話があり、マリーナ財団の読書クラブに娘が参加するのをやめさせた親がたくさんいるため、七つあった読書クラブを四つに減らすことにした、と告げられたそうだ。

「でもね、勤務時間が半分になるけど、クビにはしないって。あたし、けっこう評判いいのよ。それに、たぶん、子供を対象にして、修士号や博士号がなくても担当できる企画が何か始まると思う。あたしがまたヴィクのとこで働きたがるんじゃないかなんて心配はしなくていいわよ」

わたしはニッと笑った。「そのとおりだわ。もう一度うちで雇うぐらいなら、あなたから《ストリートワイズ》を買うほうを選びたい」

ミスタ・コントレーラスが文句をいいはじめたが、ペトラは笑っただけだった。わたしは二人におやすみのキスをして、ドアへ向かおうとし、そこでペトラに呼び止められた。

「ヴィクにいうのを忘れてたけど、マリから電話があって、今日の財団での抗議行動について話をききたいっていわれたわ」

「マリ？」わたしはオウム返しにいった。「あなたが現場にいたことを、どうして知ったのかしら」

「カイラを連れてマリーナのビルに戻ろうとしてたとき、テレビに映ったんだと思う。でね、襲撃されたりなんかして、どんな気がしたかって、マリがいろいろ質問してきたの」

「墓地に関する質問は出た？」

「覚えてない。きっと、きかれたと思うけど、あたし、墓地へは行ってないから、答えられるわけないわ」

わたしは疲れがひどすぎて、なぜペトラの言葉に不安を覚えたかを考えてみる元気もなかった。新聞社の人間と話をしたことをかならずボスに報告しておくように、ペトラにいっただけだった。「ボスがすごく嫌うものをひとつ挙げるなら、それは不意打ちね。とくに、部下と世間の注目がからんだ不意打ち」

階段をのぼろうとすると、脚が疲労でズキズキして、持ちあげるのもひと苦労だったので、ロティの住む高層コンドミニアムが羨ましくなった。光り輝く床、エレベーター、ドアマン。私立探偵なんかやめて、医者になればよかった。

あっというまに深い眠りに落ちたが、ひと晩じゅう、心を乱す夢にうなされた。レイドンが何回も飛びおりたり、飛びあがったり、恐怖の場面から逃げだしたりするあいだ、わたしはその場に凍りついたように立ちつくし、何もできずに見守るばかりだった。レイドンはわたしを嘲って、自分はジェイムズ・ジョイスも、詩人も、ピューリタンも引用できるのに、あなたは汚水を汲むことしかできない、といった。

べつの夢のなかでは、シャイム・サランターがマイルズ・ヴフニクの胸を膝で押さえこみ、彼の首にかがり針を突き刺して、血を吸っていた。アリエルとニーヤがサランターのまわりで踊り、「もう一回やって、おじいちゃま、もう一回やって！」と叫んでいた。

翌朝、鉛のような頭と脚でベッドを出た。犬を車に乗せて湖まで行った。ぐったり疲れていて、遠くまで走る元気がなかった。大気はすでに暑くじっとり湿っていたが、湖の水は氷のようだし、蚊がひどかった。犬たちは泳いでいれば蚊の群れから逃れられるが、水が冷たすぎて、わたしは泳ぐ気になれなかった。犬にボールを投げてやり、ビーチを走りまわり、わたしを刺そうとする蚊を叩きつぶしてやったが、ついに二匹を車に連れ戻すことにした。少なくとも、熱に浮かされたように動きまわったおかげで、悩みを忘れ去り、鈍った頭にいくらか生気を吹きこむことができた。

16　天使のような母親――いいえ

ミスタ・コントレーラスの居間のエアコンが生みだす涼しさのなかに二匹の犬を置いて、わたし自身は、レイドン・アシュフォードが子供時代をすごしたレイク・ブラフの十八室ある屋敷へ向かって車を走らせた。渋滞中の高速道路を通らなくてはならず、車体を揺らして走るトラックが重苦しい大気中に灰色の煙を吐きだしていた。

北へ向かうルートをたどって、市の郊外に広がるベッドタウンを通りすぎ、シカゴ交響楽団が夏の活動拠点にしているラヴィニアを通りすぎ、そして、パラダイスに到着した。高速道路を離れたとたん、空気がさわやかに澄みわたり、芝生はきれいに刈りこまれたエメラルド色の奇跡となった。ポテトチップスの空き袋やマクドナルドの包み紙が溝を汚していることもなかった。子供たちが自転車やスケートボードで通りを走り、そのあとを追うテリアが楽しげに吠えていた。わたしの小学一年生の教科書に出ていた絵が、ボール紙に貼りつけられて動きだしたかのようだった。

アップルかアンドロイドの世界のどこかに、このためのアプリがあるにちがいない。クリックすると、気温が急に五度ほど下がり、大気汚染と混雑が消え去り、周囲の誰もが奇跡的に金持ちになる。そして、白人になる。

アシュフォード家を訪ねるのは二十年ぶりだが、車を止めてアプリか地図を調べなくても、道はちゃんとわかった。屋敷でレイドンと週末をすごしたことが何度もあった。勉強の合間にプライベート・ビーチで泳ぎ、それから家に入り、公民権や経済についてスーアルとミスタ・アシュフォードを相手に議論したものだった。とくにひどかったのが、父が入院していた年の感謝祭で、わたしはレイドンに強引に誘われて屋敷へ出かけた。移民労働者の怠け癖について議論になり、危うくミスタ・アシュフォードを殴るところだった。

アシュフォード家専用の車道に入る前に、レイドンに関して何か新しい知らせがないかと思い、ロティのクリニックに勤務する看護師に電話してみた。看護師のジュウェル・キムはしばらくわたしを待たせてから、電話口に戻ってきて、レイドンはいまも意識が戻っていないが、自力で呼吸をつづけていると教えてくれた。くわしい容体はわからないとのことだった。

アシュフォード家の財産はサランター家と同じく、もともとは鋼鉄から生まれたものだ。ただし、アシュフォード家は生産する側で、スクラップのほうではない。かつては、アシュフォード家の工場がインディアナ州ゲーリー市からカナダとの国境まで延びていて、その途中に鉄鉱石の鉱山がいくつもあった。

工場が閉鎖されてしまった現在、アシュフォード家が何をやって稼いでいるのか、わたしは知らないが、暮らしに困っている様子はなかった。木々も、芝生も、花壇も、茂みもみごとに手入れされていて、パルテール・クラブの人が見れば、ただちにアシュフォード家の入会を認めそうな感じだった。オレンジ色のベストを着た浅黒い肌の男性が池の掃除をし、べつの男性が三エーカーの芝生で芝刈り機を使っているのが見えた。

屋敷に着くと、車寄せにリンカーン・ナビゲーターが置いてあったが、BMWは見あたらなかった。よかった――スーアルはたぶん、ダウンタウンに出かけて、日々の仕事を（どんな仕事だか知らないが）やっているのだろう。わたしは彼の妻のフェイスに会いにきたのだ。

彼女とはそれほど親しい間柄ではない。大きなイベントで何回か顔を合わせただけだ。スーアルとフェイスの結婚式や、彼女とわたしがともに価値を認めている分野のためにひらかれる資金集めパーティなどで。どんな分野かと問われて、わたしに思いつけるのは、リリック・オペラ（アメリカ三大オペラハウスのひとつ）ぐらいだろうか。

玄関にメイドが出てきた。わたしが最後にここを訪ねたときに比べると、この点が変化だった。姑のミセス・アシュフォードは執事を好んでいた。たぶん、ウーマンリブがノース・ショアまで到達したのだろう。メイドはわたしの名刺を受けとり、フェイスを捜しにいった。

屋敷は二つの部分から成り立っていて、そのあいだに広い廊下があり、廊下は玄関ドアからまっすぐガーデンルームにつづき、そこを抜ければ外の庭へ出られるようになっている。わたしはメイドが廊下を歩いていき、ガーデンルームから外へ出るのを見守った。数分後、フェイスが小走りでやってきた。カットオフジーンズと汚れたTシャツ姿だったが、ガーデンルームで足を止めて、庭仕事用の道具がポケットにぎっしり入ったエプロンをはずし、クロッグサンダルを脱いだ。

「V・I・ウォーショースキー。きのう、教会でレイドンと一緒だったんですってね。スーアルからきいたの。なんて恐ろしい試練かしら。スーアルはひどく動揺してたわ」フェイスは自分の汚れた手に目をやった。「ダリアの支柱を立ててんだけど、暑くて大変。あなたはレイドンのいいお友達だった――い、いいえ、お友達なんでしょ。わざわざうちにいらしたのは、悪いニュースを伝えるためではないでしょうね？」

ダリアとレイドンが彼女の注意を惹こうと競いあっているような印象だった。「レイドンの容体に変化はないけど、悪化もしてないわ。とりあえず、ホッとしてるところ」わたしはいった。「今日お邪魔したのは、レイドンがこの二、三カ月、何をしてたかをききたかったからなの。レイドンはわたしに何か調査を依頼するつもりだったようだけど、くわしい話をする前に転落してしまったの。久しぶりに会う約束だったのに」

「まあ」フェイスは汗に濡れた髪を手の甲で目もとから払いのけ、額に泥汚れを残した。「わたしにはわからないわ――レイドンとはあまり顔を合わせることもなかったし。スーアルとレイドンは――そうね、あなたもレイドンと長年のお友達なら、おわかりだと思うけど、レイドンは、そのう、ときどき予測のつかない行動に出る人でしょ」

「ずいぶん寛大な表現ね」わたしはいった。「わたしが知ってるなかで、レイドンぐらい頭のいい人間はほかにいないけど、ものすごく癇にさわる人だわ」

フェイスは感謝の笑みを浮かべた。「一緒に裏庭へ出ませんか？　わたしがここに立ってて床に泥を落としでもしたら、アシュフォードの姑《はは》が今日のお天気みたいにカッと熱くなりそう。この大理石ね、一九〇三年に屋敷を新築したとき、イタリアのカラーラから運ばせたもので、姑ったら、テレンスが――十一歳になるうちの息子なんだけど――ここでスケートボードをやってるのを見たとき、あの子を殺しそうになったのよ」

わたしは彼女について屋敷の裏手へ出た。ミシガン湖を見渡す高台に石畳のパティオが広がっていた。ビーチまで石段がつづいていて、水遊び用のおもちゃが散らばり、なかには小さなおもちゃのヨットもあった。湖岸から二十ヤードか三十ヤード沖合いで、少年が三人、ウィンドサーフィンをしていた。さらに沖のほうには、ヨットがたくさん出ていた。

さまざまな色彩と大きさのダリアがパティオの縁を埋めていて、フェイスは名残惜しそうにそちらを見てから、わたしに木製のデッキチェアを勧めた。携帯でさきほどのメイドを――いや、べつのメイドかもしれないが――呼びだし、アイスティーを持ってくるよう命じた。

「スーアルからきいたけど、レイドンは一週間か二週間前に退院したばかりだったんですってね」わたしはいった。

フェイスはうなずいた。「エッジウォーターのアパートメントに住んでるんだけど、かなりおかしくなってて、ある週末、壁に絵を描きなぐったの。自分のとこだけじゃなくて、共用廊下の壁一面にも。やめようとしないし、薬も呑もうとしなかった。とうとう、ビルの管理人からスーアルに電話があったので、スーアルは警察に頼んでレイドンをルーエタールに入れることにしたの」

ルーエタールというのは、シカゴの西に広がる郊外のひとつのダウナーズ・グローヴにある州立精神病院。スーアルがレイドン自身の財産を使えば、個人病院での治療も可能なはずだが、その思いは脇へどけておくことにした。

「どういう絵だったのか、あなた、知らないでしょうね？」

フェイスはふたたび花々のほうへ、そして、支柱や蔓がぎっしりのったワゴンのほうへ目を向けた。「ええ、わたしはアパートメントへ行っていないし、スーアルが管理人から話をきいてるとしても、わたしには何もいってくれなかったわ。まさか、価値のある絵だなんて思ってやしないでしょ？　本物の芸術だなんて思ってないわよね？　塗装をやりなおす費用は、こっちで持たなきゃいけなかったのよ！」

「レイドンに絵の才能があるなんて、きいたこともないわ」わたしは正直に答えた。「ただね、レイドンの人生に何があったのかを突き止めようとしてるだけなの。スーアルの話だと、二日前にレイドンがあなたに電話してきて、ずいぶん失礼なことをいったそうね」

日に焼けたフェイスの顔がさらに赤くなった。「あのときはわたしも動揺してしまったけど、レイドンがあんな覚悟をしてたのを知ってれば——少しでも察していたなら——どんな犠牲を払ってでも二日前に戻って、もっと忍耐強く話に耳を傾けたでしょうに！」

わたしは悲しい笑みを浮かべた。「わたしも自分を責めてるとこなのよ。レイドンの話を真剣にきいてあげればよかった。レイドンが電話であなたに何をいったのか、教えてもらえると助かるんだけど」

「レイドンが電話してきたのは、スーアルに身辺をスパイされてると思いこんだからなの。やめるようにスーアルにいってほしいって、わたしに頼んできたの。スパイに払うお金をレイドン自身の信託基金から出してるのなら、なおさら許せない。そんなふうにいってたわ。彼のことを〝ジー・オール〟って呼んでた。こう呼ばれると、スーアルはいつも激怒するのよ。わたしと電話を替わって、レイドンが薬を呑もうとしないのにはうんざりだといったら、今度はレイドンが、薬物検査でもしたいのかって彼に尋ね、つぎに、両手を出す気はないかってきいたのよ。そしたら、そこにおしっこしてあげるからって」

フェイスは悪いことをした七歳の子供みたいに顎をこわばらせた。「レイドンってすごく汚い言葉が使える人だわ」と、声をひそめていった。「こうもいってた——兄と妹が体液のやりとりをするのは近親相姦になる。母親がどんなに嘆くことかしら。でも、どんな薬物を摂取してるか知りたいのならやってあげる、って」

わたしは笑いをこらえることができなかった。

フェイスは愕然とし、傷ついた表情でわたしを見た。「笑いごとじゃないのよ、ヴィクトリア」

「レイドンは昔から、スーアルを逆上させるコツを心得てたわ。レイドンにそういわれたときの彼の顔が見られなくて、とっても残念。でも、スーアルはほんとにレイドンをスパイしてたの？」

フェイスは顔をしかめた。「あのね、スーアルとレイドンはどんなことに関しても意見が合わないのよ。スーアルは必要に迫られないかぎり、レイドンのことなんて思いだしもしないわ」

「じゃ、レイドンが退院したとき、私立探偵を雇って尾行させたなんてこともないのね？」

「彼にきいてみるわ」フェイスの声はおぼつかない感じで、スーアルに質問することを苦痛に思っている様子だった。「もしくは、アシュフォードの姑に」

「わたくしに何をききたいの？」

ミセス・アシュフォードがパティオに姿を見せた。現在八十歳ぐらいだが、背筋はまっすぐだし、動作もなめらかだ。絹のプリント柄のシャツドレスという昼用の装いで、暑さにもかかわらず、化粧は完璧だった。襟もとに、トウモロコシの穂がついたアメリカ国旗のピンバッジをつけている。ヘレン・ケンドリックが大口の寄付者に配っている選挙用の記念品だ。

わたしは椅子から立った。「お久しぶりです、ミズ・アシュフォード。レイドンのこと、大変でしたね。わたし、彼女のそばに――」

「レイドンが飛びおりたとき、そばにいらしたそうね。スーアルの車を盗むよう、あなたがレイドンをそそのかしたって、スーアルがいってましたよ」

わたしはこめかみの血管がドクドク打ちはじめるのを感じたが、渋々ながら、怒りを抑えこもうと努めた。「飛びおりたんじゃありません。わたしがレイドンのそばにいたとき、スーアルが入ってきて、車のキーのことでギャンギャン騒いだんです。レイドンのことなんて気にかける様子もなかったので、警察の人たちもわたしに劣らずあきれてましたした」オーケイ、渋々ながらの努力ね。

「レイドンは昔から、家族を狼狽させるようなことばかりしてきたわ」彼女の母親がいった。「あなたをよくうちに招いてたのも、きっとそれが理由だったのね。あなたがうちの夫を怒らせるのを見て楽しんでたんだわ。あなたが今日ここにいらしたのが、わたくしをどれだけ怒らせることができるかを見るためだったら、いますぐお帰りになったほうがいいわ。だって、わたくし、すでに激怒してますもの」

フェイスがデッキチェアにすわったまま、居心地が悪そうに身じろぎをした。テーブルにのっていた双眼鏡をとり、ウィンドサーファーたちを見た。「テレンスがずいぶん沖へ出てるみたい。下まで行って、手をふって呼び戻してきます」

フェイスはビーチへつづく階段を急ぎ足でおりていった。ミズ・アシュフォードは彼女にも、沖に出ている孫息子にも、目を向けようとしなかった。

「おっしゃるとおりでしょうね」わたしはいった。「レイドンはブルーカラーの友達が自分の父親を挑発するのを見て、楽しんでたんだと思います。でも、欠点の多い人で、心を病んではいるけど、わたしはレイドンが大好きだし、彼女に頼まれた仕事をひきうけたんです。いろいろ考えて――」

「スーアルかわたくしから料金をもらうつもりなら、考えるのはおやめなさい」

「レイドンには彼女自身の財産があるのでは？」

「父親の遺してくれた信託基金がありますけど、スーアルが受託者になってるの。私立探偵への支払いなど、認めるはずがありません」ミズ・アシュフォードは葉巻の先端を嚙みちぎるような勢いで、言葉を吐きだした。

「ほかの探偵にならスーアルは支払いをするでしょうか」わたしはきいた。「つまりですね、レイドンが新たな困惑の種をまきちらしたりすることのないよう、スーアルかあなたが誰かを雇って彼女を尾行させようと考えてらしたんじゃありません？　もっとも、その誰かをレイドンのアパートメントへ送りこんで、彼女がまたしても壁一面に絵を描くのを阻止させるのは困難なことでしょうけど」

「わたくしたちに雇ってほしいと、ほのめかしてらっしゃるの？」激怒のあまり、ミズ・アシュフォードの鼻孔がふくらんだ。

「とんでもない。わたしはレイドンに雇われた身ですから、両方の仕事を請けるのは利害の対立になります。ただ、わたしが考えてたのは——」

「何をするために雇われたの？」ミズ・アシュフォードが口をはさんだ。

わたしは微笑した。「極秘調査をするためです。レイドンが退院したとき、スーアルが彼女の身辺をスパイしてました？　レイドンがフェイスにそういったそうですが」

ビーチを見下ろすと、フェイスが色とりどりの小旗をふって、ウィンドサーファーたちに合図をしようとしているのが見えた。サーファーのほうは知らん顔だった。どうやら、これがアシュフォード家におけるフェイスの運命のようだ。

「レイドンのことをどうするかは、わたくしたちが決めることです。わたくしにできるのは、うちの一家にかまわないでほしいとあなたに頼むことだけ。レイドンは何十年にもわたって、一家の悩みと困惑の種でした。きのうの怪我が原因で死ぬことになれば、うちの者たちは——」ミズ・アシュフォードは黙りこんだ。文章を終わらせるための優雅な言葉が浮かんでこないようだ。

「有頂天になる？」わたしは試しにいってみた。「はしゃぎまわる？」

彼女の薄い唇のまわりのしわが深くなった。「レイドンが長年にわたって家族に与えてきた苦しみから解放されて、わたくしたちには、多少の安堵を感じる権利があるといっていいでしょう」

「お嬢さんはたしかに大変な重荷でしたわね」わたしはミズ・アシュフォードの手を握りしめ、ふざけ半分に同情してみせた。「そして、あなたは気高く耐えてらした。ひどくとりみだしてらっしゃるので、お嬢さんの容体をいちいち報告してあなたを煩わせたりしないよう、お医者さまに伝えておきますね」

17　死者を一掃

市内に戻るため、シェリダン・ロードを長時間かけてのろのろ走った。曲がりくねった道路を四十マイル。左手に広がる湖が強烈な夏の暑さからわたしを守ってくれた。レイドンがわたしをしばしば屋敷に招いてくれた理由を彼女の母親からきかされて、わたしは落ちこんでいた。それが向こうの魂胆だったに決まっているけれど。ミスタ・アシュフォードはあの一家の専制君主的な存在で、レイドンはどうしても父親に立ち向かうことができなかった。わたしはジョイスを暗記したり、ピューリタンの伝道者の言葉を引用したりできるほど聡明ではなかったかもしれないが、女性の社会進出に対する軽蔑に始まって猛烈な人種差別にいたるまで、レイドンの父親のあらゆる意見に反論することを恐れてはいなかった。
「レイドンはわたしのことが大好きだった」わたしはレイドンの母親にきかせようとするかのように、声に出していった。「自分の声を強く代弁させるために、わたしを利用したのかもしれないけど、彼女の赤みがかった金髪ひと房ほどの値打ちのある者は、あなたたちアシュフォード家には一人もいない。ぜったいに！」

のろのろ運転でようやく事務所にたどり着いた。歩道から熱気が透明な幕のように立ちのぼっていた。建物を共同で借りているテッサが、以前、入口ドアの前のコンクリートにドリルで穴をあけ、わたしと一緒に木を植えたのだが、スモッグと湿気のせいでその木もぐったりしていた。また、せっかく歩道の縁に大きなゴミ缶を置いているのに、誰も気にしていない様子で、無神経な連中が捨てていったわびしいゴミの数々が通りを縁どっていた——空き瓶、カップ、ポリ袋。

事務所に入ったわたしは、備品室に置いてある簡易ベッドに倒れこみたい衝動に抵抗した。eメールと電話に返事をし、収入源である依頼人たちのためにいくつか仕事をこなし、それから、お気に入りの検索エンジン〈ライフストーリー〉を呼びだして、マイルズ・ヴフニクに関するくわしいデータを集めるよう命じた。

パソコンが検索を進めてくれているあいだに、クック郡の主任監察医補佐をやっているニック・ヴィシュニコフに電話した。わたしは警察の人間ではないが、人権委員会で彼と一緒に活動しているので、解剖の結果を喜んで教えてくれる。

「死亡した場所は、きみが彼を見つけた現場だ。出血の量から、きみもそれぐらいはすでに推測していたことと思う。ただし、最初に後頭部を強打されている。墓の上に安らかに横たわっていたのは、たぶんそれが理由だな」

〝棺台に横たわっているのを見てきました〟レイドンの言葉が、いや、ジョイスの一節がわたしの頭を駆けめぐった。ニーヤ・ドゥランゴとアリエル・ジッターがヴフニクを墓所に誘いこんだのではないかという、わたしの心に芽生えた不安を、この一節が打ち消してくれるような気がした。とはいえ、二人はとても冒険好きな少女だ。もしかしたら、ドゥーデックのアパートメントで読書クラブの仲間と待ちあわせる前に、二人でヴフニクを殴り倒したのかもしれない。たぶん、何か方法を工夫して、石段から板石の上まで彼をひきずりあげたのだろう。もしくは、あの墓で彼と会うことを承知して、そのあとで殴り倒したのだろう。

その可能性を慎重にヴィシュニコフに話してみた。

「そりゃないと思うけどな。意識不明の男の身体を持ちあげて、地面からあんなに離れた板石の上に置こうとしても、少女二人の力じゃとうてい無理だ。とにかく、石段のところをひっぱりあげた場合につくような擦過傷が、この男にはいっさい見受けられない。誰が犯人か知らないが、とにかく、抱きあげてあの場所に置いたんだ。きみとこの二人がウェイトリフティングのジュニア・チャンピオンでないかぎり、わたしなら〝容疑者〟リストからはずすだろうな」

ヴィシュニコフとの電話が終わるころには、〈ライフストーリー〉がマイルズ・ヴフニクに関する検索を完了していた。彼と弟二人と姉一人はイリノイ州ダンヴィルで生まれ育った。俳優のディック・ヴァン・ダイクや歌手のボビー・ショートの故郷であり、ダンヴィル矯正施設のある街だ。高校時代はアメフトの選手、イースタン・イリノイ大学で刑事司法を学び、イリノイ州警察に入り、九年前にシカゴ地区へ転勤、そこで、個人営業で調査の仕事をするようになった。専門は行方不明者や失踪者の捜索だが、ほぼどんな仕事でもこなしていた。

彼の姉はいまもダンヴィルに住んでいる。両親はすでに死亡、弟たちは故郷を遠く離れてしまった。わたしと同じく、ヴフニクも一度結婚し、離婚している。もとの妻のサンドラは五年前に再婚して、南西の郊外で暮らしている。ヴフニクはバーウィンで一人暮らし。ここはオーク・パークと境を接する小さな町で、かつてフランク・ロイド・ライトが王として君臨していたところだ。わたしの想像だが、ヴフニクはたぶん、自宅と車をオフィスがわりにしていたのだろう。

〈ライフストーリー〉の検索結果を見るかぎりでは、ヴフニク家がヴィルナの出身なのかどうかも、戦争がリトアニアを蹂躙し独立を奪い去る前の時代に、少年だったシャイム・サランターとヴフニクの父親もしくは祖父が友人だったのかどうかも不明だった。わたしがよく利用するもうひとつのプライバシー侵害手段、〈モニター・プロジェクト〉で調べてみても、その点はやはり不明だった。ただ、ヴフニクが三万二千ドル相当の不動産を遺していることがわかった。ここから住宅ローンの残額をさしひかなくてはならないが。

これを知って、わたしはよけい落ちこんだ。わたしが明日死んだ場合も、遺産の額はこの程度のものだろう。車（ローンはほぼ完済）、アパートメント（同じく）、ささやかな年金。別れた夫を見習って、弁護士稼業で稼いでおけばよかった。

ふたたび猛暑の戸外に出て、〈ラ・リョローナ〉に寄って野菜サンドを頼んだ。ミズ・アギラールのホットソースをかけずにいられなくて、おかげで車に戻ったときには、白いニットのセーターに赤いソースの筋がついていた。朝いちばんにレイク・ブラフへ出かけておいてよかった。ミズ・アシュフォードから辛辣な目でじろじろ見られたら、とうてい生き延びられなかっただろう。

わたしの調査料をレイドンに請求するのは無理だろうが、レイク・ブラフへ出かけたときと同じく、走行マイル数を几帳面にメモしておくことにした。きのうは狼狽のあまり、大学へ出かけたときと、戻ったときのマイル数を記録するのを忘れてしまった。これはわたしからレイドンの信託基金への寄付ということにしよう。

シカゴに住むチェコ系の人々がバーウィンの通りを埋めていた時代には、ここは〝リトル・ボヘミア〟と呼ばれていた。町の目抜き通りであるサーマック・ロードが〝ボヘミアのウォール・ストリート〟と呼ばれていた時期もあったが、この界隈の雰囲気はずいぶん以前に変わってしまった。有名なチェコ系のパン屋がいくつか残っているが、最近はタコスの店のほうが多くなっている。だが、どこの民族色が強いかはべつにして、バーウィンの住民は家を自慢にしているようだ。高速道路を離れて南へ向かう途中、どのバンガローを見ても、丹念にペンキが塗られ、よく手入れされていた。茂みを剪定し、芝生に肥料をまく庭師の一団がいなくても、小さな前庭はこぎれいだし、木々はきれいに刈りこまれている。

ヴフニクの自宅は——大部分がフォート・ディアボーン信託の所有下にあるようなものだが——グローヴ・アヴェニューに面した二所帯住宅の上の階だった。暑い日の午後三時で、人通りはまったくなかった。わずかな子がボール遊びをしている公園をいくつか通りすぎた。だが、ヴフニクの家を見張っている者がいるとすれば、たぶん、エアコンの効いた表の部屋でブラインドの陰からこっそりのぞいているのだろう。

一階のアパートメントの呼鈴を押してみたが、応答はなかった。ヴフニクは再婚しなかったようだが、最近は結婚という形をとらないカップルもたくさんいるので、念のために彼のところの呼鈴も押してみた。応答がなかったので、ピッキング用のツールをとりだした。玄関ドアのロックをはずすのにかかった時間はわずか一分。わたしの腕がいいというより、ヴフニクが不用心にしているからだ。二階へつづく階段は絨毯敷きではなかった。わたしは階段をのぼりながら、人に足音をきかれるのを警戒するかのように、無意識のうちに忍び足になっていた。

階段の上まで行くと、一秒もかからずに彼のアパートメントに入ることができた。誰かがわたしより先にここにきて、出ていくときにドアをロックしなかったからだ。六つの部屋が徹底的に捜索されていた。暴力的ではなかったが、丁寧にやろうという気もなかったようだ。引出しが閉まっていないし、本も何冊かページをひらいたままだった。固定電話があったとすると、持ち去られていた。それどころか、電子レンジとテレビをべつにして、エレクトロニクス製品がひとつも残っていなかった。パソコンも、フロッピーも、USBメモリも、携帯電話も、亡くなったときのヴフニクが誰の依頼で仕事をしていたかを知るための手がかりにできそうなものはひとつもなかった。

家探しをした男は――それとも女？――目当てのものが見つからなくて、頭にきたらしく、一冊の本をズタズタに切り裂いていた。キッチンの屑籠に、カボチャの実をえぐりだすようにして誰かが本を切り裂いたあとの紙屑が捨ててあった。屑籠の中身をあさると、薄汚れた活字を小さく丸めたものが指にくっついてきた。

わたしより先に侵入した人物がヴフニクのファイルの中身を居間の床に投げ捨てていたので、それらに目を通してみた。何か役に立つものが見つかればという期待があったわけではない。ヴフニクは昔の殺人事件の、それも大部分が迷宮入りの事件の切り抜きをたくさん集めていて、余白に書きこみがしてあった。〝近親者なし〟、〝母親は何も話そうとしない〟、〝妻、再婚、五年前にカナダへ移住〟。ある切り抜きの裏にくっついていた紙片には、〝死に臨んでも二人が離れることはなかった？　調べるようにとの指示〟と書いてあった。

ヴフニクの住まいには、意味のありそうなものがほかに何もなかったので、その紙片をブリーフケースに突っこんで、七月の熱気のなかに戻り、ヴフニク殺しの捜査を指揮しているエリア・シックスの刑事、テリー・フィンチレーに電話をかけた。

「V・I・ウォーショースキー」フィンチレーはいった。「〝嫌がらせ探偵《ヴェクセイシャスインヴェスティゲーター》〟のウォーショースキーかい？」

「〝誠実の権化《ヴェラシティ・イン・パースン》〟っていってよ。いま、マイルズ・ヴフニクの家の外にいるの。家が徹底的に荒らされてる」

「家はバーウィンだったな」

「あなたの地理の成績がいつも優秀だったことは知ってるわ。ひけらかさなくてもいいのよ」わたしはそよ風を期待して、車の窓をあけっぱなしにしておいたが、首筋を汗が伝い落ちていた。

「外の気温が三十四度もあるときに、嫌みはやめてくれ。管轄の問題なんだよ。地元の警察に電話したかい？」

「あなたが興味を持つんじゃないかと思ったの。それに、嫌がらせ探偵のかわりに、勲章をたくさんつけたシカゴ警察の警部補から連絡するほうが、地元警察も現場を徹底的に調べてくれるだろうと思ったし」

フィンチレーは笑った。「ほう、きみの面の皮にも薄いところがあるんだな。ヴフニク殺しは、うちで山ほど抱えてる事件のトップにはきていない——現場に物的証拠なし、私生活を調べてみても、誰かの恨みを買っていた様子はなし。別れた妻は製薬業界の男と再婚し、ヴフニクにはとうてい望めないような裕福な暮らしをしている。ヴフニクは一年ちょっとのあいだ誰ともデートしてないし、恨みを持つ人物は見つからない」

「わたし、ゆうべ、シャイム・サランターとディナーだったの」ホッキョクグマを犠牲にするしかないと決心した。車のエアコンをつけるためにエンジンをかけた。

「おれは家内と小さな娘を連れてネイヴィ・ピアへ食事に行った。どっちが幸せだったと思う？」

「あなたに決まってるでしょ、テリー。サランターはヴフニク殺しの調査をさせないために、わたしを雇おうとしたの。シカゴ地区の私立探偵全員に同じ提案をしてるのかどうか、きくのを忘れてしまったけど、あれだけリッチな男なら、お金で全員を追い払っても、ふところはまったく痛まないと思うわ」

「おれのことを、その提案に乗るような男だとほのめかす気なら――」

「名誉にかけて誓うけど、あなたに嫌みをいう気はないわ。ゆうべもサランターにいったの。あなたは優秀な捜査員で、しかも、腐敗と無縁の人だって。両方ともほんとのことでしょ。でも、サランターのような男は現場に出てる刑事なんか相手にしない。市長のところへ直接行く」

心臓が一拍か二拍打つあいだ、フィンチレーは無言だった。「それで納得がいった――あの殺人事件に関して、上から指示がきたんだ。捜査は続行するが、おれがさっききみにいったようなもろもろのことを頭に入れておけってな。つまり、物的証拠がないとか、そういったことだ。サランターがなぜ気にするのか、きみ、わかるかい？」

「さっぱりわからない。ただ、ヴフニクが自分の身辺を嗅ぎまわってたんだと、サランターが思いこんでることはたしかね。ヴフニクがどんな調査を手がけてたのか、そちらにリストはないの？　パソコンを運びだしたのは、まさか、あなたたちじゃないでしょうね？」

「ちがう。その点は警察のミスだ」フィンチレーの口調は苦々しかった。バーウィンまで出向かなかった自分に腹を立てている。「とにかく、電話してくれて礼をいうよ、嫌がらせ《ヴェクセイシャス》くん――縮めて〝ヴェクシー〟って呼んでもいいかい？」

「わたしがその場にいて、あなたの舌を蝶結びにしてなきゃね」

「いまからバーウィンの警察に連絡を入れる。警察が到着したときに、きみ、ヴフニクの家の前にすわってないほうがいいぜ。きみがやつの身辺を嗅ぎまわってる姿を警察に見られたらまずいだろ。遅かれ早かれ、どこかのまぬけな警官が疑惑を抱きはじめる」
わたしが礼をいう前に、フィンチレーは電話を切ってしまった。

18　不吉な前兆

隣近所をまわって聞き込みをし、この二日のあいだにヴフニクの自宅から誰かがパソコンとUSBメモリを運びだす姿を見た者がいないか、たしかめようかと思ったが、フィンチレーの警告が心に突き刺さっていた。街へ戻るのろのろ運転の車の長い列に加わり、ケネディ高速の渋滞を避けるためにアシュランド・アヴェニューのところでアイゼンハワー高速から離れたが、似たようなことを考えた人々の生みだす渋滞に巻きこまれてしまった。

シカゴ・アヴェニューで、わたしは不意に車を西へ向けた。ヴフニクはバーウィンからマウント・モリア墓地まで徒歩できたのではない。犯人の車で一緒にきたのでなければ、彼の車がいまもどこか近くにあるはずだ。

彼に関する〈モニター・プロジェクト〉のデータをひっぱりだした。ヴフニクが乗っていた車はヒュンダイ・ツーソン。土曜の夜は雨がひどかったから、駐車した場所はたぶん、墓地からそれほど離れていないだろう。マウント・モリア墓地の周囲をゆっくりまわってみたが、ようやく車が見つかったのは、捜索範囲を広げてからだった。墓地よりもドゥーデック家のアパートメントに近い場所に駐車してあった。

このあたりの通りは、仕事帰りの人々や、子供と食料品を抱えた母親や、スケボーをやる子供や、ボール投げをする子供で混雑していて、そうしたことをやるかたわら、誰もが携帯メールに熱中していた。

わたしが車をこじあけるのはずいぶん久しぶりだが、人々の注意が携帯に向いているので、こっちが何をしても誰も気づかないほうに賭けることにした。ところが、車のそばまで行ったとき、こそこそやる必要のないことを知った。またしても何者かが先まわりしていた。リアウィンドーが叩き割られ、ロックがこわされていた。

惨状を目にして、わたしは落ちこんだ。割れたガラスと、ヴフニクが車のなかで多くの時間をすごしていたことを示すいくつものピッツァの空き箱をべつにすれば、車内には何もなかった。ファイルも、車の履歴証明書も、さらには、GPSトラッカーすらなかった。

「これ、あんたの車？」スケボーに乗った少年二人が近くで止まった。

「友達のよ。書類をとってきてほしいって頼まれて、ここまできたんだけど、先に誰かが車をこじあけたみたい。きみたち、何か見なかった？」

「ううん、見てない。きっと夜中にやられたんだ。だって、ゆうべはなんともなかったけど、けさ見たら、めちゃめちゃになってたもん」

あーあ、きのうここにきていれば——もっとも、考えてみれば、きのうは用事に追われてんやわんやだった。少年たちはスケボーに足を乗せて身体を前後に揺らし、走りだそうとしていた。わたしは足を止めてくれた二人に礼をいった。

二人目の少年がいった。「誰がこじあけたのか知らないけど、なんかひとつ落としてったよ。けさ、ここにきたら、車の下から半分のぞいてたんだ。ほしい？」

「ぜひ！」

二人は通りの先にある三階建ての建物のほうへスケボーで走り去った。二人を待つあいだに、車内に残ったがらくたを調べてみると、クレジットカードの利用明細書が何枚か見つかったので、ブリーフケースに突っこんだ。少年たちが汚れたスパイラルノートを持って、あっというまに戻ってきた。縦より横のほうが長いノートだった。

「その友達、なんて名前？」わたしが片手をさしだすと、最初の少年が尋ねた。

「マイルズ・ヴフニク」

二人はノートを調べ、ひそひそと言葉をかわした。「住所しか書いてない」

「バーウィンのグローヴ・アヴェニュー？」わたしはきいた。

効果ありだった。ノートをよこしたので、五ドルずつ渡すと、二人の顔が輝いた。わたしはついでに、名刺も渡しておいた。

「わたし、探偵なの。私立探偵。マイルズも同業者だったのよ。墓地で死体となって発見された男性のこと、知ってるでしょ？」わたしはマウント・モリア墓地のほうへぐいと頭を向けた。「あれがマイルズだったの。彼が担当してた事件をいくつかひきつぐことになったので、なんとか解決しようとしてるんだけど、犯人がこの車を強引にこじあけたようね。マイルズがどんな調査をしてたかを、わたしに知られないようにするためだわ。きみたちが何か目にするか、耳にするかしたら、電話をちょうだい。それから、くれぐれもいっとくけど、自分たちだけで犯人と対決しようとしちゃだめよ。二人ともすごく勇敢で機転の利く子だけど、犯人のほうは冷酷無比なんだから」

二人の目が興奮で大きくなった。「なんなの、〝れいこくむひ〟って？　犯人の生まれ故郷のこと？」

「ものすごく残酷で、人の命なんかなんとも思わない、という意味の言葉よ」

「ねえ、その友達、ヴァンパイアに殺されたの？　みんながいってるけど」

「ううん。ヴァンパイアじゃないわ。あくまでも人間のしわざ。ただし、いい人間ではないのよ」

二人はスケボーで通りを走りだし、興奮のあまり、ベビーカーを押す女性と衝突しそうになった。夕方の五時までに、この界隈の人はみんな、二人がヴァンパイア狩りの手伝いをしていたのを知ることになるだろう。

わたしはノートを持って自分の車に戻った。ページをひらいた瞬間、自分の幸運が信じられなかった。このノートはヴフニクの外出記録だった。目を通しはじめたが、自分の行動がいかに無防備かに気づいた。少年たちにこちらの正体を明かし、質問をし、いまはヴフニクの車からそう遠くないところですわりこんでいる。ヴァンパイア殺人事件の犯人がどんな外見なのか、まったくわからないから、通りを歩きながらわたしのマスタングを見ていく人々のなかの誰が犯人であってもおかしくない。携帯メールに熱中していない人もけっこういるので、油断は禁物だ。

アシュランド・アヴェニューまで戻った。渋滞がやや解消していた。三十分で帰宅できた。明日の朝には、ジェイクがマールボロへ出発する。今夜は二人で食事と踊りに出かけることになっている。携帯は持っていかないつもり。たとえマリーナ・ビルが炎に包まれ、悲鳴をあげる十二歳の少女十五人と一緒にペトラが最上階にとりのこされたとしても、誰にもわたしの夜を邪魔させはしない。

家に着くと、シャワーを浴び、黒い絹のパンツとちらちら光る銀色のセーターに着替えた。真っ赤なドレスを土曜の晩に雨と泥でめちゃめちゃにしたりせずに、今夜のためにとっておけばよかった。クリーニング屋が精一杯やってみるといってくれたが、楽観的ではないようだった。今月、多少の稼ぎがあれば、ジョゼフ・パレッキに新しいドレスを仕立ててもらえるだろう。水ぶくれのできた足に保護パッドをしっかり貼ったので、ダンスシューズをはいても痛みは感じなかった。というか、少なくとも、ひどい痛みではなかった。

ジェイクが旅行カバンに荷物を詰めおえるのを待つあいだに、マイルズ・ヴフニクの外出記録をチェックすることにした。一部は鉛筆で記入されていて、古い分は字が汚れてぼやけていた。ボールペンの記入もあった。外出先をすべて記録しているようで、日付、時刻、距離数がついていた。各ページの最後の列には、依頼人の名前が書いてあった。あるいは、少なくとも調査中の事件のことが記入してあったが、それにはコード番号が使われていた。これはたぶん、彼が調査に割りふったケースナンバーだと思われる。わたしには解読するすべがない。亡くなる少し前に書きこまれた数字に手を触れると、ヴフニクが生身の人間として存在していたことが実感された。

ヴフニクは探偵仕事に忙殺されていたようだ。仕事が多すぎて、ノートに記録されているのは過去四カ月の分だけ、しかもノートはすでにほぼ埋まっていた。出かけた先は、シカゴ大都市圏の六つの郡にある郡庁舎を始めとして、メトロポリタン水再生事業体の本部や、いくつもの病院やレストラン、ダウナーズ・グローヴのルーエタールなどだった。

スパイラルノートを下に置いた。ガラスでできていて、砕け散ってしまう危険があるかのように、慎重な手つきで。ルーエタール。レイドンが六月に入院していた州立精神病院だ。まさにゴルディアスの結び目。

ふたたびノートを手にとった。ヴフニクはルーエタールへ六回も出かけている。一回目は五月末の戦没者追悼記念日の前の水曜日。最後は死の十日前。レイドンが退院した正確な日付を確認しなくては。

ノートにはまた、彼の自宅からオーガスタにある駐車場までの八・七マイルの外出が几帳面に記されていた。余白のコード番号がルーエタールの分と同じだ。番号の分析に挑戦してみた。すべて一一で終わっている。たぶん、年号だろう。冴えてるわ、V・I。この調子でがんばれば、すぐにラングレーで働けるようになるわよ。

しかし、最初の二つの数字は日付ではなさそうだ。調査中の事件をヴフニクがどんな形で分類していたかに、何か関係があるにちがいない。

「ヴィクトリア・イフィゲネイア。ぼくの生涯のなかで、きみのように美しい人を見たのは初めてだ――たぶん」

ジェイクのためにわが家のドアをあけておいたのだが、彼が入ってくる足音に気づかなかった。あわてて立ちあがった――恋人が「ワーオ」といってくれる身体にぴったりのセーター――困惑と疲労に襲われた探偵の痛む足と鈍い脳にとって、最高の治療薬だ。

母からもらったダイヤのイアリングをとりに、寝室の金庫まで行き、ヴフニクのノートを金庫にしまった。ヴァンパイアに奪われることを心配しているわけではないが、ヴフニクの所持品のなかでわたしが入手できたのはこれだけだ。ほかに、〝死に臨んでも二人が離れることはなかった〟と書かれた小さな紙片と、クレジットカードの利用明細書が何枚かあるが、それらはブリーフケースに入れっぱなしになっている。

ジェイクとわたしは水曜の午前二時の閉店時間まで〈ピーコック・ウォーク〉にいた。踊りと料理とセックスのことだけに心を向け、ジェイクと一カ月ほど離れ離れになってしまう悲しみは心の隅の小さな部分に押しこんでおいた。ヴフニクやノートのことが頭に浮かぶたびに、十一から逆に数えた。しかし、水曜の午前十時、ジェイクがコントラバス二台を車に積んで走り去ると、すぐさま、ケンモア・アヴェニューにあるレイドン・アシュフォードのアパートメントへ出かけた。

制服姿のドアマンがいるぴかぴかの高層ビルを見たとき、レイドンはグループホームか、もしくは、心を病んだ人々のための施設にいたのではないかという、どうしても頭を離れなかった思いが消え去った。わたしがどういう者なのか、どういう用件があるのかを説明すると、ドアマンが管理人に電話してくれて、その管理人から二階のオフィスにくるようにいわれた。

管理人は五十代か六十代の男性で、半袖シャツにネクタイを締めていたが、上着は着ていなかった。わたしが顔を出したときは、十二階の階段の吹き抜けに駆けこんだまま戻ってこない猫のことを訴える老婦人の話に耳を傾けながら、4Jの部屋の水洩れに関する苦情を受けつけている最中だった。小さなデスクのネームプレートを見ると、ソール・フェルドマンと書いてあった。

「どのようなご用件でしょう?」

こちらがレイドンの名前を出すと、フェルドマンの表情がこわばったが、レイドンが大怪我をしてしばらく帰れないことを説明すると、警察に電話して彼女を連行してもらったのが何月何日だったかを気軽に調べてくれた。

「住まいは九階なんです。最初は、あんな落書きをしてるなんて知らなかったんですが、階段の吹き抜けの壁を埋めつくし、つぎは廊下の壁に描きはじめたんです。やめてもらおうとしたところ、向こうはひどく興奮しましてね。それに、調べてみたら、共用の休憩室の壁にも描いてました。ミケランジェロってわけにはいかなくて、まあ、どちらかというと——そうだ、写真を撮っといたんです。念のために」

裁判沙汰になったときのためだろう。自由の国アメリカ、訴訟関係者の故郷。フェルドマンはパソコンに入っているフォトアルバムを呼びだして、わたしに見せてくれ、そのあいだに、飼い猫が行方不明の老婦人をなだめたり、水洩れするシャワーヘッドの修理を配管工に電話で依頼したりした。

レイドンの絵は芝居がかっていたが、ミケランジェロというより、ヒップな漫画家ロバート・クラムに近い感じだった。黒と赤のペンキを使っていた。太いペイントブラシを同じ場所に何度も走らせているため、何が描かれているかを写真のなかで見定めるのは困難だったが、男性の姿だとわかる部分がいくつかあった。大きなペニスに小さな顔。顔に描かれているのは大きな口だけで、〝動くな。ファックするぞ〟とか、〝おれは大きな頭で考えてんだ、あんた〟といった言葉を吐いていた。スーアル・アシュフォードやその母親に同調するのはいやだが、進んで見ようという気になれない写真だった。

レイドンがルーエタールに入れられたのは、ヴフニクが初めてそこを訪ねた日の四日後だった。管理人が配管工と猫の老婦人との話を終えたところで、レイドンの行動に最初に気づいたのはいつだったかと質問してみた。

フェルドマンは几帳面な管理人で、きちんと仕事をこなしていた。自分のかけた電話も、入居者からの苦情も、ひとつ残らず記録してあった。吹き抜けに描かれた絵を誰かが初めて目にしたのは、レイドンが入院させられる十日ほど前だったが、最初のうちはほんの少ししか描かれていなかったため、レイドンのしわざだと判明するのに数日かかった。

「そのあとで、お兄さんに電話したんです。お兄さんが請求書の支払いをしてましたし、うちのファイルに出ている連絡先も、そちらの電話番号でしたから。で、お兄さんとお母さんがやってきて、彼女と話をしようとしました。そのあと、二、三日、彼女は自分の部屋に閉じこもってしまって、われわれが姿を見ることもなかったんですが、突然、真夜中にあらわれて階段の吹き抜けの壁一面に絵を描いてたんです。止めようとしてもだめでした。

そこで、警備員と二人で強引に部屋に連れ戻したところ――なかは散らかり放題で――テーブルにも、カウチにも、絵が描いてあって、もう信じられませんでした。お兄さんが警察を呼ぶといいだして、警察が彼女をルーエタールへ運んだんです。ここからわずか一マイルのところに、とてもいい個人病院があるので、わたしはそちらへ運んでくれるよう警官に頼んだんですが、個人病院に払う金を出すつもりはないとお兄さんがいうので、ルーエタールへ運んだわけなんです」

19　アウゲイアス王の牛舎

チェーン店の系列ではないコーヒーバーが見つかったので、カウンターに腰をおろし、ダウナーズ・グローヴまで出かけてルーエタールを偵察すべきかどうか、心を決めようとした。アシュフォード家がマイルズ・ヴフニクを雇い、レイドンを監視するために病院へ行かせていたのだとしても、それが彼の死とどうつながるのかわからない。

しかし、アシュフォード家で探偵を雇う理由がどこにあるだろう？　ヴフニクが病棟に入れるはずはないし、レイドンの医療に関する委任状をスーアルの妻が持っているのだから、一家が求める情報はすべて病院のほうから入手できる。もしかしたら、スーアルがレイドンの信託基金を自分のものにしていて、彼女にばれていないかどうかを調べるために、私立探偵が必要だったのかもしれない。その場合、私立探偵にどんなふうに頼みこむだろうと想像してみた。〝ヴフニク、病院の看護助手に変装して、妹の話し相手になり、信託基金を話題にしてみてくれ。むずかしくはないはずだ――妹の心はひとつの話題からべつの話題へと、カンガルーみたいに飛び跳ねるから〟

わたしは首をふった。レイドンの恐怖を裏づけるためのシナリオは浮かんでこなかった。

だが、ヴフニクが先月何回もルーエタールへ出かけたという事実は残る。たぶん、レイドン・アシュフォードを監視するのではなく、何かべつの目的があったのだろう。

ヴフニクの外出が記録されたノートにもう一度目を通し、コード番号の打ち方をなんとか解明できないものかと考えてみた。彼のアパートメントで見つけた紙片の語句が、どういうわけかノートの最後に書いてあった。〝死に臨んでも二人が離れることはなかった？　調べるようにとの指示〟

誰かが探偵にこの引用句を教え、謎を解くよう指示したのなら、それはたぶんレイドンだろう。ロックフェラー・チャペルの首席司祭はレイドンと同じく、大型スーツケースなみの記憶力を備えている。チャペルに電話すると、運のいいことに、ドクター・ノーブが執務室にいた。

「あなたを生き字引のように利用して申しわけないんですが」レイドンの容体を伝えたあとで、わたしはいった。「でも、あの、手がかりらしきものが見つかったんです。レイドンが残したものではないかと……」

「〈サムエル記下〉ですね」紙片に描かれている言葉をわたしが読みあげると、ノーブはいった。「有名な一節で、ダビデがサウルとその息子ヨナタンの死を悼んでいるのです。何か参考になりますか」

「さあ、どうなんでしょう。どこかの父親と息子の死亡に関してレイドンが何か手がかりをつかんでいて、それをマイルズ・ヴフニクと検討していたのかしら」

「ちがう解釈もできますよ」首席司祭はいった。「ダビデはさらにつづけて、ヨナタンに対する彼の愛は女の愛に勝るといっています。あなたの調べている事件に、ホモセクシュアル的な要素はありませんか」

「あるとすれば、レイドンはわたしよりずっと先に気づいていたのでしょう。これまでも、ずいぶんそんなことがありました。ありがとうございます、ドクター・ノーブ」

「いいんですよ」彼は礼儀正しくいった。「わたしはパズルが好きなので。それから、ヘンリーと呼んでください」

わたしはノーブの意見を自分のノートに書きこんだ。どこで何が役に立つかわからない。もっとも、わからないことだらけなので、〝ホモセクシュアルの愛？　父親と息子の二重殺人？〟と書き加えても、わたしの混乱がひどくなるだけだった。

もし、あの謎めいたメッセージをヴフニクに渡したのが本当にレイドンだったのなら、彼がどんな事件を調査しているかを、レイドンが知っていたことになる。なぜ知っていたかというと、ルーエタールで彼に会ったからだ。それとも、どこかほかの場所で？　それ以前に何か結びつきがあり、ヴフニクが彼女を追って病院へ行ったのだろうか。

角を曲がって、レイドンのアパートメントの建物に戻った。管理人は苦情をいいにくる入居者たちから一時的に解放されていた。レイドンがチャペルのバルコニーから転落するにいたった原因を突き止めたいというわたしの思いを、筋の通ったこととして納得すると、わたしを九階へ案内し、レイドンの住まいに入れてくれた。

「あなたがなかを見てまわるあいだ、立ち会わせてもらいます」フェルドマンはドアの錠をはずし、そこでためらった。「入る気をなくすかもしれませんよ」

わたしは彼の肩越しにのぞきこんだ。ドアの向こうは広いリビングスペースになっていて、ガラスの壁がミシガン湖と向かいあっている。顎をあげ、目を湖に向ければ、足もとに広がる大混乱を無視できるだろう。床と椅子の上に紙が散乱していた──新聞の切り抜き、パソコンのプリントアウト、茶色い紙袋。そのすべてにレイドンが大きな字で殴り書きをしていた。散乱した紙のあいだに、食べ残しの料理ののった皿が何枚か落ちていた。レイドンの好きな薄いランジェリーも何枚か落ちていた。フェルドマンのいうとおりだ。入る気をなくしてしまった。

「少なくとも、最初から壁に落書きしたわけじゃなかったのね」わたしは雰囲気を軽くしようとしていった。

床にあぐらをかき、切り抜きを拾い集めていった。ジュネーヴの衝突型粒子加速装置に関する報告から、クコの実の健康強調表示《ヘルス・クレーム》にいたるまで、さまざまな分野にわたっていた。選挙改革、シカゴの選挙政治、わたしの別れた夫がいる法律事務所の人事異動についての記事も切り抜いてあった。ひき逃げ事故や、気候の変動や、マンモグラフィーに関するインターネットの記事が大量にプリントアウトされていた。そのうち何枚かは、レイドンの手書きの文字に覆われ、〝最後のときの火事、火のないところに動かぬ証拠なし〟という理解不能の言葉が並んでいた。躁状態のなかで彼女がコレクションしていたのが、ニュース記事ではなく、捨てても問題のない大きなもの、たとえば寝袋のようなものだったらよかったのに。

ヴフニクの死を報じた《ヘラルド＝スター》と《サン＝タイムズ》の記事が見つかった。《タイムズ》には死体発見者としてわたしの名前が出ていた。レイドンはたぶんこれを読んで、わたしに電話する気になったのだろう。文字が隠れてしまいそうな太い線で、わたしの名前が丸く囲んであった。どちらの記事にも、ヴフニクの死体が発見されたビザンティン様式の墓の写真が出ていた。《タイムズ》の写真の下に、レイドンがこう書いていた。〝亡くなられました。棺台に横たわっているのを見てきましたが、悲しみの声はわきおこらず、かわりに、喜びの叫びがあがりました。彼が死んだ、彼が死んだ！〟

《ヘラルド＝スター》のほうのメモはさらに長くて、記事の上にも余白にも文字が並んでいた。〝狩人が家に帰る、丘を離れて家に帰る、谷を離れ、幸せの谷を離れ、亡霊を狩る者、地獄の亡者を苦しめる者、あなたの亡霊狩りをほかに誰が憎んでいたのか〟

「この全部を調べるつもりですか」フェルドマンがきいた。

「それだけのスタミナも時間もないわ。もし手伝ってくれる気があるなら、ざっと目を通して、マイルズ・ヴフニクの名前がないかどうか見てちょうだい」

彼の目が丸くなった。「ミズ・アシュフォードがヴァンパイア殺人事件に関係してたっていうんですか」

「そんなことは思ってないけど、わたしには理解できないつながりがあるみたい。ミズ・アシュフォードはヴフニクにスパイされてると思いこんでたの。ヴフニクが建物のまわりをうろついてるのを見たことはない?」

《ヘラルド＝スター》にヴフニクのはっきりした顔写真が出ていたが、わたしがそれを見せると、管理人は、こんな男は見たこともないといった。

「ドアマンのレイフに確認してみますが、誰かがうちの居住者の身辺を嗅ぎまわっていれば、レイフからすぐ報告が入るはずです。よくあるんですよ。ストーカーとか、あるいは――」

下劣すぎてふつうの声では話せないとでもいうように、管理人は声をひそめた。「借金の取り立て屋とか。きびしい時代ですからね、ここの居住者にも世間並みの影響が出ています」

フェルドマンが切り抜きを調べているあいだに、わたしは皿をキッチンへ運んで、食べ残しを捨てた。冷蔵庫のなかの生鮮食品を捨て、皿を洗い、それからリビングに戻って、ナトリとラ・ペルラのレースのランジェリーを拾い集めた。それを寝室へ持っていくと、レイドンがポストイットに字を書いて、ベッドのまわりの壁に貼りつけているのが目に入った。ベッドの横のテーブルに本と雑誌が積まれ、その上にポストイットの詰まった箱が置いてあった。

〝死に臨んでも二人が離れることはなかった〟と何度も書いてあり、棺台と〝幸せの谷《シー》〟についてのメッセージもあった。それから、兄に向けた辛辣なコメントも。〝スーアル、ちゃんと見て《・ウエル》、ちゃ《ビー》んとおしっこして《・ウエル》〟

どこにも見当たらないもの、それはパソコンだった。プリンタはリビングにあり、《ニューヨーカー》のバックナンバーの下に埋もれていたが、パソコン本体は消えていた。

そのことをフェルドマンに指摘した。向こうは、わたしが彼かドアマンのレイフの盗みを咎めているのだと思ったらしく、ムッとした顔になったので、レイドンがパソコンを持って出ていくところを彼かレイフが見なかったかを知りたいだけなのだと説明した。

「お兄さんが六月にミズ・アシュフォードを病院に入れにきたとき、パソコンを持ち帰ったのかもしれませんね」フェルドマンは意見を出した。

「それはないと思うわ。退院したあとの日付の入ったプリントアウトが残ってるから。修理に出したのかもしれない。車のなかに置いてあるのかもしれない。月曜の朝、レイドンから電話があったときに、車は修理工場のほうだっていってたから」

レイドンがどこへ車の修理を依頼したのか、フェルドマンは知らなかったが、ふたたびドアマンのレイフに確認してみようといってくれた。携帯が鳴っているため、フェルドマンは早く戦闘部署に戻りたがっていた。わたしのほうも、レイドンのアパートメントでできることは、ほかにはもうなさそうだった。乱雑さのせいで——乱雑さそのものがいやなだけでなく、レイドンとともに経験した過去のさまざまな出来事を思いだすため——気が滅入ってしまい、フェルドマンと一緒に出ていきたくてたまらなくなった。

ロビーを出るとき、途中で足を止めてレイフと話をした。彼はレイドンに好感を持っていた——上品な人です。この建物には、教授だのなんだのといってお高くとまってる女性が何人か住んでますけどね、その人たちとは大ちがいだ。レイドンが災難にあったことをきいて気の毒がったが、彼女がパソコンを持って出たかどうかは覚えていなかった。

「最近はみんな、パソコンを持ってますからね、とくに記憶に残るようなことじゃないですよ」

レイドンが車の修理をどこに頼んだのか、レイフはよく知っていた。というか、少なくとも、彼がレイドンに推薦した修理工場のことを知っていた。デボンにある工場で、アパートメントから一マイルほどの距離。わたしはノートに名前をメモして、レイフに二ドル渡した。

修理工場の主任のほうは、レイフとちがい、レイドンに傾倒している様子はなかった。車の修理代が二千七百ドルになるのに、払ってくれない。クレジットカードは限度額ぎりぎりまで使ってあるし、兄さんは彼女の信託基金から修理代を出すことを拒んでいる。レイドンはどうやら、主任のオフィスでスーアルに電話をかけ、激しい口論をしたようだ。話がつかなかったので、自分の車に飛び乗り、修理工場を出ていこうとして、修理工の一人を危うく轢きかけた。

主任はいまも腹を立てていた。レイドンが昏睡状態だと知っても、腹立ちは治まらなかった。「誰も修理代を払ってくれない車がここに置かれたままでね、場所ふさぎだよ」

「お兄さんの奥さんに話してみるわ」わたしは約束した。「その人がミズ・アシュフォードの永続的委任状を持ってるから、お兄さんがミズ・アシュフォードの信託基金からお金を出すのを渋っても、その人の権限で修理代を払うことができるはずよ。ところで、車のなかにパソコンが置いてあるかどうか、知りたいんだけど」

主任は協力を拒んだが、わたしは工場を出るときに、修理工の一人にさりげなく二十ドル札をふってみせた。修理工は主任が工場の向こう側で作業にとりかかるまで待ってから、わたしを連れて建物の裏へまわり、レイドンの車のところへ案内してくれた。車のなかは空っぽではなかった。新聞、雑誌、処方箋、いくつかの古いがらくたで、うしろのシートがぎっしりだった。しかし、パソコンはなかったし、わたしにわかるかぎりでは、マイルズ・ヴフニクと、ダウナーズ・グローヴの病院へ彼が出かけたことに関係のありそうな品は何もなかった。

20　平和な谷でのおしゃべり

「ルーエタール？　〝平和な谷〟という意味よ」ロティがいった。「そんな名前をつけるなんて、ずいぶん牧歌的だわね。心の病にかかった人にとって——さらにいうなら、どんな病にかかった人にとっても」

今日は、アーヴィング・パーク・ロードにある診療所のほうへロティが顔を出している日だった。わたしはルーエタールのスタッフからレイドンに関する情報をひきだすにはどうすればいいかについて、ロティから何かアドバイスがもらえないかと思い、レイドンのアパートメントを出たあとでここに寄ってみた。フェイス・アシュフォードがレイドンの委任状を持っているが、レイドンの病状について彼女の主治医と話をするためのサイン入り許可証を出してもらいに、レイク・ブラフまで四十マイルも車を走らせる気にはなれなかったのだ。

「どんな理由があるにせよ、わたしが法律を破る気のないことは、あなたも知ってるでしょ。マル秘の記録を保護するための法律はとくに。たとえ、友達のためだとあなたが確信してても ね」わたしが何を望んでいるかを説明すると、ロティはきびしい声で答えた。「それに、フィリップ・ポインターとも、その病院に勤務するほかの医者とも、わたしは面識がないし」

　ポインターというのは、ロックフェラー・チャペルで警察が押収したリスパダールの瓶に書かれていた処方医の名前。

　わたしは降参のしるしに両手をあげた。「わかった、わかった。ヴフニクの写真を見せてまわって、彼の顔を覚えてる人がいないか、尋ねるだけにしておく」

「ひとことアドバイスしてあげる」ロティがわずかに折れた。「ポインターに尋ねても無駄よ。処方医はたいていの場合、患者と顔を合わせることがなくて、処方箋を書くだけなの。上級のプラクティス・ナースとセラピストの名前を調べて、そのなかの誰かから話がきけないか、やってごらんなさい。さて、そろそろ帰ってもらいましょうか。患者さんがたくさん待ってるから」

「レイドンがどんな容体かをききだすのも、あなたの倫理コードに違反すること？　病院に問いあわせても、何も教えてくれないの。家族じゃないから」

「帰るとき、ミセス・コルトレーンに話をなさい。あなたのためにシカゴ大学へ電話してほしいってわたしが頼んでた——そう伝えるのよ」わたしが礼をいう暇もないうちに、ロティはオフィスを出て診察室へ向かっていた。

　ミセス・コルトレーンの報告によると、レイドンの容体に変化はないが、神経科医のチームは楽観的な意見ではないとのことだった。

「頭に怪我をしても、回復するものですよ、ミズ・ウォーショースキー」ミセス・コルトレーンが慰めてくれた。「アリゾナの女性議員を見てごらんなさい。脳に銃弾を受けたのに、六週間後にはおきて歩けるようになったじゃないですか」

「ええ、そうね」わたしは同意したが、事務所まで車を走らせるあいだ、陰鬱な気分だった。

検索エンジンを使って、ルーエタールのスタッフ名簿を探しだした。自分がロボットになって、同じ仕事を何度もくりかえしているような気がしてきた。ネット検索、人々の個人データをスパイ、お尻に火がついたように街のあちこちを車で走りまわる、銃撃される。もとに戻ってまた同じことのくりかえし。

〈ライフストーリー〉で調べたところ、精神科の上級プラクティス・ナースとソーシャル・ワーカーの名前がわかった。また、病院の歴史もいくらかわかった。一九一一年、精神障害者の治療法について進んだ考え方を持っていたドイツ福音主義の伝道団によって設立。大草原に建てられた石灰岩の建物の写真はいかにも牧歌的な雰囲気で、じっさい、一九二〇年代には、作家や映画スター御用達のファッショナブルなサナトリウムとなっていた。

三〇年代に入ると、経営をつづけるのが不可能になった。精神障害者を殺そうという残虐な考えにとりつかれたナチの命令で、ドイツからの補助金がカットされ、戦争が始まると同時に、合衆国がルーエタールの資産を凍結した。病院が完全に消滅してしまっても不思議はなかったのだが、五〇年代に入ってから、イリノイ州がここを買いあげて、建物のひとつを州立精神病院に変え、〝精神障害の犯罪者〟用の棟も用意した。

わたしは航空写真を見た。大きな病院で、五つの建物の周囲に何エーカーもの敷地が広がっている。一九一一年の創立のとき、テニスコートと野球場も造られたが、グーグルの写真を見るかぎりでは、いまも残っているかどうかはわからない。

ようやく事務所を出たのは、午後も遅くなってからだった。通りの向かいのコーヒーショップでランチとコルタード（エスプレッソに少量のミルクを加えたもの）を買った。西の郊外にも、おいしいコーヒーが飲める店はあるかもしれないが、探しまわる時間がない。

ダウナーズ・グローヴに着いたときは一時になっていた。公園を見つけて、そこでランチにした。公衆トイレがあったので、手を洗い、化粧直しをした。エアコンの効いた車でも、七月の暑さのなかを長時間ドライブすると、顔がべとついてくる。

何年ものあいだ、オグデン・アヴェニューを数えきれないぐらい往復してきたが、ルーエタール州立精神病院へ通じる脇道に気づいたことは一度もなかった。ようやく、フォードの販売代理店のそばの歩道に小さな標識が見えた。この販売代理店と大型スーパーの〈バイ＝スマート〉を結ぶサーブッシュ・ロード沿いに、ルーエタールはあった。

駐車帯を通りすぎるとすぐ、病院の建物が視界に入ってきた。ネットで読んだ芝生とスポーツ施設は過去のものになっていた。現在の州の予算では、病院のスタッフの人件費を払うのがやっとのようだ。敷地の手入れはまったくされていなかった。雑草にも負けることのなかった丈夫な芝生が、土がむきだしになった広い敷地のあちこちに散在していた。生き残った木々や茂みは、葉が病的にくすんだ緑色を帯びている。

ルーエタールの犯罪者病棟は三層のフェンスによって一般病棟から隔離されていたが、病院全体が刑務所のような雰囲気だった。もともとの石灰岩の建物がそのまま使われているが、スターリンのような建造者が好んだ灰色のコンクリート・ブロックが追加されていた。灰色のファサード、鉄格子のはまった狭い窓。病院に入ったときはまだ鬱状態になっていなかったとしても、こんな場所にいたら、落ちこむのに長くはかからないだろう。

哀れなレイドン！　わたしのなかに、彼女の兄への怒りが湧きあがった。実の妹をよくもこんなところに放りこめたものだ。本当に彼女の信託基金を使いこんでいるのかも。何か方法を見つけて、スーアルの財政状態を調べるべきかも。いや、レイドンを懲らしめてやりたくてここに放りこんだ、という可能性のほうが高そうだ。

芝生よりも維持管理の楽な何エーカーものアスファルトが、病院の建物をとりまいていた。駐車場には、病院と同じぐらいくたびれて薄汚れた車がぎっしり並んでいた。忙しい病院らしい。満車だ。十分ほど車でぐるぐるまわっていたら、ようやく、管理棟から四分の一マイルのところに空きスペースが見つかった。

駐車場に入ったのは、わたしの車だけではなかった。ほかにも絶えず車が入ってくるし、出ていく車もあり、ふと見ると、ペース社の郊外バスが正門前で多くの人をおろしていた。正面ドアのなかに入るだけで、数分待たなくてはならなかった。ソーシャルワーク部門の責任者、アルヴィナ・ノースレイクに会いたいと告げると、入口の警備にあたっていた女性が、脇へどくようわたしにいった。

「まず、ミスタ・ワックスマンに話をしてもらわないと」

「どこへ行けば会えるの？」

「いえいえ。会うかどうかは向こうが決めます。さ、脇へどいて。列に並んでる人を通さなきゃいけないから」

その女性は五十代、経験を積んだ官僚タイプで、他人の人生をコントロールする機会を歓迎している様子だった。人々が落ちこんだり、混乱したり、貧しい場合が多かったりする州立精神病院ぐらい、他人の人生をコントロールしやすい場所はない。わたしが少しでも怒りや皮肉を表に出せば、向こうは仕返しに、ミスタ・ワックスマンに連絡をとるのをやめてしまうだろう。そこで、わたしは玄関ホールにかかっている創立者たちの肖像画を見にいくことにした。

ブレンナー、オールトマン、メッツガーという人々は、生真面目な顔をした一団だった。女性も男性もにこりともせず、だが、ある種の情熱を顔に浮かべて、こちらを見ていた。肖像画についている説明によると、この人たちはヘッセとニーダーザクセンで精神病院を設立し、思いやりを持って運営することに成功した人々で、イリノイ州でも成功することを確信していたという。

わたしはすり傷だらけのリノリウムの床とペンキを塗ったシンダーブロックの壁をながめ、ルーエタールの現在の姿を見たらブレンナー医師夫妻はどう思うだろうと首をひねった。

「ちょっと！」さっきの官僚タイプがわたしに向かってわめいた。「ワックスマンに会いたいの？　会いたくないの？」

かしら」

「会います、会います」わたしはあわてていった。「ところで、向こうはわたしに会いたい
「会いたいかって？　そんなこと知らないわ。でも、とにかく会うそうよ」女性はわたしの運転免許証をじっくり見てから、パスを印字してくれた。「左側の通路Aを進んで、通路Dに出たら、そちらを進み、階段をのぼって二階へ行くと、通路Kに出ます。ワックスマンのオフィスは右側の二番目のドアよ」

わたしはワックスマンのオフィスへつづく〝黄色いレンガの道〟をたどりながら、病院が管理職の連中を人目につかない場所に隠しているのは、患者よりもそちらにつぎこまれる金額のほうがはるかに大きいことを患者や家族に悟られないようにするためだ、という結論を下した。通路Kにはカーペットが敷かれ、照明には、天井の蛍光灯のかわりに壁の燭台が使われ、壁は淡い黄色に塗られていた。

エリック・ワックスマンのドアには、管理部長補佐と記されていた。部長補佐ともなれば秘書がつく。ここの秘書は髪を金色に染めたわたしと同年代の女性で、デスクには書類がぎっしりのっていて、パソコンや電話を置くスペースもないほどだった。

女性が顔をあげ、ミスタ・ワックスマンになんの用かと尋ねた。

「わたしは弁護士です、ミズ――」わたしは目を細めて彼女のネームプレートを見た。「ミズ・リリーハマーフィールド。弁護士で、正規の資格を持つ探偵でもあります。最近ここに入院していたわたしの依頼人に関して、アルヴィナ・ノースレイクから話をきこうと思いま

して」

「その依頼人のお名前は？」

「これは極秘調査なんです、ミズ・リリーハマーフィールド――」

「わたしの名前はリリー・ハマーフィールド。病院がネームプレートを作ったときに、名前と名字をくっつけてしまったの」

「失礼。ミズ・ハマーフィールド。これは極秘調査なんです。あなたの口の堅さを信用していいのかしら」

「わたしは毎日のように極秘書類に目を通しています。口の軽い人間だったら、ここで一年ももつづかなかったでしょうけど、もう勤続二十年になります」

患者や予算に関する問いあわせを処理したり、エリック・ワックスマンが一日じゅう何をしているのか知らないが、とにかくその補佐をしたりして、二十年がすぎたわけだ。ルーエタールのスタッフがプロザックを買う場合に、割引があればいいけど。

「あのね、これは訴訟とはなんの関係もないんです、ミズ・ハマーフィールド。依頼人のお見舞いにきた何名かに関係したことなの。ミズ・ノースレイクと話をさせてもらったら、すぐ失礼します。彼女のオフィスがどこなのか、教えてくれません？」

奥のオフィスからエリック・ワックスマンが出てきた。三十代前半の若い男性で、黄褐色の口髭が両端でピンとはねていて、ワックスマンという名字にふさわしく、ワックスの宣伝をしているみたいに見えた。

「何をガタガタやってるんだ、リリー？」

わたしが彼女を名字で呼んだおかげかもしれないし、女というのは上司の指示がないことには簡単な問いあわせも処理できないのかといいたげな、ワックスマンの横柄な口調のせいかもしれないが、リリー・ハマーフィールドは笑みを浮かべて、こう答えた。「この方、アルヴィナ・ノースレイクのオフィスを探してらっしゃるんです、ミスタ・ワックスマン。いまちょうど、道順を説明しようとしていたところ」

ワックスマンはわたしを上から下まで見まわし、偉そうにうなずくと、自分のオフィスに戻っていった。ミズ・ハマーフィールドはアルヴィナ・ノースレイクのオフィスの場所を教えてくれた——階段をおりて通路Bまで行く。「あなたがいらっしゃることを伝えておきます」

ノースレイクのオフィスにたどり着くと、ちょうど会議中で、あと一時間は終わりそうにないといわれた。このオフィスはあらゆる点でワックスマンのところより一段劣っていた。一階にあるし、オフィス家具は使い古されているし、廊下側の部屋にはグループ秘書が一人いるだけでなく、ほかにデスクが四つ置かれていた。そのひとつに女性がいて、ファイルに目を通しながら、誰かと電話で話をしていた。あとの三つのデスクも書類に覆われていたが、人の姿はなかった。

グループ秘書が、リリー・ハマーフィールドから電話があって、わたしがこちらにくることを知らせてきたといった。どういう理由で、アルヴィナ・ノースレイクと話をなさりたいんでしょう？

「じつをいうと、レイドン・アシュフォードの世話をしてた人と話がしたいの」わたしはいった。「ミズ・ノースレイクを煩わせる必要はないんです」

「どうして話をなさりたいの？」

「ミズ・アシュフォードが入院中にストーカーをされたと思いこんでいます。事実なのかどうか調べなきゃいけないんです」

もう一人の女性が電話を切り、秘書と声をそろえていった。「秘密情報を教えるわけにはいきません」

「わかってます。ただ、ちょっと困ったことになってね。二日前に、ミズ・アシュフォードが高いところから落ちて重傷を負ったの。命が助かるかどうかわからない状態」

ショックで思わず息を呑む音がした。「彼女は——あの、何かストーカーの証拠が——？」

「突き落とされたんだと思います」わたしはいった。「ただ、証明はできません。ストーカーだと彼女が思いこんでた男性とつながりがあるかどうかも、証明できません。でも、ソーシャル・ワーカーか、病棟の上級プラクティス・ナースにその男の写真を見てもらえば、ここにきたことがあるかどうか、ミズ・アシュフォードに用があってきたのかどうかを、教えてもらえるんじゃないかと思ったんです」

女性が立ちあがった。「タニア・メッツガーといいます。ここのソーシャル・ワーカーの一人で、偶然ですけど、レイドンの入院中、彼女を担当していました」

「V・I・ウォーショースキーです。玄関ホールに肖像画がかかっているメッガー一族にゆかりの方ですか」

タニア・メッガーは笑った。「ずいぶん風変わりな言い方ね。でも、そうよ、あれはわたしの曽祖父母です。もちろん、わたしが生まれるずっと前に死んでしまったけど、二人がこの病院にどれほどの情熱を捧げていたかを、父にきかされて育ったので、たぶんその影響でソーシャル・ワークの世界に入る決心をしたのだと思います。さて、あなたが何を知りたいのか、どうして知りたいのか、守秘義務に違反しない範囲でこちらから何をお話しできるのか、見ていきましょう。ここにいるシャンタルも協力できるかもしれないから、会議室のほうへどうぞ」

わたしはメッガーのあとから、となりの小さな部屋に入った。テーブルと椅子六脚が詰めこまれた部屋で、さほど太っていない人間がどうにか腰をおろせる程度のスペースしかなかった。わたしは椅子にすべりこんだ。シャンタルはかなりふっくら体型なので、渋い顔になり、テーブルの前にすわるために椅子を頭の上まで持ちあげなくてはならなかった。

「狭くてごめんなさい」メッガーが謝った。「でも、ハブのほうにはプライバシーがまったくないの」

ハドル、ハブ、ああ、組織が仕事場につける仰々しい呼び名。わたしも自分の事務所を司令船と呼ぶことにしたほうがいいかも。

タニア・メッガーの態度を見ていて、この人には率直に話をしなくてはと決心した。「わたしは探偵で、弁護士の資格も持っていますが、レイドンの友達でもあります。ロースクールのころからの友達なんです。つきあっていくのが大変な部分もあって、ここ二、三年、その大変さに耐えられなくなっていました。徐々に遠ざかっていました」

わたしはつづけて、レイドンの電話と、会う約束と、彼女を見つけた場所のことを話した。「レイドンがわたしと話をしたがったのは、マイルズ・ヴフニクのことがあったからです。少なくとも、九十パーセントはそう確信しています。電話のときには、レイドンは具体的なことをいってくれなかったんですけど」

タニアはうなずいた。「なるほど、たしかに頭がよくて、同時に、腹立たしい人でもあったわね。わたしの名字は〝肉屋〟という意味のドイツ語で、レイドンはそれを知っていた。面談のときは、わたしが何を、あるいは誰を料理したいか、という言葉遊びになってしまうことがしばしばだった」そこで、まずいといいたげに口に手をあてた。「こういう情報も教えちゃいけないんだったわ。黙ってあなたの話に耳を傾けたほうがよさそうね」

タニアも、シャンタルも、ヴフニクが殺された事件をテレビや新聞で追っていた。猟奇的な事件なので、六つの郡に住むほぼすべての者がこまかい点までよく知っていた。

「レイドンはお兄さんがヴフニクを雇って、入院中の彼女をスパイさせていたと思いこんでいました。ヴフニクの外出を記録したノートが見つかったんですが、レイドンがここに入院していたあいだに、たしかに六回こちらにきています。問題は、ヴフニクが本当にレイドンをスパイしていたのかどうかです」

わたしがヴフニクに関する〈ライフストーリー〉の報告ファイルからプリントアウトしてきた写真の束を広げると、二人の女性はそれらに目を通した。

「この人ならきてるわ」シャンタルがいった。「ある日の午後、ここにやってきて、患者さんのことを質問したの。ただし、その患者さんはレイドンじゃなかったけど」

「あなた、どう答えたの？」タニアがきいた。

「アルヴィナと話をするように伝えたわ。もちろん、アルヴィナが会うわけないけどね。でも、そのあとで、犯罪者病棟の看護助手の一人と話してるのを見かけたわ」

犯罪者病棟というのは、精神障害もしくは心神喪失により有罪にならなかった人々が入っているところ。薬物療法によっても症状の改善が認められない場合は、事実上の終身刑に服する結果となる。

「ヴフニクの質問対象だった患者さんは、犯罪者病棟に入ってたんですか」

タニアとシャンタルは視線をかわし、そのあとでかすかにうなずいた。患者の名前は明かそうとしないし、看護助手の名前も教えてくれなかった。こちらから探りを入れても無駄だった。二人とも、その件とレイドンとは無関係だと思っているし、すでに守秘義務に違反した者がいるとしても（誰かがヴフニクにべらべらしゃべったのなら）、自分たちも違反していいとはいえないという意見だった。

「レイドンが犯罪者病棟へ出向いた可能性はありませんか？」わたしはきいた。

女性二人はふたたび視線をかわした。「あそこは立入厳禁なの」タニアがいった。「ほかの建物からも入れないし。つまり、病院内の通路を使ってもだめなの。ただ、レイドンは弁護士でしょ。ある日の午後、言葉巧みにあの病棟に入りこんだのよ。どうやら、患者の一人に会って、事件のことで力になろうって申しでたみたい」

「患者の名前は？」

タニアは首をふった。「それに関しては、守秘義務はないんだけど、ただ、わたしも知らないのよ。レイドンが入りこんだことで、警備員がわたしに怒りをぶつけてきたわ。二十四時間体制で彼女を見張ってろとでもいうのかしら。でも、レイドンが誰と話をしたのか、その警備員が知ってたとしても、わたしには教えてくれなかった。教えてくれたのは、そのあと何日間か、病棟全体が大騒ぎだったということだけ」

21

ここで何かがおきている、
でも、それが何なのかわからない

二人の女性は、ヴフニクに関してそれ以上のことは知らなかった。わたしは写真をひとまとめにしながら、さりげなくいってみた。「変だと思わなかった？ レイドンが市内じゃなくて、こんな遠くの病院に入ったのを。個人で医療保険に入っていなくても、彼女個人の資産があるのよ」

「病院のほうから、その点に関する質問は出てないわ」シャンタルがいった。「ご存じのように強制入院だったし、財政状況より当人の状態のほうが気がかりだったから」

「大部分の患者さんの場合もそうなの？」

タニアは渋い顔になった。「最近はそうもいかなくて。メディケイド（低所得者・身体障害者に対して用意された公的医療制度）の予算が削られてるから。州は予算不足のせいで、うちの病院が患者さんを受け入れようとするたびに、すごくきびしい審査をするのよ。病院のベッドを提供できるころには、任意入院の患者さんでも、精神状態がかなり悪化してしまってるケースが多いわ」

「でも、ベッドはほぼ埋まってるんでしょ――ウェブサイトには、ソーシャル・ワーカーが四十三名いるって書いてあったし」

タニアの携帯が鳴った。彼女が画面を見た。「あと五分で患者さんがくるわ。外来なの。わたしたちが担当する患者さんの半数が外来。デュページ郡の多くの患者さんに対して、マンツーマンのほかにグループセラピーもやってるの」

タニアは立ちあがった。「レイドンのお見舞いに行ったら、ここのみんなが応援してるって伝えてね。覚えておいて。昏睡状態の人も、脳に損傷を受けてる人も、こちらから声をかければ、ちゃんと耳に届くのよ！　それが回復を助けてくれるのよ」

わたしは写真を集めた。シャンタルに手を貸してテーブル席から脱出させたときには、タニアはすでにカウンセリング室に姿を消していた。

わたしは正面入口へ向かうかわりに、通路Bをゆっくり進み、建物の横についているドアまで行った。そこをひらくと、レクリエーション・エリアになっていて、まばらに残った芝生の上にわずかな人が腰をおろしたり、目的もなく歩きまわったりしていた。遠くで子供の一団がサッカーボールを蹴っていた。あの子たちも入院患者だろうか。それとも、親がタニアのグループセラピーを受けるあいだ、待っているだけだろうか。

犯罪者病棟は右へ数百ヤード行ったところにあり、刑務所につきものの三重のフェンスに囲まれていた。様子を見てみようと、そちらへ歩いていくと、警備員があらわれ、なんの用かと詰問した。

「マイルズ・ヴフニクの仕事仲間です。ヴフニクが先月話をした看護助手の人に会おうと思って。彼が殺される前のことですけど」わたしはヴフニクの写真を一枚ひっぱりだし、親指の下に二十ドル札をはさんで、ゲートのほうへかざしてみせた。

警備員は写真を見て、つぎに、わたしの背後に目を向けた。「ここでは秘密情報を外部に洩らすようなことはしないんでね。誰かと話がしたい場合は、管理棟のミスタ・ワックスマンを通してほしい」

わたしは背後を見た。いまわたしが出てきたばかりのドアの近くに、エリック・ワックスマンが立っていた。そばに女性一人と男性一人がいて、男性はデヴィッド・ニーヴンにちょっと似た感じだった。ただし、胃液が逆流したばかりのニーヴンという感じ。警備員はこの三人を目にしたのだ。三人とも権力者のようで、警備員はわたしと話をしているところを見られてはまずいと思ったのだろう。それでも、長年のあいだにすばしこい技を身につけていて、わたしが写真をブリーフケースに戻したときには、二十ドル札だけが消えていた。わたしは警備員に名刺を渡した。

「秘密情報じゃなくて、わたしに話してもかまわない事柄を何か思いだしたら、電話してね」といってから、三人組が立っているドアのほうへゆっくり戻っていった。

「あそこで何をしてたんだね？」ニーヴンのそっくりさんがきいた。

「なぜそんな質問を？」

「病院の警備部長だからだ」

スーツといい、ネクタイといい、たしかにそれらしいオーラがあったが、わたしは身分証明書を見せてほしいといった。「ここは精神病院よ。誰だって警備部長のような顔をして、わたしみたいな外部の者をだますことができるでしょ」

警備部長はわたしをにらみつけたが、女性が笑いだした。「たしかにそうだわ、ヴァーノン。この人に身分証明書を見せてあげなさい」

男はヴァーノン・ミュリナーと判明した。デヴィッド・ニーヴンとはまったくの別人。女性は肩をすくめたが、彼女の身分証明書を差しだした。ライザ・カニンガム、患者支援部の部長。

ヴァーノンはすでにかなり不機嫌だった。犯罪者病棟で何をしていたかを話すよう、わたしに命じる口調が、今度はかなり辛辣になっていた。わたしは名刺を渡して、警備員にした話をくりかえした。

ヴァーノンはヴフニクの写真を見ようともしなかった。「なぜ嗅ぎまわってるんだ？」

「ミスタ・ヴフニクがおこなっていた数々の調査の事後処理をしてるのよ。これもそのひとつ」

「うちのスタッフは情報を洩らすようなことはしないわ」ライザ・カニンガムがいった。

「全員が厳格な機密保持契約にサインしていて、ほんのわずかでも違反すれば、即座に解雇されることになってるし」

「最近、解雇された人はいます？」わたしは彼女にきいた。

「そんなこと教えられないわ、ミズ・――」彼女はわたしの名刺を見た。「ウォーショースキー。でも、このルーエタールでおきていることにあなたが興味を持つ理由を、わたしたち全員が知りたいんだけど」

「マイルズ・ヴフニクは先週土曜の夜に殺害されました。こちらではたいしたニュースにならなかったかもしれないけど、シカゴの墓地で刺殺体となって発見されたんです」

「ああ、あれね、ヴァンパイア殺人事件」カニンガムがつぶやいた。

「そして、わたしの依頼人が入院していたときに、ヴフニクはここを訪れました。依頼人は、ヴフニクが彼女に対してストーカー行為をしていたのかどうかを知りたがっています。それで、わたしはヴフニクが話をした相手のところをまわって、話をきいてるんです」

カニンガムはわたしがヴァーノンに見せようとした写真を手にとった。「見たことのない顔ね。あなたのところにはきてないの、ヴァーノン？」

ヴァーノン・ミュリナーはここで写真に目を向けたが、首を横にふっただけだった。

「そろそろ帰ってもらいましょう」両端のはねあがった口髭をうごめかせて、エリック・ワックスマンがいった。「われわれは乏しい予算で州立病院を運営しています。営業活動に熱心な私立探偵のために時間を使うわけにはいきません」

わたしは反論しなかった。ふたたびここを訪ねるつもりなら、〝要注意人物〟というレッテルを貼られないようにしなくては。ワックスマンは病院のなかに戻っていったが、ヴァーノンと患者支援部の部長が正面入口までわたしを送ってきた。

勤務交代の時刻だった。車の出入りが頻繁で、わたしはすばやく二人の視界から姿を消した。出口へ向かう車の列がのろのろと進んでいった。たっぷり十分ほどかかって、ようやくサーブッシュ・ロードに戻ることができた。シカゴへの帰途につく前に、病院のまわりを車で一周して、犯罪者病棟をとりかこむフェンスに破れ目はないかと探してみた。州政府は芝生にほとんど金をつぎこんでいないくせに、鉄条網の管理維持は完璧だった。もぐりこめそうな場所はどこにもなかった。

勤務交代の時刻ということは、夕方のラッシュアワーの始まりでもある。市内へ向かう高速道路が渋滞していたので、南のパロスへ車を向けた。ヴフニクのもとの妻、サンドラが現在住んでいるところだ。

再婚相手の家のある袋小路にわたしが車を入れたとき、サンドラはちょうど帰宅したところだった。バッグを手にしたまま玄関に出てきた。四歳ぐらいの幼い女の子がパンツをはいた母親の脚にまとわりついていた。サンドラはずんぐりした体形の女性で、わたしが別れた夫の死を調査していることを告げると、にこやかな笑みが消え去った。

「まあ、マイルズ！　殺されたことを新聞で読んでショックだったわ。ええ、もちろんよ。でも、鬱っぽい陰気な人で、一緒にいると、わたしまで落ちこんでしまうの。あの人、子供をほしがらなかったわ。わたしのことも邪魔だったのかも。あの人が大切に思ってたのは、お姉さんのアイヴァだけ。同じように陰気な人だったわ。年金の死亡一時金の受取人がわたしじゃなくて、お姉さんになってることを知ったとき、わたし、離婚専門の腕のいい弁護士を見つけて家を出たの。それから、いまの夫に出会って、大切な子どもを授かったの。そうよね、シュガーちゃん」

サンドラは身をかがめると、今日一日のことを母親に報告しようとしている幼い娘を抱きあげた。おばあちゃんと公園へ行き、プレイドー（合成粘土）でクマさんを作り、アイスクリームを買ってもらったという。

「じゃ、最近、向こうから連絡はありませんでした？」わたしはサンドラの心の一部を別れた夫のほうへ戻そうとした。「どんな調査をしていたか、きいてらっしゃいません？」

　サンドラは首をふった。離婚以来、彼からの連絡は一度もなかった。「それに、はっきりいわせてもらうと、わたしがあなただったら放っておくわ。マイルズは夢みたいなことばかり考えてた人なの。うまくいったためしがないのに。それどころか、ぞっとするようなこともやってたわ。たとえば、電話の盗聴とか。わたしにいわせれば、犯罪行為だわ。彼に何回もそういったのよ。盗聴現場を誰かに押さえられて、それでマイルズが殺されたんだとしても、わたしは驚かないわ」

　この意見はたしかに、一考の価値ありだ。アイゼンハワー高速をのろのろ運転で進みながら、盗聴されてカッとなった挙句にマイルズを殺害し、調査の痕跡を消すために彼の家と車を徹底的に調べた人物がいるとしたら、いったい誰だろうと考えた。ヴフニクが犯罪者病棟を訪ねたことに関係のある人物だろうか。

　レイドンは巧みに犯罪者病棟に入りこんだ。ヴフニクは看護助手の一人と話をしている。二人はわたしの知らない何を知っていたのだろう？　あそこの警備員の守りを突破するなんて、レイドンはどんな魔法の技を持っていたんだろう？

クック郡の拘置所の建物が陰気に並ぶあたりまできていた。ルーエタールを囲んでいたのと同じ三重のフェンスのなかに、建物がつづいている。監視塔がそびえている。〈第十七捕虜収容所〉という映画に登場するドイツの収容所に似ている。

わたしがクック郡の国選弁護士会に所属していたころは、現金やドラッグやセックスと引き換えに、なかに入れてくれたり、あれこれ便宜を図ってくれたりする警備員がたくさんいた。ルーエタールでも、たぶん同じだろう。警備員はわたしの差しだした金を受けとった。ボス連中があらわれなければ、なかに入れてくれたかもしれない。レイドンがあの警備員とセックスしたなんて思いたくないが、それが現実だったとしたら、ゲートの向こう側の何が目当てでそこまで必死になったのだろう?

「あなたはいつだって、わたしより頭がよかった」わたしはつぶやいた。「頭がよくて敏捷だった」

そうつぶやいたことで、ソーシャル・ワーカーのアドバイスが思いだされた。友達が語りかける声をレイドンにきかせなくては。ローズヴェルト・ロードに入り、南東へ車を向けて、シカゴ大学の付属病院まで行った。レイドンはいまも集中治療室だった。わたしは彼女の妹だと名乗った。広い意味でいえば、まあ、妹のようなものだ。

集中治療室の主任が舌打ちをした。「家族の方がいつもいらっしゃるのかと思ってました。ICUに入ってるのは、つらいことなんですよ。愛情をかけてあげなくては。忘れられていないことを伝えてあげなくては」

主任はわたしがマスクやガウンをつけるのを手伝ってくれた。レイドンの頭蓋骨がひらいたままにしてあるので、外部から細菌を持ちこまれるような危険は冒せないのだという。ICUに入ったとき、頭に包帯を巻かれ、脇腹からドレーンの管が出ているレイドンの姿を見ただけで胸が痛んだが、ラテックスの手袋をはめた手でレイドンの手をとって、指をそっとさすった。

「ヴフニクがあなたを尾行してたとは思えないのよ」二人きりになってから、わたしはいった。「行く先々でヴフニクと鉢合わせしてただけじゃないかしら。犯罪者病棟で彼を見かけたの？　それで神経質になったの？　一般病棟でヴフニクを見かけて、つぎは犯罪者病棟のほうでも見かけたのね。それとも、あなた、彼を追って犯罪者病棟まで行き、対決しようとしたの？」

ありうることだ。ヴフニクが警備員に金を握らせて犯罪者病棟に入りこんだのなら、レイドンもあとを追って、何をしにきたのかと彼を問いつめることができたはずだ。おそらく、そうしただろう。

レイドンの表情が変化していると信じたかった。こちらのいっていることを理解して、自分の意見を何かいいたがっているのだと。レイドンのてのひらにわたしの指を押しつけた。

「あなたはヴフニクの知りたがってた何かを突き止めて、〝死に臨んでも二人が離れることはなかった〟という聖書のあの一節に手がかりがひそんでいることを教えてあげたのね。実の父親か、実の息子か、もしくは、同性の恋人を殺したために、犯罪者病棟に入れられてる人がいるわけ？

あなたがこんなに頭のいい人でなければよかったのに。何がおきてるかを、最初、真ん中、終わりの順で単純に話してくれればよかったのに。そうすれば、わたしも話についていけたのに。でも、二人で一緒に受けた講義と同じね——あなたはいつも、講義でとりあげられるケースがどう進むかを見てとり、楽々と結論にたどり着いていた。わたしは地道に努力して、一歩ずつ進んでいくしかなかった。犬に例えれば、あなたはグレイハウンド、わたしはニューファンドランドってとこね」

面会時間の十五分がすぎて、看護師に外へ連れだされた。「またきてくださいね。あんな姿を見るのはつらいでしょうし、マスクやガウンを着けるのは面倒ですけど、きてくださることが彼女のためになるんです。ほんとですよ」

レイク・ショア・ドライブに戻り、家に帰るために北へ向かいながら、今夜は一人になりたくないと思ったが、ミスタ・コントレーラスと夜をすごすだけのエネルギーはなかった。〈ゴールデン・グロー〉へ車を走らせた。商品取引所の近くにあるバーで、友人のサル・バーテルがやっている。トレーダーたちは仕事のあとの一杯をすでに終えていた。馬蹄形のマホガニーのカウンターには、酒好きな連中がひと握りと、この界隈の住民がわずかにすわっているだけだった。

サルを説得して、〈グロー〉はバーテンダーのエリカにまかせ、食事につきあってもらうことにした。ループの西側にある静かなレストランへ出かけて、おしゃれなディナーを楽しんだ。サルはレイドンを知っていて、レイドンが歩んできた人生に対するわたしの悲しみを理解してくれた。

わたしはサルとくつろいだひとときをすごすあいだも、心の奥では、ルーエタールで今日わかったことが気にかかってならなかったので、家に帰るなり、病院側の何人かについてネットで検索した。レイドンを担当しているソーシャル・ワーカーのタニア・メッツガーはまともな人間のようだが、どのような運命のいたずらによって、メッツガー家の人間がルーエタールを経営する側から雇われる側に変わってしまったのだろう。〈ライフストーリー〉を使ってタニア・メッツガーのことを調べた。自分の一族が病院の経営権を奪われたと思いこんでいて、奪った人々に復讐するために病院で働くようになったとしたら？

エリック・ワックスマンについても情報を集めることにした。理由は、ワックスマン本人にも、ワックスで固めた口髭にもいらいらさせられたから。ついでに、患者支援部の部長をしている女性と警備部長の情報も集めた。

メッツガー家による病院経営が終わりを告げたのは、ドイツからの資金が三〇年代に底をついたためだった。タニアの祖父母がそのあとどうしたかは、〈ライフストーリー〉で調べてもわからなかったが、両親は福音主義協会の宣教師として韓国で布教活動に従事した。わたしは眉をあげた。タニアは韓国育ちで、韓国語にも堪能のようだ。すばらしい特技だが、復讐を夢見るきっかけにはならない。ただし、韓国の太鼓と舞踊が趣味というのはこれで納得できた。

ソーシャル・ワーカーの収入はそんなに多くない。タニア・メッガーは、フォレスト・パークというシカゴの西の境界線に近い郊外に、小さな平屋の一戸建てを購入している。それが全財産のようだ。ほかには、祖父母が残してくれた二万五千ドルの定期預金。

管理職の連中のほうが、もちろん給料が多くて、使い方も派手だ。患者支援の業務を指揮している女性は休暇でメキシコの保養地へ出かけるのが好きだし、エリック・ワックスマンは会員権がものすごく高いゴルフクラブ二つに入っているし、警備部長のヴァーノン・ミュリナーはネイパーヴィルにある五百万ドルの家に越したばかり。寝室六つにバスルームが七つもあれば――バスルームがひとつ多いのは、プールに付属しているから――ミュリナーと妻と十代の子供二人が住むのに充分な広さだ。

家を写した二十枚の画像のスライドショーを見た。ばかでかい家で、恥ずかしくなるほど醜悪だった。ダイニング・ルームはヨーロッパのワインセラーをディズニーランドっぽくした感じ。寝室は絵がびっしり描かれた円天井つき。その絵は、少なくともスライドショーのなかでは、フラゴナールを下手にしたみたいに見える。

おまえの趣味の悪さをルーエタールの経営陣に暴露してやる、とミュリナーに告げる脅迫者の姿を想像してみた。いやいや、こんなけばけばしいものに大金を投じる人間なら、自慢たらたら、人に話すに決まっている。わたしが知りたくてたまらないのは、こんな豪邸を買うお金を彼がどこで手に入れたかということだ。〈ライフストーリー〉のデータを見るかぎりでは、思いがけない遺産がころがりこんだわけではないし、借金で首がまわらない状態でもない。

あとの管理職の財政状態に目を通しているあいだに、ジェイクから電話があった。無事に到着、きれいなところで、わたしに見せる日が待ち遠しくてならないとのことだった。恋しがってもらえるのはいい気分。その夜は珍しくぐっすり眠れた。

22 〈ウェイドの世界〉

翌朝、犬を連れて湖から車で帰る途中、従妹から電話が入った。

「ヴィク、仕事場でちょっとまずいことになっちゃって」

わたしは歩道の縁に車を寄せて、ハザードランプをつけた。「二日前に暴動だか何かがあったあと、あなたの株がぐっとあがったと思ってたけど」

「ヴィクったら、きのうの新聞、読んでないの？　あたしとカイラとアリエルが暴徒の襲撃にあったあとでマリから電話があったって、あたしがいったの、覚えてるでしょ？　あたしだって、あの、ボスの許可もなしに新聞記者に話をしちゃいけないことぐらいわかってるけど、マリはヴィクの友達だから、あたしのいったことを記事にするなんて思わなかった——ところが、たったいま、ジュリア・サランターからメッセージが入ったの。話があるって。あたし、なんていえばいいの？」

「きのうの新聞は読んでないから、どの程度のダメージかわからないけど、わたしに話したことをそのままジュリアにも話しなさい。マリの件でもっと話がしたいのなら、わたしに電話するようにって、彼女に伝えてちょうだい。マリがわたしとの個人的なつながりを悪用したのなら、わたし、いまから家に帰って新聞を読むことにする。どんな記事なのか見ないことには、何もできないわ。ジュリアと会ったあとで、電話ちょうだい」

犬を連れて大急ぎで帰宅し、二匹を裏庭に置いて、自分の住まいまで駆けあがり、きのうの新聞を見つけだした。ブリーフケースに突っこんだまま、読むのを忘れていた。

マリーナ財団への抗議行動の記事は、なかのほうの〈メトロビート〉というコーナーにあった。かつては、ローカルニュースだけで十ページという時代もあったが、それはハロルド・ウォークスと〈グローバル〉の上層部が《ヘラルド＝スター》を小学生向けの《マイ・ウィークリー・リーダー》みたいな新聞に変えようと決める前のことだった。国内と海外の支局はすべて閉鎖された。大きなニュースはロイターかAP通信から入ってきて、携帯メール世代の脳に重い負担をかけずにすむよう、刈りこまれてひとロサイズの記事になる。新聞の第一面は、まるでセレブ雑誌のようだ。

わたしが購読をつづけているのは、マリへの弱まりつつある忠誠心のおかげにほかならない。だが、マリーナ財団に対する暴動の記事を読んだとき、忠誠心はゼロに近くなってしまった。暴力沙汰（〝デモ〟と表現されている）に関する短いパラグラフのあとで、マリはペトラのことを書いていた。

ペトラ・ウォーショースキーは、シカゴの有名な私立探偵、V・I・ウォーショースキーの従妹にあたる。マリーナ財団で、話題のヴァンパイア・シリーズ『カーミラ／夜の女王』を読む会の運営を担当している彼女が、デモ参加者の特別のターゲットにされたようだ。もう一人の私立探偵、マイルズ・ヴフニクが土曜の夜、マウント・モリア墓地でヴァンパイアのような殺され方をしたとき、一緒にいたのが、ペトラの読書クラブに入っている少女たちだった。上院議員に立候補しているソフィー・ドゥランゴの娘のニーヤ・ドゥランゴも墓地にいたグループの一人だし、ドゥランゴの選挙運動を支援している大富豪、シャイム・サランターの孫娘のアリエル・ジッターも同様である。

ニーヤ・ドゥランゴ、もしくは、ソフィー・ドゥランゴとヴァンパイア殺人事件のつながりに関して、ペトラ・ウォーショースキーはコメントを拒否している。また、読書クラブとヴフニクの死に、もしくは、『カーミラ』のシリーズとヴァン・ビューレン通りにあるマリーナ財団本部の外でのデモには、なんのつながりもないと述べている。財団が不法滞在者を匿っているとすれば、それが違法であることには、ペトラも同意しているが、さらにつづけて、たとえ財団が違法行為をおこなっているとしても、彼女と読書クラブの少女たちに石や生卵を投げつける理由にはならないとつけくわえた。

〝激怒する《シー・レッド》〟という表現は、血が靄《もや》のように視野を覆い、見るものすべてを赤く染めるところからきている。わたしは新聞をブリーフケースに戻した。髪についた砂を大急ぎで洗い流し、寝室の椅子にかかっている服のなかから最初に手に触れたものを着た。車でダウンタウンへ向かうあいだも怒りはおさまらず、ほかの車に衝突しなかったのが奇跡だった。

キンジー通りとカナル通りの交差点に建つ《ヘラルド＝スター》のビルの角を曲がったところに、パーキング・メーターが見つかった。〈グローバル〉の経費節減策のひとつが、ループにあった《スター》の古典的装飾様式のビルを閉鎖し、報道および編集スタッフをシカゴ川沿いのプレスビルへ移すことだった。ワッカー・ドライブにある〈グローバル〉本社ビルに四億ドルという値札がついていることを考えると、調査報道の分野で一セントでも節約することが必要不可欠なのだろう。怒りの靄《もや》が渦巻くなか、線路と高速道路のそばにあるこの薄汚いビルに移されたマリへの同情で、一瞬、胸が痛んだ。

胸の痛みは束の間のことだったが、受付でマリへの面会を申しこんだとき、声に怒りがにじむのを抑える役に立った。警備員から名前と職業を尋ねられたので、マリの情報源の一人で、名前はできれば伏せておきたいと答えた。

警備員はわたしに待つようにいった。〝ミスタ・ライアスン〟はすぐにきますから、と。正面ドアのそばに置かれた長いベンチのほうへ漠然と腕をふってみせたが、ベンチは埃に覆われていた。わたしはマリが出てくるまで、正面ドアの外の歩道を行ったりきたりした。

マリはわたしを見てギョッとした顔になったが、軽い口調で声をかけてきた。「人間どもに会うために、強大な力を持つ女神がオリンポス山から地上におりてきたのかい？」

「もしわたしが女神なら、あなたは大切なタマが目の前の歩道で煮えたぎるのを見ることになるわ」わたしはブリーフケースから新聞をひっぱりだした。「ペトラとのやりとりを活字にしたこの記事、センターラインからはみでた程度じゃないわね。中央分離帯を乗り越えて対向車と激突してる」

マリは顔を真っ赤にした。「ボディガードやベビーシッターなんかやらない人だと思ってたが。きみ、ペトラの広報係かい？　公の発言をするさいに、ペトラはまずきみの了承を得なきゃいけないのかい？」

「あのゴミ溜めみたいな〝ハドル〟で、午前中、どんなことがおきてるの？」わたしはいった。「ハロルド・ウィークスがあなたに電話をよこして、こういったのかしら。〝〈グローバル〉の方針としては、ソフィー・ドゥランゴの娘とジュリア・サランターの娘がマイルズ・ヴフニクを墓地におびきだしたという線でいきたいと思っている。だから、マリーナ財団関係の記事を書く場合は、ほかの点はすべて無視して、財団に関係のある少女たちが墓地にいたことを強調する形にしてほしい〟とか？」

「話題になるのは読書クラブじゃない。ヴァンパイアになりたいと願う少女たちだ。これが人々をテレビにひきよせ、さらには、新聞記事にもひきよせる」

「じゃ、それが嘘をつく理由なの？」

「オリンポス山にひっこんでろ」マリはいまや、わたしに劣らず激怒していた。「〝嘘〟ってのはなんのことだ？」

「あの子たち、マイルズ・ヴフニクが死んだときに、一緒にいたわけじゃないのよ」

「なんだと？　南仏にでもいたのかい？　やつの前で跳ねまわってたって話だが」

「いいえ、ヴフニクがそこにいることも知らなかったわ」わたしは叫んだ。

「ほざいてろ！　おれはいつから、自分で確認するかわりに、きみの言葉を真に受けなきゃならなくなったんだ、犯罪の女王よ」

《ヘラルド＝スター》の社員三人が煙草をすうために外に出てきた。歩道を数フィート先まで行ったが、好奇心を隠そうともせず、声のきこえる範囲にとどまった。マリとわたしはどちらも頭にきていて、気にするどころではなかった。

「へーえ。あなたが自分で確認したところ、ヴフニクの幽霊が戻ってきて、〝そう、おれがニーヤとアリエルと友達連中をマウント・モリア墓地へ連れてったんだ〟とでもいったの？　ヴフニクのアパートメントを家捜ししたのもあの子たち？」

「アパートメントを家捜し？」マリがオウム返しにいった。「いつのことだ？」

彼の顔からはすでに怒りが消えていたが、わたしはまだ憤慨したままだった。「わたしにきかないでよ──自分でたしかめればいいでしょ」

わたしは帰ろうとして向きを変えたが、マリがわたしの腕をつかんだ。「ウォーショースキー、話の途中で勝手に帰ろうったって、そうはいかん。いつのことなんだ？」

「教えてあげてもいいけど、あなた、どうしてそれを信じる気になれる？　わたしのことを嘘つきと非難した。マリーナが不法滞在者を匿ってることは、ペトラも承知だなんてほのめかして、あの子をクビになる危険にさらし──」

マリは両手をわたしの肩に置いた。「ヴィク。連邦調停官が必要になる前に、なかに入って、おれにくわしく話してくれ」

わたしは怒りをくすぶらせたまま、彼のあとから古いプレスビルに入り、金属製の階段をのぼってニュースルームまで行った。わたしたちがその場を離れたとき、喫煙者三人組が失望のためいきをついたように見えた。

かつてここで新聞の印刷《プレス》がおこなわれていたころは、輪転機が二つのフロアを占領していた。〈グローバル〉がビルの内部の模様替えをしたとき、輪転機のひとつを博物館の展示品みたいな感じで残すことにした。二つのフロアにオフィスとブースがいくつも並んだが、北端の開口部だけはそのまま残された。キャットウォークが造ってあり、家宝のごとき輪転機を見おろすことができる。

社のためにひと言いっておくと、このビルは外見こそみすぼらしいが、内部にかける費用を惜しんではいなかった。テレビ部門がすべて入っているグローバル・ワンの内装につぎこまれた金に比べれば、こちらの費用は微々たるものだろうが、パソコンもネットワーキング・システムも最新式で、高品質で、反応がスピーディだった。

壁に並んだフラットスクリーンのモニターには、〈グローバル〉のローカル番組と全国ネットの番組はもちろんのこと、ライバル局の番組も映しだされていた。GENの全国ネットのモニターはコマーシャルの最中だった。ローカル局のほうは、サウス・シカゴの工場の火事のニュースを流していた。CNNのモニターでは、象牙海岸の暴動に加わった人々が兵士に向かってものを投げつけていた。またべつのモニターには、世界各地の株価指数が緑色に点滅しながら映しだされていた。わたしが見ているあいだに、ダウ平均株価が下がり、火事が抗不安薬のコマーシャルに変わった。

マリを追って彼のブースへ行こうと向きを変えたとき、GENの全国ネットの番組をやっているモニターにウェイド・ローラーが登場した。そして、左隅の小窓に、なんと、わたしの顔が映しだされた。

驚きのあまり、わたしはその場で固まってしまった。「音量をあげるにはどうすればいいの？」とわめいた。

マリはすでに声の届かないところへ行っていたが、喫煙者たちがわたしのうしろから階段をのぼってきていた。一人がヘッドホンを渡してくれて、どのチャンネルをききたいのかと尋ねた。

「ローラー」わたしは不機嫌な声で答えた。

喫煙者が画面からわたしに視線を移し、おやっといいたげに見直した。「きみだ。そうだよね？」

「そのようよ。ヘドロの王さまが何をいってるか、知りたいの」

喫煙者がヘッドホンについているボタンを押すと、わたしの頭のなかにウェイド・ローラーの声が響きわたった。

「先週土曜日、この番組の十周年を祝してひらかれたパーティで、わたしはウォーショースキーに会いました。彼女のことは、〈グローバル〉の新聞セクションにいるわが同僚、マリ・ライアスンの友人で、仕事における協力者にすぎないと思ったのですが、彼女の本当の使命は外国人をわが国に不法入国させ、あなたやわたしのような勤勉なアメリカ人から仕事を奪うことにあったのだと、いまになってわかりました。彼女はわれわれの大好きな共産主義者、ハイハイ・シェイム・サランターとチームを組み、マリーナ財団で不法滞在者を保護しているのです」

じくじくした傷に覆われているマリーナ財団のビルの漫画が、モニター画面に登場した。膿んだ傷にカメラが近づいた。ひとつひとつに小さなメッセージが書いてある。共産主義者。ナチ。不法滞在者。ドラッグ。病気。犯罪。

「億万長者はゴールド・コーストにある彼のクラブにウォーショースキーを招き、ディナーをともにしました。二人はここで陰謀を企てたにちがいありません。もちろん、ウォーショースキー自身の母親も、サランターと同じく、不法滞在者でした。ですから、彼女もそういう問題に精通しているものと思われます」

サランターとわたしの写真が編集用ソフトのフォトショップで加工され、腕を組んでパルテール・クラブの前のステップに立った写真になっていた。わたしたちがクラブにいたことを、ローラーはどうやって知ったのだろう？　だが、そんな小さなことに頭を悩ませている暇はなかった。ローラーがシロップに酸をまぜたような声で、本日最大の攻撃にとりかかっていた。

「ウォーショースキーは探偵として高い評価を得ています。先週土曜の夜に墓地で死体となって発見された男性と同じように。あの夜、わたしは、わが良き友であり誠実な視聴者であるみなさんに真実をお届けできるようになって十周年の節目を迎え、それを祝っておりました。そして、ウォーショースキーは墓地で——何をしていたのでしょう？

彼女の経歴を調べてみました。彼女はいわゆる〝負け犬〟の味方です。だが、わたしはやたらと感傷的な連中が負け犬の支えになろうとすることに、うんざりしています」

ローラーはカメラのほうへ身を乗りだした。唇に唾が点々と飛んでいた。

「わたしの実の姉は、そうした〝負け犬〟の一人に殺されました。わたしたちが十代だったころの話です。姉のマグダはそのとき十七歳、あんな美しい人を、わたしはあとにも先にも見たことがありません」

ローラーの目尻からあふれる涙をカメラがクローズアップでとらえ、つぎに、マグダ・ローラーの写真が映しだされた。ウェイドと同じく豊かな黒髪で、マドンナが八〇年代に流行らせたスタイルにカットされていた。

「わたしは三歳年下で、姉を崇拝していました。わたしが妻を深く愛していることは、妻も知っていますが、マグダに抱いたような親密さをほかの女性に感じることはけっしてないでしょう。姉の遺体はタンピエ湖で発見されました。負け犬の一人が——ウォーショースキーならひどく胸を痛めそうな責任能力のない人間の一人が——姉を殺害したのです。首を絞め、使用ずみのコンドームみたいに湖に投げ捨てたのです。死刑判決に至らないことが前もってわたしにわかっていたなら、わが手で犯人を殺していたことでしょう。マグダを殺された悲しみから立ち直ることは一生できないでしょうが、ウォーショースキーはわたしの姉を殺した犯人を守ろうとする連中の一人なのです」

わたしは自分の脚がセメントに変わってしまったような気がした。ローラーは滔々《とうとう》としゃべりつづけ、わたしはその場に立ちつくしたまま、それをきいていた。

ようやく、耳に心地よく響く女性の声が「〈ウェイドの世界〉のつづきはコマーシャルのあとで」といったとき、わたしはヘッドホンをはずすために腕をあげることすらできなかった。

マリが背後にあらわれ、ヘッドホンをはずしてくれた。土気色の顔をしていた。「とんでもない話だな、V・I――こんなことになるなんて思わなかった」

23 新聞記者の運命は幸せではない

喫煙者三人組がホールでわたしたちのそばにとどまり、ほかに十五人から二十人ほどがニュースルームから様子を見に出てきていた。みんなにモニターの音声がきこえるよう、誰かが音量をあげていた。コマーシャルのあいだ、人々がわたしのほうを向き、疫病患者に向けるのと同じ表情をよこした。同情のなかに、病気がうつるのではという恐怖がまじっている。「あいつ、ガブリエラを攻撃したのよ」わたしはマリにいった。「母を中傷するなんて、最低レベルの、ヘドの出そうな、卑劣で忌まわしいクズ野郎だわ」

マリが片腕をわたしにまわした。「きみへの攻撃のほうがもっとひどかったぞ。それはどうでもいいのかい？」

わたしは微笑を浮かべようとした。「ショックのあまり、まともにものが考えられない。ソフィー・ドゥランゴは毎日のようにこんな思いをさせられてるのね。それから、シャイム・サランターも。ローラーを止める方法が何かあるはずよ」

「憲法修正第二条（国民が銃を所持する権利を保障する条項）で解決すればいい」ニュースルームから出てきた連中の誰かがいった。みんなが笑った。ショックを軽くするための騒々しい笑い。

わたしは身体をまわして、人々と向きあった。「ハドルに顔を出す人は、このなかに何人ぐらいいるの？ マリのほかにって意味だけど」

ミニスカートとレギンスの女性が、誰か返事をする者がいないかと周囲を見まわしたあとでいった。「ハドルはいくつかあるわ。いちばん大きいのはグローバル・ワンでひらかれるやつ。マリはそれに顔を出してる。そして、整理部の記者も——わたし、クラウス・ヘルマン、ギャヴィン・エイカーズ。それから、整理部と報道部が合同でやってるハドルもあるわ」

「じゃ、マリーナとウォーショースキーの件をとりあげたとき、グローバル・ワンのハドルでは、どういう公式路線でいくことにしたの？」わたしは尋ねた。

「きみに関しては、路線はなかった」マリが答えた。「もちろん、ハロルド・ウィークスは不法滞在者に神経をとがらせ、シャイム・サランターを憎んでいる。というか、ともかく、サランターを標的にしている。しかし、『ウォーショースキー一家を狙え。故人となったV・Iの母親も含めて』などとは、誰もいってない」

ミニスカートの女性がうなずいた。「マリーナ関係の情報を集めるようにという指示が出てたわ。不法滞在者に対する財団の方針が探りだせないかやってみろとか、あなたと一緒にいた女の子が誰なのかを突き止めろとか——写真にうつってたのは、あなたの娘さん？」

「いいえ。ペトラは従妹よ」ローラーの攻撃で、わたしは疲れはてていた。のろのろと答えた。

「あなたの従妹と一緒に写ってる少女を見つけだすようにいわれたわ」若い女性はいった。

「で、見つけだした人はいる？」わたしはきいた。

ホールの連中が視線をかわしたが、みんな、首を横にふるだけだった。

「その少女が誰なのか、きみは知ってるの？」ほかの誰かがきいた。

「見当もつかない。でも、ペトラに電話してみるわ」わたしは短縮ダイヤルで従妹を呼びだした。「ジュリアに会った？　どうだった？」

「わかんない。クビにはならなかったけど、ジュリアからすごく怖い顔でどなりつけられた。大声をあげたことも、あたしを罵ったこともない人なのに、あたしのせいで財団全体が危険にさらされたみたいな言い方だった。あたし、ヴィクにいわれたとおり、マリはヴィクの友達だし、こちらの話を記事にするなんて思わなかったって、ジュリアにいったのよ。で、ジュリアがあたしのボスに電話して、二人で話しあって、あたしが世間知らずだったって結論になったの。クビになるよりましだけど、なんかねえ、ペルシャ絨毯に粗相をした子犬みたいな気分にさせられたわ」

「わたしからジュリアに電話してもいいわよ。それで事態が悪くなる心配がなければ」わたしはたったいまローラーの番組で叩かれたことを話してきかせた。

「あたしがクビになる危険のあることは、ジュリアにぜったいいわないで」ペトラはいらだっていた。

「いま、マリと話をしたとこなの」わたしはいった。「おたがい、もっとプロに徹する必要があるってことで、意見が一致したわ。でも、GENのいわゆる〝報道部〟のチーフをやってるハロルド・ウィークスが、彼の悪名高きハドルで財団への攻撃を命じたらしくて、それだけはジュリアに話してもいいそうよ」

「ハドル？」ペトラはいぶかしげにくりかえした。

「ダーリン、かつて取材会議と呼ばれてたものよ。でも、それはジャーナリストがニュースを追求するジャーナリストであり、テレビや活字を使って人々の人生を破壊するようなことはなかった時代の話」

マリまで、ペルシャ絨毯に粗相をしたのがばれた子犬のような表情になったので、わたしは苦笑いしたが、従妹にはこういった。「GENのほうでは、あなたのとなりに写ってる少女が誰なのか、あなたが知ってると思ってるようだけど、あんな子、会ったこともないわよね？」

「ヴィク！　覚えてるでしょ。カイラ・ドゥ――」

「やっぱりね、ベイビー。見ず知らずの子で、暴徒に襲われてるのを見て、あなたが安全な場所へひきずっていった。そうなのね？」

従妹は一瞬、黙りこんだ。「つまり、誰かから問いあわせの電話があったら――」

「やっぱりそうだったの？　その子を安全な場所までひきずっていったら、グリーン・ラインの方角へ逃げてしまったわけね？　名前はきいてない？」

「オーケイ、オーケイ、了解」ペトラはいった。「ヴィクからジュリアに話してくれる？

えっと、取材会議のなんとかって場で何があったのかを。なんであたしがターゲットにされたのかを」

「わかった」わたしはいった。「それから、ジュリアにしろ、新聞社にしろ、あなたをニュースの中心にひきずりこもうとする人がいたら、法的手段をとることにしましょう」

わたしが電話をしまいこむと、半袖シャツにネクタイ姿の四十ぐらいの男性がいった。

「新聞記者に嘘をつくよう、その従妹って子に教えこんでたようにきこえるが」

「あら、どなた?」

「ギャヴィン・エイカーズ」横からマリがいった。「市内版の整理部の記者をやっている」

「ミスタ・エイカーズ、GENのスタッフがいま以上にヒステリックになれるとも、嘘で固めた報道ができるとも、わたしには思えないけど、ハロルド・ウィークスに電話をして、つぎのカドルでその問題をとりあげるようにいってちょうだい」

「ハドルだ」エイカーズが訂正した。

「あら、わたしはまた、みなさんがミーティングでぴったり寄り添って《カドル》、代理現実を生みだす自分たちの手腕を称賛するんだと思ってた。そうだわ、混沌《マドル》って呼ぶほうがいいかも」

マリがわたしの肩に手をかけた。「ヴィク、きみが誰かに殴りかかる前に、二人だけになれる場所へ行こう。損害をカバーできるだけの責任保険に、きみが入ってるとは思えないから」

わたしは彼にひっぱられるまま、モニターの並ぶエリアを離れた。背後から、きみたちには仕事がある、一日じゅうテレビを見ているわけにはいかない、とスタッフに告げるギャヴィン・エイカーズの声がきこえてきた。記者たちは姿を消しはじめた。

マリがわたしを連れて彼のブースへ行った。プライベートな空間とはいいがたいが、近くのデスクのどこにも人はいなかった。「ヴィク、すまん。おれが書いたペトラとマリーナ財団の記事だが、リライトの段階で手を入れられたんだ。もとの記事を見たければ、見せてやるよ」

マリの顔はいまも蒼白で、そばかすと青い目が顔のなかで鮮やかな色彩となっていた。ふと見ると、赤毛に白いものがまじっている。二人で初めて一緒に事件を追いかけてから、長い年月が過ぎ去った。あれは〈ナイフグラインダーズ〉の組合にからむ事件だった。腐敗を一掃するどころか、わずかな打撃を与えることすらできなかった。かわりに、欺瞞がアメリカの暮らしの隅々まで広がり、ニュースルームをも汚染している。

「あなたの言葉を信じることにする。でも、ペトラには、このつぎあなたから電話があったらすぐ切るようにいっておくわ。あの子が何かいえば、それがただちにウィークスの歪曲マシンに送りこまれ、日本を襲った津波はペトラのせいだって意見になって出てくるでしょうから」

「電話はしない」マリは指三本を立てた。ボーイスカウトふうの敬礼。

レギンスの若い女性がマグを持ってマリのブースにやってきた。「熱い紅茶をどうぞ。自動販売機のコーヒーよりおいしいし、いらいらを静めるのに役に立つかも」

わたしはすなおにマグを受けとった。

「わたし、ルアナ・ジョルジーニ――ゴミの担当なの。つまり、本とか、音楽とか、コミックとか、新聞社が捨てたがってる分野。たまに、映画やビデオの仕事がまわってくるわ」

「ルアナはおれにとって、編集サイドにいる唯一の魂の同盟者なんだ」マリがつけくわえた。

「だから、ゴミを担当させられてるの」ルアナの小さな丸顔は表情を変えなかったが、マリは笑いだした。

「おれに話すことは、なんでもルアナに話してかまわない」

「いまのところ、たいしてないのよね」わたしは唇をとがらせた。

「ヴフニクの家が荒らされてた話をしてくれ」マリはいった。

「誰かが徹底的に家捜ししたみたい」わたしはヴフニクのアパートメントの状態を説明した。

「彼の車のほうもやられてた。ひとつだけ残ってたのが、ヴフニクの外出記録。きっと、車のなかの品をすべて持ち去った犯人が、暗闇のなかで落としてしまったのね。若い子二人がそれを渡してくれたの」

マリの顔に血の色が戻ってきた。「見せてくれ、ウォーショースキー」

「たいしたことは書いてないわ」わたしはいった。「どこへ出かけたかが書いてあるだけで、誰に会うとか、誰の依頼かってことは出ていない」

しかし、協調関係を復活させるために、わたしはブリーフケースから外出記録のコピーをひっぱりだし、ルアナとマリに見せた。こちらがルーエタールに特別な関心を持っていることは伏せておいた。わたしがマリをふたたび深く信頼するようになる前に、マリには深い穴から自力で這いだしてもらう必要がある。

マリとルアナはコピーの上にかがみこんだ。わたしは椅子にもたれて、紅茶をゆっくり飲みながら、マリがブースの壁のコルクボードにピンで留めている漫画や連絡事項に目を向けた。『ディルバート』の漫画があれこれ、それから、『デューンズベリー』に登場するローランド・ヘドリーのいい加減な取材ぶりを描いた場面もあった。

壁のひとつは、ボツにされてしまったが、精神障害をテーマにした彼のシリーズ企画〈中西部の心の闇〉に捧げられていた。わたしは身を乗りだして、企画書に目を通した。最初にとりあげているのは、孤独な暮らしでおかしくなり、家に鍵をかけ、火を放ち、家族を道連れにして焼死した十九世紀の農家の女たちの話だった。

マリはまた、ウィークスとやりとりしたメールもコルクボードに貼っていた。ウィークスからきたメールが最後で、このシリーズ企画は〝範囲が狭すぎるし、陰気すぎて、うちの視聴者向きではない〟とマリに告げていた。

マリが顔をあげ、わたしがメールを読んでいるのに気づいた。「ああ、そうだよ。ボツにされたシリーズ。あきらめきれなくてさ」

コルクボードからメールをはがして、わたしによこした。いい企画のように思えた。最初の回と最後の回に、路上生活者となった帰還兵のことをとりあげる。二〇〇一年、路上生活者にはヴェトナムの生き残り十五万人が含まれていた。二〇一〇年、イラクとアフガニスタンからの帰還兵九千人がプラスされている。

途中の回でルーエタールのような精神病院をとりあげることを、マリは提案していた。どんな人が治療を受けたのか、どんな人が治療を拒否されたのか、医療費は誰が払ったのか。それから、〝精神障害を理由として有罪判決を免れた人々〟をテーマとする回もあった。五人の患者の名前が挙げられていた。三人はルーエタール、二人はエルジン。〝これらの人々は二十年以上にわたって閉鎖病棟に入ったままです〟と、マリはGENの報道部長へのメールに書いていた。〝終わりのない、再審の見込みもない投獄に等しいものです。なぜ番組でとりあげる価値がないというのです?〟

これに対して、ウィークスはこう答えていた。〝こういうクズどもが閉じこめられたままでいれば、誰もが安心するからだ。ほかの殺人犯も同じ目にあわせてやれないのが、まことに残念だ〟

マリは〝まるで中国かイランみたいですね〟と書いていた。

ウィークスがこの企画をボツにしたのも驚くにはあたらない。

「どうしてボツにされたか考えてみた?」わたしはきいた。「イランみたいだってコメントしたせい?」

「ちがうね。ウィークスはその前にもう心を決めてたんだ。もともと、たいして興味を示してくれなかったんだが、ホームレスになったイラク帰還兵をとりあげようとしたせいかもしれない――GENはいまでも軍鼓を叩きつづけてるからな。もしくは、犯罪者病棟のせいかも。精神障害の犯罪者に同情の耳を貸す必要はない、というのがウィークスの考えだ。ハドルでそう明言した」マリはそのときの憤りを思いだし、しかめっ面になった。「そこへローラーがとっておきの皮肉をつけくわえた。八年生の体育の時間に戻ったような気がしたね。教師が一部の生徒をそそのかして、アメフトをやらないおれたちみたいな子をいじめさせる」

マリを殺してやろうと思ったわずか三十分後に、苛酷な環境で仕事をしている彼に同情を覚えるなんて、自分でも信じられなかった。

「ところで、あなた、日曜日にいってたわね。ヴフニクがわたしのもと夫の法律事務所からかなり仕事をもらってたって。そんなこと、どうして知ったの？」

「もと夫って？」ルアナがきいた。

「リチャード・ヤーボローよ。〈クローフォード＝ミード〉の」

「考えてみなよ――あいつにくっついていれば、新聞社とか、国際的な警備会社を始める資金が手に入ったのにさ。おれたちみたいな人間とはつきあうこともなかっただろうし」マリがいった。

わたしは渋い笑みを浮かべた。「わたしの結婚にいい面があったなんて、夢にも思わなかったけど、あなたにそういわれると、魅力的に思えてくるわ。ところで、ヴフニクと〈クローフォード＝ミード〉の関係をどうやって知ったの？」

「日曜の極秘ハドルのとき、その話が出たように思う」記憶をたどろうとする努力に、マリは顔をしかめた。「たしか、ウィークスがみんなに話したんだ。だって、自然にわかることじゃないからな。ルアナは？」

彼女は首を横にふった。「わたし、日曜日は兄とそのパートナーに誘われて、セーリングに出かけてたの。ニュースを知ったのはあとになってからで、そのときだって、わたしが命じられたのは『カーミラ』の特集をやって、世界じゅうの十代初めの子がこのシリーズに熱狂してる理由を探ることだけだった」

「〈クローフォード＝ミード〉がなんでヴフニクを使うのか、さっぱりわからん」マリがいった。「評判を調べてみたところ、安っぽい男だった。個人で探偵をやってたが、きみみたいに質の高い仕事はしていなかった。ウォーショースキー。誰かに関する個人情報がほしい場合、ヴフニクに頼めば探りだしてきた。ときには――まあ、あまり正統派とはいえないやり方で、というのが寛大な表現だな」

「じゃ、法廷で誰かの信用を失墜させようとして、ヤギと寝てる変態だという証拠がほしいときには、ヴフニクに見つけさせるわけ？　そういうことなの？」

マリはうなずいた。

「〈クローフォード＝ミード〉みたいに格式のあるところが、そんな人間に仕事をやらせるとは思えないけど、ディックにたしかめてみるわ。彼の顔を想像するだけで元気が出てきた。いいえ、紅茶のおかげね。ありがとう、ルアナ」

車に戻ったわたしは、人前でよそ行きの顔をする必要がなくなり、どっと疲れが出たので、運転席でしばらく眠りこんだ。駐車違反の取締りをやっている婦人警官がフロントウィンドーを軽く叩いたので、はっと目をさました。警官はわたしのパーキングチケットを指さした。三分前に時間切れになっていた。違反チケットを切られずにすんでホッとした。市が現金に飢えているから、ほかの警官だったら容赦してくれなかっただろう。

別れた夫のいる法律事務所を訪ねたかったが、いまの状態では行けそうもない。自分の事務所まで車を走らせ、奥の部屋に置いてあるソファベッドでたちまち眠りに落ちた。

24　別れた夫と話す　ためいき

ふたたび目がさめたとき、パソコンで電話ログをひらいて愕然とした。ローラーの攻撃演説をテレビで見た依頼人と友人から、五十件を超えるメッセージが入っていた。いくつかは同情のメッセージだったが、〈ウェイドの世界〉の攻撃リストにのせられたせいで探偵仕事がおろそかになるのではないか、と不安がっている人々もいた。〝電話してほしい。あなたが仕事に目を向けているかどうかを知りたい〟というのが、約十五件のメッセージの要旨だった。そのいっぽう、驚いたことに、ウェイド・ローラーがわたしの名前を口にしたというだけで、わたしはほかの人々の興味の的になっていた。GEN系列ではないさまざまなメディアからインタビューの申しこみがあり、ついでに、新たな依頼人になってくれそうな半ダース以上の人々から問いあわせがあった。前金をもらったら、ローラーと山分けしたほうがいいかも。

仕事モードに切り替えて、メールを送り、電話をし、ローカルテレビ局二社とインタビューの打ちあわせをした。頼まれた仕事に永遠不滅の熱意を捧げると誓って依頼人たちを安心させているあいだも、心の奥では、ローラーの熱弁について考えつづけていた。わたしの母親のことを誰に問いあわせたのだろう？　ローラーはわたしの母がこの国に不法入国したといっていたが、なぜまた母のことを嗅ぎまわる気になったのだろう？　母の思い出がわたしにとってとても神聖であることを、どうやって知ったのだろう？

　ガブリエラは第二次大戦中、難民としてアメリカに逃げてきた。つねにわたしの頭にあったのは、ドラマチックな逃亡の様子で、入国のときに正規の書類を持っていたかどうかではなかった。シエナの北東部の丘陵地帯に父親と身を隠していたとき、母の音楽教師の一人がキューバ行きの船に乗れるよう手配してくれた。それが父親との今生の別れになった。北のほうでパルチザンに加わって戦っていた弟にも、二度と会えなかった。

　わたしの祖母の妹ローザが、シカゴの家にしぶしぶ母を住まわせてくれたが、どうやってキューバからアメリカへ渡ったのかを、わたしが母に尋ねたことは一度もなかった。ウェイド・ローラーはどうやら、それを探りだすのが自分の役目だと思ったようだ。七十年近く前の情報を手に入れるのに、ローラーがどんなに深くて広いスパイ網を駆使できるかを考えると、こちらの背筋が寒くなる。

　いらいらと考えつづける途中で、ふと、ローラーのでっちあげかもしれないと思った。わたしの母が移民であることを知って、不法入国者だといいふらすことにしたのかも。番組でわめき散らすことの多くは彼の捏造だ。事実だった場合も、憶測が運よく的中したにすぎない。

　わたしは自分に無理やりいいきかせた。ローラーの本当の狙いは母ではなく、わたしを攻撃することにあったのだと。でも、なぜ？　彼のために土曜日にひらかれたパーティで、わたしは少々不作法だったかもしれない。うぬぼれの強い男だから、嫌みをいわれると、その相手を片っ端から攻撃するとか？

たまっていたメールと電話の用件がすべて片づいたところで、ローラーの攻撃について相談しようと思い、弁護士のフリーマン・カーターに電話した。フリーマンもすでにこの件を耳にしていた。

「この一週間、ロティも、マックスも、わたしも、なぜシャイム・サランターが名誉毀損でローラーを訴えないのかと、カッカしてたのよ」わたしはいった。「今度はわたしに対する攻撃が始まったから、わたしのほうから訴訟をおこせるかどうか、相談に乗ってもらいたいの」

電話の向こうで長い沈黙がつづいた。「きみに対するローラーのコメントを、いまネットで読んでいたところだ」フリーマンは説明した。「わたしは名誉毀損に関する法律のエキスパートではないが、この放送内容では、口頭による名誉毀損の成立要件を満たしていないと思う。たしかに攻撃的ではあるが、きみに対して、リベラル派であること以外はなんの非難もしていない。リベラル派なのは事実だし」

「でも、ガブリエラに対してひどいことをいったわ」わたしは反論した。

「ヴィク、感情に押し流されているときは、訴訟をおこすかどうかを決めるべきではない。わたしと同じく、きみもよくわかってるはずだ。名誉毀損関係の法律が専門の弁護士が、わたしの知りあいにいるが、訴訟をおこせば、弁護士の費用と裁判にかかる費用だけで五十万ドルは飛んでしまうぞ。ローラーはアメリカでも有数の豊かで深いポケットの持ち主だから、きみが金に困って、請求書の支払いをするためにソルジャー・フィールド（NFLシカゴ・ベアーズの本拠地スタジアム）のトイレ掃除をしなきゃならなくなるまで、裁判をつづけていける」

わたしの顔がゆがみ、すさまじい渋面になった。ガーゴイルに似た顔をすれば、ウェイド・ローラーを震えあがらせてやれると思っているかのように。フリーマンのいうとおりだ。だから、グランド・キャニオン並みの深いポケットを持つサランター一族がローラーとGENを相手にしようとしないことが、なおさら腹立たしく思えてくる。

「好奇心から尋ねるんだが、いったい何をやらかして、ローラーのレーダーにひっかかってしまったんだね？」

「彼のためにひらかれたパーティの席でちょっと嫌みをいっただけよ。脅迫なんかしてないわ」

「きみが気にしてることをローラーに知られたら、ああいう男だから、きみのふくらはぎにさらに牙を突き立ててくるぞ。弱い者いじめをするやつはみんなそうだ。きみが平気な顔をしてるとわかれば、すぐよそへ行くだろう」

「シャイム・サランターとその娘もまさに同じことをいってるけど、ローラーも、ついでにヘレン・ケンドリックも、サランターとマリーナ財団の両方への攻撃をやめようとしないわよ」

「来週の火曜日まで、早まった行動は慎んでくれ」フリーマンはそっけなくいった。「マーサズ・ヴィニヤード島で長い週末をすごす予定だから、きみのために緊急に保釈金を調達してくれる人物を探すようなことはしたくないんだ」

わたしはこれから四日のあいだ、無謀なことも、法律に触れることもしないと約束したが、少しプリプリしながら電話を切った。わたしのような者たちのおかげで七桁の収入を得て、週末のために小型機をチャーターすることもできるからといって、フリーマンを責めるわけにはいかないが、わたしだって、たまには人も羨む身分になってみたい。大手の警備会社はフリーマンのような弁護士連中と同じぐらいの額を依頼人に請求する――一時間につき四百ドル以上。しかし、わたしやマイルズ・ヴフニクのような個人営業の探偵はそんな料金はもらえない。

わたしの依頼人の一人――ありがたいことに、〈ウェイドの世界〉でわたしが攻撃されてもまったく気にかけていない人――から、ミシガン州の週末用別荘を使ってもいいと、前にいわれたことがあった。彼女に電話を入れると、今週末は別荘が空いているという。おまけに、犬も連れていってかまわないといってくれた。家に帰ったわたしは、隣人を誘ってみた。ミスタ・コントレーラスは大喜びだった。週末をすごすのに十分な食料を老人が大型バスケットに詰めこみ、道路の渋滞を避けるため、翌朝の早朝に二人で出発した。

泳いだり、ハイキングをしたり、別荘備えつけのガス・バーベキュー・グリルのそばにすわって絆を深めたりしながら、三日間をすごした。ミッチが腐りかけたバッファローフィッシュを見つけて、そこでころげまわり、最高のひとときをすごしたが、わたしたちはミッチにシャンプーをふりかけて湖へ送りこむだけにしておいた。依頼人とは携帯メールで連絡をとりつづけたが、テレビは一度もつけなかった。日曜の夜遅く、疲れたものの、リフレッシュして帰宅。従妹からの緊急電話は入っておらず、わたしのベッドに馬の首が置かれていることもなかった。万事順調。

月曜の朝早く、洗濯ずみの衣類をとりにクリーニング屋へ行った。おしゃれな真紅のドレスをもとに戻すのは無理なようだった。クリーニング屋も精一杯やってくれたが、草のしみを徹底的にとろうとすると、デリケートな絹地が破れてしまうという。

「ただのドレスよ」わたしは泣きたがっている自分を叱りつけた。馬子にも衣装という諺《ことわざ》があるが、女性にとって、というか、少なくともこのわたしにとって、衣装は自己を投影するものだ。わたし個人が傷つけられたような気分だった。

せめてもの慰めは、金色のコットンのワンピースの汚れがきれいに落ちたことだった。布地に鼻をくっつけでもしないかぎり、血の跡は見えない。ディックがそんなことをするとは思えないので、彼の事務所へ出かけるのに、このワンピースを着ることにした。

お化粧をするあいだに、誘惑に負けて、ユーチューブで〈ウェイドの世界〉の最新の放送を見てみた。ローラーはソフィー・ドゥランゴとシャイム・サランターを攻撃し、汚らわしい移民連中と下劣な医療制度改革についていつもの毒舌を吐いていた。わたしに対する新たな攻撃はなかった。わたしは番組を埋めるための一日かぎりの材料だったのかも。

車で事務所に出て、高架鉄道を使ってループへ向かい、ウェルズ通りとレイク通りの角の駅でおりた。シカゴ川に近いところだ。もと夫の事務所はグロメット・ビルの十七のフロアを占領している。このビルはダース・ベイダーを連想させるガラスの塔のひとつだ。ガラスの壁面は真っ黒で、目に入るのはシカゴのスカイラインと空の雲だけ。このなかに生命体がひそんでいるなんて思えない。

わたしの結婚が終わりを告げたあとで、〈クローフォード＝ミード〉は事務所を移転した。わたしが新しい事務所を訪ねるのはこれが初めてだった。五十二階でエレベーターをおりたとき、クリーニング屋へ衣類をとりにいく手間や、お化粧する手間をかけてよかったと思った。クールでプロフェッショナルな気分。〝われわれは一時間につき千ドルを請求し、それを誇りにする〟と宣言しているスペースに、わたしもしっくり溶けこんでいる気がした。

受付エリアは柔らかな緑色と金色のインテリアで、趣味のいい彫刻があちこちに置かれていて、大理石のカウンターの向こうにすわった受付嬢二人は、ビルのガラスに劣らず磨きあげられていた。

わたしは受付嬢の一人に名刺を差しだした。そして、正直に認めた。というより、誓ったといったほうがいいかも――いいえ、アポイントはないけど、ミスタ・ヤーボローとは古い友人なの。大至急質問したいことがあって。

ディックは当然のことながら会議中だったが、わずか二十分ほど待ったところで、彼が受付エリアに姿を見せた。彼の挨拶は熱のこもらないものだった。「五分だけ時間をとった、ヴィク。その時間内にぼくを激怒させないよう気をつけてくれ」

わたしはディックのジャケットの袖に指をかけ、まつげをパタパタさせた。「あら、リチャード・ヤーボローったら、かつてはおたがいに大きな存在だったのに、なんてことというの？」

受付嬢二人が目を丸くして、顔を見あわせた。仕事に追われる一日に、わたしの出現が小さな興奮をもたらしたようだ。

ディックの唇がゆがんで、しぶしぶ笑みを浮かべた。「おたがいに大きな存在だったからこそ、つい、そういいたくなるんだよ。なんの用だ？」

「マイルズ・ヴフニクに関する情報」

「マイルズ・ヴフニク？　誰だ――ああ、ヴァンパイア殺人事件の被害者か。あいにくだが、その男のことはまったく知らない」

ディックはシャツの袖口をめくって時間をたしかめた。文字盤が金色で、回転する星図に覆われた、豪華絢爛たる腕時計をしていた。ミレニアム世代の子たちは携帯で時間を見るため、腕時計をしなくなったかもしれないが、〝おれは重要人物だ〟とアピールするのに、ハンドメイドの時計に勝るものはない。

「ヴフニクはここの仕事を請け負ってたのよ、ディック。この事務所で使っている調査員の一人だったのよ。先週月曜の朝、パソコンをつけたとき、〝〈クローフォード＝ミード〉のクライアントに影響を及ぼす重大ニュース〟のリストに、ぜったいヴフニクが入ってたと思うけど」

ディックは受付嬢のほうを向いた。「セレスト、ヴフニクというのを調べてくれ――綴りを教えろ、V・I」

〝教えてくれ〟といえばいいのに。でも、彼を教育しようにも、もう手遅れ。

セレストは首を横にふった。「ミスタ・ヤーボロー、死亡した時点でチェックしてあります。フリーの調査員で、担当する仕事は大部分がエロイーズ・ネイピアのものでしたが、ときたま、ミスタ・オーモンドの仕事も手伝っていました」

ディックはわたしに視線を戻した。「何も知らないとぼくがいっても、きみのことだから、この事務所のパソコンに侵入したり、電気工事の人間に変装して事務所の金庫をこじあけたりするだろうから、ここではっきりさせておこう。セレスト、十分間だけ会議室Ｊにくるよう、セレストとオーモンドに伝えてくれ」

ディックはセレストに命じて、わたしを会議室Ｊへ案内させた。これもまた、この法律事務所が請求する料金の高さを裏づけるものだった。テーブルの何カ所かに、テレビ会議をおこなうためのウェブカムが設置され、昔ならホワイトボードがかかっていたはずの場所に薄型テレビが置かれ、それと向かいあった壁は森林地帯を描いた大きな油絵に占領されていた。

会議室はシカゴ川に面していた。ヨットを通すために跳ねあげ橋があがるのを見ていたら、ディックが入ってきた。隅の木製ワゴンにのったさまざまな飲みもののなかから、何かをとるよう勧めてくれた。わたしの記憶にある結婚していたころの彼に比べると、ずいぶんこまやかな気配りだ。わたしは考えこみながら、じっと彼を見た。

「レイドン・アシュフォードを覚えてる?」グラスに注がれたグレープフルーツジュースを軽く飲んでから、尋ねてみた。

「覚えてるとも。きみたち二人はロースクールで大の仲良しだった。スーアルとぼくはこのところ、市の委員会で一緒なんだ。レイドンは年をとっても丸くなってないようだな」

「スーアルだって、先週会ったとき、あまりいい人には見えなかったわ。妹が頭を強打して病院へ運ばれたばかりだというのに、スーアルが気にしたのは車のキーのことだけだった」

レイドンの事故のことはディックにとって初耳だった。それにふさわしいショックを示してみせたが、さらにこうつづけた。「きみたち二人が一緒にいると、ぼくの最悪の部分をひきだしたものだった。きみのせいでスーアルが平静を失ったとしても、意外だとは思わないな」

「あなたの最上の部分をひきだしてくれるのは誰なの?」

こう尋ねられてディックは驚いた顔になったが、同僚の弁護士たちが部屋に入ってきたおかげで、返事をせずにすんだ。エロイーズ・ネイピアはみごとな金髪の女性で、丹念な化粧で年齢を完璧に隠していて、重たげな金のブレスレットをはめた手を差しだした。耳と喉もとにも黄金がきらめいていて、スラブ織りのレーヨンで仕立てた小麦色のスーツのおかげで巨大な水仙のように見える。冷たく狡猾そうな薄茶色の目だけが、ランチを楽しむゴールド・コーストのレディという外見を裏切っていた。ふと見ると、トウモロコシの穂がついたアメリカ国旗の宝石入りピンバッジを、見せびらかすようにつけている。ヘレン・ケンドリックの支持者がつけるものだ。

ルイス・オーモンドのほうは、薄くなりかけたグレイの髪をとかしつけて耳にかけ、鳥のくちばしみたいな長い鼻をさらに長く見せていて、ネイピアと並ぶと、おとなしい中年の齧歯動物という印象だった。

ミーティングは短くて簡潔だった。というか、簡潔すぎて中身がなかった。エロイーズはこう説明した――もちろん、クライアントに関することは極秘扱いなので、マイルズ・ヴフニクがわたしのクライアントのために何か調査をしていたかどうかは、認めることも、否定することもできません。あなたが裁判所命令を持った警官なら話はべつですが、その場合でも、秘匿特権、法的責任、機密保持などの関係から、ヴフニクの仕事の内容を公にできるときがくるかどうかは約束できません。

わたしは微笑した。癇癪をおこさないようにするために。怒り狂った姿をディックに見られては大変だ。「ヴフニクが土曜の晩に墓地へ出かけたのも、あなたのクライアントの一人――もちろん、特定はできませんが――に関する仕事のためだったのでしょうか」

エロイーズとオーモンドはディックと視線をかわした。「ヴフニクがなぜあのような場所にいたのか、わたしどもにはまったくわかりません」三人を代表してエロイーズが答えた。「ソフィー・ドゥランゴの娘が現場にいたことは、わたしどもも知っていますし、殺された男とドゥランゴが密会の約束をしていたのかもしれないという噂を耳にしました」

「ええ、その噂ならわたしもきいてます。ただし、たったひとつの場所でね。GENでやってるヘレン・ケンドリックの番組で。ディック、わたし、あなたの同僚のことは知らないけど、あなたが告訴されかねない嘘を公の場でくりかえすようなバカな人じゃないことは知ってるわ」

エロイーズの頬に塗られたチークカラーの下に、本物の赤い色が広がった。「ヘレンはいい友達よ。わたしとは何年も前からのつきあいで、真実だと信じる理由がないかぎり、そんな話を広める人じゃないことは、わたしが保証するわ」

「歯の詰め物に宇宙からメッセージでも届いたの?」わたしはきいた。

オーモンドが大きく息を呑み、いっぽう、ディックのほうは、かつての結婚相手が非常識なまでに不快な態度をとったときの伴侶のつねとして、目をむいてみせた。エロイーズににらみつけられて、わたしは化粧がはがれ落ちてしまいそうな気がした。

「〈クローフォード〉はケンドリックの選挙運動を法律事務所として公式にサポートしてるの?」

ディックは首をふった。「うちでは、事務所として政治的立場を表明することはない。もちろん、個々の弁護士が特定の政治家のために活動するのはかまわないし、資金集めパーティをひらくのもオーケイだ」

「じゃ、エロイーズはケンドリックに法的助言をしてるのね」わたしは彼女がつけているアメリカ国旗のピンバッジのほうへ手をふってみせた。「ヴフニクはケンドリックのために何かをしようとして墓地へ行ったのかも」

「ありえないって断言できるわ。でも、わたしの言葉が信じられないのなら、あなたの歯の詰め物に届いたメッセージに耳を傾ければいいでしょ」エロイーズがいった。

わたしは笑った。辛辣な言葉を吐きちらすだけでなく、甘受することもできる人間であることを向こうがわかってくれれば、波風が静まるのではないかと期待して。

「おっしゃるとおりよ——あんなことといって悪かったわ。ケンドリックの政治的見解については同意できないとしても、ほかにひとつかふたつ、同意できることがないか見ていきましょう。

解剖医の意見によると、ヴフニクは頭を殴打されたのちに、墓に横たえられ、そこで何者かが彼の胸に鉄筋を突き刺したそうよ。凶器はそれ。でも、死亡時には意識がなかった。もしくは、ほとんどなかった。手に防御創は見られず、抵抗の跡もなし」

「その点に同意しろというの？」エロイーズ・ネイピアは意地悪な口調でいった。やれやれ、波風はいまだ静まらず。

「郡で解剖医をしているドクター・ヴィシュニコフに自分で話を聞いてちょうだい。いまのがヴィシュニコフの所見だというわたしの言葉を、あなたがそのまま信じる必要はないわ」

わたしはしばし言葉を切り、ヴィシュニコフに電話をするか、それとも、わたしにさらに食ってかかるかを、エロイーズ自身に決めさせようとした。彼女は前へ進むつもりになった様子だった。

「ヴフニクの外出記録を見ると、戦没者追悼記念日（五月最後の月曜日）から七月四日までに、ルーエタールへ五回出かけている」わたしは記録のコピーを差しだした。オリジナルはわたしのアパートメントから事務所の大きな金庫に移してある。

ディックは彼に渡されたコピーを見ようともしなかったが、エロイーズはあわてて彼女の分をつかんだ。やはり裏に何かありそうだ。目を通したところで、残りの記録を見せてほしいと要求した。

「それで全部なのよ。しかも、ヴフニクの書類のうち、残ってたのはそれだけ。殺害から一日もたたないうちに、何者かが彼のアパートメントの品をきれいに持ち去ってしまったの。パソコン、ファイル、その他いろいろ」わたしは話しながら、エロイーズをじっと観察した。気のせいかもしれないが、ヴフニクの書類がすべて消えたときいて、彼女が小さな安堵のためいきを洩らしたように見えた。

「ヴフニクのルーエタール行きに関して、あなたが何か知ってるんじゃないかと期待してたんだけど」わたしはいった。「たとえば、日付——あなたに頼まれてヴフニクがやってた何かの調査と符合する点はない？」

「クライアントをあらわす記号のようなものはついてないのかな」オーモンドがきいた。

わたしは首をふった。

「だったら、どうしてわたしたちにしつこく質問するの？」エロイーズがいった。

「ああ、そのことね。〈グローバル・エンターテインメント〉のお偉いさんたちが、水たま《パド》りで——あら、どんな呼び方だったかしら——ま、とにかく取材会議の席で話したの。ヴフニクは〈クロフォード＝ミード〉から仕事をもらってたって」

一瞬、部屋が静まり返り、オーモンドとネイピアの両方がディックを見た。ディックはテーブルを押して、椅子ごとうしろへ下がった。

「わかった、ヴィク、だからここにきたわけだな。ヴフニクはうちで正規に雇用していたわけではない。ルーとエロイーズがときどき仕事を頼んでいたが、あくまでもフリーの請負業者という扱いだった。ルーエタールへ出かけていた件については、この二人は何も知らない。ヴフニクに仕事を頼んでいたのは、うちだけではないからな。そうだろう、エロイーズ？」

「ええ、もちろん」彼女はいささか焦り気味にディックの言葉に応じた。「ルイスも、わたしも、ヴフニクに仕事をひきうけてもらうのに何日か待たなきゃいけないことが、けっこうあったわ」

ディックはまたしても、わざとらしく腕時計に目を向けた。仕事を山のように抱えた多忙な男だといいたいのだろう。わたしは彼のすぐ横にいたので、小さな円を描いて動く歯車がガラスのパネルからのぞいているのが見えた。べつの円のなかに時刻が示されていた。パネルの下のほうに、″F・P・ジュルヌ、インウェニト・エト・フェキト（「発明し、製作した」という意味のラテン語）″と刻印されている。

ミーティングは終わった。わたしは、ディックとじっさいより良好な関係にあるような印象を彼の同僚に与えたかったので、二言三言、冗談半分に言葉をかわしたが、ビルを出たときは、きたとき以上に困惑していた。ルイス・オーモンドについてはわからないが、マイルズ・ヴフニクがルーエタールを訪れていた理由をエロイーズ・ネイピアがかなりくわしく知っているのは、まずまちがいのないところだろう。

25 ハドルにて

グロメット・ビルからわずか二ブロックのところに、シカゴ川に面して、〈グローバル・エンターテインメント〉の怪物のような本社ビルがある。グローバル・ワンという名のずんぐりしたビルで、遊園地を造るのか、ゴシック様式の大聖堂を建てるのか、建築家が決めかねていたようだ。四階から上は鉄骨材がコンクリートに覆われているが、天井の高いロビーには、メリーゴーランド、小さなパッティング・グリーン、巨大なビデオスクリーンのそろった遊び場が造られている。

グローバル・ワンが観光客の人気スポットになったため、市ではビルの前の通りを通行止めにし、バスや車が正面で客をおろせるようにしている。人々は〈ウェイドの世界〉やその他の人気番組の録画風景を見学するチケットをもらったり、スタジオツアーに参加したり、〈グローバル〉で過去に制作された映画やテレビシリーズが四六時中スクリーンに映しだされているのを見たりできる。

ちょっとのぞいてみようと思い、ディックの法律事務所からのんびり歩いていくと、すでに観光客の列がブロックの角まで伸びていた。人々が退屈したり不機嫌になったりしないよう、物売りが食べものや飲みものを勧め、ロビーの巨大なスクリーンでは、国家安全保障局を舞台にしたスパイドラマ〈ナーブ・センター〉をやっていた。〈グローバル〉の子供番組〈ワニさんはひみつちょうほういん〉に登場する動物の着ぐるみをつけた地元の俳優たちが、列のあいだをまわっていた。

わたしはロウアー・ワッカー・ドライブへつづく階段をおりた。川に面したビルはたいてい、こちら側に業務用の出入口がある。〈グローバル〉の業務用駐車場にはあらゆる種類のトラックが出入りしていた。ビルに入りこむことができたら何をするつもりなのか、じっくり考えたわけではなかった。正直なところ、まったく考えていなかった。トラック運転手の一人が伝票にサインをもらうために荷揚げ場へ入っていったので、あとについていき、積荷の品目をチェック中の男性に会釈して、エレベーターに乗りこんだ。ドアが閉まったとき、「おりろ。パスがないと入れないぞ」と誰かがわたしに向かってどなっているのがきこえた。

化粧と上等な仕立てのワンピースの利点をひとつ挙げよう。いかにもどこかの企業本部の人間らしく見える。四階で業務用エレベーターをおりると、ポテトチップスの袋や、コーヒーカップや、休憩中だったことを示すその他の品々を持った社員の群れが、エレベーターを待っていた。

わたしは彼らのあとからエレベーターに乗りこみ、けさのプロジェクト・ミーティングが活発に再現されているのをさえぎって、こういった。「ハロルド・ウィークスと会う約束なんだけど、何階なのか教えてもらったのに忘れてしまって」

みんなが無言でわたしをみつめた――野生のヤギが紛れこんでいるのに気づいたヒツジの群れ――やがて、一人の女性が「四十八階」と、ぼそっといった。エレベーターがのぼっていくあいだ、みんな、黙りこんだままだった。トップの人間のオフィスへ向かう見知らぬ相手の前で、心の内を見せる危険を冒そうとする者は、どこにもいない。

四十八階でおりると、ロックされたガラスの壁がエグゼクティブのオフィスとわたしを隔てていた。向こう側の背の高いデスクにいる女性がインターホンを通じて話しかけ、どのような用件かと尋ねた。

「V・I・ウォーショースキーがハロルド・ウィークスに会いにきたの」わたしは答えた。

女性は彼女の電話を操作した。「予定表に入っていませんが。場所をおまちがえではないでしょうか」

「個人情報を廊下でわめきちらすのはいやなのよ。でも、マイルズ・ヴフニクが〈クローフォード＝ミード〉から仕事を請けてたことを、ハロルド・ウィークスがどうして知ったのかと、〈クローフォード〉の全員が不思議に思ってるの」

「きいたことのない名前ばかりですけど」

わたしはバッグから名刺をとりだし、裏にメッセージを書いた。窓にメッセージを貼りつける服役中の人間になったような気分だったが、向こうの女性に読めるよう、ガラスの壁に名刺を押しつけた。女性はしばし躊躇したのちに、わたしと同じく、ばかげたことをやっているような気がしたにちがいない。ロックを解除し、わたしからじかに名刺を受けとった。

女性はヘッドホンに向かって何やらつぶやき、耳を傾け、ヴフニクとわたしの名前をそこそこ正確に発音し、最後に、「おすわりください。一分ほどしたら、人がまいりますので」とわたしにいった。

一分が二十八分に延びたが、こちらから文句をいえる筋合いではなかった。アポイントのない招かれざる客だもの。ノートパソコンをとりだし、お金を払ってくれる依頼人のための調査が始められるよう、個人的に利用しているデータベースにログインした。二、三のメールに返事をした。〈モニター・プロジェクト〉が点滅して、わたし宛てに連絡が入っていることを知らせてくれた。

朝から怒り狂っていたため、きのうルーエタールで会った人々に関する報告を頼んだことを、すっかり忘れていた。両端の跳ねあがった口髭を生やしている男性、エリック・ワックスマンは借金で首のまわらない状態だった。高級ゴルフクラブの会員になっているのに加えて、スポーツ関係のギャンブルに凝っているようだ。ラスベガスの企業から、年収の半分近い額の請求がきていた。

患者支援部の部長、ライザ・カニンガムはワックスマンほど高給とりではないが、夫が製薬会社の重役だ。クレジットカードの多額の利用代金も、住宅ローンも、きちんと払っているようだ。

けばけばしい豪邸に越したばかりの警備部長、ヴァーノン・ミュリナーは、このなかでただ一人、本格的な投資をおこなっていた。邸宅のほかに、数百万ドルという莫大な貯えがある。彼か、もしくは妻が巧みな投資をしているのだろう。もしくは、妻が教えている学校のある郊外の学区から、一年生担当の教師たちにすごいボーナスが出るとか。報告書をあれこれ解釈していたとき、ハロルド・ウィークスのところから人がやってきた。

「ミズ・ウォーショースキー？　トッド・ブレイクリーです。ウィークスの個人アシスタントをやっています。このあとに予定されている電話会議のあいだに二分だけ時間がとれるので、お目にかかれるそうですが、なんの用でいらしたかを伺ってくるようにいつかりました。アンバーがあなたの名刺を見て読みあげた名前のどれにも、覚えがないというのです」ブレイクリーは比較的若い男性で、パリッとした白いシャツにネクタイ姿。真夏のエンターテインメント業界の複合企業ではなく、二月中旬のFBIにいるような感じだ。

わたしは立ちあがった。「〈クローフォード＝ミード〉――これはシカゴ最大の法律事務所のひとつです。マイルズ・ヴフニク――この男は探偵で、十日前に墓地で殺害されました。ヴフニクの死体が発見された翌朝の報道部のカドルで、ミスタ・ウィークスがヴフニクは〈クローフォード＝ミード〉の仕事を請けていたと述べました。これでおわかりいただけた？」

受付のアンバーが聞き耳を立てていたが、ブレイクリーは事務職の人間ごときが何をしようと気にする様子もなかった。いや、気づいていなかったのかもしれない。わたしを案内して、贅沢なカーペット敷きの廊下を進み、エグゼクティブのオフィスが並ぶ東端まで行った。べつの秘書がいる控え室にわたしだけが残され、窓に面して置かれた椅子を秘書が勧めてくれた。ウィークスを待つ者たちにテレビのスクリーンは提供されていなかったが、シカゴ川が高層ビルのあいだを蛇行してミシガン湖に向かう壮大な光景が見られるだけで、充分にすばらしいエンターテインメントだった。

目の前のガラスのテーブルに双眼鏡がのっていたので、思わず手にとった。防波堤の向こうの湖へ出ていくヨットや、水族館の裏手で舞っているカモメの群れや、川を行く観光船をウォッチングした。船に乗った人々の日焼けした顔が驚くほど近くに見えた。

ブレイクリーがふたたびあらわれたので、しぶしぶ双眼鏡を置いた。〈グローバル〉に対して文句をつけたい点は数々あるが、何が大衆を喜ばせるかを心得ていることだけはたしかだ。

今回、ブレイクリーはスーツの上着を着ていた。わたしのためにウィークスのオフィスのドアをあけてくれたとき、ふと見ると、上着の襟に、ヘレン・ケンドリックのトウモロコシと国旗のピンバッジがついていた。

ドアの奥では、ウィークスがウェイド・ローラーと一緒にパソコンのほうへ身をかがめていた。二人ともそちらに夢中で、わたしたちが入っていっても顔もあげなかった。そのほうがよかった。ローラーを目にした怒りを表情から消し去るよう、わたしの顔に教えこむ時間ができたので。

ウィークスも個人アシスタントと同じく、ビジネススーツを着ていた。上着は体裁を繕うためだけではなかった。エアコンがガンガン効いているため、わたしのむきだしの腕に鳥肌が立った。ローラーはトレードマークになっているチェックの青いシャツ姿。二人とも、ヘレン・ケンドリックの宝石入りトウモロコシと国旗をつけている。

「V・I・ウォーショースキーさんをお連れしました、部長」ブレイクリーがいった。

「ご苦労。さて、ウェイド、このコーナーでは本に大きな焦点をあてるとしよう」ウィークスはパソコン画面を軽く叩いた。「しかし、これは明らかに、財団がらみの取材の大部分に対応するものだ。ミズ・ウォーショースキー――ウェイドの祝賀パーティでお目にかかったが、今日は、招待状を出した覚えはありませんぞ。どうです？」

「ええ。それはミスタ・ローラーにおまかせになったでしょ。ミスタ・ローラーはわたしの一族の歴史にとても興味をお持ちみたい。あの放送をなさる前に、まずわたしのほうに電話をいただきたかったわ。もっといい材料を提供してさしあげられたのに。たとえば、ブーム＝ブーム・ウォーショースキーの母親が町内会で活躍してた話なんか、ドゥランゴをつぶそうとするコーナーですごく役に立ったでしょうね」この叔母はきわめつけの人種差別主義者で、六〇年代に、サウス・サイドの教区から黒人を追いだそうとしていくつも誕生した町内会のひとつに入っていた。

ローラーを動揺させてやろうと、こちらが企んでいたとすれば、考えが甘かった。「わたしの番組を見てくれてるとわかってうれしいよ、ウォーショースキー。これまでに耳にしたきみの噂からすると、わたしの意見に賛成してくれるとはとうてい思えないが、リベラル派も偏見のない心を持っていることがわかってホッとした」

「まあ、ミスタ・ローラー、そんなに興味をお持ちだなんて知らなかったわ。わたしの政治信条をご存じだし、わたしの母がどこの出身かもご存じなのね。なんだか、わたしがデートの約束をすっぽかして、あなただけが待ちあわせ場所にあらわれたような感じ。ブログに書いておかなきゃ」ここで甘ったるい声を出してやった。「今週、あらゆる中年女性の夢がわたしにとって現実になったわ。ウェイド・ローラーにストーカーされてたんですもの」

「ストーカー行為は深刻な犯罪だ」ローラーがいった。「わたしだったら、ブログに書きこむ内容について慎重に吟味するだろうな」

「この人はブログなんかやってないよ、ウェイド」ウィークスがいった。「きみをからかってるだけだ」

「やっぱり、こちらの推測があたってた」わたしはいった。「お二人とも、わたしに不健全な興味をお持ちのようね。マイルズ・ヴフニクにも同じぐらい興味を持ってらしたの？　ヴフニクがときどき〈クローフォード＝ミード〉から仕事をもらってたことを、あなたがどうして知ったのかと、法律事務所の人たちが首をかしげてたわよ」

「きみはなぜそれを――」ローラーがいいかけたが、ウィークスにさえぎられた。

「われわれには情報源がたくさんある」ウィークスはいった。「一般の人々が何かを耳にし、目にしたとしよう。その情報が番組で使われれば、情報一件につき五十ドルの謝礼が出ることは、誰もが知っている」

「じゃ、マイルズ・ヴフニクが法律事務所の仕事を請け負っていることも、報道する価値があるって誰かが思ったわけ?」わたしは眉をあげた。

「人々からどんな情報が入ってくるかを知ったら、きみは驚くことだろう。ときには、じつに風変わりな話が役立つこともある」ウィークスがいった。「うちには社内調査員がおおぜいいるから、身元調査や手がかりの裏をとる作業などはそちらに一任している」

わたしはディックのところにいる事務職の人々を思い浮かべた。受付嬢の誰かが五十ドルと引き換えに、ハロルド・ウィークスに情報を流した可能性はあるだろうか。法律事務所からもらう給料は年間三万か四万ドルなのに、トップにいる弁護士の年収は七桁にもなるとすれば、たいして重要でない情報を流してボーナスをもらっても罰はあたらないと思うようになるかもしれない。証人リストはまさか見せないだろうが、法律事務所が私立探偵を使っている場合、その程度のことならハロルド・ウィークスに教えても害はないような気がするだろう。

考えてみたら、わたしが先週パルテール・クラブでサランターと食事をしたことも、ローラーはそうやって探りだしたのかもしれない。洗面所にいた老女、バーテンダー、こうした人々の誰かが、サランターが客を招いたらウェイド・ローラーに知らせなくてはとひそかに思っていたのかもしれない。

「わずか五十ドルのためにエロイーズ・ネイピアが事務所の秘密を口外するとは思えないし」わたしは無意識につぶやいた。

「エロイーズ?」ローラーが薄笑いを浮かべた。相手に教えるつもりのない秘密を知っているときに、子供たちが運動場で浮かべるたぐいの笑いだ。「わたしのきいた噂だと、五十ドルじゃ、エロイーズのストッキング代にもならないだろう」

「エロイーズは優秀なチーム・プレイヤーだ」ウィークスがローラーをたしなめた。「いくつかの委員会で一緒なんだが、わたしの前でも、ほかの誰の前でも、クライアントの噂や事務所の機密事項を口にするようなことはけっしてない」

「ルイス・オーモンドのことも、同じように信頼してらっしゃる？」わたしはきいた。

「オーモンドという人物は知らない」ウィークスはいった。「だが、もし知っていても、当人の許可を得ないかぎり、わたしが情報源の名前を明かすことはない。情報源に危険が及ぶかもしれないからな。おたがいに知っている人物の話をしよう。《ヘラルド＝スター》のライアスンと親しいそうだね？」

「親しい？　彼のことは知ってるし、この街で活躍してるその他の記者も何人か知ってるわ。たとえば、こちらの報道部にいるベス・ブラックシンとか。昔は、知りあいの記者がもっとたくさんいたけど、報道局に大鉈《おおなた》がふるわれて、アグリビジネス業界のブルドーザーが通ったあとの熱帯雨林みたいになってしまったから、最近はお近づきになれる記者があまり残ってないのよ」

「では、ライアスンがハドルの機密事項を洩らしたことはないんだね？」ウィークスはたいした質問ではないといいたげに、鉛筆をもてあそんでいた。

「ハドル！」わたしは指をパチンと鳴らした。「あなたがどう呼んでたのか、必死に思いだそうとしてたのよ。マドルだと思いこんでた。ほら、泥汚れって意味。ニュースを泥で汚して、視聴者に真実とでっちあげの区別がつかないようにするわけでしょ。話をもとに戻して、エロイーズ・ネイピアと同じく、マリ・ライアスンも優秀なチーム・プレイヤーよ。でも、あなたと同じく、わたしもこの街に多くの情報源を持ってるの」

26　車の話

事務所に戻ったわたしは、しばらく椅子にすわったまま、ローラーとウィークスに会ってみて何がわかったかを考えようとした。もしくは、こちらが何を露呈してしまったかを。マリを擁護するわたしの言葉を向こうが信じてくれればいいのだが。わたしはこれまで、マリのキャリアが風前の灯だという話を真剣に受け止めていなかった。マリに警告メールを送ろうとしたが、ウィークスが彼のメールを監視している可能性もあると思い、いまは何もしないほうが賢明だと判断した。

ネイピアとオーモンドの名前を出したとたん、ローラーが薄笑いを浮かべた。二人の弁護士がヘレン・ケンドリックの戦略会議の席かどこかで何かを発言し、そこからローラーがヴフニクのことを知ったのだろうか。それとも、ヴフニクがローラーの情報源の一人だったのだろうか。

いまのミーティングでは、サランターの名前を出さずにすませた。ローラーがサランターを攻撃しつづけているのは、ドゥランゴの選挙運動を叩きつぶそうとする〈グローバル〉の努力の一環のような気がしていたからだ。サランターの名前を出したところで、役に立つ情報が得られるとは思えなかった。それにしても、この街の裕福な権力者たちと二度にわたって顔合わせをした結果、何か役に立つ事実が手に入っただろうか。仕事に戻りなさい、ウォーショースキー。わたしは自分を叱りつけた。

その前に、ディックがはめていたジュルヌの腕時計のことを調べずにはいられなかった。こんな高級品があるなんてきいたこともなかったが、プラチナのネジの一個々々までが手作りの腕時計をほしがる者にとっては、これが究極の品のようだ。値段を調べてみて、卒倒しそうになった。家一軒と同じ値段（寝室が六つとプールつきの豪邸を必要としなければ）の腕時計を買うなんて、ディックも何を考えてるわけ？　わたしだったら、たとえこういう腕時計が買える身分でも、たかが時計にこんな大金を払うなんてまっぴら。ディックが浴室の洗面台にジュルヌを置き忘れてくれたらいいのにと、しばし楽しい空想にふけった。さらば、五十万ドル。

二人でやった口論がつぎつぎとよみがえってきた。不安定な心理を抱え、贅沢のできる身分ではないのに車もワインも最高級のものを買い、高級住宅地に住もうとしたディック。喧嘩腰だったわたし。わたしはいつもカリカリして、法律事務所でトップの座を占めるパートナーたちに食ってかかっていた。当時は国選弁護士会で仕事をしていた。ディックはわたしに、きみは負け犬だ、負け犬どものために時間を浪費しているといい、仕事をやめるよう求めた。そうすれば、家にいて、おいしい料理を作り、パートナーたちと魅力たっぷりに世間話をすることができる。

一日じゅうボスの前で最敬礼ばかりしているせいで、あなたはすでに側弯症になっている、とわたしがディックにいうと、彼が反論し、わたしがどなり返し、二人はやがて離婚することになった。わたしは離婚手当を受けとるのを拒否した。あのころは理想主義を貫いているつもりだったので、大金は不要だと思っていた。でもいまは、いくらがんばって働いても、その成果を示すお金がわずかしか入ってこないので、落ちこむばかりだ。

「お金なんて問題じゃないわ」わたしはもったいぶって宣言した。「大切なのは、お金で何ができるかということと」

パソコンで電話ログをひらいた。留守電メッセージと携帯メールのこの時代でも、わたしは応答サービスを利用している。緊急の問題を抱えた人々は、機械ではなく、生身の人間に話をきいてもらう必要があるからだ。応答サービスのほうでは、電話を受けたあとですぐ、わたしのパソコンのほうに連絡をくれる。急を要する場合は、わたしの携帯にもメールが入る。

リストに目を通し、赤い＊のしるしがついた緊急電話をピックアップしていった。真ん中あたりのメッセージに、小さな青いクランク軸《クランク》の絵がついていた。いたずら電話の可能性ありという警告のしるしだ。

〝匿名電話、メッセージをかならず伝えてほしいとのこと。内容はつぎのとおり／ゼイヴィア・ジャーゲンズ、カマロの新車購入。スペル再確認済み。電話番号非通知〟

非通知とあったけれど、応答サービスを呼びだした。しかし、向こうもパソコンに連絡してくれた以上のことは知らなかった。かけてきたのが女性か男性かもわからない。ぶっきらぼうな低い声。男のふりをした女か、わざと荒っぽい声にした男か。どちらにしても、電話を受けたオペレーターは、作り声でかけてきたと推測している。

ゼイヴィア・ジャーゲンズで検索してみた。二人見つかった。一人はペンシルヴェニア州の中部。もう一人はイリノイ州バーバンク市。バーバンク市に住んでいるほうは三十九歳。ジャナ・シャトカという同居人あり。〈ライフストーリー〉のデータによると、車は九年前に買ったヒュンダイ。カマロの新車のことは何も出ていないが、これが最新ほやほやの情報なら、自動車局のデータベースにはまだ入っていない可能性がある。

シャトカのほうは、長期にわたって障害補償年金を受けている。理由は明記されていない。彼女がどこで働いていたかもわからない。だが、ゼイヴィアは仕事を持っている。ルーエタール州立精神病院の看護助手で、年収は二万四千ドルを少し超えるぐらい。

わたしは椅子にもたれ、長いあいだ空《くう》をみつめた。ルーエタールのソーシャルワーク部門にいた秘書――ノートを調べてみた――シャンタルという名前だ。シャンタルはマイルズ・ヴフニクが犯罪者病棟の看護助手の一人と話をしているのを見かけた。応答サービスに匿名でメッセージを残したのは、もしかしたらシャンタルかもしれない。

病院に電話しても、ゼイヴィア・ジャーゲンズの勤務時間を教えてもらうのはむずかしそうだ。しかし、バーバンクまで車を走らせれば、ジャーゲンズがカマロの新車を持っているかどうか、この目で確認できる。

車で家に帰り、金色のワンピースを脱いで、カーゴパンツに着替えた。張りこみのときはこのほうが楽だ。上はゆったりした白のニット。iPad。これを持っていれば、待ち時間が長くなったとき、収入になる仕事を少しやることができる。魔法瓶に入れたコーヒー。果物少々。

ミスタ・コントレーラスが建物の裏にある狭い野菜畑で畑仕事をしていたようだが、田舎で週末をすごしたあとなので、いまは老人も犬も居眠りの最中だった。老人をおこすのはやめて、寝椅子の横に〝今夜は犬の世話をお願い。帰りが何時になるかわからないので〟というメモを置いていくだけにした。

正午前に高速道路に入り、アイゼンハワーが工事中だったにもかかわらず、西の郊外まで比較的スムーズに走ることができた。ダウナーズ・グローヴに寄り、ルーエタールのスタッフ用駐車場をひとまわりしてみた。カマロが二台あったが、どちらも真新しい感じではなかった。

ジャーゲンズの住まいは病院からかなり離れているが、年収わずか二万四千ドルでは、病院の界隈で借りられる家はそう多くないだろう。バーバンクのラミー・アヴェニューまでの二十マイルを車で走った。ジャーゲンズの住所は、道路をはさんで小さな公園と向かいあった二世帯式アパートメントだった。公園は野球のダイヤモンドがひとつと、ブランコがひと組と、砂場があるだけの小さなものだった。

ブランコのそばに車を止め、通りを渡ってアパートメントまで行った。近くにミッドウェイ空港がある。最終着陸態勢に入ったジェット機がすぐ近くに見えたので、思わず首を縮めたが、公園にいる子供たちを見ると、みんな平気な顔をしていた。

二世帯式アパートメントの北半分は淡い緑色に塗られ、窓はローズピンクのレンガで縁どられていた。ジャーゲンズとシャトカの世帯《メナージュ》は南側で、少しばかり手入れが必要だった。ところが、車を目にしたとたん、塗装のはがれかけた壁板も、窓のまわりのひび割れも、わたしの意識から消え去った。消防車みたいに真っ赤なピカピカのカマロが、アパートメントの横のカーポートに置かれていた。

わたしは短い車寄せを歩いた。まだオレンジ色の仮ナンバープレートがついたままで、プレートホルダーに販売代理店の名前が記されていた。シセロ市の〈ベヴィラックァ・シェヴィ〉。身をかがめてタイヤを見てみた。ホイールはワイヤをあしらった繊細なスポークスタイルで、カマロのロゴがついている。特注であることはまちがいない。スポルトマックス製のもので、周囲に赤いトリミングがあり、ひときわ目立っている。

「そんなとこで何してんの？」

ドアのバタンという音がきこえたので、ゼイヴィア・ジャーゲンズかと期待したが、出てきたのは四十代のがっしり体形の女性で、薄地のサンドレスでは巨大な胸が隠しきれていなかった。乏しくなりかけた髪を金色に染めているが、ここ数週間、染めるのをさぼっていたようで、髪の根元が黒っぽく見えている。そばかすの浮いた顔は真っ赤だった。日中の太陽か、あるいは、もしかすると慢性的な怒りのせいだろう。

わたしは立ちあがった。「車に見とれてたの」

「ここは私有地だよ。見とれるんなら、通りのほうからやりな」

「ミスタ・ジャーゲンズはいらっしゃるかしら、ミズ・シャトカ」わたしは尋ねた。

「なんであたしの名前を知ってんのよ?」

わたしはかすかな笑みを浮かべた。「当方のファイルにお名前が出ているので、ミズ・シャトカ。長期間にわたって障害補償年金をもらってらっしゃるけど、歩きまわるのに不自由はないようね」

「なんのファイル? あんた、社会保障局の人? 身分証を見せてよ」彼女のしゃべり方には、どこのものかよくわからない訛りがあった。

「政府の者ではありません、ミズ・シャトカ。個人的に仕事をしている者です。そして、ミスタ・ジャーゲンズと個人的に話がしたいの」

「あの人は仕事に出てる。個人的な相手だろうと、政府関係の相手だろうと、誰にも何も話すことはない」

「わたしになら話してくれるかもしれないわ、ミズ・シャトカ。わたし、マイルズ・ヴフニクの昔の事件を追ってるの」

小さな子供をたくさん連れた女性が二人、車寄せの向こうで足を止めて、こちらを見ていた。ジャナがふりむいて二人をにらみつけたが、急に黙りこんだ原因が彼女たちの登場にあるとは思えなかった。

「じつは、マイルズ・ヴフニクが亡くなったとき、仕事をわたしに託していったの」わたしはつけくわえた。「ミスタ・ジャーゲンズに渡したお金に見合うだけのものを、ヴフニクが受けとってたのならいいんだけど」

ジャナの唇の端に勝ち誇ったような笑みが浮かんだ。「あんた、マイルズ・ヴフニクに会ったこともないようだね」

ドジった。カマロを買う金をヴフニクがゼイヴィアに渡したものと思っていたが、見当ちがいだったようだ。

「あら、会ってるわ」わたしは断言した。「さんざん力になってやったのに、ジャーゲンズがカマロほしさにこっそり裏取引をしたといって、マイルズが失望してたわよ。わたし、マイルズが抱えてたいろんな事件の後始末をしてるところで、その点を糾明したいと思ってるの。あなたの障害補償年金に関しても、マイルズはいいたいことがいくつかあったようだけど、まあ、それは彼と一緒に葬ってもいいわね」

微笑が消えた。「誰だか知らないけど、いますぐうちの敷地から出てって」

「法的にいえば、もちろん、あなたの敷地じゃないのよ。マッカラ家から借りてるんですもの。でも、とりあえず了解。わたしの車のなかでミスタ・ジャーゲンズを待つことにするわ」

わたしはゆっくりと通りへ戻り、女性たちと話をするために足を止めた。子供のうち二人はベビーカーに乗っていた。あとの三人はけっこう大きいので、母親が立ち話をしているあいだ、ひそひそしゃべったり、小突きあったりしていた。ジャナ・シャトカが車寄せの向こうからわたしたちをにらみつけた。

「おとなりさん、すごい車を持ってるわね」わたしはいった。

女性の一人が鼻を鳴らした。「とりもどしにきたの？　ジャーゲンズには車のローンなんか払えないもんね。それに、あのあばずれ、仕事したこともないんだから、請求書の支払いは無理だよ。まして、車なんか買えるわけがない」

「車は現金で買ったって噂よ」

「へーえ、そんなお金、どこで手に入れんだろ？」二番目の女性がいった。

ジャナ・シャトカがつかつかと歩道までやってきた。「あんたたち二人、そこに突っ立ってあたしの悪口いってんだろ。あんたたちの生き方はどうなのさ？　あったかいウンコの山にたかるハエみたいに、スペ公の子供をころころ生んでさ、その子たちを育てる金は誰が出すんだよ？」

「ふん、干からびたロシアのあばずれのくせに。腐ったカボチャみたいなもんだよね。種がないから実がならない」

ロシア。それで訛りの説明がつく。口喧嘩がおもしろくなってきたが、脱線した会話をもとに戻す必要があった。「ゼイヴィアが病院からもらう給料じゃ、車の代金なんか払えないとなると、どうやって車を買ったの？」

「こっちの勝手だろ！」ジャナの巨大な胸が怒りに膨らんだ。

「たぶん、麻薬を盗みだして売ったんだわ」二番目の女性がいい、母親二人で爆笑した。ジャナが女性をひっぱたこうとして、手をうしろへひいた。わたしは彼女の手首をつかみ、その手を背中のほうへねじりあげた。

「はいはい、みんな、暴力沙汰はやめましょ。今日は猛暑。暑い日は警察が過剰に反応するのよ、わかった?」

　アイスクリーム売りがカートを押して通りの向こうからやってきた。年上の子供三人が母親の服をひっぱった。「アイスクリーム《エラード》、ママ、エラード」

　アイスクリームをねだる声のおかげで、誰もが面目をつぶさずに喧嘩騒ぎを中断することができた。女性二人がアイスクリーム売りのほうを向いた。わたしは自分の車まで歩き、ジャナ・シャトカは自分の家に戻った。

　ジャナがゼイヴィアに電話をかけているにちがいないが、日中の勤務であれば、帰宅は二時間後ぐらいになるはずだ。車で〈ベヴィラックァ・シェヴィ〉まで行く時間ができた。ぎらぎらする夏の太陽が車に照りつけて、サングラスをかけていても目が痛かった。

　販売代理店の敷地には誰もいなかったが、わたしが車を止めたとたん、シャツにネクタイ姿の男性が飛んできて挨拶した。その微笑ときたら、サウス・サイドのほぼ全域を明るく照らすことができそうだった。傷だらけで埃っぽいわたしの車を、貴重な芸術品を見るような目で見た。

「高性能スポーツカーに関して、まことにお目が高い。このマスタングのような車をお好みなら、カマロの新車など、ぜったいお気に召すと思います」

わたしは残念そうな笑みを浮かべた。「カマロのことで伺ったんだけど、買うためじゃないのよ。ある販売に関して、法的に正当なものかどうかを確認するためなの」

甲羅に頭をひっこめるカメのように、男性は愛想の良さをひっこめ、遺族に挨拶する葬儀屋のような表情になった。「法律に関するご用件でしたら、ミスタ・ベヴィラックァのほうへお願いします」口から二、三インチ下で揺れているマイクに向かって何やらいった。建物のなかにいる誰かにトラブルの来訪を伝えているのだろう。

わたしはガラスのスライドドアを通り抜けてエアコンの効いた店内に入ったが、冷房が強すぎるため、温もりをとりもどそうとして両手で腕を抱きしめた。冷気が不愉快な臭いを運んできた。カーペットに使われている接着剤の臭いかもしれない。

受付係が隅のオフィスのほうを指し示した。客ではない、挨拶の言葉をかける必要はない、笑顔などもってのほか、というわけだ。ショールームに展示された乗用車とトラックのそばを歩いていく途中、思わず足を止めてコルベットをなでた。わが夢の車、一九三八年型ジャガーSS一〇〇は、最近だと五十万ドルぐらいで転売されている——考えてみれば、ディックの腕時計と同じ値段だ——でも、第二候補として、コルベットも悪くない。

受付係がエヘンと咳払いをして、経営者のオフィスのほうを指さした。カルム・ベヴィラックァがドアのところで待っていた。カマロに乗りこもうと思ったら難儀しそうなでっぷりした男で、エアコンに負けないぐらい冷たい目でこちらを見て、いったいなんの権利があってこの代理店での販売に疑問をはさむのかときいてきた。

「まあまあ、落ち着いて、ミスタ・ベヴィラックァ。わたしがお尋ねしたいのはあなたのことじゃなくて、お宅で車を買った男性のことなの。男性はあちこちで借金をしているため、貸したほうは、カマロの新車を見て舌なめずりしています。もし、その男性が小切手を書いたのなら、おそらく、不渡りになり、カンガルーが飛び跳ねるような勢いで戻ってくることでしょう。そこでですね、わたしのクライアントが借金の形《かた》として車をとりあげる前に、おたくへの礼儀として、支払いがどのような形でおこなわれたかをお尋ねしにきたわけです」

わたしが早口で並べたてた言葉は基本的に意味のないものだったが、でたらめなロジックをベヴィラックァが鋭く突いてくることはなかった。身分証の提示を求めることもなかった。販売代理権をめぐる法的なゴタゴタではないとわかって安心したのだろう。かわりに、顧客の名前を教えてほしいといった。

わたしは声の届く範囲に誰かいるのではないかと、あたりを見まわし、用心深くドアを閉めた。「ゼイヴィア・ジャーゲンズ」と、声をひそめていった。

ベヴィラックァは綴りを尋ね、デスクの前にすわり、パソコン操作に没頭した。わたしは来客用の椅子に腰をおろした。ショールームの不快な臭いは、椅子の布地からきているようだ。

「あ、あった」ベヴィラックァがいった。「ジャーゲンズは一週間前にカマロの新型モデルを買っています。プレミアムホイールと延長保証つきで。一万五千ドルは現金払い、残りの一万はローン。だが、こちらで信用調査をやって、ミズ、ええと――」

「現金？　ドル札ってこと？」

「百ドル札です。正確にいうと」ベヴィラックァは思わず笑いを洩らした。わたしたちはいまや、チームメイトというわけだ。「自宅は持ち家。勤務先についても、融資会社のほうで調べました」

「知ってるわ。勤務先はルーエタール病院」わたしはうわの空でいった。「犯罪者病棟を担当。だから、収入はたぶん安定してるでしょうね。ゼイヴィアにとって必要なことだわ。だって、一緒に暮らしてる女性は働けないみたいだから」

「その点については、わたしは何も知りません。ただ、ローンを組むさいに、その女がいろいろとうるさく質問してきました。ゼイヴィアのほうは、車のことしか頭になかった。ここだけの話ですが、女が一緒でなければ、金利があと〇・五パーセント高くてもオーケイしたことでしょう。おたくのクライアントがあの女を相手にすることになったら、たぶん、車をとりあげるのに苦労するでしょうな」

「注意するようにいっておくわ」わたしはドアを出て、こちらの名前をきいていないことにベヴィラックァが気づく前に、マスタングまで戻った。

わたしがここにきたのは販売代理店の融資方針に文句をつけるためではなかったことが、早くも知れ渡っていたにちがいない。親切なわが友人がわざわざマスタングのドアをあけてくれ、ついでに名刺をよこした。「この車を下取りに出そうと思われたときは、ぜひともこちらにご連絡を！」

27　ほんのかすり傷

わたしは車の窓をあけたままで、ゼイヴィアとジャナの家にひきかえした。大気はどんよりと蒸し暑く、排気ガスやファストフードのチェーン店の脂っぽい臭いが漂っていたが、車の販売代理店のなかにこもっていた凍った接着剤のような臭いに比べれば、肺に吸いこんでもそれほどつらくなかった。

バーバンクに戻ると、カマロはいまもカーポートに入ったままだったが、ジャーゲンズの住まいの呼鈴を鳴らしても返事はなかった。通りの向かいにある小さな公園のベンチに女性が二人すわっていた。人が出入りするのを見なかったかと尋ねてみたが、二人とも肩をすくめただけだった。となりあってすわっているあいだも、携帯メールをやっていて、近所のことにはまったく関心がない様子だった。近くでボールをはずませていた男の子が、「三十分ほど前に、ジャナ・シャトカがタクシーに乗るのを見たよ」と、大声で教えてくれた。またしても頭上にジェット機が迫ってきた。ジャナはロシアへ帰ることにしたのだろうかと、わたしはぼんやり考えた。

車に戻って、メールに返信を始めたが、依頼人の要求に注意を集中することができなかった。ジャーゲンズは一万五千ドルもの現金をどこで手に入れたのだろうと、何度も考えた。年収二万四千ドルの身で、それだけ貯金するのは無理だ。三十九年の人生のうち二十年を昼食抜きで暮らしたのでないかぎり。

その一方、ヴフニク自身のふところもたいして豊かではなかった。ヴフニクがジャーゲンズに賄賂をつかませたのなら、その金をどこで調達したのだろう？　それはともかく、ヴフニクが車の代金を出したのだと、わたしがほのめかしたとき、ジャナは薄笑いを浮かべた。ジャーゲンズを買収したのは誰かほかの人間なのかも。もしくは、この午後に女たちの一人のいったことが真実かもしれない。ジャーゲンズが病院から麻薬を盗みだし、売りさばいていたのかも。

しかし、ジャナはヴフニクの名前を知っていた。薄笑いからすると、彼に会って何か取引したことがあるのだろう。ベヴィラックァの話では、カマロを買うさいに金利の交渉をしたのはジャーゲンズではなく、ジャナだったという。とすれば、ヴフニクとの交渉のときも、ジャーゲンズはこの女を同伴したかもしれない。ヴフニクが金を渡すという約束を破ろうとしたため、ジャナ・シャトカがマウント・モリア墓地で彼の胸に杭を突き刺したのかもしれない。すぐに怒りを爆発させるああいう女はそこまでやりかねないし、たぶん、その力もあるだろう。

憶測、憶測。わたしに必要なのは事実。わたしは断固たる態度でｉＰａｄに戻り、それから四十分間、メールに集中した。集中するあまり、ゼイヴィア・ジャーゲンズがポンコツ車で帰宅したのをうっかり見落とすところだった。またしても頭上でジェット機が轟音をあげていたため、ヒュンダイのドアを乱暴に閉める音に気づかなかった。目の端で何かがちらっと動いたので、顔をあげると、ちょうどジャーゲンズが二世帯式アパートメントに入るところだった。

iPadのスイッチを切って彼のあとを追った。さっききたとき公園のベンチにすわっていた女性たちはいなくなり、かわりに、年配の男性二人がすわっていた。一人がわたしの背後で大声をあげた。「あんな男はやめとけ、ベイビー。おれにしな」

わたしのノックに応えて出てきたゼイヴィア・ジャーゲンズは、まだ病院の白衣のままだったが、缶ビールの蓋をあける時間はすでにとっていた。「なんだい？」

わたしはスクリーンドアをあけた。「ミスタ・ジャーゲンズ？　わたしはマイルズ・ヴフニクの仕事仲間よ。話があるんだけど」

ジャーゲンズは玄関ドアをふさぐように立っていた。大男ではないが、首の筋肉ががっしりしていて、剃りあげた頭がそれをさらに強調していた。白衣を着ているので、洗剤の〈ミスター・クリーン〉のボトルに描かれたキャラにそっくりだ。

「どういう意味だ、仕事仲間とは？」

「わたしみたいな人間って意味よ。ほかの人と組んで仕事をする人間。今回はマイルズ・ヴフニクと組んだのよ。彼が担当してた主な事件をひきついで調査してるとこなの」

「仕事仲間の意味はよーくわかったよ。だが、やつは一匹オオカミだといってたぞ」

「いまの世の中、誰も信用できないわ。でしょ？」わたしは嘲るようにいった。「たとえば、〈ベヴィラックァ・シェヴィ〉では、カマロの残りのローンをあなたがちゃんと払ってくれるかどうか心配してたわ」

「なんの話をしてるんだ？　あんた、販売代理店のまわし者かい？　書類にちゃんとサインしたし、おれが金に困ってないことは向こうも知ってる」

「でも、みんなが首をひねってるのは、ベンジャミン・フランクリンのあのすてきな肖像画を、あなたがどこであんなにたくさん集めてきたのかってこと」

ジャーゲンズは首をふった。否定の意味ではなく、わたしの話についてこられないだけだ。

「ミスタ・ジャーゲンズ、あなたは現金で支払った。百ドル札の束を数えた。自慢そうに。販売代理店のみんなが見にきた。でも、それが盗んだお金だったら、もしくは、麻薬の横流しで得たお金なら、政府の人間がやってきて、ぴかぴかの赤いカマロを没収していくわよ」

「金なんか盗んでない。マイルズも知ってる——いや、知ってた。さ、とっとと出てってくれ」

「ジャナのようにね。あなたに一万五千ドルくれたのはヴフニクではないって、ジャナが説明してくれたけど、わたしがヴフニクとあなたと車のことをあれこれ質問したものだから、いらいらしはじめて、一時間ほど前に出てったわ」

「それがどうした？　ここは自由の国だ。ジャナだって好きなときに出入りできる」

「ええ、たしかにね。ジャナはタクシーに飛び乗った。さて、正直にいうと、運転手に行き先を告げるところを、わたしはきいてないのよ。でも、たぶん、すてきな大金をくれた人物に話をしにいったんでしょうね。どう思う？」

「あんた、帰ったほうがいいぜ」

　ジャーゲンズが内側のドアを閉めようとして一歩下がった瞬間、わたしはすかさずすべりこんだ。向こうは手に負えない患者を扱うのに慣れている。わたしをつかまえるなり、こちらの腕を背中へねじりあげた。そこで、こっちはグタッと力を抜いてジャーゲンズによりかかった。全体重をかけられて、彼がバランスを崩した。焦ってわたしをつかもうとするあいだに、右脚で足払いをかけてやった。缶が床に落ち、ビールが部屋に飛び散った。

　ジャーゲンズは倒れたが、すぐさまおきあがった。「クソ女」

「やめなさい」わたしは椅子のうしろにまわった。「格闘なんて無駄だわ。二人とも負傷して、それでもやっぱり、こういう会話をしなきゃならない。カマロを買うお金は誰が出してくれたの？」

　椅子の向こうからジャーゲンズがわたしにつかみかかろうとした。彼のみぞおちに椅子をぶつけてやると、向こうはすさまじい声でうめいて身体を二つに折った。

「ジャナはあんなにあわてて誰に会いにいったの？　わたしがこの家を出たあと、ジャナはあなたに電話して、何をする必要があるかを話したんでしょ」

　ジャーゲンズがわたしの背後にまわろうとした。わたしは椅子を手にして、向きを変えつづけた。体力を消耗することだった。

「マイルズ・ヴフニクは犯罪者病棟の誰に会おうとしてたの？」息を切らしながら、わたしは尋ねた。

「あんた、自分では利口なつもりらしいが、そうでもないな」

「かもしれない」わたしは同意した。「警備員？　それとも、患者？」

ジャーゲンズはキッチンから肉切りナイフをとってきて、わたしに切りつけようとした。わたしは彼の頭に椅子を投げつけ、裏口から逃げだした。

通りに出たそのとき、タクシーが止まった。ジャナ・シャトカがおりてきた。誰かに会いにいくのに、薄地のサンドレスとビーチサンダルを脱いで、ぴちぴちの濃紺のスカートとパンストとヒールのある靴をはき、白いジャケットをはおっていた。

「あんた！　人が留守してるあいだに、家に押し入ったんだね。警察を呼んでやる！」単なる脅しではなかった。手にしていたばかでかいブルーのハンドバッグから携帯をひっぱりだした。

「ゼイヴィアが入れてくれたのよ」わたしは大きく息を吸いこんでいた。「あの人、椅子の脚に身体をぶつけてしまって、ちょっと痛かったみたい。でも、あなたがカマロのお金を出してくれたスポンサーのところへ話をしにいったにちがいないって意見には、賛成してくれたわ」

「なんだって？　家に押し入ったうえに、うちの人に暴力をふるったのかい？　とんでもない女だね！　ゼイヴィアが一日じゅう世話をしてるほかの患者と一緒に、あの病院で暮らしたほうがいい。とっとと出ていきな！」

野次馬が集まってきていた。公園にいた人々のほかに、家に帰る途中の通勤者も。

「わたしが押しかけてきて、あれこれ質問していったって、スポンサーに訴えたんでしょ？どんなアドバイスがもらえたの？」

「あんたに拘束衣を着せて、閉鎖病棟へ連れてけってさ」ジャナは吐き捨てるようにいった。

「おや、血が出てるぞ」野次馬の一人が叫んだ。「ゼイヴィアのやつ、何をしたんだ？ 噛みついた？」

「ちがうよ、切りつけたんだ——ほら、あそこにいる。ナイフを持って！」

わたしが野次馬と一緒にふりむくと、ジャーゲンズはカマロのそばに立ち、肉切りナイフをふりかざしていた。なんとなく哀れを誘う光景だった。この車はたぶん、彼がこれまで手に入れたなかでもっとも大切なものだろう。わたしに車を奪われるのではと怯え、必死に守ろうとしているのだ。

いままで気がつかなかったが、わたしのニットの胸に血がにじんでいた。ジャーゲンズが襲撃に成功し、わたしはそれに気づいていなかったわけだ。上にはおったシャツの肩のところが切り裂かれていた。首をまわし、横目で傷を見てみた。さほど深い傷ではなさそうだが、格闘の直後に自分の血を目にしたことで、急に膝の力が抜けた。

「警察を呼んだほうがいい」誰かがいった。「あいつ、狂暴になって、このレディに切りつけた。つぎは何をすることやら」

「その女が始めたんだよ」ジャナが険悪な声でいった。

「なんでわかんの？　ここにいもしなかったのに。伊達男とデートに出かけてたくせに。ちがう？」女性の一人が叫んだ。

「女が大声で認めたんだよ」ジャナはいった。「うちの人に椅子を叩きつけたんだ」

「ついでに分別を叩きこんでくれたかも。賢い男なら、あんたみたいな怠け者のクソ女はさっさと追いだすけどね。あんた、障害補償年金を不正にもらってるだろ」

「もらってるよ」ジャナはいった。「肺が悪いんだ。医者もそういってる！」

わたしは「デートに出かけてたくせに」とジャナにいった女性に近づいた。「そのミスタ・伊達男を見たことはある？」ときいた。「どうしてもその男を見つけたいんだけど」

女性は首を横にふった。「近所の単なる噂話よ。だって、ほとんどいつも古いホームドレスなのに、たまに、化粧したり、パンストはいたりして、出かけてくもの」

べつの女性が横からいった。「金持ちの男がいるに決まってるよ。そうでなきゃ、メキシコ人のことででたらめばっかり並べ立てるウェイド・ローラーに、一日じゅう耳を傾けてるようなあばずれが――」

「なんだよ、でたらめだってのかい？　メキシコ人なんて、怠け者のクズばっかりじゃないか」ジャナがさえぎった。

女性が「不精なロシアのブタ《セルド・ルソ・ペレーソソ》」と叫んで、ジャナに飛びかかろうとしたが、一人の男性が割って入った。わたしは一日分の刺激を充分に味わったと判断し、野次馬の注意が新たな競争相手に向いているあいだに、自分の車のほうへこっそり逃げだした。

通りを渡ろうとしたとき、人垣のへりのほうにいた女性が声をかけてきた。「あの二人ときたら。いつもおたがいの喉笛を狙ってるのよ。お医者さんに行ったほうがいいわ。興味半分で尋ねるんだけど、どうしてゼイヴィアと喧嘩しにきたの？」

「喧嘩するために訪ねてきたんじゃないわ」わたしはマスタングにぐったりもたれかかった。「ただ、車の代金をどこで手に入れたかに関して、いくつか疑問があるの。あなた、まさか、知らないわよね？」

女性は残念そうに首をふった。知りたくてたまらないようだ。この通りに住む全員が知りたがっている。「ゼイヴィアはよく働く人よ。知ってるでしょ。怠け者ではない。でも、運が悪いのよね。とくに、あのジャナみたいなふしだら女にひっかかってしまって。わたしもジャナと同じく東欧の出身よ。でも、生活のために働いてるわ！　病院の給料がどれぐらいかは、わたしたちみんなが知ってるけど、あんな車、買えるわけないわよ」

「車のお金を出したのは——ジャナの愛人だと思う？」

「ジャナみたいな女のために大金を出す男がどこにいる？　わたしが思うに、たぶん、ゼイヴィアが病院から麻薬を盗みだしたのね」

ああ、世間の噂——子供時代に戻ったような気がする。近所の諍《いさか》い、移民全員がよじのぼろうとしている梯子のいちばん下の桟からそれぞれの移民グループが、ほかのグループを突き落とそうとする。同じグループではない者を前にしたとき、わたしたちは何を恐れるのだろう？　昔からよくある兄弟間のライバル意識みたいなものだろうか。誰が親にいちばんかわいがってもらえるか、誰がチョコレートケーキの最後のひと切れをもらえるか。

ゆっくりと車の流れに入っていきながら、わたしはバックミラーで野次馬連中を見た。人々が散りはじめていた。夕食の時間なので家に帰るのか、もしくは、どこかよそでもっと楽しい娯楽を見つけるのか。

市内に戻るのに、脇道ばかりを選んで走った。怪我が身体にこたえていた。いや、もしかしたら、格闘がこたえているのかも。注意散漫になっているので、高速道路を使うのは危険だった。サニタリー運河にかかった橋の上で渋滞にひっかかっているあいだに、ロティに電話した。ロティは診療所で待っているといってくれた。

北へ向かってゆっくり車を走らせながら、どうしていくつもミスをしてしまったのかと首をひねった。〝利口なつもりらしいが、そうでもないな〟と、ゼイヴィア・ジャーゲンズにいわれた。同意するしかない。

アプタウンの西の端にある診療所に着くと、ここをとりしきっている女性が衝撃のあまり息を吞んだ。診察の順番を待っているひと握りの患者も同様だった。「ミズ・ウォーショースキー！　怪我をされたと、ドクター・ハーシェルからききましたが、重傷ですね。いらしたことをドクターに伝えてきます」

知りあって二十年になるにもかかわらず、ミセス・コルトレーンはいまも堅苦しくわたしの名字を呼びつづけている。彼女が受話器をあげる前に、ロティが待合室に飛びこんできて、血に汚れたわたしのシャツに目を向け、彼女のオフィスととなりあった診察室へわたしをひっぱっていった。待たされている患者の一人がミセス・コルトレーンに文句をいうのがきこえてきた。

ロティは傷口を消毒するあいだに、どういうわけで怪我をしたかを説明するよう、わたしにいった。「縫合もステープラーも必要なし。深い傷じゃなくて、ナイフが肩をかすめただけ」ロティはサージカルテープを使って、傷口を慎重にくっつけた。「破傷風ワクチンの追加接種はちゃんと受けてる？」

「ええ、二年前に切り傷を負ったときに受けたわ。ワクチンが効いてないのは、わたしの探偵のスキルだけ。注射してもらったほうがいいかもね」

ロティはわたしの肩にシートを貼った。「抗生剤を出しておくわ。それから、あなたの性格に反することであっても、お嬢さん《リーブヒェン》、少し休息をとりなさい。今日の午後は、いったいどんなミスをしたの？」

「宿題をやっていかなかったの。ワラをもつかむ思いだったから、カマロのことで匿名電話が入ったとたん、相手の男と対決するため出かけていったの。ほかの作戦を立てるかわりに」

「ほかの作戦って？」

「そこが問題なのよね――わたしにもわからないの。ゼイヴィア・ジャーゲンズはたしかに、自力では買えそうもない車を持っている。でも、リッチな親がいるのかも。わたし、その点の調査もさぼってしまった。あるいは、愛人に莫大な保険金がおりたのかも。その女、障害補償年金をもらってるのよ。肺が悪いからだって、本人はいってるけど」

わたしはロティの診察用のリクライニング・チェアによりかかった。「近所の意見はいろいろよ。ゼイヴィアが病院の麻薬を盗んでお金に換えていると思ってる人が大部分だけど、愛人というか、ビジネスパートナーというか、とにかく、甘いパトロンがついてるんだって思ってる人もいる。わたし自身は、ヴフニクが犯罪者病棟に入りこむため、ジャージゲンズに賄賂を渡したんだろうと思ってたけど、愛人のジャナから、それはちがうって断言されたわ。でね、ジャージゲンズにまずお金のことを質問したの。そしたら、会話はそこで終了——向こうが殴りかかってこようとして、うまくいかなかったため、肉切りナイフをつかんだの」

「話についていけないんだけど、ヴィクトリア。ヴフニクって——墓地で刺し殺された探偵でしょ？　あなたはどうして、ヴフニクがその看護助手に賄賂を渡したと思ったの？」

「ヴフニクが犯罪者病棟で看護助手と話をしてるのを見かけたって、病院のソーシャル・ワーカーがいってたから。レイドンはヴフニクに監視されてると思いこんでた。お兄さんが彼女の様子を探るために、ヴフニクをルーエタールに送りこんだんだと思ってたの。でも、ヴフニクが病院へ行ったのは、きっとべつの用があったんだわ」

ロティはクロゼットの扉をあけて、白いブラウスを出してくれた。「いま着てるニットが感傷的な思い入れのあるものでなければ、捨てたほうがいいわね。これを貸してあげる。これを着てるあいだは誰とも喧嘩しないって約束するなら」

わたしは弱々しく微笑した。冗談を理解したしるしに。

「それから、今夜はうちに泊まっていきなさい。あなたの車はここの駐車場に入ってるから、朝まで安全よ。うちにきたら、かならずスープを飲むこと」

「はい、了解」わたしは敬礼してみせたが、肩の緊張がほぐれた。モーターボートに乗って北大西洋で猛スピードの追跡劇をくりひろげるほうが、ロティの車に乗るより安全であっても、わたしの責任を彼女に委ねられるのは心の休まることだった。

わたしはロティの本日最後の患者だった。待合室にいた人々の処置はジュウェル・キムがやっていた。ロティが今日のカルテの整理を終えるまで、わたしはリクライニング・チェアでうとうとしていた。

ジュウェルが入ってきて、仕事が終わったことをロティに報告したが、ある女性患者の腋の下にできたしこりをロティにも診てもらいたいといった。ロティがもうひとつの診察室へ行っているあいだに、ジュウェルはロティがおこなったわたしの肩の処置を見て、しぶしぶ合格点をつけた。ふつうなら、こういう傷はジュウェルの担当になっている。

「いい仕事をしてますね」戻ってきたロティに、ジュウェルはいった。「外科手術にうんざりしたら、看護師になれますよ」

ロティは笑い、ジュウェルを脇へ連れていって何やら相談しはじめた。ロティとジュウェルがしこりのできた女性のところへ話をしにいっているあいだに、わたしの携帯が鳴った。かけてきたのはロックフェラー・チャペルの首席司祭、ヘンリー・ノーブで、いま話をしてもかまわないかと礼儀正しく尋ねた。

わたしは苦笑をこらえた。「ええ、どうぞ」

「先週、ある引用のことで電話をくださいましたね」

「ええ、〝死に臨んでも二人が離れることはなかった〟。残念ながら、〈サムエル記下〉を調べても、ピンとくるものがなくて」

「ゆうべ、英文学部の同僚と食事をしましてね、気を悪くしないでほしいんですが、彼女に相談してみたんです。彼女はロックフェラー・チャペルの評議員会のメンバーですし、もちろん、あなたのお友達の不幸な事故には大学全体が心を痛めています」

ノーブは申しわけなさそうな声でいった。わたしと話をするときは、いつもこんな感じだ。英文学部の同僚と話をしたときも、やはりこういうためらいがちな口調だったのだろうかと、わたしはぼんやり考えた。わたしの質問のことを同僚に勝手に相談したノーブにちょっと腹が立ったが、あたりさわりのない返事をしておいた。ぐったり疲れて議論する元気がなかった。

「ジョージ・エリオットが『フロス河の水車場』のなかでこの一節をエピグラフとして使っていることを、同僚が思いださせてくれました」

これもわたしが大学時代に読んだ本だ。疲れた脳みそを検索した。「兄と妹の話。そうですね？　マギーなんとか？」

「マギー・タリヴァー。エリオット自身の人生が投影された作品です。兄との関係がとくにそうですね。子供のころ、エリオットは兄を崇拝していたのです。小説のなかでは、フロス河の氾濫で兄と妹は一緒に溺れてしまいます。英文学部の同僚から、あなたの事件に兄と妹は登場しないのかと尋ねられました」

ロティがオフィスに戻ってきて、帰ることにしようといった。わたしは首席司祭に礼をいって、椅子から立ちあがった。長いことすわっていたため、動きがぎくしゃくしていた。格闘のときに使った筋肉がすでにこわばっていた。

ロティは同情のかけらもない目でわたしを見た。わたしが足をひきずっている理由を正確に把握しているし、わたしの格闘の腕前に対する意見をこれまでに何度も表明している。だが、今日は首をふっただけだった。少なくとも、年をとりすぎて格闘はもう無理よ、とはいわなかった。

ロティが赤信号を無視して突っ走り、〈ユナイテッド・パーセル・サーヴィス〉のトラックに追い越しをかける瞬間、わたしは目を閉じて兄と妹のことを考えた。真っ先に思い浮かぶのはレイドンと兄のスーアル・アシュフォードだが、エリオットのエピグラフがこの二人にどうあてはまるのか、いくら考えてもわからなかった。

レイドンがスーアルを、もしくは、スーアルがレイドンを崇拝していた時期が、かつてあっただろうか。レイドンの口からそんな話をきいた覚えはない。たぶん、生まれたときから犬猿の仲だっただろう。〝調べてみて〟と、レイドンはヴフニクにいっている。〝死に臨んでも二人が離れることはなかった〟レイドンが考えていたのは兄と妹のこと？　父親と息子？　それとも、もっと漠然としたもの？

ロティが彼女の住む建物の地下の駐車場に車を入れたとき、わたしはマイルズ・ヴフニクのもと妻との会話を思いだした。〝あの人が大切に思ってたのは、お姉さんのアイヴァだけ〟と、妻はいった。しかも、年金の受取人をその姉にしているという。ひょっとすると、三万二千ドル相当の不動産のほかに、なんらかの情報を姉に遺しているかもしれない。

28　本の彫刻

渋滞のなかを南へ向かうあいだ、周囲の乗用車やトラックから、熱気がちらちら光る波となって立ちのぼった。時刻は午後一時すぎ、ライアン高速の車の流れは悲惨なことに最悪だった。インターステートの標識によると、四分の一マイル先にメンフィスへの分岐点があるそうで、なんだかわくわくしてきた。ロード・トリップという感じ。でも現実には、ようやくそちらのルートに入っても、同じ渋滞が延々とつづくだけだった。

もっと早く出発するつもりでいたのだが、きのうの格闘のせいで、いや、たぶん、ロティの命令で寝る前に呑まされた錠剤のせいで、まる十時間、夢も見ずに眠りつづけた。ようやく目がさめたときは八時をすぎていて、ロティはとっくに出かけていた。入浴時に傷口を保護する方法を書いたメモが置いてあった。〝サージカルテープがはがれそうだったら、力仕事に挑む前にジュウェルに診てもらうこと。たとえば、大蛇と腕相撲をする前などに〟

〝素手で大蛇をつかまえに行ってきます〟わたしはメモの下に走り書きをした。ロティは濃厚なウィンナ・コーヒーを詰めた魔法瓶と、病院のスタッフの誰かが焼いているロールパンの入った籠も置いていってくれた。わたしは辛辣なコメントを消した。甘やかしてもらうのは、とってもいい気分。

ひどくこわばった筋肉をストレッチでざっとほぐしてから、車をとりにふたたびロティの診療所へ出かけたが、そのあとただちに出発というわけにはいかなかった。家に帰って清潔な服に着替える必要があったのに加え、早まったことはぜったいしないといって、ミスタ・コントレーラスを納得させなくてはならなかった。もちろん、老人にはゆうべのうちに電話しておいたのだが、向こうはわたしとじかに会わないことには承知せず、肩の傷を見て舌打ちをし、問題を解決するには格闘よりいい方法がいくらでもあるはずだなどと説教を始めた。

「ダーリン、まずパイプレンチをふりまわし、質問はそのあとでという人からそんな言葉をきかされると、不思議な気がするわ」わたしは老人の頬にキスをした。

「ああ。だが、あんたにはそのルックスが必要だ、嬢ちゃん。ジェイク・ティボーはいいやつかもしれんが、ヴァーモントのほうには、あんたの半分の年の美女がいっぱいいて、昼も夜もジェイクのそばでバイオリンを弾いとるんだぞ」

それはわたしも考えたことがあったが、こう答えておいた。「だったら、わたし、かなり目立つ存在になれるわね――中年、傷あり、バイオリンなし。ジェイクがわたしを見つけるのに苦労することはけっしてない」

ミスタ・コントレーラスは非難の表情で首をふった。「わしゃ、あんたと知りあってから何年ものあいだ、あんたが多くの男とつきあっては別れるのを見てきた、クッキーちゃん。ジェイクは大部分の男よりましだが、あんただって、いつまでも男に肘鉄を食わせたり、シッシッと追い払ったりできるわけじゃないんだぞ。そのうち、わしのような年寄りになる。その前にどっかのチンピラに刺されて死んだりしなけりゃな。年をとったとき、誰が面倒をみてくれるんだ?」

返事のしようがなかったので、わたしの今日の外出予定を告げるだけにしておいた。一緒に行くといわれたため、さらにはぐらかすことにして、わたしが刺し殺された場合にはあなたがシカゴにいてミッチとペピーの世話をしなくてはならない、といってきかせた。猛暑のなかで犬を走らせるのはかわいそうなので、ゆっくり泳がせようとしていたわたしを、老人が車に乗せて、湖へ連れていってくれた。それから、わたしがあとひとつだけ残っていたクリーニングずみの夏ものパンツに着替えるあいだに、ランチを用意してくれた。わたしは万一の場合に備えて、一泊用のカバンに荷物を詰め、正午少しすぎにようやくケネディ高速に入ることができた。

出発前に、マイルズ・ヴフニクの姉アイヴァのことを少し調べておいた。きのう、ゼイヴィア・ジャーゲンズを訪ねたときにほとんど準備をしていかなかったことを、いまも反省していた。運転しながら、iPadの音声読みあげ機能を使って検索結果をきいた。

ヴフニク家には子供が四人いた——アイヴァ、マイルズ、息子がほかに二人。息子は三人とも二十代のときにダンヴィルの実家を離れているが、アイヴァだけは家に残って、昔ながらの伝統どおり、年老いていく両親の世話をした。そして、これもまた昔ながらの伝統どおり、両親はアイヴァの献身に報いてくれなかった。父親は一九九〇年代に亡くなった。三年前に母親が亡くなったとき、自宅と母親のわずかな貯金は四人の子供のあいだで平等に分配された。アイヴァの世話に対する特別の感謝のしるしは何もなかった。自宅が売りに出されたのは、不動産価格が暴落したすぐあとのことで、アイヴァは事務員として働いている損害保険会社の近くのアパートメントにひっこした。

気の滅入る話だ。iPadのサイトを閉じ、ペトラがわたしのために作ってくれた、彼女の好きなインディーズ・バンドのCDを入れた。従妹の趣味が意外にもいい感じで、とくにニーコ・ケースがすばらしく、彼女の歌を聴くうちに百三十八丁目まで行っていて、ここでようやく渋滞が解消した。そのあとは南のダンヴィルまで順調に走ることができた。

アイヴァ・ヴフニクのアパートメントはすぐに見つかったが、わたしが町に着いたときには、まだ会社の終わる時刻になっていなかった。アイヴァの会社に押しかけても、おたがいに気まずい思いをするだけだと思ったので、公園を見つけて、ミスタ・コントレーラスが用意してくれたチキンサンドを食べ、そのあと、ヴァーミリオン川のほとりをしばらく散歩した。

四時半、ふたたびアイヴァのアパートメントへ出向いた。五階建てのその建物は、荒廃しているわけではないが、なんとなくうらぶれた雰囲気で、管理会社の業績が落ちこんでいるためロビーの隅にたまったゴミに注意を向ける気もない、といった感じだった。アイヴァも気の毒に。最初は年老いた両親の世話をし、つぎはこんなところに越すことになるなんて。

アイヴァのところの呼鈴を押してみたが、応答はなかった。わたしは自分の車に戻った。

車のなかにいれば、携帯をいじるふりをしながら、正面入口を見張ることができる。アメリカに住む二億八千六百万人の携帯メール送信者の一人。沈みゆく太陽と同じぐらい目立たない存在。建物の地下駐車場へ入っていく車にはあまり注意を向けていなかったため、アイヴァがカードキーの扱いに手間どらなければ、うっかり見落としてしまうところだった。

彼女の口のまわりに刻まれた悲しげなしわか、もしくは、弟とそっくりの角ばった額にふと注意を奪われ、わたしは携帯のてっぺんから目を出して見守った。家に入って腰を落ち着けるのに二十分ぐらいかかるだろうと思い、しばらく待ってからドアの呼鈴を鳴らした。

「ウォーショースキーと申します」インターホン越しにいった。「先週、弟さんのご遺体を見つけた者です」

沈黙があった。信じていいものかどうか迷っていたのだろうが、やがて、ブザーを押して入れてくれた。わたしが三階まで行くと、向こうは短いチェーンの幅だけドアをあけた。

「お名前、なんておっしゃいました？」

「V・I・ウォーショースキーです。お悔やみ申しあげます。先週、マウント・モリア墓地で弟さんのご遺体を見つけたのが、このわたしだったんです」

「身分証を見せてちょうだい」アイヴァが要求した。

なかなか用心深い。現実にはなんの証明にもならないが、ラミネート加工されたわたしの探偵許可証を彼女に見せた。これで安心したらしく、チェーンをはずしてくれた。

アイヴァは、古い家具がぎっしり置いてあるせいで安っぽいアンティーク・ショップのシヨールームみたいに見える居間に、わたしを案内した。両親の家を子供四人で売却したときに、アイヴァが家具を残らずもらうことになったのだろう。アクアグリーンの人工皮革のユニット式カウチが大きなスペースを占領していたが、ほかにも、五〇年代から六〇年代にかけて大人気だった華奢《きやしや》な脚のついたカードテーブルと椅子や、厚い詰めものをしたアームチェアや、古い本がたくさんのっている傷だらけのチーク材の戸棚などがあった。

本の横に、八×十インチのマイルズの写真が、装飾的なデザインの額に入れて飾られていた。ずっと以前に撮った写真だ。髪に白いものがまじりはじめる前、顎の肉が垂れはじめる前、誰かが彼の心臓に鉄筋を突き刺す前。

わたしが写真を見ているのに気づいて、アイヴァが平板な暗い声でいった。「で、私立探偵をやってらっしゃるのね。マイルズと同じように。あなたのお名前はマイルズから一度もきいたことがないけど」

「そうでしょうね。面識もありません」

「じゃ、どうしてマイルズが亡くなった墓地にいらしたの？」

「行方不明者を捜してたんです」わたしは答えた。嘘をついているわけではない。「捜す相手はその墓地にいるという情報が入ったんですが、わたしが見つけたのは弟さんでした。監察医の説明によると、頭部を強打されて意識をなくしたそうです。そののちに墓地に運ばれ、そこで刺し殺された」

「なるほど」アイヴァは手を揉みあわせていた。肩がたくましく、小柄でずんぐりした体形なのに、指は長くてほっそりしている。ほかの女だったら、長所をひけらかすためにマニキュアをするだろうが、アイヴァ・ヴフニクの手は、顔の肌や、靴クリームみたいな茶色に染めた髪と同じく、ろくに手入れもしていない様子だった。

アイヴァがいった。「アイスティーを作ろうと思ってたの。あなたもいかが？」

彼女はわたしを案内して家具のショールームを通り抜け、台所まで行った。そこも雑然としていたが、それは天井から下がった鍋の棚のせいだった。わたしがカウンターのそばのスツールに腰かけるあいだに、アイヴァが粉末の紅茶を二個のグラスに入れ、冷たい水道水をそそいだ。

「お料理がお好きなようですね」わたしは鍋のほうを身ぶりで示した。

「ああ——それは母が使ってたものなの。祖母も。わたしはお料理してる時間なんてないわ。食事はほとんどテイクアウト。でも、もし誰かが訪ねてきたら……」アイヴァの声が途中で消えた。人が訪ねてくるなんて、彼女自身、想像できないのだろう。

わたしにも想像できなかった。あわてて話題を変えた。

「弟さんが進めていた調査の一部を、わたしがひきつぐことになりまして。弟さんって、とても気前のいい方だったようですね」

アイヴァがわたしのそばのカウンターに置こうとしていたグラスを落としてしまった。

「いけない！　昔から、家族のなかでわたしがいちばん不器用だったの。母にいつもそういわれたものよ」

「わたしがやるわ」わたしはスツールからすべりおり、しゃがんで、茶色を帯びた氷のなかからガラスの破片を拾いあげた。

「このグラス、母がくれた結婚のお祝いだったのに。普段用に使っちゃいけなかったのね」

「わかるわ」わたしは同情をこめていった。「わたしも母がイタリアからはるばる持ってきたワイングラスを二つ割ってしまった。グラスを失うたびに、わたしの心臓の一部もこわれてしまったような気がします。何度も自分にいいきかせるんですけど――事故がおきるのは仕方がないって。いまだってそうでしょ。わたしが弟さんのことをあんなふうにいったのがいけなかったのね」

「あんなふうにって？」アイヴァは笑おうとしたが、芝居のうまいほうではなかった。

「弟さんがとても気前のいい人だったってこと。たとえば、赤の他人にカマロをプレゼントしたでしょ。そんなことする人がどれだけいるかしら」カマロを買う金をマイルズがゼイヴィアに渡したなどと、わたしも本気で信じているわけではないが、アイヴァ・ヴフニクから情報をひきだすための梃子《てこ》が必要だった。

「マイルズが――カマロってスポーツカーでしょ？」

「コルベットのベビー版ってとこかしら。価格は二万五千ドルぐらい。それだけの大金を弟さんがどこで手に入れたのか、わたし、不思議に思ってるんです」ガラスの破片を両手いっぱいに拾い集めて、わたしは立ちあがった。

「弟は優秀な調査員だったわ。とても優秀だった！」アイヴァの声が激しい感情でうわずった。

「ええ、たしかに」わたしはお世辞をいった。「依頼人が何十人もいましたもの。ここ三カ月の外出記録に目を通してみました。ところで、ゴミ入れはどこかしら」

「あら！　まあ、ありがとう。ごめんなさい。ぼんやりしてて」アイヴァは流しの下の扉をあけてゴミ入れをひっぱりだした。冷凍ディナーを電子レンジで温めたあとの空っぽの容器がいくつも捨ててあった。

わたしはガラスの破片を捨てると、流しの上にかかっているロールからペーパータオルをちぎって、濡れた床を拭いた。インスタント・ティーを拭きとるほうが、それを飲むよりずっと楽だった。

「弟さんは抱えている事件のことを、あなたにも話したんじゃありません？」水を向けてみた。「ほかの弟さんたちは、あなたのことをあまり気にかけてなかったようだけど」

「あなた、たしかに弟のことをご存じだったのね。そういう話も、弟からおききになったのね。そんなこと、家族以外は誰も知りませんもの」

「弟さんと直接の知りあいではなかったけど、わたしの友達が弟さんからあなたのことをいろいろきいてたんです」子供のころ、嘘をつくときは指をクロスさせるようにいわれた。〝ごめんなさい。これは罪には入りません〟という意味。わたしの指は、濡れたペーパータオルと、あとから見つけたガラスの破片に占領されていた。クロスさせられなかった。

「わたしの友達のことを、弟さんから何かきいてらっしゃいません？」わたしはさらにつづけた。「レイドンっていうんです。レイドン・アシュフォード。弟さんはある事件のことでシカゴ郊外の大きな精神病院に出かけ、そこで彼女と出会ったんですって」

名前をきかされて、アイヴァは首をかしげた。「ルーエタールのこと？　そこへ行くって話はきいたけど、レイドンって人の名前は出なかったわね。これまで手がけた事件のなかで最大のものだ、予想どおりの展開になったら、わたしが働く必要はなくなる――そういってたわ。もっとも、暇な時間ができても、何をすればいいのか、わたしにはわからない。定年になったら、そのあとどうしようかって、ときどき心配になるけど、一緒にヨーロッパへ行こうってマイルズがいってくれたわ。ポーランドにある祖父母の故郷の町へわたしを連れてって、それから、ロンドンや、テレビで見たことのあるいろんな場所へ行くつもりだったみたい」アイヴァはふたたび指をからませ、親指をてのひらに押しつけていた。

「その事件が危険なものだって、弟さんがほのめかしたことはありません？」わたしはペーパータオルとガラスをゴミ入れに捨て、蛇口で手をゆすいだ。ガラスで指を切っていた。今回の調査においては、二日連続で流血沙汰。この傾向がつづくようだと困る。

アイヴァの目が角ばった顔のなかで丸くなった。「弟が入院患者の一人に殺されたっていうの？」

「それはないと思います。亡くなった場所は病院から五十マイルも離れていたし、患者が関係しているという話はいっさい出てないから。でも、弟さんは犯罪者が収容されている病棟に入りたがってました。危険な場所なのに。あなたに理由をいいませんでした？」

血のにじむ指に細く裂いたペーパータオルを巻きつけながら、わたしはアイヴァにこっそり目を向けたが、不安そうな渋面も、首をふる様子も、本物のようだった。彼女がさっきいっていたことを質問にして返してみた。

「働く必要はなくなるって、あなたにいったとき、弟さんは二人で一緒に住むことを考えてたんでしょうか」

「そういう話はしなかったわ。だって、弟はシカゴに仕事があるし――いえ、あったし、わたしはこちらの会社に勤めてるから。ともかく、母が亡くなったあとで、わたしはここに越してきたの」

「ご実家は一人で住むには広すぎたんですか」答えはわかっていたが、尋ねてみた。

「サムとピアスに――あと二人の弟だけど――強引に押しきられて、お葬式のあとで家を売ることになったの。サムはインディアナポリスに越し、ピアスはケンタッキー州のルイヴィルのほうに住んでるのよ。母に二十四時間体制で看護師が必要になったときは、助けてもくれなかった。二人ともいい仕事に就いてるのに。医療費がどんなにかかるか、信じられないぐらいよ。十万ドル近くかかったし、メディケアではカバーしきれなかったわ。とにかく、サムとピアスは家を売るしかないっていったの。両親が一九五八年に買った家なのに、思い出の家だから大切にしようなんて、あの弟たちは考えもしなかった。まして、わたしがどこで暮らせばいいかなんて考えるわけないわよね。

マイルズは、両親の世話も何もかもわたしがやったんだから、家はわたしがもらうべきだといってくれたけど、あとの二人は医療費の残りを払うときも、一セントだって出そうとしなかった。奥さんたちだって、同じく冷淡なのよ」

アイヴァ・ヴフニクは黙りこみ、顎を震わせた。ここ二、三年の苦悩が、きのうのことのように思いだされたのだろう。

わたしは話を先へ進めるために同情の言葉をつぶやきながら、アイヴァはいったい何に怯えてアイスティーのグラスを落としてしまったのだろうと考えた。あれは「弟さんは気前のいい人だった」とわたしがいったときだった。だが、そのときは、カマロの話はまだ出ていなかった。カマロのことをきけば、赤の他人に大金を与えた弟に腹を立てたことだろうが、アイヴァを動揺させたのは、マイルズの気前の良さについてのコメントだった。弟の金に関してわたしに何かを知られたと思い、怯えたのだろう。問題はどうやってそれを探りだすかだ。

「わたしは目下、未処理になっている弟さんの事件を追跡調査しようとしています」わたしはいった。「何者かが弟さんの住まいに忍びこみ、書類やパソコンなど、何もかも盗んでいったという話を、警察からおききになってません？」

アイヴァは思わず喉に手をあてた。「いいえ」口だけを動かし、咳払いをし、かすれた声でもう一度「いいえ」といった。「何もかも？　誰が――それって――知ってるのかしら――狙いは――」

「誰が何を知ってるんです、ミズ・ヴフニク？」アイヴァがうろたえて黙りこんだので、わたしはそっと声をかけた。「弟さんを殺した犯人があなたのことも狙うというの?」

アイヴァはふたたび、説得力に欠ける笑い声をあげた。「ばかばかしい。誰が弟を殺したのか、わたしは知らないのよ」

「でも、弟さんはあなたにお金を送ってきていた」わたしはいった。国選弁護士会に所属していた当時に身につけた、断定的な口調で。〝あなたが仲間に頼まれてハジキを預かったことはわかってるのよ。裁判になる前に、いまここで白状なさい〟

「どうして——マイルズは誰に話したの? 風変わりな名前の、あなたのお友達?」

わたしは謎めいた微笑を浮かべた。「弟さんはあなたにお金を送ってきた。どこで手に入れたお金か、あなたにいいました?」

「あの子——あの子、わたしは知らないほうがいいっていってた。それが原因で殺されたの?」

「殺された理由はわからないけど、突き止めようとしているところです。お金はどんな方法で送られてきたんでしょう?」

アイヴァの視線が居間のほうへ飛び、それからあわてて自分の手に戻った。「あなたのアイスティー。いれなおすのを忘れてたわ。後始末を全部やってもらったのに」

二十の扉。マイルズは姉に現金を送った。そして、送るのに使ったのは、居間にあるなんらかの品だ。そして——マイルズ・ヴフニクのキッチンのゴミ入れに切り裂かれた本が捨ててあった光景が、わたしの頭に浮かんだ。彼の家に押し入った犯人が本をズタズタにしたのだと、わたしは思いこんでいたが、あれはヴフニク自身がやったことだったのだ。本のページをカボチャの種みたいにえぐりだしたのだ。

29　特別な姉と話をする

わたしはスツールからすべりおり、居間に戻った。チーク材の戸棚の上にアイヴァが積みあげた古い本は、ガレージセールで見かけるような雑多なものの集まりだった。『リンバロストの乙女』、『人を動かす』、『ラモーナ』。

アイヴァがうしろで神経質にしゃべりつづけるあいだに、わたしは本のページをめくりはじめた。『ベター・ホームズ&ガーデンズの子供用クックブック』には、二十ドル札と五十ドル札で二百ドル以上入っていた。『あしながおじさん』には古い二十ドル札が詰めこまれていたが、『サンダース・オブ・ザ・リバー』のなかは、干あがった川床のように何もなかった。

本を閉じて、戸棚の上に戻した。「お金のことはどうでもいいわ、ミズ・ヴフニク。動物愛護協会に寄付しようが、ポーランド旅行の費用にしようが、わたしにはどうでもいい。ただ、弟さんがお金をどこで手に入れたかを知りたいの」

「盗んだものじゃないわよ！」アイヴァの角ばった頬が、斑点模様のあるマホガニーの色になった。

「盗んだなんていってません。でも、あなたも不思議に思ったはずよ。なかをくりぬいてお金をぎっしり詰めた本が送られてくるようになったとき、弟さんに尋ねてみたでしょ」

「どこで手に入れたかは知らない。でも、必死に仕事をしてるっていってたわ。こんなに必死になったのは初めてだって。仕事をやめたがってたけど、年金だけじゃ暮らしていけないからリタイアできなくて、だから余分に仕事を受けるようになったんですって。弟に現金で支払いをしようとする人がいたら、それが犯罪になるの？」

税金の申告をしなかったらね。しかし、それはわたしの胸にしまっておいた。所得税のほうへ話がそれるのは避けたかった。「で、弟さんのかわりに、銀行に預金したわけ？」

「わたしが現金をどうしようが、あなたには関係ないことよ」

「はいはい、おっしゃるとおりです」わたしは両手をあげて、降参の姿勢を示した。「わたしがやらなきゃいけないのは、弟さんを殺した犯人を見つけること。犯人は弟さんの胸に鉄筋を突き立て、肋骨を折り、心臓を貫いた。すでに話したように、わたしが弟さんを見つけたの。血がまだ生温かかったわ」

アイヴァの唇が震えた。「ひどい。あんまりだわ。わたしの家に押しかけてきて、弟の遺体のことをそんなふうに話すなんて」

「あの現場で弟さんのそばにいたら、もっと悲惨な思いをしたでしょうね。わたしが突き止めたいのは、不意に襲われて殺されるなんて、弟さんは誰をそんなに怒らせたのかってことなんです」

「黒人の女が犯人だって、テレビでいってたわ。上院議員になりたがってる女。マイルズと深い仲だったと、テレビでいってた」

そうか、アイヴァもウェイド・ローラーの親衛隊の一人なのか。わたしはユニット式のカウチに腰をおろした。アクアグリーンのシートが小さくプシュッと音を立てて空気が洩れ、その拍子に舞いあがった埃で、わたしはくしゃみをした。

「その噂を信じます?」わたしは声に軽蔑の念がにじまないように注意して、アイヴァにきいた。「誰かと深い仲になったって、弟さんがあなたにほのめかしたことはあります?」

「そんな話をきかされたらわたしが傷つくだろうって、弟が思ったなら、おそらく何もいわないはずだわ」アイヴァは床に視線を落としたままで答えた。ひどく恥じている声。弟の性生活を知って傷つくなんてまともじゃない、と思っているのかもしれない。

「弟さんは誰よりもあなたのことを大切に思っていたようね。弟さんの知りあいに話をきいたら、みんな、そういってました」〝みんな〟といっても、ヴフニクのもと妻だけだが、それでもやはり貴重な意見だ。「弟さんがお金を送った相手はあなたでしょ?　あなたを有名にしてあげようって弟さんが約束したんじゃありません?　ドクター・ドゥランゴでも、ヘレン・ケンドリックでもない。実の姉であるあなたを」

お世辞をいいすぎたような気がしたが、アイヴァ・ヴフニクの顔が輝いた。カウチと向かいあった古いアームチェアのひとつにすわり、その拍子にまたしても埃が舞いあがった。

「弟さんが必死にとりくんでた事件のひとつが、殺される原因になったのではないかと、わたしは考えてます。でね、弟さんがルーエタール精神病院へ何度か出向いてることが、とくに気になるの。弟さんはそこの犯罪者病棟にうまく入りこんだ。それだけでも、調査員としてどんなに優秀だったかがわかります——どんな方法を使ったのか知りたいものだわ」

マイルズは周囲の評価よりもはるかに頭がよかったという意見に、アイヴァも同意したが、どんな方法で犯罪者病棟に入りこんだのか、誰に会おうとしていたのかについては、さっぱりわからない様子だった。

アイヴァは彼の写真のほうへちらっと目を向けて、こうつけくわえた。「何も話せないっていってたわ。誰かに電話を盗聴されてると危険だからって」

「弟さんは盗聴のことにけっこうくわしかったんでしょうね？」別れた妻サンドラの話では、電話の盗聴をやっていたという。「探偵というのは、一般人には無理な手段をあれこれ駆使しなくてはなりません。弟さんは電子装置を使った盗聴のエキスパートだったから、注意する必要があることを知ってたんでしょう」

わたしの話がどう進んでいくのかわからないため、アイヴァは警戒の表情でうなずいた。

「盗聴のテクニックについて、弟さんがあなたに話したことはあります？　盗聴装置って、高価なだけでなく、入手するのが大変なんですよ」

アイヴァは眉をひそめた。「サンドラと話をしたの？　あの人、マイルズの仕事をこころよく思ってなかったわ。というか、理解してなかった。だから、マイルズもとうとう別れることにしたの。でも、あなたがサンドラの味方をする気なら——」

「わたしの頭にあるのは、弟さんを殺した犯人をつかまえることだけです」アイヴァの興奮が高まってこちらに怒りをぶつけてくる前に、わたしは口をはさんだ。「ただ――携帯を盗聴する装置は、高性能のものだと何千ドルもするので、弟さんがあなたにそういう話をしたことはなかっただろうかと、ふと思っただけなんです」

「マイルズが仕事の手段を話題にすることはなかったけど、結果はちゃんと出してたわ」

「本を送る準備ができるたびに、こちらに電話があったのかしら」

「eメールよ」アイヴァは自分の手に視線を向けたままつぶやいた。

「どんな内容だったのか、見せてもらえません?」わたしは最後のワラに必死にすがっていた。


アイヴァは自分の手に相談するかのように、長いほっそりした指をふたたびからみあわせていた。弟からどんなに信頼されていたかを見せびらかしたい気持ちと、よけいなお世話だといいたい気持ちのあいだで揺れ動いている様子だったが、ついに、パソコンが置いてある寝室へ案内してくれた。ここだけは、両親の家具の倉庫ではなく、どこからどこまで彼女のものといっていい部屋だった。ピンクの芍薬模様のカーテン、おそろいの羽根布団。あとは、フリルの縁飾りのついた化粧テーブルや、白い塗装のデスクを含めて、すべて白で統一されていた。

「削除するようにいわれてたけど、できなかった。弟が死んで、残されたのはあの子からきたメールだけになってしまったから」アイヴァは小さな声でいった。

メールと、それから、お金。

マイルズからきたメールは全部で八通だった。プリントアウトすることも、わたしのパソコンへ転送することも、アイヴァが許してくれなかったので、日付と件名に注意を向けた。最初の三通には、〝極秘〟、〝読後焼却のこと〟、〝旨みたっぷりの新たな企画のヒント〟という件名がついていた。


これ以上何も書けないが、姉さん、おれが自分の王国に入るときは、姉さんもかならず一緒に連れていく。ついに、金の卵を産むガチョウが見つかったようだ。


「このメールが届いたあとで、マイルズ自身が車でここにやってきて、お金を本に詰めて送るというアイディアを話してくれたのよ」アイヴァはいった。

「いつごろのことでした？」

「五月十七日。わたしが教会から帰ってきたら、ドアの前でマイルズが待ってたわ。最初の本を持って」

現金は全部で六回届けられた。わたしは白く塗装されたデスクの前のスツールから立ちあがったが、帰る前にあとひとつだけ尋ねておきたいことがあった。「弟さんがシャイム・サランターという名前を口にしたことはなかったですか」

「誰？　ああ、シェイム・サランターのことね」アイヴァはウェイド・ローラーふうに発音を歪めた。「この国じゃ金持ち連中は何をしても許されるって、マイルズがいってたわ」

ようやく、心の底から同意できる意見に出会えた。アメリカは超リッチな連中に好き勝手ばかりさせている。わたしはそれを口にしようとしたが、シャイム・サランターに対するアイヴァの怒りのほうが先に爆発した。

「テレビでサランターをしょっちゅう見るでしょ。あの男ったら、アメリカを不法滞在者でいっぱいにしようとしてるのよ。たぶん、メキシコ人労働者をただでこき使って、自分の庭の手入れをさせようって魂胆ね。冗談じゃないわ」

「サランターを阻止する計画などを、弟さんの口からきいたことはありませんか？」

アイヴァは何も答えなかったが、唇の端に微笑がひそんでいた。何かを知っている。でも、何を？

「権力のある億万長者に立ち向かうには、ものすごく勇気がいるでしょうね」わたしはお世辞をいった。「あと二人の弟さんはマイルズのような道義心を持ちあわせていなかったように見受けられますが」

「おっしゃるとおりよ。サムとピアスはマイルズのことをいつも負け犬といっていた。あの二人とちがって、家を持ってないし、高級車を乗りまわすこともなかったから。でも、マイルズは二人を見返してやる気でいたわ。だから、わたしに現金を送ってきて、保管してほしいといったの。秘密にしておかなきゃいけなかったから。ＦＢＩにも、ほかのみんなにも」

「国税庁《ＩＲＳ》のこと？」ＦＢＩと現金の隠匿がどう結びつくのか、わたしには理解できなかった。

「いえいえ、そうじゃないの。マイルズはこういってたわ——シェイム・サランターだけじゃなくてFBIにも狙われてるから、仕事が完了するまでくわしい話はできない。すべてが解決したら、わたしと二人でウェイド・ローラーの番組に出て、サランターの悪事を暴いた手柄で国民的英雄になるんだ、と」

「そのすばらしい仕事をあなたがひきついだらどうかしら」わたしは提案した。「戦略の一部をマイルズからきいてらっしゃるはずね」

アイヴァは寝室と居間を隔てるドアのところで立ち止まった。「あなたがここにきたほんとの理由は何なの？　マイルズの仕事に首を突っこもうっていうの？」

「いえ、とんでもない！　胸に杭を打ちこまれる危険のあるような仕事にはまったく興味がありません。でも、弟さんがどんな仕事をしていたかがわからないと、殺人犯を見つけることができないんです。シャイム・サランターに関する調査の仕事を弟さんが誰から依頼されたのか、あなたにはひと言もいいませんでした？」

「ええ。依頼人に関することはすべて極秘にしてたわ。あなた、マイルズと同じ探偵だっていわなかった？　それぐらいのことはご存じでしょ」

「もちろんです。ただね、こうほのめかした人がいるんです。おたくの祖父母とシャイム・サランターの一族がアメリカに渡ってくる前に、ヨーロッパで顔見知りだった可能性があるって。で、わたしは、誰かが家系の調査をしようとして弟さんを雇ったんじゃないかと考えたわけです」

「誰からそんな話を？　うちの一家が、あんな——シェイム・サランターみたいな嘘つきの詐欺師と知りあいだなんて、誰がいったの？」

「あらあら、ミズ・ヴフニク。よくおわかりのはずよ。弟さんと同じく、わたしも依頼人の秘密を守らなくてはなりません」わたしはアイヴァの横を通り抜けて、家具のショールームに戻った。「わたしに話したいことを何か思いつかれたら、電話をください。テーブルに名刺を置いていきますから」

アイヴァの住まいから廊下に出たとたん、七月の熱気に包みこまれたが、埃っぽい部屋から逃げだせてホッとした。階段をおりかけたとき、指からまた血が出ていることに気づいた。こんなに出血がひどくては運転できない。できればアイヴァ・ヴフニクとはもう顔を合わせたくなかったが、ドアのチェーンの隙間からバンドエイドぐらい渡してもらえるかもしれない。

ドアをノックしようとして手をあげかけたとき、アイヴァの家の電話が鳴りだした。マイルズに似た衝動に駆られ、ドアに耳を押しつけてしばらくじっと待った。最初は、ありきたりな挨拶をする彼女のかすれた声と、質問に短く答える声しかきこえなかったが、やがて不意に、金切り声で反論が始まった。

「いまの人には何も話してないわ。だって、わたし、何も知らないから。ねえ、あなた誰なの？　マイルズはわたしを守ろうとしてたのよ。わたしが危害を加えられたら困るって。だから——」

アイヴァはしばらく沈黙し、やがて、おとなしい声でいった。「いえ。もちろん、そんな……わかったわ」

わたしは廊下をそっと遠ざかった。血の出ている指には、一泊用のカバンに入れてあるTシャツを巻きつけることにしよう。

誰かがわたしを尾行していた。でも、誰が？　なぜ？　きのう、タクシーで誰かに会いにいったジャナ・シャトカのことが頭に浮かんだ。車に乗りこむとき、蒸し暑い夏の大気にもかかわらず、身体が震えた。

30 行方不明の娘

翌朝目をさますと、シーツが血で汚れていた。指の傷口から出血しただけなのに、マイルズ・ヴフニクの死が不吉にこだましているような気がした。彼の姉と話をしたあとの重苦しい感覚をふりはらうことができなかった。彼女自身のふさぎこみ、誰かを脅迫していた弟への揺るぎなき献身。まるでこれらが手の傷口から入りこみ、わたしにまで感染したかのようだった。こまかい点を忘れてしまう前にメモをとる必要があるのはよくわかっていたが、姉と顔を合わせて暗い気分になっていたため、すぐさまそちらへ頭を切り替えるのはむずかしかった。

姉とのやりとりのなかで、もっとも困惑させられ、もっとも気にかかるのは、最後の場面だ。誰からの電話？　わたしがあそこへ行ったことを誰が知っていたの？　なんのためにかけてきたの？　何も話してないわ、だって、わたし、何も知らないから——アイヴァはそう反論していたが、電話をよこした人間もわたしと同じく、金の出どころを彼女に問いただしていたのだろうか。それとも、アイヴァはほかにもまだ隠していることがあり、巧みに隠していたため、ほかにも秘密があることにわたしが気づかなかったのだろうか。

ゆっくりと台所へ行き、エスプレッソのポットを火にかけた。アイヴァ・ヴフニクはシャイム・サランターのことをしつこく話していた。いつもテレビで見ている、アメリカを不法滞在者でいっぱいにしようとしている男だ、といっていた。サランターがテレビに出ているとは思えない。有名人になりたがる男ではない。アイヴァはヘレン・ケンドリックかウェイド・ローラーの番組でサランターの画像を見るか、名前をきくかしたのだろう。マイルズはサランターの本性を暴露するために危険な調査をやっていた――アイヴァはそういった。そして、ローラーが彼女の弟に名声と栄光を与えてくれるだろう、とも。

ローラーがマイルズ・ヴフニクを雇ったという意味だろうか。バーウィンに住むしがない私立探偵と、〈グローバル〉と年間二千万ドルの契約を結んでいる男？　ウェイド・ローラーなら何百人もの探偵を好きなように使えるはずだが、もしかしたら、サランターを罠にかけようとして、広く網を張っていたのかもしれない。

ふとした気まぐれから、サランターを追い詰めた者に懸賞金でも出ているのかどうか確認したくて、ローラーのウェブサイトをひらいてみた。〝お尋ね者。生死の如何にかかわらず情報求む〟と書かれたヘッダーは見あたらなかったが、密告を促す一文があった。

アメリカ合衆国とわれらのキリスト教的価値観の存続にとって重要な話題に関し、情報をお持ちの方はわたし宛てにメールをお願いします。

Wade.Lawlor@Global.Net

サイトには、何人かの勇敢な情報提供者の写真が出ていて、それぞれが提供した重大な情報が簡単に記されていた。ほかに、匿名扱いの情報提供者も何人か紹介されていた。〝この情報はあまりにも重大なため、表沙汰にすると情報提供者の命が危険にさらされる危険あり〟というキャプションがついていた。

スクロールしていくと、わたし自身の名前が目に飛びこんできた。匿名の情報提供者が、わたしの母のことを不法滞在者だと主張していた。

《ヘラルド＝スター》のオフィスで感じた怒りが、ふたたびわたしの心に湧きあがった。よくもこんなひどいことを。顔を持たず、心も持たない、卑劣な、権力者に媚びへつらう人間のクズども。怒りに震えながら、銃をとろうとクロゼットのほうへ行きかけたとき、母の病状が重く、回復が望めないことを知ってから何日かたった夜のことが、心によみがえってきた。

サウス・ヒューストン・アヴェニューに住む女性の一人から、子供の躾け方について説教され、ガブリエラがその女性を罵倒したことがあった――「おたくの娘ときたら、この界隈の恥さらしだわ」と女性がいうと、ガブリエラは「この子はね、大きくなったら、あなたが足を踏み入れることなんかぜったいにない広い世界で生きるようになるのよ」と答えた。わたしがその女性の家の前を通りかかると、向こうはガブリエラを侮辱する言葉を吐き、〝混《メレ》血《ス》〟と罵倒した。わたしはこのクロアチア語をきかされながら大きくなった。わたしの母は混血――ユダヤの血が半分まじっている。そういう意味だった。暗いなかで階段を駆けあがり、女性に殴りかかろうとしたそのとき、不意に父があらわれた。

「家に帰ろう、トリ」父はいった。

わたしは十五歳で、父とほぼ同じ背丈になっていたが、父はわたしを抱えあげて、階段の下まで運んでいった。叱りはしなかったが、こちらの話をきこうともしなかった。わが家の裏のポーチにわたしをすわらせ、闇のなかで、発声練習をするガブリエラの歌声に二人で耳を傾けた。いくら癌でも声だけは失いたくない――母はそう固く決心していた。

しばらくしてから、父がいった。「最低の警官というのは、最後ではなく最初に銃を武器にするやつだ。最高の警官は危地に飛びこむとき、まず、手ではなく頭を使う。覚えておくんだよ、トリ。おまえはすぐカッとなるから、不要なトラブルに巻きこまれやすい。だが、怒りをぶつけたところで、悪い状況がよくなるわけではない。体力を消耗し、心を消耗するだけだ」

わたしはウェイド・ローラーとその手先どもへの怒りで、自分の心を消耗させていたわけだ。ふたたびノートパソコンの前にすわった。誰かがわたしを激怒させ、先が見通せなくなるように仕組んだのではないかという気がしてきた。

その誰かというのは、わたしを攻撃してきたウェイド・ローラー？　ハロルド・ウィークスに会ったときのことを頭に浮かべた。ローラーはウィークスの――GENの――ドル箱だが、ウィークスがその頭脳だ。あのとき、ローラーは生意気な生徒みたいにずっと薄笑いを浮かべていたが、口をすべらせて何かを暴露しそうになるたびに、ウィークスが黙らせていた。

ヴァーノン・ミュリナーのふところ具合に関して〈モニター・プロジェクト〉がよこした報告を思いだした。ミュリナーはあれだけの大金をどこから手に入れたのか。ハロルド・ウィークスから？　だとしたら、ミュリナーはルーエタールで彼のために何をしているのだろう？

わたしは目をこすった。いくら考えてもピンとこない。

ウェイドのサイトに戻り、シャイム・サランターに、もしくは、マリーナ財団に関する情報提供者の書きこみを見ていった。辛辣な言葉や、シャイム・サランターは過去にナチの協力者だったという憶測が数多く見受けられたが、致命的な事実と思われるものはひとつもなかった。

だが、マイルズ・ヴフニクはその証拠をつかんだと信じていた。それに、もうひとつ、べつの事実がある。シャイム・サランターがわたしを金で丸めこんでヴフニクの調査から遠ざけようとした。まるで、恥ずべき秘密を隠しているみたいだった。しかも、ヴフニクがその秘密をまだ見つけていないとしても、近くまで迫っていることを、サランターは知っていた。

エスプレッソのポットが沸騰して、コーヒーがガス台に吹きこぼれた。わたしはガスを消し、惨状にうんざりした目を向けた。きのうの夜はアイヴァ・ヴフニクがこぼした紅茶を掃除。けさはわが家のガス台を掃除。汚れを拭きとる。これがわたしの生計の手段だが、わが家の台所でもそんなことをしたいわけではない。

シャイム・サランターがマイルズ・ヴフニクを殺したのだろうか。サランターは小柄だ。年寄りだ。自分よりはるかに大きな男を棺台までひきずっていくなんて、とうてい無理だが、娘のジュリアに手伝わせたと考えることもできる。わたしはヴフニクを見つけたとき、読書クラブの少女たちが彼を棺台におびき寄せ、それから刺し殺したのではないかという不安を覚えたものだった。

ジュリア・サランターにやれただろうかと考えてみた。監察医のニック・ヴィシュニコフの話だと、ヴフニクは刺し殺される前に後頭部を強打されているとのことだった。ヴフニクに父親の醜悪な秘密を何か暴露されそうだとジュリアが思ったとすれば、彼を説得して墓地で待ちあわせるぐらいは簡単にできただろう。ひょっとして、彼女の母方の一族がマウント・モリア墓地に葬られているとか？　それならあの場所が選ばれたのも納得できる。使用人のゲイブみたいにたくましい男だったら、ヴフニクを束にして抱えあげ、板石にのせることができるだろう。しかも、あの屋敷における彼の役目は、ふつうの使用人よりはるかに重大なように思われる。

わたしは身震いした。このような推理はしたくなかった。ジュリア・サランターに好意を持ちはじめていたのに加えて、もしジュリアが犯人なら、彼女の父親に対するウェイド・ローラーの猛攻撃が正当化されることになるからだ。ロティとマックスも大きなショックを受けるだろう。

そうそう、孫娘のアリエルのことも忘れてはならない。ヴフニクのことで何か隠している様子だ。シャイムではなく、ジュリアに関係のあることだとしたら？　サランター一家に献身的に仕えるのがゲイブの役目で、ジュリアの愛人になることもそこに含まれているとしたら？

汚れた布巾を流しで水に浸けて漂白剤を加え、小さなポットに水とコーヒーの粉を入れなおした。今度はエスプレッソをカップにつぐまで、それ以外のことはすべて頭から払いのけた。

ヴフニクが姉に送っていた現金。〝脅迫！〟とありったけの声で叫んでいた現金。わたしの手が台所のテーブルの上を這い、電話のほうへ向かった。その手はジュリア・サランターに電話をし、マイルズ・ヴフニクは彼女の父親のことでどんな秘密を探りだしたのかと尋ねたがっていた。〝あのね、父は身を守ろうとして、自分の母親と姉妹全員を殺したのよ〟とか？

誰がヴフニクを雇ったかがわかれば、反対方向から追っていけるかもしれない。何者かが彼のパソコンも携帯も書類もすべて持ち去ったのは事実だが、今日のわたしはきのうより少し多めに情報をつかんでいる。アイヴァのパソコンを見たおかげで、ヴフニクのメールアドレスがわかったから、運がよければ、彼のサーバーに入りこんでメールをもう一度見られるかもしれない。

また、ヴフニクが五月十七日に姉に会いにいったこともわかった。それも必要経費とみなしているかもしれない。外出記録のオリジナルは事務所の金庫にしまいこんだが、コピーをとってブリーフケースに入れてある。

台所のテーブルにコピーを広げていたとき、ミスタ・コントレーラスが二匹の犬を連れて裏階段をのぼってきた。わたしがTシャツとパンティだけなのに気づくと、顔が濃い赤褐色になった。

「気にしないで」わたしは親切にいってあげたが、寝室にひきかえして、カーゴパンツをはいた。

台所に戻ると、ミスタ・コントレーラスは流し台の前に立ち、こちらを見ないようにして、わたしがためこんだ一週間分の皿を洗っているところだった。「きのうはどうだった、嬢ちゃん？」

「変だったわ。すごく変だった。こっちを見ても、もう大丈夫よ」

わたしは果物とヨーグルトを深皿に入れながら、アイヴァ・ヴフニクを訪ねたときの様子を話した。

「ヴフニクは本のページをくり抜いて、そこにお金を詰めて姉のところに送ってたの。落ちてたお金を猫ばばしたか、誰かが恐喝に屈したかのどちらかね」

「あるいは、麻薬の売買か」隣人がいった。

わたしは考えこみながらうなずいた。それは思いつかなかった。「そうね。バーバンクで会った女性も、ゼイヴィア・ジャーゲンズが病院から盗んだ麻薬を売りさばいてると思ってた。もしかしたら、ヴフニクがそれを嗅ぎつけて、強引に売買に加わろうとしたか、もしくは、ゼイヴィアをゆすったか。ゼイヴィアはついに頭にきて、ヴフニクを墓地へ誘いだした」

納得できる筋書きだ。立証するとなると、またべつの話だが。「それで事件が解決なら、なんだかがっかりだわ。ローラーか、ヘレン・ケンドリックか、さらには、別れた夫の法律事務所に関係があるんじゃないかって、ちょっと期待してたの。ま、意地悪な気持ちからだけどね。ゼイヴィアが病院の薬を盗みだしたぐらいで、新車に一万五千ドルもつぎこめるとは思えない。そこまで派手に稼ごうと思ったら、違法薬物を大量に売りさばかないとね。もしくは、組織的にやるとか」

わしは不意に黙りこみ、ヴァーノン・ミュリナーの財政状態に思いをめぐらせた。

「ミュリナーは七年前に突然、証券取引口座を作っている。ルーエタールに勤務しはじめたころよ。あの男なら、幻覚剤の大量注文ができたかもしれない。ゼイヴィアがそれを売りさばき、分け前をもらったのかも。ヴフニクがそれを知ったなら、ミュリナーをゆすった可能性もある。

でも、ヴフニクがルーエタールへ出向いたそもそもの理由はそれではなかったと思うの。麻薬の横流しなんて噂が流れたら、州検事の耳にも入ったはずでしょ。州検事ともなれば、お抱えの調査員がどっさりいる。ヴフニクみたいな三流どころに調査を依頼することはありえない」

ミスタ・コントレーラスはヴフニクの車のそばで少年たちが見つけた外出記録のコピーを手にとった。「なんだね、これは？」

「ヴフニクが依頼人を訪ねたときの外出記録。一回ごとに何マイル移動したかが記録されて、いつルーエタールを訪ねたか、いつダンヴィルへ出かけたかがわかるようになってるの。わたしにわからないのは、依頼人のコード番号を解読する方法。ヴフニクの電子機器はすべて消えている――パソコン、電話、その他あれこれ。子供たちがこの外出記録を渡してくれたときは、大きな期待をかけたんだけど、これもやっぱりフラストレーションのたまる行き止まりにすぎなかったわ」

わたしはコピーをテーブルに乱暴に置いた。「たとえ、ヴフニクがルーエタールを訪ねたあとで、麻薬の横流しのことを知ったんだとしても、そもそも誰がヴフニクをあそこへ行かせたの？　わたしのもと夫の法律事務所に勤務するオーモンドかネイピアがヴフニクを送りこんだとすると、それを依頼したのは誰なのかしら。ついでにいうなら、〈クローフォード＝ミード〉の弁護士ともあろう者がどうしてヴフニクみたいな安っぽい男を使うのかしら。調査員の世界で活躍する極上の人材を雇うことができるのに」

「あんたのことかね、嬢ちゃん。まあ、別れた亭主の仕事を請けるはずはないが」

わたしはミスタ・コントレーラスの頬にキスをした。「〈クローフォード＝ミード〉が仕事を依頼する相手は、たいてい、〈カーニファイス〉や〈ティントレイ〉のような大手なのよ。オーモンドやネイピアはどこからヴフニクを探しだしたのかしら」

「大手じゃ聞き耳を立てる者が多すぎて、プライベートな仕事を頼むのには向いてないと思ったんじゃないかね」隣人は鋭い指摘をした。「そこで個人営業の探偵を使うことにした。だが、あんたの推察どおり、そのヴフニクってやつがゆすりを始めたのなら、人選を誤ったことになる」

わたしはコーヒーポットがふたたび爆発する寸前にガスを切った。やっぱり、性能のいいエスプレッソ・メーカーを買わなくては。そうすれば、コーヒーを火にかけたことを忘れるたびにガス台を掃除しなくてもすむ。来週の誕生日にでも買おうかな。ヴフニク殺しがそれまでに解決していたら。そして、誰かがその報酬を払ってくれたら。高性能の製品だと、千ドル以上する。

いれたてのコーヒーをミスタ・コントレーラスとわたしのカップについでいたとき、わたしの携帯が鳴りだした。見覚えのない番号だったが、ききなれない男性の声がこういった。

「ミズ・ウォーショースキー？　こちら、ゲイブリエル・アイクスです。ジュリア・サランターがどうしてもお目にかかりたいと申しております。いますぐシラー通りの屋敷にお越しください」

ゲイブリエル・アイクス——ゲイブ、サランター家の使用人だ。

「いまはちょっと手が離せません、ミスタ・アイクス。ミズ・サランターがアポイントをとってくだされば、わたしの事務所で喜んでお目にかかります」

「緊急事態なんです、ミズ・ウォーショースキー。アリエルが姿を消してしまい、あなたか従妹の方が居所をご存じだといいのだが、とジュリアがいっているのです」

31　どこへ、ああ、娘はどこへ？

車を走らせているあいだに、ガレージの入口のほうへまわるよう、ゲイブから連絡が入った。ガレージの入口は屋敷の裏手にあり、ロックされた門を通らないと入れないようになっている。地下がガレージになっていて、なかに入ると、ゲイブがランドローバーとメルセデスのセダンのあいだに立っていた。駐車スペースに車をきちんと入れる必要はない、その場所に置きっぱなしでかまわない、とわたしにいってから、裏階段をのぼって、わたしが先週初めてジュリア・サランターに会った部屋へ案内してくれた。

ジュリアが両手を握りあわせ、短い距離を行きつ戻りつしていた。目と口がやたらと大きく見えて、髑髏に似た顔のなかに黒ずんだ水たまりが二つできたかのようだった。わたしたちを見たとたん、挨拶の言葉も抜きで、いきなりしゃべりはじめた。

「父が飛行機でこちらに向かってるけど、着くのは五時以降になると思うわ。あの子、ペトラと一緒じゃないでしょうね？　ペトラに連絡してみたけど、電話に出ないの。ソニア・アペルツェラー――マリーナでペトラを指導してる女性なの――彼女にきいたところ、水曜日は、ペトラは午後の出勤なんですって。でも、いますぐ連絡をとりたいの！」

「ここにくる途中で、ペトラのアパートメントに寄ってきました。寝ていたため、電話の音に気づかなかったようですが、先週のマリーナ・ビルの襲撃事件以来、お嬢さんには会っていないし、電話ももらっていないといってました」

わたしが強引に呼鈴を鳴らして叩きおこしたため、ペトラは不機嫌な顔だったが、アリエルのことをきくと、たちまち目をさました。「でも、やだ、ヴィク、ニーヤと一緒じゃないのなら、あたしにだってわかんない。家出して父親のとこでも行ったのかしら。父親がどこに住んでるのか、どういう事情があるのか、あたしは知らないけど」

ペトラの意見も一考の価値ありと思われたので、アリエルの父親には問いあわせたのかと、ジュリアにきいてみた。

「すでに亡くなったわ」ジュリアは行った。「アリエルが四歳のときに白血病で。ソフィーと親しくなったのは、それがきっかけだったの。癌病棟、夫が同じ病気、娘が同い年。ペトラはほんとに何も隠してないの？」

わたしはピシッといいかえしたいのを我慢した。子供が行方不明なのだ。何を口走ったところで、大目に見てあげないと。

「最初から見ていきましょう」わたしは提案した。「アリエルを最後に見たのは、もしくは、話をしたのはいつですか。アリエルが行方不明だと判断したのはいつ？」

ジュリアはまばたきした。しばらく前のことなのに、異常事態の発生に気づいていなかったのが、信じられないほど遠い過去のことのようだ。「七時十五分よ。わたしは早朝ミーティングがあるので、出かける支度をしてて、アリエルが一日じゅう寝てたら困ると思ったの。あの子だっていろいろ用事があるし、社会奉仕もしなきゃならない。誰にだって予定表が必要だと思うわ――いえ、そんなのどうでもいいわね！」ジュリアは手をもみしぼった。「きちんとベッドメーキングしてあるのを見て、たぶん、自転車で出かけたんだろうと思ったの。ニーヤ・ドゥランゴに会いに、朝早くこっそり出かけたんだと思って、頭にきてたら、午前二時にガレージから抜けだしたようだって、ゲイブから報告があったの！」

わたしは使用人のほうを向いた。「どうしてジュリアにもっと早く報告しなかったの？」

「知らなかったもので」ゲイブの声は冷静だったが、茶色の目には警戒の色があった。「キッチンに入ってきたジュリアから、アリエルを見なかったかと尋ねられたんです。アリエルがいなくなったことを知って、防犯カメラの映像をすべて見てみました。それで、ガレージから抜けだしたことがわかったわけです」

「誰かと一緒じゃなかった？」

「わたしの見たかぎりでは、一人でした。よろしければ、ご自身でごらんになってください」

「ええ、あとでね。警察にも見せるべきだわ。警察はいつ到着するの？」

「警察？」ジュリアがいった。「警察に何ができて？　誘拐されたわけでもないのに。自分で勝手に出ていったのよ。あの子がペトラと一緒じゃないって、あなた、百パーセント断言できる？」

「ジュリア――ミズ・サランター――あなたはいま、何も考えられなくなっている。警察とFBIに電話すべきです。この不慮の事態について、すでにお父さんと話しあっておられますよね」

「ソール・ジャンセンに電話したわ。彼がこちらに向かってるとこ。でも、警察に何ができるというの？　誘拐事件じゃないんですもの。でも、あの子、どうして出てったの？　どこへ行ったの？」

「ソール・ジャンセン？」わたしは口をはさんだ。

「サランター家の顧問弁護士です」ジュリアのかわりにゲイブが答えた。

「誰かからアリエルに電話があったのなら、警察のほうで調べればすぐにわかります」わたしはいった。「異常事態ではないといってがんばったところで、貴重な時間を無駄にするだけですよ」

ゲイブがうなずいた。「この人のいうとおりです、ジュリア。ソールが到着すれば、やはり同じことをいうでしょう」

「アリエルが出ていった理由を知っていそうなのは、ニーヤ・ドゥランゴだけですね。二人で変身の儀式に参加しているのかも。ニーヤに問いあわせてみました？　ドクター・ドゥランゴには？」

「ソフィーとわたしは、あの子たちへの罰として、携帯メールをするのも、会うのも、二週間禁止したのよ。先週テレビに出て以来、二人はひと言も話してないわ！」

「どうしてそう断言できます？」

「ソフィーとわたしが禁止したから！　念のため、あの子たちの携帯に入ってるおたがいの番号をブロックしておいたわ！」

「ニーヤかソフィーの番号を教えてください」わたしはいった。「あんなに仲のいい二人なんですよ。二週間しゃべっちゃいけないという命令に従うだろうと思ってらっしゃるなら、あなたはきっと、修道女のような子供時代を送った人なんでしょうね！」

わたしがそういっているあいだに、ゲイブが携帯のボタンを押していた。「ゲイブ・アイクスだ、ダイアン。こちらで緊急事態が発生した。ニーヤとソフィーがどこにいるか知ってるかね？」

しばしの沈黙ののちに、ゲイブはソフィー・ドゥランゴと話しはじめ、状況を説明し、シラー通りの屋敷に大至急ニーヤをよこすよう頼みこんだ。これもまた、サランター家でゲイブがいかに中心的な役割を果たしているかを示すものだった。ドアマン、危機管理担当者、ほかにどんなことをしているのだろう？　棺台に遺体を横たえるとか？

ジュリアがゲイブから携帯を受けとり、ソフィーと長い会話を始めた。現在の危機について、とりみだした口調でくわしく語っている。わたしはいらいらしてきた。ニーヤと話をするまでの時間が長びけば長びくほど、ニーヤが提供してくれる手がかりを追うのに、よけい時間がかかることになる。

「ドゥランゴ家の家政婦がニーヤを連れてこちらに向かっています」ゲイブがわたしを安心

させようとした。「ソフィーと話をすれば、ジュリアも気が楽になるでしょう。弁護士のジャンセンを待つあいだに、アリエルが映っている防犯カメラの映像をお見せしましょう」

ゲイブはわたしをコントロール・ルームへ連れていった。防犯用フェンスのあいだや、屋根とガレージの四隅にはもちろんのこと、どこのドアにも防犯カメラがとりつけてある。ちょっと見ただけではわからない場所にうまく設置してあり、すべての映像がバックアップ・システムに流れこんでいて、そのシステムが頻繁《ひんぱん》にチェックをおこない、同じ顔が何日もつづけてフェンスから屋敷をのぞきこんでいないかどうかを確認する。フェンスをよじのぼろうとする者がいれば、ゲイブの携帯のブザーが鳴り響く。

「使用人はあなただけなの？」

「住込みはわたし一人です。掃除と洗濯は通いの女性二人の担当です。いま、キッチンのほうにいます。ジュリアが二人からすでに話をききました。何も知らないそうです。二人ともこの屋敷で十年以上働いていて、とても信頼できます。昔アリエルの乳母をやっていたリビア・バラーダスという女もいまして、ジュリアとシャイムが同時に街を留守にするときは、いまでも彼女が泊まりにきてくれます。シャイムの個人アシスタントのレンはこの屋敷の鍵を持っていますが、ラサール通りにあるオフィスのほうで仕事をしています」

ゲイブはアリエルが出ていったときの映像を見せてくれた。寝室には防犯カメラはないが、廊下に二台設置してある。カットオフジーンズにTシャツ、靴を手に持って廊下に出てきたアリエルの姿が映しだされた。画面に表示された時刻は二時三分三十三秒。アリエルは二時五分十七秒に階段を二つ駆けおり、キッチンで足を止め、靴をはいてリンゴを一個とると、地下におりた。二時十一分八秒、ガレージのドアをあけるボタンを押した。

「玄関ドアを使わなかったのには何か理由でも？」

ゲイブはうなずいた。「家族が夜までに全員帰宅すると、わたしが邸内カメラのスイッチを入れ、すべてのドアと窓のアラームをセットします。そのどこかがひらけば、わたしの携帯のブザーが鳴って知らせてくれます。ガレージのアラームだけは、外からあけないかぎり鳴りません。セキュリティにそんな盲点があることを、われわれは考えてもいなかったが、アリエルはどうやら気づいていたようですね。そして、ほかにも気づいていた者がいるわけだ」

「だったら、よけい警察を呼ぶ必要があるわ」わたしはうんざりしながらくりかえした。「警察なら、警備会社や、掃除担当の女性たちの恋人や、リビア・バラーダスの子供たちや、その他おおぜいに対して事情聴取ができるのよ」わたしはゲイブを真正面から見据えた。「あなた自身の関係者はいうにおよばず。あなたはこの家の中心的存在だわ。家の秘密をひとつ残らず知っている」

ゲイブは怒りに唇をこわばらせたが、冷静な声でいった。「おっしゃるとおりです。あなたはわたしをご存じない。この一家との関わりもご存じない。わたしは大学三年のときからシャイムに仕えてきました。恋人にセキュリティの暗証番号や一家の秘密を教えたことはぜったいにないと、わたしがいったところで、見ず知らずの他人に信じてもらえるとは思いませんが、どうか――わたしの過去と、友人関係と、家族について調べてください」

わたしはうなずいた。同意のしるしではなく、必要になればそのすべてをやるつもりでいることを認めたにすぎなかった。「それはそれとして、とにかく警察を呼びましょう。ジュリアのオーケイを待たなくていいから、いますぐお願い！」

わたしが懇願している最中に、玄関ドアの呼鈴が鳴った。わたしたちの両方がモニターに目を向けた。背の高い男性で、この暑さにもかかわらず、きちんとスーツを着ていた。

「ソール・ジャンセンです」ゲイブが玄関ドアのロックを解除した。そのすぐあとで、正面ゲートを映しだすモニターにニーヤ・ドゥランゴの姿が映った。中年の白人女性に付き添われている。ゲイブがふたたびロックを解除したが、わたしは廊下を走り、ジュリアやキッチンにいた使用人たちよりも早く玄関ドアにたどり着いた。

混乱のなかであわただしく挨拶がかわされた。弁護士は疑いの口調、ニーヤは怯え、ドゥランゴ家の家政婦は落ち着き払っていた。一瞬遅れてゲイブがやってきた。彼とドゥランゴ家の家政婦がわたしたちを二つのグループに分けた。ゲイブは弁護士を案内して図書室のジュリアのところへ行った。家政婦のダイアン・オヴェックがニーヤとわたしをファミリー・ルームへ連れていった。

「ニーヤ、この一週間、アリエルとどうやって連絡をとってたの？」柳細工の椅子にすわるとすぐに、わたしはきいた。

ニーヤはダイアンからわたしに視線を移した。

「二週間にわたって連絡禁止というお母さんの命令を、あなたたちが守らなかったかどうかなんて、問題にしてる場合じゃないのよ」わたしはいった。「アリエルの身の安全にかかわることなの。フェイスブックを使ってたの？」

ニーヤがあいかわらず返事をしないので、ダイアン・オヴェックが「ちゃんと答えなさい」といった。静かな声だが、反抗は許さないという響きがあった。

「あたしたちのフェイスブックのページは、どっちのママも調べてたわ」ニーヤは小さな声でいった。「あたしたち、古くさい方法を使ったの。たとえば、ママが留守のときに家の電話を使うとか。でも、パソコンのメールがほとんどだった」

ほかのときなら、パソコンのメールが〝古くさい〟と形容されるのをきいて、わたしは思わず吹きだしていただろう。「ゆうべ、アリエルから、出かけることを知らせるメールがこなかった？」

「ううん。土壇場で決心したのなら、あたしに知らせるのは無理だったと思う。だって、携帯メールが使えないもん。パソコンのメールって不便なのよね。メールが届いてもわかんないでしょ。iPhoneとか、そういうのがあれば、話はべつだけど。でも、うちには固定電話しかなくて、それだとメールできないから、パソコンを使うしかないの」

「アリエルのパソコンにどうやってログインすればいいか知ってる？」わたしはきいた。

「古くさいやり方でアリエルに連絡をとってきた人がほかにもいないか、見てみましょう」

ニーヤはアリエルと二人で同じパスワードを使っているといった。家政婦とわたしの先に立って階段を二つのぼり、短い廊下を歩いて、友達の部屋まで行った。小さなデスクにパソコンがのっていた。ニーヤがスイッチを入れてログインするあいだに、わたしは室内をざっと見まわした。

いかにも現代の裕福なティーンの部屋という感じで、必要不可欠な音響システムとビデオシステム、ウェブカムつきのパソコン、数は少ないが高価な衣服などがそろっていた。アリエルの本棚には、彼女が子供のころに読んだ小説にまじって、ホロコースト関係の本が並んでいた――『天はどんなに暗いか』、『あの時代と場所から』、『いかにしてホロコーストの犠牲者を記録し、生存者を捜しあてるか』。ブーディカ・ジョーンズの『カーミラ』のシリーズがいちばん目立つ場所を占めていたが、アリエルは本家本元の『ドラキュラ』など、ほかのヴァンパイア小説にも手を出していた。ベッドの足もとに置かれた棚には、輝く目をした大きなカラスも含めて、ぬいぐるみがどっさり置かれ、ベッドを見おろしていた。

「オーケイ、ニーヤ。この一週間、あなたたち二人がどんな話をしていたのか、見ていきましょう」ダイアンがいった。

わたしはニーヤがすわっていた場所を譲り受け、メールをスクロールしていった。二人は日に四回か五回ずつメールを送りあっていた。携帯メールの頻度に比べればものの数ではないが、それでも、日々の出来事をこまごまと報告しあっていた。アリエルのメールには、マリーナ財団でのボランティア活動、伯父と伯母に誘われて日帰りで出かけたセーリング、ラビニアのコンサート、母親の知りあいの有名歌手からコンサート後の食事に招かれたことなどが書かれていた。ニーヤのほうは、カンカキーとエドワーズヴィルでひらかれた選挙関係のイベントに母親のお供をし、選挙事務所でデータ入力をし、ノーラン・スポールディングとジェシー・モーゲンスターン（〝落ちこぼれの泣き虫！〟）と一緒に長時間のサイクリングに出かけていた。

ゆうべの十時半、アリエルがこんなメールを送信していた。〝大ガラスの一人から驚きのメッセージ。すっごく謎めいてる。名前を言おうとしないの。出かけてくるね。午前一時前にこのメールを読んだら、電話ちょうだい〟

ニーヤとダイアンもわたしの肩越しにメールを読んでいた。

「大ガラスの一人？」わたしはきいた。「ノーランのこと？　それとも、ジェシー？」

ニーヤの卵形の顔がゆがんで、心配そうな表情になった。「かもしれない。それか、タイラーかも」

「いいかえれば、あなたとアリエルをのぞいて、『カーミラ』のグループの誰であってもおかしくないわけね」

ニーヤはうなずいた。

「なんのことだかわかる？」

「わかんない」ニーヤは小声で答えた。「このメール見るの、いまが初めてだし。ママにおこされて、アリエルのことを話すようにっていわれて、ダイアンと一緒に家を出たから、その前にパソコンとかつけてる暇がなかったの」

わたしはふたたび着信メールを見ていったが、『カーミラ』の読書クラブに入っている少女たちからのメールは何もなかった。「アリエルはどうやってメッセージを受けとったのかしら」ニーヤにきいてみた。

「携帯メールよ。ジュリアおばさまがブロックしたのは、あたしの番号だけだもん。それも、夜間外出禁止令を破ったのと――それから、嘘ついたりとかで――罰を受けてるあいだだけね」

「従妹に電話してみるわ。読書クラブに入ってるほかの子から何か連絡を受けてるかもしれない。けさ、わたしに叩きおこされたときは、アリエルと関係ありとは思ってなかったのかも。もし誰からも連絡がきてないとしても、アリエルにメールした子がいないかどうか、わたしたちが読書クラブのメンバー全員に尋ねるときに、ペトラなら力になってくれるわ。でも、やっぱり警察に連絡しなきゃ」わたしはダイアンに向かってつけくわえた。「警察に頼めば、アリエルの携帯の受信記録がすぐ手に入るわ」

「向こうへ行って、ジュリアにそう伝えてきます」ダイアンはいった。「ジュリアがなぜぐずぐずしているのか、わたしにはわかりません。ニーヤ、一緒にいらっしゃい。いまわたしたちにいったことを、ひとつ残らずジュリアに話すのよ。アリエルが強引に連れだされたのでないことだけはたしかね」

いや、それもわからない。わかっているのは、アリエルが一人で家を出ていったことだけだが、それは防犯ビデオの映像で確認ずみだ。読書クラブのメンバーのふりをして携帯メールを送ることなら、誰にでもできる。だが、ニーヤにはいわずにおいた。ただでさえひどく怯えているのだから。

ペトラに電話して、何をしてほしいかを伝えた。

「すぐとりかかるわ」ペトラはいった。「全員に電話して、誰がアリエルにメールしたかを突き止める。あたし、自分がすごく役立たずな気がして、落ちこんでたとこなの」

「わたしもよ、ベイビー。あなたもわたしも」

32 中継回線

従妹から返事がくるのを待つあいだに、アリエルのパソコンのメールを見ていき、マイルズ・ヴフニクのことが出ていないか探してみた。二カ月前まで調べたが、ヴフニクからのメールも、ヴフニクのことに触れたメールもなかった。彼のサイトを訪れてもいなかった。アリエルがきのう送ったメールは、ニーヤに宛てたのが一通だけ。ほかの友達とはいまも携帯でやりとりができる。

五月上旬までさかのぼったにすぎないことに気づいた。ヴフニクが初めてルーエタールへ出向いた時期だ。ヴフニクがルーエタールの麻薬の横流しに首を突っこんでいた可能性があると、ミスタ・コントレーラスに指摘されたものの、わたしの意識下には、アリエルとヴフニクの関係を調べるべきだという思いがあった。

アリエルのメールをスクロールしながら、今年の初めまで丹念に目を通した。どれもたいした内容ではなかったが、ただ、『カーミラ』のシリーズの著者にインタビューしようとするアリエルの努力に興味を惹かれた。アリエルは『カーミラ／夜の女王』のシリーズをテーマにして学校のレポートを書いていて、ブーディカ・ジョーンズから、もしくはアシスタントから、アリエルの質問に対して返信があった。親切な作家だ。ファンレターが殺到しているだろうに。

わたしは神経がたかぶる一方で、動くのが億劫《おっくう》な気分だった。ウェブサイトを見るのは虚しい時間つぶしにすぎないだろうが、いまのところ、ほかに何をすればいいのかわからなかった。

アリエルが何度も訪れていたのは、家系図関係のサイトとホロコースト関係のサイトだった。ホロコースト博物館のサイトの閲覧にかなりの時間を費やし、メールまで出していた。莫大な富を持つ一族の人間であることを知られないように注意して。

アリエル・ジッターという者です。十二歳で、わたしのルーツを見つけようとしているところです。祖父の一族はサランターという名字で、リトアニアのヴィルナの近くの出身ですが、祖父は自分の過去を何も話してくれません。祖父のお母さんの名前はジュディスだと思います。わたしの母がそこから名前をもらって、ジュリアと名づけられたからです。祖父以外はみんなホロコーストで死んでしまったようですが、その場所がポナリだったのか、どこかよそだったのか、わたしにはわかりません。祖父のお母さんは一九四一年に亡くなったんだと思いますが、もしかしたら、一九四二年だったかもしれません。協力してもらえますか。

博物館から返信があり、ワシントンにくるつもりがあるなら、両親と一緒にアポイントをとり、文書係に会うようにと勧めていた。また、推薦できる資料のリストもついていて、そこには、わたしがアリエルの本棚で目にした本が何冊か入っていた。

アリエルが祖父の過去に関心を持っているのは、ローラーが祖父を攻撃しているせいだろうか。それなら納得できる。〈グローバル〉の番組はシャイム・サランターを極悪人として非難している。アリエルは真実を知りたいのだろう。

わたしの携帯が鳴りだした。期待に反してペトラではなく、ゲイブ・アイクスからで、図書室のチームに合流しないかといってきた。「二階です。アリエルの部屋の真下にあたります」

ジュリアと弁護士のほかに、はしばみ色の冷たい目をした女性がいて、わたしに胡散臭《うさんくさ》そうな視線をよこした。FBIの人間だとわかっても、わたしは驚かなかった。

「クリスタ・ヴェルペル特別捜査官です」ゲイブがいった。「幸い、ソールがここに到着してすぐ、FBIに電話してくれました」

ありがたいことに、わたしが出会う警官の大部分とちがって、ヴェルペル特別捜査官は、わたしがなぜここにいるのか、どこからきたのか、何をしていたのかを問いただして時間を浪費するようなことはなかった。アリエルがゆうべニーヤに送ったメールについては、ニーヤとダイアンから話をきき、二人をすでにファミリー・ルームへ送り返していた。

「ニーヤが何か知っているのに、当人は重要だと思っていない可能性もあります。あとでまたニーャと話してみるつもりです。あなたの従妹のペトラに関しても同じことがいえるので、彼女の電話番号などを教えてください」

わたしは、誰がアリエルに連絡してきたのかを突き止めるために、読書クラブに入っている少女全員にペトラがすでに電話を始めていることを伝えた。

「わたしに電話するよう、ペトラにいってください。熟練の捜査官なら、どう質問すればいいかを考えて、相手がそうとは知らずに持っている情報をひきだすことができます。それから、あなたのほうでも何か思いついたら、わたしに知らせてください。ミズ・サランターの話から推測するに、あなたが関心を持っておられるのはその私立探偵の死のようですね。少女たちのことではなく」

あなた自身から、あるいはあなたの従妹からどうやって情報をひきだせばいいのか、あなたにわかるはずがない、とヴェルペルから遠まわしにほのめかされて、うなじの毛が逆立ちそうなのを、わたしは必死に抑えた。わたしがどうのこうのという問題ではない。大事なのはアリエルを助けだすことだ。

「わたしがヴフニク殺しを調べていることは事実です」わたしはいった。「ただ、少女たちが満月の儀式をやっていたのと同じ時刻に同じ場所でヴフニクが殺されたことが、偶然にしてはできすぎのような気がします。ＦＢＩには熟練の捜査官がそろってらっしゃるから、関係があるのかどうか調べてくださるでしょうね。ヴフニクが亡くなって二日もたたないうちに、彼の自宅の電話やパソコンなどがすべて消えていました。ダンヴィルに住む姉がヴフニクの相続人なんですが、その姉のところにもありません」

「お願い、もうやめて！」ジュリアが懇願した。「あなたは死亡したろくでもない探偵のことが気がかりかもしれないけど、わたしが気になるのはうちの娘のことだけよ」

「ええ、ええ、わかります」わたしはなだめるようにいった。

ヴェルペルが眉をひそめた。「それは妙ですね。目下、不審な点はすべて追跡調査の対象となります」

ヴェルペルは内ポケットから小さなノートをとりだし、何やら走り書きをした。その拍子にジャケットの裾が持ちあがり、ショルダー・ホルスターの底の部分とアルマーニのラベルがのぞいた。わたしの眉が吊りあがった。FBIでは、上級の捜査官にいい給料を出しているにちがいない。

「さてと。お世話さまでした、ミズ・ウォーショースキー。この午前中は、これ以上いていただく必要もないと思います」

そっけなく追い払われたにもかかわらず、わたしはホッとした。シラー通りの屋敷の雰囲気が苦悩と秘密に満ちているため、神経にこたえていた。

わたしが帰るさいに、ガレージまで案内するとゲイブがいうと、ヴェルペルが首を横にふった。「わたしがミズ・ウォーショースキーと一緒に行きます。通りの向かいから誰が屋敷を監視しているかわかりませんからね。ガレージのドアがあいたとき、誰かの特別な関心を惹くことがないかどうか、確認したいんです。屋敷の防犯カメラに外の歩道が映っていますが、通りの向かいの家までは映らないでしょ」

ヴェルペルは外で待機していたべつの捜査官に電話をかけ、通りに目を光らせながら、何に注意を向けるべきかを指示し、それからわたしの車まで一緒についてきた。彼女がわたしの前に立ってランプを歩いていたとき、ガレージのドアがあいた。ヴェルペルが誰かの姿を目にしたのかどうか、わたしは足を止めて確認しようとは思わなかった。その程度のことなら、わたしの協力など必要ないだろうし、わたしは一刻も早く従妹と連絡をとりたかった。

穴ぼこだらけの道路をガタガタ走りながらケネディ高速へ向かっていたとき、突然、〝ランプの精《ジーニー》〟という言葉が頭に浮かんだ。肩甲骨のあいだを強打されたような気がして、あわてて道路の端へ車を寄せた。ほかの車が警笛を鳴らした。追い越していくドライバーがわたしに向かって指を立てた。

ジーニー。家系図《ジーニアロジー》。マイルズ・ヴフニクと話をしたことはないかと、わたしがアリエルに尋ねたとき、ニーヤが「ランプの精《ジーニー》だったのかも」といい、アリエルと二人でクスクス笑った。

アリエルは家族に内緒でヴフニクを雇い、シャイム・サランターの過去を調べさせていたのでは？　急いでシラー通りの屋敷に戻り、ニーヤから返事をひきだしたほうがいい？　どうやって会話を進めればいいか考えようとしていたとき、従妹から電話が入った。

「ヴィク、タイラーとカイラをのぞいて、読書クラブのメンバー全員と話をしたわ。タイラーはサマーキャンプに行ってて留守なの。母親の話だと、テキサス州のどこからしいけど、昼間はみんな携帯をオフにしとかなきゃいけないんだって。カイラは街にいるけど、あの子、墓地へ出かけた晩に携帯をなくしてしまったし、あたしは母親の電話番号を知らないの。あの子の家まで車で行ってみたほうがいい？」

「ううん。わたし、いま、二、三ブロックしか離れてないとこにいるのよ。カイラの無事を確認して、あなたに連絡する」

オーガスタ・ブルヴァードにあるドゥーデック家のアパートメントまで、わずか数分しかかからなかった。ドアの呼鈴を押すあいだ、わたしの心臓が不快な動悸を打っていた。二回鳴らしても返事がないので、車まで走り、グローブボックスからピッキング用のツールをとってきた。ふたたび玄関ドアに手を伸ばしたそのとき、食料品の入った大きな袋をさげて、カイラがルーシーと一緒に帰ってきた。

カイラはわたしに警戒の視線をよこした。「読書クラブのことできたの？　もう行くなって母さんにいわれた」

「そうだよ。ペンキかけられて、卵なんか投げつけられて、そんな危ない場所、行っちゃだめだもんね」ルーシーが横からいった。

「あなたの無事をたしかめにきたのよ」わたしは安堵のあまり、力の抜けた声になっていた。

「アリエルが読書クラブの仲間の一人から連絡を受けて、夜中に家から姿を消してしまったの。それで、わたし——いえ、気にしないで。あなたの携帯、見つかった？　サービスを停止してもらった？」

カイラは首をふった。「プリペイド携帯だから、誰かが拾っても、残高分が使えるだけ。プリペイドカードを買ってリチャージすることもできるけど。アリエルに何があったの？」

「わからないの。用心のため、今日はルーシーと一緒に家にいてくれる？」

「いまから公園行くのよ」ルーシーがいった。

「ヴァイナ・フィールズのリッチな子たちとちがって、あたしにはナニーもいないし、個人所有の船とか、そういうのもない」カイラは不機嫌な声でいった。「母さんは夜中にホテルの部屋の掃除をやって、昼間は寝てる。だから、あたしがルーシーを外へ連れてかないとだめなの」

「じゃ、あなたたち、朝ごはんの材料を買ってきて、それから外へ出かけるわけね？ 雲が分厚くなってて、いまにも雨になりそうよ。長いあいだ外にいるのは無理だと思うわ。その袋を上まで運ぶのを手伝ってあげるから、そのあと、うちにいらっしゃい。人なつっこい犬が二匹と、やさしいおじいちゃんがいて、あなたたちを守ってくれるわ。ペトラに車で送ってもらいましょう」

「犬？」ルーシーがいった。「馬もいる？」

「いない。それから、船もないわ。でも、そのおじいちゃんがテレビで競馬を見せてくれるわよ」それから、二人にスパゲティとアイスクリームを食べさせ、よくないとされていることをすべてやるだろう。でも、愛情をたっぷり注いでくれるはず。子供には、いつだってそれがいちばんだ。

わたしはカイラが持っていた大きな袋と、ルーシーが握りしめていたもっと小さな袋を持ち、二人のあとから建物に入っていった。母親が居間にいた。小さなテーブルに朝食用の皿とグラスが並んでいた。〈ホテル・ボーモント〉の清掃スタッフが着るベージュのユニホーム姿のままで、胸ポケットに名札がついていた（〝わたしはイノーヴァです。なんでもお申しつけください〟）。

母親はわたしを見て驚愕の表情になり、ポーランド語で質問をよこした。カイラとルーシーが同時に母親に返事をした。わたしは部屋に入って食料品の袋を置いた。二週間前、カイラの携帯を見つけるために墓地のなかを捜しまわったあとで、イノーヴァ・ドゥーデックに会ったけれど、向こうが覚えているかどうかは疑問だ。

「ミセス《パニ》・ドゥーデック？　わたしは《マム》V・I・ウォーショースキーです」わたしの知っているポーランド語はこの程度だが、こちらが彼女の母国語をほんの少し知っているという事実のおかげで、もしくは、ペトラの血縁者だと気づいたからかもしれないが、母親は冷静さをとりもどしたように見えた。少女二人が声をそろえて言葉をはさむなかで、わたしは、アリエルの身に何がおきたかがはっきりするまで二人を安全な場所に置いておきたいという、こちらの希望を伝えた。

ドゥーデック家の三人が活発なやりとりを始め、〝ミリアルデル〟という言葉が何回か出てきた。イタリア語の〝億万長者《ミリアルダーリオ》〟に似ているので、大金持ちの祖父のことをいっているのだろうと見当がついた。三人はまた、〝フンダチア・マリーナ〟の話もしていた。

「億万長者の問題でこっちまでとばっちりを受けちゃって、母さんが頭にきてる」カイラが説明した。「けど、先週、財団であたしたちが襲撃されたとき、あなたが助けてくれたことは母さんも知ってるし、ペトラなら信用できるとも思ってる。ペトラがあなたの家へ連れてってくれるならオーケイだそうよ」

わたしはふたたび従妹に電話をした。ペトラのエネルギーが電話の向こうから伝わってきた。わかった、すぐドゥーデックの家へ行くわ。あ、足のむだ毛の処理が終わったらすぐにね。いまちょうど——わたしはペトラに礼をいって電話を切った。ミスタ・コントレーラスに電話すると、少女たちが訪ねてくると知って大喜びだった。カイラやルーシーと同じく、ミスタ・コントレーラスも冒険にはあまり縁がないし、日々の生活にも変化がない。それに、こちらの予想どおり、人を守る役目をひきうけるというのが、老人が彼自身に対して抱いているロマンチックなイメージにぴったりだった。

ミズ・ドゥーデックが娘たちに手を貸して、家を離れて一日をすごすのに（一泊二日に延びる可能性もあり）必要な荷物を詰めおえたころ、ペトラが到着した。ミズ・ドゥーデックがペトラの左右の頰にキスをして、こういった——カイラの通訳つき——今夜は娘たちのことを心配せずに仕事に出かけられるので、ありがたい。

わたしはペトラが少女たちをパスファインダーに乗せるのを手伝いながら、やはりタイラーのことが心配だといった。「わたしからタイラーの母親に電話して、テキサスのサマーキャンプの番号を教えてもらうことにするわ。殺人犯をじっさいに目撃した人間がいるとすれば、それはタイラーだもの。わたしが墓地で少女たちを見つけたちょうどそのとき、ヴァンパイアを見たといってタイラーが悲鳴をあげたのよ」

ペトラは携帯をとりだし、タイラーの母親に関する詳細をわたしの携帯に送ってくれた。ロンダ・シャンクマン。不動産仲介人。パートタイムのメディア・エスコート（なんのことやら……）。

わたしはペトラに、尾行の有無を確認したいので、高速道路はやめてアシュランド・アヴェニューを北へ向かうようにと指示した。ペトラの車の前に割りこんだり、離れたりしながら一マイルほど走ったところで、尾行されていないことがほぼ確信できたので、わたしのほうはふたたび南へ向かった。レヴィット通りへ、そして、マウント・モリア墓地の入口へ。カイラが携帯を落とした場所だ。殺人事件の翌日、いくら捜しても携帯は見つからなかったが、もしかしたら、殺人犯が見つけたのかもしれない。その男は（女？　わたしはヘレン・ケンドリックやエロイーズ・ネイピアを思い浮かべた）自分が写真に撮られたことを知り、それ以前の携帯メールに目を通し、アリエルの番号を見つけたのかもしれない。

カイラの携帯からメールが届けば、アリエルの携帯の画面には見慣れた番号が出るはずだ。いや、犯人が非通知にしたにちがいない。わたしはアリエルがニーヤに出したパソコンのメールを思いだした。〝大ガラスの一人〟と書いてあった。〝すっごく謎めいてる〟とも。だが、犯人は、顔見知りの誰かからのメールだとアリエルが思いこむような形でサインしなくてはならなかったはずだ。メールの文面を想像してみた。〝墓地で待ってる。大ガラス〟

しかし、携帯を見つけた犯人はなぜアリエルを自宅からおびきだそうとしたのだろう？ そして、アリエルはなぜ、またしても内緒で家を出ていったのだろう？ もしかしたら、こんな文面だったのかも。〝墓地で待ってる。おじいさんの秘密を教えてあげる〟

南京錠がかかっている墓地の門の外で車を止めたときには、雲が分厚くなり、渦を巻き、風が出てきていた。少女たちとマイルズ・ヴフニクを見つけた夜以来、一度も嵐に見舞われていなかったので、傘やレインコートを持ってくるのを忘れてしまった。

警察の張ったテープが柱のひとつからはずれ、ひび割れた歩道に垂れていた。その近くに、空き瓶やテイクアウトの食べものの残りがころがっていた。犯行現場に張られたテープがピクニック気分の連中をひきよせたのだろう。わたしはレヴィット通りを小走りで進んで、十日前に使ったフェンスの隙間まで行き、薄れゆく光のなかをサロマン家の墓へ急いだ。

警察のテープがいまも柱のあいだに張りめぐらされていた。その下をくぐり抜けた。マイルズ・ヴフニクが倒れていた墓には、血のしみが残ったままだが、人の姿はなかった。霊廟の床にころがったコルト45の空き瓶や、煙草の吸殻や、コンドームをよけながら歩いてみたが、アリエルか大ガラスがここにいたことを示すものは何も見つからなかった。

何か見つかると思いこんでいた――アリエルの死体がころがっていそうな不安もあったが、彼女の痕跡が残っていることを確信していた。がっくりきて、つぎに何をすればいいのかわからなくなった。わたしの失敗をあざ笑うかのように、大きな雷鳴が轟いた。つぎの瞬間、どしゃ降りになった。

霊廟の小さな丸屋根の下に立ち、ヴェルペル特別捜査官に電話をして、ゆうべアリエルに連絡をとった少女は一人もいないと告げた。ヴェルペルのほうは、何か新しい情報が入っているとしても、それにはいっさい触れようとせず、ペトラに電話して少女たちの番号を教えてもらうといっただけだった。

わたしはカイラの携帯が紛失していることと、誰かがそれを拾ってアリエルを家からおびきだすのに使った可能性があることを、ヴェルペルに告げた。

カイラの電話の電源が入ったままなら、その行方を突き止めることが捜査の役に立つはずだ、という意見にヴェルペルも賛成し、FBIには突き止めるための人手も手段もあるといった。さらに、わたしの説は信頼できるといってくれたので、ペトラとマリーナ財団の少女たちにじかに連絡をとりたいと彼女がいいつづけている点は、大目に見ることにした。カイラとルーシーをわたしの家に送りこんだことは内緒にしておいた。不法滞在の可能性もある少女二人をFBIにひきわたそうという気にはなれない。軽い事情聴取だけでも、母親の強制送還につながる恐れがある。

小さな霊廟に雨が吹きこみはじめ、わたしの脚をぐしょ濡れにした。どっちみち濡れるのなら、捜索をつづけたほうがよさそうだ。どしゃぶりの雨のなかに出ていって、少女たちが踊っていた空地をゆっくりまわってみた。

雨が地面を叩き、小石や草を跳ね飛ばしていたので、最近ここを通った者がいるかどうか、もしくは、意識不明の少女をひきずっていった者がいるかどうかは、わかるはずもなかった。稲妻が何度も走った。腕の産毛が逆立つほどの近さだった。墓石と木々に囲まれた野外にいるのは危険だとわかっていたが、アリエルの運命に不安を覚えるあまり、わが身の安全を考える余裕はなかった。

その一帯の捜索を終えるころには、濡れた胴体にTシャツが貼りついていた。頭がまともに働かなくなり、おまけに、髪から滴り落ちる雨が目に入って前が見えなくなっていた。しかし、大ガラスの儀式のあとで少女たちとわたしがたどった道をもう一度調べないことには、墓地を離れる気になれなかった。

墓地の東側の壁にたどり着くころには、雷鳴も静まってかすかにゴロゴロいうだけとなり、雨も軽い霧雨に変わっていた。少女たちを逃がした記憶のある場所を見つけだし、濡れたレンガにランニングシューズをすべらせながら、てっぺんまでよじのぼった。

ハミルトン通りに飛びおりて、草むらと溝の捜索をやみくもにつづけた。目の前に、赤いトリミングのあるスポルトマックス製のワイヤ・ホイールがあった。ホイールは真っ赤なカマロについていて、雨に濡れた塗装がつやつや光っていた。雨のなかでスモークガラスの窓をのぞきこむのはむずかしかったが、なかに人影が見えたような気がした。

ピッキング用のツールを持ってきていたが、巧妙な手段など使っている場合ではなかった。ゆるんだレンガを二個、塀からはずした。一個をハンマーのかわりに、もう一個を釘のかわりにして、窓を叩き割った。ドアをあけると、運転席にゼイヴィア・ジャーゲンズの姿があった。ガクッと垂れた頭がハンドルにのっている。

ジャーゲンズは派手に嘔吐していた。蒸し暑い七月の空気のなかで、吐瀉物が早くも腐敗しはじめていた。腐臭がすさまじいため、脈を調べるのがわたしにできる精一杯のことだった。脈はなかったが、吐瀉物にはアルコールの臭いがたっぷりまじっていた。望み薄ではあるが、もしかしたら助かる可能性があるかもしれない。

キーがイグニッションにささったままだった。どんな衝動に駆られてわたしがそのような行動をとったのか、永遠にわからないだろうが、キーをひきぬき、車のトランクをあけた。頭は後部座席につづくスルーのそばに、身体はスペアタイヤを背にした形で、アリエル・ジッターがトランクに押しこめられていた。

33

自殺か殺人
好きなほうを選んで

アリエルは一命をとりとめた。もっとも、わたしがその喜ばしいニュースを知ったのは、シラー通りの屋敷の人々を通じてではなかったが。サランター家の連中が、ゲイブ・アイクスも含めて、外部との接触を断ってしまい、電話にも出ないとわかったので、FBIのクリスタ・ヴェルペルに電話してみた。

「アリエルの様子はどう？」

「彼女の容体は、わたしからあなたに伝えられる事柄ではありません」

わたしの眉と怒りの度合いが同時に跳ねあがった。「ミズ・ヴェルペル、あなたがすばらしく熟練した捜査官だってことは、あなたと同じく、わたしもよく承知してます。だって、今日の午前中、あなたから十回以上そういわれたから。わたしはアリエル・ジッターを見つけたドジな私立探偵にすぎない。さてと、アリエルが助かるかどうか知りたいんだけど。わたしがドジをやりながら、午前中に偶然あの子を見つけたときは、あまり元気な状態とはいえなかったし」

どういうわけか、こんなふうにアプローチしても、捜査官を協力的な気持ちにさせるには至らなかった。ようやくアリエルの様子を知らせてくれたのはロティだった。ロティは彼女の人脈を駆使して、救急車がアリエルを急送した病院に勤務する人を見つけだした。

「強い抗精神病薬を呑まされてたそうよ。現に、エビリファイの一部が現場で発見されている。あとしばらく車に閉じこめられたままだったら、窒息死してたでしょう。あなたが見つけだすまで生きていられたのは、薬を大量に吐き、それが奇跡的に肺のほうへ逆流しなかったおかげね。目下、水をどんどん飲ませて、体内に残ったエビリファイを外に出そうとしているところ」

「エビリファイ？　それって、抗鬱剤の一種じゃなかった？」

「そうね、テレビのコマーシャルが医者に向かって処方をせがんでる薬のひとつよ」ロティはいった。「効能はいろいろあるけど、強力な抗精神病薬なの。キャンディみたいにばらまいてはいけないのよ。アリエルは命が危なくなるほど大量に呑まされてた。そのせいで意識がかなり混濁している。わたしに話をしてくれた神経精神科医によると、この二十四時間のことは何も思いだせなくて、ほかの事柄についても朦朧とした状態だけど、二、三日うちには意識もはっきりするだろうってことだったわ。今回はあなたの大手柄だったわね、ヴィクトリア」

「大手柄なんかじゃないわ、ロティ、信じられないほど運がよかっただけ。なぜまたあの墓地の塀をよじのぼる気になって、車を見つけることができたのか、自分でもわからないのよ」

アリエルにとってもうひとつ幸運だったのは、ゼイヴィア・ジャーゲンズがゆうべ出かけるときにガソリンを満タンにしておいたことだった。カマロを調べにきた鑑識の技師の話では、ゼイヴィアはエンジンをかけっぱなしにして、エアコンを最強にしておいたそうだ。やがて、ガソリンがなくなり、自然とエンジンが切れた。わたしが発見する前にアリエルが蒸し風呂のような暑さのなかで横たわっていたのは、わずか一時間ほどだった。

ゼイヴィア・ジャーゲンズのほうは、そこまで幸運ではなかった。エビリファイと一緒にウォッカを飲みすぎ、車が息絶えるよりも先に彼の息が絶えていた。

鑑識の技師というのは、ふつうはあまりしゃべらないものだ。わたしみたいな私立探偵の前ではとくに。ところが、鑑識チームの一人が、新米警官時代に昔の十二管区でうちの父の下にいた人だった。コジモ・ドラコというその男性は、名字からわたしが父の娘だとわかると、トニー・ウォーショースキーの指導を受けることができて、ポリスアカデミーの卒業生のなかで自分がいちばんラッキーだったと、わたしにいった。

「すばらしい教師だったし、あの管区でいちばん頼りになる人だった。あの人が警邏隊長になってれば、十二管区もずいぶんちがうところになってただろうな。鑑識の仕事を覚えるように勧めてくれたのもトニーだった」

午前中の雷雨のあとに太陽が顔を出し、湿気をずっしり含んだ炎暑を運んできた。わたしの濡れたTシャツとジーンズは乾いたが、じっとりと不快な肌ざわりだったし、車の異臭が耐えがたくなってきた。しかし、ドラコがしゃべりつづけ、鑑識の所見を教えてくれるので、吐き気をこらえて現場にとどまった。

ゼイヴィアの携帯が彼の足もとの床に落ちていた。吐瀉物にまみれているが、まだ機能していた。ドラコが携帯の隅を慎重につまんで証拠品袋に入れ、それから、画面に呼びだすことのできたメールをわたしに見せてくれた。

〝こんなことしちゃいけなかったんだ、ジャニー、ヴフニクのことも、子供のことも。おまえの人生をめちゃめちゃにして申しわけない。いつまでも愛している、xxxゼイヴィア〟

わたしの眉が吊りあがった。「わたしが会ったとき、ジャーゲンズはわたしに向かって肉切りナイフをふりまわしてたわ。それから、ジャナは、彼の〝ジャニー〟は、通りの先まできこえるような声でわめきちらして、近所の人を〝あばずれ〟と呼び、悪態をついてた。二人が愛の言葉をかわすなんて想像できない」

ドラコは肩をすくめた。「閉めたドアの奥では、人はまったくべつの行動をとるものさ。それに、たぶん、パニック状態だったんだろう。薬が効いてきて、何もできない状態。ヴフニクというのは誰だね？」

「ヴァンパイア殺人事件だよ、ドラコ」技師の一人がいった。

「ああ。ここで見つかったんだったな。その現場は、おれは担当しなかったが、ルーリーが調べてる。そうだろ、ルー？」

三人のチームでいちばん若い男性がうなずいた。「ああ。少女の一団が雨のなかで踊ってるあいだに、男の胸に杭が突き刺されたことが明らかになった。このメールは罪の告白って感じだな――〝ヴフニクを殺してはいけなかったんだ〟と解釈できる。しかし、なんで女の子を誘拐したんだろう？」

「雨のなかで踊ってた少女の一人なの」わたしはいった。「でも、ジャーゲンズが自殺する気でいたのなら、アリエルを誘拐する理由がどこにあるの？」

「自分の苦境をその子のせいにしたかったのかもな」ドラコがいった。「祖父が金持ちなんだろ？　自分の苦境を金持ち連中のせいにするのは、何もそいつが初めてではない。だが、それを調べるのは刑事の仕事だ」

わたしは納得できなかったが、鑑識チームと口論しても始まらない。「アリエルが家を出たのは携帯にメールが届いたからよ。そこまではわかってるの。ジャーゲンズがほかにどんな携帯メールを送ってたか、調べられる？」

ドラコは証拠品袋からふたたび携帯をひっぱりだし、画面をスクロールしていった。「少女にはメールしてないな。少なくともゆうべは。それどころか、頻繁にメールするほうじゃなかったようだ。きのうも、ほかにはほとんど送信してない」

「べつの携帯を持ってなかった？」

いちばん若い技師が、見つかったのはジャーゲンズのその携帯だけだといった。「ポケットを調べてみた。ルーエタールの調剤部から持ちだされた小瓶――〝エビリファイ〟のラベルのついてるやつ――と、家の鍵と、財布が出てきたが、ほかの携帯はなかった。もう一台あるはずだっていうのかい？」

「十日前に、この墓地で少女の一人が携帯をなくしたの。殺人犯がそれを見つけて、アリエルをここにおびきだすのに使ったにちがいない」

「推理は刑事のやることだ」ドラコはふたたびいった。「ありがたいことに、われわれは事実を相手にしてればいい。だが、忘れちゃだめだぞ。子供ってのは、やばいことになりそうだと思うと、すぐ嘘をつく。熟練の尋問者に子供が何を話すか、じっくりたしかめたいものだ」

あらあら、高度に研ぎ澄まされた腕を持つ伝説の尋問者たち。刑事が大ガラス――ニーヤ流にいえば、〝落ちこぼれの泣き虫〟。eメールのなかで、ヴァイナ・フィールズの生徒のうち二人のことをそう呼んでいる――から話をきけば、『カーミラ』の読書クラブのメンバーがおたがいに使っている暗号や用語のことはわかるかもしれない。しかし、いくら熟練の刑事が尋問したところで、ゼイヴィア・ジャーゲンズやマイルズ・ヴフニクに関して、少女たちに何が語れるだろう？

二人の男の関係がルーエタールを舞台にした麻薬の横流しにすぎないとすれば、読書クラブの少女たちは何も知るわけがない。十二、三歳の少女がクスリの常用者や密売人になるなんて無理があるし、しかも、そんな痕跡は誰にも認められない。この子たちが使った針は、変身能力を得ようとして手に突き刺したものだけだ。

しかし、ニーヤとアリエルがヴフニクのことを〝ジーニー〟と呼んでいたのは、アリエルの家系図《ジーニアロジー》に彼がかかわっていたからではないかという、わが小さな脳ミソに浮かんだ考えがあたっているなら、ニーヤはおそらく、この午前中にわたしに話した以上のことを知っているはずだ。そして、FBIか地元警察がニーヤに事情聴取をすれば、この話が一瞬にしてブロードバンドに広まるだろう。〈タイタニック〉号の船体にあいた穴から海水が入りこむよりも速く、ヴフニク関係のリークが始まるだろう。

ウェイド・ローラーとヘレン・ケンドリックのあてこすりに満ちた台本が頭に浮かんできた。〝お宅はどうだか知りませんが、うちの子たちは、夜間外出が禁止されている時間帯には家でおとなしくしています。億万長者のサランター家と、「わたしたちはみんなサル」と主張するドゥランゴ家においては、自分の子は特別で、みんなと同じルールで行動する必要はないと思っているようですが、いったいどういうつもりなんでしょうね？〟このような趣旨のコメントがなされるだろう。

「少女の携帯がどうなったのか、わかればいいんだけど」わたしは技師たちにいった。「アリエルをおびきだした携帯メールを誰が送ったのか。それを示す証拠が携帯に残ってるはずなの。そしたら――どうすればいいかしらね。ジャーゲンズがあんな殊勝なことを書き残すなんて想像できない」

「これをいうのは三回目になるけどな、ウォーショースキー、われわれ鑑識の人間は推測はしない」ドラコがいった。「少女の携帯がどうなってても不思議はない。子供ってのは、しょっちゅう携帯をなくすからな。うちの子もそうだ。携帯は鼓動を打つ心臓だ、そのおかげで生きていられる、と思いこんでるくせに、ショッピング・モールや友達の家に忘れてきたり、車からおりるときに落としたりする」

「おたく、テレビドラマみたいな筋書きを考えてるようだけど、犯罪者がドラマのように行動することはほとんどない」いちばん若い技師が鑑識道具をバッグに戻す途中で手を止めて、わたしを見た。「もちろん、刑事連中が判断を下すことだが、ゼイヴィアってやつは行きあたりばったりに動いてただけだろうな。少女にクスリを呑ませる。車にひきずりこむ。身代金要求の手紙を書きはじめる。つぎに、自分にほとんど勝ち目がないことを悟る。そこで、酒にクスリを混ぜ、いっきに飲んで、イエスのところへ漂っていく」

「もしくは、誰かほかのやつのところへ」ドラコがいった。「すべて写真に収めたぞ。ランチタイムだ、諸君」

ウォッカまじりの吐瀉物の臭いを吸いこみながら二時間もすごしたあとで、何が口に入るというの？　わたしなら、トールグラスについだ冷たいもの。ビールじゃなくて、水。長い距離を歩いて自分の車に戻ると、運のいいことに、オーガスタ・ブルヴァードとレヴィット通りの角に水のボトルの露店が出ていた。二本買い、歩道の縁にすわって飲みながら、一世紀ほど昔に自宅を出たあとで見聞きしたこととの意味を考えようとした。

鑑識の技師たちは、誘拐の企ての失敗という線で片づけようとしている。そんなはずはないと、わたしごときが反論するのは、おこがましいのでは？　ジャーゲンズから愛する女への別れのメッセージは、マイルズ・ヴフニク殺しを告白し、そののちに自殺した証拠とみなすことができる。それで事件は解決だ。いちおう。

だが、ジャーゲンズがカマロを買う金をどこで手に入れたのか、ヴフニクが姉に送った金はどこで得たものか、あるいは、アリエル・ジッターを卑しき街におびきだすためのメッセージを誰が送ったのかは、依然として謎のままだ。

立ちあがって車に戻った。着替えをしなくては。それに、ジャーゲンズの死のあとで鈍い吐き気を感じてはいるが、何か食べる必要がありそうだ。ゲイブ・アイクスからSOSが入ったのは、朝食をとろうとした矢先だった。もう六時間も前のことだ。

家に帰ると、ミスタ・コントレーラスが息を切らしていた。ペトラが仕事に出かけてしまったため、一時間前から一人で奮闘中で、幼いルーシーは原子炉並みのエネルギーを備えているだけでなく、けっこう要領のいい子で、青い目を精一杯大きくひらいて、死を前にした孤児みたいな顔をしてみせれば、〝サルおじいちゃん《ジャージョ》〟からほぼなんでも望みのままにひきだせることに気づいていたからだ。

少女たちは犬と遊んでいた。ペピーの首と尻尾に赤いリボンが結んであったが、ミッチのほうはピンクのベビードールのパジャマを着せられ、ベビー帽をかぶらされていた。それを見てわたしが笑うと、ミッチは怒りに燃える目でこちらを見て、ミスタ・コントレーラスのカウチの陰にひっこんでしまった。

「アリエルは見つかった？」カイラがきいた。

「ええ。あの子、みんなが入会の儀式をやった墓地へふたたび出かけてたわ」

「なぜそんなことを？」ミスタ・コントレーラスがいった。「しかも、深夜に。母親と祖父をさんざんおろおろさせてきたというのに！」

「アリエルのことは、あなたのほうがくわしいわね」わたしはいった。「どうしてそんなことをしたと思う？」

カイラは痩せた肩をすくめた。「知らない。アリエルはやりたいようにやるだけ。で、あとのみんなは拍手しなきゃいけないの」

「みんなで手を叩こう」ルーシーが歌いはじめたが、カイラに「お黙り」といわれた。

「ねえ、ジャージョが今夜あなたたちと一緒に映画を見る気でいるのなら、しばらく一人にしてあげようね。あなたたちは今夜、わたしの部屋で寝るんだから、一緒に上まできて、ベッドにきれいなシーツを敷くのを手伝ってちょうだい」

屈辱的な衣装を着せられているにもかかわらず、ミッチがルーシーとカイラにくっついて階段を駆けのぼってきた。わたしは二人にシーツ交換をやらせ、そのあいだにシャワーを浴びて清潔な服を出した。着替えがすんだところで、少女たちに極秘ファイルをのぞかれるのを防ぐため、ノートパソコンにゲストとしてログインし、カイラのためにナンシー・ドルーのクイズをダウンロードした。ルーシーはテレビの前にすわっただけでご機嫌だったので、わたしは隣人のところに戻り、アリエルの身に何があったかをくわしく話した。

「鑑識の連中は自殺で片づけようとしてるけど、わたしは納得できないの。ゼイヴィアがなぜ、どうやってアリエルをあの車に連れこんだのかもわからないのよ。十代の子と携帯は切っても切れない仲なのに、アリエルの携帯は行方不明。ゼイヴィアともみあってるうちに落としたんだろうって、鑑識の技師はいってるけど、だったら、どこに落ちてるの？　それから、カイラの携帯も問題だわ。犯人がそれを使ってアリエルに偽メールを送ったにちがいない」

「あんたの言葉を疑うわけじゃないんだよ、嬢ちゃん。まちがっとると警官にいわれても、あんたのほうが正しかったことが、これまでに何度もあったからな。だが、鑑識のいうとおりだと考えてもいいんじゃないかね。そのゼイヴィアってのは、先週、肉切りナイフであんたに襲いかかったやつだろ。鑑識の連中がいうように、ヴフニクを殺し、法の手が迫ってきたのを悟ったのかもしれん。麻薬のことでヴフニクがやつを脅迫してたとなれば、とくにな」

わたしはその意見について考えてみた。「たしかにそうかもしれないけど、あのカマロを買うお金を何者かがゼイヴィアに渡したのよ。理由もなしに一万五千ドルも出す人間はいない。ゼイヴィアにお金を渡した人間がゆうべの出来事を画策し、誘拐と自殺に見せかけたんじゃないかしら」

「じゃ、あの二人の子はどう関係してくるんだ？」ミスタ・コントレーラスは三階のほうへ親指を向けた。

「少女たち全員が携帯で写真を撮ってて、その一人がヴァンパイアを見たって叫んだの。その子が見たのは、暗がりにひそんで、自分を殺すことになる男と会うのを待っていたヴフニクか、もしくは、殺人犯自身だったんじゃないかしら。カイラが自分の携帯で写真を撮ってて、犯人がその携帯を拾ったのなら、カイラの居所を突き止めようとしたかもしれない。カイラのはプリペイド携帯だから、電話そのものから持ち主の身元を突き止める方法はない。もしかしたら、わたしの推理は誤りかもしれない。でも、念には念を入れて、カイラとルーシーの身元と居所を誰にも感づかれないようにしておきたいの。すごく迷惑なことはわかってるのよ。相手が幼い子たちだし。でも――」

「こらこら、おやめ、嬢ちゃん。キュートな女の子二人を持て余す日がくるとしたら、それはわしがルーシーの家の地下室へ追いやられる日だ」

わたしは老人を抱きしめて、感謝のキスをした。老人が八十歳になって以来、彼の娘がホフマン・エステーツにある自宅のファミリー・ルームへ父親を連れていこうと躍起になっている。ここを訪ねてくるたびに、泣き言と愚痴ばかり並べているのに、どうして父親との同居を望んでいるのかわたしには理解できない。もっとも、老人がわたしと親しくしていることへの嫉妬が理由のひとつであることは、わたしも承知している。

「しかし、犯人はなんでそのアリエルって子に携帯メールを送ったのかねえ？」

「それはわからない――アリエルの携帯も、カイラの携帯も見つからないから。とにかく、わたしの推理は誤りかもしれない。カイラの携帯は目下、どこかの酔っぱらいのポケットに入ってるのかも。それに、アリエルの意識がはっきり戻らないことには、何も質問できないし。でも、今日じゅうにニーヤ・ドゥランゴと話をしてみるわ」

しかし、わたしが最初に立ち寄るのはバーバンクだ。愛する男を失ったジャナ・シャトカがどんなふうに耐えているかを見るために。

34　医薬品請求

ゼイヴィアの死の噂はすでにララミー・アヴェニューに届いていた。通りの向かいに車を止めると、ゼイヴィアが住んでいた二世帯住宅の前の歩道に少人数の女性がたむろし、指をさしているのが見えた。

わたしは道路を渡ってそちらへ行った。「ミズ・シャトカが家にいるかどうか知らない？」

女性の一人が肩をすくめたが、べつの一人がこちらを見た。「あんた、前にもここにきた人だね？　ゼイヴィアが車のことを質問されて、あんたに切りつけた。銀行の人？　ゼイヴィアは死んだし、車は消えてしまったから、車にはもうお目にかかれないと思うよ」どうやら、わたしがカマロを回収にきたと思っているようだ。

「わたし、探偵《ディテクティブ》なの」

「あら、警察ならすでにきたわよ。知らせを持って。ゼイヴィアが自殺したってほんとなの？」

「結論を出すのはまだ早いわ」わたしはいった。「ただ、車のなかで亡くなったのは事実よ」

「見たの？」女性たちのあいだに興奮の波が広がった。

「何があったの？　車を運転してて木に衝突したとか？」

「ちがう」もう一人の女性がいった。「あの女のとこに戻ってくるのがいやで、ホースを口に突っこんだんだ」

わたしを覚えていた女性が、わたしのことを警察の人間だとみんなにいった。「けど、どうして死んだの？　話してくれない？」

「アルコールとドラッグをまぜて飲んだの」わたしはいった。「でも、そのためにわざわざシカゴまで出かけてる。おかしな話ね」

通りに面した窓のブラインドが動いた。ジャナがこちらを見張っているのだ。わたしは車寄せを歩いていき、カーポートに入っているおんぼろヒュンダイのそばを通りすぎて、勝手口をノックした。車寄せの向こうで女性たちが期待に胸をはずませて見守っていたが、ジャナは出てこなかった。みんなが見ているところでピッキングのツールをとりだすわけにもいかず、わたしはもう一度ノックした。

あいかわらず返事がないので、ヒュンダイのそばまで行き、車のドアをガタガタやってみた。ロックされていたが、後ろのシートに紙片が散乱していた。もしかしたら——ゼイヴィアの甘いパパに関して情報がつかめるかもしれない。あるいは、甘いママに関して。

助手席の窓がぐらついていた。自分の車に戻ってワイヤをとり、それからヒュンダイの窓を揺すってワイヤを突っこみ、ロックをはずした。うしろのドアをあけて紙片をかきまわしていたら、勝手口からジャナが飛びだしてきた。ゼイヴィアが先週わたしに襲いかかってきたときと同じナイフを手にしていた。

「出ていきな。ここは私有地だ」

「これは犯罪捜査の一部なのよ、ミズ・シャトカ」わたしはナイフの攻撃範囲から逃れようとして、一歩さがった。

「いったいなんの話だよ？ ゼイヴィアは死んだ。悲劇だけど、犯罪なんかじゃない」

「ロシアではどうだか知らないけど」わたしはいった。「アメリカでは、殺人は犯罪とみなされるのよ」

そばかすの下の皮膚が蒼白になり、ジャナの青い目がひどく黒ずんだ。「何いってんの？ 警察がここにきた。ゼイヴィアが自殺したといった。あたしはすでに知ってたよ。車からメールがきて、詫びる言葉が書いてあった。クリスチャンとして埋葬できるってことが、あたしにもわかるように。警察は殺人だなんてひと言もいってなかったよ」

「あなたを怯えさせたくなかったのかも、ミズ・シャトカ。でも、ゼイヴィアが殺されたことはまちがいないわ」

「嘘！」ジャナはすさまじい口調でいい、わたしに向かってナイフをふりまわした。

わたしはさらに一歩さがった。「先週、わたしがここにきたときに、カマロを買うお金をゼイヴィアがどこで手に入れたかって話をしたわね。近所の人たちは彼が麻薬を売ってたんだと思ってる。わたしはマイルズ・ヴフニクから賄賂をもらったんだと思った。あなたには、どっちもまちがいだとわかってた。だって、お金をくれた人物の名前と理由をゼイヴィアにきかされてたから。あなたはタクシーを呼んでその人物に会いにいった――男性なの？ それとも、女性？」

ジャナは息を呑んだ。わたしがここまで知っていることに愕然としていた。ナイフを持つ手から力が抜けた。

「その人物は――あなたの銀行家とでも呼びましょうか――真夜中に車でシカゴにくるようゼイヴィアを説得した。銀行家はつぎに、ゼイヴィアに命じて少女を誘拐させ、あのカマロのトランクに閉じこめさせた。つぎに、金蔓《かねづる》となっているそのお友達は、強力なクスリを入れたウォッカをなんらかの方法でゼイヴィアに呑ませた。お友達の名前をそろそろわたしに教えたほうがいいと思うけど。でないと、つぎに殺されるのはあなたよ。その男の手で」もしくは、その女の手で――ふたたび、エロイーズ・ネイピアとヘレン・ケンドリックのことを考えながら、心のなかでつけくわえた。

「あんた、頭がどうかしてるよ」自信のなさそうな声だった。「あたしを殺すやつなんているわけがない。ゼイヴィアを殺したやつなんていないんだから」

「先週、わたしがここにきたとき、誰に会いにいったの、ミズ・シャトカ？」

ジャナは目をギロッとさせて考えこみ、やがて、「美容院へ行ったんだよ」と答えた。

「わたしだったら、訴訟をおこすわ。根元の黒い部分が一週間前より伸びてるわよ。誰がゼイヴィアにあんな大金をくれたの?」

「何年もかけて金をためたんだよ。あれはゼイヴィアの夢の車だった。あたしと初めて会ったころから、その話ばっかりしてた。コルベットがほしいって」

「悲しみに沈んでるあなたに、小うるさいことはいいたくないけど、あれはカマロよ」

「現実に妥協して、ワンランク低くすることにしたんだよ。誰だってやることだろ。あたしもそうさ。アメリカってのは誰もがすぐ金持ちになれるとこだと思って、あたしはこっちにきた。ところが、よそとおんなじだ――仕事、仕事、仕事」

「ロシアではどんな仕事をしてたの、ミズ・シャトカ?」わたしは好奇心から脇道にそれた。

「あたしの故郷はロシアじゃないよ。リトアニアのヴィリニュス」

今度はわたしが黙りこむ番だった。ヴィリニュス、ヴィルナ、シャイム・サランターの故郷。「先週、あなたがロシア語をしゃべってたような気がしたけど」ようやく、わたしはいった。

「人種としてはロシア人だからね。うちの家族はヴィリニュスに住んでる。あそこにはロシア人がたくさんいるんだ。なんで気にすんの?」

暑い太陽、奇妙な会話、長い一日のせいで、頭がうまく働かず、質問を慎重に考えることができなくなっていた。わたしが知りたかったのは、どうやってジャーゲンズと出会ったのか、アメリカにきてどれぐらいになるのかということだった。ジャナの英語の流暢さからすると、ずいぶん長いはずだ。

ところが、かわりにこう口走っていた。「あなたに近づいてシャイム・サランターの過去について質問したのが、マイルズ・ヴフニクでなかったのなら、いったい誰が？」

ジャナは家に駆けもどった。わたしもあわててあとを追ったが、すでにドアにチェーンがかかっていた。わたしが強引にドアを押しひらこうとすると、ジャナは隙間から肉切りナイフを突きだし、切りつけてきた。

「ミズ・シャトカ、ゼイヴィアを殺したのと同じ人物があなたに襲いかかってきたら、ナイフよりもっと強力な武器が必要になるわよ。誰に話をしたのか打ち明けてくれれば、助けてあげられるけど、自分の胸にしまっておく気なら、生命保険の勧誘は、今日はやめておくわね」

「帰んな、お節介屋。あんたに助けてもらわなくたって、自分の面倒ぐらい自分で見られるよ！」

わたしはさっき、ヒュンダイのそばにバッグを落としてしまった。拾いに戻り、名刺をとりだした。ジャナは勝手口のドアを閉ざしていたが、わたしは郵便受けから名刺をすべりこませた。

ジェット機が頭上で爆音を立てていた。両手を口にあててメガホンがわりにし、「気が変わったら電話して」と叫んだ。

ジャナは返事もしなかった。わたしは何分間か勝手口に立ち、ドアの脇に耳を押しつけていたが、ジェット機の騒音が消えたあとも、なかの物音はほとんどききとれなかった。ジャナが爪先立ちで勝手口まできて、落ちていた名刺を拾いあげたような気もするが、確信はなかった。

ついにヒュンダイまでひきかえし、ゼイヴィアかジャナがうしろのシートに投げこんだ紙片を調べはじめた。ほとんどが買物のレシートだった。ジャナは障害補償年金の小切手で服をあれこれ買うのが好きだったようだ。先週は、ローズヴェルト・ロードのディスカウントショップで靴を三足買っている。わたしが前回ここにきたのと同じ日だ。もしかすると、わたしがまちがっていたのかも。ゼイヴィアの甘いパパとママを訪ねていたのではなく、本当にショッピングに行っていたのかもしれない。レシートをさらに丹念に見てみた。午後七時。近所の連中とやりあった苛酷な一日のあとで、気分転換のために靴を買ったわけだ。

マイナーリーグに所属するケイン・カウンティ・クーガーズの試合チケットの半券、〈マクドナルド〉と〈ケンタッキー〉のレシートを束にして丸めたもの、未払いの駐車違反の罰金の督促状、そして、郡の課税査定局の領収書。脂で汚れたナプキンには、ルーエタールの調剤部に宛ててエビリファイの十ミリグラム二十錠を請求する用紙のカーボンコピーがくっついていた。調剤部ではきのうの午前十時にスタンプを押し、ゼイヴィアが受領のサインをしている。サインの最初のところに、ゼイヴィアの頭文字のXが、ぼやけてはいるがどうにか見てとれた。

請求用紙には医師のサインが入っていたが、こちらのカーボンコピーもぼやけているため、最後の〝医学博士《MD》〟という飾り文字しか見分けられなかった。

「おい、きみ！　何をしてる？」

紙片を調べるのに熱中していたため、周囲で何がおきているのか、まったく気づかなかった。パトロール警官の制服を着た男性が車寄せまできていた。歩道の縁のところに、〝イリノイ州バーバンク市、誇りを持って公共のために奉仕〟と書かれたパトカーが止まっている。映画界の最高の伝統を受け継いで、警官はカーブしたミラーサングラスをかけていた。目がすっかり隠れていた。

わたしは正式な免許を持つ私立探偵だと自己紹介した。「ゼイヴィア・ジャーゲンズがけさ死亡したことはご存じでしょ？　遺体を発見したのがわたしなの。彼が自慢にしてたあのすてきなカマロの新車のなかで。ミズ・シャトカにいくつか質問したくて、ここにきたのよ。なにしろ、行方不明の少女を、ジャーゲンズが車のトランクに閉じこめてたんですもの」

警官は不機嫌に答えた。「たしかに、あんたはジャーゲンズを見つけたかもしれん。金貨をどっさり掘りだして誰かに渡そうとしてるのかもしれん。だが、この家の住人から、あんたが無断侵入してるって通報があったんだ。あんたが何者なのか、ここで何してるのか知らんが、この敷地内にいるのを家の住人がいやがってるんだから、さっさと出てってもらいたい」

わたしは事情を説明しようと思ったが、口をひらきかけた時点で、どうすれば複雑にからみあった推理を説得力のあるひとつの短い文章にまとめられるのか、わからなくなった。ヴフニクの死と『カーミラ／夜の女王』にはまった子たち。ゼイヴィアの死とアリエルの誘拐。

レイドンの恐怖とロックフェラー・チャペルのバルコニーからの転落。そして、シャイム・サランターの過去を調べていたのではないかとわたしが尋ねたときの、ジャナ・シャトカの反応。

わたしはしぶしぶうなずいて、車寄せを遠ざかった。

わたしがヒュンダイのなかの紙片をひとつとったことに、バーバンクの警官は気づいた様子もなかった。カーブしたサングラスの色が濃すぎて、わたしの姿がはっきり見えなかったのかもしれない。あるいは、ジャナ・シャトカが彼の神経を逆なでしたのかもしれない。ふつうなら、警官は侵入者を首尾よく撃退したことを家の者に知らせるためにドアをノックするものだが、この警官は何もしなかった。

車寄せの端までわたしについてきて、わたしがマスタングに乗りこむまで、ひらいたままのパトカーのドアによりかかっていた。ララミー・アヴェニューを車でついてきて、わたしが七十一丁目で西へ曲がると、熱い太陽の下で回転灯をきらめかせながら離れていった。

わたしはダウナーズ・グローヴまで車を走らせ、病院への小道を歩き、ほかの面会者のうしろに並び、身分証をとりだして、入口を警備している女性にタニア・メッツガーと会う約束があると伝えた。

警備の女性はわたしにパスと地図をよこし、わたしのうしろの人物に移った。わたしは床に描かれた鈍い茶色の線をたどって通路Bに出た。ソーシャル・ワーカーのオフィスのあるエリアだ。タニア・メッツガーは席をはずしていたが、べつのソーシャル・ワーカー二人が勤務についていた。一人はわたしと同い年ぐらいの男性。もう一人は若い女性。女性は電話中だった。男性はパソコンで何かやっていた。

わたしが先週顔を合わせた秘書のシャンタルが挨拶をよこした。「タニアは患者さんのところなんです。レイドンのことで何か新しい知らせでも？」

わたしは首をふった。良心が疼いた。この数日、レイドンの様子をたしかめもしなかった。ロティがアリエルの容体を知らせてくれたとき、レイドンの最近の様子も尋ねればよかった。

「タニアに勧められたとおり、レイドンに面会にいったけど、今週はまだ一度も病院に行ってないの。じつは、今日ここに伺ったのは、けさ殺された病院の看護助手の件なのよ」

「殺された？」シャンタルが叫んだ。「ゼイヴィアのこと？　でも、自殺だってきいてるけど」

「無難な説ね」わたしはいった。「でも、自殺だとすると、納得できない疑問点がいくつか残るの。そのひとつにここで答えてもらえることを期待してるのよ」

女性が電話を終えて立ちあがった。「アルヴィナ・ノースレイクといいます。このユニットの責任者。どちらさまでしょう？」

「あ、アルヴィナ、この人は探偵さんなの」シャンタルはわたしのほうを見た。「ごめんなさい、お名前を忘れてしまった——そうそう、V・I・ウォーショースキーだったわね——レイドン・アシュフォードのお友達よ。あなたにも話したでしょ。先週、訪ねてらして、レイドンのことでいろいろ質問なさったけど、もちろん、わたしたちには答えられなかったって」

「そして、今度は、犯罪者病棟の看護助手の件で質問を?」ノースレイクの眉が特大サイズの眼鏡の上まで吊りあがった。「質問がおありなら、そちらのユニットの責任者の名前をお教えしましょう」

わたしはバッグから脂汚れのついたエビリファイの請求用紙をひっぱりだした。「犯罪者病棟の責任者と話すチャンスがあれば大歓迎ですけど、わたしをそちらへ送りだす前に、この用紙を見てもらえません? サインがぼやけてて読めないんです。ここのスタッフを知っている人なら、見ればわかるんじゃないかと思って」

ノースレイクは病院のルールにわたしを従わせたがっているにもかかわらず、興味を持った。用紙に目を通し、怒りに唇をとがらせた。「どこで見つけたの?」

「ゼイヴィア・ジャーゲンズの車のうしろのシートに置いてあったの。車といっても、すてきなカマロの新車じゃないのよ。シカゴの脇道に止めたカマロのなかでジャーゲンズが死んでいた。この用紙は古いヒュンダイのうしろのシートで見つかったものです。ふだんの通勤に使われてた車」

「看護助手が無断で医薬品を扱うことは禁じられてるのよ」ノースレイクはいった。「しかも、薬の量が半端じゃないわね。患者二十人の一日分の量だわ。どうしてジャーゲンズがこの薬を? 調剤部もどうして彼のサインだけで薬を渡したのかしら」

わたしは信頼に値する聖人君子のような表情を浮かべた。「こちらでお尋ねすればわかるんじゃないかと思って、ミズ・ノースレイク。医師の名前は読めます?」

ノースレイクは目を細めてサインを見た。「わからないわ」

シャンタルも、男性のソーシャル・ワーカーも、仕事のふりをするのはやめて、ノースレイクに近づき、彼女の肩越しに用紙を見ようとした。ノースレイクは二人に見られないよう用紙をたたみはじめたが、そこで肩をすくめ、二人のほうへ差しだした。二人はサインに目を凝らしたが、誰の名前かわからないということで意見が一致した。

「ドクター・ポインターのオフィスにいるリディアのところへ持っててみるわ」シャンタルが提案した。「薬をもらってくるようゼイヴィアに頼んだ人がいるかどうか、彼女にきけばわかるかも」

ノースレイクはそれがいいかもしれないと、しぶしぶ同意したが、わたしが用紙を手に入れたそもそもの経緯を知りたがった。

「けさ、わたしがゼイヴィア・ジャーゲンズを彼の車のなかで見つけたんです。車のトランクには少女が閉じこめられていました。少女もジャーゲンズもエビリファイを摂取していたと医者からきかされて、ジャーゲンズの同居人から話をきこうと思い、彼の自宅へ出向きました。この請求用紙は、ジャーゲンズがふだんの通勤に使っていた車のうしろのシートに置いてあったものです。解明したい点がいくつかあります。薬を持ちだしたのは自殺するつもりだったからなのか。なぜ少女を巻きこんだのか。ジャーゲンズと少女のあいだにはなんの関係もないように見受けられます。二人をつなぐものがあるとすれば、二週間前に殺された探偵だけ。ジャーゲンズが死んだのとほぼ同じ場所で殺されています」

ほうが――」

シャンタルは上司を見て、つぎにわたしを見た。「アルヴィナ――この人に話してあげた

ノースレイクはムッとした。「何を話せというの？　患者さんのことは、本人の承諾がないかぎり、話してはいけないのよ。たとえ、この人が患者さんの母親であっても」

「いえ、ちがうの――死んだ探偵のことを」シャンタルはわたしのほうを向いた。「その探偵が犯罪者病棟に出入りしてた件で、前に質問なさったでしょ――じつは、その人を病棟に入れたのはゼイヴィアだったの」

そう知らされても、わたしは驚かなかった。「でも、カマロを買うお金をゼイヴィアに渡したのは、殺された探偵のマイルズ・ヴフニクではなかった。それ以外の誰かが渡した。心当たりはない？」

「ゼイヴィアがどこから金を手に入れたのかと、ぼくらも首をひねってた。というか、うちの警備部長が首をひねってた」ここで初めて、男性が発言した。「規制薬物に関して調査をしてみたが、異常なレベルの紛失は認められなかった。病院ではつねに、医薬品の窃盗がおきている。ゼロにするのは無理だが、盗まれる量が急激にふえることもない。スポーツカーが買えるぐらいの大量の窃盗はありえない」

「逆から考えてみたらどうかしら」ミスタ・コントレーラスとわたしの麻薬密売組織説を思いだしながら、わたしはいった。「誰かが多量の薬を、そうね、たとえばふつうの使用量の二倍ぐらいを病院に請求し、通りで売りさばくとか」

シャンタルとノースレイクは男性ソーシャル・ワーカーと恐怖の視線をかわした。「不可能だと思いたいわ」ノースレイクがいった。「サインや何かに関して、わたしたちはきびしい規則を守らなきゃいけないのよ……」わたしが持ちこんだ請求用紙に目をやって、彼女の声が消えた。

「抗精神病薬の転売価格なんて、たいしたことはない」男性がいった。

「薬はほかにもたくさんあるわ」ノースレイクがきびしい声でいった。「パーコセット、ザナックス、こういう鎮痛剤や抗不安薬は末端価格がかなり高い。でも、売上金でカマロが買えるぐらい大量の薬を請求したら、調剤部で警報が鳴り響くと思うわ。痛手をこうむるのは調剤部のコストセンターですもの。あちこち電話してみて、何かわからないか調べてみるわ。州から調査が入って、この病院が世間の注目を浴びることになったりしたら、大変だもの」

「何かわかったら、こちらにも知らせてもらえません？」わたしはいった。「ヴフニクは少なくとも誰か一人を恐喝していました。ほかにもやっていた可能性があります。レイドンはヴフニクが彼女の身辺を嗅ぎまわっていると思いこんでいましたが、財産が信託管理されているため、ヴフニクのような人間をお金で追い払おうにもできなかったでしょうし、そもそも、レイドンが脅迫されて泣き寝入りするような人間だとは思えません。でも、この病院に医薬品をくすねている悪徳スタッフがいたとすれば、恐喝者がすかさず食らいついただろうということは容易に想像できます。ただし、どうやってそれを嗅ぎつけたかは、また別問題ですけど」

会話が終わりかけたとき、タニア・メッツガーがオフィスに入ってきた。「レイドンが脅迫を受けてたなんて噂は、一度も耳にしたことがないわ」

わたしはタニアを見た。「この前わたしがお邪魔したとき、レイドンがある日、犯罪者病棟に入りこんだといわれましたね。セラピーで彼女からきいた話を口外してはならないことは、わたしも承知してますが、レイドンがあの病棟へ行った理由について、わたしに話してもかまわないことが何かないでしょうか」

タニアは躊躇したが、やがていった。「レイドンはヴフニクに監視されてると思いこんでて、それで、チャンスを見つけて彼のあとを追ったのよ」

「タニア！」アルヴィナ・ノースレイクが鋭く声をかけた。「機密保持のラインを超えてるわ。これ以上何かいったら、停職処分になりかねないわよ」

タニアは謝罪しかけたが、そこで考えを変えた。「あの探偵が死に、レイドンが昏睡に陥り、今度はうちの看護助手の一人も死んでしまった。機密事項だというのは理解できるけど、多少は規則を曲げるべき時期にきていると、わたしは真剣に思ってるの。レイドンを犯罪者病棟に入れたのは、ギャレット・マッキントッシュという警備員よ。彼と話してもらえば、レイドンがそちらの病棟で何をしてたか、わかるかもしれない」

アルヴィナがタニアをにらみつけたが、何をいう暇もないうちに、彼女の携帯が鳴りだした。つぎの患者がやってきたのだ。彼女もタニアも不愉快な対決をせずにすんだ。

35

ハード・デイズ・ハント——農民とともに

犯罪者病棟のゲートまで行き、ギャレット・マッキントッシュに会いたいと告げたところ、ゲートにいた警備員から、スタッフの誰かと話をする場合はルーエタールの警備部長の許可が必要だといわれた。先週、わたしの二十ドルをポケットに入れた警備員とはべつの人物だった。今日の警備員は、わたしがさりげなく紙幣を差しだすと、表情をこわばらせた。

わたしは警備部長に口添えしてもらえないか、タニア・メッガーに頼んでみようと思い、病院のほうに戻った。幸い、アルヴィナ・ノースレイクは患者のところへ行っていて、タニアは数分だけ自由時間があった。病院の奥へ案内してくれた。そこにはモニターがずらっと並んでいて、警備部長のヴァーノン・ミュリナーが病院全体を監視している。タニアはミュリナーの説得に全力を傾け、レイドンがこの五月に犯罪者病棟へ侵入したときに誰と話をしたかを突き止めることが、治療上の理由からぜひとも必要なのだといってくれた。五月のときにレイドンに手を貸したのがギャレット・マッキントッシュという警備員であることも告げた。

ミュリナーはわたしが先週病院に押しかけたことを覚えていて、譲歩しようとしなかった。

「たとえ本物の刑事《ディテクティブ》でも、犯罪者病棟の人間に質問する場合は裁判所命令が必要です。しかも、あなたは嘘を並べ立ててさまざまな場所に忍びこもうとする、あくどい探偵じゃありませんか」

「この前犯罪者病棟に忍びこんだ私立探偵は殺されたわ」わたしは〝嘘を並べ立てて〟という部分がきこえなかったふりをした。「だから、わたしはあなたに会いにきたの。このつぎあなたの話をききにくるのは、たぶんシカゴの警官でしょうね。だって、この病院の看護助手がシカゴで死体となって見つかり、マイルズ・ヴフニクの——殺された私立探偵の——死についで謝罪する携帯メールが残されてたから。それに、ヴフニクの姉が職務怠慢を理由にあなたを訴えるかもしれないわよ。ジャーゲンズが調剤部からエピリファイ二百ミリグラムを盗みだすさいに、医師の一人が手を貸したわけだから。そうした大騒ぎに対して準備をしておく気がおありなら、協力してもいいけど、そのためには、ヴフニクとゼイヴィア・ジャーゲンズが何を企んでたかを探りだす必要がある。つまり、あの病棟に勤務するスタッフと話をしなくてはならないの」

「あなたは警備員を買収して犯罪者病棟に入りこもうとした」ミュリナーはわたしの言葉を無視した。「シカゴではうまくいくかもしれないが、ここダウナーズ・グローヴでは、法律とは守るべきものだと考えられている。全員によって」

「この病院では、誰かが多額の現金をばらまいているようね」わたしはいった。「看護助手は特別ボーナスをもらって新車を買い、部長クラスはプールつきの豪邸を購入している。州検事の耳にそんな噂が入ったら、このルーエタールに勤務する全員が、銀行の通帳を顕微鏡で調べられることになるわよ」

ミュリナーのデヴィッド・ニーヴンふうの口髭が震えた。長い沈黙ののちにいった。「わたしが警備員を呼んで強引にあなたを追いだす前に、ここを離れたほうがいい。それから、メッガー、一世紀前にこの病院を建てたのはきみの一族かもしれないが、きみが仕事をつづけていきたければ、われわれの方針に従ってもらわなくてはならない。病院の秘密を外部の者に洩らすのではなく」

タニアは管理職のオフィスが並ぶ一角から猛スピードでわたしをひきずりだし、あわてて駐車場へひっぱっていった。「お願いだから帰って。わたし、クビにされたくないの。不景気な時代ですもの。自分の良心や職場での地位まで危険にさらして、あなたに協力するわけにはいかないわ」

「そこまでは期待してないわ」心からの言葉ならいいのにと思いつつ、わたしはいった。「でも、レイドンが何を見たか、誰と話をしたかを、あなたに打ち明けたのなら、お願いだからいますぐ教えて。この病院の看護助手がけさ死亡したというだけじゃないのよ。十二歳の少女が彼に誘拐されて、もしわたしが現場に駆けつけていなければ、その子も死んでたでしょうね。十日前にはマイルズ・ヴフニクが殺された。レイドン・アシュフォードは残りの生涯を植物人間としてすごすことになるかもしれない。恐ろしいほど多くの犠牲者が出てるのよ。レイドンがほかの誰かの名前を、もしくは、誰に会ったか、何を見たかを、あなたに話していたら、いますぐわたしに教えて。犠牲者の数が増える前に」

メッガーは唇を噛み、職業上の規範と地位を危険にさらすのを避けるためには、話をどの程度にとどめておくべきか、じっと考えこんだ。「レイドンからは何もきいてないのよ。直接的な表現では。でも、そのほうがよかったのかも。わたしが良心の呵責に苦しまずにすんだから。レイドンは、アメリカに住むすべての者に弁護士が必要だ、一日二十四時間作動する防犯カメラが必要だ、と叫びながら犯罪者病棟から戻ってきて、つぎに、燃えているとか、ニュースに興奮しているとかいいだしたの。その週はずっとレイドンの話につきあわされたんだけど、火にまつわる表現があんなに豊富にあることを初めて知ったわ。焦がすとか、死んだネズミをいぶしだすとか、消えかけた石炭を吹いてふたたび大きな火にするには強大な狩りの女神が必要だとか、レイドンはそんなことばかりいってた」

わたしの心が沈みこんだ。「レイドンが強大な狩りの女神という表現を使うときは、わたしのことをいってるのよ。さまざまな象徴的表現が何を意味してるのかは、あなたと同じく、わたしにもさっぱりわからない」

〝ルーエタール警備部〟という文字のついた車がわたしたちの横で止まった。「この女性に帰ってもらうのに手助けが必要かどうか尋ねてくるようにと、ミュリナー部長にいわれました、ミズ・メッガー」

タニアは赤くなった。「い、いいえ、大丈夫よ」

「それから、あなた」警備員はわたしに向かっていった。「駐車場をうろつくのは禁止されていることをお伝えするよう、部長に頼まれました」

口調は丁寧だが、いわんとすることは明白だった——さっさと帰れ。わたしはメッガーに別れの手をふり、ほかに何か思いだしたら電話してほしいと頼み、病院の敷地をあとにした。

コーヒーとスナックがほしくて、ダウナーズ・グローヴの中心部まで車を走らせた。食べるあいだに、〈レクシス〉でマッキントッシュの自宅住所を調べた。オーロラ市。西へ十八マイル。

ルーエタールの午後の勤務交代時刻のすぐあとで、わたしは西行きの高速道路に入った。西の郊外では、制限速度を示す標識というのはドライバーを楽しませるための作りごとのようなものだ。みんな、自宅の車寄せに最初に到着した者が賞品をもらえるとでもいうように、家に向かって車を飛ばしていた。夏の西空へゆっくり沈みはじめた太陽がフロントウィンドーにぎらつく光を投げかけ、おかげで頭痛がしてきたが、すさまじい勢いで車が流れているため、一瞬たりとも気が抜けなかった。

フィフス・アヴェニューに建つマッキントッシュのランチハウスは築五十年ぐらいで、修繕が必要だった。なんとなく親近感を覚えた。わたしも五十歳ぐらい、情報をひきだすテクニックには明らかに修繕が必要だ。けさはニーヤ・ドゥランゴを相手にして失敗したし、つぎはルーエタールの警備部長で失敗した。そして、結果からいうと、ギャレット・マッキントッシュのときも成果なしだった。

マッキントッシュは通勤レースの勝者の一人だった。警備員の制服のまま玄関に出てきたが、ネクタイはすでにはずし、シャツのボタンもはずしていた。ルーエタールの多くの連中と同じく、わたしに会ってもうれしそうな顔はせず、家に入れてもくれなかった。肉切りナイフで襲いかかってくることだけはなかったが、怪我をしたくなかったら、よけいなことに首を突っこむのはやめろといった。

「あら、マイルズ・ヴフニクがあなたの協力で犯罪者病棟に入りこんだあと、あんなことになってしまったから？　ヴフニクがどんなふうに殺されたかについて、何か知ってるわけ？」

「何も知らん。おれには関係ないことだ」

マッキントッシュは大柄な男で、その巨体が玄関の入口をふさいでいた。おたがいの距離が近いため、彼がランチに食べたタマネギの臭いが息にまじって漂ってきた。リリー・トムリンの古い名言が浮かんできた――ネズミ競走の困った点は、勝者になっても、ネズミはネズミのままだってことね。

「それから、ミズ・アシュフォードのことだけど――彼女がロックフェラー・チャペルのバルコニーから突き落とされた件について、何か知らない？」

「ミズ・アシュフォードなんて人は知らないね」マッキントッシュは不機嫌な声でいった。

「それから、もちろん、ロックフェラーってのも知らん」

「レイドン・アシュフォード。マイルズ・ヴフニクと同じ日に、あなた、彼女を犯罪者病棟に入れたでしょ」

「ああ、あの女か。あんたの言い方のせいで混乱しちまった。ミズ・アシュなんとかっていわれたからさ」

「なるほど、患者のことを本名でいわれると、一瞬わけがわからなくなるってわけね。本名といえば、マイルズ・ヴフニクが犯罪者病棟で誰かと話をしたはずだけど、その人の本名は何かしら」

「知らないね。おれは、人のお節介は焼かない、人からお節介を焼かれるのもまっぴらって主義なんだ」マッキントッシュが身を乗りだしたので、喉仏がわたしの額にくっつきそうになった。

「マイルズ・ヴフニクを犯罪者病棟に入れたのは、お節介にならないわけ?」わたしはきいた。

「あれはミスだったんだ。ヴフニクのことを州警察の人間だと思いこんで、病棟へ案内したんだ。そしたら、ミュリナー部長から、あれは私立探偵だといわれて――あんたのお仲間だな――こっちは面目丸つぶれさ。だから今後は、ミュリナー部長からオーケイの出た相手としか話さないことにした」

「あなたの社交生活にとって、きっと不便なことでしょうね」わたしはいった。

「はァ?」

この男、どうやら山でいちばん敏捷なヤギではなさそうだ。「だって、いちいちオーケイをとらなきゃいけないとなると――いえ、やめましょ」

「そう、やめるのがいちばんだ。あんたが訪ねてきても話をしないようにと、ミュリナー部長にいわれた。だから、グッバイ&グッドナイト」

「正しくは、グッドナイト&グッドラックよ」訂正してあげたが、向こうがドアを閉めてしまったため、わたしの声は届かなかった。

わたしは一日のストレスが積み重なった肩甲骨のあいだをさすりながら、ゆっくり歩いて車に戻った。いまいる場所は家から五十マイル離れている。カイラとルーシーをミスタ・コントレーラスのところに預けていなかったら、高速道路に戻る途中で通りすぎたコンフォート・スイーツにチェックインしていたことだろう。

高速道路に入る前に、隣人に電話をしておこうと思って、ショッピング・モールに寄った。いまのところ、〝東部戦線異状なし〟だった。時刻は五時をすぎたところ、ペトラがきて、少女たちのためにホットドッグを作る手伝いをしているという。石炭の火力が弱くなったところで、スモア(焼いたマシュマロとチョコレートをグラハムクラッカーではさんだデザート)の作り方を少女たちに教えるつもりだそうだ。

アイゼンハワー高速の東行き車線に入ったあと、ひどい渋滞になった。ようやくアパートメントの裏路地に車を入れたときは七時近くになっていた。のろのろ運転で家に向かうあいだ、携帯が何度も鳴ったが、断固として無視した。周囲を走る車を見ると、片手でハンドルを持ち、反対の手に携帯を持って運転する人々があまりにも多かったからだ。誰か一人ぐらいは道路に注意を向けるべきだ。この夕方のわたしは代行運転のドライバーになったつもりで、まじめに走りつづけた。

イグニッションを切ってから、着信履歴を見てみた。シェイム・サランターの個人秘書から三回かかっていた。あとの電話は依頼人たちからだった。そちらに先に返事をしてから、サランターの個人アシスタント、レン・バルフォアに電話した。

「アリエルはどんな様子でしょう?」と尋ねた。

「ご家族のほうから新たな報告はきておりません。お嬢さんの容体に関することは公にしたくないと望んでおられます。サランター氏があなたにお目にかかりたいそうです」

「明日の午後の早い時間なら空いてます」

「今夜。二、三時間前にブラジルから戻られたところで、お孫さんのことを相談したいとのことです。シラー通りのお宅におられますので」

「私、今日は長い一日だったのよ、ミズ・バルフォア。そうそう、朝もシラー通りに呼びだされて、それで一日が始まったんだったわ。呼びだしにはもう応じません。車のトランクに閉じこめられたアリエルを見つけて、ほかの少女二人も助けだして、それなのに、サランター家ではアリエルの容体を教えてくれようともしない。暑さと渋滞のなかを百マイルも運転してきたばかりだし、わたしには人生を整理してくれる個人アシスタントもいない。お風呂に入って寝ることにするわ」

「でも――」

「おやすみなさい、ミズ・バルフォア」わたしは電話を切り、こわばった身体で車をおりた。

裏庭ではスモアのパーティの真っ最中だった。二階に住むソン一家は赤ちゃんが生まれたばかりで、その上にルーシーと同じぐらいの年の男の子がいる。ミスタ・ソンが子供のためにバドミントンのネットを張ってくれた。子供たちとペトラがバドミントンをやり、ミッチがワンワン吠えながらシャトルコックを追っかけていた。ベビードールを脱ぎ捨てているのを見て、わたしはホッとした。ソン夫妻は赤ちゃんをあいだに寝かせて、ミスタ・コントレーラスとしゃべっていた。ほかの住人たちもそれぞれのポーチに出て、はしゃぎまわる子供たちから生まれるパーティの雰囲気を楽しんでいた。わたしもすでに陽気な気分になっていた。

笑顔でみんなに手をふり、少ししたらおりてくると告げて、肩と足の緊張を洗い流すために上へ行った。浴槽に横たわって、ウィスキーをちびちびやりながら、今日一日の汚れで湯が黒ずんでいくのをながめた。

わたしはジェイクのところで眠り、少女たちにわたしのベッドを使わせるつもりでいたが、逆にしたほうがよさそうだと考えなおした。わたしがあちこちで質問していることを、多くの人間が知っている。ゼイヴィアとヴフニク殺しの背後にいるのがジャナ・シャトカだろうが、ヴァーノン・ミュリナーだろうが、さらにはシェイム・サランターであろうが、わたしを狩りにきたクマどもに、わたしのベッドで寝ているドゥーデック家の子供たちを見つけられてはたまらない。

ようやく浴槽を出たわたしは、同じ理由から、寝室の金庫まで行き、スミス&ウェッスンをとりだした。童話とちがって、ヘムロック山にはクマなんていないのよ、とつぶやいた。

でも、ラシーヌ・アヴェニューにはいるかもしれない。

36　億万長者登場

暗い裏庭で、ミスタ・コントレーラスのバーベキュー・グリルの石炭が柔らかな輝きを放っていた。わたしはミスタ・コントレーラスやその他何人かの隣人と一緒に一階のポーチに腰をおろし、ペトラとカイラがスモアを作るのをながめていた。ふだんは犬とわたしの立てる騒音に文句ばかりつけている一階のレジデントまでが、ブルージーンズをはき、ビールの六缶パックを持ってきていた。

お風呂から出たとき、カジュアルな服がどれも汚れていることに気づいた。ジーンズとTシャツの山を地下の洗濯室まで運んで、パーティには金色のコットンのワンピースを着ることにした。ルーシー・ドゥーデックからスカートにマシュマロをくっつけられたが、なぜだか気にならなかった。

ルーシーと、ソン家の七歳になる息子のアランが、二匹の犬に腕をまわして、わたしたちの足もとで寝ていた。わたしはミズ・ソンのベジタブル・ライス・サラダをつまみながら、ウィスキーをもう一杯飲んだ。ポーチにすわっても高速道路を走っているような揺れを感じていたのが、一時間ほどしてようやく治まってきた。いまはポーチの柱によりかかり、心地よくうとうとしていた。ミスタ・コントレーラスの延々とつづくおしゃべりが子守唄のように心を癒してくれた。老人が息継ぎのために言葉を切るたびに、相槌の言葉をつぶやくだけでよかった。

ミッチの短く鋭い鳴き声に、休眠状態から呼びさまされた。ミッチは首筋の毛を逆立てて、寝ている子供たちから離れた。ペピーもミッチと同じように尻尾を低く下げてあとにつづいたので、わたしはワンピースのひだのあいだから銃をとりだし、二匹を追って建物の横へまわった。はだしだったため、コンクリートが足の水ぶくれに食いこんだ。

「どうした、嬢ちゃん？」ミスタ・コントレーラスが追いかけてきた。

「わからないの」わたしはささやいた。「子供たちのそばにいてやって。いいわね。路地のほうから誰か入ってきたら、大声で呼んでちょうだい」

あんたの助けなど必要ない、とミスタ・コントレーラスが文句をいいだす前に、わたしは横手のゲートの錠をはずし、犬のあとから建物の正面へまわった。歩道のそばでメルセデスのセダンがアイドリングしていた。

正面玄関のところに長身の女性が立ち、呼鈴を押していた。女性は携帯に向かって話しかけた。「応答がありません。ドクター・ハーシェルを訪ねることにします？」

わたしは犬たちにそばを離れないよう合図をしようとしたが、ミッチが玄関ドアまで駆けていった。女性を建物に押しつけたものだから、女性は悲鳴をあげた。ペピーとわたしはあわててあとを追った。わたしは片手で銃を構えたまま、反対の手でミッチをひきはがした。

「どなた？　ドクター・ハーシェルになんの用？」わたしは問いつめた。

メルセデスの運転席のドアがひらいた。わたしは女性とドライバーの両方を狙えるように一歩下がった。やむなくミッチから手を放すと、ミッチはすぐさま女性のところに戻った。

「あなたですね、ウォーショースキー」ドライバーが叫んだ。「犬を呼び戻してください！」

それはサランター家の使用人、ゲイブ・アイクスだった。お抱え運転手もやっているわけだ。わたしはスミス＆ウェッスンを握った手をおろし、二匹の犬にすわれと命じた。ペピーはすぐさま従った。ミッチも一瞬ためらったのちにすわったが、首筋の毛は逆立ったままだし、腰から尻にかけての筋肉が震えていた。

わたしは渋い顔で女性を見た。「レン・バルフォアさんね、たぶん」

「ええ、レンです。サランター氏がどうしてもあなたと話をしたいそうです」

「で、わたしがシラー通りへ行くのを拒んだものだから、わたしが家族とすごす一夜に割りこんできたのね」

バルフォアは犬に目を釘付けにしていて、わたしの言葉など耳に入っていなかった。「この犬、咬むの？」

「犬はみんな咬むわ。でも、あなたがわたしに危害を加えようとしないかぎり、たぶん大丈夫よ」

ゲイブ・アイクスがそばにきたちょうどそのとき、ミスタ・コントレーラスが玄関ドアから飛びでてきた。裏庭から建物に入り、玄関にやってきたのだ。

「大丈夫かね、嬢ちゃん。何も音がしないもんだから心配になってな。この人たちを知っとるのかね？」

「ううん、よく知らない。億万長者の家来をやってる人たちよ。だから、平民のいうことなんてすべて無視。たとえば、わたしはこのミズ・バルフォアに、今夜は疲れてクタクタだからあなたのボスと話をするのは無理です、っていったのよ。すると、彼女はそれを、わたしの家に押しかけなきゃいけないって合図だと解釈したの」

「疲れてクタクタだから話はできないと、このヴィクがいったのなら、あんたたちには帰ってもらおう」わが隣人はいった。「生まれたばかりの赤んぼを、あんたたち、おこしちまったぞ。ここにいるみんなは苛酷な一日のあとで、ささやかな安らぎと静けさのひとときを持とうとしとるんだ。この不景気だからな、誰もが仕事に就けるわけじゃないんだぞ。それを考えたことがあるかね？」

バルフォアはミスタ・コントレーラスに初めて会った人々がよくやるように、面食らった表情になったが、横からゲイブがいった。「われわれだって、あなたが考えておられるほど無神経ではありませんが、サランター氏は八十三歳で、お孫さんのことが心配でならないのです」

「フン、こっちは八十七で、ヴィクのことが心配でならん」ミスタ・コントレーラスはピシっといった。「秘書だの、お抱え運転手だの、あんたのボスが雇っとるような人間は、わしには一人もおらんから、車であちこち送ってもらうことも、足の爪をピンクに塗ってもらうこともできん」

わたしは吹きだしたいのをこらえた。通りで、メルセデスのうしろのドアがあいた。億万長者がおりようとしているのに気づいたとたん、ゲイブが車のほうへ走った。レン・バルフォアはボスからミッチのほうへ恐る恐る目を向けた。ミッチはいまのが楽しいゲームにすぎなかったことを伝えようとして、笑顔で彼女を見あげたが、歯を残らず見せているため、バルフォアは玄関ドアに貼りついたままだった。

一瞬の静寂のなかで、ソン家の赤ちゃんの泣き声が建物の裏からきこえ、やがて、シャイム・サランターとゲイブがわたしたちのそばにやってきた。

「いきなり押しかけて申しわけない、ミズ・ウォーショースキー。あなたはお疲れだとスタッフにいわれたのだが、わたし自身もこの年なので、長時間のフライトを終えて疲れている。とにかく、銃をしまって、二、三分だけわたしの話をきいてもらいたい」

わたしは渋い顔をしたが、話があるならわたしの部屋へ行こうとサランターに告げた。三階分の階段ぐらいは難なくのぼれるとサランターが請けあったので、彼とお供の連中を建物に入れた。

ジェイクのアパートメントの鍵を渡しておこうと思って、ミスタ・コントレーラスを脇へ呼び、ルーシーとカイラをそちらで寝かせたいと説明した。

「あの子たちの姿も、ペトラの姿も、サランターやお供の連中には見られたくないの」と、小声でいった。「サランターたちを信用しないわけじゃないけど、でも——やっぱり信用できない」

ミスタ・コントレーラスがもっといい案を出してくれた。少女たちを彼のところに泊めようというのだ。孫息子たちが泊まりにきたときに使うベッドで。サランターがいなくなるまで、カイラやルーシーを建物の表に出すようなことはぜったいしない、だが、そろそろベッドに入れる時間だ、小さな子が夜更かしするのはよくない、といった。

ミッチは人との出会いの楽しい部分は終わったと判断し、ミスタ・コントレーラスにくっついて玄関ホールを通り抜け、裏庭へ行ってしまったが、ペピーはサランターとお供をわが家へ案内するわたしに付き添ってくれた。わたしの足は汚れていた。しかも、水ぶくれが破れて血の跡が小さく点々とあとにつづいていることに、わが家の玄関のライトをつけたときに気がついた。

居間のほうを腕で指し示してから、足をゆすぐために浴室に入った。はげかけたペディキュアを落とす時間がいまだにとれない——わたしにも、かいがいしく仕えてくれて、足の爪をピンクに塗ってくれる人間が必要だ。

居間に戻ると、サランターがピアノの前に立ち、わたしの〈ドン・ジョヴァンニ〉の楽譜を見ながら、いくつかの音符をたどたどしく拾っていた。

「モーツァルトを歌うのかね？」ときいた。

わたしはアームチェアの上であぐらを組み、ワンピースの裾を膝にかぶせた。ルーシーがマシュマロだけでなく、チョコレートまで生地になすりつけていた。「疲れた老骨をここまでひきずってらしたのは、わたしの音楽の好みを知るためではありませんよね」

「危機に瀕していても、社交辞令ぐらいはかまわんだろう？」サランターはいった。

彼はピアノの前のベンチに腰をおろすと、肩を丸め、太く黒い眉をへの字に下げた。カウチにすわるよう、レン・バルフォアがしきりに勧めたが、サランターは疲れた笑みを浮かべるだけで、ベンチから動こうとしなかった。このパントマイムはこちらの同情を惹くためではないかと、わたしは勘ぐった。

わたしが返事をしないので、サランターはいった。「うちの孫娘がどういうわけであの看護助手の車のトランクに押しこめられたのか、きみの知っていることを残らず話してもらいたい」

わたしは両手を差しだし、てのひらを上に向けた。「わたしの知っていることは、ミスタ・アイクスもすべて、いえ、それ以上にたくさんご存じのはず。わたしに申しあげられるのは、ニーヤ・ドゥランゴから話をきいてくださいということだけです。アリエルは自分の秘密をすべてニーヤに打ち明けています」

「ニーヤとはすでに話をした。何も知らん様子だった」

わたしは躊躇し、それからいった。「アリエルがホロコースト博物館にメールを出して、サランター一族のヴィルナでの過去に関する情報を求めていたことは、ご存じでした？」

サランターが顔をあげた。一瞬、ポーカーをやるときのような無表情な仮面がはがれた。

怒っているのか、驚いたのか、ひょっとして怯えているのか、わたしには判断がつかなかった。「どうしてそんなことを知っている？」

わたしはアリエルのeメールを見たことをサランターに話した。「たぶんFBIも同じことをしていて、あなたのところに報告が行ってるでしょうね。アリエルに知られたくないことが何かあるんですか」

「過去は二度と思いだしたくないとアリエルにいってあるのに、あの子はなぜそんな情報を求めようとする？」サランターの声はおだやかだったが、苦悩に満ちていた。

「子供というのはルーツを知りたがるものです」わたしはいった。「でも、それとはべつに、アリエルはあなたに対するウェイド・ローラーの攻撃にひどく心を痛めています。攻撃の陰に何があるのかを知りたがっていました」

「何度もあの子にいってきかせたのに——何もない、やつが私を攻撃するのは、それが被害妄想の視聴者の心をつかむ手段であり、ソフィー・ドゥランゴを攻撃する方法でもあるからだ、と。アリエルもわかっているはずだ！」サランターがピアノに手を叩きつけ、鍵盤が不協和音を奏でた。

わたしは額の中心をさすり、目の疲れからくる頭痛を和らげようとした。「頭のいい子は、両親が嘘をつけばそれを見抜いて、ぜったい信じようとしないものです。それに、率直に申しあげると、わたしもあなたを信じていません。マイルズ・ヴフニクが殺されたのは誰かを恐喝していたからだと、九十五パーセント確信しています。ヴフニクはあなたに関する大きな秘密を探りだしたと思っていた。あなたをゆすっていたのですか」

このときのサランターの表情からは何も窺えなかったが、ゲイブとかわした視線がおのずとその答えになっていた。口をひらいて何かいいかけたが、わたしはそれをさえぎった。またしても言い逃れをきかされるのはごめんだった。

「つまり、ゆすってたんですね。何を探りだしたのかしら。アリエルがヴフニクを雇ったのも、それを探りだすためだったの？」

「探偵を見つけだす方法が、孫娘にどうしてわかる？」

「いやだわ、ミスタ・サランター。遠い昔、ヴィルナであなたの人生に何があったにしろ、当時のあなたはアリエルと同じぐらいの年だった。アリエルはあなたの頭脳を、あなたの才覚を受け継いでいます。私立探偵がテレビのコマーシャルに登場しなくても、アリエルが探偵を雇おうと思えば、ちゃんと見つけだすでしょう。それよりもっと重大な疑問があります。ヴフニクはあなたに関して何を探りだしたのか。誰がヴフニクを雇って調べさせたのか。ヴフニクはなぜあなたの孫娘のそばで殺されたのか。ヴフニクをあの墓の上へ運びあげ、殺害したのは、ミスタ・アイクスだったのか」

「ミスタ・サランターに命じられれば、わたしはどんなことでもやる――そうほのめかしておられるのですか」ゲイブがいった。「わたしは封建領主の家臣ではありません。命じられたことに対して、イエスかノーで答える権利があり、殺人となれば、もちろんノーと答えるでしょう」

「アリエルが誘拐されたことと、どう関係しているのでしょう？」レン・バルフォアがきいた。「ミスタ・サランターが知りたいのはその点です」

「ああ、なるほど。亡くなったゼイヴィア・ジャーゲンズという看護助手と、亡くなった私立探偵のあいだには関係があります。ジャーゲンズと同居しているジャナ・シャトカとヴィルナのあいだにも関係があります。彼女はサランター氏の過去について何か知っています。だから、アリエルの誘拐と、サランター氏の過去と、死んだ看護助手と、死んだ私立探偵には、関係があるといっていいでしょう。空白はあなたのほうで埋めてください」疲労がわたしを包みこみ、大きなあくびで顔が二つに割れた。

「どうやってそこまで探りだした？」サランターが問いただした。

「根気よく調べたおかげです。その気になれば、誰だってわたしと同じことができます。ジャナ・シャトカがヴィルナにおけるあなたの過去について何かを知っているなら、誰にでも探りだすことができます」わたしはまたあくびをした。「ところで、アリエルはどんな様子です？　それとも、その情報はいまだに機密扱いかしら」

「機密扱いではない。気が滅入ってしまうため、話題にしたくないだけだ」サランターはいった。「命に別状はない。その点は大丈夫だが、いつになったら明るい活発な子に戻れるかは誰にもわからない。脳波は正常に戻りつつあるが、いまも意識の混濁がつづいていて、筋の通った話ができない。ましてや、何があったかを思いだすなど、とうてい無理だ。だからここにお邪魔させてもらった。アリエルがなぜあんなことをしたのか、きみに尋ねればわかるかと思って。真夜中に家を抜けだして、おそらくあの墓地へ行ったのだろうな」

「それなら簡単に答えられます——アリエルの携帯の電話帳に入っているアドレスからメールが届いたのです。どんな文面だったかは不明ですが、アリエルは友達からのメールだと思いこんだ。そのことでニーヤにパソコンからeメールを送っています。携帯でのやりとりを両方の母親から禁じられていたためですが、ニーヤは今日の朝までそのeメールに気づかなかった。たぶん、FBIが携帯メールを調べて、誰が携帯を使ったのか、どんな文面だったのかを突き止めてくれるでしょう」わたしは立ちあがった。いまの自分の言葉に含まれた意味に気づいた瞬間、疲労は消えていた。

「アリエルがまたしてもマウント・モリア墓地へ出かけた理由について、わたしからお話しできることはすべて、あなたがFBIに問いあわせればわかること。誘拐されたのがわたしの孫娘だったとしても、わたしが相手では、FBIは何も教えてくれないでしょうが、億万長者ともなれば、法執行機関も最高の扱いをしてくれるはずです。だから、あなたがここにいらしたのはアリエルのことを尋ねるためではない。マイルズ・ヴフニクがつかんだ情報をわたしがどこまで知っているのか、探りたかったからですね。それにも簡単にお答えできます。たいして知りません。ただ、つぎに死体となって発見されるのがジャナ・シャトカだったら、あなたが世界で二十一番目に裕福な人であっても、警察のきびしい捜査を避けることはできないと思います」

37　パラノイア患者の妄想?

　客が帰ったあと、わたしはぐったり疲れて、まっすぐ立っていることもできないほどだった。ベッドに倒れこもうとして、そこでドゥーデック姉妹のことを思いだした。よろよろしながら階段をおり、ミスタ・コントレーラスのところまで行った。洗濯ずみの衣類を乾燥機に入れてくる元気はなかった。隣人の玄関ドアをそっとあけ、忍び足で居間を横切った。寝室のドアの奥から老人のいびきがきこえてきた。カイラとルーシーは老人が孫息子たちのためにダイニング・ルームに用意している二段ベッドの上の段で、スプーンのように重なって眠っていた。梯子の下でミッチが番をしていた。挨拶がわりに尻尾をパタパタさせたが、持ち場を離れようとはしなかった。これなら安心だ。

　階段をのぼって自分の部屋に戻ったわたしは、金色のワンピースを椅子の上に脱ぎ捨てて、そのままベッドに倒れこんだ。たちまち眠りに落ちたが、今夜もまた悪夢にうなされることになった。迷路のなかでシャイム・サランターを追いかけていた。生垣の向こうをのぞこうとすると、木々の葉と枝が有刺鉄線に変わってしまう。遠くに死の収容所が見える。入口へ駆け戻ろうとしたが、気がついたときはルーエタールにいて、ロビーをうろつきまわり、病院の創立者たちの肖像画をじっくり見ていた。真ん中にレイドンがいた。ソーシャル・ワーカーの曾祖母のとなりで十字架にかけられていた。手と足から炎が吹きだしていた。

六時半に目がさめたとき、疲れは消えていなかったが、ベッドを離れられるのが救いのように感じられた。ペピーがひと晩じゅう一緒にいてくれた。わたしにくっついて階段をおり、わたしが洗濯物を乾燥機に入れるあいだ、そばで待っていた。ペピーを連れてふたたびミスタ・コントレーラスのところへ行くと、全員がまだ眠っていて、ペトラもそのなかに含まれていた。わたしがゆうべここをのぞいたあとで、居間に置いてあるたわんだソファベッドにもぐりこんだようだ。わたしはいやがるミッチをひきずって、ペピーと一緒に湖まで行った。

戻ったときも、全員がまだ夢のなかだった。わたしはムッとして従妹を見た。ミッチが駆けよって顔をなめると、ペトラは寝返りを打ったが、おきる様子はなかった。神々がわたしにも熟睡という贈り物をくれればよかったのにと思ったが、従妹に八つ当たりして揺りおこすのは控えることにした。かわりに、昼のあいだに何かあったら電話をくれるようメモ用紙に走り書きをした。二匹の犬をパトロールに残し、アイロンはかかっていないが清潔な服に着替え、ジーンズの下のアンクル・ホルスターに銃を入れて、車で南のシカゴ大学へ向かった。

レイドンが十字架にかけられた夢があまりに生々しかったので、夜のうちに亡くなったのではないかと心配だったが、ICUの看護師が容体に変化は見られないといってくれた。さほど悪くない知らせだ。悪い知らせは、レイドンがもうじき介護ホームへ移されるということだった。

「お兄さんのほうから、個人負担による医療費は払いきれないといってらしたため、公的援助の使えるホームへ移ってもらうしかなくなったんです」マスクやガウンを着けるわたしに手を貸しながら、看護師がいった。「でも、おたくはすごいお金持ちだと思ってましたけど」

わたしは前にレイドンの妹だと名乗ったことを忘れていた。「アシュフォード家は裕福なんだけど、わたしはあの家の正式な子供ではないのよ。スーアルは昔からレイドンと仲が悪くて、レイドンがわたしと親しくしてることに、いつも眉をひそめてたわ。スーアルと奥さんに話をしてみるけど、わたしのいうことには、きっと耳も貸さないでしょうね」

看護師の目が丸くなった。「ごめんなさい――よけいなことをいってしまって――べつにそんなつもりじゃ――」

「わかるわけないものね」わたしは微笑し、ラテックスの手袋をはめた手で看護師の肩を軽く叩いた。

レイドンの枕もとにすわり、包帯からわずかにのぞいた彼女の顔をなでながら、わたしはいま看護師にいったことを話してきかせた。「あなたの腹違いの妹だって、わたしが看護師さんに思いこませたことをスーアルが知ったら、怒りを爆発させるところが目に見えるようだと思わない？　でも、わたしからスーアルに話してみるわね。それが無理なら、せめてフェイスに。腹立ちは抑えて、説得に努めることにするわ。だって、ネズミがうようよしてる不潔な施設にあなたが放りこまれる必要はないんだもの。ルーエタールのような財源不足の病院でも、あなたの身を案じてくれるスタッフがいるけど、公的援助を受けてる介護ホームとなると——スーアルがあなたをそんなところへ送りこむなんて、わたしはぜったい許さない」

やつれた顔のなかで、レイドンの青い目が何も見えないまま、かすかに動いた。短い呼吸を苦しげにくりかえしている。わたしはまばたきして涙をこらえ、赤みがかった金色の髪を彼女の頬からそっと払いのけた。

「ねえ、どうして目をさましてくれないの？　わたしと話がしたくなった理由を、どうして電話でいってくれなかったの？　犯罪者病棟で何を見たかをちゃんと話してくれてれば、ここにこうしていることもなかったはずよ」

わたしは唇をきつく結んだ。脳に損傷を受けていても人の言葉がきけるというなら、わたしの非難の言葉を耳にして、レイドンはつらい思いをしていることだろう。「ごめんね、レイドン、ごめん。人は自分が自信を持ってできることをする。たしかにそうね。でも、あなた、何を見たの？　シャイム・サランターに隠し子がいて、その子が口にするのも恐ろしい犯罪をおかしたため、あそこに放りこまれているの？　話して、ベイビー、率直に話して。狩りの女神だの、火事だのって、謎々みたいな言い方はせずに！」

面会時間が終わったことを告げるために、看護師が入ってきた。わたしはゆっくり病院を出ると、中庭を横切ってロックフェラー・チャペルまで行った。チャペルの内陣ではヨガのクラスの最中だったが、わたしがバルコニーへのぼっていっても、気にする人はいなかった。

バルコニーに長いあいだ腰をおろし、レイドンが落ちた場所をみつめつづけた。依頼人から携帯にメールや電話が入っても無視した。携帯にちらっと目を向けて、ミスタ・コントレーラスかペトラからのSOSでないことを確認するだけだった。

何があったかを突き止めるには、ルーエタールの犯罪者病棟に入りこむ必要がある。弁護士として訪ねることはできるが、病棟内に依頼人がいなくてはだめだ。夜中にフェンスをよじのぼるほうが簡単だ。

「大丈夫ですか」

わたしは飛びあがった。考えごとに夢中になっていたため、チャペルの首席司祭が階段をのぼってきたのに気がつかなかった。マイルズ・ヴフニクが殺されたときも、こんなふうだったのかもしれない。誰かが横からすっと近づいてきたのかもしれない。つぎは誰を恐喝しようかと、夢中になって考えていたとき、ゲイブ・アイクスに頭を殴りつけられ、墓の板石の上まで運ばれた。『カーミラ』の読書クラブのメンバーが集まっていた場所にヴフニクがいたのは、ひょっとして、シャイムか、もしくはアリエルが、墓地にきてくれれば報酬を渡そうと約束したから？　ただし、その報酬は胸を貫く杭だった。

首席司祭がふたたび「大丈夫ですか」といった。

「わたし、なんだかぼうっとしてしまって。心が現在から離れて、どこかよそへ漂っていくんです。よくないですね。探偵は周囲のことに目を光らせてなきゃいけないのに」

「とても高度な精神修養という感じですね」

わたしは顔をしかめた。「逆だと思いますよ。典型的な動物的警戒心。シャイム・サランターって、孫娘に目撃される危険の大きいことを承知のうえで人殺しができるほどの、冷酷な人間だと思われます？」

「シャイム・サランター？ ああ、オプション取引の大立者ですね。人間の心というのは、その高さも深さも測り知れないものです。たとえ、わたしがサランター氏をよく知っていたとしても、彼に何ができるかがわかるようなふりはしないでしょう」首席司祭の口調は真剣で、そのせいか、横柄さは感じられなかった。「ところで、〈サムエル記下〉のあの一節に関するわたしの意見は何か役に立ちましたか」

「ジョージ・エリオットの線で考えた結果、殺された男性の姉がダンヴィルに住んでいるのを突き止め、その男があこぎな恐喝屋だったことを知りましたが、彼が誰をターゲットにしていたのか、姉にはわからないそうです――というか、わからないといいはっています」

兄と妹。死に臨んでも二人が離れることはなかった。もしかしたら、夫と妻かもしれない。ジャナ・シャトカとゼイヴィア・ジャーゲンズかもしれない。レイドンがそう解釈した可能性はないだろうか。ルーエタールでゼイヴィアに会ったはずだ。そこにジャナも顔を出しているかもしれない。

またしても、心が現在から離れてしまった。首席司祭がレイドンの容体について尋ね、わたしを現在にひきもどしてくれた。

「回復の見込みは低いそうですが、まったく望みがないわけではありません。ルーエタールの犯罪者病棟でレイドンが何を目にしたのか、どうしても知る必要があるのに、誰も教えてくれないんですよ」

「あなたは以前、刑事弁護士をやっておられたのでは？」

「百万年も前にね。いまはもう、法廷で巧みな弁護を展開する自信もありません。すっかり錆びついてしまって」

「いやいや、そういう意味ではなくて」首席司祭はいった。「患者のリストに目を通してごらんなさい。かつて弁護をなさった犯罪者の一人が入っているかもしれない。そうすれば、入院患者に面会にいく口実ができる」

わたしはてのひらで自分の額を叩いた。「そのとおりだわ――わたしがバカでした。きのうのうちに気づいていればよかった。国選弁護士会を離れて二十年になりますが、いまも矯正省のデータベースにアクセスできるから、放火罪でルーエタールに収容されてる人物がいないかどうか調べてみればいいんだわ！」

わたしはよいしょと立ちあがった。「それに、意識不明になる前の一週間、レイドンはやたらと文字を書き散らすようになっていました。アパートメントにメモが残ってるかもしれない。わたしも、この前あそこへ行ったときは、散乱してた紙片に丹念に目を通したわけじゃないし」

小走りで自分の車に向かいながら、わたしはレイドンのコンドミニアムのゴミ処理場みたいな状態を思いだした。あそこに戻ることを考えただけで気が滅入ったので、かわりに、レイドンの介護に関して義理の姉を問い詰めることにした。

車で北へ向かう前に、タイラーのことを思いだした。きのうは一日じゅう飛びまわっていたため、タイラーの母親に電話をする暇がなかったが、これ以上あとまわしにするわけにはいかない。携帯で電話しようとして、誰に盗聴されているかわからないから、もっと用心したほうがいいと考えなおした。近所を車でまわったところ、ようやく、街にわずかに残っている公衆電話のひとつが見つかった。

ロンダ・シャンクマンはせわしないしゃべり方をする軽薄な感じの女性で、神経が不安定になるとクックッと笑いだす癖があった。わたしとの会話のあいだ、ずっとそうだった。わたしは自分が誰なのかを説明した。ペトラの従姉、私立探偵。電話の相手が私立探偵だと知って、ミズ・シャンクマンがクックッと笑いだしたものだから、会話をもとに戻すのが大変だった。

「十二日前に家を抜けだした夜のことを、お嬢さんはどんなふうにいってました？」

「ええと、そうね、『カーミラ』のシリーズが大好きなヴァイナ・フィールズの仲間と一緒だったってことだけ。ほかに何かあるの？　父親に知らせておかなきゃいけないことが何かあります？」

「少女たちが出かけた墓地がヴァンパイア殺人事件の現場だったことを、お嬢さんからおききになってません？」

「えーっ！」ロンダは悲鳴をあげ、息を切らしながら神経質な笑い声をあげた。「ああ、ペリーにいわなきゃいけない？　あの人、カンカンになるわ！」

「ご主人が癇癪をおこすかどうかって問題じゃないんです、ミズ・シャンクマン。お嬢さんの身の安全がかかってるんです。マイルズ・ヴフニクを殺した犯人の姿をお嬢さんがちらっと目撃した可能性があります。犯人がそれを知れば、お嬢さんを沈黙させようとするかもしれない。きのうはアリエル・ジッターが狙われました。墓地での冒険を計画した少女です」

いらだたしいことに、数分にわたって堂々めぐりがつづき、わたしは二十五セント硬貨を電話機に入れつづけた。ようやく、ロンダはペリー・シャンクマンに何もいわないことをわたしに約束させたうえで、テキサスのキャンプ地に電話を入れ、誰かからタイラーに関する問いあわせがあっても、タイラーがキャンプに参加していることは否定するように、と頼んでおくことに同意した。「あのキャンプには多くの有名人が子供を送りこんでるの。それでペリーもあそこを選んだのよ。だから、偽名で子供を預かることには、向こうも慣れてるわ」

わたしのほうは、その程度の対処で満足するしかなかったが、自分でテキサスまで飛ぶだけの時間とお金があればいいのにと思った。タイラーの安全をこの目で確認したいのはもちろんだが、タイラーが見たというヴァンパイアがどんな外見だったかを、彼女の口からききたかった。

悪夢にうなされて動揺していたため、けさは食事をする気になれなかった。〝食事を抜くな〟をモットーとする一族に生まれた者にとって、二日つづけて朝食抜きというのは感心できない傾向だ。はるか北の郊外に到着したところで、ダイナーのたぐいといえそうな店を見つけた。そこは陽気なピンクと金色で塗装されたやたらと清潔な店で、わたしはBLTサンドと濃いエスプレッソを注文した。少なくとも、エスプレッソを注文したつもりだった。運ばれてきたのは、なんともまずい代物だった。

アシュフォード家の邸宅に着いたとき、車寄せにリンカーン・ナビゲーターは見あたらなかったが、待つべきか、レイドンの母親にぶつかるべきかと迷っていたとき、フェイス・アシュフォードが車を止めた。十四か十五ぐらいの少女が、食料品をおろすのを手伝ってというフェイスの声を無視して、助手席から飛びだした。

「お手伝いするわ」わたしはナビゲーターのうしろへまわった。フェイスがはちきれそうな袋四つと格闘していた。

彼女がヒッと息を呑んだ。わたしに気づいていなかったのだ。驚きのあまり、袋のひとつを落としそうになった。「ヴィク――ごめんなさい――ずいぶん前からきてたの？　今日はトリーナのフルートのレッスン日で、わたしが待たせたものだから、あの子、機嫌が悪くって。マーケットの買物にやたらと時間がかかったせいね」

わたしは何もいわずに、フェイスのあとから屋敷に入った。フェイスがキッチンで袋の中身を出しているところへ、ふくれっ面のトリーナを従えて姑が入ってきた。アシュフォード家の女性の最年長者である姑はイチゴに非難を向けた。「あなたったら、また、下のほうのイチゴを調べなかったのね」そして、サーモンにも非難を向けた。「尻尾のほうの切身なの、フェイス？　今夜はヘレンが食事にくるというのに」

「ご機嫌いかが、ミズ・アシュフォード」わたしはいった。「尻尾のほうが脂肪分少なめですよ、もちろん。ヘルシー志向のお友達なら、テーブルにそれが出されるのを見て喜んでくれるでしょう。わたし、フェイスと外に出て二人で話をしてきますから、食材の品定めを最後までおやりになってね」

「レイドンに関係したことなら、判断を下すのはスーアルの役目です。それから、お節介はやめてちょうだい。うちの家族のことに口出ししないで」

「あの、お言葉を返すようですけど、法的な判断はもちろんのこと、医療面の判断を下すにあたっても、フェイスがレイドンの永続的委任状を持っているわけですから、その判断をスーアルにまかせた場合は、公的後見人からフェイスが訴えられることになりかねません」

この言葉がレイドンの母親になんらかの効果を及ぼしたかどうかはわからなかったが、トリーナには衝撃だったようだ。呆然とした顔になり、あわてて食料品を片づけはじめた。まるで、トリーナがわたしから個人的に訴訟の脅しを受けたかのようだった。

フェイスはわたしをキッチンのとなりの部屋へ連れていき、ドアを閉めた。「ヴィク、お願いだからアシュフォードの姑《はは》を怒らせないで。あとでわたしが当たり散らされるだけなのよ」

「フェイス、この家の全員があなたに当たり散らしてストレスを解消している。生意気なお嬢さんまで含めて。今後もそれを許すのか、ストップさせるのかは、あなたが選ぶことよ。どっちを選んでも、わたしは気にしない。でも、レイドンの幸福についてはすごく気になるの。あなたもそうでしょ。でなきゃ、レイドンがさまざまな委任状をあなたに託すはずがないもの」

「ええ、たぶん」みじめな様子で手をもみあわせながら、フェイスはつぶやいた。

「けさ、病院できいたんだけど、介護ホームへ移らなきゃいけないんですってね。あなたなら、レイドンのために評判のいい個人経営のホームを選ぶ力があるわ。スーアルが公的援助のあるホームの話をしてるって、ICUのスタッフからきいたけど、決めるのはスーアルじゃなくて――」

「アシュフォードの舅《ちち》の遺言によって、レイドンの財産はスーアルが管理してるのよ。信託財産になってるの。レイドンには管理能力がないということで……」フェイスの声が細くなって消えた。

「なるほど。じゃ、スーアルが彼女のお金を横領してて、信託基金に何も残ってなかったら、わたしのほうで法会計士を雇って横領の証拠を見つければいいわけね。スーアルが悪意から、実の妹を標準以下の介護ホームに放りこむ気でいるのなら、それは卑劣な仕返しというだけじゃなくて、スーアルが重大な刑事告発を受けることになりかねない。レイドンがそんなところに入れられるなら、わたしが横領の証拠を見つけだし、法的後見人にもかならず伝えることにするわ。わたしがいっておきたいのはそれだけ」

わたしはフェイスの返事を待った。フェイスはみじめな顔で唾を呑みこんだ。わたしもまた、彼女にプレッシャーをかける性格のきつい人間の一人。しかし、フェイスはついにうなずいた。キッチンに戻り、そこを通り抜けるときに、レイドンの母親の横で足を止めた。母親はフェイスが買ってきたイチゴの箱から傷んだ粒をとりだして、金縁の大皿に並べていた。「あなたがレイドンの病気に疲れはててしまったことを咎める気はありません」わたしはいった。「周囲の誰にとっても迷惑ですものね。でも、あなたはいつも、レイドンがわざと病気になったのだと非難し、彼女のすばらしい才能をけっして認めようとしなかった——わたしはそれに腹が立ってなりません」

わたしのうしろで、フェイスが不安そうに息を呑んだが、彼女の姑はこう答えた。「あなたも、レイドンも、良識というものをいっさい持ちあわせない人だったから、この家でわたくしに説教することをあなたが妥当だと考えたところで、わたくしは驚きません。フェイス、どこが傷んでいるのかよく見えるように、イチゴを並べておきましたよ。こうすれば、つぎのときは何に気をつければいいのか、あなたにもわかるでしょうから。こんなもの、メイドにだって食べさせられないわ。まして、ヘレンに出せるわけがないでしょ」

「ヘレン？」その名前に心当たりがあったので、思わずレイドンの母親に目を向けた。「ひょっとして、ヘレン・ケンドリック？」

フェイスが小声でいった。「スーアルが〈落穂拾いの会〉という彼女の後援会に入ってて、選挙運動のアドバイザーをやってるの。ヘレンは——わたしたち——」

「わが家のプライベートな事柄を、このウォーショースキーさんに知っていただく必要はありませんよ、フェイス」姑が口を出した。「わたくしはレイドンがこの家にいないことをひたすら感謝するだけ。この前アドバイザーの委員会をひらいたときは、レイドンに邪魔されて、さんざん恥をかかされましたからね！」

「あらあら！　レイドンがヘレンと議論を始めて、中絶か、移民問題か、社会保障の件で彼女をやりこめたんですか」わたしはきいた。

「おもしろかったのよ」うしろで黙って立っていたトリーナ・アシュフォードが口をひらいて、わたしたち全員を驚かせた。「レイドンがシェイクスピアからたくさん引用したの。学校の授業では、シェイクスピアが現実の人生について書いたなんて、ぜったい教えてくれないけど、レイドンはどんどん引用したのよ――国家とすべての官庁が売りに出されるとかなんとかって（『リチャード二世』第二幕より）――最初は、あたし、シェイクスピアだってことに気づきもしなかった。だって、レイドンの口からきくと、ニュースでやったばっかりって感じなんだもん。そのあとで、レイドンはあたしとテレンスに――」

「低俗なひと幕だったわね。レイドンとウォーショースキーが良識ある社会的行為をいかに軽んじているかを、端的に示すものだわ」ミズ・アシュフォードは孫娘にいった。「そのつぎの週は、レイドンのコンドミニアムへ出かけて、あの子が描いた胸の悪くなりそうな絵を見なくてはならなかった。財政的責任についてスーアルに説教なさりたいようだけど、ミズ・ウォーショースキー、レイドンのところの階段室の汚れを落として塗装しなおす料金だけでも、安くはないのよ。おまけに、ルーエタールであの子が巻きおこした騒ぎの後始末もしなくてはならなかった」

「どんな騒ぎだったんです？」わたしはきいた。「わたしに会ってくれたソーシャル・ワーカーの人たちからは、レイドンが病院の備品をこわしたというような話はきいてませんけど」

「あの子は自分のことをいまだに弁護士だと思いこんでたの。ほかの人間の代理人がやれる立場にいるって。自分の面倒も見られないというのに。仕方なく、こちらから人を派遣して――」ミズ・アシュフォードはあわてて唇を閉じた。

「派遣？」わたしはディックの法律事務所で会った相手を思いだした。「レイドンを止めるために、エロイーズ・ネイピアを派遣したんですか」

ミズ・アシュフォードは微笑した。ひそやかな苦い笑み、誰が浮かべても粗野に見えることだろう。わたしみたいに下品な人間ならなおさら。「あなたが知る必要はありません。わたくしたちの手でくだらない騒ぎに終止符を打ったけれど、それにかかった費用は安くなかった、とだけいっておきましょう」

「じゃ、あなたがほんとに気にしてらっしゃるのは、実の娘のために使うお金のことだけなのね。興味深いこと。息子さんと同居なさってるのも、それが理由かもしれませんね。わずかなお金を節約するため」わたしは大皿をとり、カビの生えたイチゴをディスポーザーに捨てた。「レイドンにもフェイスのときと同じような態度で接してらしたのなら、レイドンが学んだのは、あなたが他人をいかに軽んじているかということだけでしょうね。そうそう、ついでに申しあげておきますけど、レイドンはいまでも弁護士ですよ」

わたしは大皿を流しに置いた。廊下を歩きだすと、メイドが姿を見せた。こちらにかすかな笑みをよこしてから、わたしの背後でドアを閉めた。

車に戻ろうと思って車寄せを歩いていくと、驚いたことに、屋敷の裏手からトリーナが走ってきてわたしを呼び止めた。「レイドン叔母さまのお友達？」

わたしは正直に返事をした。もっとも、この子がどういうつもりで追いかけてきたのか不思議だったが。「ロースクールで仲良しだったの。この数年は、あまりつきあいがなかったけど——悪いのはわたし。レイドンの病気と向きあうだけの強さがなかったから」

「叔母さま、死んじゃうの？」

わたしはトリーナに真剣な表情を向けた。「わからない。何回かお見舞いに行ったけど、まだ意識が戻ってないの。でも、自力で呼吸してるから、希望はあるかもしれない」

「レイドン叔母さまが迷惑な人だってことは知ってるけど、この家のみんなって、どういえばいいのかな、叔母さまみたいなエネルギーがないの。あなたはたぶん、あたしがママに対して生意気だって思ってるでしょうね——さっき、そういう目であたしを見てたもん——けど、ママもレイドン叔母さまみたいにおばあちゃまに反抗してくれればいいのにって、あたしは思ってるの！」

「あなたのママはたぶん、みんながいつも反抗ばかりしてたら家のなかがめちゃめちゃになってしまうって、気づいてるんだわ。もっとも、わたしだったら、家出してそれで終わりにするけど」

トリーナの目が驚きに丸くなったので、わたしはさりげなくつづけた。「ルーエタールでレイドンのおこした騒ぎを解決するために、パパとおばあちゃまは誰を送りこんだの？　それはどんな騒ぎだったの？」

トリーナは肩をすくめた。そっちのバトルにはあまり関心がなかったようだ。トリーナにいえるのは、ある日の夕食の席で、祖母が〝あの問題は解決した〟と告げたことだけだった。レイドンの問題という意味だ。だが、どのような形で解決したかには触れなかった。

ルーエタールで何があったのかを考えながら、わたしは街に戻るために車を走らせた。レイドンは犯罪者病棟に入りこんだ。そこに入院中の誰かに法的な助言をしようと持ちかけた。なぜなら、母親のチャーミングな言い方を借りれば、いまだに自分のことを弁護士だと思いこんでいたから。

そして、これが誰かを困惑させた。ひょっとして、警備部長のヴァーノン・ミュリナーを？　ミュリナーがアシュフォード家に文句をいい、アシュフォード家では病院へ誰かを送りこみ——もちろん、マイルズ・ヴフニクを送りこみ、騒ぎの処理にあたらせたのだ。ヴフニクがなんらかの形でレイドンに脅しをかけたのだろうか。だから、レイドンはわたしと電話で話したときに、あんなにびくびくして自分の名前を口にしようとしなかったのだろうか。ヴフニクは盗聴が得意であることをはっきり示したにちがいない。

事務所に戻ってから、ルーエタールのタニア・メッツガーに電話をした。アシュフォード家がレイドンの問題に対処するため、誰かを――たぶん、ヴフニクを――病院へ送りこんだことを話すと、タニアは激怒した。

「レイドンみたいな大騒ぎをおこすことは誰にもできないわね。レイドンと同じ病気の人たちでさえ無理。レイドンが犯罪者病棟から戻ってきたときは、誰もがひどく興奮してたわ。警備員も。患者たちも！　セラピーのスタッフに対してひと言の相談もないまま家族が介入するなんて、言語道断だわ。患者の身に何がおきてるかわからなかったら、病院のほうでどうやって世話をしていけばいいの？　レイドンの興奮がどんどんひどくなっていっても、わたしはパラノイアの妄想に陥ってるんだとしか思わなかった。外部の人間が現実に関係してたってことが、いまやっとわかったわ。レイドンはストーカーにつきまとわれてると思いこんでた。たぶん、ほんとにそうだったのね！　院長のところへこの話を持っていくわ。それだけは約束する。第三者がわたしの患者の一人に干渉することを誰が許可したのか、ぜったいに突き止めてみせる」タニアは乱暴に受話器を置いた。

わたしが事務所を置くために借りている倉庫は、夏は暑く、冬は寒い。こんなだだっ広い事務所を隅々まで冷房するだけの電気代はとても払えない。扇風機をつけ、書類が部屋じゅうに飛び散らないように重しで押さえてから、国選弁護士会時代の古い同僚の一人が作った矯正省のデータベースへのハッキング用プログラムを動かした。放火で有罪判決を受けた者を、どこの矯正施設でもいいから、残らず見つけだすよう指示した。

検索に二十分かかるとパソコンがわたしに告げた。わたしはレイドンの母親と会ったことでひどく神経がたかぶっていて、おとなしく待つ気分になれなかった。精力的に活動せずにはいられなかった。

ヴフニクを犯罪者病棟に入れる手引きをしたのはゼイヴィアだった。レイドンがおこした騒ぎの後始末をするためにヴフニクが送りこまれたのなら、代理人を務めることをレイドンが約束した患者にも、ヴフニクは話をきいているはずだ。その場合は、ジャーゲンズも患者の名前を知っていたことになる。となれば、ジャナ・シャトカもたぶん知っていたと見ていいだろう。

警察がいまもジャーゲンズの死を自殺として扱っているなら、シャトカの事情聴取は省略したことだろう。彼女に対するわたしの実績は、これまでのところぱっとしないが、脅しをかければ、その患者の名前をしぶしぶ明かしてくれるかもしれない。

38　必死に追跡（のつもり）

「遅すぎたね」

わたしはシャトカが住む二世帯住宅の向かいの、〝マイ〟駐車場のような気がしはじめているる場所に車を止めた。初めてここにきたときに出会った女性の一人がわたしの姿に気づき、赤ちゃんの乗ったバギーを押しながら声をかけてきた。

「遅すぎた？」胃がひっくり返りそうだった。きっと、夜のあいだにシャトカが殺されてしまったのだ。

「あの女、きのうの午後、出てったよ。スーツケースを五つも持って、タクシーがくると、オヘア空港へ行ってくれって」

「シャトカがそういうのをきいたの？」わたしは尋ねた。

「わたしじゃないけどね、ジャナが出てくとき、アニータ・コンセコがたまたま外にいたんだ。アニータったら、スーツケースを車のトランクに入れる手伝いまでしてやったんだよ。もっとも、あの女《ブタ》が礼なんかいうわけないけど」

「じゃ、ジャナが三、四日前に――ほら、わたしが初めてここにきた日に――出かけたとき、タクシーの運転手に行き先を告げるのを、アニータがたまたま耳にしなかったかしら」

女性が背筋を伸ばし、息を吸いこんで、威厳ある態度をとろうとするかに見えたので、わたしは先まわりをしていった。「この界隈の人たちに、噂話をする暇も、おたがいをスパイする暇もないことはわかってるのよ——子育てや仕事や洗濯で忙しいものね——でも、みなさんがわたしやうちの近所の人たちと同じなら、困ってる人がいないかどうかたしかめるために、近所の様子を見守ってるんじゃないかしら」

「そうなのよ。ところが、あのジャナって女にはそれが理解できなかった。ジャナがここで暮らすようになった最初の年に、わたしの弟が家の前の雪かきをしてやったんだよ。ゼイヴィアがころがりこんでくる以前のことだった。で、ひと言でも感謝の言葉があったと思う？　あの女、こんなことで小銭をせしめられると思ったら大きなまちがいだって、悪態をついただけだった！」

「ねえ、ジャナがこの前どこへ出かけたのか、耳にした人はいない？」

噂話もせず、スパイ行為にも無縁のわが情報提供者は、残念そうに首をふった。ジャナは極秘で出かけることに成功したわけだ。

女性の携帯が鳴った。スペイン語で活発な会話が始まった。わたしは車寄せを歩いていき、家に入りこんだ。たいした錠はついていなかった。それに、バーバンクの警察がまたやってきたとしても、今度はわたしに突っかかったりしないだろう。

ジャナは大あわてで出ていったようだ。乱れたままのベッドの上にクロゼットと引出しの中身をぶちまけ、持っていくつもりのない服だけ置いていった。ゼイヴィアの服はクロゼットの隅にかかったままで、なんだか縮こまって絶望しているように見える。ゼイヴィアの服のポケットをすべて探ってみた。またもや彼の死体に触れているような気がして、身がすくんだ。小銭と、〈ベヴィラックァ・シェヴィ〉のカードが出てきたが、ほかには何もなかった。

ジャナが置いていった服のポケットにも興味を惹く品は何もなくて、使用ずみのティッシュと、空っぽの眼鏡ケースが見つかっただけだった。たんすの引出しとキッチンの戸棚もざっと調べてみた。何かとんでもない品が出てこないか、あるいは、パソコンや、サムドライブや、携帯電話が見つからないかと期待したが、ジャナは何を置き去りにしたとしても、捜索の手がかりにされそうな電子機器だけはすべて用心深く持って出ていた。

ベッドを壁から離したが、見つかったのは灰色の大きな埃のかたまりだけだった。ジャナのいっていたとおり本当に喘息だったのなら、健康に悪そうだが、いまさら彼女にそういったところでなんにもならない。

キリル文字がびっしり描かれた薄っぺらいブルーの航空書簡が二通、ドレッサーのうしろに落ちていた。ブリーフケースに入れた。翻訳してくれる人を見つけるのはそうむずかしくないだろう。

電子レンジと流し台のあいだに電話があった。着信履歴を調べてみた。この一週間にかかってきた電話はほとんどなかったが、番号と名前をメモした。事務所に戻ってからチェックすればいい。

浴室は大混乱で、床に投げ捨てられた使い古しのシーツや、ジャーゲンズの汚れた下着や、病院のユニホームのあいだに、ローションやバスソルトの瓶が散乱していた。ポケットをいくつか調べ、トイレのタンクの蓋をとって浮玉の下までのぞいてみたが、結局、見つかったのは駐車場のレシートぐらいだった。

台所の流しで両手にクロロックスをスプレーしてこすりあわせ、肘のところまで丹念に洗った。電話機をもう一度見てみた。着信履歴をチェックしただけで、発信のほうは調べていない。携帯とちがって、固定電話に表示される履歴はそれほど長くないが、最後にダイヤルされた五つの番号はちゃんと残っていた。ひとつは八〇〇のついたフリーダイヤル。ポーランド航空の番号だった。最後にかけた先は近くのタクシー会社。つぎに、三一二の局番のついた番号を調べようとして、わたしの知っている番号だと気がついた。別れた夫がいる法律事務所、〈クローフォード＝ミード〉の代表番号だ。よそのビルへ移転したが、電話番号は二十五年前に彼が勤務していたときのままだ。

飛行機が頭上で最終着陸態勢に入り、その轟音に、冷蔵庫のうなりと、遠くの芝刈り機の音が掻き消された。わたしは台所の椅子に用心深く腰をおろし、考えをまとめようとした。きのうジャナが電話をした順序。わたしのことを警察に通報するため、九一一にかけた。〈クローフォード＝ミード〉にかけた。つぎに、飛行機を予約し、大あわてで街から逃げだした。

何が原因で逃げたのだろう？　わたしが訪ねていき、愛人の死が殺人だったことを告げたため、怯えて逃亡したのだろうか。それとも、〈クローフォード＝ミード〉とのやりとりが原因？

マイルズ・ヴフニクはあの事務所からたまにフリーで仕事を請け負っていた。エロイーズ・ネイピアも、齧歯類そっくりの同僚、ルイス・オーモンドも、最近ヴフニクを使ったことはないといっていたが、この発信履歴からすると、二人とも嘘つきのようだ。ヴフニクはジャーゲンズに頼みこんで犯罪者病棟に入り、ジャーゲンズは何かの拍子に、ヴフニクがわたしのもと夫の法律事務所に依頼されて犯罪者病棟を訪ねたことを知った。依頼の陰には謎のクライアントがいる。

〈クローフォード＝ミード〉に電話するのなら、安全な逃走ルートを前もって確保しておかなくては。大戦中に母の父親が隠れていたというウンブリアの丘陵地帯に、わたしも身をひそめることにしようか。

周囲の車に神経を集中し、しつこくついてくる車はないかと目を光らせながら、ゆっくり運転して街に戻った。尾行はついていないようだった。街の南側を走って、ふたたびシカゴ大学を訪れた。いちばん近い駐車場でも、キャンパスから半マイル離れていた。心身ともに爽やかで大気も爽やかな日なら、なんでもない距離だが、午前中の遅い時間に蒸し暑いなかを歩くのはぐったり疲れることだった。

スラブ系言語と文学を専門とする学部を見つけた。こちらから三回声をかけたところで、受付にいた若者が、読んでいた分厚い本をようやく脇に置いた。わたしの用件をきくために椅子から立ちあがると、背が高くて棒切れみたいに細い子だったので、爪先から脳までどうやって血液を送りこむのだろうと、わたしは心配になった。キリル文字の並んだ航空書簡を彼に見せ、翻訳を望んでいることを説明した。若者が顔を輝かせた。ロシア文学を専攻する大学院生で、夜の時間を翻訳にあてることができるという。料金は百ドルということで話がまとまったが、半分前払いしておこうというわたしの申し出を、向こうは手をふって退けた。

「ぼくの翻訳がすんでから、小切手を送ってくれればいいです。あなたの電話番号とメールアドレスだけ書いてってください」

若者は背後のコピー機でわたしのためにコピーをとり、わたしが立ち去る前に早くも椅子のなかで丸くなって本を読んでいた――ロシア語の本。お金なんかどうでもいいというぐらい、書かれた言葉を深く愛している人を目にして、なんだかせつない気分になった。わたしがほとんどの時間をすごしている死と欺瞞に満ちた世界とは大ちがいだ。

事務所に戻ってから、ルーエタールの犯罪者病棟に入院中の患者の名前が出ているデータベースをぼんやりみつめた。

ウンブリアの丘陵地帯もわたしの母の父親の身を守ってはくれなかった。いつの時代も、ジャナ・シャトカと同じ通りに住む女たちのような隣人がいるもので、あなたが何をしているかを知っていて、やがてかならず、そのなかの一人が身の安全や、お金や、あるいは戦時中なら、わずかな食料とひきかえに、あなたを裏切ることになる。もしかしたら、それがシャイム・サランターの抱えている戦時中の秘密かもしれない。ウェイド・ローラーがサランターに関して作りあげた派手な筋書きではなく、恥ずかしすぎてサランターが認められずにいるような何か。

サランターはこの新世界において、莫大な富で自分をすっぽり包みこんでいるが、それだけの富をもってしても孫娘を守ることはできなかった。わたしはハッとして立ちあがった。アリエルに薬を呑ませ、カマロのトランクに閉じこめて窒息させようとした人間なら、病室に忍びこんで、点滴に何か危険なものをまぜたところで、良心の咎めを感じることはないだろう。

ロティの診療所に電話をかけ、病院関係のネットワークを使ってアリエル・ジッターに関する最新情報を手に入れてもらえないかとスタッフに頼み、アリエルの身の安全を案じていることを説明した。「どこの病院にいるかを、わたしが教えてもらう必要はないけど、サランター家のほうで警備のプロを配置して、アリエルが口にする薬と食事を、そして、すべての見舞客を調べたほうがいいと思うの」

二十分後にジュウェル・キムから折り返し電話があり、アリエルの母親がイスラエルにある個人経営のリハビリ・クリニックへ娘を移すつもりでいたことを報告してくれた。そちらにいれば、健康をとりもどすまで身の安全が保証されるだろうと、家族は見ている。けさ、サランター家のプライベート・ジェットで飛び立ったそうだ。そうきいてホッとした。十時間のフライトに耐えられるなら、きっと、回復もけっこう早いだろう。

みんな、シカゴから出ていってしまう。ルーシーとカイラもシカゴを出て、ポーランドの父親《ター タ》のところへ行ったほうがいいかもしれない。だが、二人には、モサドのレーダーにひっかからずにイスラエルまで運んでくれるサランター家のプライベート・ジェットのようなものはない。二日前の晩にアリエルをマウント・モリア墓地までおびきだすのに使われたのがカイラの携帯だったとすると、犯人はおそらく、カイラが彼について何かを知っていると考えることだろう――〝もしくは、彼女について〟と、わたしは男女平等のためにつけくわえた。

従妹に電話をして、彼女と少女たちがいまも無事でいることを確認した。ペトラは二人を〝サルおじちゃん〟に預けて仕事に出てきたという。

「十分前にサルおじちゃんと話したんだけど、ちょっと疲れてるみたいだった。あの子たちも家に帰りたがってるし、母親も子供がよそに泊めてもらってるのが心配みたい。だって母親にしてみれば、ヴィクも、サルおじちゃんも、よく知らない相手だもんね」

「二人の安全が保証されないかぎり、家には帰したくないの」わたしはいらいらしながらいった。「わたしの見た感じでは、厄介で物騒な状況になってきてる。警備の人間を雇う力がわたしにあれば――」そこで黙りこんだ。いまの言葉で、あることを思いついた。「ちょっと待って。あとでかけなおす」

シャイム・サランターの個人アシスタントに電話をした。「ミズ・バルフォア、アリエルが出国して、安全な場所へ移ったそうですね」

「どうしてそれを？　家族しか――」

「ご心配なく。いいふらしたりしませんから。ただ、マリーナ財団の読書クラブでアリエルと知りあいになった少女が二人いて、アリエルが変身ごっこをやろうとしたばかりに、その子たちの身の安全も脅かされています。母親はホテルのバスルームの掃除でかろうじて生計を立てています。警備の人間を個人的に雇うお金をサランター氏のほうで出してくだされば、慈悲深い行為といえるでしょう。母親は仕事に出ているあいだ、娘たちのことを心配しなくてすみます」

バルフォアは逡巡し、駆け引きをこころみたが、わたしは、彼女のボスの行きすぎた秘密主義がドゥーデック家の少女たちを危険にさらしたのだから、そちらに交渉材料はいっさいないと告げた。ついに、バルフォアはわたしを電話口で待たせておいて、シャイムに相談しにいった。シャイム本人が電話に出てきて、アリエルの出国をどこで知ったのか、スパイしていたのか、などといくつか質問をした。

「いいえ。わたしはアリエルが搬送された病院の名前も知りません。でも、一人以上の人間がかかわっている事柄を永久に秘密にしておくのは無理です」

「ドゥーデック家には――この名前で合ってるかね？――わたしの寛大さをあてにする権利などない」

「あなたのお孫さんが、ドゥーデックの子たちを墓地の冒険にひきずりこんだグループのリーダーだったんですよ。カイラの母親が徹夜で働いてるのをいいことにして、グループの集まりにドゥーデックのアパートメントを使ってたんです。アリエルがいなければ、カイラ・ドゥーデックが二週間前にマウント・モリア墓地へ出かけることはなかったはずです。携帯を紛失したのは、カイラと母親にとって金銭的な痛手でしたが、犯人を特定する決め手となりそうな写真かメールがその携帯に入っていたら、アリエルを襲った犯人はカイラを見つけだして口封じをしようとするに決まっています。倫理的に見て、あなたの寛大さをあてにする権利は大いにあると思います」

わたしは苦々しさを声に出さないように、精一杯気をつけたが、サランターはつぎに、ドゥーデック家の少女たちに助けの手をさしのべなかったらアリエルの居場所をいいふらすつもりかと、わたしに尋ねた。

「いいえ。あの子たちの安全を守るためにこちらが取引しようとしたところで――まあ、そんな気はないですけど――あなたはアリエルの居場所を何度でも変えることができる。わたしにはあとを追うだけのエネルギーがありません」

「うちの孫が襲撃された背後に誰がいるかを警察が突き止めるまでに、どれぐらいかかるんだね？」

「警察のことはわかりませんが、ミスタ・サランター、わたしも必死にとりくんでいるところです。もちろん、情報が多ければ多いほど助かります」

「わたしが自分の人生について何を語ったところで、事件の解決に役立つとは思えないが、ミズ・ウォーショースキー、ゲイブ・アイクスに命じて、その子たちを警護する人間を手配させよう。くわしいことはゲイブのほうからきみに電話させる」

わたしは無意識に止めていた息を吐きだした。「ありがとうございます。ソフィー・ドゥランゴのお嬢さんのことも、少しは心配なさったほうがいいですよ」

電話の向こうに沈黙が流れ、やがて、エネルギッシュな同意の言葉があがった——ニーヤもイスラエル旅行を喜ぶことだろう。アリエルの回復を助けてくれるはずだ。わたしのほうでもっと早く思いつくべきだった。

39 影を追う

「そろそろ、きみに料金を請求しなきゃいけないな、ヴィク、こんなにしょっちゅう押しかけてくるのなら」

ディックとしては、ジョークのつもりなのだろう。わたしは微笑して立ちあがった。「ええ、どうぞ。こちらは待ち時間の分を請求させてもらうわ」

シャイム・サランターとの話を終えるとすぐ、〈クロフォード＝ミード〉に電話をしたが、ディックは夕方まで会えないとのことだった。本当はまったく会う気がなかったようだ。彼の事務所の人間が殺人事件の被害者宅で何をしていたかを調査中だとわたしがいうと、彼は——いや、じっさいには、わたしたちのあいだで簡潔明瞭にメッセージの伝達をおこなった彼の秘書が——クライアントとの食事に出かける前に、六時半に会う時間を作ることにするといった。ディックが待合室に入ってきたのは、七時近くになってからだった。淡いグレイの夏のスーツでピシッと決めていた。

今日の午後はフリーだったので、家に帰り、ゲイブ・アイクスがドゥーデック姉妹につけるボディガードを連れてやってくるのを待つことができた。ペトラがいったとおり、ミスタ

・コントレーラスはくたびれはてていたので、元気いっぱいの姉妹をわたしに渡すことができてホッとしていた。裏庭のスプリンクラーから吹きだす水の下で二人が踊っているあいだに、わたしはしわくちゃのTシャツを脱いで、大好きな金色のニットのトップに着替え、ショルダー・ホルスターを隠すために軽いレーヨンのジャケットをはおった。

裏庭の二人のところへ行った。犬にテニスボールを投げてやりながら、変身の儀式をやった夜に墓地で何を見たのかと、さりげなくカイラに尋ねた。

カイラはたちまち身をこわばらせ、ミスタ・コントレーラスのところへ逃げこむ準備をするかのように、裏のドアに目をやった。「雨だけよ」

「カイラ。なぜわたしとミスタ・コントレーラスのとこにきたのか、わかってるでしょ？それから、なぜわたしたちがあなたとルーシーにボディガードをつけようとしてるのかも」

「アリエルを襲ったやつがあたしたちを襲ってこないように」ルーシーが甲高い声でいった。

「どうしてそいつがあなたたちを襲おうとするのかわかる？」わたしはきいた。

ルーシーが「おっきくて、意地悪で、危険なやつだから」と答えると、カイラが首をまわしてにらみつけた。

「あなたたちが不法滞在者だとか、ヴァイナ・フィールズの子たちがマリーナの子に偉そうな態度をとるとか、そういう問題じゃないのよ。あなたが何を見たかが問題なの。みんなが携帯で写真を撮ったけど、あなたは自分の携帯を落としてしまった。グループの近くに身をひそめてた人物があなたの携帯の写真にはっきり写ってて、たぶん、携帯を拾った人間がそれを見たんでしょうね」

「ヴァンパイア！」ルーシーが興奮して踊りだした。「おねえちゃん、ヴァンパイアの写真を撮ったんだ。携帯が見つかったら、その写真売れるよ。あたしたち、お金持ちになって、馬が買える！」

カイラは妹のほうを向き、ポーランド語で黙るように命じた。ルーシーも悪態で応酬し、プリプリしながら、ミッチを連れて裏庭の向こう端まで行ってしまった。

「墓地にいたのはヴァンパイアじゃないわ。あれは——人間だったの」わたしは〝人殺し〟という言葉を呑みこんだ。カーミラの儀式のそばにいたのが殺人犯だったことは、カイラもたぶん推測しているだろうが、言葉に出したら現実の恐怖になってしまう。

「あなたが誰を、もしくは何を見たのか、教えてほしいの。早くわかれば、それだけ早くあなたを以前の生活に戻してあげられる」

「ヴァンパイアがいるといって、タイラーが悲鳴をあげたの」しばらくしてから、カイラはつぶやいた。「あたし、ふりむいて写真撮ったけど、そのあとで携帯なくしちゃって。ヴァンパイアのパワーに携帯を奪われたんだと思う」

「どんな外見だった？」

「わかんない。あっというまだったし、雨だったし。つやつやした黒いフードをかぶって、白い顔してたから、死神だと思ったの。ルーシーとあたしの挿絵入り聖書に、そういう死神が出てるから。アリエルが死にかけたときも、あたし、あの子が死神を見たから呪いをかけられたんだと思った。今度はあたしが呪われる番だわ」

「男だったのはまちがいない？　女ってことはない？」

「わかんない」

「背の高さはどれぐらいだった？」

カイラは泣きだした。「わかんない、わかんない、わかんない」

わたしはカイラを抱き寄せた。カイラは涙を流しながら、わたしの腕のなかで身をこわばらせていた。姉が泣いているのに気づいたルーシーが、自分の傷ついた心も忘れて飛んできた。カイラの手をつかみ、わたしからひきはなそうとしながら、どうしたの、何があったの、と、わたしにたちに向かってわめきたてた。

「もうっ、あっち行ってよ」カイラがしゃくりあげた。「家に帰りたい、ママに会いたい、パパ《ター》に会いたい。ター《タ》タが出てく前の暮らしに戻りたい」

犬たちがカイラのそばをうろついて、彼女の脚をなめはじめた。キューンという鳴き声に、わたしの腕のなかでカイラの緊張がほぐれた。すすり泣いて胸を上下させながら、わたしの胸にもたれかかった。ルーシーがわたしの反対の腕にすがりついた。自分の姉の弱さを目にして、怯えていた。

しばらくすると、カイラの涙が止まったので、わたしは二人を三階へ連れていき、浴槽に湯を満たし、ラベンダーのバスソルトを入れた。二人がお風呂に入った。ミッチも入りたがったので、あとはカイラにまかせることにした。犬と格闘するうちに自分の恐怖を忘れてくれるだろう。

寝室を片づけるあいだにきこえてきた叫び声と水しぶきの音からすると、ミッチのおかげで、二人とも日常の感覚をとりもどしたようだった。ランチを用意してトレイにのせた。こうしておけば、二人はお姫さまみたいにベッドに入ったまま、テレビを見ながら、ピーナッツバター・サンドイッチを食べることができる。ミッチが黒い毛を濡らし、でも、ラベンダーの甘い香りをさせながら、二人と一緒にベッドに飛びこんだ。

わたしは浴室の床にモップをかけ、浴槽に残った黒い毛を拾いながら、カイラからひきだしたわずかな情報について考えた。黒いレインコートを着た男がヴァンパイアか死神のように見えたのも不思議はない。人を殺したばかりだったのだから。ヴフニクを刺し殺した直後に少女の一団があらわれて歌ったり踊ったりしはじめたときには、全身に衝撃が走ったにちがいない。

いや、そう断定していいだろうか。ずっと気になっていた疑問に戻った。犯人が墓地を選び、ヴァンパイア退治のような殺害法を用いたのは、読書クラブの少女たちがそこにくることを前もって知っていたからだろうか。

しかし、そうだとすると、どこで知ったのだろう？　ヴフニクは恐喝と盗聴を得意としていた。わたしは彼のことを、心神喪失者の代理人になろうとしているレイドンを止めるためにアシュフォード家がルーエタールへ送りこんだ人物だと思いこんでいたが、墓地でひらかれた読書クラブの集まりとアシュフォード家はどう結びつくのだろう？

マリーナ財団で仕事中のペトラに電話をした。ひょっとしたら、レイドンの姪にあたるトリーナ・アシュフォードがマリーナの読書クラブのひとつに入っているかもしれない。わたしが電話口で待つあいだ、ペトラがパソコン画面をクリックして調べてくれたが、空振りに終わった。

「そちらのプログラムに参加してる子供たちの親がこれ以上パニックに陥ると困るんだけど、ヴァンパイア殺人事件の犯人がほかの子を襲撃する可能性もあることを、親に説明しておく必要があるわ。子供たちの携帯の画面に自分の顔が出るんじゃないかって、犯人が心配してるかもしれない」

ペトラが躊躇しているあいだに、わが家の呼鈴が鳴った。ペトラの立場からすれば、親たちにそんな電話をかければ、クビにされる危険がさらに高まりそうで不安なのだ。

わたしはゲイブ・アイクスが少女たちにつけるボディガードを連れてきたのだと思ったが、インターホンで応対したところ、エリア・シックスからやってきたテリー・フィンチレーだった。彼を建物に入れるためにブザーを押し、従妹には、いまの件は警察に相談しておくと告げた。

フィンチレーが階段をのぼってくるあいだに、寝室へ走り、わたしが呼びにくるまでここから出ないようにとカイラとルーシーにいった。フィンチは腐敗とまったく無縁の男だが、居所を突き止めようとしている少女の一人がうちにいることを知れば、カイラに——そして、わたしに——飛びかかってくるだろう。

ペピーは少女たちとベッドに残り、パン屑にせつない視線を向けていた。ミッチはわたしのアパートメントのドアに響くノックを行動に移る合図ととったが、わたしが無理やり寝室に残らせた。警察との会話にミッチが協力できるとは思えない。

「刑事さん!」わたしは仰々しくわが家のドアをあけた。

フィンチレーのあとから、エリザベス・ミルコヴァがわが家の居間に入ってきた。防弾チョッキの下の白いシャツが汗でよれよれになっていた。フィンチレーはいつものように、洗濯してプレスしたばかりという印象だが、唇が一文字にきつく結ばれていた。

「ヴィクトリア・イフィゲネイア――お母さんがきみにこの名前をつけたのは、きみの前に出た者たちにつねにおのれの無知を自覚させるためだったのかい?」

わたしの微笑が薄れた。母のことを冗談にされると不愉快になる。でも、フィンチレーから皮肉っぽく冗談をいわれても、こちらの判断力が曇ることのないよう気をつけなくてはならない。「今日はとくにどんな無知を自覚してらっしゃるの、警部補さん」

「おれの管区に死体がころがってるのに、誰も教えてくれないんだよ」フィンチレーはわたしのカウチの肘掛けに腰をのせ、右脚をぶらぶらさせた。ミルコヴァがうしろで腕を組み、閲兵場にいるような堅苦しさで彼の横に立った。

わたしが椅子のほうを身ぶりで示しても、首を横にふるだけだった。わたしはフィンチレーを見た。「あなたの前では部下は立ったままでいるべしというのが職場の決まりなら仕方ないけど、そうでないのなら、すわるように命じてちょうだい。この人のおかげで、こっちは落ち着かなくて、あなたの質問に集中できそうにないの」

フィンチレーの眉間のしわが深くなったが、「着席しろ、リズ。それから、V・I、ゼイヴィア・ジャーゲンズのことを話してくれ」といった。

「鑑識の人たちの話だと、すべての証拠がジャーゲンズの自殺を示してるってことだった。あなたは賛成しないの？」

「それはウォッカのボトルを調べる前の話だ。指紋がきれいに拭きとられてた。そこで、ヴィシュニコフに解剖を依頼することになった。どうやら、ジャーゲンズは意識を失う前に両手を縛られていたようだ。薬入りの酒を誰かが無理やりジャーゲンズに飲ませ、それから手の縛めをほどいたものと思われる。だから、サランターの孫娘と病院の看護助手のことをおれに話してもらいたい」

「あら――FBIが情報を流してくれないの？」

「ふん、FBIか。おれたちシカゴ警察の下層民に、連中がそんなことするもんか。だが、きのう、きみがおれに電話をよこしてジャーゲンズの死を知らせてくれてれば、ジャナ・シャトカを尋問するチャンスがあったかもしれんのだぞ」

「ジャナに何があったの？」わたしの口が不快に渇いた。逃げたものと思っていたが、もしかしたら、死をもたらすヴァンパイアが真っ先に彼女を襲ったのかもしれない。

「ゆうべ、ワルシャワ行きの五二五便に乗った。けさ六時半にキエフに到着。シカゴ時間でな。現地時間で何時かは知らん」

「彼女、リトアニア出身なのよ。ウクライナへ移住する気かしら」

「外国の地でどこへ行こうが、おれには関係ないが、領事の話だと、シャトカの母親が先月キエフに越したそうだ。バルト諸国で反ロシア感情が高まってるらしい」

「ジャナをこちらに引き渡してもらうわけにいかないの？」

フィンチレーの口がキッと結ばれた。「ウクライナとのあいだには協定がない。だから、ウクライナのマフィアどもがあっちに腰を据えて、われわれの銀行口座にうれしそうにハッキングしてくるんだ。まったくもう、なんできのうジャーゲンズを見つけたときに、すぐ電話してくれなかったんだ？」

わたしは怒りで目が熱くなるのを感じた。「六つの郡の警官一人一人が問題を抱えるたびにわたしに文句をいってくるのには、つくづくうんざりだわ。わたしがジャーゲンズを見つけ、わたしがアリエル・ジッターの命を救い、レイドン・アシュフォードがロックフェラー・チャペルのバルコニーから突き落とされたときには、わたしが彼女を病院へ運んだのよ。こっちは女一人で仕事をしてて、あなたのほうには一万三千人の警官がいるというのに、わたしが何もかもやったのよ。文句があるなら、ジャーゲンズのカマロを調べに出向いた鑑識の技師たちにいってちょうだい。九一一へのわたしの通報に応えたパトロール・チームをどなりつけてちょうだい。でも、わたしを悩ませるのはやめて！」

フィンチレーは一瞬、わたしに向かって顔をしかめたが、やがて不承不承うなずいた。

「たしかにそうだ。シャトカからきいたことを残らず教えてくれ。きみがシャトカと話をしたことはわかってるんだ。バーバンク警察の許可を得て、近所の連中に聞き込みをした」

わたしは知っていることを残らずフィンチレーに話した。大学に預けてきた航空書簡のことだけは省いて。翻訳をひきうけてくれた学生を追わせてフィンチの仕事をふやしたところで、なんの役にも立たない。あれはたぶん、シャトカの母親からの手紙で、キャベツが不作だったから、おまえはこのままシカゴに残り、障害補償年金をもらっているほうがいいとでもいってきたのだろう。シャトカの電話の発信履歴に〈クローフォード＝ミード〉の番号が含まれていたことも、フィンチには伏せておいた。そのうち彼が自分で突き止めるだろう。

「それはそうと、どういうわけでシャトカと関わりを持つことになったんだ？」

「わたしの友達、レイドン・アシュフォードがからんでるの。彼女、ルーエタールに入院してて、ゼイヴィア・ジャーゲンズはそこで働いていた。ジャーゲンズがマイルズ・ヴフニクを犯罪者病棟にこっそり入れ、レイドンはヴフニクが自分をスパイしにきたと思いこんだ。もしかしたら、パラノイア患者の妄想ではなかったのかもしれない。やがて、ルーエタールの誰かから家族に電話があり、レイドンのせいで入院患者たちが異常な興奮状態になっていると告げた。

スーアル・アシュフォードと母親はレイドンを止めるために、病院へ人を差し向けた。家族が仲裁することを、もしくは、口出しすることを――どっちでも好きなように解釈してね――セラピストに内緒にしておいたため、家族の依頼で誰が訪ねてきたのか、セラピストたちはまったく知らない。病院の警備部長のヴァーノン・ミュリナーにきいてちょうだい。もしくは、レイドンの母親か兄のスーアルに。あなたが質問すれば、わたしのときより協力的になるかもしれない」

「スーアル・アシュフォード？　ありがたいね、ウォーショースキー。もう少し近づきやすい人物とのコネなんてのは……まさか、ないよな？」

つまり、警察の脅しに屈する人物という意味だ。「あればいいけど！　この一週間、近づきにくい連中にわたしの頭をぶつけてばかりだったの。〈クローフォード〉のディック・ヤーボロー、エロイーズ・ネイピア、ルイス・オーモンド。〈グローバル〉のハロルド・ウィークスとウェイド・ローラー。シャイム・サランター。あなたなら、もっと巧妙なアプローチ法を思いつけるかも」

フィンチレーはサメのような笑みを浮かべた。「何をしたって、きみに比べればおれのほうが巧妙だよ、ウォーショースキー。シャトカに関して、ほかには？」

「ジャナ・シャトカとゼイヴィア・ジャーゲンズを並べてみると、彼女のほうが強い性格だわ。ジャーゲンズが何を知っていたにせよ、それに価値があるとシャトカが思ったなら、強引にききだしてるでしょうね。誰かがジャーゲンズに大金を払っていた。それが誰なのか、シャトカはぜったい知ってたはずよ。あの家の通話記録を押収すれば、ウクライナのほうへ彼女の引き渡しを要求しなくても、誰に電話したかがわかると思う」

「通話記録を押収だと！」フィンチレーはわめいた。「きみもクック郡の陪審の連中と同じで、〈CSI：科学捜査班〉みたいに、あらゆる事件の証拠集めをする時間と人材が警察にあると思ってるようだな。家宅捜索をやったが、あの家には紙切れ一枚残ってなかった。利口な女だ」

「怯えてたのよ。愛人が殺された。誰の犯行か、シャトカにははっきりわかっていた。二週間前にマイルズ・ヴフニクを殺したのと同じ人物であることが、はっきりわかっていた」

「そこまで断言できないだろ」フィンチレーが反論した。

「ちょっと、フィンチ——二人は同じ墓地で殺されたのよ。ルーエタールにいるジャーゲンズの同僚に話をきいた？　ジャーゲンズが車のお金をどこで手に入れたのか、同僚は知ってる？」

フィンチレーは首を横にふった。「ある日、いきなり新車で出勤してきて、自慢したそうだ。たぶん、愛人の女がきみにいったことが正しいんだろう。カマロとジャーゲンズの死は無関係かもしれん。昼食を抜いて貯めた金で車を買ったのかもしれん。うちの祖父も、初めてのコンチネンタルをそうやって買ったんだ」

わたしは軽く頭を下げて、フィンチレーの祖父の倹約ぶりに敬意を示した。「アリエル・ジッターと同じ読書クラブに入ってる子たちから話をきいた？」

フィンチレーはわたしを凝視した。「なんでそんなことをしなきゃならん？」

「あなた、ほんとにFBIに無視されてるのね」わたしはアリエルの携帯に届いたメールのことをフィンチレーに話した。「アリエルはシャイム・サランターの過去を知りたがっている。それが今回の事件に何かの形で関わってると思うの。もしかしたら、祖父のことを調べるためにヴフニクがアリエルに雇われ、その挙句、サランターに殺されることになったのかも」

「なるほど。そのキュートな物語をうちの警邏隊長に話したらどんな顔をされるか、目に見えるようだ。警察がサランターのような収入階層の人々を尋問することはない。その孫娘や友達となれば、なおさらだ。凶器の鉄筋にそいつらのDNAが一インチの厚さでべっとりくっついてないかぎりはな。質問される前にいっとくと、鉄筋からは、ヴフニクの血液以外の物証はいっさい発見されなかった。皮膚組織やその他もろもろを含めて」

「テリー、子供たちが何かを目撃してるわ。というか、子供たちに何かを目撃されたと犯人が思ってる。そうでなければ、グループの少女の一人が落とした携帯を使って、アリエルをおびきだすはずがないもの。ソフィー・ドゥランゴの娘が今日か明日じゅうに出国するらしいけど――」

「どこからきいた?」

「周囲の人の言葉にきちんと耳を傾けてるから」わたしはぴしっといった。「わたしは探偵よ、テリー、そして、ときたま事実にぶつかるの。二週間前にあの墓地にいた少女たちの居場所を一人ずつ確認することは、わたしにはできないし、その子たちの親から話をききだすこともできないけど、あなたならできる。令状をとって、みんなの携帯に入ってる写真を調べ、犯人の顔がはっきりわかる写真がないか確認することもできる。それから、この異常な犯人がつかまるまで子供を家から出さないよう、親に警告することもできる。それが子供に対するわたしたちの義務でしょ」

「仕事のやり方をきみに教えてもらう必要はない」

「ヴフニク殺しの捜査を最小限にとどめておくようにという指示を受けていなければ、あなただって二週間前にこうしたことをやってたはずだわ。わたしはヴフニクの姉と、行方知れずの電子機器と、あの少女たちを追ってるんだけど、堂々めぐりばっかり。あの子たちが殺人に関与してるとは思わないけど、誰かが大変な手間をかけて、ヴフニクと少女たちを同じときに同じ場所に呼び寄せたのはまちがいないと思う。みんなの携帯に何が入ってるのか、調べる手段があなたにはあるでしょ——ヴフニクがアップロードしたかもしれないスパイウェアも含めて」

フィンチレーはわたしをにらみつけたが、まじめな警官だし、わたしの意見が正論であることを悟っていた。「リズ、メモしてくれ。車に戻ったら、それを最優先にしよう」

ミルコヴァ巡査は堅苦しくうなずき、防弾チョッキの下のポケットからノートをとりだした。フィンチレーは立ちあがった。ミルコヴァもリモコン操作のマリオネットの糸にひっぱられたかのように立ちあがった。

「何か思いついたら、あるいは、ふたたび死体を見つけたら、電話してくれ、ウォーショースキー」フィンチレーはいった。「時刻が夜中の二時で、死体が火星にあるとしてもかまわん。きみが死体を見つけたら、おれもそれを知っておきたい」

「了解、警部補さん。ミルコヴァ巡査、帰る前にお水を一杯どう？　外はうんざりするほど暑いわよ」

ミルコヴァは顔を赤らめたが、この午後初めて口をひらいた。「いえ、大丈夫です、ミズ・ウォーショースキー。水なら車のなかにありますから」

わたしは二人のあとから階段をおり、二人が本当に建物から離れたことを確認した。三階へ戻るあいだに、渋々ながら、ジャナ・シャトカに敬意を抱いた。フィンチレーが法律の威光を背後に従えて尋問することができたなら、彼女から何かひきだしていた可能性もあるが、わたしにはそうは思えない。かわりに、ジャナは死んでいただろう。誰がジャーゲンズとヴフニクを殺したにせよ、その犯人はジャナが彼のことを――彼女のことを？――警察に密告したと思うだろうから。

自分の部屋に戻った。「キエフで元気にしててね、ミズ・シャトカ。ウクライナのマフィアに近づいちゃだめよ。アメリカの仲間と同じぐらい、いえ、それ以上に冷酷な連中だから」

コーヒーカップで乾杯のまねごとをしたが、いまの言葉を口に出したことで、ふたたび、事件はドラッグを中心にまわっているのかもしれないという思いが浮かんできた。フィンチレーにもそういっておくべきだった。ジャナはウクライナのマフィアにコネがあるのかもしれない。あるいは、南米の密売カルテルにつながっているとか。

しかし、そうやって想像の翼をはばたかせてみても、サランターとのつながりは浮かんでこなかった。ジャナのほうも、二回顔を合わせたときの印象からすると、マフィアのメンバーには見えない。外見どおりの人間のようだ。障害補償年金をだましとっているお粗末なペテン師。だが、殺人者から要領よく逃げだすだけの頭を持っている。

シャイム・サランターが恐喝に屈したなどとは、とうてい信じられない。ヴフニクとジャーゲンズを大きな脅威とみなせば、迷うことなく、あのよそよそしい目で殺人を視野に入れるだろう。だが、あれは腕力の必要な殺しだった。少なくとも、ヴフニク殺しのほうはそうだった。ヴフニクの身体を板石の上まで運ぶには手助けが不可欠だが、ゲイブ・アイクスに自分の秘密を知られ、さらなる脅迫にその身をさらすサランターの姿は想像できない。それに、自分の孫娘を車のトランクに押しこんだりできるだろうか。以前、ノーブ首席司祭が人間の心は測り知れないといっていたが、サランターにそんなことができるとは思えない。

出てきても大丈夫だとドゥーデック姉妹に告げるために、わたしの寝室へ行った。二人は暇だったものだから、またしても犬に服を着せていた。ペピーに麦ワラ帽子をかぶせてスカーフを巻き、ミッチには絹のブラウスを着せていた。おまけに、ミッチの爪を赤く塗っていた。ミッチはわたしを見て、しょげた様子で腹這いになった。わたしは人の服をひっかきまわした二人に文句をいおうとしたが、ミッチの顔がおもしろすぎた。脇腹が痛くなるほど笑いころげていたら、ゲイブ・アイクスがボディガードを連れてやってきた。

ゲイブはアリエルを長年にわたって身近に見てきたので、子供がどんなものに興味を示すかをよく理解していた。ボディガードのテオドーロ（〝みんなからテディと呼ばれてます〟）・マルティネスは若くて、元気いっぱいで、ハンサムだが、それを鼻にかけることのない男だった。ドアの呼鈴が鳴るのをきいて、どんなやつだろうと調べに出てきたミスタ・コントレーラスは、珍しくもよその男に好感を示した。逆に用心したほうがいいのかどうか、判断に迷うところだ。なにしろ、わたしがつきあう男にはことごとく拒絶反応を示す人だから。

カイラとルーシーがポーランド語で何やら相談するあいだに、わたしはデータベースを使ってテオドーロのことをこっそり調べた。本人の言葉どおり、ちゃんとしたガードマンで、問題とすべき前科もないことを確認してから、みんなのところに戻ると、少女たちはどうやら、彼のことをステータスシンボルとみなすことに決めたようだった。近所の人々に彼を見せびらかすのを楽しみにしていた。ペピーとミッチに涙ながらに別れを告げたあとで、テオドーロのジープに乗りこんだ。

ジープが見えなくなると、ミッチが前足でわたしをひっかいて、服を脱がせてくれとせがんだ。「さあね、どうしようかな。服を着てお化粧するといい子になるのなら、着飾ったままのほうがいいかも」

「こらこら、嬢ちゃん」ミスタ・コントレーラスが文句をいいかけた。「おっと、からかってるだけだな。あの子たちがきてくれてうれしかったよ。にぎやかになったもんな。だが、ミッチのその服は脱がせてやれ。わしゃ、下におりて、アーリントンの最終レースを見ることにする」

わたしは袖ぐりの縫い目を破ることも、ボタンをひきちぎることもなく、ミッチが着ている花柄のブラウスを脱がせてやった。それでもまだ、六時半にディックと会う約束の前に、ニーヤ・ドゥランゴのところに寄る時間があった。

40　弁護士の料金
感動的！

ニーヤはイスラエルで一ヵ月すごすための荷造りをしているところで、目の前の冒険にわくわくしていたため、わたしがあれこれ質問しても毛を逆立てて怒ったりはしなかった。アリエルがいまだ行方不明という状態のときに質問したなら、とてもこうはいかなかっただろう。今日の午後は母親のソフィーが選挙運動でロックフォード市へ出かけているため、わたしがドゥランゴ家のリビングでニーヤに話をきくあいだ、家政婦のダイアン・オヴェックが同席した。

「ニーヤ、あなたとアリエルはマイルズ・ヴフニクのことを、ランプの精《ジーニー》だったかもといって笑ったわね。つまり、あなたたちは、彼がアリエルの家系図《ジーニオロジー》の調査に関心を寄せてると思ってたわけ？」

ニーヤは息を呑んだ。「どうして知ってるの？」

「アリエルが閲覧してたサイトよ。第二次大戦中に祖父がどんな少年時代を送ったかを知ろうとしていた。アリエルはマイルズ・ヴフニクと直接顔を合わせてるの？」

ニーヤは背の高い少女で、わたしとほぼ同じ身長だったが、いまこの瞬間は、とても小さく弱々しく見えた。足の親指でリビングのラグに円を描きはじめた。

「もしアリエルから何か打ち明けられてるのなら、あなたが背負ってるその荷物をわたしたちに預けてちょうだい」

「返事をしなくてはだめですよ、ニーヤ」ダイアンの声は静かだったが、重々しい権威に満ちていた。

「死んだ人のことをジョークにする気はなかったのよ」ニーヤはみじめな声でいった。「そんなことしたら、礼儀知らずだし、卑怯だもん。二人ともナーバスになってた。それだけのことなの。でも、あのね、ある日、アリエルの携帯にメールが届いたの。〈グローバル・ニュース〉に勤めてるっていう男からだった。テレビでシャイムおじいちゃまのことが悪くいわれてるでしょ。その人はそれにうんざりしてて、戦争中に何があったのか、あたしたちがほんとのことを探りだしたら、ウェイド・ローラーが番組のなかでわめいてる最中にテレプロンプターにそれを入れるっていうの。すると、ローラーがハッと気づいたときには、全世界に向かって真実を読みあげてる結果になるからって」

わたしはうなじの毛が逆立つのを感じた。「きっと、刺激的なアイディアに思えたでしょうね」と答えるのがやっとだった。

「最高だと思ったわ」頬を紅潮させて、ニーヤはいった。「ローラーって、うちのママやアリエルのおじいちゃまのことをぼろくそにいってるでしょ。仕返ししてやりたかったの！」

「どうしてわたしに相談してくれなかったんです？」ダイアンがいった。「あるいは、お母さまに」

「やめなさいっていわれるに決まってるもん。でも、あたしたち、ウェイド・ローラーがとんでもないバカで役立たずだってことを、テレビで暴露してやりたかったの！」

「アリエルが家系図の調査にとりかかったのもそのころ？」

「最初はシャイムおじいちゃまにきくつもりだったの。いちばん簡単にわかるから。ある晩、コテージでおじいちゃまとおしゃべりしてね——えっと、ミシガンにコテージがあって、そこだと、おじいちゃま、すごくリラックスするのよ。あたしたち、こういったの——戦争のとき、おじいちゃまはあたしたちぐらいの年だった。家族がいなくなって、どうやって生きてきたの？　だって、あたしたちには想像できない。パパはいないけど、もしママが姿を消しちゃったら、アリもあたしもぜったい生きていけないって。そしたら、おじいちゃまは黙りこんで、こっちを見たの。そのときの顔って、まるで——どういえばいいのかなあ」

ニーヤは顔をあげてわたしを見た。ほっそりした顔のなかで、目がやたらと大きく見えた。

「すごく怖かった。人にしゃべったら、二人ともひどい目にあわされるって思った。そのあと、アリが姿を消したときには、もう怖くて怖くて。シャイムおじいちゃまと関係があるって思ったから。おじいちゃまが戦争中にやったことと関係してるんだって。でも、あなたが車のトランクからアリを見つけだしたときに、シャイムおじいちゃまがアリを傷つけるはずはないってわかった。アリにしつこく質問されて、おじいちゃまが腹を立てることはあるかもしれないけど、車のトランクに閉じこめて殺すなんて、するわけないもの」

わたしはふたたび、人間の心について、シャイムの心について考えた。

「アリの携帯にメールをよこした人物は、本当に〈グローバル〉の社員かどうかをチェックする方法をアリにいった?」

「その人、メールするとき、匿名にしなきゃいけなかったの」ニーヤは熱心な口調でいった。

「クビになる危険があるから、チェックするのはやめてほしいって書いてあった」

「ニーヤ、それは詐欺師が使う典型的なセリフよ。このつぎ誰かがあなたに、もしくは、アリエルに近づいてくることがあったら、わたしに知らせてね。または、ここにいるダイアンに。アリエルがシャイムに——彼女のおじいちゃまに——関して真実の情報を探りあてたら、メールをよこした人物は、おじいちゃまを傷つけるためにそれを利用したでしょうね」

「どうしてそういいきれるの?」ニーヤは強い口調でいおうとしたが、目に浮かんだみじめな表情からすると、わたしの言葉が真実であることを悟っているようだった。

「本人に直接会ったことはあるの?」わたしはきいた。

ニーヤは深く息を吸った。「あるわよ。その人、ヴァンパイアに殺された男だった」

わたしも深く息を吸い、金切り声をあげたくなかったので、ゆっくり数をかぞえた。「そのときのことを話して」

「ある日の放課後、男がアリに近づいてきたの。あたしたち、ツンと無視して学校の警備員を捜しにいったわ。詐欺師のことにはくわしくないかもしれないけど、知らない人は危険だって二歳のときから教えられてきたもの。アリはとくにそう。だって、おじいちゃまが大金持ちだから、身代金目当てで誘拐されるかもしれないでしょ。

でも、それはともかく、ヴァンパイアの男が『きみたち、シャイム・サランターの過去を探ってるんだろ』って大声でいったから、アリの携帯にメールをよこした人だと思って、その人に近づいて話をしたの。そしたら、その人、もっと熱心に調べてくれないと困る、こっちは職場で疑われはじめてるから、っていうのよ。で、あたしたちも精一杯やってるけど何もわからないって答えたら、シャイムおじいちゃまのパソコンを調べてみたらどうだっていわれた。そんなの無理だってアリがいったら、その人、シャイムおじいちゃまのパスワードを教えてくれれば、離れたところから自分がやるっていうの」

「で、教えたの？」質問しながら、わたしの口はカラカラに渇いていた。

「無理、無理。アリはパスワードなんて知らないもん。そしたら、あたしたちがシャイムおじいちゃまのことを愛してるのなら、もっと協力してもいいはずだっていうのよ」ニーヤは顔をあげた。「そういわれたとき、あたしたち、ぞっとして家に逃げ帰ったわ」

「なぜお母さまかジュリアおばさまにいわなかったんです？　あるいは、このわたしに」ダイアンが思わずいった。

「できっこないわ！　シャイムおじいちゃまにいいつけられるに決まってる。あたしたち、誰よりもおじいちゃまのことが怖かったんだもん」

わたしは、娘の失踪でとりみだし、父親の身を感じていたジュリアのことを考えた。もしアリエルが母親に一部始終を打ち明けていたのなら、ジュリアは脅迫者を始末するためにゲイブ・アイクスの協力を求めたかもしれない。

「その男はまたあらわれた？」

「ううん。でも、七月に学校が休みになるまで毎日、あたしたち、すごく怯えてて、帰るときは横の出入り口を使ったり、グループにもぐりこむためにふだんはしゃべったこともない子たちと一緒に帰ったりしてたの。でね、男が殺されたとき、カーミラが守ってくれたんだって思った！」

わたしはわめき散らせばいいのか、苦笑すればいいのか、わからなかった。この子たちは子供時代と大人時代にはさまれた微妙な静止時期に位置している。殺人事件に巻きこまれたことで、カーミラを現実の存在と錯覚している。

「墓地であの男を見たとき、あなたたちを脅迫しようとした男だってわかったの？」

「墓地にいたときは、男の顔なんか見なかった。わかったのはつぎの日よ。あなたが男の名前をいったから。あたしたち、すごくホッとして、あとのことなんて何も考えなかった」

「どうして男の名前を知ってたの？」

「名前を教えてくれなかったらあなたとは話をしないって、あたしがいったの。最初は、そいつ、くだらない偽名を使ったわ。あたしたちのことを、サム・スペードの名前をきいたこともないようなバカだと思ったのかしら。で、つぎに本名を名乗ったから、あたしたち、名刺を見せてほしいって男にいったの」

有名人の母親を持つと、こういう利点があるわけだ。わたしが十二歳のときには、名刺というのがどういうものかも知らなかった。

「でも、そもそもどうして墓地を選んだの？」わたしは尋ねた。

「アリエルの提案だったの」ニーヤは爪の甘皮をひっぱった。「アリをトラブルに巻きこむ気はないけどね、みんなで公園へ行けば、夜間外出禁止令に違反だから補導されると思ったし、あの墓地なら閉鎖されてて誰にも見られる心配がないでしょ。アリのママのおばあちゃまが埋葬されてるから、前にお詣りにいったことがあって、古い神殿みたいな感じのあのお墓のことも知ってたの。ほら、歴史の教科書に出てる廃墟みたいな感じでしょ」

ダイアンもわたしもしばらく無言だった。やがて、空港まで送ってくれる車が一時間以内にくるから荷造りを終えておくようにと、ダイアンがニーヤにやさしくいった。だが、ニーヤが部屋を出ていくなり、家政婦はわたしに不安な表情をよこした——警察に知らせなくては。ソフィーにも知らせなくては。でも、今日でなきゃだめですか。

わたしは気の毒に思いながら彼女を見た。「このことを公表すれば、ドクター・ドゥランゴの選挙運動にとってまたもや打撃になることはわかってます。でも、これ以上隠してはおけないわ」

「ニーヤは本当のことをいったと思われます？　あの男に会ったのは一回だけだといってましたけど。こんなことをお尋ねするのは嫌なんです。小さいときは、とても正直な子だったのに——」ダイアンは最後までいわずに、途中で黙りこんだ。

わたしはうなずいた。わたし自身も心のなかでその質問をくりかえしていた。

「マイルズ・ヴフニクは恐喝をおこなっていた。人の電話を盗聴するなんらかの装置を持っていた。もしかしたら、少女たちの携帯に何かをロードして、そちらのメールが彼の携帯にも届くように細工していたかもしれない。そういう技術が存在するのよ。わたしがやり方を知らないだけで。

それよりも、わたしが気になるのは、ヴフニクはサランターやアリエルに関して最初にどんな情報を手に入れて、それでアリエルの携帯を盗聴する気になったのかってことなの。でも、盗聴によってヴフニクが墓地にきたということが、はっきりしてきたわ。少女たちが墓地で儀式をやる計画だったことを、ヴフニクは知ってたわけね。それから、最大の疑問は、ヴフニクにゆすられてた人間のうち、誰が危機感に襲われて彼を殺そうと企んだのかってこと。カーミラの庇護がジュリアとシャイムにも及ぶといいんだけど。あの二人のどちらかに責任があるなんて思いたくない」

「ニーヤがイスラエルへ行ってるあいだ、わたしはあの子の持ってるカーミラのお守りを借りることにしましょうかね」ダイアンは弱々しく微笑した。「警察にはいつ話をされます?」

「たぶん、明日」わたしは立ちあがった。「いまから顔を出すミーティングで何か新たな事実がわかり、あの子たちを危険から遠ざけておける見通しが立てば、話は変わってくるけど。ニーヤの飛行機が離陸するとき、あなたはシカゴに残るの？　明日の朝、あなたに電話して、警察に話す場合には事前にお知らせするわ。そうすれば、最悪の事態になっても、ドクター

・ドゥランゴの広報チームが準備をしておけるでしょうから」
家政婦は玄関まで送ってくれた。「わたしはニーヤが二歳のときから、ソフィーのもとで働いています。ソフィーのご主人がリンパ腫と診断された年でした。〝英雄も召使いから見ればただの人〟という諺がありますよね。でも、ふつうの人間には耐えられないような窮地に追いこまれたソフィーを、わたしは何度も見てきましたが、わたしや、学生や、スタッフに八つ当たりする姿は、一度も目にしたことがありません。この国のどのような選挙においても、偉大な候補者になれる人です。今回の殺人事件がソフィーのつまずきになっては困ります。そんなことを考えるのは薄情かもしれませんけどね。でも、犯人の目的がソフィーを失脚させ、あの右派のいやらしいケンドリックの当選を確実にすることにあるとしたら、どうします？」

ダイアンの言葉は、わたし自身が抱いている陰謀への恐怖とも重なりあうものだった。それをもとにして、かつての夫との話しあいをどう進めるかを考えていたとき、彼がようやく四十八階のオフィスから〈クローフォード＝ミード〉の受付エリアにおりてきた。誰が誰に料金を払うかで辛辣な冗談をいいあったあと、ディックは先週話をするのに使った会議室へわたしを連れていった。

彼がジュルヌの腕時計に目をやった。〝ぼくは重要人物なんだ。忘れないでくれ〟「十五分ある、ヴィク。そのあと、ポタワトミー・クラブへ行かなきゃならない」

わたしを感心させようというのだろう。ポタワトミーというのは、この国にあるごく少数の社交クラブのひとつで、アメリカのために誰が何をするかがそこで決定される。「わたし、前にあそこで食事したことがあるわ、ディック。前菜を省略しても後悔はしないと思う」

「会いたいといってきたのは、ぼくをからかう以外に理由があったのかい？」ディックがきいた。

わたしは飲みもののカートにのっているルビーレッドのグレープフルーツジュースを勝手にとった。「あのね、このジュースにお目にかかれるのは街でここだけなの。暑い日には最高の清涼剤だわ。あなた、先週、〈クローフォード＝ミード〉は政治活動には首を突っこまないっていったけど、エロイーズ・ネイピアがヘレン・ケンドリックのお抱え弁護士の一人であることは、もちろん、誰だって知ってるわ」

「ぼくがクライアントのリストについてコメントできないことは、きみも知ってるはずだ」

「コメントを求めてるんじゃないわ。あなたに教えてあげてるの。ケンドリックが配ってる宝石入りの黄金のトウモロコシのピンバッジを、エロイーズ・ネイピアがうれしそうにつけてれば、この事務所全体とまではいかなくても、彼女がヘレン・ケンドリックのために働いてるってことがわかる。そこで、レイク・ブラフでひらかれる〈死神の会《ザ・リーパーズ》〉のディナー・パーティの光景が、わたしの頭に浮かんでくるわけ。たしか、そんな名前だったわね？　ケンドリックの選挙運動のために、二十五万ドルの寄付金を大鎌で刈りとる人たちが集まってる後援会ですもの」

「〈落穂拾いの会《グリーナーズ》〉だ」ディックは無意識にわたしの誤りを正し、つぎの瞬間、わたしにハめられて彼自身も選挙運動にかかわっていることを露呈してしまったのに気づき、こちらをにらみつけた。

「はいはい。では、〈落穂拾いの会〉のディナー・パーティの光景を想像してみましょう。さまざまな人にまじって、スーアル・アシュフォードとその母親が出席している。それから、ケンドリックのお抱え弁護士のネイピアも。それとも、お抱え弁護士はあなただったの？」

わたしは言葉を切ったが、ディックがわたしの口車に乗せられることはもうなかった。

「やがて、レイドン・アシュフォードのことが話題になり、一家の恥というか、一家の輝ける星というか、彼女の評価は人によってさまざまなんだけど、そのレイドンがルーエタールの犯罪者病棟にいる男のために弁護士として動くつもりでいる、という話が出る。スーアルと母親がそれを阻止したいというと、エロイーズが、自分が半端仕事に使っている私立探偵がいると二人に告げる。まさにこれ以上の半端仕事はないわねえ。そして、その私立探偵をルーエタールへ行かせて、レイドンが何をする気でいるかを探らせ、そのうえで彼にうまく阻止させる、とエロイーズはいう」

ディックは肩をすくめた。「ありえないことではない。〝クライアントとの関係入門〟のコースでは教えてくれないことも、うちの事務所ではクライアントのためにかなりやってるからな」

「じゃ、マイルズ・ヴフニクが死体となって発見されたとき、エロイーズはきっと、完璧に描かれた眉を吊りあげたことでしょうね。ヴフニクが何カ月ものあいだ何をやっていたのか、知らないふりをしてたけど」

「ヴィク、猫みたいに陰険な言い方をするんだな」ディックはショックを受けたふりをした。

「おっしゃるとおりよ。ニャーオ。さて、エロイーズがマネージング・パートナーに話してるのかどうか知らないけど、ひとつ興味深いことがあるわよ。ヴフニクのために便宜を図ってた病院の男が、きのう殺害されたの。一万五千ドルを現金でポンと払って買った光り輝くカマロの新車のフロントシートで窒息死。そのあとで、殺された男の愛人が〈クローフォード＝ミード〉に電話している。電話で何をいわれたのか知らないけど、愛人はあわてて出国したわ。グリーンカードをとるためのアドバイスを受けたのではなさそうね」

ディックは顔をしかめ、長い指でテーブルを軽く叩いていた。二十五年前のわたしはきっと、この指に惹きつけられたのだろう。不機嫌な口もとに惹きつけられたことは一度もなかった。

「女の名前は？」ディックがいった。

「ジャナ・シャトカ。亡くなった男の名前はゼイヴィア・ジャージェンズ」

「書いてくれ」ディックが要求した。

わたしはクライアントのために親切に備えつけてあるメモ用紙に、二つの名前を書いた。ディックはテーブルの中央に置かれた電話を使って、法律事務所の中枢部に連絡をとった。名前を告げ、数字（たぶん、彼の秘密のパスワードだろう）をいってから、シャトカとジャージェンズのことを問いあわせた。

電話を切ると、しかめっ面がさらにひどくなった。「シャトカという人物から電話が入った記録はない。もちろん、名前を名乗らなかったのかもしれない。うちのクライアントではなかった」

ディックはそこで黙りこんだ。

「でも、ジャーゲンズはクライアントだったの？」わたしはきいた。

「ちがう」ディックはふたたび黙りこんだ。「口外しないと約束してくれるか？」

「殺人事件の手がかりになることなら、約束できないわ。それはわかってるでしょ、ディック」

彼は下唇を噛んだ。「くそ、勝手にしろ、ヴィク。十日前、うちの事務所に札束が届いた。正確にいうと、現金で一万六千二百ドル。タイプで打ったメモがついていて、九十分の手数料として千二百ドルをさしひいたうえで、ジャーゲンズに金を届けてほしいと書いてあった」

41　一歩先を行く

ディックが話してくれたのは、というか、たぶん話す気になってくれたのはそこまでだった。メッセンジャーが届けにきたのか、フェデックスで配達されたのか、それとも、カーミラのくちばしで雲間から落とされたのか、ディックは知らなかったし、事務所の郵便物処理センターに連絡して、差出人の住所が記録されているかどうかを問いあわせてほしいと頼んでも、拒否された。

「ディック、ここで話題にしているのは、殺人事件の被害者なのよ。マネーローンダリングの証拠を提供した人物じゃないのよ」

「金がその殺人事件に関係しているかどうか、きみには証明できないだろ。きみの話だと、その金でカマロを買ったようにきこえるが。合ってるかね？」

わたしは同意するしかなかった。「でも、手数料を受けとったのはどの弁護士？　エロイーズ？」

「事務所内の事情をきみに明かすつもりはない。ましてや、守秘義務の法律に違反するなど、ありえない。さてと、きみがあまり気にしなければ、ぼくは中国の領事とのディナーにすでに遅刻しているのでね」

ディックと一緒にエレベーターを待つあいだに、添えられたメモには現金を送ってきたクライアントの名前は出ていなかったのかと尋ねてみた。

「ぼくが知っているとしても、きみにはなんの関係もないことだ」

「あるわよ、ディック。レイドン・アシュフォードがロックフェラー・チャペルで転落して大怪我を負ったことと関係してるんですもの」ディックとヴィック。韻を踏んでいるといって、レイドンがよくわたしたちをからかったものだった。「クライアントはスーアル・アシュフォードだったの？　それとも、ヘレン・ケンドリック？」

「結論に飛びつくんじゃない、ヴィク。自分の影を飛び越えてしまうぞ」

ちょうどそのとき、エレベーターがやってきた。平日の遅い時間なのに、ディックの同僚が二人、エレベーターに乗っていた。好奇心に満ちた視線をよこしたが、紹介を求めはしなかった。かわりに、三人でそれぞれのバカンスの計画を話しはじめた。ディックと妻は子供三人を連れてマーサズ・ヴィニヤード島へ出かける予定。同僚の一人はタイへ、もう一人は教会の人々と一緒に、手ごろな価格の住宅建設に協力するためエチオピアへ出かけるという。

「わたしはサウス・シカゴで夏をすごして、誰かが手ごろな価格の住宅建設をやってくれるのを待つことにするわ」わたしは陽気にいった。

ディックは目をむき、同僚二人はわたしからあとずさった。エレベーターが下に着くまで、会話は凍りついたままだった。

一階でばらばらに別れた。ディックは待たせてあったリムジンに乗りこみ、同僚二人は郊外へ向かう鉄道の駅へ、わたしはブルーラインに乗るため東へ向かった。いまもディックと結婚していたら、疲れた足で薄汚い階段をのぼって高架鉄道のホームへ向かうかわりに、どこへでもリムジンで出かけることができただろう。もちろん、クッションの効いたサンダルのかわりにハイヒールをはき、お化粧しなくてはならないけれど。

階段の薄暗い照明を受けて、わたしの影が目の前で揺らぎ、跳ねた。これを飛び越えようと思ったら、かなり苦労するだろう。しかし、CTA（シカゴ交通局）のカードを自動改札に通しながら、ディックのおかげで手がかりがつかめたと思った。クライアントのことを、あるいは、その担当弁護士のことを、あるいは、その両方のことを、わたしはまちがって推測していたようだ。ゼイヴィアに現金を届ける仲立ちをしたのがエロイーズではなかったとすると、たぶん、陰気で控えめな同僚のルイスなんとかのほうだろう。クライアントがアシュフォード、もしくは、ケンドリックではなかったとすると――ひょっとして、シャイム・サランター？

ルービックキューブに似ている。すべての色をそろえるには、キューブを何度も回転させなくてはならない。わたしは色をきれいにそろえたことが一度もない。今回の調査も同じだ。回転させるたびに、色のちがうキューブが残っていることに気づく。

事務所に帰り着き、通りに面したドアのところで暗証番号を打ちこんだとき、北側の窓に炎が見えた。火災報知器を作動させる炎ではなく、テッサ・レイノルズがブローランプを手にして遅くまで作業中というしるしにすぎない。中国の市政府から、その市の広場に置く巨大な金属の抽象彫刻の制作を依頼され、完成をめざして遅くまでがんばっているのだ。もしかしたら、中国の領事をディックが接待することで、テッサがその恩恵を受けるのかもしれない。

わたしはヴァンパイアのことも、カマロのことも、きっぱりと脇へどけて、本物の依頼人たちのために二時間ばかりつぎこんだ。面倒な検索が終わりに近づいたとき、携帯が鳴った。

「あの、ミズ・ウォーショースキー？　テッド・オースティンです。あの、ええと、けさロシア語の手紙を預かった院生の」

「もうできたの？」

「二時間ぐらいですみました。二通とも、ジャナという女性に宛てて、その母親が書いたものです。いま、あのう、翻訳したものをメールでそちらへ送りましたけど、ヴィーゼンタール・センターか、そういう種類のところで見てもらったほうがいいかもしれません」

わたしは椅子にハッとすわりなおした。「ナチの戦争犯罪のことが書かれてるの？」

「はっきり書いてあるわけじゃないんですよ。どこの母親も書くようなことがほとんどで──いや、読んでもらえば、ぼくのいってる意味がわかると思います。推敲はまだですけど、ざっと訳した時点で、いますぐ読んでもらったほうがいいと思ったんです。あと一日か二日できちんと推敲します」

彼の話が終わる前に、わたしはメールをひらいていた。

親愛なるジャヌースカ
戦争中におまえのお祖母さんの兄さんのとこに住んでたそのユダヤ人のことで、情報を見つけてほしいなんて、ずいぶん奇妙なアイディア〔訳語としては〝頼み〟のほうがいいかも〕だね。おまえが見つけた広告に目を通して、おまえの叔母さんに相談したところ、叔母さんも母さんと同じ意見で、気をつけたほうがいいといっている。誰がその情報をほしがってるのか、きいてごらん。ユダヤ人のサランター自身？　うちの家族をもっと傷つけようとして？　それとも、本当に、あのユダヤ人の悪事を暴きたがってる人物？
あの男はたしかに、おまえの大伯父さんの恩を仇で返した。彼〔ユダヤ人のことを意味している〕とおまえの両方がシカゴで暮らすことになったのも、不思議な因縁だね。まるで運命の女神が秤《はかり》のバランスをとろうとして、おまえをそこへ送りこんだようなものだ。あの男から本当に金がもらえるなら、おまえのアメリカでの苦労も報われるわけだ。
おまえの弟はあいかわらず仕事が見つからないけど、毎日うちにきて、母さんが糖尿病の注射をするのを手伝ってくれる。文句たらたらだけど、そうやって手伝わないと、母さんからお金がもらえないことを知ってるんだ。

手紙の残りの部分も同じような調子でつづき、祖母に会いにこようともしない孫娘への不満が書き連ねてあった。それから、買物に行って店の人にロシア語で話しかけると、地元の連中がひどく横柄だとも書いてあった（〝ソヴィエト連邦の時代には、いろいろ苦労があったけど、少なくともロシア人は敬意を持って扱われてた。おまえの叔母さんがキエフから手紙をくれて、向こうもずいぶん様子が変わったといってきている。もっとも、失業者はあいかわらず多いそうだけど〟）。

二番目の手紙もやはり、脚の腫れ、息子や孫娘やアパートメントの管理人の無礼な態度に対する文句が延々とつづき、そのあとで、シャイム・サランターの話題に移っていた。

おまえの見つけたその探偵がどんな証拠を集める気でいるのか、わたしにはわからないね。第二次大戦中は、食事用にキャベツの葉っぱが見つかるだけでも幸運ってものだった。紙切れを見つけて日々の出来事をいちいち書きとめておくなんて、できっこないだろ。

おまえの手紙を母さんの従兄のところへ持っていった。おまえの大伯父さんからもっとくわしい話をきいてるんじゃないかと思ってね。だけど、このところ、従兄の頭は安定していない［もしくは、〝信頼できない〟と訳すべきか］。ようやくお金をとりもどして王さまみたいな暮らしができる、あんただって、いま住んでるみすぼらしい部屋を出て、先祖代々の農場をとりもどすことができるんだよって、わたしがいっても、従兄ときたら、ユダヤ人がいたるところにスパイを放ってるというだけ。父親が世話をしてやったあの男がこっちの居所を突き止め、わたしたちをもっとひどい目にあわせようとしてるって、従兄は信じている。

おまえの大伯父さんは戦争中の仕事のせいで、あのあとひどい目にあわされた。おまえも知ってるように、ソ連の強制収容所に送られ、戻ってきたときには精神がズタズタで、庇護しようとしたユダヤ人の少年に裏切られたときよりさらに恨みがましい人間になっていた。「ポナリの森で母親と一緒に殺しておけばよかった」と、よくいってたものだった。「感謝の気持ちなんてどこにもない。とくにユダヤ人には。自分のことしか考えない連中ばかりだ」そして、リトアニア軍に協力したことで、戦後、みんながつらい思いをさせられたし、母さんは小さな子供にすぎなかったけど、うちの一家全員が受けた屈辱のことは覚えている。それもみんな、はっきりいって、ユダヤ人どものせいだ。もちろん、うちの母親がいつもいってたように、おまえの大伯父さんはユダヤ女のサランターにのぼせあがってた。ユダヤの女ってのはひどく色っぽくて、大伯父さんもその色気にまいってた。女の死を知ったときはひどい悲しみようで、その子供をひきとって育てることにした。うちの母親も、お祖母さんも、必死に止めようとしたんだよ。いくら警察保安大隊に入ってるといっても、危険が大きすぎるもの。少年を匿ってることを保安大隊の仲間に知られたら、隊長だってかばってくれなかっただろう。だけど、おまえの大伯父さんは耳を貸そうとしなかった。少年が母親によく似てて、大伯父さんは母親への恋心を断ち切れなかったんだ（クリスチャンの女と結婚したあとだって、死んだユダヤ女への想いをくどくどと口にしてたものだ）。ところが、ユダヤ女の息子を大切に育ててやったというのに、少年は大伯父さんの貯めたお金を盗んで逃げだした。こういうことがあるから、ナチによるリトアニア占領の話にもつねに二つの面があるって、わたしたちはずっと信じてきたんだ。

もちろん、証拠については――この情報を使って、どんな取引ができるかやってみるしかないね。わたしはおまえの従兄〔これはこの母親の従兄という意味。つまり、大伯父の息子――ロシア語には血縁関係を明確にする特殊な言葉がある〕に今後もどんどん話をして、わたしたちの幸福が彼の手に――もしくは彼の口に！――かかっていることを説明するしかない。

こっちでは三週間も雨がふっていなくて、公園はどこも死に絶えた土地のように見えるけど、母さんは来週キエフへ越して、おまえの叔母さんと暮らすことになっている。結局、母さんたちに何ができるというの？　すべては神さまが決めること。

最後のところに、テッド・オースティンがリトアニアの警察保安大隊に関するメモをつけてくれていた。

ミズ・ウォーショースキー、すでにご存じかもしれませんが、〝警察保安大隊〟というのは、ドイツがリトアニア系ユダヤ人の絶滅作戦を遂行したさい、それに協力したリトアニア人組織につけられた穏便な呼び名です。ドイツの特別行動部隊《アインザッツコマンド》に劣らず残虐無比で、彼らの協力があったからこそ、リトアニア系ユダヤ人の虐殺がきわめて迅速に進められたのです。

わたしはeメールをプリントアウトして、何度も読み返した。手紙の内容に鳥肌が立った。自分がみんなからどんなに邪慳《じゃけん》にされているか、少年のシャイムがどんなに恩知らずだったか、という嘆きの言葉。どう考えても、ぞっとする話だ。サランターの母親が殺され、息子はその後、ヴィルナのユダヤ人虐殺にかかわった警察保安大隊のメンバーの家で暮らすようになった。

わたしは感情的な反応を脇へどけて、ヴフニクとシャトカを結びつける鎖を見つけようとした。

つぎのように推理してみた。ドゥランゴの選挙運動を妨害する手段としてサランターに関するスキャンダルを見つけたいので、探偵を紹介してほしいと、ヘレン・ケンドリックが顧問弁護士のエロイーズ・ネイピアに頼む。ネイピアがときたま使っていたのがヴフニクで、〈クローフォード＝ミード〉のような金まわりのいい事務所から仕事がくるたびに、ヴフニクは大喜びだったにちがいない。そちらに全力をつぎこんで、孫娘に近づき、彼女を説得してサランターのパソコンに侵入させようとした。

つぎに、ヴフニクは広告を出すことを思いつく――どこに？　リトアニア移民のためのミニコミ誌か、もしくは、彼らが集まる場所に――シャイム・サランターの戦時中の体験に関する情報求む、という広告を。この作戦があたった。なんといっても、リトアニアは小さな国だ。リトアニア移民の誰かが何十年も昔にサランターを知っていたかもしれないと想像するのは、無理なことではないだろう。

シャトカは広告を目にして、家族からきいていた〝ユダヤ人〟サランターの話を思いだす。ヴフニクに連絡をとる。たぶん、ゼイヴィアに仲介役をやらせたのだろう。そう考えれば、ヴフニクがまずルーエタールへ出かけた説明もつく。

シャトカの大伯父が少年のシャイム・サランターをひきとったのなら、危険な時代と場所で善行をほどこしたことになる。理解できないのは、サランターがなぜその過去を隠そうとしているかだ。冷酷な警察保安大隊の一員のところへ逃げこんだことを恥じているのだろうか。

無力な子供にはあの破滅の時代にそれ以外の選択肢はなかったとしても、サランターは自分のことを敵国への協力者のように感じていたのかもしれない。GENの番組のなかで、ナチに協力していたとローラーから声高に非難されたとき、悲惨な記憶がよみがえってきて、娘や孫にそれを知られるのは耐えられないという気持ちになったのだろう。ニーヤ・ドゥランゴは、彼女とアリエルがサランターにその母親のことを尋ねた夜の〝おじいちゃまの顔がすごく怖かった〟といった。〝あたしたち、誰よりもおじいちゃまのことが怖かった〟

ひと区切りつけることにした。もう十時をまわっているのに、十二時間前にひらいたルーエタールの患者のデータベースにまだ目を通していない。いまは疲れて、見る元気もないし、おまけに空腹だった。デイメン・アヴェニューの〈アウビーニェ〉でピッツァを買ってきて、カブスがジャイアンツを相手に、どこまで底なしの泥沼に沈んでいるかを見ることにしよう。

帰宅すると、建物の前にメルセデスのセダンが止まっているのが見えたので、そのうしろに車を止めた。まさに天からの贈り物といった感じ。シャイム・サランターと話をしたいと思っていたら、彼のほうからやってきた。もちろん、できればサランターに何をどう質問するかをじっくり考えるための時間がほしかったが、贈り物が届けられたのだ。わたしは車をおりて、メルセデスの運転席のドアまで行った。

ゲイブ・アイクスが窓をわずかにあけたので、彼の頭がかろうじて見えた。「サランター氏がどうしてもあなたと話したいそうです」

暗いなかで、メルセデスのスモークガラスの窓を透して、人がぎっしり乗っているのが見えたが、顔の見分けまではつかなかった。「ええ、ゲイブ、おっしゃるとおりよ。ここは年中無休二十四時間営業の探偵事務所。われわれ正規の免許を持つ探偵はけっして眠らない。だから、昼夜を問わずどんな時間に押しかけてきてくださっても大丈夫よ。こちらは明るく、元気よく、いつでも探偵仕事にとりかかります。クレジットカードでのお支払いもオーケイです」

いくらサランターと話がしたかったからといって、またしても横柄な命令を受けて、うれしそうに応じる必要はどこにもない。

ゲイブが渋い表情をよこした。「みんな疲れていますが、どうしてもあなたと話をする必要がなければ、こうして出かけてはこなかったでしょう。あなたがサランター氏の信頼を裏切った以上、ふざけた態度はひっこめたほうがいいと思います」

怒りの波が湧きあがった。向きを変え、正面玄関までの歩道を大股で歩いていった。サランター一家とその仲間につねに会話の主導権を握られるのには、もううんざりだった。メルセデスの重いドアが閉まる音と、背後の歩道に響く足音がきこえたが、わたしはふりむかず、バッグの底を探って鍵束を見つけ、ドアの錠をはずした。

ゲイブがいった。「ニーヤ・ドゥランゴとアリエル・ジッターの安全が脅かされています。二人をこれ以上危険にさらさないという信頼できる約束をしてもらうまで、あなたを寝かせるわけにはいきません」

「はいはい、わかった、約束します。従兄のブーム＝ブームのジャージーにかけて。わたしにとって、こんな神聖なものはないのよ。さて、わたしはベッドへ、あなたたちはご自宅へ」わたしはそのままドアのなかに入った。

ゲイブがわたしの腕をつかんだ。「そう急がないで。サランター氏と話をしてもらうまではだめです」

わたしはピッツァの箱を落とし、ゲイブのほうを向くと、左手を彼の手首に叩きつけた。ゲイブは痛みよりもショックにあえいだが、わたしの腕を放してくれた。

わたしは彼をにらみつけた。「この件でわたしと話がしたいのなら、礼儀正しく頼んでちょうだい。あなたが守っているシラー通りの住人との会話は、これまでいつも、わたしがのろまな役立たずで、あなたたちに害を及ぼしたがっている、という前提で始まってたんですもの。わたしと話がしたければ、洗練された会話をするという信頼できる約束をしてちょうだい」

わたしはピッツァの箱を拾って、なかをのぞいた。クラストが粉々に砕け、ゴートチーズとホウレンソウが箱の底でぐちゃぐちゃにまざっていた。食欲をそそる光景ではなくなっていた。ためいきをついて、階段をのぼっていった。

42 古いニュース

ゲイブはわたしを追って階段をのぼってこようとはせず、玄関の内側に立って携帯を耳にあてていた。アパートメントの部屋に戻ったわたしは、すべての錠を厳重にかけ、表側の窓から外をのぞいてみた。メルセデスのうしろからシャイム・サランターがおりてくるのが見えた。反対側からロティとマックスがおりてきた。助手席からはソフィー・ドゥランゴ。

「もうっ《メルダ》！」わたしは小声でぼやいた。ロティをわが家に入れないわけにはいかない。

ピッツァを台所へ持っていき、顔を洗い、靴とソックスを脱いでから、ウィスキーのボトルとグラス数個を出した。すべてを終えたときには、ゲイブが三階のわが家のドアの前で呼鈴をしつこく鳴らし、そのうしろに残りの一行がいた。ドアをあけると、階段の下からワンワンと犬の吠える声がして、つぎに、大丈夫かというミスタ・コントレーラスのどなり声がきこえた。

「犬はだめよ、ヴィクトリア」ロティがいった。「邪魔な犬は下の階に閉じこめておくようにいって」

「みんなでとっても楽しくやってるわ」わたしは下のミスタ・コントレーラスに向かって叫

んだ。「ドクター・ハーシェルのアレルギーが再発してるの。ミッチとペピーをちゃんとつかまえといてほしいそうよ」

五人の客が重大事件の裁判の陪審みたいな顔で、わが家の居間に入ってきた。わたしはジョニー・ウォーカーを自分用に少しつぎ、ボトルを処刑人たちに差しだした。

マックスとロティは丁重に辞退したが、あとの三人は無表情にこちらを見ただけだった。ソフィー・ドゥランゴが話の口火を切った。

「今日の夕方、ウェイド・ローラーがわたしに対する攻撃のなかで、ニーヤがアリエルと海外で合流するといっていた。ローラーはどこからその情報を仕入れたの？　このことを知ってるのは、わたしたち二つの家族だけなのに！」

「ほかにもいますよ。ゲイブ、ダイアン・オヴェック、エル・アル航空のフライト・アテンダント、オヘア空港でニーヤに気づいた人たち――」

「あなたは誰に話したんです？」ゲイブがわたしの言葉をさえぎった。

「それに答えるつもりはないわ、ミスタ・アイクス。わたしのことを言葉とは裏腹な行動がとれる人間だと思ってるようだから、こっちが何をいっても信じてくれないでしょ」

ロティが真剣な顔でわたしにいった。「わたしはあなたをよく知ってるし、ヴィクトリア、この子供を危険にさらすようなことをする人ではないとわかっている。でも、ひょっとして、この件をマリに話したりしてない？　マリならぜったい口外しないと思って」

マックスも割りこんできて、ロティと同じく、矛盾する要素を含んだ意見を述べた。要するに、わたしのことを、すばらしい人間だが衝動的なのが困るといいたいのだろう。ドゥランゴとサランターの意見はもっと熱かった。大切な娘たちをわたしが危険にさらしたというのだ。

全員からそれぞれに目盛りの異なる意見をぶつけられたあとで、わたしはゲイブにいった。「きのうの朝、わたしがアリエルを見つけたとき、あの子、携帯を持っていなかったわ。あとで見つかった？」

ゲイブは首を横にふった。「ジュリアが新しいのを買って、機内であの子に渡しました」

わたしはドゥランゴのほうを向いた。「あなたとジュリア・サランターはお嬢さんたちの携帯メールのブロックを解除しました？」

ドゥランゴは軽蔑の表情になった。「その質問には何か意味があるんでしょうね。それとも、ご自分から娘たちのほうへみんなの注意をそらそうとしてらっしゃるの？」

「そんなところかしら」わたしはうなずいた。「きのうも申しあげたように、お嬢さんたちが携帯で送りあっているメールを何者かが監視している可能性があります。ニーヤとアリエルが本当のことをいっているとすれば――」

「うちの娘たちのことを嘘つき呼ばわりするのはやめてちょうだい。自分が罪を逃れたいばっかりに――」

「わたしがこの件に巻きこまれることになったのは、お嬢さんたちが夜間にどこへ出かけるかで嘘をついたからですよ。墓地へ真夜中のランデブーに出かける口実として、おたがいの家でお泊まり会をするといったんですよ。だから、お嬢さんたちは純真そのものだってふりをするのはやめて、現在わかっていることに焦点を合わせましょう。いいですね？」

「きみにわかっているのはどんなことだね？」ドゥランゴがさらなる娘の弁護を始める前に、マックスが質問した。

「どうやら、マイルズ・ヴフニクはシャイム・サランターの汚点を探りだすために雇われたみたいなの。今日の午後、ニーヤからきいたんだけど、今年の春の初めにヴァイナ・フィールズの外でヴフニクが彼女とアリエルに近づいてきたんですって」

サランターとドゥランゴの両方が驚愕に息を呑み、ゲイブのほうを見ると、ゲイブは首を横にふった。彼も初耳だったわけだ。

「誰がヴフニクを雇ったのかはわかりません」わたしは話をつづけた。「でも、今日の夕方わかったことがあります。ヴフニクは別件で汚れ仕事をやっていて、〈クローフォード＝ミード〉の弁護士の一人に雇われていたのです。わたしの推測ですが、〈クローフォード＝ミード〉のクライアントの誰かが、サランター氏が極秘にしている何かを探りだそうとしているのではないでしょうか。ドクター・ドゥランゴ、あなたの選挙運動を妨害する手段として。となると、そのクライアントはヘレン・ケンドリック自身か、もしくは、彼女の後援会である〈落穂拾いの会〉の一人か。あるいは、スーアル・アシュフォードとか」

わたしは言葉を切った。もしそうなら、スーアルを中心として、サランターとルーエタールとレイドンのすべてがつながる。スーアルがヴフニクを殺した可能性は？　体力的には充分だが、精神的にそこまでの強さがあるだろうか。ヴフニクがスーアルの恥ずべき秘密を何かつかみ、余分な金儲けを企んで恐喝を始めていたなら——。

「ヴィクトリア！」わたしを現在にひきもどしてくれたのはマックスだった。シャイム・サランターは身じろぎもせずにすわっていて、まるで、ここで話題になっているのが、極秘にされてきた過去を掘り返すことではなく、カムチャッカの天気ででもあるかのように。

「あ、はい」わたしはいった。「ヴフニクの死後、彼のアパートメントが徹底的に家捜しされていましたが、もとの妻の話では、ヴフニクはハイテクのスパイ装置を使って人の秘密を探りだしていたとか。ヴフニクはアリエルとニーヤに近づいた。全国ネットのテレビでウェイド・ローラーに恥をかかせるためにサランター氏の過去を知りたい、などと嘘を並べた。アリエルはこれに影響されて、祖父の過去を調べてみようという気になった。ホロコースト博物館に連絡をとり、家系図のサイトを閲覧した。でも、収獲はなかったようですね」

サランターの両手が無意識に持ちあげられた。何かを押し戻そうとするしぐさを見せた。

「そうだわ、あなたと話をしたとニーヤがいっていました、ミスタ・サランター。でも、あなたがひどく怖い顔で二人を黙らせたため、あの子たちは二度とあなたに尋ねようとしなかった。ヴフニクはあの子たちの携帯番号を手に入れた。本人から直接ききだしたのか、それとも、個人情報を売買するデータベースを通じてかはわかりませんけど」

ロティはショックを受けた。「そんなの許せないわ、ヴィクトリア！　電話番号を非公開にするのに、こちらは別料金を払ってるのよ。それを売買するなんてひどいじゃない！」

わたしは悲しい笑みを浮かべた。「残念ながら、ロティ、そんなにむずかしいことじゃないし、白状すると、わたしもそういうデータベースを使ってる。でも、ヴフニクはさらに一歩先へ行った。少なくとも、わたしはそう推測している。少女たちの携帯番号を入手したあと、なんらかのプログラムを使って、遠隔送受信機のようなものを携帯にインストールした。少女たちがメールを送信したり受信したりするたびに、ヴフニクの携帯にもこっそり転送されるようになっていた。これは単なる推測よ、いいわね。でも、殺人がおきたあの土曜の夜、ヴフニクはこの方法を使って、少女たちがマウント・モリア墓地へ行くことを知ったんだと思うの。祖父の過去を調べようとするアリエルを監視し、調査がいっこうに進展しないことを知ったのも、同じ方法によるものでしょうね。ヴフニクが死んだとき、犯人はヴフニクが何をやっていたかを知り、あとをひきつぐ形で監視をつづけることにしたんじゃないかしら」

「なぜそこまでわかるんです?」ゲイブ・アイクスがきいた。

「もちろん、推測にすぎないわ。でも、ヴフニクが誰かを恐喝していて、それが原因で殺されたことは、ほぼ確実といえるでしょうね。そして、犯人はヴフニクがどうやって情報を入手していたかも探りあてた」

わたしはウィスキー・グラスを両手ではさんで揺らし、液体が跳ねるのを見つめた——わが家の居間で生まれる小さな大海原の波。すっかり疲れてしまった。気が滅入り、過去をめぐってシャイム・サランターと対決するのが億劫になった。〝飲みなさい。早く飲んでしまいなさい〟——母がよく口にした訓戒のひとつだ。〝口に含んでる時間が長くなればなるほど、苦味が増すのよ〟

「ジャナ・シャトカ」わたしはいった。「リトアニア移民の目につきそうな場所にヴフニクが広告を出し、それをシャトカが目にした。ヴフニクが求めていたのは、ヴィルナから逃げてきた人物に関する情報で、その名前にシャトカが心当たりがあった。戦時中、まだ少年だったその男を彼女の大伯父が知ってたの。シャトカは謝礼の大金ほしさに、リトアニアで暮らしている母親に手紙を書き、何か知っていたら教えてほしいと頼んだ。シャトカはゼイヴィア・ジャーゲンズという男と一緒に暮らしていた」

ゲイブ・アイクスが絞め殺されそうな声をあげてサランターにちらっと目を向けたが、サランターは首を横にふっただけだった。

「そう、ジャーゲンズよ。わたしがアリエルを見つけたとき、同じ車のなかで死んでいた男。ジャーゲンズはルーエタール州立病院で看護助手をしていた。ヴフニクはクライアントの一人から仕事を頼まれてルーエタールへ出向き、そこでジャーゲンズを説得して、犯罪者病棟に入れてもらった。そこで二人の男がつながるわけだけど、それがサランター家と関係しているのかどうか、わたしにはわからないの」

わたしは言葉を切り、誘いかけるようにサランターを見たが、向こうは肩をすくめただけだった。

「二週間ほど前に、ある弁護士がジャーゲンズに一万五千ドルを渡した。クライアントからの現金のプレゼント。贈ったのはヴフニクではない。わたしにわかってるのはそれだけです。ジャーゲンズはそのお金でカマロの新車を買い、医薬品の知識と入手手段を持つ何者かが彼を殺した。ジャーゲンズが殺されたことを知って、ジャナ・シャトカは恐怖に襲われた。ジャーゲンズの知っていたことは彼女もすべて知っていて、知りすぎたためにジャーゲンズが命を落としたことを悟った。そこで、ゆうべ、キエフへ行く飛行機に飛び乗った」

ドゥランゴがいらだたしげなしぐさを見せた。「ニーヤとアリエルにはなんの関係もないし、あの子たちがイスラエルへ飛んだことがどこから洩れたかにも無関係だわ」

「たぶんね」わたしはウィスキーを少し喉に流しこんだ。アルコールというのは人の神経を麻痺させる前に、一瞬、頭をはっきりさせてくれる。「でも、シャトカが目をとめた広告に話を戻しましょう。その広告はリトアニアから逃げてきたユダヤ人に関する情報を求めるもので、そこに書かれた名前に、シャトカは覚えがあった。母親に手紙を書き、母親から返事がきた。シャトカがどんな手紙を書いたかはわかりませんが、母親から彼女に届いた二通の航空書簡を、わたしが手に入れました。今日の夕方の早い時間、シカゴ大学の院生がそのロシア語をわたしのために翻訳してくれました。シャトカの母親もくわしい点まではわからないようですが、手紙に書かれたその男性の過去には信憑性があります」

誰もがサランターを見つめていたが、サランターはわが家のカウチの端に小さな仏像のごとくじっとすわったままだった。

わたしはテッド・オースティンからきたeメールのプリントアウトをバッグからとりだし、

サランターのほうへ差しだした。「お孫さんたちと話しあうのも拒もうとするなんて、いったいどんな恥ずべきことがこの過去に含まれているのか、わたしにはわかりません。でも、あなたは自分の過去を秘密にしておくことに大きなエネルギーをつぎこんだ。ジャナ・シャトカがあなたに会いにきたのですか。それとも、マイルズ・ヴフニクが？」

「やつらが沈黙とひきかえに金を手に入れようとしたのかと、きみが尋ねているのなら、そのとおりだ。ヴフニクという男が会いたいといってきた。ここにある情報を――」サランターはわたしの手からプリントアウトをとり、ふってみせた。「べつの買い手と競りあってもらいたいといった。わたしは手紙を直接見てはいないが、どんな内容かはヴフニクからきいている。もちろん、個人的に会ったわけではないが、やつがレン・バルフォアに執拗に食い下がって、わたしを電話口に呼びだした。ここにはたいしたことは書かれていない。恨みに凝り固まった女のいい加減な記憶だけだ。女自身がじかに見聞きしたわけではない」

「でも、ヴフニクが死んだとき、あなたはわたしが事件に首を突っこんでいることを知り、わたしをお金で抱きこんで殺人事件の調査をやめさせようとなさった」わたしはいった。

「それではかえってやぶへびで、あなたが何を隠しているかをわたしが知りたがるだろうということが、わからなかったんですか」

サランターは肩をすくめた。「ヴフニクがわたしに関する情報を見つけていれば、ウェイド・ローラーのテレビ番組にそれが登場するのも時間の問題だと、わたしにはわかっていた。探偵を殺したところで、なんの解決にもならない。きみを呼びだしたときは、落ち着いてものが考えられる状態ではなかった。自分の娘と孫に怖い思いをさせたくないということしか頭になくて、きみに愚かな申し出をしてしまった。あとで考えてみれば、無分別なことだったが、わたしが私立探偵と関わりを持ったのは一度きりで、相手はヴフニクだった。探偵とはみなああいうものだと思いこんでいた」

それは気高い謝罪のように思われた。この人はわたしのことを自分と対等の人間だと思ってくれている――そう信じたくなった。しかし、サランターは名人級のジャグラーだ。空中に投げられたボールに目を奪われていたら、彼がポケットにさっと隠したもう一個のボールを見落としてしまう。

「ニーヤとアリエルがあなたの過去について尋ねたとき、あなたは二人を怖がらせてしまった。二人は怯えるあまり、情報を探りだそうとして男が近づいてきたことを、自分たちの母親にも内緒にしていた。ご自分の孫にさえそんな過激な反応を示すことができるのなら、外部の人間のアプローチに対してあなたが肩をすくめただけですませたなんて、わたしには信じられません」

「すると、わたしがヴフニクを殺したと思っているのだね。そのような衝動に駆られたとしても、手伝ってくれる者が必要だっただろう。そして、誰かに手伝ってもらえば、たとえそれがゲイブであっても、わたしを脅迫する者がドミノ式にふえていくことになっただろう」

サランターはプリントアウトをくしゃくしゃに丸め、突然、獰猛な声になった。「くそいまいましい全世界の連中にこれを読ませてやるがいい。この口先だけの農家の女の怒りを連中に共有させてやるがいい——ユダヤ人は恩知らずだ。さんざん大伯父の世話になっておきながら。その母親は色っぽいユダヤ女の魔力で大伯父を籠絡したというのに。ゲットーで仲間が飢え死にしていたときも、母親は色香をふりまいていた。淫乱で、人間らしさなどどこにもないから、人が生みだした飢饉のなかで子供たちのためにわずかな食べ物を手に入れようとして、夜はブタどもと喜んで寝ていたのだ」

サランターは丸めた紙をマックスに投げた。「そして、ろくでなしの大伯父はソ連の強制収容所に入れられた——理由はまちがっていたが、まあ、判断としては正しかった」

マックスはプリントアウトの紙を広げて目を通し、つぎにロティに渡して、こちらの耳には届かない言葉を何かささやきかけた。たぶん、悲惨な内容であることをロティに警告したのだろう。ロティはそれを読みながら、マックスの手をとり、きつく握りしめた。読みおわると、ロティは無言のままソフィー・ドゥランゴにまわした。

「もちろん、ここに書かれているのは、あの当時よく見られた陰鬱な物語だ」マックスはつらそうな顔をした。「で、このシャトカという男がきみの母上の——」そこで黙りこみ、言葉を探した。愛人？　強姦者？

「やつの名字はシャトカではなかった。シャトカというのはウォーショースキーが出会った女の名字だ。たぶん、結婚後の姓だろう。わたしの恩人の名字はズディマス」サランターの怒りはすでに治まっていた。疲れて青ざめた顔をして、カウチの端にもたれていた。

「ドイツの侵攻によってソ連の赤軍が退却を始めたとき、うちの両親には、ドイツ軍部隊が入ってくる前にどうするかを決めるための時間が二十四時間しかなかった」

サランターは目を閉じ、物憂い声でいった。

「ユダヤ人に対するドイツの暴虐が数多く噂になっていたが、正確な情報は入ってきていなかった。うちの両親は、残忍きわまりない噂は嘘に決まっている、赤ん坊を石灰坑に投げこみ、苦悶の死の悲鳴をきいて笑っていられる者などいるはずがない、と考えた。成人男性は危険とみなされるかもしれないが、侵攻してくる軍が女子供に危害を加えることはないだろうと信じた。

そこで、父と兄は東へ向かい、ソ連に逃げこんで、パルチザンとともに戦ったが、戦争が終わってから、結局はスターリンの強制収容所で最期を迎えることになった。戦後ずいぶんたってからわかったことだ。二人の行方を知りたくて何年も調べたあげく、ようやくわかった。父親の墓を見つけるより、祖父の絵を買い戻すほうが簡単だったが、最後には両方ともどうにか実現させることができた」サランターは急に黙りこみ、荒い息をついた。

ゲイブが部屋を出ていった。台所へ行って、グラスを見つけ、蛇口をひねる音がきこえたが、わたしは部屋にいるほかの人たちと同じく、身動きすることも、サランターから目を離すこともできなかった。ゲイブが戻ってくると、サランターは身をおこして水を飲み、それからまたカウチにぐったりもたれた。

「あとに残された母と姉とわたしは虐殺されるのを待つだけだった。地元の連中がその虐殺を熱心に手伝ったものだったよ。ポーランドの場合は、最後の強制移送が始まるまで数年にわたってゲットーが存在していたが、リトアニアでは、ドイツ軍に占領された年の夏が終わるまでに、大部分のユダヤ人がいっきに殺されてしまった。リトアニア人からなる警察の補助組織によって処刑の場へ連れていかれたのだ」

　サランターはふたたびきつく目を閉じた。

「わたしの母は――男の子なら誰しも、自分の母親を美人だと思うことだろう。わたしもすべての少年と同じだった。母と姉がこの世でいちばんの美人だった。あのバカ男のウェイド・ローラーが、殺害された美人の姉を偲んでテレビで涙を流すとき、わたしもその点だけはやつに同意できる。わたしの母と姉も美人で、同じく殺害されたからね。贖罪日《ヨム・キップール》にポナリの森へ連行され、銃殺されて、退却した赤軍が残していった石油貯蔵タンクに投げこまれた。

　しかし、その夏、われわれがヴィルナのゲットーに押しこめられて暮らしていた三カ月のあいだ、ズディマスは母を慰みものにしていた。夜のこともあれば、真っ昼間のこともあった。母はわたしと姉に余分な食料をもらうために、仕方なくいうことをきいていた。いや、無力だったせいかもしれない。あるいは、夏のあいだじゅう、みんなの耳に処刑の銃声が届いていたから、このブタ野郎と寝れば子供の命を助けてやれると思ったのかもしれない。そして、そのとおりになった。というか、わたしの命だけは助かった。姉は助からなかった」

　サランターの声がとても低くなっていたので、わたしたち五人は話をききとるために身を乗りださなくてはならなかった。

「ヨム・キップールの虐殺の日――あれはじつにひどい混乱だった。われわれは列を作って行進するよう命じられ、ズディマスや、警察保安大隊に入っている同じ村の連中が、ふんぞりかえってわれわれの横を歩いていった。ズディマスは前の晩うちの母を抱いたくせに、ほかの女たちと同じく母にも鞭《むち》をふるった。母はやつの足もとに身を投げだして命乞いをした。自分のためではなく、姉とわたしを助けるために。

わたしは昔から小柄で、そのときは十三歳になっていたのに、まだ九歳か十歳の子供のようだった。森に到着すると——そんなに遠くなかった。もっと遠ければよかったのに——ズディマスが突然、行進の列からわたしをひき離した。わたしは姉と母のそばにいさせてほしいと懇願したが、母は——母の姿を見たのはそれが最後だった——行きなさい、生き延びるのよ、一人前の男になるのよ、とイディッシュ語でわたしに叫んだ。すべてがあっというまに終わったため、わたしには考える時間もなかった。逃げようとしたが、すぐズディマスにつかまって、やつの農場へ連れていかれた。そこに監禁された。わが恩人によって。わが救い主によって。母を失ったものだから、あの男はわたしの身体で欲望を満たすようになった。任務で出かけるときは、わたしを地下室に閉じこめ、夜になって帰ってくると、わたしの小さな身体をむさぼった。そう、これが、わたしが孫娘にきかせたくてたまらなかった物語だ」

サランターの顔は蒼白だった。誰も何もいえなかったが、何分かして、ソフィー・ドゥランゴが遠慮がちにいった。「でも、逃げだすことができたのね？」

「ああ、そうだな。うん」サランターは両手で空気を払うしぐさを見せた。逃亡などどうでたからだ。わたしの小さい従順な身体にすっかり慣れっこになったズディマスが、わたしを地下室に連れ戻すのを省略した。わたしはやつが寝ているあいだに、ズボンに入っていた金を盗んで家を出た。逃げだせないよう、服もとりあげられたままだったから、やつの一張羅の服をもらっていった。

身体の二倍ぐらい大きな服を着て森のなかを走っていく姿は、きっと滑稽だっただろうな。だが、ヴィルナのはずれで古着の行商人と出会い、その男が一張羅の服と子供用の服を喜んで交換してくれた。パルチザンに入ろうとしたが、身体が小さすぎて入れてもらえなかったため、自分の才覚だけを頼りに、ヴィルナで路上生活を始めた。ズディマスにひそかに襲いかかって殺してやりたかったが、そのチャンスはついに訪れなかった。少し金がたまり、終戦になり、賄賂を使ってスウェーデン行きの貨物船に乗せてもらった。そこからシカゴにやってきた」

サランターは笑い声をあげた。さほど苦々しい響きでもなかった。「八十三年の人生のすべてをまとめれば、わずかな文章になってしまうものだな。これでわかってくれたね。なぜローラーに非難されても黙っているのか。無関心だからではない。すでに地獄の辛酸をなめつくしたからだ。だが、アリエルが危害を加えられたのを見て、運命の女神はつねに奥の手を隠しているものだと痛感した。またもや他人の手で踊らされることになるわけだ。アリエルを守るためなら、わたしは人殺しも辞さないだろう。だが、それはわたし自身の評判を守るためではない」

サランターはふたたび黙りこんだが、最後にこういった。「きみのウィスキーを少しもらおうかな、ミズ・ウォーショースキー」

わたしはダイニング・ルームへ行って、母の赤いヴェネシャン・グラスをとりだした。母が下着にくるんでウンブリアからキューバに、そしてシカゴに運んできた八個のグラスのうち、無傷で残っているのは五個。六個目は専門家の手で接ぎあわせてもらった。わたしはそれで飲むことにして、ほかのみんなのために、無傷のグラスにウィスキーをついだ。スピリッツをほとんど飲まないロティも含めて。

サランターがウィスキーを口にすると、蠟のように白かった顔色が少しましになった。

「なあ、ミズ・ウォーショースキー、わが家の秘密を口外したといって、きみを非難しにきたのに、かわりに、わたしの身の上話をきいてもらうことになってしまった。きみは先週、その気になれば誰だって秘密を探りだすことができると、わたしにいったね。たしかにそのとおりだ。ズディマスの家族は自分たちに都合のいいように話を作りあげ、誰にでもそれを話していることだろう――ユダヤ人が大伯父を裏切り、莫大な金を奪って逃げた、いまではアメリカで王侯貴族のような暮らしをしている、と。そして、きみもきみなりに話を組み立てて、周囲にそれを話すことだろう。わたしの過去がこれで白日のもとにさらされた。自分ではもうどうにもできない」

「わたしは〝王さまの耳はロバの耳〟とささやいた葦《あし》とはちがいます。いまのお話をわたしの口から誰かがきくことはないでしょう。また、きくべきでもありません。この部屋にいるすべての人が、程度の差こそあれ、似たような経験をしています。わたしの母も――いまあなたが手にしてらっしゃるワイングラスですが、これは母が一九三九年にイタリアから逃げだしたときに持ってきたものです。そして、ええ、母はモーツァルトを愛していました。でも、今日はヘンデルをおきかせしましょう」

わたしはステレオのところへ行き、ジェイク・ティボーがオープンリール式の古いテープから作ってくれたCDをかけた。〝来たれ、おお、我が子よ〟、ガブリエラの澄んだ豊かな歌声が流れてきた。〝あの子の目は閉じられた。わたしから去っていった。永遠に去っていった〟（ヘンデル作曲のオペラ〈オットーネ〉より）

43 ああ、哀れな姉

重苦しい沈黙のなかで全員がじっとすわっていたが、やがて、クルミ色の顔を蒼白にしたまま、サランターが大儀そうに立ちあがった。「ゲイブ、家に帰るとしよう。ラーヴェンタールは？　ソフィーは？　ドクター・ハーシェルは？」

サランターはいつもの貫禄に満ちた声で話そうとしたが、今夜は珍しくも、声に老いが感じられた。ゲイブが彼を支えようとして差しのべた腕をふりはらおうともせずに、ドアのほうへゆっくり歩いていった。

戸口で一瞬足を止めて、わたしにいった。「わたしの母はピアニストだった。母もやはり、モーツァルトを愛していた」

ソフィー・ドゥランゴはゲイブとサランターについて出ていったが、ロティとマックスはあとに残った。二人でカウチにすわった。わずかに距離をあけて。

ロティは腕時計を見た。「金曜日が手術日でなくて助かったわ。明日の朝、誰かの身体にメスを入れなきゃならなかったら、命の保証はできないもの」

ロティ自身の声にも疲労が色濃くにじんでいた。この一時間の感情の嵐に翻弄されて、三人ともぐったりしていた。

「今夜はどうしてサランターと一緒に？」わたしは元気をふりしぼって尋ねた。「それほど親しい間柄じゃないんでしょ？」

「まあな」マックスはうなずいた。「じつは、わしがロティのところにいたら、サランターの使用人のゲイブがやってきた。少女たちの件で釈明を求めるために、いまからサランターとドクター・ドゥランゴがきみのところへ行くというのだ。サランターは彼自身やドクター・ドゥランゴが質問するより、ロティに頼んだほうが、話がスムーズに進むと考えた。ドクター・ドゥランゴはわが子のことで動転していて、冷静に話せる状態ではなかったからな。わしが一緒についてきたのは、きみもロティもカッとなりやすい性格だからだ」

マックスはニッと笑った。「サランターが病院に一千万ドルの寄付を約束してくれた。小切手を書いてくれる前に、きみたちのどちらかにサランターを殺されたら大変だ」

わたしはマックスにパンチを見舞うふりをした。三人とも笑いだし、室内に漂っていた緊張がややほぐれた。

「ほんとにごめんなさい、ヴィクトリア」ロティがいった。「あなたのことで最悪の想像をしてしまうなんて、わたしたちも――いいえ、わたしも――あんまりだったわ。あなたが子供を故意に危険に追いやるような人じゃないことはわかってる。でも、ときどき、答えを得ようとすることだけに集中して、結果を考えずに動いてしまうことがあるでしょ。

ところで、シャイムが過去を語りはじめるのをきいて――わたしたちはロンドンで安全を手に入れたけど——シャイムのほうは——悲惨な日々に耐えてたのね——リトアニアで。わたし、母のことを考えずにいられなかった。母がどんな目にあったのか——」ロティの顔がゆがんだ。

マックスがロティを腕に抱いた。しばらくして、彼女の頭の上からこちらを見た。「きみはサランターを信じるかね？　つまり、あの探偵を、あのヴフニクという男を殺してはいないという言葉を信じるかね？」

わたしはむずかしい顔になった。「サランターが殺したのではないと思う。彼が挙げたあの理由だけで充分な根拠になるわ——無限につづく脅迫の連鎖に身をさらすことになる。だって、腕力のないサランターがヴフニクの死体を一人で運ぶのは無理だもの。でも、サランターじゃないとすると、誰がやったの？　そして、その理由は？」

わたしはふたたび、ディックの法律事務所にいる二人の弁護士のことを考えた。ルイス・オーモンドとエロイーズ・ネイピアが力を合わせれば、たぶんやれただろう。でも、そんな光景は想像できない。犯人はたぶん、事務所に一万六千ドルを送ってきて、ゼイヴィア・ジャーゲンズに渡してくれるよう頼んだ人物だ。口止め料として——あ、そうか。もっと早く気づかなかったなんて、わたしもバカだった。

「ゼイヴィアがヴフニクを殺したんだわ」わたしはいった。

「なんだと？」マックスがわたしに向かって目をしばたたいた。「なんの話だかさっぱりわからん、ヴィクトリア」

「ゼイヴィア・ジャーゲンズ。わたしがサランターの孫娘をカマロのトランクのなかから見つけたでしょ。その同じカマロの車内で死んでた男。わたしのもと夫の法律事務所に何者かが現金を送ってきて、一万五千ドルをゼイヴィアに渡すよう指示したの。ゼイヴィアはたぶん、ヴフニクを殺すためか、少なくとも殺しに加担するために雇われたんだと思う。一万五千ドルとなれば、ゼイヴィアにとっては大金だわ。税引き後の年収とほぼ同じね。その後──わたしの推測だけど──犯人はゼイヴィアに身元を突き止められるのを恐れるようになった。もしくは、ゼイヴィアか愛人のジャナがじっさいに突き止めたのかもしれない。すべてが闇のなかだけど」

「話が複雑すぎる」マックスが文句をいった。「XがYを雇ってZを殺させ、そののちに、YがXを脅迫する。まるでアガサ・クリスティーだな、ヴィクトリア。わしははっきり目がさめているときでも、クリスティーの筋書きについていけたためしがない。おまけに、いまは昏睡状態に近い」

「それが問題なの？　どうしても答えを出さなきゃいけないの？」ロティがいった。「あとは警察が──」

「ええ、あとは警察よね」わたしは口をはさんだ。「フィンチレーが事件をすべて解決してくれるかもしれない。でも、早く解決しないと、読書クラブの少女たちの安全が危ぶまれるの」

いったいなんの話だかわからないと、ロティに文句をいわれたので、犯人の写真が入っているカイラ・ドゥーデックの携帯をその男が拾ったにちがいない、というわたしの推理を披露した。「犯人はその携帯を使ってアリエルを墓地におびき寄せた。アリエルの携帯はたぶん犯人がこわしてしまったと思うの。でなきゃ、FBIがGPSを使ってアリエルの居場所を突き止めたはずだもの。ところが、FBIのほうは、アリエルをおびきだしたのはゼイヴィア・ジャーゲンズで、そのあとで自殺したんだと思いこんだため、襲撃事件に注意を向けるのをやめてしまった。でもね、わたしが思うに、ジャーゲンズ以外の人物のしわざだわ」

「警察よりあなたのほうがよく知ってるとはかぎらないのよ」ロティが不機嫌にいった。

「わかってるわ、ダーリン」わたしはやさしく答えた。「とにかく、マックスのいうとおりね。夜もずいぶん更けたから、このややこしい事件の筋書きについて考えようとしても、もう無理だわ。泊まっていきたければ、ジェイクの部屋に案内するわよ。ベッドには清潔なシーツがかかってるし」

マックスとロティは小声でいいあった。歯ブラシ、寝間着、ここにはないと思われる数々の品。ロティの家に戻ることにした。タクシーを拾うために、二人を送りがてら、わたしもベルモント・アヴェニューの角まで行った。ロティに文句をいわれたが、ベルトのホルスターに銃を入れて。ロティは銃を目にするだけでも耐えられない人なのだ。

家に戻ると、玄関前のポーチでミスタ・コントレーラスと犬二匹が待っていた。今夜のドラマから締めだされて傷ついている老人をなだめなくてはならなかった。だが、サランターとのやりとりで、わが忍耐心のわずかな蓄えは底を突いていた。ミスタ・コントレーラスにきちんと返事をすべきだとわかっていたが――老人の誠意と気遣いは簡単に払いのけていいものではない――シャイム・サランターのプライバシーをこれ以上侵害する気になれなかった。

「孫娘の命が危険にさらされてるせいで、サランターも、いちかばちかのオプション取引をやるときのような大胆な行動がとれなくなってるの。不安でたまらず、半狂乱になってるの。誰かがペトラの命を脅かしたら、あなただってそうなるでしょ」

この作戦は誤りだった。ペトラが危険にさらされたら、わしゃ、全力で助けだそうとするだろう。シカゴの街なかをうろうろして私立探偵を悩ませるようなことはせん。わたしはうなずいて、老人のほうがサランターの三倍とまではいかなくても、二倍は男らしい、サランターは株価の操作についてはくわしいかもしれないが、本物のパイプレンチを手にして本物の喧嘩をするのはとうてい無理だ、と答えた。ミスタ・コントレーラスも納得してくれて、わたしは一時をかなりすぎてからようやくベッドに倒れこんだ。

ずいぶん夜更かしさせられたが、それでも、翌朝八時には無理やりベッドから這いだした。誰かがゼイヴィアを使ってヴフニクを殺し、つぎに自分の手でゼイヴィアを殺したのだという、深夜にひらめいたわたしの推理があたっているなら、その人物がさらに害をなすのをベッドにのんびり横になって待つわけにはいかない。

パソコンをつける前に、カイラとルーシーの様子を尋ねておこうと思い、ドゥーデック家のアパートメントに電話をかけた。母親が電話に出た。たどたどしいやりとりののちに、テオドーロ・マルティネスに電話をかわってもらった。テオドーロは、二人ともまだ寝ているといった。つねに二人にぴったり張りついて目を光らせているが、ときおり誰かに見られているような感覚をどうしてもふり払うことができないという。

「ゲイブ・アイクスに話したところ、今日じゅうに人をよこして、防犯カメラを何台か設置してくれることになりました」テオドーロはいった。「この建物にこられたことはありますか。強盗のパラダイスだ。防犯カメラは、母親の寝室の窓の外にある非常階段に一台、裏口に一台、廊下に一台つけることになってて、そうすれば、ぼくが夜ベッドに入るときも、少しは安心できると思います」

電話を切ろうとしたそのとき、テオドーロがつけくわえた。「念のためにお知らせしとくと、アイクスとうちの社との契約は一週間です。つまり、来週の水曜以降もぼくが必要な場合は、あなたのほうでアイクスと交渉してください」

今日は金曜日。この錯綜した事件をあと五日で解決できるだろうかと心配になった。電話を切ったときは、パニック状態だった。探偵仕事をきちんとこなそうと思うなら、最高の心理状態とはいえない。

三十分かけてストレッチをやり、疲れのたまっている脚と腕に、みっちりストレッチをすれば十時間の睡眠に等しい効果がある、といってきかせようとした。そして、不足分はカフェインが補ってくれるだろう、と。

めざましい効果はなかったが、わたしはダイニング・ルームのテーブルの前に断固たる態度で腰を落ち着け、ノートパソコンをつけて、矯正省の判断によってルーエタールに送りこまれた人々のリストを見ていった。犯罪者病棟に入った人々は、ほとんどの場合、短期の入院だ。精神病の場合は、薬物療法をおこない、精神状態が安定して裁判を受けられるようになるのを待つ。レイドンが犯罪者病棟で話をしようとした相手は、たぶん、心神喪失か、責任能力を問えないということで、入院しているのだろう。火災に関連した罪状で精神病院送りとなった人物が見つかるといいのだが。

わたしは国選弁護士として働いていたころ、責任能力とか心神喪失といった線で弁護をおこなったことは数えるほどしかなかった。犯罪者の多くは精神に問題を抱えているか、麻薬に溺れているか（この両方の場合もけっこう多い）、もしくは、自分が犯したとされる罪を理解することができない。公共の衛生福祉に関する法によるサポートをした経験のある者なら誰でも、責任能力の有無が争点となる犯罪者を数多く目にしてきたはずで、この法制度がうまく機能していれば、わたしもこの線での弁護をもっとたくさんおこなっていたことだろう。

不幸なことに、責任能力なしと判断されて精神病院送りになった犯罪者は、市民権を剝奪されて無力な存在となる。自分が弁護を担当した犯罪者が精神鑑定により不起訴処分となるのは、その犯罪者を恐ろしい煉獄へ追いやるようなものだ。裁判を受けないのだから、判決をいいわたされることがない。裁判が受けられる状態かどうかは、裁判所ではなく医者が判断する。裁判を受けられない場合、釈放していいかどうかは、判事一人ではなく専門家をまじえて決定する。そして、責任能力なしと判定された者の大部分は、家族に教育もなく資金もないため、釈放を求めて陳情することも知らずに終わってしまう。

検索結果が出ているファイルをひらいてみた。放火関係の犯罪でルーエタールに送られた人物は一人もいなかったが、矯正省のデータベースに出ている情報は最高レベルのものだけだ。殺人、殺人未遂、加重暴行、殺人未遂のからむ暴行が多数見受けられた——このどれかに放火がからんでいる可能性もある。

ルーエタールのリストをゆっくり見ていったが、わたしが代理人を務めた患者は一人もいなかった。適当に誰か選びだして、当人か家族にわたしを弁護人として指名してもらえないか、やってみることにしようか。州の法律によれば、正規の資格を持つ弁護士であれば犯罪者病棟に収容された患者に面会にいき、代理人になろうと申しでることができるし、病院は面会を許可しなくてはならない。

ルーエタールに長期入院している患者が三人いた。事件報告書の管理が自動化される以前の時代からの入院だ。カルテのほうには、どういう犯罪で逮捕されたかは出ていなかった。そのうち一人の名前になんとなく見覚えがあった——トミー・グローヴァー。グーグルで検索すると、千二百万件がヒットした。

裁判所の記録には、グローヴァーが何をやったかは書かれていなくて、二十七年前にルーエタールへ送られたとだけ書かれていた。〈レクシス〉を呼びだして新たな検索をやってみたが、何も出てこなかった。逮捕記録にアクセスする方法はまったくなかった——逮捕をおこなった警察に何十年も保管されたままでも、それらがいかなる形であれ一般の目に触れることはないのだ。

　ノートパソコンの上に二時間以上かがみこんでいたため、首と肩が凝ってきて、それ以上つづけられなくなった。犬を連れて湖へ出かけ、ブイからブイへの半マイルを二匹と一緒に泳いだ。家に戻ると、前よりさらに昼寝が必要になった。〝睡眠なんて欲望にすぎないのよ〟と、自分にいいきかせた。〝何かで気を紛らせば、欲望は消えていくわ〟

　気を紛らすために、自分でそろえたヴァンパイア殺人事件関係のファイルに目を通してみようと思い、車で事務所へ出かけた。この二週間にためこんだメモと資料のすべてに目を通したあとで、偶然、ある記事が見つかった。

　それは、レイドンがロックフェラー・チャペルで転落した日にエルメスのバッグからわたしが抜いておいた数々の切り抜きを、ワラにもすがる思いでとりだしたときのことだった。フクシマの原発か栄養学に関するものがほとんどだったが、そのなかに、ひき逃げ事故にあったネッタ・グローヴァーという女性の死亡記事があった。

　ヴフニク殺しの二日前、ネッタ・グローヴァーが郊外のバス停でバスをおり、タンピエ・レイク・タウンシップの自宅へ帰るために歩いていたとき、車にはねられ、死亡した。夜の九時で、事故を目撃した者はいなかったが、犬を散歩させていた男性が偶然通りかかった。おそらく、事故から数分後のことだろう。九一一に通報したが、救急車が到着したときには、彼女はすでに死亡していた。これまでのところ、はねた車を目撃したと名乗りでてきた者は一人もいない。

この事故の記事をネットで調べてみたが、家族のことは何も出ていなくて、つぎのようなことが書かれているだけだった——ネッタは近くの郊外地区にある病院での看護助手の仕事を終えて帰宅する途中で事故にあった。道路の照明がひどく暗いため、スピードを出しすぎた車が歩道に乗りあげた可能性が大きい。葬儀はネッタが長年通っていたタンピエ・レイク・タウンシップのオープン・タバナクル教会でおこなう予定。ネッタに関して、それ以上のことは何もわからなかった。ネッタ・グローヴァーのような人々が足跡を残すことはない。インターネットの世界にすら。

レイドンはわざわざ記事を切り抜いておくほど、ネッタの死を重視していたわけだ。クコの実に関する記事の切り抜きもあったけどと思ったが、それはひとまず忘れることにした。とりあえず、オープン・タバナクル教会を訪ねてみよう。髪をとき、カーゴパンツのしわを伸ばした。

珍しいことに、ほかのみんなが仕事かビーチかどこかへ出かけているときに、有料道路と高速道路を走ることができた。タンピエ・レイク・タウンシップまでの五十マイルを走るのに一時間しかかからなかった。スラウ・ロードにあるオープン・タバナクル教会も簡単に見つかった。疲れて途方に暮れた探偵でさえ、ときには運に恵まれることがある。

現代的なレンガの建物の前にある掲示板のメッセージがわたしを驚かせた。〝あなたが人生という旅路のどこにいようとも、オープン・タバナクル教会はあなたを喜んで迎えます。

われわれの旅路からあなたが学んでくれることを願うと同時に、われわれもあなたの旅路から学ばせてもらいます〟

わたしはどうも先入観にとらわれがちだ。教会の名前とネッタ・グローヴァーの職業から、貧困地区にある原理主義の教会だろうと思いこんでいた。ところが、じっさいには、拝廊の内側に掲示された教会の基本方針のリストからもわかるように、すべてを肯定するオープンな教会で、人種、信条、性別、性的志向に関係なく、誰でも受け入れてくれるところだった。熱烈な歓迎の言葉の下に、スタッフのリストが出ていた。牧師のアル・オルドネス、キリスト教教育担当者、秘書のドリス・カイターノ、そして、音楽担当者。

牧師は留守だったが、ドリス・カイターノと思われる六十代の女性が教会の事務室にいて、日曜の礼拝用の小冊子を作っていた。仕事を邪魔されて迷惑そうな顔をした。「いまはわたし一人しかいないのよ。出直してもらえません？」ところが、わたしが名前を名乗り、ネッタ・グローヴァーについて少し調べたいと思っていることを説明すると、向こうは表情を和らげた。わずかに。

「オルドネス牧師さまの帰りを待っていただいたほうがいいわね。悲しい死だったけど、わたし、ほんとに――」

「すみません」わたしは口をはさんだ。「質問にひとつだけ答えてもらえます？　その人の身内にトミーという人がいるでしょうか」

「トミー？　あなた、何も知らないの？　息子さんよ。まあ！　これからどうするのかしらね――アルが――オルドネス牧師が――お母さんはイエスさまのところへ行ったんだよって、トミーに説明したんだけど、理解してくれたかどうかわからないわね」

「現在、ルーエタールにいる。そうですね？」

「ええ。わたしがここにくるずっと前のことだったわ。あの気の毒な女の子を殺したんだけど、精神に問題があって責任能力が問えないため、精神病院に入れようということになったんですって。ネッタがいうには――あ、生前のことだけど――彼女がこの教会に通うようになったのは、それが理由だったそうよ。それまで通ってた教会から、これは神の御心だ、神がお与えくださった重荷をすなおに受け入れ、それを目の敵にするのはやめるようにっていわれたから。ネッタはいつも、トミーがあの女の子を殺すなんて考えられないっていってたわ。不利な証拠がそろってても、母親というのはもちろん、いつだって息子の肩を持つものよね」

「息子さんのために、釈放を求めて陳情してたんじゃありません？」どう話を進めればいいかを考えようとしながら、わたしは尋ねた。

ミズ・カイターノは話に夢中になるあまり、自分が仕事を邪魔されたことも、教会にはいま自分一人しかいないことも、すべて忘れてしまった。「ネッタは弁護士を頼んだんだけど、弁護料だけでも大変でね、昔のその費用を分割でずっと払いつづけてたわ。仕事を二つ掛け持ちして。看護助手と〈バイ＝スマート〉のレジとで重労働。だって、くそったれの――い、いえ、いまいましい――弁護士どもにお金を払いつづけなきゃいけないんだもの。なんの役にも立ってくれなかった連中なのに。お金を払うために、車まで売らなきゃならなかったのよ！　その挙句、ひき逃げされてしまった。かわいそうに。トミーに面会するのにダウナーズ・グローヴまで行くには、公共の交通機関を使うしかないんだけど、これがまた悪夢だったの。月に一回ずつネッタを車で送っていこうというボランティアが、信者さんのなかに何人かいるんだけど、かならず都合がつくとはかぎらないでしょ。家を売って病院の近くに越すほうが楽だっただろうと思うけど、小さな家だから、売ったところでたいしたお金にはならないし、ダウナーズ・グローヴともなれば、寝室が一個だけの家でもすごい金額ですものね」

「ネッタから、病院で出会ったほかの患者さんの話をきいたことはありません？」わたしは思いきってきいてみた。「たとえば、一般病棟に入ってた女性で、弁護士をやってる人とか」

ミズ・カイターノはゆっくりうなずいた。「すっかり忘れてたけど、たしか、ネッタがいってたわ。トミーと話をさせてほしい、よかったら弁護をひきうけよう、っていってくれた女の人がいるって。無料でやってくれる弁護士だなんて。信用しちゃだめだって、わたし、ネッタにいったのよ。まず、無料で働く弁護士なんかいるわけがないんだし、つぎに、その女が患者だったら、たぶん、すべて幻想だろうしね。ところが、長い年月のあとでようやく関心を示してくれる人があらわれたものだから、ネッタは大喜びで、その人に頼んだみたい。少なくとも、頼んだとは思うの。でも、たぶん成果がなかったのね。だって、そのあと、ネッタから何もきいてないから」

「レイドン・アシュフォード、それが弁護士の名前でした？」

ミズ・カイターノは両手をあげた。「わたしは一日じゅうここにすわって、さまざまな人の話に耳を傾けてるのよ。アルが――オルドネス牧師が――留守のときは、みんな、わたしのことを聖職者か何かだと思うでしょうね。みんなの長話に耳を傾けるのにずいぶん時間をとられてるもの。ネッタがその人の名前をいったとしても、まったく思いだせないわ」

「わかりました」わたしは微笑した。「たしかに働きすぎのようね。ずいぶん時間をとってしまって申しわけありません。でも、最後にもうひとつだけ。トミーがやったとされている殺人ですけど――放火と何か関係がありました？」

「放火？　とんでもない。まるっきり逆よ。水だったの。溺死。知らないの？　トミーが殺したのはウェイド・ローラーのお姉さんよ。お姉さんのマグダ。ここのタンピエ湖でトミーが溺死させたの」

44　近所のゴシップ

「ちょ、ちょっと、大丈夫？」ドリス・カイターノはデスクの椅子から立ちあがり、わたしに水を差しだしながら、寝かせたほうがいいだろうかと迷っていた。

「大丈夫よ。無知なバカ者だっただけ」自分の荒々しい笑い声がきこえたが、ミズ・カイターノのひどく怯えた表情に気づいて、わたしは笑いを抑えようとした。「あの男は番組のなかで姉の死を嘆いていた。でも、わたしのほうは、彼に母のことを中傷されたため、そちらに注意を奪われてしまって、話のつづきをちゃんときいていなかった。それがあの男の最上のテクニックなのね。サランターやソフィー・ドゥランゴのような人たちをそうやって動揺させつづけている。ちがう？」

「誰か呼んだほうがよさそうね。迎えにきてくれる人が誰かいる？」ミズ・カイターノは片手を電話機の上に浮かせ、不安な表情でわたしからあとずさった。

「いえ、いいの。もう帰るわ。心配しないで」わたしは時間と手間をとらせたことと、いろいろ教えてもらったことに礼をいい、ひどい躁状態のときのレイドンみたいにしゃべりちらしながら、教会の扉から外に出て、自分の車のシートに腰をおろした。

〝死に臨んでも二人が離れることはなかった〟アイヴァとマイルズ・ヴフニクではなかった。レイドンとスーアル・アシュフォードでもなかった。マグダとウェイド・ローラーだったのだ。

しばらくすると、頭がすっきりした。カイターノの話から、レイドンが犯罪者病棟へ会いにいったのはウェイドの姉を殺した犯人だったことがわかった瞬間、わたしの脳は崖から飛びだしてしまった。ローラーを嫌うあまり、事件全体を解明する糸が見つかったと思いこんだが、そう簡単なことではなかったのだ。ローラーは姉の死を隠そうとはしていない。番組のなかで姉の話をするたびに、涙もろいセイウチみたいに泣いている。それに、トミー・グローヴァーのことも隠してはいない。わたしが時間をつぎこんで支援している〝負け犬〟の一人だと、遠まわしにいっている。死刑判決に至らないことが前もってわかっていたら、自分の手で犯人を殺していただろう、と番組のなかでいっていた。

しかし。しかし。ヴフニクも、レイドンも、トミー・グローヴァーが入院している犯罪者病棟に入りこんだ。二人は何を探りだしたのだろう？

ヴフニク殺しの報酬として誰かがジャーゲンズに一万五千ドルを払ったというわたしの推理があたっているとすれば、ウェイド・ローラーなら、ニンジンの皮をむくような調子でベン・フランクリンの顔のついた紙幣をとりだし、しかもそれだけの金額を使ったことに気づきもしないだろう。だが、彼がヴフニクを殺す理由がどこにある？　せっかく大きな飛躍を遂げたと思ったのに、あの閉鎖された墓地に初めて足を踏み入れたとき以来つきまとって離れない混沌たる状況が、ふたたびわたしを包みはじめていた。

トミー・グローヴァーに会ってみたいが、一度に一歩ずつ進むしかない。レイドンは犯罪者病棟から戻ってきたとき、水ではなく、火の強迫観念に包まれていた。つぎの行動に移る前に、マグダ・ローラーの死に関する事実を把握しておく必要がある。

タンピエ・レイク・タウンシップの図書館は教会から数ブロックのところにあった。町とその歴史についての資料が豊富にそろっていて、この町が生んだ最高の有名人、ウェイドに捧げられた特別の引出しもあったが、殺人のことはどこにも書かれていなくて、姉の悲劇的な死に短く触れている程度だった。タンピエ・レイク・タウンシップは独自の新聞を発行したことがなく、町のニュースは《サウスウェスト・ガゼット》紙に掲載されることになっていた。わたしは《ガゼット》のマイクロフィルムと、ノートパソコンで呼びだしたデータベースを使って、できるかぎりの情報を手に入れた。

二十七年前の七月六日、はるか西の郊外にあるタンピエ湖でマグダ・ローラーの死体が浮かんでいるのが発見された。それ以上のことはほとんど書かれていなかった。二十七年前というと、ウェイド・ローラーは十四歳、全国的に有名なテレビ界のセレブではなかった。二十四時間ニュース番組が登場するのは未来のことなので、いくら美人とはいえ、郊外に住むティーンの死が大きな波紋を広げることはなかった。

二日後、トミー・グローヴァーが逮捕された。殺人のあった日、マグダのボーイフレンドが湖でトミーを見かけた。トミーは岸辺から彼女の死体を見つめていた。ボーイフレンドの証言によると、トミーはふだんからよくマグダのあとを追いかけていたという。性的暴行があったかどうか、マグダがトミーを追い払おうとしたかどうかについては、何も書かれていなかった。新聞に出ていた唯一の法医学上の証拠は、水に投げこまれる前に首を絞められていたということだった。

どういう法的プロセスを経てトミーがルーエタールの犯罪者病棟に収容されることになったのかは、調べてみてもいっさいわからなかった。誰が精神鑑定をおこなったのか、どのようにして責任能力なしと判定されたのか、母親がトミーの無実を叫びつづけていたのには息子への愛以外に何か理由があったのか──こうしたことはどこにも記録されていなかった。

そろそろインターネットの世界を離れ、足を使って情報集めをすることにした。まず、ウェイド・ローラーの子供時代の家のとなりに住む人々から調査開始。ウェイドの一家が住んでいた平屋はすっかり荒廃し、現在の住人はペンキ塗りと草むしりをやるのが二、三十年遅れているという感じだった。片方の隣家は留守だったが、反対側の家には、八十代になる女性が住んでいた。遠い昔、末息子が走って帰ってきて寄せ集めのメンバーで野球の試合をやった報告をした日に、彼女が夕食のバーベキューの席で何を焼いていたかまで、わたしに話すことのできる人だった。この人からききだせるかぎりのことをきいたあと、高校で司書をしていた女性を探しだして訪問したところ、その年の新学期に子供たちがマグダの思い出のためにフォトモンタージュを作った、という話をしてくれた。

マグダのボーイフレンドの母親とも話をした。ジャッキー・ベリンジャーという女性で、わたしが訪ねたときは庭仕事の最中だった。わたしが昔の殺人事件について質問するために出向いてきたことを不審に思った様子はなかった。あの事件がタンピエ・レイク・タウンシップに住む人々の暮らしに大きな影を落としているため、わたしが話をした人はみんな、全世界があの事件のことを知っていて、マグダ・ローラーの死を気にかけていると思っているようだ。

「ああ、マグダの死はリンクにとって――息子のリンカーンのことよ――大きな衝撃だったから、あの子、数年間は立ち直れなかったわ。軍隊に入ったけど、そのあとも落ち着くことができなくてね。三年前にやっと結婚してくれて、相手はそりゃいい子なんだけど、テキサスのほうに住んでて、子供を作るのかどうかもわからない。マギーが――あ、みんな、あの子をそう呼んでたのよ――殺されたのを見て、この世に子供を送りだすのは危険すぎるって思うようになったのかもしれないわ」

「息子さんは殺害現場を目撃したわけですか」わたしはきいた。

「いいえ、単なる言葉のあやよ。あの日、リンクは正午に仕事に出かけたの。ホイートンのほうであの子の伯父がボックス工場を経営してるものだから、夏休みのアルバイトに使ってもらってて、勤務時間は一時から八時までだった。

警察は当時、うちの息子がマギーを殺した可能性はないかと、ずいぶん調べたものだったけど、小さな工場だから、息子が夕方までずっと勤務してたことは誰もが知ってたわ。警察がそういう質問をしなきゃいけないことはわかるけど、わたしも主人もいやな思いをさせられたわ――主人は三年前に亡くなりましたけどね――警察がやってきて、わが子にいろいろ質問する。親は激怒し、当然ながら息子を守ろうとする。でも、心に小さな疑惑のトゲが突き刺さり、自分の息子にそういう残虐なことができたのではと疑いはじめる」

「ローラー家の人たちもつらい思いをしたでしょうね」わたしはいった。「あちらの家とは親しくされてたんですか」

母親の唇がすぼめられ、小さな〝o〟の形になった。「父親は子供たちの幼いころに蒸発してしまったの。わたしたちが越してくる前の話だから、その人には会ったこともないけど。母親のヴァージニア・ローラーのほうは、朝の十時以降にしらふだったことがあったとしても、わたしは一度もしらふの彼女を見たことがなかった。ウェイドはマギーに育てられたようなものよ。ティーンエイジャーになってからも、幼いころと同じようにマギーにくっついてたわ。マギーが生きてたら、あんなに立派になったウェイドを見て誇らしく思ったでしょうね」

リンクの母親は悲しげに首をふった。「マギーはきれいな子だったけど、孤独な悲しい子だった。ヴァージニアみたいな母親と暮らして、家事を全部やりながらウェイドを育ててたんだもの。だから、うちの子、マギーに惹かれたのね。彼女には見守ってくれる人間が必要だと思って。リンクがよくいってたけど、二人で出かけようとすると、マギーに頼まれてウェイドも一緒に連れてかなきゃいけないことがよくあったそうよ。マギーはウェイドを母親と二人にしておくのが心配だったんでしょうね。マギーが死んだとき、ウェイドがどんなにショックを受けたか、あなたにも想像がつくでしょ？」姉のほうは、いまのウェイドみたいに世間の注目を浴びる立場になったら、落ち着かないんじゃないでしょうか」

母親は心から同意した。「でも、ウェイドが彼の意見をアメリカの人々に伝えられるのはいいことだわ。これ以上リベラル派の連中がワシントンへ行って、わたしたちのことに干渉するようになったら困るし、ウェイドはあのドゥラン＝グーっていうのが本当はどんな女かってことを一般の人々に伝えるという、重要な仕事をしてるのよ」

わたしは怒りを声に出すまいとして、自分のてのひらに爪を突き立てた。「彼女を殺害したトミー・グローヴァーという人物のことですが……」あとの言葉を濁した。

「それもまた、この界隈に伝わる悲しい話なのよ」ジャッキー・ベリンジャーはいった。「ただ、あの子は精神的に――いまはどんな言葉を使えばいいのか、わたし、わからないけど、あの子はアルファベットも覚えられなかったの。暗誦しようとして〝g〟までいくんだけど、そこから先は思いだせないの。おろおろして泣きだす日もあったわ。当時はこのあたりも小さな田舎町でね、みんながあの子の面倒をみたものだった。トミーはよくマギーのあとを追いかけてたけど、危険だなんて思った者は一人もいなかったわ。一日じゅう犬を追いかけてることもあったし、地元のボランティア消防団や保安官助手の車に乗せてもらうこともあった。あの子がマギーを殺したときは、みんな、びっくり仰天だったけど、保安官助手の人たちは、たぶんうちのリンクがマギーにキスするのを見てひどく興奮し、わけがわからなくなったんだろうっていってたわ。あの子の母親が必死に訴えてたわね。ハエ一匹殺せるような子じゃないって。でも、もう二十歳ぐらいになってたし、大柄だったから、あの体格と力ならマギーみたいな華奢《きゃしゃ》な子を殺すぐらい簡単なことだったと思うわ」

「現場を目撃した人が誰かいたんでしょうか」わたしはきいた。

「ううん。でも、マギーは仕事に行くのに近道して森を通り抜けてたの。ドラッグストアでレジを打ってたのよ。あのころは地元の人が経営してる小さな店でね、いまみたいなケンドリックのチェーン店ではなかったわ。でね、トミーがマギーを追って森に入っていくのを見たって、ウェイドが証言したの。もちろん、そのときはべつに何も思わなかったそうよ。だって、トミーはいつもあちこちうろついてたから。午後遅くなって、マギーはどうしたのかってドラッグストアから電話があったときに初めて、みんながマギーを捜しはじめて、夜になってからようやく、湖に浮かんだマギーをじっと見ているトミー・グローヴァーを、アルバイトを終えて帰る途中のうちのリンクが見つけたのよ」

短いものや長いものなどいろいろだったが、誰の話もほぼ同じで、息子を支えつづけたネッタ・グローヴァーを誰もが褒める点も同じだった。トミーがマグダを殺す前も、ネッタはいい母親だったようで、彼女をひと言でも非難する者は一人もいなかった。息子に自宅で勉強を教え、雪かきや芝刈りといった簡単な作業のやり方を教え、トミーはそれでわずかな小遣い稼ぎをしていた。しかし、マグダが殺されたとき、母親は仕事に出かけていたのだから、どうやって息子の無実を証明できるだろう？　死ぬまでルーエタールで暮らすほうがトミーにとっては幸せだと、誰もがいった。あんたならどうする？　分別を持たない大男が近所を自由にうろつきまわるとしたら？

主な事件関係者を知っていた人々との話を終えたときは、すでに七時をまわっていた。街に戻ろうと思ったが、そのとき、フッとあることが浮かんだ。マリに電話をかけた。彼が電話に出たとき、背後からにぎやかな笑い声やグラスのチリンという音がきこえてきた。

「少女探偵は元気かい？」マリはいった。「おれたちみんなをダメ人間に見せるような大手柄でも立てたのかい？」

「わたしの推理によると、あなたはバーにいて、自分のことを愉快で人あしらいのうまい男だと思っている。でも、それはじっさいの探偵仕事の成果というより、わたしの心霊パワーがもたらした結果よ。ところで、あなたがウィークスに提案したシリーズ企画のなかで取材する予定だった精神病院に長期入院中の患者の名前を、ひょっとして覚えてない？」

「なんで？　そのうちの一人がウィークスの隠し子だという証拠をつかんだとか？」

酒を飲んでいる相手と話すのは楽しくない。相手が自分自身のことをウィットに富んだ人間だと思っている場合はとくに。「マリ、心霊パワーによると、わたしの頭のなかでその名前のひとつが緑色に輝いてるのが見えるんだけど、あと二つの名前が浮かんでこないの」

マリはたちまち真剣な声になった。「何があったんだ？　そのなかの一人が逃げだした？それとも、退院した？」

「あなたがいまいるのがバーなのか、球場の外野席なのか、どこだか知らないけど、とにかく、名前をメモしたものを持ってない？」

「ちょっと待って」マリは携帯を置いた。笑い声と、話し声と、グラスのチリンという音が響くなかで、女性の声がした。どうしたのよ？　人をお酒に誘っておきながら電話に出るなんて不作法だってこと、あなた、知らないの？

「そうです、そうです、きみは正しい」マリの弁解がきこえた。「しかし、相手はV・I・ウォーショースキーなんだ。たぶん、何かつかんでると思う」

わたしはバックミラーの自分に薄笑いを向けた。あなたはホットな女よ、V・I。男はみんなそれを知ってる。

何かをひきずる音。マリがカウンターに置いた携帯をひっぱりよせたのだ。「もしもし、ウォーショースキー。うん、ときどき唾を吐きかけてやろうと思って、メールを印字したものを持ち歩いてるんだ。ルーエタールに入院中の三人は、グレッグ・ロバートスン、トミー・グローヴァー、シェルドン・ブルックスだ。エルジンの分も必要かい？」

「今夜はいいわ。いまの三人に関して調査はしたの？　どんな犯罪のせいでルーエタールへ送られることになったかを突き止めた？」

「いや、矯正省のデータベースから抜きだしただけだ。なんで？」

「あなたがデート中なのはわかってるし、金曜の夜だし、お邪魔するのは遠慮しとくわ」

わたしは黙りこみ、マリがさっさと話せとわたしに向かってわめき散らすのを待った。

「ハロルド・ウィークスがシリーズ企画を却下した理由が、わかったような気がするのよ」

45　消防車、消防車

ルーエタールにある弁護士と患者の面会室は、わたしが州立刑務所で使ったことのあるこうしたたぐいの部屋とさほど変わりがなかった。傷だらけの備品、しみで汚れたグレイのカーペット、消毒剤と小便の入りまじった臭い。大きなちがいは、トミー・グローヴァーを面会の場に連れてきた看護助手が部屋に残ることも、トミーにまず手錠をかけようとすることもしない点だった。

わたしがトミー・グローヴァーに会ったのは日曜日、面会がピークを迎える時間帯だった。犯罪者病棟も含めて病院全体が騒音に満ちていた――泣き叫ぶ赤ちゃん、相手の身を案じる恋人、文句たらたらの夫婦、いやだというのに変な親戚と面会するためにひきずってこられた不満顔のティーンエイジャー。わたしは時間が指のあいだからこぼれ落ちていくことに苛立つあまり、週明けまで待つことができなかった。

「トミー、面会の人だよ」面会室にトミーを連れてきた看護助手がいった。「会いにきてもらえてよかったです、ミズ・ウォーショースキー。母親が亡くなったあと、面会にくる人がいなくて、トミーが寂しがってたものでね。トミー、この人はミズ・ウォーショースキー。

ちゃんといえるかな?」

トミーはわたしに向かってまばたきした。大男で、年は四十代、顎の下の肉がだぶつき、鉄のような色の髪を短く刈りこんでいた。わたしの名前をいおうとしたが、舌がもつれてしまった。

「〝ヴィク〟にしましょうか」わたしは提案した。「トミー、わたしはヴィクよ」

「どうも、ヴィク」看護助手に促されて、トミーはいった。

「今日の午後は、わたし、多数の人に会うことになってまして」看護助手がいった。「ここでトミーとゆっくり話してもらってけっこうですが、話が終わったら、もしくは、トミーが退屈して話をやめたがったら、ブザーのどれかを押してください」看護助手はいくつかのブザーを示した。テーブルの上、ドアの横、床の上。「ゆっくり話しかけて、むずかしい言葉を使わないようにすれば、ほとんどのことがかなりよく理解できます」

「フレッド? フレッド?」看護助手がドアから出ていこうとすると、トミーがいった。

「この女の人、母さんの友達?」

「弁護士さんだよ、トミー」看護助手は答えた。「法律関係の助けがいらないか、ききにきてくれたんだ」

「もう一人の女の人、あの人、弁護士だった。母さんが連れてきてくれた。すごくきれいな髪だったから、さわりたかった。そしたら、あの人、いいわよ、さわってもいいわよっていってくれたけど、ゼイヴィアがぼくを止めた」

「まあ、ひどいわね」フレッドがドアを閉めるのと同時に、わたしはいった。「その女の弁護士さん、わたしの知ってる人だと思うわ。あなたのいうとおり、とってもきれいな髪ね。このなかにその人の写真があるかどうか、見てみましょう」

わたしはブリーフケースから数枚の写真をとりだした。マリと二人で土曜日一日を使って、わたしに思いつけるかぎりの事件関係者をリストにした。サランター家の面々、ゲイブ・アイクス、アイヴァとマイルズ・ヴフニク、読書クラブの少女たち、わたしの従妹。ディックの法律事務所に勤務する弁護士たちも含めた。ロースクールの卒業式でガウンを着て、やたらとうれしそうな顔をしているレイドンとわたしのスナップを見つけだした。それから、わたしの結婚式に出てくれたときの、薄く透ける白い帽子をかぶったレイドンのスナップも。

マリはネットで見つけた写真や、わたしのところにあった古いスナップ写真を《ヘラルド＝スター》の写真部のチーフのところへ持っていった。チーフはマリと長年仕事をしてきた人なので、わたしたちがシャイム・サランターやウェイド・ローラーの顔写真を持ちこんだ理由を問いただしはしなかった。ぶつぶついいながら、卒業式のときのレイドンのスナップをトリミングしただけだった。こうすることで、レイドンの顔と、うれしそうな笑みと、細く紡いだ糸のようにカールしている赤みがかった金色の髪をクローズアップした写真ができあがる。

マリが《ヘラルド＝スター》のカメラマンと作業をしているあいだに、わたしはふたたびタンピエ・レイク・タウンシップへ出かけ、オープン・タバナクル教会でネッタ・グローヴァーのスナップを二枚見つけだした。また、ジャッキー・ベリンジャーを説得して、息子のリンクとマグダ・ローラーが一緒に写っている写真を貸してもらった。《ヘラルド＝スター》の写真部のチーフがこれにも魔法をかけてくれた。

町の図書館に、高校の古い卒業記念アルバムがあった。十代のウェイドの写真を見つけた。豊かな黒髪をデビュー当時のポール・マッカートニーみたいなスタイルにカットしている。現在の写真を入手するのは簡単だった。ウェイドとマグダの酒浸りの母親、ヴァージニア・ローラーについては空振りだったが、マグダに関しては、卒業記念アルバムで二枚見つけることができた。高校のコーラス部の一員として、きまじめな表情と華奢《きゃしゃ》な姿で写っていた。

この日曜の午後、わたしは弁護士と患者の面会用の部屋で、トミーの前に四枚の写真を並べた。レイドン、ジュリア・サランター、エロイーズ・ネイピア、ロティ。このなかにきれいな髪の女の人がいるかどうかを尋ねた。

「この人」トミーは歓声をあげ、レイドンの写真を手にとって髪をなでた。「この人のこと、好きだった。この人をぼくの部屋へ連れてってあげたんだけど、そしたら、ゼイヴィアがすごく怒って、この人を追いだした。規則違反だといって」

「女の人がいった言葉を何か覚えてない？」

トミーは人差し指を吸った。「ぼくをここに閉じこめておくのは悲しくて恐ろしいことだといってた。まるで犬みたいに。どんな犬だったっけ？　名犬トレイじゃなくて、なんか病気の犬」

「狂犬病じゃないかしら」わたしはいってみた。

トミーはふたたび笑顔になった。「うん、そういったんだ。あなたも、あの人も、二人とも同じ言葉を知ってる！　ぼくがここを出て、たぶん母さんと一緒に暮らせるように力を貸してあげるって、あの人がいったんだけど、母さんは死んだし、女の人はそれきりこなくなったから、いまはフレッドやほかの人と一緒にここでじっとしてるんだ。けど、ここを出てくときはみんな、手錠をかけられる。ぼく、見たもん。手錠をかけられて、古い白いバスのなかで鎖につながれる。そんなのいやだよ。手錠は嫌いだ。手が痛くなる、痛くなる、痛くなる。警察は安全を守ってくれるけど、母さんと名犬トレイからひきはなして、痛い目にあわせる！」

「何があったの、トミー？　どうして警察があなたをお母さんからひきはなして手錠をかけたのか、理由を知ってる？」

トミーは自分の両手を見た。長年のあいだ、ほとんど何もせずにすごしてきたため、白くてぶよぶよしている。数分間沈黙したままだったので、そっとしておいた。

「マギーが水に浮かんでるのをぼくが見てたから。悪いことだって知らなかったんだ。ぼくが見てるとマギーが喜んだ。だけど、目をさましてくれなくて、警察がぼくを連れてった。最初は手錠をかけられて、ぼくはそれがいやだった。そのあとで、いい子にしてたから、手錠をはずしてくれた」

「手錠って不愉快よね。わたしも経験があるわ。いまは手錠をかけられることもなくなって、よかったわねえ」

　わたしはブリーフケースからさらに何枚か写真をとりだし、ゆっくり並べはじめた。一枚目はトミーの母親だった。贅肉のついた彼の顔が輝いた。

「母さんだ。死んでしまって、天国でイエスさまと一緒にいるんだ。この写真、母さんが送ってきたの？　天国からきたの？」

「ううん。お母さんが通ってた教会の牧師さまから借りてきたのよ。オルドネス牧師」

　その名前はトミーにはなんの意味もなかった。「母さんに会いたい。母さん、服やトラックやゼリービーンズを持ってきてくれた」

「ゼリービーンズが好きなの、トミー？」

「うん。ゼリービーンズはおいしい、おいしい、おいしい」

　食べものを持ってきてもいいのかどうか、注意すべきアレルギーがトミーにあるのかどうか、わたしにはよくわからなかったのだ。「今度くるときは、ゼリービーンズを持ってくるわね。今日は写真しか持ってないのよ」

　トミーはサランターにも、その娘にも、ロティにも、見覚えがなかった。ソフィー・ドゥランゴについては、見たような気もするがよくわからないといった。しかし、ウェイド・ローラーの現在の写真はすぐにわかった。テレビで見ているからだ。

　十代のころのウェイドが写っている古い写真は、かなり長いあいだ、しかめっ面で見ていたが、やがてきっぱりうなずいた。「となりに住んでるやつだ。みんなが嫌ってる」

「〝みんな〟って誰かしら、トミー。あなたと、それから――?」

「うちの母さん。こいつ、名犬トレイのこと嫌ってて、トレイを蹴飛ばすのを、ぼく見たことがある。こいつにそういったら、ぼくのこと〝うすのろ〟って呼んで、バカだからなんにもわからないんだっていったけど、ぼくだってわかるよ。こいつが嘘つきなんだ。それに、人のことを〝うすのろ〟とか呼んじゃだめだよね。ひどい言い方だ」

するとローラーは罵詈雑言のキャリアを若いうちから築いてきたわけだ。「お母さんがそういったの?」

「うん」

「そのとおりよ。それは悪い言葉。そんなことというなんて、ウェイドは悪い子だったのね」

「うん、コリンがぼくのことそういったから、殴ってやった。けど、ぼく、トラックをとりあげられた」心の傷を思いだして、トミーの唇が震えた。

「コリンって誰なの?」

「コリンのこと、知ってるだろ。黄色い髪を長くしてて、笑うときはこんなふうに――テレビに出てくる野生動物みたいな声で、ほら、こんな感じ!」トミーはハイエナの笑いをまねした。「薬を呑まされて、いまは刑務所にいる。悪い言葉を使った罰だ」

コリンというのはたぶん、ルーエタールに入っていた精神障害を抱える患者で、治療によって裁判が受けられるまでに回復したのだろう。たぶん、トミーを〝うすのろ〟と呼ぶよりもひどい罪を犯したために。もっとも、本当のところはわからないが。

わたしは卒業記念アルバムからとったマグダの写真をテーブルに置いた。《ヘラルド＝スター》の写真部の人がアルバムの写真をもとにして、つやつやに仕上げてくれたので、つい最近撮影したばかりのように見える。「この女の子を知ってる？」

「もちろん知ってるよ、バカだな。マギーだよ！　となりの家の子。だから知ってるんだ。その弟が、名犬トレイを蹴飛ばした悪い子だよ」

「マギーというのが、あなたが湖でじっと見てた女の子？」

トミーは答えたくない様子で、唇をとがらせた。たぶん、わたしが非難しに押しかけたと思っているのだろう。

「誰かが水に浮かんでるのに気づいたら、わたしも見にいくでしょうね」わたしはいった。「見るのが悪いことだとは思わないわ。何があったのか話してちょうだい」

トミーはわたしの顔に怒りが浮かんでいないかを探り、それから、いきなり話しはじめた。

「マギーが水に浮かんでた。ぼくはマギーを見た。髪がまわりにゆらゆら浮いて、天使みたいだった。浮いてるだけで、何もいわなくて、眠ってた。目をあけてほしかった。湖の岸でタオル敷いて横になるときみたいに。マギーはときどきそうするんだ。肌をこんがり焼こうとして。ぼくがじっと見てると、そのうち目をあけて、『あんただったの、トミー？　お伽話の王子さまかと思った』っていうから、ぼくが笑うと、マギーも笑う。だけど、つぎに警察がやってきて、ぼくが悪いことをしたっていった。マギーは『あっち へ行って、トミー、あたしを見ないで』なんていわなかったのに、マギーを見てたのがすごく悪いことだったんだ。だから、手錠をかけられた」

トミーは泣きだした。

「大丈夫よ、トミー」わたしはやさしくいった。「その手錠、はずしてくれたでしょ？　その人たちもきっと、あなたがとってもいい子だってわかってくれたんだわ」

トミーはふたたび明るい顔になった。「ぼく、とってもいい子だよ。で、いい子にしてると、消防車がもらえるんだ」

トミーはポケットから赤いプラスチックの消防車を二台とりだし、サイレンの音を小さく口真似しながら、テーブルの上を走らせはじめた。わたしはうなじの毛が逆立つのを感じた。レイドンが犯罪者病棟から戻ってきたとき、彼女の言葉は火のイメージで輝いていた。トミー・グローヴァーの消防車を見たせいだろうか。

「消防車が好きなのね？　火事も好き？」

「消防団の人たちが車に乗せてくれたんだ。ずっと前にね。いまはここにいなきゃいけない。ぼくの写真を撮ってくれた」

わたしはまばたきをした。「消防団の人たちがあなたの写真を撮ったの？」

「ちがう！」トミーは叫び、消防車をテーブルに叩きつけた。「悪い連中がぼくの写真を盗んでって、返してくれないんだ！」

フレッドが叫び声をききつけて、ドアから顔をのぞかせた。「大丈夫ですか」

「誰かが写真を盗んでいったとかで、動揺してるみたい」わたしはいった。

「ああ、そのことか。部屋に古い写真を飾ってて、それが消えてしまったんです。トミーに思いださせるのはちょっとまずいな。さあ、トミー。わめいたり、おろおろしたりしちゃだめだ。でないと、きみの消防車を一週間ほどガレージにしまっておくことになる。覚えてるだろ?」

トミーはあわてて消防車をポケットに戻した。「消防車はガレージのなかだよ、フレッド。ガレージに入ってる」

「よし、いい子だ。三十分たったから、今日はもう充分じゃないですか、ヴィク」

「もう帰ってほしい、トミー? わたしは弁護士なの。あなたの権利が尊重されることを願って、こうして訪ねてきたのよ。もう少しいてほしければいるわ。帰ってほしければ帰る。あなたが決めてね」

トミーはわたしからフレッドへ不安そうに視線を移した。「ヴィクがゼリービーンズを持ってくるっていってる」挑みかかるような口調だった。

「ゼリービーンズかい? じゃ、五分ほど延長だ、ヴィク。ただし、写真の話は禁止。いいね? ときどき、トミーが過剰に反応するんだ。消防車をガレージに入れて、一週間ほどトミーが行儀よくしてたら、消防車を返すことにしている」

いまや、全員が友達になったようだ――〝ミズ・ウォーショースキー〟という呼び方ではなくなった。わたしはふたたびトミーのほうを向いた。「ほかにも知ってる人がいないか、見てみましょうね」

トミーはマイルズ・ヴフニクの顔に気づき、暗い表情になった。「ここにきたことがある。あの女の人と喧嘩した。ぼくが女の人に写真を見せたから。すごくきれいな人で、髪にさわらせてくれた。この男がめちゃめちゃ怒りだしたけど、ぼくはいってやった。よけいなお世話だ、ぼくがこの人に話をしてるんだ、って」

わたしは鋭く息を吸った。「じゃ、金色の髪をした女の人はあなたの写真を見たのね。何が写ってたの？」

「ぼくだよ。ぼくが写ってた。ぼくと消防団のみんな！」

わたしはテーブルの上に身を乗りだした。「トミー、どの消防士の人が写真をくれたの？」

「友達だよ。決まってるだろ。バカだね。名犬トレイの友達。ぼく、みんなと消防車に乗るんだ。いまはだめだけど。ここで暮らしてるから、いまは乗れない。母さんと暮らしてたとき、あのときは、みんなと一緒に乗ってた」

「トミー。消防団の人たちに話してみるわ。べつの写真があったら、今度面会にくるときに持ってきてあげる。さてと、こういう写真をもう少し見てみる？」

「やだ。それは好きじゃない。ぼくの写真がほしい！」トミーはポケットから消防車をとりだすと、ひときわ大きくサイレンの口真似をしながら、写真の上を走らせはじめた。

「もちろん、あなたの写真がいちばんすてきよ」わたしは同意した。「近いうちにまたくるわ。かまわない？」

「ゼリービーンズを持ってきてくれるのなら。ビーンズ持ってきてよ、ビーンズ、ビーンズ、ビーンズ、おなら《ファート》が出る、心臓《ハート》にいい、おなら、おなら、おなら」トミーは大声で笑いだし、消防車でテーブルを叩きはじめた。

フレッドがふたたび部屋に入ってきた。「時間だ。いいね、トミー」

「ここにいたい。まだ時間じゃないよ。連れてかないで！」トミーはフレッドが消防車に目を向けているのに気づいて、ポケットに押しこんだ。

わたしは立ちあがった。「トミー、すぐまたくるわ。わたしはあなたの弁護士よ。今週中にもう一度くる。わかった？」

「トミーを興奮させるのはやめてくれ、ヴィク」フレッドがいった。「トミーにとって負担だし、鎮静剤を投与する必要が出てくる。鎮静剤を呑まされたら、トミーはあんたに話ができなくなる」

「鎮静剤の投与をおこなってわたしと話ができないようにするつもりなら、わたしから判事に訴えて、所定の手続き《ダンス・ザ・ダンス》を踏むことになるわよ」わたしは微笑した。怒りを隠すための微笑だった。

「美人の女の子、ダンスをしてた、男の子とダンスをしてた」トミーはいった。

「男の子って誰のこと、トミー？」わたしは膝を突いて、トミーが放り投げた写真を拾い集め、彼の前に扇のように広げてみせた。

「あの男の子だよ。二人でダンスしてた。恋してたんだ」トミーが手にとったのは、マギーのボーイフレンド、リンクの写真だった。トミーは太い不器用な脚を軸にして、ゆっくりまわりはじめた。ダンスのつもりだ。

「なんでトミーにこんな古い写真をどっさり見せてるんだ？」フレッドが詰問した。

「釈放の陳情をするさいに、わたしが代理人を務めるとしたら、トミーの記憶がどこまで信頼できるかを知っておかなくては」わたしは微笑を絶やさなかった。「鷹とハンドソーの区別はちゃんとつくようよ」

「なんだと？」フレッドはしかめっ面になった。「ここにノコギリを持ちこむのは規則違反だぞ。あんた自身が逮捕されかねん」

この午後がスタートしたときは、おたがいに友好的だったのに、いまは彼に嫌われてしまった。「落ち着いて、フレッド――単なる喩えなんだから。それに、先のことはわからないわ。明日風向きが変わるかもしれない。そうすれば状況も変わる」

トミーがわたしたちをじっとみつめ、心配そうに眉をひそめて、わたしたちの話を理解しようとしていた。「ぼく、ヴィクが好きだ、フレッド。ヴィクのこと怒らないで。ヴィクはカーリーヘアで、男の子みたいに短くしてるけど、女の子だし、すごく美人だ」

「わたしもあなたが好きよ、トミー」わたしはトミーを安心させようとした。「フレッドとは冗談をいいあってただけ。二人とも誰にも怒ってなんかいないわ。そうよね、フレッド」

「ああ、怒ってはいない。ただ、こういう場所でノコギリの冗談はやめてほしいと思ってるだけだ」フレッドは不機嫌に答えた。「ここには精神不安定で暴力的な男がたくさんいる。

女もな」

「そ、そうよね」わたしはあわてて同意した。「申しわけない」

声を低くした。「マイルズ・ヴフニクのことなんだけど。ほら、二週間前に殺された探偵。犯罪者病棟のフロアに忍びこんで、トミーの部屋に入ったでしょ？」

フレッドは落ち着かない様子で身じろぎをした。「ゼイヴィアが手引きしたんだ。とんでもない規則違反さ。あのとき、こっちは何もいわずに黙ってたが、こんなことが表沙汰になったら、今後一年間、超過勤務をさせられることになりかねん」

「ヴフニクはわたしの夫の法律事務所から仕事をもらってたのよ。でも、トミーの部屋にあった写真のことは、誰にもひと言もしゃべってないの。あなた、写真を見たことはある？」

「その話はやめろっていっただろ。トミーがまた興奮する！」フレッドはトミーのいるほうへグイッと頭を向けた。「あいつが何人かの消防士と一緒に写ってる、ただの古い写真さ。ものすごく大事にしてた。まるで〈最後の晩餐〉の絵か何かみたいに！」

「誰が盗んでいったのか、心あたりはない？」

「なんでそう気にするんだ？」

わたしは曖昧に微笑してみせた。「釈放の陳情をするさいに必要なの。トミーが本人にとって最上のケアを受けてるかどうか、ということが。トミーを守るための充分な時間がスタッフにあるかどうか——さっきあなたもいったように、ここには暴力的傾向のある犯罪者がたくさんいるんですもの」

「トミーのことはちゃんと世話してるよ。トミーがおとなしくしてればな。さて、そろそろ帰ってくれないか。肉食獣みたいな弁護士どもからトミーを守ってやりたいんでね」

帰りぎわにふと見ると、トミーは不安そうな顔でポケットに両手を突っこみ、彼の消防車を守っていた。

46　写真に何が？

病院を出ようとしたとき、警備部長のヴァーノン・ミュリナーが犯罪者病棟のゲートのところに立っていた。めざとくわたしに気づき、脇へ呼び寄せた。

「ここで何をしている？」

「患者さんの一人に面会してきたの。あなたのほうは？」

「この病院には近づくなといっておいたはずだ」

「ミスタ・ミュリナー、わたしは弁護士で、ここに入院中の患者さんの代理人をしてるのよ。あなたはお気に召さないでしょうし、わたしもやりたいわけじゃないけど、いまの時代、人生にはそういうことがつきものだわ」

「弁護士だなどと、ひと言もいってなかったじゃないか。わたしの記憶によると、前回会ったときは、たしか探偵だと主張してたな」

「二つの専門職を兼任するのは不可能ではないわ。マーク・トウェインがいったように、バカ者であると同時に、国会議員にもなれるんですもの。でも、ゼイヴィアが死んでしまったから、こちらのみなさんも用心するに越したことはないわね」

「ゼイヴィアは調剤部から薬を盗みだしていた。シカゴで死亡した。たぶん、麻薬売買のゴタゴタで殺されたんだろう。ルーエタールとはなんの関係もない」

「調剤部の警備体制がずさんだったことをのぞけば。でも、あらゆる場所に同時に目を光らせるわけにはいかないわね。そうそう、弁護士といえば、レイドン・アシュフォードがトミー・グローヴァーの代理人をひきうけたことを、アシュフォード家の人たちはどこから知ったのかしら」

ミュリナーは目を細めてクリント・イーストウッドの物真似をした。「犯罪者病棟で騒ぎをおこそうとする者がいないか、われわれは目を光らせている。ということは、もちろん、きみにも目を光らせているわけだ」

「目を光らせてると、ボーナスが出るの?」

ミュリナーが警備員のほうをちらっと見ると、警備員はあわてて視線をそらせた。「なんのことだ?」

「あなたが越したばかりの、あのすばらしい豪邸。あなたと奥さんのお給料のなかから五百万ドルも貯めこんでる——偉いわねえ」

ミュリナーがわたしによこした視線は、いまではハンニバル・レクターのカテゴリーに入っていた。「他人の私生活をのぞき見る私立探偵は長つづきしないぞ。きみがふたたびここに押しかけてくるようなことがあれば、こちらもなんらかの手段をとらせてもらう」

わたしの手が無意識のうちに胸へ伸びた。マイルズ・ヴフニクが杭を突き刺されたのと同じ場所へ。「ミスタ・ミュリナー、わたしは犯罪者病棟にいる患者の代理人をひきうけたのよ。だから、あなたのほうで何か手段をとれば、すべて判事の前にさらけだされることになるわ。この病院の警備状況にそのようなスポットライトがあたることを、あなたはたぶん望まないでしょうね。だって、そうなれば、こちらはアシュフォード家の人たちから話をきいて、あの一家が個人的に雇った私立探偵をここに送りこんだ理由を突き止めなきゃいけないから。それと、便宜を図ってもらった謝礼として、アシュフォード家があなたにお金を支払ったのかどうかも」

ミュリナーはわたしに詰め寄ろうとしたが、そこで、警備員だけでなく面会にやってきた患者の家族からもじっと見られていることに気がついた。首の腱がこわばったが、かろうじて怒りを抑えた。「きみが本物の弁護士であるよう願いたいね。何か証拠はあるのか」

わたしはラミネート加工をした私立探偵許可証と、イリノイ州弁護士会の正会員であることを示すカードをとりだした。正会員というのは、年会費をきちんと払っているという意味だ。

これがミュリナーとわたしの駆け引き《ダンス》。わが依頼人トミー・グローヴァーの見守る前で、リンクとマグダがダンスをしていたように。トミーがマグダを鮮明に覚えていることに、わたしは驚かされた。時間の経過はあまり理解できないようだが、人間のことはよく記憶している。自分の家とローラーの家を隔てる茂みにもぐりこんで、リンク・ベリンジャーとマグダ・ローラーをこっそり見ているトミーの姿を想像し、わたしは身震いした。

また、自分自身の行動に吐き気を覚えていた。ヴァーノン・ミュリナーの言葉もあながち見当はずれではない。わたしは弁護士のふりをし、トミーの利益を気にかけるふりをしているが、本心では、マイルズ・ヴフニクとレイドン・アシュフォードの両方の興味を惹くようなどんなことが、犯罪者病棟でおきていたかを知りたいだけなのだ。どうやら、写真がその答えのようだが、トミー・グローヴァーと地元の消防団の写真の何がマイルズとレイドンの注意を惹いたのだろう？　セラピストのところに戻ったレイドンは、どうして火に関係した言葉をあふれんばかりに抱えていたのだろう？

今日は日曜なので、ソーシャル・ワーカーはもちろん出てきていない。レイドンがトミーの写真のことで何かいっていなかったかどうかを知りたいが、タニア・メッガーと話をするのは明日まで待つしかない。豪邸と証券取引口座のことを持ちだしたおかげで、ミュリナーをギクッとさせてやれたようだ。公共の場で彼に薬物売買の非難を浴びせるのはまずいと思ったので、犯罪者病棟に誰がやってきたかを報告すればどこかからボーナスが出るのだろうと、ふとした思いつきでいってしまった。いい加減な憶測だったが、多少の真実が含まれていたのではという気がしてきた。もしかしたら、ウェイド・ローラーが姉殺しの犯人を永遠に鉄格子の奥に閉じこめておこうとしているのかもしれない。

もう少し掘り返して、ミュリナーの口座を膨らませているのは誰なのかを知る方法がないか、調べてみる必要がある。これに関しては、マリが重労働の一部をやってくれるだろう。そのあいだに、わたしのほうはせっかくこんな遠くまできたのだから、南のタンピエ・レイク・タウンシップをもう一度訪ねることにした。

トミーがそこに住んでいた二十七年前は、ボランティアが集まって消防団を作っていたが、町が大きくなり、市に編入されると、正式な消防署ができて、署の建物が二カ所に置かれることとなった。最初の消防署で幸運に恵まれて、勤務中だった男性の一人がエディ・シェズを訊ねるようにいってくれた。

「大先輩でね、ほかに仕事を持つ連中が集まってボランティアで消火活動をしていた時代に、消防士をしてた人なんだ。いまのおれたちがどんなに楽かってことを、ぜったい忘れさせてくれない。いまじゃ、高校で一日じゅう教えたあとで火事と闘うなんて必要はないからね。エディはそうやってきたんだよ。ただ、日曜の午後だからな、ゴルフコースに出てるかもしれないが、念のため、家にいるかどうかきいてみよう」

わが情報提供者がシェズに電話してくれた。わたしの運はつづいていた。家を訪ねてもいいことになった。ただ、孫がたくさんきているので、そのつもりで、といわれた。

「あんたが時間に追われてないことを祈るよ」立ち去ろうとするわたしに、ほかの消防士の一人がいった。「エディはしゃべりだしたら止まらない。立て板に水でしゃべりつづけて、立て板がこわれたら、新しいのを出してくるやつだ」

ほかの男たちが笑いだしたが、バカにした笑いではなかった。

シェズの家は大きなゴルフ場の裏にある袋小路の奥に建っていた。ゴルフ好きにはもってこいの場所だ。玄関の呼鈴を押しても応答がなかったが、家の裏手から子供たちの叫び声と笑い声がきこえてきたので、その音を追って進んでいくと、小さな遊園地のような場所に出た。家庭用の大型プールが設置してあり、子供たちでぎっしりだった。プラスチックのすべり台からプールに飛びこむ子、ビーチボールで遊ぼうとする子、〝誰それちゃんがどいてくれない〟と叫ぶ子など、さまざまだ。ブランコや自転車があり、隅のほうにはバレーボールのネットまで張ってある。犬が興奮して吠えながら、プールの向こう側の渡り板をよじのぼって水に飛びこんだ。

プールと子供たちの印象が強烈だったため、最初のうちは、パティオでくつろぐ大人の姿が目に入らなかった。七人か八人ほどがピッチャーに用意されたアイスティーやレモネードを飲んでいたが、ビールも出ているようだった。陽ざしで髪が漂白されたがっしり体型の男性を、女性の一人が小突いた。男性はローンチェアから立ちあがり、足を軽くひきずりながらわたしのほうにやってきた。

「うちの消防署の歴史を書いてるレディというのは、あんたかい？　署の連中から、あんたがくるって連絡をもらった。エディ・シェズだ」男性は肉づきのいい手を差しだした。アイスティーのグラスを持っていたため、手が濡れていた。

「V・I・ウォーショースキーです。作家じゃないんです。弁護士で、かなりブランクがあるんですけど、このたび、ルーエタールに入院中の男性の代理人を務めることになりました。トミー・グローヴァー。覚えてらっしゃいます？」

「トミー・グローヴァー？」シェズの陽気な赤ら顔が曇った。「そうか……。あんな哀れな話はなかった。母親も気の毒に。おまけに、あんな死に方をして。ひき逃げされたんだ。わたしはデイモン・ガードンにいってやったよ。あ、町の警察署長なんだがね。犯人の野郎がつかまったら、まずわたしが蹴飛ばしてやるって。ネッタはいつも、トミーがマギーを殺したはずはないといってたが、そりゃ、そういうだろうよ。わたしの家内だって、うちの子の誰かが犯人だといわれれば――神さま、お許しを――やっぱり同じことをいうだろう」

「じゃ、トミーがマグダ・ローラーを殺したことに疑問の余地はなかったんですね」

「マギーのボーイフレンドが――リンク・ベリンジャーっていうんだが――湖でマギーをみつめているトミーに出会った。トミーはマギーが目をさますのを待ってるというだけだった。猫がネズミを殺し、それをあんたのとこに持ってきて、あんたにどうにかしてもらえば、ネズミはふたたびチューチュー鳴きながら走りまわるようになると思ってるようなものだな」

「マギーを殺したのがトミーだというのはたしかなんですか？　ボーイフレンドじゃなくて？」

シェズはうなずき、暗い声で言った。「警察へ行って事件ファイルを見せてもらうといい。だが、わたしが覚えているかぎりでは、解剖の結果、死後四時間か五時間たっていたことが判明した。ボーイフレンドは何か仕事をしてたはずだ――メイヴィス！」パティオの女性たちに大きな声をかけた。「リンク・ベリンジャーはどんな仕事をしてたっけ？　軍隊に入る前に」

三十ポンドの贅肉が水着の両脇からはみだすのも気にしていない陽気な顔の女性が、わたしのためにレモネードのグラスを手にしてやってきた。「昔の事件に興味をお持ちなの？　まあ。リンクは伯父さんのボックス工場で働いてたのよ。場所は、ええと、覚えてないわね。ライルだったかしら。いえ、ちがう、ホイートンだわ。よく覚えてるのは、ジャッキー・ベリンジャーがどんなに心配してたかってこと。もちろん、口に出してはいわなかったけど、かわいそうなマギーが死亡したあとの時間の流れを警察のほうで整理して、リンクが犯人ではないことがはっきりするまでは、すごく心配そうだったわ」

「このご婦人は弁護士さんなんだ」エディが説明した。「トミーのために何かできないか、考えようとしてるそうだ」

メイヴィスは首を横にふった。「わたしのきいた話だと、トミーはルーエタールで幸せにやってるそうよ。ネッタが亡くなったいまとなっては、もしもあなたの尽力でトミーが退院できたとしても、どこで暮らせばいいのか、わたしにはわからないわ。気を悪くしないでほしいんだけど、トミーが二度とあんなことをしないと確信してる人は、タンピエには誰もいないし、ともかく、五歳の子供ぐらいの知恵しかない大男の暮らせる場所がどこにあるというの？　みんな、ネッタが好きだったし、トミーも性格のいい子だった。あの子が死刑判決を受ける姿なんか見たくないって、誰もが思ってたわ。もっとも、ウェイド・ローラーだけは、いまも恨んでるようだけど。番組のなかでときどき、四分の一世紀前じゃなくて、ついきのうのことのように、お姉さんの話をしてるもの」

「トミーは名犬トレイの話をしてました」わたしは思いきっていってみた。

シェズが笑った。「ほう、トレイのことを覚えてるなら、トミーもみんながいうほどバカじゃないな。あの犬はみんなのマスコットだった。ボランティア隊員の一人が飼ってた犬なんだ。火事で出動するときは、トレイがいつも消防車に一緒に乗っていった。トミーはトレイをとてもかわいがってて、飼い主が日中トミーに犬を預けてくことがよくあった。銀行勤めで、職場へ犬を連れていけなかったんだ」

「トミーの話だと、ウェイドが犬を蹴飛ばして、それをトミーのせいにしようとしたそうですが」

「うん、ありうる話だ。わたしの記憶にはないが。しかし、ローラーの息子は問題児だった。あんな形で姉を失ったショックで、真人間になったがね。万引きでつかまったときも、学校で問題をおこしたときも、姉がかばってやったものだった。だが、マギーが死んだときに、ウェイドのやつ、これからは一人でやっていくしかないと覚悟したんだろう。死んだ人を悪くいうのもなんだが、母親は息子の面倒なんかみようともしなかった。ウェイドは授業にきちんと出るようになり、奨学金でノースウェスタン大学に進んで放送ジャーナリズムを専攻した。この町の誰もが、有名になったウェイドを自慢に思っている」

幼い少年が海水パンツを膝までずりおろした姿で走ってきた。「おばあちゃん、おばあちゃん、プールで蝶々が溺れてる。なんとかして」

メイヴィス・シェズは身をかがめて、びしょ濡れの蝶々を見た。少年の海水パンツをひっぱりあげ、蝶々のために小さなベッドをこしらえて翅《はね》を乾かしてやろうと提案した。二人は家のなかに姿を消した。

「トミーから、消防士に撮ってもらった写真の話をききました。覚えておられます？」

シェズは首をふった。「たぶん、カレンダーの撮影か何かのときにあの子の写真を撮ったんだろう。ほかには何も覚えてないな。みんなと一緒に火災現場へ行くのが好きな子だった。あの興奮がたまらなかったんだと思う。自分専用のヘルメットを持ってるのが大の自慢だった。ネッタは無線機を買って、消防団に出動の号令がかかったらすぐわかるようにしておき、仕事に出てないときは、トミーを自分の車に乗せて火災現場へ走ったものだった。われわれも人手が必要なときは、トミーにホースを持つのを手伝わせたりした。単純な作業で、こっちが丹念に説明してやれば、トミーもやり方を覚えてくれた。それに、力のある子だったから、ホースを支えるときにあの手が役に立った。消防ホースというのは重量があるからね、やり方を知らないと、ちゃんと持つのがむずかしいんだ」

力強い手をした大柄な少年。わたしは、今日の午後目にしたあの大きな青白い手がマグダの首を絞めるところを想像した。いや、ひょっとすると、わたしだって首を絞められるかも。

孫娘二人がやってきた。自転車のチェーンのゆるみを直してほしいという。わたしはこのにぎやかな一家とさらに三十分をすごしたが、シェズからも、その妻からも、新たな情報は得らなかった。

高速道路を使わずに、この午後の会話を頭のなかで反芻しながら、シカゴ市内に戻る一般道をゆっくり走った。トミーはマグダ・ローラーになついていて、日光浴中の彼女や、リンク・ベリンジャーとダンスをする彼女を、そばに立ってよく見ていたものだった。もしかしたら、自分自身が彼女と踊る姿を夢に見たのに、彼女にことわられたのかもしれない。もしくは、笑われたか。トミーは急に癇癪をおこすことがある。衝動をコントロールしきれない。マギーの身体を激しく揺すぶったために、彼女の首の骨が折れてしまったので、湖に横たえたのかもしれない。

〝あ、まずい、死んでしまった、溺れたように見せかけたほうがよさそうだ〟などと、複雑なことを考えたわけではないと思う。それよりも、マギーを追って湖まで行ったのだろう。湖までつけていき、何かの拍子に彼女の首の骨を折ってしまい、あとはじっと彼女をみつめて、その目がひらくのを、「あんただったの、トミー？ お伽話の王子さまかと思った」といってくれるのを待っていたのだろう。

わたしは身震いした。しかし、犯罪者病棟ですごした二十七年の歳月がトミーの心を落ち着かせたようだ。フレッドが消防車をとりあげるといって脅すのは、卑劣なような気もするが、拘束具の使用に比べればまだ親切なのかもしれない。

わたしがシェズ家にいるあいだに、マリから携帯にメールが入っていて、さらには、トミー・グローヴァーから何を訊きだしたかを知りたいという、焦った声のメッセージも残されていた。ウィークスに圧力をかけて〈中西部の心の闇〉というシリーズ企画をボツにさせたのはウェイド・ローラーだということを、立証したくてたまらないものだから、マリは事件をめぐるほかの点をすべて無視している。わたしがルーエタールへ出かけるときもついてこようとしたほどだが、ルーエタールの入院患者にアポイントなしで面会できるのは、弁護士会の正会員だけだし、ジャーナリストが予告なしに犯罪者病棟に入りこむのに比べれば、ラクダが針の穴を通るほうがまだ簡単なぐらいだ。

とはいえ、マリにも多少の情報を得る権利はある。《ヘラルド＝スター》の写真部に頼みこんで、トミーに見せるための高画質の写真を用意してくれたのだから。事務所に着いてから、マリに報告を入れた。

「事件を解く鍵は、トミーが地元のボランティア消防団と一緒に写ってる古い写真にあるかもしれない。トミーがそれをレイドンに見せたし、ヴフニクも見てるんだけど、いまは行方不明なの。レイドンが持ち去ったのなら——確証はないけどね——わたし、彼女のアパートメントと車のなかを徹底的に調べてみたけど、消防団と関係のありそうなものは何もなかったわ。それから、ヴフニクとジャーゲンズの家は徹底的に荒らされてた。この三人の誰かが写真を盗んだのなら、いまごろはたぶん、ゴミの埋立地のなかでしょうね」

わたしはまた、エディ・シェズとのやりとりと、写真というのはボランティア消防団が作っていた昔のカレンダーのことかもしれないというシェズの意見も、マリに伝えた。マリはその方面の調査をひきうけようといってくれた。明日、タンピエまで出かけて、ボランティア消防団に入っていたほかのメンバーを何人か捜しだすという。そのなかの誰かが、トミーが写っている写真の焼き増しを持っているかもしれない。

わたしはトミーに見せた数々の写真を事務所の金庫にしまった。車で家に帰ると、従妹がミスタ・コントレーラスのところに押しかけてきていた。母親や妹と一緒にカンザス・シティで週末をすごしてきた。明日からマリーナ財団に復帰する予定。財団では目下、ここ一カ月の騒動から逃げだしていた家族を相手に、読書クラブの企画に対する熱意を再燃させようとがんばっているところだそうだ。

「ヴィクは何してるの？」ペトラがきいた。

「郊外の消防団の古い写真を見つけようとしているところ」

「へーえ、すごいわね、ヴィク。それがあれば、アリエルとドゥーデック家の子たちが隠れ場所から出てこれるってわけね！」

「さあ、わからないわ」わたしはペトラの皮肉を無視した。「マイルズ・ヴフニクとレイドンの両方にとって、その写真が大きな意味を持ってるようなんだけど、レイドンのアパートメントを探しても見つからないのよ。見つかれば、すべての謎が解けるかもしれない」

手を洗って着替えをするために、階段をのぼって自分の住まいに戻った。今夜はエヴァンストンにあるマックスの家で、マックスとロティと一緒に夕食の予定だ。二人は週末にケープ・コッドへ出かけ、そこから車でマールボロへ向かうことにしている。

「きみのやっていることはちょっと酷じゃないだろうか、ヴィクトリア」彼の家のパティオに腰をおろして、ウェイド・ローラーや、サランター一家や、トミー・グローヴァーとの面会について話しあっていたとき、マックスがいった。「きみ自身は有罪だと思っていながら、その男の希望を燃えあがらせるようなまねをしている」

わたしはニッと笑った。「希望に燃えてるのはマリのほうよ。トミー・グローヴァーもかわいそうに――わたしに写真をとりもどしてもらうのが最大の願いなんですもの。消防士が出ているカレンダーで満足してくれないかしら。それだったら、簡単に見つかるわ」

ロティが首をふった。「彼がほしがってるのは特別な何かでしょ。代用品なんか差しだしたら、あなた、信頼を失ってしまうわよ。その写真はほんとにそんなに重要なの？」

「ゼイヴィア・ジャーゲンズは病院の規則を完璧に無視して、ヴフニクをトミーの部屋に入れた。今日の午後、それがわかったばかりなの。そして、トミーの説明によると、ヴフニクとレイドンは写真をめぐって争った。レイドンがその写真から何を知ったのかはわからないけど、ヴフニクにとっては、恐喝の材料となった。明日の朝、レイドンのアパートメントへ行って、もう一度徹底的に捜してみるけど、でも――」

「姉はどうなの？」ロティがきいた。「だって、ほら、あなたが指摘したように、この件にはやたらと姉が出てくるじゃない。恐喝をやってた探偵の姉が、たしか、ダンヴィルのほうに住んでたわね」

「そうね」わたしはゆっくり答えた。「ヴフニクが写真を盗んだとすると、なかをくり抜いた本に隠してアイヴァに送った可能性もある。もっとも、わたしが調べた本からは見つからなかったけど。アイヴァが銀行の貸金庫に移したかもしれないわね。

いま、〝姉〟っていわれて思いだしたんだけど、レイドンがヴフニクにこんなことをいったそうよ――聖書に出てくる〝死に臨んでも二人が離れることはなかった〟という一節の意味がわかれば、何もかも理解できるだろうって。トミーの部屋でヴフニクをあざ笑い、彼の前でつぎつぎと言葉を紡ぎだし、激怒させるレイドンの姿が目に浮かぶようだわ」

わたしはワイングラスのステムをもてあそんだ。「レイドンがそういったからには、その写真って、マグダとウェイド・ローラーの関係に何か関わりがあるのかもしれない。でも、もしそこに弟と姉の何か不名誉な姿が写っているのなら、二十何年かのあいだにトミーの部屋でそれを見た人たちもみんな、気がついたはずだわ。それに、どう考えても、トミーと消防士とローラー姉弟の写ってる写真なんて想像できない」

マックスとロティもあれこれ考えてくれたが、二人とも納得のいく意見を出すことはできなかった。わたしはそれからほどなく暇《いとま》を告げた。家に帰ったあと、アパートメントのなかをそわそわと歩きまわった。マイルズ・ヴフニクはレイドンが恐喝の縄張りに強引に割りこんでくるのではないかと警戒した。ばかばかしくて話にならない。レイドンは写真を目にし、興奮に包まれたが、その本当の意味に気づいたのはヴフニクが殺されたあとのことだった。気づいていれば、もっと早くわたしに電話をよこしただろう。

もしかしたら、フレッドが写真を盗んだのかもしれない。写真に何か重大な情報が隠されていて、ゼイヴィア・ジャーゲンズがそこに写っている誰かを恐喝することでカマロの代金をせしめたとすれば、フレッドもそれを恐喝のタネにする気でいるかもしれない。その場合、彼の命はないのも同然だ。

十一時、ジェイクがマールボロから電話をくれた。演奏を作りあげていく刺激的な一日を終え、わたしに会いたくてたまらないという。うれしくなった。髪に白いものがまじることとも、脚にクモの巣のような静脈が浮いたりすることもない、若いバイオリニストやベーシストに囲まれているのかもしれないが、それでも、わたしに会いたいといってくれる。

「来週、マックスとロティと一緒においでよ」ジェイクが誘いかけてきた。

「わたしも会いたい。この事件が片づいたら――」

「こらこら、条件はつけないで、V・I。とにかく、くるんだ。それまでに片づいてない場合は、休憩をとってリフレッシュすればいい。少なくとも、ぼくにとってはリフレッシュになる」

電話を切ったあと、いい気分になり、そのままベッドに入った。エアコンのうなり、ベルモント・アヴェニューのバーからふらふら出ていく酔っぱらいの笑い声、警笛。それらすべてが入りまじって都会の子守歌になり、わたしを心地よい眠りに誘ってくれた。

47　たまには掃除を

夢のなか、シカゴ大学のキャンパスで、レイドンとわたしは消防車に追いかけられていた。レイドンの赤みがかった金髪が月の光を受けてうしろへなびいていた。キャンパスの中庭にゼリービーンズを投げながら、レイドンが「わたしの写真を盗まれた、わたしの写真を盗まれた」と叫んでいた。

わたしはハッとおきあがった。急な目ざめに、ベッドからころげ落ちそうになった。五時半になっていたが、空は鈍い鉛色。また雨になりそうだ。

レイドンがトミーの写真を持ち去ったのなら、ゴミの埋立地みたいな彼女の住まいのなかにあるかもしれない。カットオフ・ジーンズとTシャツに着替え、ミスタ・コントレーラスのところから犬を連れだして短時間の散歩をさせ、それから車でエッジウォーターにあるレイドンのアパートメントへ向かった。うっとうしい大粒の雨がふりはじめたちょうどそのとき、アパートメントの建物の角を曲がったところに駐車スペースが見つかった。

早朝なのに、ドアマンのレイフがすでに持ち場についていた。先週ここを訪ねたわたしを覚えていて、レイドンの様子をきいてくれた。

「まだ昏睡がつづいてるのよ。あまりいい状態じゃないけど、今週、病院から介護ホームへ移すんですって」

レイフが同情の声をあげるあいだに、わたしはつけくわえた。「レイドンが書類のなかに誤って入れてしまったものがあるので、それを捜しにきたの」

レイフはわたしが彼の手に握らせた十ドルを、金に重きを置かない人間の威厳を漂わせて受けとった。夜間の警備員に電話を入れて、もう帰ってくれてかまわないと告げ、レイドンの住まいへ案内してくれた。散らかり放題の部屋を見て、わたしと同じくすくみあがった。わたしの記憶にあるよりも、さらにひどい散らかりようだった。

「いろいろ問題を抱えた人かもしれないが、独特ですよ。並外れた人だ。わかりますよね？あの人の話し方をきいてると、湖を照らす月光が頭に浮かんできたものです」レイフは笑い、詩的な言葉を口走ったことに照れていた。「終わったら知らせてください。わたしのほうで厳重に戸締まりしておきますから」

湖のほうで稲妻が走り、床から天井までの窓に雨が激しく叩きつけるなかで、わたしはレイドンの居間と寝室に散らばった紙を調べていった。整理する気はまったくなかった。消防士の写っている写真がないかどうか、探すだけだった。ダイエット関連の記事や、石油もしくは水に関係した陰謀の記事などの切り抜きはすべて、青いリサイクル用の袋に入れた。

三時間ほど作業をつづけ、十時ごろ、レイドンの兄嫁に電話することを思いついた。いいえ――フェイスはいった――消防士の写真にしろ、何かほかの写真にしろ、レイドンから見せられたことはないし、郵送されてきたこともないわ。

「スーアルにきちんと話をしたわ」電話を切ろうとするわたしに、フェイスがあわてていった。「レイドンをスコーキーへ移す予定よ。来週の月曜あたりに。評判のいいところだから、レイドンも、もしかしたら――」フェイスは急に黙りこんだ。レイドンの場合の〝正常〟がどういうものかを思いだしたかのように。

「よかったわね、フェイス」わたしは虚ろな誠意をこめていった。

フェイスが義理の妹を守ろうとしてスーアルに立ち向かってくれたのはうれしかったが、レイドンの容体は深刻だし、わたしがせっせと片づけている混乱状態も加わって、とうてい楽観的にはなれなかった。天候もわたしの気分を落ちこませていた。正午、雨の止みまに食べるものを買いに出かけた。

この前見つけた個人営業の小さなバーが、わたしのために野菜サンドイッチとカプチーノ二杯を用意してくれた。それを持ってレイドンの部屋に戻った。外でだらだら休憩していたら、アウゲイアス王の牛舎に戻るエネルギーをふるいおこせなくなる。

二時、アパートメント内のすべての紙に目を通したことをほぼ確信した。マットレスやカウチのクッションや本のあいだを調べたし、家電製品の下やCDケースのなかものぞいた。リビングエリアに敷かれたナバホのラグに寝そべって、ズキズキする肩と膝をストレッチした。しばらくして、もうひとつの義務を思いだした。床に寝そべったまま、何人かの依頼人に電話をかけ、そのあとでマリに連絡をとった。

マリは昔の消防団のメンバーを五人見つけだしていた。みんな、喜んでマリにグループ写真を見せてくれた。名犬トレイのリードを握り、たったいま宝くじにあたったような大きな笑みを浮かべているトミーの写真もあったが、ローラー姉弟との関連を示す写真は一枚もなかった。

「トミーの写真は、このさい関係ないんじゃないかな」マリは断言した。「トミーのいった、ヴフニクとレイドンが飛びついた品というのは、きっと何かほかのものなんだ。もう一度トミーの話をききにいったほうがいいぞ」

「そうかもしれない」わたしは落胆のなかで同意した。

写真に何か意味があるのなら、レイドンを突き落とした犯人がハンドバッグのなかを調べたときに、たぶん見つけているだろう。もしくは、ヴフニクのアパートメントを家捜ししたときに。明日の午後、ゼリービーンズを買ってトミーに会いにいこう。午前中は、いちばん大切な依頼人のために本物の仕事をしなくては。

ふたたび、ナバホのラグに寝そべった。窓のそばの片隅にクモが三次元の巣を張っていた。スペンサーやマーロウのようなフィクションの世界の探偵なら、混乱したわたしの頭との類似性について楽しく考察することだろうが、わたしはレイドンの使っていた清掃業者があまり熱心に仕事をしなかった証拠にすぎないと考えた。この部屋の混沌のレベルを考えたら、業者を責めるのは酷というものだ。

レイドンがトミーの写真を隠した可能性のある場所がほかにないだろうかと、ぼんやり考えるうちに、心のなかの無意識の部分では自分がマリに同意していなかったことに気づいた。ロックフェラー・チャペルのノーブ首席司祭に電話してみたが、写真にしろ、新聞の切り抜きにしろ、錠剤の小瓶にしろ、レイドンの所持品らしきものは清掃業者のほうから何ひとつ届いていないといわれた。レイドンが讃美歌集に何かはさんでいないか確認するために、バルコニーまでのぼってくれたが、なんの収獲もなく戻ってきた。

タニア・メッガーにも電話してみた。時間がなさそうだったので、早口で話すことにした。わたしがトミー・グローヴァーの法的代理人になり、レイドンが犯罪者病棟に姿を見せた日のことについて、きのうトミーと話をしたのだと説明した。トミーが置かれている立場に関して、できるかぎり簡潔に経緯を語った。

「レイドンはトミーに、自分は弁護士だと名乗ったの」と、つけくわえた。「それはもちろん事実なのよ。訪ねた相手の名前をレイドンは教えてくれなかったって、あなたからきいたのは覚えてるけど、レイドンは相手のことを何か漠然とした形で話さなかった？　そもそも、レイドンがどうしてトミーのことを知ったのか、不思議なのよね。トミーの母親からきいたとすると、母親はどうやってレイドンに近づいたのかしら」

メッガーは、レイドンのプライバシーの権利を侵害せずにどこまで話していいものかと考えこんだ。「レイドンは法律と精神障害についてずいぶん話をしてたし、ここのインターネットを使って、責任能力に関するイリノイ州の判例法を調べてたわ。わたし、レイドンが自分の身を守るための準備をしてるんだと思ってた。だって、誰かにスパイされてるって、しきりにいってたから」

メッガーの声に怒りがまじった。「レイドンの妄想だと思ってた。でも、いまわかったわ。レイドンはわたしのことを信用できないと思ってたのね。家族か病院があの探偵を病院に送りこんだことを、わたしも承知してるって思いこんでたんだわ！　そんなわけないのに――いいえ、いまはやめておきましょう。そのグローヴァーという人だけど、あ、この名前で合ってるわね？　犯罪者病棟の患者さんのことは、わたし、あまり知らないのよ。でも、レイドンがその母親と出会ったとすると、それはありえないことじゃないわ。なにしろ、この病院は迷路みたいなところだし、スタッフが患者に監視の目を光らせようとしても、みんな、けっこう自由に動きまわってるから。しかも、レイドンは逃亡の名人だった。口がよくまわるから、だまされやすいスタッフなんか、レイドンのことを病院に正式な用があって訪ねてきた人だと思いこむこともあった。グローヴァーの母親はなんていってるの？」

「亡くなったわ。レイドンが退院した二、三日後に、ひき逃げにあったの」

「そ、そんな、また人が死んだなんて！　あなたの考えでは、ひょっとして――」

「なんなの？　レイドンがグローヴァーと話をしたことと関係してるんじゃないかって？　人生に偶然の出来事がたくさんあるのはわたしも知ってるけど、これに関しては、偶然だとは思えない。ネッタ・グローヴァーの死とレイドンの転落には密接な関係があると思う。そして、たぶん、ヴフニクとジャーゲンズの死にも」

「わたし、患者を待たせてるの」メッガーはいった。「ほかに何もなければ――でも、あるのなら手短にお願いね」

「トミー・グローヴァーの部屋から消えた写真のことだけど。レイドンが何かいってなかった？　写真のことでマイルズ・ヴフニクと口論したって話はしなかった？　それとも、写真を持ち帰ってあなたに渡したのかしら。どこにもないのよ。グローヴァー、レイドン、その他おおぜいがからんだ事件を解明するのに、それが重要な鍵になると思うんだけど」

「前にもいったように、レイドンが戻ってきたときは火の話ばかりだったわ。でも、写真のことは何もいわなかった。少なくとも、わたしが記憶してるかぎりでは。すごくしゃべる──いいえ、しゃべってた──人だから、わたしのほうはすべて理解できるわけじゃなかったわ。言葉の表面の意味だけではレイドンの話についていけないから、言外の意味に耳を傾けようとしたものだった。レイドンはいつもわたしに新聞記事を見せてたわ。ネットの記事や、日刊新聞を切り抜いたものを。毎日、どこからか新聞を手に入れてくるの。やめさせようとしたのよ。ニュースを読むと、レイドンが異常に興奮する様子だったから」

そこでメッガーは電話を切った。わたしはレイドンがプリントアウトした用紙を一枚とり、時間の流れに沿って裏にメモをとってみた。

幕開きとなったのは、レイドンとネッタ・グローヴァーの出会いだ。逃亡の名人が病棟を離れ、ルーエタールの廊下をうろついていたときに、何かの拍子でネッタに出会った。ネッタの悲しい物語をきき、自分は弁護士だと自己紹介した。ネッタはレイドンをトミーに会わせるために病院の許可をとった。

同じとき、同じバットケイブに、ヴフニクが姿を見せた。レイドンの母親に命じられて、レイドンのあとをつけていたから？　それとも、偶然に？　ヴフニクはトミー・グローヴァーに気づいただろうか。もしレイドンをスパイしていたのなら、彼女がグローヴァーと話をしていることには気づいたはずだが、なぜまたジャーゲンズに金を握らせてトミーの部屋に入りこんだのだろう？

ローラーはトミー・グローヴァーを人目にさらすまいとしていた。生放送でも涙を流すぐらい、姉の思い出に心を痛めていたから？　それとも、ネッタ・グローヴァーと同じく、トミーが無実であることを知っていたから？　その場合は、姉を殺した犯人をローラーがかばっていることになる。

落ち着かない気分になった。ローラー自身がマグダを殺した可能性はあるだろうか。でも、なぜ？　ローラーは姉を崇拝し、姉を必要としていた。番組で本人がそういっているだけではない。二人の子供時代を知る者はみなそういっている。

ソーシャル・ワーカーが指摘したように、レイドンのまわりでいくつもの死がおきている。しかし、トミー・グローヴァーのまわりでも何人も死んでいる。マリがどう考えようと、わたしがその不吉な図柄を読み解かなくてはならない。

初めてレイドンのアパートメントへ行ったとき、ついでにレイドンの車のなかも調べてみた。消防士の一団の写真があったなら記憶しているはずだ。途方に暮れて額を叩いた。あのとき、レイドンの車は修理工場に預けてあった。シカゴ大学へ出かけるのに、レイドンはスーアルの車を使った。BMW。スーアルはいつも、アシュフォード・ホールディングズのオフィスがあるノース・フランクリン通りのビルの駐車場に車を置いている。

おきあがろうとしたとき、レイフがドアをノックした。今日はそろそろ帰ろうと思うんですが、そちらは終わりました？　部屋に首を突っこんで室内を見まわしたレイフは、わたしが生みだした秩序に、すなわち、一ダースほどのリサイクル用の袋が積みあげられている光景に感嘆の目を向けた。

「そのまま置いていってください。明日クラレンスに頼んで、ゴミ出ししてもらいます」

エレベーターで一緒に下までおりた。レイフはシカゴの女子ソフトのプロチーム、バンディッツの試合を見るために、娘二人を連れてローズモント・アヴェニューまで行くという。空はあいかわらずどんより曇っていた。予報ではこれから雨になるとか。でも、たぶん、試合のあいだは降らずにいてくれるだろう。

わたしは車でループへ向かい、アシュフォード・ホールディングズからそう遠くないところに路上駐車できるスペースを見つけた。カットオフ・ジーンズとTシャツでは、専門職らしい雰囲気は生みだせないが、駐車場の係員に、フェイス・アシュフォードのアシスタントをしている者だと告げた。フェイスの使いで、夫の車に書類を置き忘れていないか確認しにきたのだといった。係員は、二週間前にレイドンがBMWを勝手に持ちだしたときの騒動を覚えているらしく、スーアルに電話して許可を得ようとしたが、幸いなことに、スーアルは会議中だった。

係員は妥協策として、わたしがフロアマットとシートの下をのぞきこみ、フェルト製のトランクライニングを持ちあげるあいだ、そばで監視した。見つかったのは、よくある生活の残骸ばかりだった。駐車場のレシート、チケットの半券、二十五セント硬貨七個。それはコインホルダーに入れた。コンドームひと箱。あらあら、スーアル、いけない子ね。

〝あなたの車にこれが置いてあることを、フェイスは知ってるの？〟わたしは思わず駐車場のレシートの裏に走り書きをして、ダッシュボードにしまってあるコンドームの箱の横に置いた。

係員に五ドル渡して駐車場を出た。この事件を早く解決したほうがいい。街のあちこちでばらまいているチップのせいで、わたしの銀行口座に穴があきつつある。

車のところに戻ったのは、市のレッカー車がやってきた数秒後だった。〝ラッシュアワーは駐車禁止〟というサインを確認するのを忘れていた。なめらかな連携プレイのもとに、警官たちが違反チケットを書き、レッカー車の部隊が違反車を牽引していく。レッカー車の運転手がわたしの車にチェーンをつけようとした瞬間、わたしは車をバックさせ、パトカーの警笛を無視して車の流れに飛びこみ、ダン・ライアン高速道路へ向かった。この渋滞では、パトカーもわざわざ追ってはこないだろう。V・I、あなたってほんとにクール。

クールすぎて、頭上にI57の標識が見えてくるまで、自分がどこへ向かっているのか気づかなかった。北ではなく、南へ向かっていた。わたしの無意識の心がダンヴィルへ行こうと決めたのだ。アイヴァ・ヴフニクの住むところへ。

48 盗まれた写真

ヴァーミリオン川の近くのみすぼらしい建物の前に車を止めたときは、夜の八時をすぎていた。勝手にロビーに入った。インターホン越しにアイヴァと話をするつもりはなかった。三階分の階段をすばやく駆けあがり、彼女のところの玄関ドアをガンガン叩いた。ランニングウェア姿の若者が廊下の向かいの部屋から出てきて、足を止め、目を丸くしてこちらを見た。アイヴァを訪ねてくる人間を見たのは、これが初めてなのかもしれない。

「どなた?」ドアに邪魔されて、アイヴァの平板な声はくぐもり、ききとりづらかった。

「V・I・ウォーショースキーよ、ミズ・ヴフニク」

「話なんかしたくないわ。帰って」

「刺激的な知らせを持ってきたのよ。弟さんを殺した犯人がわかったの」

ランニングウェアの若者は好奇心を抑えることができない様子だった。アイヴァが防犯チェーンの幅だけドアをあけた。薄暗い照明のなかで、彼女の肌がくすんで見えた。

「しつこい人ね。誰が殺したの?」

「わたしがドア越しにわめいてもいいの? 近所の人たちがきいてるのに?」

アイヴァは顔をしかめたが、いくつものボルトとチェーンをはずしはじめた。わたしがカビ臭いアパートメントに足を踏み入れると、ランニングに出ようとしていた若者はしぶしぶ階段をおりていった。

アイヴァは荒々しくドアを閉め、家具がぎっしりの居間に一歩入ったところでわたしと向かいあった。わたしは彼女の背後へ目を向け、傷だらけのチーク材の戸棚を見た。マイルズが現金を送るのに使っていた本は消えていた。重厚な銀の額に入ったマイルズの写真は戸棚のてっぺんへ移されていた。

「さて、誰がマイルズを殺したの？」

「ゼイヴィア・ジャーゲンズよ」わたしはアイヴァに明るい笑顔を向けた。

「誰、それ？」

「ゼイヴィアというのは、現金でカマロの新車を買った男。前回ここにお邪魔したときは、わたし、弟さんがそのお金をゼイヴィアに渡したんだと思いこんでたけど、べつの誰かがゼイヴィアに弟さんを殺害させ、その報酬としてお金を払ったことがわかったの」

アイヴァの顔が悲しげにゆがみ、口をひらいたときには、こらえた涙のせいで声がくぐもっていた。「犯人を逮捕したことを、警察はどうしてわたしに知らせてくれなかったの？何かわかったら連絡するっていってたのに。わたしがマイルズのただ一人の身内だってことは、警察も知ってるのよ」

わたしは会話をゲームのように進めたことを恥じた。「残念だけど、ミズ・ヴフニク、逮捕に至る前に、ほかの誰かがゼイヴィアを殺してしまったの」

「えっ？」アイヴァは首をふり、わたしがいっていることの意味をつかもうとした。「なぜそれを伝えるために、わざわざ車で出かけてきたの？　なぜ見ず知らずの他人がわたしの弟を殺すの？　あなたのでっちあげじゃない？」

「証拠は何もないわ。あれば、警察に持ちこみたいとこだけど。でも、ゼイヴィア・ジャーゲンズは弟さんをルーエタールのトミー・グローヴァーの部屋に入れた男なの。トミーは壁に写真を貼っていた。消防士と一緒に写ってる写真。弟さんがその写真を持ち去った。そして、そこに写っていたもののせいで殺されてしまった」

アイヴァの目がチーク材の戸棚の上に置かれた弟の写真のほうを向いた。

「ええ。わたしはそれをとりにきたの。弟さんはあなたに写真を送ってきて、隠しておいてほしいと頼んだ。そうでしょ？」

わたしは写真のところまで行き、額の裏の留め金をはずした。アイヴァが抵抗するかと思ったが、肩を落として、おとなしく見守るだけだった。ボール紙の裏板をはがしたとき、そこにあったのは、わたしの予想していたような写真ではなく、新聞の切り抜きだった。歳月のために黄ばみ、脆くなっていた。

慎重に広げると、トミー・グローヴァーの人生最大の自慢のタネだった、色あせたカラー写真があらわれた。タンピエ・レイク・タウンシップのボランティア消防団が消火活動を終えた直後に、煤に汚れた顔で消防車のまわりに集まっている。キャプションがついていた。

〝昨日の午後、ラインホルトの修理工場で発生した火事を消したあと、記念写真撮影のさいに、エディ・シェズとその他の消防士にトミー・グローヴァーも仲間入り〟。

わたしは写真をじっと見た。いまよりはるかに若いトミーの顔がかろうじて見分けられる。雑種の大型犬に腕をまわし、トミーも犬も口が裂けそうな顔で笑っている。トミーがこれをとても大切にしていた理由は理解できたが、レイドンやマイルズ・ヴフニクが写真にこだわった理由がわからない。

火事のことが短い記事になっていた。火元は油のしみこんだボロ布の山で、あっというまに燃え広がったという。新聞の名前を知りたくて、いちばん上の行に目をやった。この記事が載ったのは《サウスウェスト・ガゼット》、日付は二十七年前の七月七日。

「弟さんがこの写真を送ってきたとき、何かいってませんでした？　理解できないわ。どうしてこんな写真が――」わたしは自分の言葉の途中で黙りこんだ。背筋に冷たいものが走った。

この記事が出たのは火事の翌日だ。七月六日、マグダ・ローラーを殺していたとされる時間帯に、トミー・グローヴァーはエディ・シェズや名犬トレイと一緒にラインホルトの修理工場にいたのだ。郊外の小さな新聞に載った小さな記事だが、トミーにとっては一生の宝物、脚光を浴びた瞬間だった。

火事のあと、トミーは消防士仲間と別れ、マグダが〝肌をこんがり焼くために〟湖の岸辺に寝そべっているかどうか見てみようと思い、森をぶらぶら歩いていった。たぶん、彼と名犬トレイが火を消したことを、マギーに自慢したかったのだろう。彼女が水に浮かんでいるのに気づき、顔をあげて「トミー、あんたなの？」といってくれるのを期待しながらじっとみつめた。

そこへボーイフレンドのリンクが通りかかり、水に浮かぶマグダの死体を見ているトミーに気づいた。〝何をしたんだ、ろくでなしのうすのろ〟という叫びが、ヒステリックな糾弾の声が、そして、〝マギーが目をあけるのを待ってるんだ〟というトミーのおろおろした声が、わたしの耳にきこえてくるような気がした。

「大事にしまっておくようにってマイルズにいわれたのよ」アイヴァ・ヴフニクが小声でいった。「どうする気なの？」

「これは私有財産よ、ミズ・ヴフニク。ある男性のもので、その人の部屋から弟さんが盗みだしたの。また、殺人事件の証拠品でもある。わたしがシカゴに持って帰ります」

自分の携帯を使って、切り抜きの隠し場所となっていたマイルズの写真の裏側を写真に撮り、その周囲のスペースもできるかぎり撮り、つぎに、切り抜きそのものの写真を何枚か撮ってから、ブリーフケースのファイルホルダーに丁寧にしまった。

「弟さんの口からレイドン・アシュフォードという名前をきいたことは一度もないっていったわね？」わたしはいった。「でも、トミー・グローヴァーの部屋に入って写真を盗みだそうとしたときに、その部屋に弁護士がいたという話はきいてない？」

「弁護士のふりをした頭のおかしな女がいて、その女も写真をほしがってたそうよ。女の手から写真をとりあげたとき、破らずにすんで運がよかったって」

「じっさいに弁護士なのよ」わたしはピシッといった。「そして、司法試験合格者のなかでいちばん優秀な一人なの。写真を奪おうとして争ったときに、弟さんとのあいだにどんなやりとりがあったのか知りたいものだわ」

「わたしは知らない」突然、アイヴァが叫んだ。「その場にいなかったから！　あなた、自分のことを特別だと思ってるんでしょ。いきなり押しかけてきて、わたしのものを勝手に調べたりして。ふん、特別なんかじゃないわよ。そのお利口な弁護士が強引に割りこんで、マイルズがもらうはずだったお金を横どりする気でいるのなら――」

「弟さんはこの切り抜きを現金に換えようと思ったばかりに、命を落とすことになった」わたしは冷たくいった。「あなたに送ったことを突き止めたのがこのわたしで、あなたは信じられないぐらい幸運だったのよ。切り抜きがここにあることを、弟さんを死に追いやった犯人に知られたなら、いまごろ、あなたの命もなかったでしょうね。わたしのアドバイスに耳を傾ける気があるなら、この切り抜きを見たことは忘れてちょうだい」

わたしはまわれ右をして部屋を出た。弟の写真をもとどおりにしてってよ、というアイヴァの叫びが背後からきこえてきた。

けさの五時からおきているのでクタクタだったが、不安なエネルギーに突き動かされて三階からロビーまでの階段を駆けおりた。一刻も早くシカゴにもどり、この切り抜きを金庫にしまわなくては。

マリに電話を入れた。わたし以外の人間にも知っておいてもらいたかった。留守電に切り替わったので、メッセージを残すことにして、何が見つかったかを告げ、《サウスウェスト・ガゼット》の古い記録を調べて、遠い昔の七月六日におきた火事に関する詳細を手に入れてくれるよう頼みこんだ。

写真が決定的な証拠になる。記事のほうはトミーのことにまったく触れていない。マグダ・ローラーが殺された時間帯にトミーがほかの場所にいたことを証明できるのは、この写真だけだし、マイクロフィルムを調べても写真のほうは見つからない場合が多い。郊外の小規模な新聞の場合はとくに。写真のプリントがもっと必要だわ――わたしは留守電にさらにメッセージを入れた――それから、消防団の出動記録も。昔の記録がいまも保存されているのなら。

シカゴに戻るあいだ、バックミラーに不安な目を向けつづけた。初めてアイヴァ・ヴフニクを訪ねたとき、わたしが部屋を出た直後にアイヴァに電話があったことを思いだした。今日の彼女はわたしに腹を立てていた。あの電話をよこした相手にすぐさまわたしのことを報告するだろう。電話してきたのは、ウェイド・ローラーではないだろう。自分が表に出るようなことはしないはずだ。豪邸を手に入れたヴァーノン・ミュリナーあたりだろう。もしくは、〈クローフォード＝ミード〉の弁護士の一人。

夜も遅いというのに、道路は混んでいた。長距離トラックやSUV車にはさまれてガタガタ走りながら、バックミラーに映るハイビームのライトを見て、尾行されているのか、それとも、うしろの車が車間距離を詰めているだけなのか、判断に苦しんだ。インターステート五七からようやくダン・ライアン高速に入ったのが十一時ごろ、そのあと高速道路を離れ、尾行がついていないことが確認できるまで裏道ばかりを選んで走った。

事務所へ向かった。事務所の大型金庫に切り抜きをしまっておきたかった。自宅のクロゼットについている小さな金庫より、こちらのほうが安全だ。奥のソファベッドで寝ればいい。建物を共同で借りている友人の狭いシャワー室で、汚れをざっと洗い流すことにしよう。

小さな駐車場は空っぽだった。銃を手にして、通りを見渡した。通りの向かいのコーヒーショップはすでに閉まっていたが、五軒先にあるバーはいまもにぎやかだった。近隣に迷惑をかけないようにと客に注意を促す看板が出ているにもかかわらず、バンドの騒音が通りまであふれていたし、車や高架鉄道の土台にもたれて煙草をすう連中も騒がしかった。

わたしはブリーフケースを小脇に抱え、片手で銃を握ったまま、建物の入口で暗証番号を打ちこんだ。最後にもう一度通りを見渡してから、建物にすべりこんだ。

49　水族館で

事務所のドアを一歩入ったところで、連中がわたしを待っていた。照明のスイッチを入れた直後に、わたしは汗の臭いに気づいた。銃を構えたが、連中の一人が背後から殴りかかってきた。後頭部に強烈なパンチ。やみくもに銃をぶっぱなした瞬間、襲撃者の腕がわたしの首にまわされた。

わたしは腕を首に巻きつけられたまま、身体の力を抜いて、背後の男によりかかり、両脚でロックをかけてやった。二人一緒にどっと倒れて、男のほうが下敷きになった。わたしは脇へころがったが、頭に受けたパンチのせいでふらつきがひどく、ふたたび発砲する暇もないうちに、銃を握った手を誰かの重苦しい足に踏みつけられた。

膝をひきよせて、相手のふくらはぎを思いきり蹴飛ばした。重苦しい足の男がギャッと叫んであとずさったので、ふたたび銃をぶっぱなし、脇へころがって立とうとした。

床に倒れていた男がおきあがり、わたしの喉に腕を巻きつけた。「胸を押さえこめ」と息を切らしながらいうと、すぐさま、三人目の男がわたしに馬乗りになった。

男に噛みついてやろうとしたが、口にビニールを突っこまれた。敵は三人で、全員が黒いフードつきのレインジャケットを着ている。死神の顔——カイラはそういった。死神たちの顔がわたしを見おろしている。

「早く注射しろ。こいつがこれ以上暴れないうちに。いまの銃弾でルーがやられたぞ」

「ミュリナー！」ルーエタールの警備部長の声だとわかった。「こうやって豪邸を手に入れたのね？」

全身の力をゆるめ、胸の空気を吐きだして、身体を横向きにねじった。あと少しで自由になれると思ったそのとき、カットオフ・ジーンズの上からお尻に針を刺されるのを感じた。膝を立てて、馬乗りになっている男の股間にぶつけ、向こうが悲鳴をあげて倒れると同時に立ちあがろうとしたが、今度はわたしのほうが倒れてしまった。頭と腕が重くて、まるで千トンもの砂を頭にのせられたような感覚だった。

「十ミリ。これなら即効性ありだと思った」ミュリナーの声がした。得意そうだ。

「切り抜きはどこだね？」これもきいたことのある声だった。フルーティなバリトンの声。

切り抜きを守らなくては。そう思った。ドアのそばに置かれたブリーフケースが目に入ったので、そちらへ這っていこうとしたが、めまいがひどく、頭が重くて、ほとんど動けなかった。死の使いの一人が楽々とそこまで行き、ブリーフケースをとり、中身を床にぶちまけて、切り抜きを見つけた。

「いますぐ始末しておこう」フルーティがいった。ポケットからライターをとりだした。

「ここは禁煙よ」わたしはそういおうとしたが、問題はそれではなかった。新聞の切り抜きに男が火をつけようとしていることが問題だった。救いださなくては。大事な品だもの。レイドンが命をかけた品だもの。いえ、それはちがう。でも、どうでもいい。灰になった紙を男が指で粉々にし、笑っていた。

「さて、つぎはこの熱心すぎる詮索屋をベッドに入れるとしよう。今夜は魚と一緒に眠ってもらわなくては」フルーティがいった。

「マーロン・ブランドじゃないわね」わたしはつぶやいた。「あなたのこと、知ってるわ」

「ああ、クソ女、こっちもきみを知ってる。さあ、立つんだ」フルーティはふたたび笑い、わたしを抱きおこそうとした。「うう、なんて重いんだ！　手を貸せ、そこの二人」

「ルーがタマをやられた」ミュリナーがいった。「わたしも頭がフラフラしてる。だが、この女の頭なんか、明日の朝にはクソの値打ちもなくなってるだろう」

ミュリナーはわたしの脚のあいだに腕を差し入れ、わたしの両腕を抱えて持ちあげようとしたが、体重百五十ポンドのぐったりした身体を動かすのは困難だった。

「なんでわざわざ田舎まで運ばなきゃいけないんだ？　ここに置いてけばいいだろ。首を絞めるか何かして、さっさと帰ろう」

「こいつがここで発見されたら、シカゴ警察が黙っちゃいない」フルーティがいった。「とにかく、そうするのが詩的正義というものだ」

フルーティとミュリナーが力を合わせてわたしを抱きおこし、ミュリナーが背負った。動いたために、こちらは船酔い状態になった。わたしがゲロを吐いたものだから、ミュリナーは悪態をついたが、よろよろと進み、その揺れでわたしはよけい気分が悪くなった。

「ルー、タマなしの役立たず、泣くのはやめてドアを支えてろ」フルーティがいった。

わたしたちは廊下をよたよた進んでいった。裏口から外へ。何かが背中にあたった。散弾？ ブーム＝ブームがわたしに向かってエアガンを撃ってるの？ ガブリエラがカンカンになるわよ。ちがう、バカ《イディオータ》ね。水よ。空からの水。雨、雨。わたしは必死に言葉を思いだした。死の使いたちはレインジャケットを着ている。わたしは雨に打たれる。

ミュリナーの肩越しに、事務所の建物の路地側のドアがあいたまま揺れているのが見えた。内側からでないと、あけられないのに。どうやって入ったの？ 銃でロックを吹き飛ばしたんだ。騒音。通りは騒音でいっぱい。空からも騒音。雷鳴。

「わたしはここから家に帰る」ルーがいった。「あとはもう、わたしなど必要ないだろう。医者へ行かないと。腕が血だらけだ」

「これからもずっと必要だよ、ルー。わたしはきみのクライアント。優秀な弁護士はクライアントを大切にするものだ」

ルーは歩き去った。わたしは泣きたくなった。たった一人の友達だったのに。死の使いたちのところにわたしを置いて、行ってしまった。いや、ちがう、あの男も人殺しだ。

「大丈夫ですか」男の鋭い声がした。心配そうだ。

「大丈夫、大丈夫。酒を飲ませないようにしてるのに、この女、ボトルを持ってこっそりここに入りこんだんだ」

「お酒じゃないわ。クスリよ。クスリを打たれたの。警官を呼んで」わたしの口は言葉を作ることができなかった。言葉にならず、荒い息を吐くだけだった。

男は気遣いを見せた——車まで連れてくのに手を貸そうか？　いや、この女がキーを投げ捨ててさえいなきゃ、なんとかできる。前に一度、捨てたことがあってね、夜の夜中にＡＡＡ（アメリカ自動車協会）に電話しなきゃならなかった。わたしはもう一度腕を動かそうとしたが、パンチを見舞いたかったのに、わたしの腕はクラゲの触手みたいに重い夜気のなかを漂うだけだった。

「われわれだけで大丈夫だ」フルーティがいった。「じっと見てられると、きまりが悪いから——もう行ってくれないかな？」

「お願い、行かないで」わたしの舌は分厚くなり、毛に覆われていた。人間の言葉をしゃべることができない犬の舌。

フルーティが車のドアをあけた。黒いＳＵＶ車。ミュリナーにうしろのシートへ押しこまれ、わたしはまたしても吐いた。

「クソ女、革のシートに吐きやがった！」フルーティが叫んだ。「前もって注意しといてくれればよかったのに、クソ、ミュリナー。タオルを敷いといたのに」

神さまが空から頭の上に黄金をふらせてくださっても、不平屋は文句をいうものよ——近所の人が工場でひらかれた何かのコンテストで優勝し、賞品にシヴォレーの新車をもらったのだが、４ドアがほしかったとぼやいたときに、母はそういった。もちろん、イタリア語で。

〝空から黄金《オロ・ダル・チエーロ》〟といったので、それ以来、ブーム＝ブームとわたしはその人のことをシニョール・オロと呼ぶようになり、向こうはいつもカンカンに怒っていた。からかわれているのはわかるが、どういう意味かわからなかったからだ。

「わたしは自分の車であとからついていく」ミュリナーはそういって、車のドアを乱暴に閉めた。

わたしの頭は、ストリートフェアに登場する絶叫マシンみたいに回転していた。何度も、行きたいとせがんだ。ほかの子はみんな行くのよ。なんでわたしだけだめなの？ 安全じゃないから、あの会社は信用できないから、と母がいったが、ブーム＝ブームとわたしはフェンスの下からもぐりこみ、スピンアウトに乗り、二人とも、その前に分けあって食べた綿菓子を吐いてしまった。

まだ目の焦点が合わなかった。ゲートのところに父が立っているのが見えなくて、ブーム＝ブームと二人でよろよろ外に出たときにつかまってしまった。

「おまえをぶつつもりはない」父はいった。「子供をぶつのは残虐だと思うからね。だが、どうすればおまえにいうことをきかせられるんだろう？ こういうストリートフェアを開催する業者は、マシンのボルトの点検などろくにしないんだよ。事故があったら、母さんと父さんがどんな思いをするか、おまえ、わかってるのか？」

父はわたしをベッドに投げだした。いまのわたしじゃ、このベッドには大きすぎる。お仕置きとして、赤ちゃんのころのベッドに寝かせようというのかも。父はわたしのパンツのポケットに手を突っこんで鍵をとりあげた。これじゃ家から出られない。ところが、つぎにわたしをスピンアウトに無理やり乗せて、ぐるぐるまわしはじめた。「やめて、ごめん、やめて、お願い」、でも、揺れと回転がどんどんつづいた。

わたしはまた吐いたが、母は顔を拭いてくれなかった。わたしにひどく腹を立てている。わたしが母の心臓を破ってしまったから、母はわたしを見捨てて去っていき、残されたわたしは雷鳴が轟くなかで、テレビから流れる声をした意地悪な男に笑われながら、この恐ろしい危険なマシンに乗って上下左右に揺れつづける。

わたしの頭には砂利がぎっしり詰まっていた。シニョール・オロがひどく腹を立てて、わたしの耳に砂利を流しこんだのだ。まず、わたしの頭のなかを砂利でいっぱいにした。わたしは考えられなかった。動けなかった。恐ろしい悪夢のなかで眠りつづけていたが、目をさますことはできなかった。

マシンが止まったが、わたしの頭はまだ回転していた。すごい量の円、すごい量の砂利。ここは砂利採取場。シニョール・オロがわたしの爪先まで砂利を詰めこもうとしている。パパはどこ？　わたしのことをめちゃめちゃ怒ってるだろうけど、でも、助けにきてくれなきゃ。

シニョール・オロがスピンアウトのなかに身体を突っこんだ。「さて、ここからどうやってひきずりだそう？　ミュリナーはどこだ？　うしろをついてくるといったのに、クソ、逃げたな」

シニョール・オロはわたしを抱えてすわらせた。「きみを動かすには梃子《てこ》が必要だな。わたしのコメントのなかに入れておくべきだった。心やさしきリベラル派の連中は腹に脂肪がつきやすいってな。明日、きみの溺死を告げる悲しいニュースを流すときに、そうコメントしておこう。ルーエタールを嗅ぎまわったり、うすのろと話をしたり。だが、わたしのために切り抜きを見つけてくれた。心から礼をいわせてもらう」

切り抜き。わたしの脳がかすかに動いた。重い腕や脚と同じように弱々しく。トミーの記事。わたしにのしかかっているのはシニョール・オロではない。ウェイドだ。ウェイド・ローラー。かつて自分の姉を殺し、いま、わたしを殺そうとしている。

「なぜ？　なぜマギーを殺したの？」

わたしはローラーの肩に向かって呂律《ろれつ》のまわらない言葉をぶつけた。ほとんどききとれない言葉なのに、ローラーはとたんに激怒した。SUV車の狭いバックシートにふたたびわたしを突き倒した。

「なぜマギーを殺したかって？　この役立たずのクソ女！　負け犬のリンクなんかとセックスしたからさ。わたしだ。マギーを愛してたのはこのわたしだ。マギーがいちばん愛してた相手もこのわたしだ。そういってくれた。なのに、二人を見てしまった。湖の岸辺で二人を見た。そして、あのグズなうすのろのトミーも二人を見ていた。ダンス。トミーは二人がダンスをしてたといったが、目にしたものの意味があいつには理解できなかったんだ。二人はせっせと励んでたのさ」

ローラーはわたしのほうに身を乗りだし、唾を飛ばしながらしゃべっていた。人に唾をかけるのはよくないことなのに、やめようとしなかった。

「わたしは走り去ったが、あとで戻ってきた。そのときには、リンクはすでに仕事に出かけ、うすのろは火事場で奮闘してた。湖の岸にマギーがすわって笑みを浮かべていた。リンクのことを思って微笑してたんだ。わたしじゃなくて。

『よくもあんなまねを』わたしは泣きながらいった。本物の涙を流してた。信じられるかね？　わたしに嘘をついたバカ女のために涙を流すなんて。『ああ、ウェイド、わたしね、彼に恋をしてるの』ローラーは粗野な裏声でマグダの物真似をした。

「彼に恋を？　あの愚かな負け犬に恋を？　あいつがどうなったか見てみろ。半年以上も仕事に就かず、朝ベッドから出られるようになることだけが目的で軍隊に入ったんだぞ。マギーはわたしを選ぶべきだったんだ。わたしは世の中で成功した。年に五千万ドルも稼いでいる。マギーが選んだ相手はろくでもないやつだった。

マギーの首を絞めてやった。うっとりする感触だった。しかも、わたしの腕にマギーが両手をかけてたおかげで、やりやすかった。『ねえ、ウェイド、そんなに怒らないで。いまに、あなたにふさわしい女の子が見つかるわ。ねっ』

『どうしろっていうんだよ？　姉さん、いつもいってただろ。あなたとわたしで世間に立ち向かうのよ、ずっとあなたを愛していくわ、ウェイド、って。だけど、嘘だった。姉さんもバビロンの娼婦にすぎなかったんだ』」

ローラーはわたしの肩をつかむと、怒りにまかせて揺すぶった。この場で首を絞められても、わたしのほうは、身を守るために腕をあげることもできないだろう。蹴りを入れてやろうとしたが、脚が思うように動かなかった。ぐったりした手がポケットにぶつかった。わたしの携帯。力をふりしぼって電源を入れたが、大きな声が出せないため、電話に出た相手に助けを求める叫びをきいてもらうことができなかった。

「トミー」やっとの思いでかすれた声を出した。

「あんなやつのために泣くことはない」ローラーがわたしを放し、手の汚れを払った。「薬殺刑にならずにすんで、あいつも幸運だった。わたしが警察に電話して、タンピエ湖でトミーが不審な行動をとっていると告げたんだ。トミーのやつ、予想どおり、死体のそばにかがみこんで、いつものようにマギーを見ていた。役立たずの、ろくでもない、芝居の観客みたいにな」

「ヴフニクは?」わたしはまわらない舌できいた。

「ああ、あいつか。きみたち私立探偵ときたら、テレビドラマの見すぎで、自分のことを頭がいいと思いこんでる。姉の死や、州があのうすのろを生かしてやっているという事実を嘆くわたしの気持ちを、ヴァーノン・ミュリナーは理解している。新聞記者やくそったれのバカ弁護士みたいな連中がトミーと話をしにきたときには、ミュリナーがわたしに連絡をくれることになっている。アシュフォードのクソ女もその一人だった！　われわれはそのころすでに、サランターに関連したスキャンダルを探すためにヴフニクを使っていた。アシュフォードのクソ女がトミーと話をしてるのを知って、われわれはそれを止めるためにヴフニクを送りこんだ。ところが、やつは切り抜きを目にし、わたしを恐喝する材料にできると考えた！　わたしを恐喝だと！　だから、ヴァンパイアが反撃してやった。それから、きみはわたしを出し抜くことができると考えた！　無理だよ、きみたち社会主義のリベラルな連中には。何年もわたしを追いかけたところで、追いつけっこない」

ローラーはトミーと同じように、ハイエナに似た笑い声をあげ、それから不意に身をかがめてわたしを抱きあげた。わたしはいまだに抵抗できず、腕も動かせず、彼を軽く叩くぐらいしかできなかった。怒りではなく、愛のしぐさのようだ。頭がくらくらし、急降下するなかで、ローラーに抱えあげられた。わたしの顔に雨があたり、ローラーがよろめき、悪態をつき、暗いなかで小道をよたよた進んでいった。カエルの声がきこえた。コオロギの声も。

夜の騒音。水が岸辺に寄せる音。

ローラーに押されて、わたしは倒れた。胸と脚に金属が触れた。わたしの下で揺れていた。わたしの胃袋は空っぽ、何も吐けない、やがて笑い声、金属の揺れがひどくなる、世界が逆さまになる、上に金属、下に水。

〝手すりにしっかりつかまってろ〟ブーム＝ブームがいった。〝ここから先は逆さまだ、クールだぜ、最高にクール〟

手すりにしがみつくと、金属が手に食いこみ、わたしたちは空間を漂っていった。すごくクール、怒らないで、ママ、わたしたち、水族館の魚みたいにゆらゆら泳いでるのよ。

50　釣りに出かける

ちょうど空が白みはじめるころ、スタン・チャマーズは車でタンピエ湖に向かった。釣竿と釣糸をお供に湖で午前中をすごせば、彼の病気はほとんどよくなる。そして、今日の彼は切実にその治療を必要としていた。サービス残業が多すぎるし、未払いの請求書も多すぎる。勤務時間が始まる七時になったら、病欠の連絡を入れるつもりだった。

桟橋まで歩いたが、彼のボートが見あたらなかった。係留ロープが切断されているのに気づいた瞬間、体内に湧きあがる怒りを抑えようと必死になった。血圧に悪い。ふつうでも高いのだから。湖で一日をすごすのはリラックスするためだ。脳卒中をおこすためではない。

スタンは蚊を叩きつぶしながら、そして、完璧な釣り日和の朝にこんなことをしてくれた、頭のなかがゴミだらけで、覚醒剤中毒で、ビールをがぶ飲みするクズ人間に向かって小声で悪態をつきながら、湖の岸を延々と歩きはじめた。少しだけ運に恵まれた。わずか三十分ほど歩いたところで、ボートが見つかったのだ。葦《あし》や背の高い草がからまりあった岸辺に逆さまになって打ちあげられていた。スタンは葦をかき分けて進み、ボートのへりを持ちあげた。釣り道具を置いてきた場所までボートをゆっくり漕いで戻ろうという計画は、ボートの下に女性の身体を発見した瞬間、消えてなくなった。

51　V・I最後の事件

「本日の〈シカゴ・ビート〉の録画用にこのスタジオを使わせてくれたミスタ・ウィークスに感謝します。ご出席くださったV・I・ウォーショースキーのお友達と身内の方々にも感謝します。つらいご決断だったことはよくわかります」

　スタジオの観客が息を呑んで友人と身内のほうを見るあいだ、さきほどディアドラ・シュウと名乗った女性はクリップボードを手にして、話を中断した。カメラがパンすると、ペトラ・ウォーショースキーは椅子の上で身を縮めたが、ロティ・ハーシェルは背筋を伸ばし、まっすぐ前を向いたまま、まるでこの場にいないような態度をとっていた。ロティの左側にはマックスがすわっていて、ロティの震えが彼にまで伝わってきたので、マックスはそっと彼女の手を握りしめた。

　ディアドラ・シュウは、スタジオに入るさいの局側による携帯チェックを観客が了承してくれたことに感謝を述べた。「この番組は録画されますが、同時に、生でも放送されます。番組の最中に、誰かがきわめて重要な電話をかけたくなったりすると、こちらも困りますので」

さざなみのような笑いが広がった。

「あと五分でスタートです。番組のタイトルを〈V・I最後の事件〉にするか、〈シカゴのナンシー・ドルー〉にするかについて、局内で議論が重ねられました。二番目のタイトルに決まりましたが、なぜかというと、V・I・ウォーショースキーはこの街ではよく知られた存在ではありませんが、そんな名前はきいたことがないという人々の住むよその地域でも、番組がオンエアされる予定だからです。また、わたしども制作班の意見として、V・I・ウォーショースキーこそシカゴの生んだ少女探偵だと判断したからです」

「ヴィクが知ったらムッとするわよ」いきなり、ペトラがいった。「一人前の女性が〝女の子〟って呼ばれることに我慢がならない――いえ、ならなかった人だもの」

カメラがふたたび向きを変えてペトラをとらえた。となりにすわったミスタ・コントレーラスが麦ワラのカンカン帽でペトラの顔を隠した。「みんな、わしらを動物園の動物みたいに扱っておる」と、ロティとマックスにいった。「あのベス・ブラックシンだって、クッキーちゃんのおかげで無数のトップニュースをものにしたというのに、わしらがここに着いたとき、マイクを持って近づいてきおった。わしらのことを、生の感情を持った人間でなくて、映画か何かだと思っておるのかね」

老人とペトラを車に乗せてここに連れてきたジェイク・ティボーが、ミスタ・コントレーラスの肩を慰めるようにそっと叩くと、老人は静かになった。だが、その声はすでに狭いスペースに響きわたり、多くの者が首をまわして老人に視線を向けていた。そこにはウェイド

・ローラーも含まれていた。トレードマークのチェックのシャツを着たローラーは、ロティとマックスがスタジオに着いたとき、ロティに薄笑いを向けた。ロティはツンとして、マックス流にいうなら〝オーストリア皇女〟のごとき高慢な表情になった。ローラーは最下層のクズ、目にとめる価値もないというわけだ。

マリがグローバル・ワンで最高とされているスタジオを使うのは今回が初めてだった。ウェイド・ローラーがスタジオ見学者の前で〈ウェイドの世界〉の収録をしているのが、このスタジオである。マリにそこを使わせようというウィークスの決定がローラーには不満だったが、報道部長は頑として譲らなかった。〈シカゴのナンシー・ドルー〉によって、〈ウェイドの世界〉と同じぐらいの広告収入が望めるからだ。番組の観覧チケットはネットで発売された五分後に完売していた。

ウィークスは四十八階のオフィスに残って番組を見ることにしたが、その他の幹部連中はほとんどがスタジオのほうにきていて、そこには、〈グローバル〉が後押ししている上院議員候補で、コメンテーターをやっているヘレン・ケンドリックも含まれていた。ロティは華やかな赤に身を包んだケンドリックをちらっと見たあと、そのとなりにすわっている頭の薄いずんぐりした男性に目を止めた。丸々した頰と上を向いた鼻のせいで、きょとんとした赤ちゃんのような顔に見えるが、目は冷たく狡猾そうで、それがロティの神経を逆なでした。

彼女とちがってこの街のニュースにくわしいマックスを、ロティはそっと小突いた。「右派のキング「レス・ストラングウェルだよ」マックスは紙切れに走り書きしてみせた。

メーカー。ケンドリックの選挙参謀をやっている」

ローラーとケンドリックの熱烈なファンがマックスとロティの座席越しに身を乗りだして、憧れのスターからサインをもらおうとしていた。ロティが人々に足を踏まれないよう、マックスが守っていたが、興奮したファンにとっては、小柄な老人二人など存在しないも同然だった。ロティは身を縮めて、スターに媚びへつらう連中から逃れようとした。出席を承知しなければよかったと思った。〝こんなの、わたしのやり方じゃないわ。おおげさな演出も、悲しむふりも。現代社会におけるわたしの嫌いな要素が、この俗悪なスタジオに詰まっている〟腕時計に目をやり、番組が早く始まり、終わり、ここを出ていけるよう願った。

ロティがよそを向いていたあいだに、マリ・ライアスンがセットに入っていた。いつもロティの眉をひそめさせていた軽薄な態度は消えていた。沈んだ表情で、落ち着きがなく、シュウとこまかい打ちあわせをするあいだ、シャツの襟が窮屈なのか、ボタンの下にしきりと指を入れていた。

シュウがいった。「本番三十秒前」

客席のライトが暗くなった。シュウはセットの袖に立ち、モニター画面を見つめていた。片手をあげて、指を一本ずつ折っていき、〈シカゴ・ビート〉のテーマ曲が流れはじめると同時に、マリが軽やかな足どりで市内地図の前に登場した。オープニング・クレジットが流れるなかで、マリが地図のさまざまな場所に触れ、市内のその部分が明るくなっていく。球場、郊外の森林地帯、ショッピング・モール、ミシガン湖のビーチ。

テーマ曲が終わったところで、マリがサウス・シカゴに指を触れると、完全操業をしていた時代の工場の姿がみんなの前に浮かびあがった。

「火と水に囲まれて、V・I・ウォーショースキーはここで誕生しました。かつてわが国の偉大な製鋼所があった場所です。製鋼所の生と死、両親の生と死、そして、愛する従兄ブーム＝ブームの生と死」ここで、ブラック・ホークスのヒーローが笑顔で画面に登場した。スタンリー・カップを高々と掲げ、氷上のチームメンバーに加わったV・Iから頭にシャンパンをかけられている。

「とりわけ、地域社会の生と死、正義の生と死がのちの彼女を作りあげたのです。ブーム＝ブームに鍛えられて、V・Iはたくましいストリート・ファイターに成長しました――闘犬、彼女をそう呼ぶ者もいます――しかし、弱者への正義を求める彼女の思いが、最初は彼女を法律の世界へ、やがて、私立探偵という一生の仕事へ導いたのです。

V・Iは数々の伝説的な成功を収めています。彼女とわたしが初めて一緒に仕事をしたのは二十年前のことでした。当時のわたしは、いまはなきあの有名な〈シティ・ニューズ編集局〉におりました。記者に憧れるヒヨッコを本物の記者にしてくれるところでした」

観客が笑い、賞賛の言葉をささやきあったり、息を呑んだりするなかで、マリはV・Iの命がけの冒険をいくつか語りはじめた。クレーンからサニタリー運河に飛びこんだときのこと。火に包まれたビルのなかを這って叔母のエレナを助けだしたときのこと。チンピラに切りつけられた夜のこと。ホームレスの一家を安全な場所へ連れていこうとして、ループの地下のトンネルに閉じこめられてしまった日のこと。

「V・I最後の事件も、ほかの多くの事件と同じように、身内や友人からの助けを求める電話で幕をあけました。そして、十日前にタンピエ湖で終わりを告げたのです。ウォーショースキーのように泳ぎの達者な人物がどういうわけであの湖で溺れるに至ったのかは、永遠に謎でしょうが、真夜中に郊外のあの湖へ彼女が出かけるに至るまでの出来事を、コマーシャルのあとでたどっていきたいと思います」

コマーシャルタイムのあいだ、観客の騒音が大きくなったが、やがてシュウがふたたび本番開始の合図を送った。

「兄弟姉妹」マリはいった。「人は愛しあい、憎みあい、争います。しかし、一緒に育った兄弟姉妹ほど、われわれの人生とわれわれの歴史を深く理解してくれる人はほかにありません。いまから、そんな兄弟姉妹のことをお話ししましょう。心の病ゆえに輝かしい弁護士のキャリアを捨てて州立精神病院に入った妹と、そして、妹のことを名門の一族の面汚しだと思っていた兄がいます」

カメラがスーアル・アシュフォードを映しだすと、彼はひどくいやな顔をした。ロティはとなりにすわった妻の顔に見覚えがあった。いつだったか、オペラに出かけた夜、ヴィクトリアからこの二人を紹介された。マリがこの夫妻を招待したことはロティも知っていたが、姿を見せた二人を見てびっくりした。

「また、おたがいをとても大切にしていた姉と弟もいます。マイルズ・ヴフニクはシカゴで私立探偵をやっていました。V・I・ウォーショースキーと同じく、一匹オオカミの探偵でした。しかし、V・Iとちがい、陰でケチな恐喝をやって収入の足しにしていました。誰かがマイルズを雇って汚れた秘密を見つけだすよう依頼すると、今度はその依頼人の秘密まで探りだし、口止め料として余分な金をせしめていたのです。

イリノイ州の選挙運動の関係者が、シカゴでもっとも裕福な男性に関するスキャンダルを掘りおこそうとして、マイルズを雇いました。シャイム・サランターに圧力をかけ、上院議員に立候補したソフィー・ドゥランゴに対する支援をやめさせるため、なんらかの方法が見つかることを対立候補陣営は期待していたのです」

観客のあいだに衝撃のあえぎが広がった。ヘレン・ケンドリックはいまにも立ちあがって抗議するかに見えたが、レス・ストラングウェルから黙っているよう注意された様子だった。スタジオのカメラは二人から離れたままだった。ストラングウェルがテレビ画面に顔を出すことはめったになく、登場するとしたら状況を完璧にコントロールする自信のあるときだけだということを、局側も知っている。

マリはさらに話をつづけ、マイルズがサランターの孫娘に近づこうとしたことと、彼女の携帯に盗聴用のプログラムをインストールしてメールの監視を始めたことを説明した。

「この物語には、さらにべつの姉と弟も登場します。姉は三歳年下の弟の面倒をみていました。アル中のシングルマザーが子育てを放棄していたからです。姉は十七歳のときに殺害され、弟は孤独のなかに残されました。犯人のトミー・グローヴァーという男性は精神鑑定によって責任能力なしと判定され、ルーエタール州立精神病院の犯罪者病棟で日々を送ってきました。

弟は世の中ですばらしいキャリアを築いてきましたが、グローヴァーが死刑にならなかったことをいまだに恨んでいます。病院の警備部長に大金を渡し、グローヴァーに近づく者がいれば連絡をよこすよう指示してあります。鉄格子のなかで三十年近くをすごした心神喪失者への同情を、弁護士や新聞記者がかきたてようとするのは、弟にとって望ましくないことなのです」

マリがシュウにうなずいてみせると、大型スクリーンにルーエタール病院が映しだされ、つぎに、きびしい顔つきのヴァーノン・ミュリナーがアウディのコンバーティブルのドアをロックし、豪邸の玄関へ向かって歩いていく姿が映しだされた。

「この病院の警備を担当するミュリナー氏に、イリノイ州は年間二十万ドルの給料を支払っています。ところが、この夏、ミュリナー氏はいま入ろうとしているこの家を五百万ドルで購入しました。それから、あの美しいドイツ製のスポーツカーも購入しました。そして、彼の取引残高証明書に目を通したところ、驚くべき取引がいくつか見つかりました」

マリがミュリナーの取引残高証明書を見せたとき、ロティは、どんな方法で入手したのか知りたくもないと思いながら、身を固くしてすわっていた。背後にいる〈グローバル・エンターテインメント〉の男たちのほうを見ようという気はなかったが、けわしいささやき声——ローラーからストラングウェルに？——がきこえてきた。〝どこから洩れたんだ？〟取引報告書には、時価で何十万ドルもする躍進企業の株を保有していることが記載されていた。

「人生にしばしば訪れる偶然のいたずらによって」マリは話をつづけた。「心の病を抱えた妹――優秀な弁護士レイドン・アシュフォード――は、トミー・グローヴァーの母親が息子に面会しにきたとき、ネッタというその母親と出会いました。息子は無実なのに、ちゃんとした法的代理人をつけてもらえなかったのだと、ネッタは訴えました。そこで、現在も弁護士会のメンバーであるレイドンは、自分が息子さんの事件を担当しようと申しでました。二週間後、ネッタはひき逃げにあって死亡しました。偶然でしょうか？

ネッタが死亡した日、レイドンはルーエタールを退院しました。ロースクール時代の旧友、V・I・ウォーショースキーに連絡をとり、トミーのことを相談しようと必死になりましたが、何者かにロックフェラー・チャペルのバルコニーから突き落とされてしまいました。

この数日、レイドンは昏睡状態からさめて、犯罪者病棟で何があったかをわたしに話せるまでになりました。コマーシャルのあとで、つぎはその話に移りましょう」

観客のなかに広がった今回のざわめきには衝撃がにじんでいたが、同時に、期待感も漂っていた。ロティの耳に、「回復は望めないと、スーアルがいってたのに！　こんなくだらん茶番劇、どうして誰も打ち切ろうとしないんだ？」というローラーの声と、「落ち着け、ローラー。マッチの火を山火事にするな。ハロルドが上で見てるかどうか、わたしが確認してくる」というストラングウェルの返事がきこえた。

五分間のコマーシャルタイムに入ったとき、ロティはストラングウェルがスタジオから急いで出ていくのを見た。マリもそれに気づいたかどうか、ロティにはわからなかった。マリはコマーシャルのあいだ、シュウと一緒にさまざまなメモに目を通していた。カメラがふたたびまわりだし、話のつづきに入った。

「レイドン・アシュフォードがトミー・グローヴァーに会いにいった時点で、ミュリナーはすぐさま行動に移りました。嘆きの弟に連絡をとり、彼の姉の殺害犯に弁護士が会いにいったことを知らせました。弟がレイドン・アシュフォードの家族に文句をいうと、家族はこう答えました。『シャイム・サランターに関するスキャンダルを探りだすために、われわれはすでに私立探偵を使っている。そいつをルーエタールへ送りこんで、レイドンを止めることにしよう。われわれのいうことにレイドンは耳も貸さないが、私立探偵というのは、いざとなれば無慈悲なこともできるものだ』」

フェイス・アシュフォードがショックのあまり叫び声をあげたのが、ロティの耳に届いた。夫がすぐさまフェイスを黙らせた。

「そして、驚くなかれ、マイルズ・ヴフニクは犯罪者病棟に入りこんだときに、ある写真を見つけたのです。レイドンもそれに興味を寄せていました。なぜなら、トミー・グローヴァーがおそらく殺人犯ではなかったことを、その写真が示していたからです」マリはこの場にふさわしく、芝居がかった間をとった。

「そして、マイルズはここで大きなミスを犯しました。トミーの部屋から写真を盗みだし、自分の大好きな姉に郵送し、そのうえで、真犯人と思われる男を恐喝しようとしたのです。

しかし、女性の首を絞めて湖に投げ捨て、精神に問題を抱えた男性を自分の身代わりに刑務所へ送りこむことのできる男ですよ——そういう男なら、恐喝者をどう扱えばいいかを心得ています。

われらが殺人者は、シャイム・サランターの孫娘が『カーミラ／夜の女王』というファンタジーの人気シリーズの大ファンであることを、マイルズ・ヴフニクからきいて知っていました。ヴフニクは少女たちの携帯にインストールしたプログラムを通じメールを監視していたので、少女たちが深夜の儀式をおこなうために閉鎖された墓地へ出かけ、お気に入りのキャラクターの人生を演じるつもりでいることを知りました」

入会儀式の映像がスクリーンに流れるあいだ、マリは沈黙した。少女の一人が——たぶん、ニーヤ・ドゥランゴだろう——説得されて、儀式の不鮮明な動画が入った携帯を渡したのだ。雨のなかで踊る少女たちの姿に、観客から笑いが洩れ、スタジオの緊張がややゆるんだ。

「われらが殺人者は一石二鳥の名案を思いつきました。マイルズ・ヴフニクを殺し、同時に、さしたる理由もなく彼が毛嫌いしている人物、シャイム・サランターの顔に泥を塗ってやろうというのです。われらが殺人者はルーエタールの看護助手の一人を以前から手なずけていました。ゼイヴィア・ジャーゲンズというその看護助手に、墓地へ行ってマイルズ・ヴフニクを殺してくれれば、報酬としてカマロの新車を買う金を出そうと話を持ちかけました。

われらが殺人者は墓地から一マイル離れたところで、彼のためにひらかれた豪華なパーティに出ていましたが、こっそり抜けだして墓地へ行き、邪悪な行為がおこなわれたかどうかを確認したいという誘惑に抗しきれなくなりました。警察へ電話をしたのも彼です。墓地にきていたシャイム・サランターの孫娘とソフィー・ドゥランゴの娘がマイルズ・ヴフニクの死体のそばでつかまることを期待していたのです」

スクリーンには、胸に鉄筋を突き刺されたマイルズ・ヴフニクの姿が映しだされた。警察の証拠写真で、一般の目に触れることはけっしてない。ふたたび、恐怖と刺激の入りまじった「おお」や「ああ」の声があがった。

「われらが殺人者がどんなに苛立ったか、想像してみてください――V・Iのお気に入りの控えめな表現のひとつを使うなら、気が揉めたことでしょう――V・Iが少女たちを見つけだし、無事に逃がしてしまったのですから」

マリは言葉を切り、グラスの水を飲んだ。ふたたび口をひらいたときには、感情のない声になっていて、喉の奥から言葉を絞りだすようにして話しはじめた。

「V・I・ウォーショースキーは不屈の精神を持つ勇敢な探偵でした。マイルズ・ヴフニクの線から調査を進め、ゼイヴィア・ジャーゲンズを見つけだしました。V・Iがゼイヴィアから話をききだそうとしたところ、ゼイヴィアの愛人が狼狽し、殺人者が使っている弁護士に会いにいきました。この弁護士は殺人者の手先で、マイルズ・ヴフニク殺しの報酬として、カマロを買う金をゼイヴィアに直接渡した人物です。

愛人が狼狽して訪ねてきたことを弁護士から報告されても、われらが殺人者は冷静でした。笑い飛ばしました。大きなジェットコースターに乗っているのです。そこでは彼が神の座についていて、誰が生きるか、誰が死ぬかを決めるのです。

殺人者はゼイヴィアに、ルーエタールの調剤部から抗精神病薬を少しとってくるように命じ、ゼイヴィアは薬を持って墓地の近くで彼と落ちあい、謝礼を受けとることに同意しました。

ヴフニクが殺された夜、『カーミラ』の読書クラブに入っている少女の一人が携帯を落としました。殺人者が同じ夜にそれを拾いましたが、持ち主を突き止める方法がありませんでした。ただ、持ち主はわからないものの、携帯に自分の写真が入っているのを見て危険を感じました。そこで大胆な賭けに出ることにしました。サランターの孫娘を亡き者にしようと決めたのです。孫娘が少女たちのリーダーでした。アリエル・サランターが殺されたことをあとの少女たちが知れば、墓地の夜に関して何を語るにしても、どの画像や動画を公にするにしても、きわめて慎重になることでしょう。そこで、殺人者は偽の携帯メールでアリエルを墓地におびきよせ、ゼイヴィアもそこに呼びだし、両方に抗精神病薬を大量に呑ませてから、ゼイヴィアが買ったピカピカのカマロの新車のなかに二人を放置して殺そうとしました」

ふたたび、スクリーンに警察の証拠写真が映しだされた。今度はカマロに乗ったゼイヴィア・ジャーゲンズの写真だった。

「しかし、殺人者はそのあいだじゅう、トミー・グローヴァーの写真のことを気にかけていました。覚えておられますか。マイルズ・ヴフニクがトミーの部屋から持ちだした証拠の品です。殺人者はヴフニクの家と車のなかをくまなく探し、レイドン・アシュフォードのパソコンを盗み、彼女の住まいに残されたメモや紙片のたぐいを徹底的に調べましたが、写真はどこにもありませんでした。コマーシャルのあとでお話ししましょう――誰が写真を見つけたのか。それが何を証明しているかを」

「くだらんたわごとばかりだな」ローラーが嚙みついた。「それに、なんできみがわたしのスタジオを占領してるんだ？　うすのろが壁に写真を貼っている。そんなことで弁護士と私立探偵がカッカするのかね？　なあ、ライアスン、きみならもっとましなことがやれるはずだ」

「わかったよ、ウェイド。心がけておこう」マリがセットから手をふった。

コマーシャルが終わると、マリはアイヴァ・ヴフニクを紹介した。アイヴァは喧嘩腰だった。V・I・ウォーショースキーのことを、チンピラと似たようなものだといった。勝手に入りこんできて、亡くなった弟の大事な写真を額からはずしたのだから。

「あの人が殺されたとしても、わたしは驚きません。たぶん、ほかにもカンカンに怒らせた相手がいたんでしょう。どこかの大物を怒らせて、教訓を叩きこまれたんでしょうよ」

「そうですね。ほかの誰かをひどく怒らせたように見えます。ところで、V・Iが弟さんの写真を額からはずしたとき、何が見つかったのですか、ミズ・ヴフニク？」

「新聞の切り抜きです。古い新聞で、大事にしまっておいてほしいといって、弟がわたしに送ってきたものです。それはダイナマイトで、ひと財産築くことができるといっていましたが、理由を説明する前に死んでしまいました。背後にウォーショースキーという女がいたとしても、わたしは驚きませんね——」

「右側のモニターを見てください、ミズ・ヴフニク」マリが割りこんだ。「大事にしまっておくようにといって、弟さんが送ってきたのと同じ切り抜きに見えますか」

誰もが首を伸ばして、トミー・グローヴァーの写真を見ようとした。トミーは名犬トレイに両腕をまわし、タンピエ・レイクのボランティア消防団の真ん中でうれしそうに笑っている。

アイヴァ・ヴフニクは、彼女の記憶にあるのと同じ写真であることをしぶしぶ認めた。

「で、記事にはどんなことが書いてありました?」マリはきいた。

「さあ——火事を消したとか、そんなようなことが。それが何か問題なんですか」

マリは奇妙な笑みを浮かべた。「エキスパートをスタジオにお呼びしていますので、その方から説明していただきましょう」

白髪の男性が足をひきずりながらセットに登場するのを、誰もが見守り、エディ・シェズと名乗るのをきき、ボランティア消防団が写っているその写真は、二十七年前の七月六日、タンピエ・レイク・タウンシップで自動車修理工場の火事を消したあとで撮影されたものであるという説明に耳を傾けた。

「では、その火事に関して、どういう点が重要なのでしょう? いや、むしろ、その日付に関して。それについては、最後のゲストに説明していただきましょう」

セットの袖から一人の女性が登場した。ゆっくりした動作で、歩くのが楽ではないという印象だった。大きな帽子が目と鼻を隠していたが、話しはじめると、その声は力強く明瞭だった。

「その写真は、トミー・グローヴァーがシェズ氏と一緒に消火にあたったことを示しています。ウェイド・ローラーが姉のマグダを絞め殺していたのと同じ時刻に」

観客のざわめきが喧噪に変わった。「いま、なんて？」「消防士がウェイドの姉を殺した？」「ウェイドが姉を殺した？　まさか！」「いやあ、あの女が何者か知らないが、たっぷり金を持っているよう願いたいね。ウェイドが告訴するに決まってる」

マリは喧噪が高まるのをしばらく放っておき、それから、スタジオをふたたび静かにさせた。「あなたはなぜそれをご存じなのですか」

「ウェイドからきいたのです。わたしがハロペリドールを大量に注射されて動けなくなったあとで。ただし、彼がわたしを殺そうとしてタンピエ湖に投げこむ前に。なぜ実の姉を殺したかというと、優秀なる彼ではなく、ほかの男性を姉が愛していたからです」

「ちがう！」ローラーがわめいた。「嘘だ、嘘だ、きみが何者なのか、ライアスンがどこのタレント派遣業者からきみを紹介されたのか知らないが！　ニュースフィードに出てただろう。自分からハドルでそういったくせに、ライアスン！　きみは遺体を見た。外国人の医者と一緒に出かけ、遺体を確認した。V・I・ウォーショースキーが死んだことは、シカゴの誰もが知っている」

ロティは無意識のうちに止めていた息を吐きだした。マリがスツールを押して前に出すと、探偵がすわった。

「ずいぶんおおげさね、そのニュース」といった。

52　死者の復活

　ボートが葦《あし》の茂みにぶつかったとき、わたしは意識をとりもどした。喉がカラカラで、全身が熱っぽく、頭の上にある金属の棒に両腕がひっかかっていた。両親がわたしを屍衣でくるみ、生きたまま埋葬したのだと思った。棺のなかに水がしみこんでくる。とんでもないことをしてしまったと両親が悟る前に、わたしは溺れてしまうだろう。ママ！　パパ！　大声で呼ぼうとしたが、かすれた叫び声しか出なかった。小鳥たちが歌っていた。わたしがどんなに叫んでも、その歌声にかき消されてしまうだろう。

　誰かが棺をどけてくれた。わたしは目があけられなかった。いきなり射しこんできた日光が強烈すぎた。

「な、なんだ！」上のほうで知らない人の声がした。

　わたしはふたたび叫ぼうとした。母、スピンアウト、黒のＳＵＶ車などが無秩序に浮かんできた。わけがわからなかった。母は亡くなってるけど、わたしを迎えにきてくれたの？

「あっ、息がある」知らない人は一人でつぶやいていた。

　その人が屍衣を切り裂いてくれるのを感じた。「とんでもない方法で自殺しようとしたもんだな。つぎのときは、誰かほかのやつのボートを盗んでくれ！」

「盗みなんかしない」わたしはそういおうとしたが、つらくて無理だった。ふたたび眠りのなかへ漂っていった。

揺すぶられ、ひっぱられ、屍衣が少しずつはがれていった。全身が濡れていた。おしっこして身体じゅう濡らしてしまったの？　「ごめん」呂律がまわらないまま、わたしはいった。

「ああ、謝るべきだ。溺れたいのなら、他人を巻きこまないでくれ」

溺れたいなんて思ってない。人からそんなふうに思われたことに憤慨したが、やがて、屍衣がはぎとられ、わたしは男性の背中におぶわれた。前にもこんなことがあった。男性がわたしを背負い、わたしを湖に投げこんだ。だが、いまわたしたちがいるのは森のなかだった。ここはウィスコンシンのキャンプ場？　なんだか腑《ふ》に落ちなかったが、考えてもよくわからなくて、ふたたび眠りに落ちた。

目をさましたときは、小型トラックの前のシートにすわっていた。運転席にいるのは日焼けした男性で、初めて見る顔だった。

「ここ、ウィスコンシンなの？」やっとの思いで尋ねた。

「ウィスコンシンからきたのかい？　いまから近くの病院へ連れていく。残念ながら、ウィスコンシンじゃない。いったい何を考えてたんだね？　夜の夜中にボートを盗みだして自殺しようだなんて」

わたしの子供時代が現在のなかに何度もぼうっと入りこんできたが、わたしは守らなくてはならない写真があることを思いだした。

「ロティが助けてくれるわ」どこからともなく、その名前が浮かんできた。「わたしの携帯。びしょ濡れだわ。あなたのを使って。ロティに電話して」

運転席の男性はほかの誰かに問題を押しつけることができると知って喜んだ。ロティの電話番号。何度もかけてきた番号なので、思いだせるかどうかを心配する暇もないうちに、頭に浮かんだ。

「もしもし、初めてお電話する者ですが、わたしのトラックに溺れかけた女性を乗せてましてね、その人があなたなら助けてくれるというんです」

ロティはわたしと話をし、まともに応答できる状態ではないことを知ると、善きサマリア人と話をした。男性はペーロス・ハイツ市の近くにあるモーテルへの道順をロティに教えた。ロティの到着を待った。親切心からというより、モーテルの料金を払わされるのを避けるためだったが、それでも、わたしは一人ぼっちにされなかったことに感謝した。

南西の郊外に飛んでくるために、ロティはたぶん、ありとあらゆるスピード制限に違反したことだろう。わたしを見たとたん、いかに大量の薬を打たれているかを知った。

「ただちに病院へ運んで、胃洗浄をやって、水分を摂取しなきゃ。でも――この近くの病院だと――わたしがずっと目を光らせてるわけにいかないし。シカゴに戻るまで持ちこたえられる？　これを飲みなさい」

ロティはいつのまにか、グラスに入ったオレンジジュースを用意していた。わたしはひどく衰弱していたため、じっとり湿っていやな臭いのするTシャツにほとんどこぼしてしまったが、ロティは二杯目を注いで、わたしの口にストローを差しこみ、わたしが飲むあいだグラスを支えてくれた。

「警察に電話しますか？」ロティは善きサマリア人にいった。「わたしがかけてもいいかしら。わたしは医者なの。警察もわたしのことを知ってるし」

男性はあとをロティに託すことができて喜んだ。「あの、気を悪くしないでほしいんだが――わたしが休みをとって釣りに行こうと考えなきゃ、この人、いったいどうなったことやら。この人にボートを盗まれたものだから、わたしは捜しに出かけた。ようやく見つかったんで、転覆してたのをもとに戻そうとしたら、なんと、下にこの人がいたんだ。溺死する気だったんだろう。おたくが診てる患者なら、病院に入れるのがいちばんだと思うよ」

「ええ、ご心配なく。ほんとにお世話になりました。ボートに傷でもついてたら、もちろん、修理代は負担させてもらいます。そうそう、お名前は？　警察があなたに話をききたがるかもしれないので」

「いや、いいよ。インフルエンザにかかって家で寝てたんじゃないことが、会社の上司にばれると困るんでね。こんなに暑くなったんじゃ、魚も餌に食いついてこないだろうが、おたくの患者を見つけたショックから立ち直るために、水の上で一日すごすことにするよ」

わたしはシカゴに戻る車のなかで、何があったのかをロティに説明しようとしたが、その時点では記憶があやふやだった。それに、しゃべるのがまだ辛かった。

ロティはファストフード店に寄って、レモネードの特大サイズを注文した。絶えずわたしを揺りおこし、水分をとるよう命じた。道路は混雑していて、ロティが大型貨物トラックを猛スピードで追い越したときなど、薬で朦朧たる状態でなかったなら、わたしは死ぬほど怯えていたことだろう。

こちらの支離滅裂な説明にもかかわらず、ロティは状況を充分に把握し、わたしを病院へ運ぶのはやめることにした。生きていることをウェイド・ローラーに知られたら、わたしを警備するのに周囲が四苦八苦するだろう。ロティは病院ではなく、彼女の自宅へわたしを連れていった。ジュウェル・キムが看護をひきうけてくれた。診療所のほうは、派遣の上級プラクティス・ナースを見つけて、きてもらうことになった。

自力ですわれるぐらい元気になったのは、三日後のことだった。記憶も徐々に戻りつつあったが、意識下のどこか深いところではすでに、ローラーの悪事を暴く戦略を立てていたにちがいない。ロティの話だと、意識朦朧としたなかでも、「わたしが生きてることを、あの男には知らせないで」と叫んでいたらしい。

話すほうも、考えるほうも、ふたたび明瞭になってきたところで、マリに会いたいというわたしの要求をロティはしぶしぶ受け入れた。マリのほうから、ハドルでわたしの死を公表しようといいだした。

「毎朝、ウェイドの様子がやたらと変なんだ」マリはいった。「あちこちうろつきまわって、シカゴ界隈で風変わりな死亡事件がおきたという噂が入ってないか知りたがってる。ヴァンパイアが子供たちの血を吸ってるとでも思ってるのかって、ズバッときいてやったら、ローラーのやつ、食ってかかってきた。きみが死んだときけば、あいつも気が休まるだろう」

ロティとマックスがジェイクに連絡をとると、ジェイクはマールボロ音楽祭の講師役を一時的に中断し、わたしに会いにきてくれた。毎日午後になると、わたし一人のためにコンサートをひらき、コントラバスのレパートリーのなかからわたしの好きな曲をメドレーで演奏してくれた。

ペトラとミスタ・コントレーラスにも本当のことを話さなくてはならなかった。従妹には秘密が守れないのではないかと心配だったが、ペトラは解決策として財団からしばらく休みをとることにし、老人と犬と一緒にひっそりと日々を送っていた。

ペトラは毎日午後になると、ミスタ・コントレーラスを車に乗せてわたしに会いにきた。老人がロティのところのキッチンでわたしのためにスパゲティ・ミートボールを作るものだから、ロティは困惑していたが、「やめなさい」という勇気はないようだった。ただし、ミッチとペピーも一緒ならわたしが喜ぶだろう、と老人が考えた日だけは例外だった。「出ていきなさい」と犬に命じたロティの声があまりにきびしかったため、吠えようとしたミッチの声が途中で消えてしまい、ゲストルームのベッドでわたしに腕をまわしたジェイクが、それを見てわたしと二人で大笑いした。

マリと一緒に計画を進めることをロティが許可してくれたのは、わたしがロティのゲストルームとバルコニーを初めて一人で往復できるようになったあとのことだった。マリにとって最初の難関は、テレビ局の幹部の了承をとることだった。

マリの番組を担当するプロデューサーのディアドラ・シュウは、わたしがいまも生きていることを知らなかった。最後に呼ぶゲストはウェイド・ローラーの姉の死に関して独自の推理をおこなった人物だ、とマリにきかされていた。マリが七日つづけて深夜までがんばったのは、ひとつには、二通りの台本を書いていたせいだった。ひとつはディアドラ・シュウに見せるためのもので、通称ヴァンパイア殺人事件に関してわたしが手がかりを追ったけれど何ひとつつかめなかったという内容。これが〈グローバル〉の命令系統を上下して、ウィークス自身の承認をとりつけるに至った。

もうひとつのほうは、マリが頭に叩きこんでおいたもので、テレプロンプターは使用せず、これがウェイドを狂暴な怒りの爆発へ導くこととなった。

ウィークスからプロデューサーにゴーサインが出ると、マリは準備のために奔走した。トミー・グローヴァーの写真が出ている《サウスウェスト・ガゼット》を手に入れた。ローラーは写真のことを初めて知ったとき、新聞社の資料室に入りこみ、保管されている古い新聞を盗みだしたようだが、マリはeBayで入札をおこない、この新聞を保管していたユタ州在住の誰かに五百ドルを支払った。弟の正当性を立証するチャンスだといってアイヴァ・ヴフニクを説得し、出演のオーケイをとりつけた。タンピエ・レイク・タウンシップ消防団の団員だったエディ・シェズを訪ね、ボランティア時代の話をくわしくきかせてほしいといった。

トミーが最初に逮捕されたとき、なぜシェズが名乗りでなかったのかと、わたしたちみんなが不思議に思っていた。番組が終わってから話をしたところ、年老いた消防士は困ったように頭をかいた。

「点と点が結びつかなかったんだ。トミーが逮捕されたのは事件の二日後で、まあ、そのう、あの子が消防団にくっついてきても、みんな、すっかり慣れっこで、とくに意識することもなくなってたんだ。しかも、ウェイドのやつが、マギーを追って森に入っていくトミーを見たと、誰にでもいいふらしてたからね。何も考えずにみんながそれを信じてしまったというのも恐ろしいことだ。

それに、トミーは無実だと母親のネッタがいいつづけていたが、トミーがラインホルトの修理工場の火事現場にいたとき、母親は仕事中だったし、息子の逮捕で動揺するあまり、《ガゼット》の写真とマギー殺しを結びつけることができなかったんだ。写真のことを知ったとき、ウェイドは焼けた石炭の上の猫みたいな心境だっただろうが、二足す二の計算のできる者が一人もいなかったわけだ。うちの妻がいってるように、われわれはみな無意識のうちに、発達障害の人間は何をするかわからないと思いこんでるんだな。人はみな、偏見に凝り固まっている」

53　ヴァンパイアはなかなか死なない

はるか遠くの母の故郷であるウンブリア州のメディアまでが、わたしの事件に注目してくれたものの、ここシカゴでは、なんだかすっきりしない結末を迎えることになった。組織というものをわたしよりよく知っているマックスが、フィンチレー刑事に何も知らせないわけにはいかないと判断した。〈グローバル〉のスタジオへ出かける直前に、マックスからフィンチレーに電話を入れ、わたしと、ローラーと、マイルズ・ヴフニクならびにゼイヴィア・ジャーゲンズの死のからんだ大特ダネがテレビで公開されることを告げておいた。

それでも、フィンチレーは彼に内緒で事が進められたことに腹を立てた。「テレビでキュートなゲームをするかわりに、おれのとこにまっすぐきてくれてれば、ローラーのSUV車の捜索令状をとることができたんだぞ。あの男、自分で車を処分して、盗まれたからどこにあるかわからないといってるが、リズ・ミルコヴァに調べさせたところ、廃車置場へ持ちこまれたことが判明した。つまり、きみにもよくわかると思うが、きみが嘔吐したうしろのシートも、トミー・グローヴァーの母親をはねたと思われるフロントフェンダーも、二度と見つけられないということだ。ローラーは保険金でランドローバーのすてきな新車を購入した」

「テリー、あいつはわたしに洗いざらい話したのよ。そして、わたしを殺そうとした！」

「きみの言葉を疑うつもりはないが、薬で朦朧としてるときに耳にした告白だからな、いくら信憑性があると主張したところで、州検事を納得させるのは無理だと思う」

「しかし、テレビ番組のなかでも告白したではないか」マックスがいった。

フィンチレーは首をふった。「番組のなかで突飛なことを口走ったのはたしかだが、彼の名誉回復を求めるメールや電話がじゃんじゃん入っている。ファンの連中はローラーのことを、シャイム・サランターといわゆるリベラル派メディアによる陰謀の犠牲者だと信じている。クック郡とデュページ郡を担当する州検事たちは、再選挙が近いことを強く意識しているる。ローラーの大々的なファンクラブを敵にまわすのはいやだろうな。しかも、〈グローバル〉のほうからも、州検事とシカゴ警察に圧力がかかってきてるし。おれだって全力を尽くしてるんだぞ、V・I。しかし、きみが最初からおれに打ち明けてくれてれば、事はずっと簡単だったはずだ」

とはいえ、フィンチレーは司法取引に応じるよう、ミュリナーとルイス・オーモンドを説得するのに成功した。オーモンドは依頼人の代理としてゼイヴィア・ジャーゲンズに現金を届けたことは認めたが、殺人のことも、殺人未遂のこともまったく知らなかったと主張した。そう、ミュリナーとローラーがわたしに襲いかかったときに、彼もわたしの事務所にいたが、わたしを拘束するのなら力づくではなく法の力を使うよう依頼人を説得するために、一緒にきたのだそうだ。

ミュリナーのほうはもっと危うい立場に立たされていた。病院の記録を調べたところ、わたしが襲撃された日に、彼が調剤部から注射用のハロペリドール十グラムを持ちだしていたことが証明された。トミー・グローヴァーに面会者があるたびにローラーに報告し、謝礼として大金をもらっていたため、ケーブルテレビ界のスターが望むことはなんでもしなくては、という気になっていたのだろう。要求に応じるたびに、ミュリナーはローラーという泥沼のなかへ深く沈んでいったのだ。

こちらにとって最大の突破口となったのは、ボートの持ち主を見つけだしたことだった。マリがタンピエ湖の漁港を何度も訪れ、ローラーが盗みだしたボートを特定できる人物に報奨金を出すと触れてまわった。ついにスタン・チャマーズが名乗りでた。ずる休みが上司にばれてクビになることを心配していたのだが、マリの報奨金に釣られたのと、わたしのドラマチックな活躍をテレビで知ったのとで、決心を翻したのだった。鑑識の技師たちがボートの舳からローラーの指紋を採取した。

インターネットもわたしたちに有利に働いた。ヘレン・ケンドリックの選挙参謀を務めるレス・ストラングウェルが、番組内でのマリの発言に関してウィークスに注意を促すために四十八階まで行ったとき、ウィークスは番組を中断させようとしていた。また、今回の放送分の映像をすべて消去しようとしたが、番組は早くもネット上に広がっていた。

この番組をめぐって、ブログの世界にさまざまな叫びがあがった。ローラーを誹謗する連中は、ぞっとする話だ、テレビ界から締めだすべきだ、と主張した。疫病で死んだ者からノミが逃げだすよりも早く、スポンサーたちが〈ウェイドの世界〉から手をひきはじめたため、ハロルド・ウィークスはローラーに休暇をとらせた。その結果、ローラーの熱烈なファンが十日にわたってグローバル・ワンの前でデモをおこない、彼の復帰を要求したが、GENの上層部では、デモ参加者の数はわずかだし、おまけにメディア受けする光景ではないと判断した。

番組の台本をわたしと一緒に用意するあいだ、マリは仕事を失うのではないかという不安につきまとわれていた。わたしは鼻で笑っていた。〈グローバル〉に史上最高の視聴率をもたらす大スクープをものにしたのだから、それで首が飛ぶなどということはありえないと思っていた。ところが、現実にそうなってしまった。ナンシー・ドルーの放送があった一週間後、ウィークスがマリを解雇した。eメールで。電話で解雇を告げるという礼儀さえ示さなかった。まして、じかに顔を合わせるはずもなかった。ローラーが犯罪者であったことを、ウィークスも心のなかでは認めているが、金の卵を産むガチョウを殺してしまったマリが許せないのだろう。

いざ首を切られてしまうと、マリはかえってすっきりしたようだった。ソフィー・ドゥランゴのもとで、選挙運動のメディア・アドバイザーとして働くことになった。ケンドリック陣営がマイルズ・ヴフニクを雇ってシャイム・サランターの身辺を探らせ、ありもしないスキャンダルを掘りおこそうとしていたことを、ドゥランゴの側が暴露した結果、ドゥランゴの支持率は夏の終わりごろまで上昇しつづけた。ときにはすぐれた者が勝利を収める。

マリとわたしはトミー・グローヴァーの釈放をかちとるために、全力でがんばった。マリは番組のために落札した《サウスウェスト・ガゼット》の記事を額に入れた。それをわたしがトミー・グローヴァーに直接届けにいった。

ルーエタールのタニア・メッガーがトミーの擁護者となることを承知してくれた。彼を支援してくれるようオープン・タバナクル教会に頼みこんだ。なんといっても、人生の旅路のどこにいる人であろうとも受け入れてくれる開放的な教会なのだから。教会の尽力によって、トミーの逮捕を無効にさせることができた。うんざりするほど大量の手続きが必要だったけれど。そして、教会は彼のためにグループホームを見つけてくれた。タンピエ・レイク・タウンシップ消防署はトミーを名誉マスコット隊員に任命した。これもまたハッピーエンドの物語だ。

ある夜、ディックがわたしに会いにきた。わたしは一日に何時間か事務所に出るようになり、メディアの世界に夢中になってプロの探偵としての責任を忘れてしまうようなことはないといって、依頼人たちを安心させようとしていた。ディックはパートナーたちのことを詫びはしなかったが、今回の〝出来事〟をきっかけに、外部の調査員を使うことに関して、また、それら調査員がどこまでやっていいかに関して、きびしいガイドラインが設けられることになったといった。

「ルイスは早期退職を了承した。ゼイヴィア・ジャーゲンズに届けた現金がマイルズ・ヴフニク殺しの報酬だったとは知らなかった、という言葉をわれわれも信じることにしたが、ルイスが倫理上の一線を越えたかもしれないという懸念はいくらか残っている」

この点には関してディックと口論するのはやめにした。ディックほどの地位にある者ならふつうはしないことを、あれこれやってくれたのだから。バローロを一ケース置いていった。長い年月がたったのに、わたしの好みのワインを覚えていてくれたことに感激した。もっとも、これを受けとったら、賄賂で沈黙するのと同じことになるのだろうか、と思わずにいられなかったが。

レイバーデイの直前に、シャイム・サランターが用意してくれたプライベート・ジェットで、マックスとロティと一緒にマールボロへ飛び、ジェイクのシーズン最後のコンサートを聴くことができた。パイロットはアリエル・ジッターとニーヤ・ドゥランゴをイスラエルから連れて帰ってきたばかりだった。新学期に間に合わせるためだ。アリエルもわたしと同じく、薬の過剰摂取から完全に回復していた。

サランターのジェット機に乗りこむと、ジェット機の設備や、機内での電話のかけかたや、シャイム・サランターの滅菌消毒された公式プロフィールなどに関する情報の入った封筒を、フライト・アテンダントが一人一人に渡してくれた。わたしの封筒には小切手も入っていた。金額は五万ドル、振出人は〈サランター・エンタープライズ〉。〝専門的業務の料金として〟と書き添えられていた。広い領域をカバーする言葉だ。

シャイムの感謝はいくつもの方向へ広がっていた。ブーディカ・ジョーンズと交渉して、シカゴに招待し、マリーナ財団の読書クラブに入っている少女たちのために『カーミラ』のシリーズ最新作の朗読会を個人的にひらいてくれた。このイベントのおかげで、記録的な数の少女と親がマリーナに戻ってきた。サランターはまた、カイラとルーシーの母親を雇い入れ、ミシガン州に彼が所有している十五部屋のコテージで住みこみの家政婦として働けるようにしてくれた。これもまたハッピーエンドの物語。そこでは馬を二頭飼っているから、なおさらハッピーだ。

マールボロへ向かって飛ぶあいだ、わたし自身の幸福感には陰りがあった。レイドンが一週間前に亡くなった。番組のなかで、彼女の意識が戻ったとマリがいっていたが、事実ではなかった。ウェイドに罪を告白させるための手段にすぎなかった。

葬儀のとき、わたしはフェイスとその娘トリーナと一緒に参列した。スーアルも母親もこなかった。レイドンの遺言書には、火葬にして、フォレスト・パークのワルトハイム墓地に遺灰をまいてほしいと明記されていた。この墓地には、アナーキストのルーシー・パーソンズとエマ・ゴールドマンが眠っている。スーアルは、レイドンは正常な精神状態ではなかった、正常ならば、自分の死後のことに関して家族の顔にさらに泥を塗るような遺言はしなかったはずだと主張し、裁判所に訴えて埋葬を差し止めてもらうといった。

フェイスはスーアルに、「裁判所の差し止め命令が出たら、あなたが熊手を用意してレイドンの遺灰をかき集めなきゃいけないのよ。ずいぶん情けない姿でしょうね」といった。トリーナとわたしのどちらがよけいに驚いたのか、わたしにはわからない。

ロックフェラー・チャペルでの葬儀のときに、ジェイクの〈ハイ・プレーンソング〉が演奏をしてくれた。わたしが錆びついたアルトの錆落としをして、ストラヴィンスキー作曲の詩篇三十九章の合唱に加わるのを許してくれた。遠い昔にレイドンが好きだった曲。ノーブ首席司祭が葬儀をとりおこない、死者を称える言葉を贈った。

「レイドンが神を、あるいは、肉体の復活を信じていなかったことは、われわれも知っていますが、愛には不滅の命が宿っています。レイドンの心には愛があり、その愛ゆえに、見知らぬ者のために命を捧げることとなりました。レイドンの友人ヴィクトリアも愛を抱き、その見知らぬ者が公正に扱われるのを見届けようとして、自分自身の命を危険にさらしました。

完璧な愛は恐怖を追い払う——わたしたちはそう教わりました。完璧な愛を抱くことのできる者は、わたしたちのなかには一人もおりません。しかし、助けあいながら、人生というこの困難な旅路を進んでいくうちに、おたがいに抱きあう愛がわたしたちの重荷を軽くしてくれます。そして、死に臨んでも、愛はわたしたちを結びつけてくれます。たしかに、死に臨んでも、わたしたちが離れることはないのです」

訳者あとがき

『ウィンター・ビート』の翻訳出版からちょうど一年がすぎた。年に一回、こうしてサラ・パレツキーの新作の翻訳をお届けできることを幸せに思っている。

じめじめと蒸し暑い七月のシカゴ、子供だけでの夜間外出は条例で禁じられているのに、冒険好きな少女の一団が、嵐の吹き荒れる土曜の夜の街へ親に内緒で出かけてしまった。従妹のペトラから緊急に頼まれて、V・Iがその子たちを捜してまわり、ようやく、荒れ果てた墓地でファンタジー小説をまねた儀式に夢中になっている少女たちを見つけだす。だが、見つかったのは少女だけではなかった。とんでもない偶然から、近くの墓で倒れている男性の死体まで見つけることになる。

現場は荒れ放題の不気味な墓地、死因は心臓に突き刺さった鉄筋。ヴァンパイア退治を連想させる猟奇的なこの事件は、〝ヴァンパイア殺人事件〟として世間の注目を浴びることとなる。

その二日後、今度はロースクール時代の親友レイドンから緊急電話が入り、夕方会う約束になったが、V・Iが待ちあわせ場所のチャペルへ出向いたときには、レイドンはバルコニーから転落して意識不明になっていた。事故か、自殺未遂か、それとも……誰かに突き落とされたのか。相談したいことがあるといっていたが、いったいなんだったのか。レイドンのためにかならず真相を突き止めてやろうと決意するV・I。
最初はなんの関係もなさそうに見えた二つの事件だが、V・Iが調査を進めるうちに、レイドンと〝ヴァンパイア殺人事件〟の被害者との意外な接点が徐々に浮かびあがってくる。

嵐の墓地でパーティドレスを泥まみれにして少女たちを捜しまわったり、親友レイドンの嫌みな母親と兄に食ってかかったり、ポーランドからやってきた不法滞在の母子の力になったりと、V・Iは今回もパワー全開だ。そして、恋人ジェイク・ティボーの優しさが彼女を支え、癒してくれる。もちろん、コントレーラス老人と二匹の犬も元気いっぱい。ペトラは年下の少女たちにふりまわされて、自分のわがままを出すどころではない様子。前二作に比べると、ちょっと大人になったかなという感じだ。

墓地で殺された男性は、マイルズ・ヴフニクといってV・Iと同じ私立探偵だが、パレツキーはこの名前を『マルタの鷹』の登場人物からとったそうだ。ヴフニクはポーランド語で〝弓を射る者〟という意味。英語だと〝アーチャー〟。マイルズ・アーチャー。サム・スペードの相棒の名前をもらったわけだ。また、ヴフニクの姉の名前アイヴァはアーチャーの妻の名からとったもの。あと二人の兄弟サムとピアスも『マルタの鷹』の登場人物の名前だという。

それから、V・Iの服を縫ってくれる仕立て屋のことが本書に何度か出てきて、その名前がジョゼフ・パレッキになっているが、これはパレツキーの父方の祖父の名前だそうだ。ウィンドーに飾られた服を見ただけで、同じものを仕立てることのできる人だったとか。エッセイ集『沈黙の時代に書くということ』に出てくる〝ワイシャツ製造工場の裁断担当〟で、〝ニューヨークの搾取工場の劣悪な労働条件を改善したいと願っていた〟父方の祖父というのが、この人である。

さて、うれしいお知らせをひとつ。パレツキーのつぎの作品ができあがりつつある。まだ書きあがってはいないし、アメリカでの刊行日も未定だが、簡単なあらすじだけ教えてもらった。ロティのウィーンでの子供時代が物語の背景になる。ロティの幼なじみケーテの母親で、ユダヤ人の物理学者だったマルティナの幼いころの話で物語が始まり、『ビター・メモリー』でロティの回想のなかに姿を見せていた美しく華やかな母、ゾフィーも、裕福な家で甘やかされて育った幼い少女としてここに登場する。やがて、戦争が、ナチが、マルティナの運命を大きく変えることになり、そして、戦後のアメリカへ、現代のシカゴへと話は移っていく。

とてもおもしろそうで、いまからわくわくしている。早く完成しますように、早く読めますように、早く翻訳出版できますように、と祈っているところである。

二〇一二年八月

サラ・パレツキー著作リスト

〈V・I・ウォーショースキー・シリーズ長篇作品〉

1 Indemnity Only (1982)『サマータイム・ブルース』ハヤカワ・ミステリ文庫⑭—20
2 Deadlock (1984)『レイクサイド・ストーリー』ハヤカワ・ミステリ文庫⑭—2
3 Killing Orders (1985)『センチメンタル・シカゴ』ハヤカワ・ミステリ文庫⑭—3
4 Bitter Medicine (1987)『レディ・ハートブレイク』ハヤカワ・ミステリ文庫⑭—4
5 Blood Shot〔Toxic Shock〕(1988)『ダウンタウン・シスター』ハヤカワ・ミステリ文庫⑭—5　CWA賞シルヴァー・ダガー賞受賞
6 Burn Marks (1990)『バーニング・シーズン』ハヤカワ・ミステリ文庫⑭—6
7 Guardian Angel (1992)『ガーディアン・エンジェル』ハヤカワ・ミステリ文庫⑭—10
8 Tunnel Vision (1994)『バースデイ・ブルー』ハヤカワ・ミステリ文庫⑭—13
9 Hard Time (1999)『ハード・タイム』ハヤカワ・ミステリ文庫⑭—15
10 Total Recall (2001)『ビター・メモリー』(上下) ハヤカワ・ミステリ文庫⑭—16、17

11 Blacklist (2003)『ブラック・リスト』ハヤカワ・ミステリ文庫(104)－18 CWA賞ゴールド・ダガー賞受賞
12 Fire Sale (2005)『ウィンディ・ストリート』ハヤカワ・ミステリ文庫(104)－19
13 Hardball (2009)『ミッドナイト・ララバイ』ハヤカワ・ミステリ文庫(104)－21
14 Body Work (2010)『ウィンター・ビート』ハヤカワ・ミステリ文庫(104)－22
15 Breakdown (2012)『ナイト・ストーム』本書

〈ノン・シリーズ長篇作品〉

1 Ghost Country (1998)『ゴースト・カントリー』ハヤカワ・ミステリ文庫(104)－14
2 Bleeding Kansas (2008)『ブラッディ・カンザス』ハヤカワ・ノヴェルズ

〈短篇集〉

1 Sara Paretsky's Short Story Collection (1984)『ヴィク・ストーリーズ』ハヤカワ・ミステリ文庫(104)－9 日本独自編纂。V・Iシリーズ8篇収録
2 A Taste of Life: And Other Stories (1990) ノン・シリーズ作品3篇収録
3 Windy City Blues〔V. I. for Short〕(1991) V・Iシリーズ9篇（うち8篇は1と同一）を収録
4 V.I. × 2 (2002) V・Iシリーズ2篇収録

5　V.I.×3 (2007)　V・Iシリーズ3篇収録。4に1篇を加えたもの

6　Sara Paretsky's Short Story Collection vol 2 (2012)『アンサンブル』ハヤカワ・ミステリ文庫⑩―23　日本独自編纂。V・Iシリーズ4篇を含む全10篇収録

〈ノンフィクション〉

1　Writing in an Age of Silence (2007)『沈黙の時代に書くということ　ポスト9・11を生きる作家の選択』早川書房

（二〇一二年八月現在）

サラ・パレツキー／V・I・ウォーショースキー

サマータイム・ブルース〔新版〕
山本やよい訳

たったひとりの熱き戦いが始まる。女性たちに勇気を与えてきた人気シリーズの第一作！

レディ・ハートブレイク
山本やよい訳

親友ロティの代診の医師が撲殺された！　事件を追う私立探偵ヴィクの苦くハードな闘い

バースデイ・ブルー
山本やよい訳

ボランティア女性が事務所で撲殺された。四十歳を迎えるヴィクが人生の決断を迫られる

ウィンディ・ストリート
山本やよい訳

母校のバスケット部の臨時コーチを引き受けたヴィクは、選手を巻き込んだ事件の渦中へ

ミッドナイト・ララバイ
山本やよい訳

失踪事件を追うヴィクの身辺に続発するトラブル。だがこの闘いは絶対にあきらめない！

ロング・グッドバイ

The Long Goodbye

レイモンド・チャンドラー

村上春樹訳

私立探偵フィリップ・マーロウは、億万長者の娘シルヴィアの夫テリー・レノックスと知り合う。あり余る富に囲まれていながら、男はどこか暗い蔭を宿していた。何度か会って杯を重ねるうち、互いに友情を覚えはじめた二人。しかし、やがてレノックスは妻殺しの容疑をかけられ自殺を遂げてしまう。その裏には哀しくも奥深い真相が隠されていた。新時代の『長いお別れ』が文庫で登場

ハヤカワ文庫

さよなら、愛しい人

Farewell, My Lovely

レイモンド・チャンドラー

村上春樹訳

刑務所から出所したばかりの大男、へら鹿マロイは、八年前に別れた恋人ヴェルマを探しに黒人街の酒場にやってきた。しかしそこで激情に駆られ殺人を犯してしまう。偶然、現場に居合わせた私立探偵のマーロウは、行方をくらましたマロイと女を探して夜の酒場をさまよう。狂おしいほど一途な愛を待ち受ける哀しい結末とは？　名作『さらば愛しき女よ』を村上春樹が新訳した話題作。

ハヤカワ文庫

ロバート・B・パーカー　スペンサー・シリーズ

失投
菊池　光訳
大リーグのエースに八百長試合の疑いがかかった。現代の騎士、私立探偵スペンサー登場

ゴッドウルフの行方
菊池　光訳
大学内で起きた、中世の貴重な写本の盗難事件の行方は？　話題のヒーローのデビュー作

アメリカ探偵作家クラブ賞受賞
約束の地
菊池　光訳
依頼人夫婦それぞれのトラブルを一挙に解決しようと一計を案じるスペンサーだが……。

レイチェル・ウォレスを捜せ
菊池　光訳
誘拐されたレズビアン、レイチェルを捜し出すため、スペンサーは大雪のボストンを走る

初秋
菊池　光訳
孤独な少年を自立させるためにスペンサーは立ち上がる。ミステリの枠を越えた感動作。

ロバート・B・パーカー　スペンサー・シリーズ

誘拐
菊池　光訳
家出した少年を捜索中、両親の元に身代金要求状が！　スペンサーの恋人スーザン初登場

儀式
菊池　光訳
売春組織に関わっていた噂のあるエイプリルが失踪した。スペンサーは歓楽街に潜入する

拡がる環
菊池　光訳
妻の痴態を収録したビデオを送りつけられた議員。スペンサーが政界を覆う黒い霧に挑む

海馬を馴らす
菊池　光訳
失踪したエイプリルの行方を求め、スペンサーは背徳の街で巨悪に挑む。『儀式』の続篇

蒼ざめた王たち
菊池　光訳
麻薬密売を追っていた新聞記者の死。非情なドラッグビジネスの世界に挑むスペンサー。

ハヤカワ文庫

アーロン・エルキンズ／スケルトン探偵

古い骨
〈アメリカ探偵作家クラブ賞最優秀長篇賞受賞〉
青木久惠訳
老富豪事故死の数日後に古い人骨が……骨に潜む謎を解く、人類学教授ギデオンの名推理

呪い！
青木久惠訳
密林の奥、発掘中のマヤ遺跡で殺人が発生する。推理の冴えで事件に挑むギデオンの活躍

骨の島
青木久惠訳
骨に隠された一族の数々の秘密。円熟味を増したギデオンの推理が、難事件を解き明かす

暗い森
青木久惠訳
森林で発見された人骨から縦横無尽の推理を紡ぎ出すギデオン・オリヴァー教授の真骨頂

断崖の骨
青木久惠訳
博物館から人骨が消え、続いて殺人が……ギデオン夫妻の新婚旅行を台無しにする難事件

アーロン・エルキンズ／スケルトン探偵

水《みな》底《そこ》の骨
嵯峨静江訳
ごく普通の骨に思えたが、やがてその骨の異常さが明らかに……ギデオンの推理が冴える

骨の城
嵯峨静江訳
古城で発見された骨はあぐらをかく職業の人物とわかるが……ギデオンが暴く意外な真相

密林の骨
青木久惠訳
アマゾンを旅する格安ツアーでもめぐりあうのは怪事件だった。密林の闇に挑むギデオン

原始の骨
嵯峨静江訳
世紀の発見の周辺で次々と不審な事故が……物言わぬ一片の骨に語らせるギデオンの推理

騙す骨
青木久惠訳
メキシコの田舎を訪れたギデオン夫婦。だが平和なはずの村では不審な死体が二体も……

傑作短篇集

コーパスへの道
デニス・ルヘイン／加賀山卓朗・他訳

現代短篇の名手たち〔1〕名作『ミスティック・リバー』に勝る感動を約束する傑作七篇

貧者の晩餐会
イアン・ランキン／延原泰子・他訳

現代短篇の名手たち〔2〕現代イギリス・ミステリの旗手がお届けする文句なしの傑作集

泥棒が1ダース
ドナルド・E・ウェストレイク／木村二郎訳

現代短篇の名手たち〔3〕世界一不幸な男、哀愁の中年プロ泥棒ドートマンダーの奮闘記

ババ・ホ・テップ
ジョー・R・ランズデール／尾之上浩司編

現代短篇の名手たち〔4〕奇想天外にして感動の表題作をはじめ、大巨匠が叩き出す12篇

探偵学入門
マイクル・Z・リューイン／田口俊樹・他訳

現代短篇の名手たち〔5〕心やさしき巨匠が贈る、ヴァラエティに富んだ傑作15篇を収録

訳者略歴　同志社大学文学部英文科卒，英米文学翻訳家　訳書『ウィンター・ビート』パレツキー，『五匹の子豚』クリスティー，『漂う殺人鬼』ラヴゼイ（以上早川書房刊）他多数

HM=Hayakawa Mystery
SF=Science Fiction
JA=Japanese Author
NV=Novel
NF=Nonfiction
FT=Fantasy

ナイト・ストーム

〈HM⑩-24〉

二〇一二年九月 二十 日　印刷
二〇一二年九月二十五日　発行
（定価はカバーに表示してあります）

著　者　サラ・パレツキー
訳　者　山《やま》本《もと》やよい
発行者　早川　浩
発行所　株式会社　早川書房

郵便番号　一〇一 - 〇〇四六
東京都千代田区神田多町二ノ二
電話　〇三 - 三二五二 - 三一一一（大代表）
振替　〇〇一六〇 - 三 - 四七七九九
http://www.hayakawa-online.co.jp

乱丁・落丁本は小社制作部宛お送り下さい。
送料小社負担にてお取りかえいたします。

印刷・精文堂印刷株式会社　製本・株式会社明光社
Printed and bound in Japan
ISBN978-4-15-075374-0 C0197

本書は活字が大きく読みやすい〈トールサイズ〉です。